À PROPOS DE L'AUTRICE

Le premier roman d'Elina Backman, *Quand le roi meurt*, a été publié en 2020 en Finlande où il a immédiatement attiré l'attention des plus grands médias. En cours d'adaptation pour la télévision, sa série portée par l'héroïne Saana Havas s'est écoulée à plus de 100 000 exemplaires et a été traduite dans près de vingt pays. Quand elle n'écrit pas, Elina Backman est directrice de création dans une agence publicitaire. Elle vit à Helsinki.

Quand le roi meurt

De la même autrice

Méfions-nous de l'eau qui dort, HarperCollins, 2025

ELINA BACKMAN

Quand le roi meurt

Traduit du finnois par
MÉLANIE TAQUET

Harper Collins
POCHE

Titre original :
KUN KUNINGAS KUOLEE

Ce livre est publié avec l'aimable autorisation de Elina Backman et Elina Ahlbäck Literary Agency, Helsinki, Finlande.

Ce texte a été publié avec le soutien financier de FILI - Finnish Literature Exchange.

Publication originale : Otava, Helsinki, Finlande, 2020.

HARPERCOLLINS FRANCE

83-85, boulevard Vincent-Auriol, 75646 PARIS CEDEX 13
Tél. : 01 42 16 63 63

www.harpercollins.fr

ISBN 979-1-0339-2182-0

« Si belle est la terre,
Si haut sont les cieux.
Le chant des oiseaux retentit
Sur la colline fleurie
Et les flots sombres,
Les flots si sombres[1]. »

Écrit et composé par
Kari Rydman

1. Chanson funéraire traditionnelle en Finlande.
Toutes les notes et traductions sont de la traductrice. (NdE)

"I could never climb those mountains,
I could never be sleeping safely under
the same stars as Timothy
Into the wilderness, away from the loneliness
You walked with the foxes
dancing 'round your feet
they followed you to the last sleep
You walked with the foxes
dancing 'round your feet
they followed you into your dreams
and they followed you…
Into the wilderness, away from the loneliness[1]*"*
Burning Hearts, *Into the Wilderness*

Écrit par Jessika Neuman,
composé par Henry Neuman

« Le troll taciturne nous terrifie
davantage que celui
Qui crie et batifole. »

Aleksis Kivi

1. « Jamais je ne parviendrai à gravir ces montagnes
Jamais je ne dormirai sur mes deux oreilles sous les mêmes astres que Timothy
Dans la nature sauvage, loin de la solitude
Tu as marché avec les renards dansant à tes pieds
Ils t'ont suivi jusque dans ton ultime sommeil
Tu as marché avec les renards dansant à tes pieds
Ils t'ont suivi jusque dans tes rêves
Et ils t'ont suivi…
Dans la nature sauvage, loin de la solitude »

Les Filles du rapide

Hartola, 1989

Ce sont les Filles du rapide. Elles s'y faufilent à l'aube, quand les merles chantent, quand la rosée rend la terre meuble. La brume épaisse qui flotte au-dessus de l'eau trouble charge les environs de magie. Leur peau se hérisse de chair de poule. Elles se déshabillent, fendent les flots jusqu'à leur cœur, puis restent immobiles pour ne faire plus qu'un avec l'eau. D'abord avec l'eau, puis avec la brume. Elles se désaltèrent d'un breuvage sacré dans une coupe en écorce de bouleau, toujours sur la même pierre, toujours la même quantité. Elles font ensuite une offrande au rapide. Il exige son dû, quelque chose à emporter dans ses profondeurs. Leur âme, leur pureté, ce dont elles ne peuvent parler. Après ce sacrifice, elles dansent, puis attendent. Elles attendent que le grondement s'intensifie. Que les tourbillons des rapides deviennent plus puissants. Elles attendent la furtive fraîcheur de la brume sur leur peau, la beauté qu'on ne peut ni voir ni entendre, seulement ressentir. Elles s'enivrent du rugissement de l'eau, écoutent les chants de la nature, respirent plus profondément qu'elles ne le font jamais sur la terre ferme. Leur corps, elles le sentent, est lavé de ses impuretés. Elles rient, heureuses d'avoir un tel secret. Elles attendent, bien que cela soit inutile. Elles espèrent, car l'espoir n'est jamais vain. Elles ne s'en vont que lorsque la nuit a pris fin, quand l'aube claire vient transpercer l'obscurité. Alors elles partent et se sentent complètes.

Ce sont les Filles du rapide.

Hartola

Septembre 1989

Harri Valkama était le premier client du supermarché. Comme d'habitude, il prit une miche de pain de seigle au rayon boulangerie, une bouteille de lait entier dans le réfrigérateur et cent grammes de jambon séché à la boucherie. La journée s'annonçait excellente – l'heure matinale, l'en-cas qui l'attendait, tout était en place pour une bonne partie de pêche. Harri jeta un œil aux gros titres des journaux avant de passer en caisse.

— Vous repartez pêcher ? demanda la caissière.

— On ne peut rien vous cacher, répondit-il en rangeant ses achats dans son sac glacière.

— Ticket de caisse ?

— Seulement s'il y a le numéro de la demoiselle dessus, dit-il avec un clin d'œil.

Plaisanter avec la caissière était coutumier et lui permettait de commencer la journée du bon pied. Presque sans s'en rendre compte, dans ce supermarché, Harri était toujours enjoué.

Il était 7 h 10 quand il démarra la voiture et se dirigea vers la rivière Tainionvirta. Le matin naissant était doux, présageant un après-midi très chaud. Il laissa son véhicule sur le bord de la route et marcha jusqu'au lit du cours d'eau, son déjeuner et son pliant dans une main, sa canne à pêche et sa boîte dans l'autre. Il s'arrêta à l'endroit habituel, prit une grande inspiration, puis installa ses affaires. Détendu comme toujours, il choisit un de ses appâts favoris, y accrochant ses espoirs d'une matinée de pêche fructueuse. Sa montre affichait 7 h 30 quand l'appât plongea pour la première fois dans l'eau. Le soleil déjà vif filtrait entre les branches. Si le calendrier de pêche disait vrai, la journée serait favorable.

Une odeur de terre et de fin de moisson flottait dans l'air. Les rossignols, surexcités en début d'été, s'étaient tus depuis longtemps déjà. Malgré la chaleur, l'automne perçait en sous-ton. Harri Valkama aimait beaucoup passer les petites heures du matin dans la solitude, quand la nature s'éveillait avec lui pour un jour nouveau.

En dépit de ses espoirs, ça ne mordait pas. Harri scrutait le flot de la rivière, pensif, quand quelque chose d'inhabituel apparut dans son champ de vision. Un peu plus loin sur la rive, une sorte de ballot s'était empêtré dans du bois de grève. Était-ce la carcasse d'un daim ou d'un autre animal plus grand encore ? Plus il fixait l'eau, plus Harri sentait sa curiosité croître. Il plaça sa canne à pêche en appui contre un bouleau et s'approcha lentement.

Arrivé à proximité, il s'arrêta. Il voyait maintenant avec précision ce qui avait retenu son attention. Choqué, il fixait la masse qui l'avait invité jusqu'à elle. Des membres blancs, une robe noire dont les fins ourlets flottaient à la surface de l'eau. Un être humain. Quand son cerveau finit par enregistrer ce qui se trouvait sur le rivage, il tomba à genoux. Devant lui gisait un corps pâle et raide. Il s'était empêtré dans les racines de la berge, empêchant les flots de le charrier au loin. Le cadavre flottait sur place, oscillant légèrement au gré des ondulations paisibles de l'eau. Une jeune fille. Immergée, sur le ventre, le visage avalé par les flots sombres. Heureusement qu'Harri ne pouvait pas le voir. Malgré lui, il se mit à enregistrer les détails : les ongles vernis en noir, la ceinture en métal, la robe sombre, les orteils nus. Les cheveux gonflés tel un amas d'algues.

La vie est injuste, *fut la première pensée qui lui vint à l'esprit. Il ferma les yeux, mais cette vision s'était déjà imprimée sur sa rétine. En vieillissant, Harri avait cessé de jurer, mais les grossièretés revenaient maintenant à la charge comme une nuée de guêpes haineuses. Comme c'était injuste qu'une jeune vie ait pris fin au beau milieu de tout !* Putain de merde, quel spectacle, nom de Dieu ! *Quand il avait acheté son permis auprès de la commune, il n'imaginait pas repêcher un jour un cadavre dans ces rapides. Il lui sembla soudain que la nature l'avait trahi. Cette pensée infiltra peu à peu sa conscience. La beauté du début d'automne n'avait été qu'une tromperie, de la poudre aux yeux, il s'en rendait compte, désormais. Voilà qu'il se retrouvait malgré lui au beau milieu d'une scène hideuse, dénaturée. Ces décors magnifiques n'étaient qu'artifices. Ils s'étaient effondrés d'un coup en lui dévoilant l'ignoble spectacle de la mort. Harri se releva en titubant et, déjà haletant, repartit en courant vers sa voiture. Il fallait qu'il trouve un téléphone. Aussi vite que possible.*

PREMIÈRE PARTIE

Mercredi 12 juin 2019 / Helsinki

Quand Saana ouvre les yeux, la pièce se met à tourner autour d'elle. Elle les referme immédiatement et replonge dans un sommeil superficiel, agité. Deux heures plus tard, elle émerge en nage. L'horloge affiche 10 h 30. Saana se lève, boit un verre de jus d'orange, va aux toilettes, puis décide de se recoucher un moment. Quand elle se réveille enfin pour de bon, il est déjà 15 heures. La pièce ne tournoie plus autant qu'avant. Son estomac gargouille : son dernier repas remonte à treize heures et encore, ce n'étaient que des cacahuètes salées au bar.

Les horaires n'ont désormais plus aucune importance pour Saana. Personne ne l'attend nulle part, personne n'a besoin d'elle. Mais la faim compte encore. Alors, pour sa première journée de chômage, elle se commande à manger.

La pizza arrive. Honteuse de sa dégaine débraillée et de sa gueule de bois, un T-shirt froissé sur le dos, Saana ouvre lentement la porte à un livreur aux cheveux bruns. Il lui fourre dans les mains un litre et demi de Coca et un carton de pizza encore chaud dessous.

Pour le reste de la journée, le regard de Saana fait des allers-retours entre la boîte de la pizza et l'écran de son ordinateur. Elle se bourre de margherita et de séries télé. *The Killing* défile à l'écran, S02E03. Agréable et addictif, mais très sombre. Saana enchaîne les épisodes de la deuxième saison. Elle est heureuse d'avoir découvert cette série si récemment : presque deux saisons de l'idéal du policier dans lesquelles se plonger. Linden et Holder. Les pulls de Sarah Linden, son intelligence acérée, la ville pluvieuse de Seattle. Saana a toujours adoré ce genre de programmes, bien qu'ils surexcitent parfois son imagination au point de lui faire peur. Elle est aussi accro aux podcasts de *true crime*, même si eux aussi peuvent l'angoisser. C'est pourquoi son favori de longue date, son havre dans le monde des séries policières, est un classique assez léger à l'atmosphère immédiatement identifiable, *Hercule Poirot*. Comme il est agréable de voyager dans la vieille Angleterre pour suivre les vies oisives de la bonne société, ces gens qui enfilent un costume pour le dîner et passent leur temps à festoyer dans des hôtels particuliers ou de somptueux manoirs, en chassant ou en se promenant dans ces immenses propriétés ! Les meurtres sont courants, mais Poirot les résout tous. L'ambiance, quoique confortable, parvient à renfermer suffisamment de mystère pour que Saana s'y intéresse. Dans ce feuilleton, le spectateur est invité à apprécier le paysage et le cadre *cosy* et à faire de son mieux pour repérer les indices qui lui sont offerts sur l'identité du meurtrier. Malheureusement, Saana l'a déjà regardé plusieurs fois. Dans tous les épisodes, elle devine ou se souvient du coupable. *The Killing* est une série beaucoup plus addictive, nouvelle et d'un tout autre niveau.

Saana met le programme sur « pause » pour aller aux toilettes. En chemin, elle jette furtivement un œil entre les rideaux du salon. Les bouleaux qu'on aperçoit depuis la fenêtre sont déjà d'un vert profond. L'explosion de l'été l'a encore prise par surprise cette année, elle qui a passé tout le printemps enfermée au bureau, assise devant son ordinateur, à taper hâtivement ragots de célébrités et titres racoleurs à mettre en ligne. Au fil des années, elle a vu passer sur son écran la mort de David Bowie, le virus Zika et d'innombrables autres petits sujets futiles.

5 exercices pour être en forme cet été.
Perles rares : 10 destinations européennes sous-cotées.
J'ai fait la planche 3 minutes par jour pendant une semaine : les résultats sont surprenants !
Les intestins sont notre deuxième cerveau – 5 faits sur le fonctionnement du transit.
Allège ton quotidien – adopte ces recettes familiales prêtes en 15 minutes pour toute la semaine.

Saana en sourit encore. Elle a passé tout le printemps à mettre au point ces recettes rapides mais, après avoir pris les photos, elle n'en a pas cuisiné une seule chez elle. La planche quotidienne non plus n'est pas allée au-delà de la semaine-test. En réalité, elle ne vivait que pour le travail. Elle comptait les signes et les mots, s'inquiétait des plannings, restait clouée devant son ordinateur du bureau jusque tard le soir. En rentrant, elle était si épuisée qu'elle n'avait pas la force de faire autre chose que de s'allonger pour regarder Netflix ou HBO Nordic. Les petites tâches domestiques – payer les factures, passer l'aspirateur, préparer de quoi dîner – lui semblaient insurmontables après ses journées harassantes.

Des moutons s'accumulent le long des plinthes, et des relances d'impayés tombent avec une régularité déprimante dans sa boîte aux lettres. *Tout cela est-il bien normal ?* se demande Saana en se fourrant plus de pizza dans la bouche. Pour toutes ses connaissances, ça semble l'être : tout le monde a énormément de travail et est constamment pressé. Mais à quoi bon ? Pourquoi se dépêcher ainsi ? Ses amis se disent « super occupés » comme s'il fallait s'en réjouir. Ils se donnent à fond sans jamais accumuler aucun retard, ce qui ne les empêche pas de trouver le temps d'aller à la salle de sport. Personne pour se dire stressé ou épuisé.

Le soir, quand la lumière n'éclairait plus que quelques bureaux, Saana, assise à son poste silencieux, googlait parfois les symptômes du burn-out. Tout concordait : « Puissante fatigue, cynisme et baisse de confiance professionnelle ». Tout au long du printemps, Saana a tant fixé son ordinateur qu'elle n'a rien vu des préparations de la nature pour l'été. D'abord, le sable qui se révèle sous la neige, quelques oiseaux migrateurs épars, des crocus. Puis, soudain, ce surgissement – les bouleaux verts, les rossignols et les promeneurs en T-shirt. La lumière.

En revenant des toilettes, Saana retourne à la fenêtre. Quel jour on est ? Mercredi. C'est la veille qu'elle est sortie jusqu'à la fermeture des bars. C'était son propre pot de départ, avec peu de monde mais beaucoup d'alcool.

Le chant puissant d'un merle lui arrive depuis un arbre de la cour. Saana se voit contrainte de fermer la fenêtre pour que la joyeuse mélodie de l'oiseau ne gâche pas l'atmosphère rance et grise de son lendemain de soirée. *The Killing*, Seattle sous la pluie, la pizza, la fatigue et la nausée. Sa zone de confort. C'est en réalité assez absurde, avec une gueule de bois pareille, de regarder ce programme, ses meurtriers et ses cadavres. Mais pas d'option alternative possible : Saana adore *The Killing*. Elle s'y sent chez elle. Devant cette série, elle oublie sa solitude. L'intrigue si captivante lui évite de songer à ce qui l'inquiète.

Saana reprend une bouchée de pizza. C'est la dernière part. Elle a probablement ingurgité plus de 1 500 kilocalories. Une pizza grasse, ça donne soif, mais, au moins, la pièce ne tournoie plus. Vautrée sur le canapé, repue, Saana se dit que, malgré les circonstances, tout va très bien. Même si son burn-out de printemps qui avait commencé avec ces rumeurs sur un remaniement du personnel s'est conclu par ce couperet qui l'a laissée sur le carreau, sa vie est OK. Tout va s'arranger.

Saana jette un œil à ses valises déjà prêtes dans l'entrée, puis se rallonge pour la fin de la soirée. Demain, elle quittera la ville pour l'été. Plus de gueule de bois, mais du sport et de la méditation. Des balades et des smoothies verts. Tout ce que les gens font au quotidien. Mais aujourd'hui : rien. Pelotonnée sous le plaid du bar qu'elle a emporté avec elle, la tête posée sur un coussin, elle laisse Netflix tourner pour un épisode de plus. Ce n'est que demain que commencera le nouveau chapitre de sa vie.

Le lendemain matin, seuls le léger tremblement de ses mains et les reflux dus à l'engloutissement d'une pizza entière trahissent un lendemain de soirée difficile. Le processus de rétablissement dure en général un à deux jours. Jour 1 : compenser le manque de sommeil, évacuer le trop-plein d'alcool et remplacer les toxines par de la pizza et des sucreries. Jour 2 : éliminer le gras, le sel et la surdose de sucre de son organisme ; ballonnements et baisse de moral temporaire. Remords. Passer toute la journée de la gueule de bois à dormir pour rendre ses droits au cycle de sommeil. Une nuit de reptile. Finalement, la rage : plus jamais ça. Et puis, jour 3 : tout est oublié, tout est pardonné. Une nouvelle vie, de nouvelles résolutions, de l'humilité et du rétablissement. L'illusion que le vin et elle, c'est fini ! Puis, jour 7 : la soif.

Debout dans la cuisine, une tasse de café à la main, Saana regarde dehors. Aujourd'hui, elle supporte de nouveau la lumière du soleil et le chant des oiseaux. Elle allume son iPad posé sur la table de la cuisine, google « Hartola » et clique sur la page de la commune où on peut lire :

Hartola – le seul royaume de Finlande

Saana s'en amuse, mais cette accroche n'a rien d'une plaisanterie : Hartola se considère bien comme un royaume. On peut même trouver sur YouTube une vidéo publicitaire intitulée « Le royaume d'Hartola ». Saana appuie sur « play ». Le clip, avec ce style laconique propre aux publicités qui font la promotion des communes, présente les avantages de la vie dans ce village. Dans la vidéo, une nouvelle habitante – forcément chanceuse – raconte qu'au moment de son emménagement elle se demandait si les magasins locaux vendaient du fromage de chèvre. Apparemment oui ? La vidéo ne le précise pas.

Saana cherche ensuite sur Google Maps la distance entre Vallila et Hartola : via l'itinéraire le plus rapide, cent soixante-dix-neuf kilomètres. Voilà à quel point elle compte s'éloigner de sa routine paralysante, de ce printemps oppressant, de l'épuisement et de l'incertitude quant à son avenir. Elle essayera simplement de ne pas penser à l'automne. À cent soixante-dix-neuf kilomètres de là, elle s'installera dans l'intervalle d'une vie éphémère. Avec la fin de ce CDD, la voilà contrainte de partir se reposer dans un endroit où elle s'est toujours sentie bien.

Saana verrouille son iPad et le range dans la poche dorsale de son sac à dos. À elle la liberté ! Elle éteint les lumières de son appartement, vérifie que la cafetière est éteinte, le robinet de la machine à laver fermé, les fenêtres closes, le frigo vide – que tout est prêt pour une absence de deux mois. Nul besoin de s'inquiéter des plantes vertes : à cause d'un arrosage trop sporadique, elles sont agonisantes depuis longtemps. Comme Saana vit seule, difficile de rejeter la faute sur quelqu'un d'autre. Elle traîne ses deux gros sacs sur le palier, verrouille sa porte d'entrée. Il flotte un drôle de mélange d'odeurs issues de la vie des autres. L'un des voisins doit être en train de cuisiner de la viande hachée.

La jeune femme entasse ses bagages encombrants dans le petit ascenseur et regarde impatiemment les étages défiler. Parvenue au rez-de-chaussée, elle tire la grille raide et grinçante pour ouvrir la porte. Il n'est que 11 h 20. Elle a largement le temps d'attraper le bus de midi.

D'une voix basse et veloutée, le chauffeur souhaite la bienvenue aux voyageurs de l'express pour Jyväskylä via Lahti et Heinola. Saana a toujours aimé voyager en bus : pas besoin de conduire, elle peut dormir, lire ou regarder le paysage, seule avec ses pensées. *Adieu, Helsinki, tu ne me manqueras pas.*

À hauteur de Lahti, Saana sort son petit carnet de notes de son sac et commence à rédiger une liste :

Été à Hartola, points principaux :
Profiter
Calme
Pas de cigarettes
(ou juste une petite bouffée, si j'ai bu un verre de vin ou une bière)
Pas de bière
(boisson inutile, fait gonfler le ventre)
Arrêter de me ronger les ongles
Vélo & jogging
Manger des fraises des bois et des myrtilles d'Heinänkorsi
(au moins une fois)
Admirer les petites choses (comme à l'étranger)
Retrouver la fougue de ma jeunesse
(enfin, je suis encore super jeune, mais je cherche l'enthousiasme
du début de la vingtaine)
M'asseoir sur la balancelle du jardin et faire la sieste dehors
Feuilleter des magazines et des polars
Lâcher prise, me reposer
Faire du parfum avec la recette de mon enfance
(lilas ou pétales de roses dans un bocal en verre)
Écouter des vieux tubes de l'été
Écrire

Le dernier point est son plus grand rêve. Saana aimerait écrire quelque chose à elle, un polar à succès, par exemple. Quand ses amis lisaient le magazine people *Seiska*, son péché mignon était depuis longtemps déjà le mensuel d'affaires criminelles *Alibi*.

Quand le bus quitte la gare routière d'Heinola, Saana est encore en train de regarder sa liste. Aucune mention du « grand amour » ou des « hommes » : « un été sans les hommes » sonne plus reposant et vaguement familier. Saana se rappelle avoir lu quelques années auparavant un livre au titre semblable, un roman de Siri Hustvedt.

Le bus lâche un sifflement en s'arrêtant. La gare routière d'Hartola n'est qu'un petit abribus un peu à l'écart de la route principale. Saana descend et attend que le chauffeur vienne ouvrir la soute. Elle le remercie d'un sourire, récupère ses sacs et repère presque aussitôt une silhouette familière : une femme vêtue d'une robe d'été et d'un long gilet en laine clair, presque jusqu'à terre, lui fait signe avec enthousiasme depuis l'abri. Inkeri, sa tante. La meilleure femme au monde. Saana agite la main en retour.

— Tu es vraiment comme ta mère, lance sa tante, amusée, en voyant Saana traîner son énorme fardeau. Impossible d'aller où que ce soit sans emporter la moitié de la maison.

Le cœur de Saana se serre quelques secondes. Lui ressemble-t-elle vraiment ? Une petite part de sa mère demeurera éternellement en elle, bien que sa mère elle-même ait disparu. D'un geste vif, Inkeri jette les sacs sur la banquette arrière de la vieille Coccinelle et fait signe à Saana de s'installer à côté d'elle. Saana n'a même pas eu le temps de la prévenir que ses sacs contenaient son ordinateur, son iPad et d'autres choses fragiles. Peut-être ne serait-ce pas si terrible s'ils se cassaient tous. Elle pourrait alors récupérer dans le calme le plus complet.

La Coccinelle vrombit sur la route sableuse. Helsinki semble très loin déjà. Saana regarde défiler les bâtiments familiers de son enfance, les champs. Elle abaisse la vitre et passe la tête à la fenêtre. Le vent poussiéreux lui fouette le visage. Des odeurs d'été et d'engrais flottent dans l'air. De petits cailloux font cliqueter le bas de caisse, et les pneus envoient des gravillons vers l'extérieur. Saana ramène la tête dans l'habitacle. Maintenant qu'elle est sur place, l'idée de passer l'été chez Inkeri lui paraît tout aussi agréable qu'avant de partir, voire davantage. Le petit vin blanc frais qu'on prend sur l'escalier devant la grange, les magazines féminins, les commérages avec sa tante, sa cuisine délicieuse. Depuis la voiture, elle croit déjà sentir la fumée du poêle à bois du sauna. Il fera bon vivre loin de chez elle. Être au chômage à Hartola lui donnera l'impression d'être en vacances, d'être libre. Chez Inkeri, pas besoin d'être productive et de se forcer à faire des choses inutiles comme passer en revue son dressing et rassembler des vêtements pour le marché aux puces, ranger la cave, trier ses épices, chercher un nouveau travail tout en étant bien trop regardante, nettoyer les poignées de portes ou secouer les oreillers et les couvertures. À Hartola, Saana se contentera de se reposer. En dormant, elle évacuera le stress que son travail l'a forcée à ingurgiter, une urgence après l'autre, au cours du printemps. Puis, petit à petit, elle se reconstruira.

Mercredi 26 juin / Helsinki

Jenna remonte la rue Neitsytpolku, les yeux rivés à son portable. Elle doute de la sagesse de sa décision : zapper la gym pour aller en soirée juste en sortant du travail. Elle regarde l'heure ; il n'est que quatre heures moins le quart. Elle dépasse les imposantes bâtisses en pierre du centre-ville. Peu à peu, la mer scintillante apparaît à l'horizon.

« Viens tout de suite, si tu veux, les autres seront là aussi », lui a dit Elias. Et elle a accepté.

Très vite, un rire sourd et familier lui parvient. Les associés de l'entreprise sont installés à la terrasse du Mattolaituri, une ancienne laverie devenue le rendez-vous de la jet-set. Elias est déjà là – un arriviste aux dents longues qui est aussi la seule personne que Jenna connaisse dans la boîte. Elle s'arrête devant la table et plaque un grand sourire sur son visage, ce qui n'empêche pas les hommes de continuer leur conversation. Seul Lars se retourne, et Jenna sent qu'il la regarde de la tête aux pieds. Tout à coup, son haut lui semble trop moulant et sa jupe trop courte, mais elle est quand même satisfaite de s'être habillée pour sortir avant de quitter le bureau. Au moins, le P-DG ne devrait rien trouver à redire à son apparence. On ne sait jamais comment vont se finir les journées d'été, si bien que Jenna emporte aussi bien des affaires de sport que des hauts de soirée lorsqu'elle se rend au travail.

— Si mademoiselle veut bien patienter un instant, dit Elias en allant lui chercher une chaise à la table voisine.

Jenna regarde le P-DG vider son verre.

— Je meurs de soif, lance-t-il en ricanant tout en resservant les autres.

— Et maintenant ? demande Elias en se rasseyant.

Il incite Jenna à faire de même. Elle hésite ; il n'y a que des hommes à table. Contrairement à ce qu'Elias lui avait laissé entendre, les « autres » ne sont pas là. Il n'y a qu'elle et ces gens-là.

— Ça devrait le faire, glousse Lars.

Elias hoche la tête et jette sur la table une boîte d'allumettes sur laquelle on peut lire :

FIRE – LES IDÉES S'ENFLAMMENT.

Jenna prend une flûte de champagne et regarde Lars s'assurer que la boîte contient bien de la coke. Il lève son verre en hochant la tête. Elias répond d'un signe, avec la discrétion de rigueur. Colis livré, colis réceptionné. Jenna gigote sur sa chaise sans pouvoir s'en empêcher. Elle se sent extérieure au groupe, mal à l'aise. Ils foutent quoi, les autres ?

Ces messieurs passent rapidement en revue les records de vente du dernier trimestre, puis enchaînent sur des sujets plus importants. Ils dîneront dans leur repaire habituel, un restaurant sur l'île Klippan. Un cadre maritime bien trop joli pour les propos avinés qu'ils tiennent sur leurs précédentes soirées de beuverie. Après trois bouteilles de champagne et quelques bières, ils crient déjà plus qu'ils ne parlent. Heureusement, le vent marin emporte avec lui le pire de leurs discours.

Jenna regarde autour d'elle. Le doux soleil d'après-midi a incité beaucoup de monde à sortir. Les promeneurs et leurs chiens déambulent sur la plage. Elle reporte à nouveau le regard sur la tablée et est prise d'une envie de rire. Le front de Lars est rouge vif. Lars Sundin, son âge moyen, son visage cramé par le soleil et sa coiffure peu crédible de jeune surfeur…

Jenna vide son premier verre. Les tables se remplissent peu à peu autour d'eux, mais en ce qui concerne l'alcool ils ont déjà plusieurs longueurs d'avance sur les autres.

Le Mattolaituri, construit sur la côte, a la réputation d'être un bar m'as-tu-vu. Les habitants du quartier d'Eira qui sortent leurs chiens et les coureurs observent en passant la clientèle assise en terrasse, à l'affût d'un visage familier. Jenna a l'impression d'être à une table VIP. Les hommes adressent un signe aux passants de temps en temps. Tapes sur l'épaule, bourrades. Ils sont habitués à ce que leur table se fasse remarquer, dans le bon comme dans le mauvais sens.

Quelques voiliers glissent tranquillement en arrière-plan de la terrasse animée. La saison de plaisance est encore à venir. Quand Jenna vivait chez ses parents, ils passaient beaucoup de temps sur l'eau. L'espace d'un instant, la jeune femme ressent une indescriptible nostalgie. La mer lui manque.

Trois femmes très maquillées trinquent à la table voisine. Jenna reconnaît l'une d'entre elles, une célèbre blogueuse. Pendant un instant, Jenna se prend à rêver : elle aimerait être aussi légère, belle et populaire. Lars s'est retiré à l'écart pour fumer une clope. Lui aussi mène probablement une vie insouciante. Jenna ne côtoie pas beaucoup de monde capable d'agir ainsi à sa guise. Elle connaît le nom de toutes les femmes que Lars a fréquentées ces dernières années, du moins à en croire les rumeurs. Des femmes intelligentes, pour la plupart. Lars n'est pas particulièrement beau, mais peut-être qu'il est doué pour la conversation. En tout cas, ce mec est blindé de fric. Jenna laisse Elias la resservir et regarde Lars fixer la mer. L'espace d'un instant, il lui paraît moins impressionnant, plus authentique. Lui aussi a été enfant un jour, se dit-elle, amusée, en sirotant son verre.

— On bouge, déclare Lars en revenant à leur table.

Toute la tablée se tait. On n'a visiblement pas pour habitude de le défier. La soirée est planifiée à la minute près. D'abord le mousseux au Mattolaituri, puis le dîner à Klippan et la fin de soirée au club Teatteri pour une fête privée VIP. Lars a apparemment beaucoup de monde sur sa liste. Elias a promis à Jenna qu'elle aussi pourrait entrer.

Déjà ivres, les hommes se dirigent à grandes enjambées arrogantes vers le quai pour l'île Klippan. Le bateau-taxi partira à 18 heures. Jenna les suit en chancelant sur ses talons hauts. La boisson lui est montée à la tête. Elle se sent à la fois invincible et étrangement faible. Le bateau de la compagnie Silja Line vient de partir pour la Suède, sa massive silhouette blanche temporairement absente du port. Afin de faire savoir que ses amis et lui attendent un moyen de transport, Lars tire sur une corde pour lever une planche de bois située au sommet d'un mât. Le capitaine du bateau amarré au quai de l'île aperçoit la commande et se prépare à partir. Les hommes attendent sur le quai. Jenna a envie de fumer. À ce moment-là, le téléphone d'Elias sonne.

— OK, on est déjà là, dit-il avant de raccrocher.

Cinq petites minutes plus tard, un taxi apparaît sur la côte et deux filles se joignent à la compagnie, une rousse et une brune. Elias les accueille galamment et les présente à Lars, qui les enlace un peu trop longuement et leur propose une gorgée de la flasque qui se trouvait dans la poche intérieure de sa veste. Les filles haussent les sourcils, puis se jettent sur l'offre. Pour une fois, les associés de Lars n'ont rien à dire, trop occupés à regarder ces deux jeunes filles boire directement au goulot en faisant mine de s'étrangler avec force gloussements. Bouche bée, Jenna observe la scène, puis se rend compte qu'il vaudrait mieux qu'elle ravale le premier commentaire qui lui est venu à l'esprit. Les deux filles sont juste assez âgées pour ne pas finir en taule.

Quand le bateau arrive, Lars y mène les femmes en premier. Hésitante, Jenna regarde ces nouveaux visages. Les jeunes filles sont belles, leur maquillage prononcé. Elles émettent des gloussements gênés en montant à bord l'une après l'autre avec prudence. Leurs minijupes et talons aiguilles compliquent la manœuvre. Jenna les suit. Elle aussi trébuche à cause de ses talons et prend appui sur la main que lui tend Lars. Il les fait asseoir à côté de lui et leur pose des questions polies mais superficielles. En s'installant, Jenna voit le regard affamé des hommes. Elle ne peut pas s'empêcher de réfléchir à son rôle : pourquoi est-elle là ? Elle travaille pour la boîte, quand même. Elle lance un regard interrogateur à Elias : « C'est quoi ce bordel ? » Il lui répond par un geste presque chargé de colère : « Pose pas de questions. »

En gravissant les marches du restaurant, Jenna parcourt du regard l'horizon et le ciel resplendissant. Helsinki. Les autres entrent, mais elle remarque qu'Elias est resté dehors avec Lars. Ils se tiennent dos au bâtiment en bois. Elle ouvre la porte d'entrée et les écoute depuis le palier.

— L'une des trois est notre propre stagiaire ! Qu'est-ce que tu fous ? demande Lars d'un ton accusateur.

— Il y a eu un problème, une annulation, grommelle Elias. C'est le deal. Si on s'est mis d'accord sur trois, je me débrouille pour en ramener trois. Tu sais que tu peux compter sur moi.

L'incertitude se devine dans sa voix. Lars semble accepter ces explications, non sans un hochement de tête maussade. Jenna se retourne rapidement pour entrer dans le restaurant. Elle serait donc là pour remplir un quota de chair fraîche destinée au divertissement de ces messieurs ? Toute cette histoire est vraiment à chier. D'un autre côté, la soirée a été assez amusante jusque-là. Elle saura très bien se protéger si nécessaire.

Trois heures plus tard, assis à table, Jenna et Lars discutent de la situation actuelle de la clientèle. De leur point de vue, ça ne fait aucun doute : ce sont les clients eux-mêmes qui constituent le plus gros obstacle aux projets créatifs. On ne sait plus, on n'ose plus acheter de la bonne pub. La clientèle souhaite évidemment du matériel novateur et qui sorte du lot, elle est d'abord enthousiaste face aux prises de risque, mais en fin de compte tout est lissé et corrigé pour correspondre à l'uniformité de la masse publicitaire, sans rien de nouveau à dire.

— C'est pas avec des projets clonés les uns sur les autres qu'on va remporter des prix. Et tout le monde veut des prix, les directeurs marketing comme les agences.

Jenna remarque que Lars accompagne son propos d'un coup d'œil à son décolleté.

— Vous avez tort là-dessus, répond-elle en lui lançant un regard de défi. De nos jours, les clients préfèrent les résultats, les stratégies qui ont fait leurs preuves. La créativité, c'est très bien, mais il leur faut un retour sur investissement.

Elle a l'impression de fatiguer. Il lui faudrait un truc pour la stimuler. Une ligne de coke, peut-être.

— Assez parlé boulot, amusons-nous un peu, propose Lars comme s'il avait lu dans les pensées de Jenna.

Elle le regarde former une délicate ligne de poudre blanche sur la nappe du restaurant, sans même chercher à s'en cacher. En voyant la mine hésitante de la jeune fille, Lars s'esclaffe.

— T'inquiète. On est les seuls clients, là.

Jenna hausse les sourcils et se penche sur la table. Quand elle relève la tête et se laisse aller contre le dossier pour savourer, elle sent les yeux de Lars sur son corps.

— Tu fais plus mûre que ton âge…

Jenna ricane. Peut-être que c'est vrai. En tout cas, elle sait ce qu'elle veut, si c'est ce qu'il sous-entend.

— Regarde ça, poursuit Lars en désignant Elias et la rousse qui regagnent ensemble le restaurant. Si tu es attentive, tu auras remarqué que la chemise d'Elias n'est plus dans son pantalon et que la raie de ses cheveux n'est plus du même côté que lorsqu'il est parti fumer.

Il secoue la tête.

— Aucune retenue. Où est cette putain de retenue ? Votre génération Tinder n'a plus la force de respecter les bonnes vieilles techniques de drague. La subtilité, la patience de la chasse…

Jenna rit. Tout ce qu'elle compte chasser ce soir, ce sont quelques lignes de plus. Ensuite, elle pourra disparaître.

À minuit, ils retournent sur le continent. Un taxi noir les attend déjà sur le parking à côté du quai. Lars tangue sur place en observant la mer. L'air marin plaque les cheveux de Jenna contre son visage.

Une demi-heure plus tard, le groupe, éméché et assoiffé, fait son entrée au Teatteri. Un videur vêtu de noir adresse un discret signe de tête à Lars et leur ouvre le cordon qui mène aux escaliers VIP.

— Bienvenue, monsieur.

Lars hoche la tête, lui glisse un billet de cinquante, puis mène la troupe à une grande table près de la terrasse. Sans un mot, il les laisse s'installer et va commander au bar. Quand il revient avec des plateaux de vodka-cranberry et quelques bouteilles, Jenna remarque qu'elle passe vraiment une bonne soirée. Lars semble avoir bon fond, finalement.

— J'espère que c'est du champagne et pas du mousseux ?

Jenna, déjà ivre, attrape la bouteille et plisse les yeux pour lire l'étiquette. Le hochement de tête de Lars déclenche le murmure satisfait du groupe. Il n'est pas venu le moment où Lars Sundin achètera autre chose que du véritable champagne au Teatteri.

Jeudi 27 juin / Helsinki

Allongée sur le ventre, Jenna entrouvre les yeux. Cette chambre ne lui dit rien. Où est-elle ? Sans bruit, sans bouger, elle examine la pièce : vaste et lumineuse, un parquet foncé. Elle-même est près du sol, probablement sur un futon. De son côté du lit se trouve une longue rangée de fenêtres qui laissent voir un ciel radieux. Le soleil éclabousse le mur blanc. Pas de rideaux. Un réveil lumineux, posé sur une pile de magazines de décoration par terre, indique 4 h 39. Ce n'est donc que le petit matin, et elle a fini chez quelqu'un. Elle entend un froissement à côté d'elle, se pétrifie et se rend soudain compte qu'elle est nue. Elle cherche la couverture pour se couvrir, l'esprit trouble, les yeux brûlants. Qui a fait ce bruit ? Elle a de nouveau trop bu et sniffé des lignes, ce qui lui a donné le sentiment d'être invincible. Elle se sent désormais seule et vulnérable. Depuis combien de temps est-elle allongée ici ? Elle caresse son ventre plat et vide. Ce n'est qu'ensuite qu'elle regarde, craintive, à sa gauche. Qui peut bien être assis à côté d'elle ?

Et merde. Le P-DG. Jenna remonte la couverture sur son front et ferme très fort les yeux. Elle n'est pas du tout sûre de ce qui s'est passé ces dernières heures. De ce qu'ils ont fait ou non. Elle ne se rappelle même pas comment ils sont arrivés chez Lars Sundin. Sans doute en taxi. Elle ne saurait pas dire à quelle heure. En plus, elle est encore complètement bourrée. Étrangement, un bateau lui revient à l'esprit. Tous ses souvenirs des dernières heures s'embrouillent, nébuleux. Elias et sa requête. Le Teatteri. Des lignes et du champagne. Une barmaid se penchant vers elle et lui suggérant gentiment de poursuivre la soirée en compagnie de gens de son âge. Jenna rétorquant *« Mind your own business*[1] » comme Beyoncé, enhardie par la coke. Elle ne peut vraiment s'en prendre qu'à elle-même.

Jenna sent que le P-DG se lève. Elle lui jette prudemment un coup d'œil – il lui tourne le dos – et attend qu'il disparaisse dans l'autre pièce avant de s'asseoir à son tour. *Et maintenant ?* se demande-t-elle en se levant, enveloppée dans la couverture. Il est encore trop tôt. Difficile de rentrer chez elle à 5 heures du matin. D'abord, il faut qu'elle passe aux toilettes. Jenna avance à tâtons en se fustigeant. Lars Sundin. Ce type doit être son plus vieux coup. Le P-DG de Fire, riche et arrogant. À l'agence, chaque fois que Lars passe devant le bureau temporaire de Jenna, elle lui fait un clin d'œil. Mais juste un et par simple politesse. Quand Elias lui a téléphoné la veille pour lui demander si elle était partante pour quelques coupes de champagne, elle a accepté sans hésiter. On ne peut jamais savoir quel contact s'avérera utile par la suite. Mais elle vient de baiser par accident avec son patron beaucoup trop vieux et elle ne se souvient même pas de tout. Elle a l'impression d'être une ratée insignifiante.

La troisième porte qu'elle ouvre est celle de la salle de bains. Après s'être soulagée, elle s'essuie les mains sur une serviette luxueuse et douce, comme à l'hôtel, qui dégage une légère odeur d'after-shave. Elle démêle avec les doigts ses cheveux raidis par la laque et les attache en un chignon haut. Elle se regarde dans le miroir. On pourrait faire plus soigné, mais sans démaquillant ni maquillage sous la main, elle fera avec ce qu'il reste de sa mise en beauté de la veille. Après s'être observée un instant, elle ouvre le placard et en examine le contenu.

1. « Mêle-toi de ce qui te regarde. »

Quelques boîtes de médicaments, un parfum pour homme Armani et du déodorant. Une brosse à dents électrique solitaire est posée sur le lavabo. Pas de lames de rechange, pas de cosmétiques ni de cotons-tiges. Le robinet et le lavabo luisent de propreté. Lars a sans doute une femme de ménage. Il doit vivre seul ici. Pas d'épouse. Pas de copine. Mais beaucoup de femmes, selon les rumeurs. Avant de quitter la pièce, Jenna examine les boîtes de médicaments. Qu'est-ce que M. Le-grand-patron prend comme médocs ? Rien de contagieux, pas de traitement contre les MST. La première boîte contient de la mélatonine, la deuxième un médicament sur ordonnance contre la migraine. La troisième, presque vide : du Viagra. La gerbe. Lars doit être encore plus vieux qu'elle ne le croyait. Elle ferme le placard, le regard dans le vide. Elle est presque en train de se rendormir debout après sa nuit agitée, et une gueule de bois s'annonce par un début de nausée. Jenna s'oblige à se mettre en mouvement.

Quand elle sort de la salle de bains, elle entend le bruit sourd d'une conversation quelque part dans une autre pièce. Secouée dans sa torpeur, elle panique. *Fuck.* Elle est toujours chez Lars, aux premières heures du jour, sans aucune idée de ce qu'elle pourra bien lui dire. Et avec qui il cause, là, putain ? La discussion semble venir de l'autre côté de la maison.

— Qu'est-ce que tu veux ? dit-il.

Jenna retourne dans la chambre. Elle resserre la couverture autour d'elle et regarde, angoissée, ses vêtements en vrac sur le sol. Dans la lumière de l'aube, son haut de soirée noir un peu trop serré et sa jupe à paillettes lui semblent trop bas de gamme et sales pour le trajet jusque chez elle. Ces hautes fenêtres sans rideaux lui donnent l'impression d'être dans un aquarium. Jenna marche jusqu'à la vitre et admire un moment le paysage paisible. La mer scintille au loin entre les maisons, derrière le feuillage épais des arbres.

La conversation assourdie s'est arrêtée. Lars devait être au téléphone. Jenna s'attarde devant la vue, rassemblant son courage pour lui faire face. Puis elle sort son portable de son sac dissimulé sous la pile de vêtements pour prendre un selfie nul. *Note to self*[1] : plus jamais ça. En arrière-plan se trouvent la fenêtre, la cour et la lumière d'un matin d'été. Embarrassée, Jenna sourit pour la caméra de son portable. Cette photo-là ne sera pas partagée sur les réseaux sociaux.

Puis elle tourne de nouveau le regard vers l'extérieur. Elle distingue du mouvement au pied d'un grand arbre. Comme si une silhouette sombre, appuyée contre le tronc, fixait la maison. Jenna plisse les yeux pour mieux voir. Le soleil rasant l'éblouit. Ses faux cils collés brouillent son champ de vision, et les branches lui bouchent la vue. Encore un mouvement. Jenna sursaute. Ce n'est pas son imagination, il y a bien quelqu'un en bas. Elle s'écarte vivement de la fenêtre. Après tout, elle est encore nue. Pourvu que la personne qui est dehors, quelle qu'elle soit, ne l'ait pas vue.

Jenna s'habille mais commence à ne pas se sentir bien, et rester debout lui est désagréable. Elle s'assoit sur le futon. Flash des dernières heures : une demi-douzaine de lignes et une galoche. « Tu fais plus mûre que ton âge. » Ainsi examinées à la lumière du jour, les flatteries de Lars lui semblent éculées, calculées. Le tournis la prend, la force à se rallonger. Elle entend un claquement au loin. La porte d'entrée ? Jenna n'a pas la force de réagir. Son cœur nauséeux bat à plein régime. Elle ne peut pas bouger. Elle regarde l'heure ; absolument impossible d'aller au travail. Elle envoie rapidement un mail à son patron.

J'ai la gastro, je serai absente aujourd'hui.

Puis elle se recroqueville sous la couverture en position fœtale. Le sommeil vient presque aussitôt.

1. « Note pour moi. »

Jenna émerge de son sommeil post-gueule de bois et constate qu'elle a dormi cinq heures. Merde ! Beaucoup trop longtemps. Elle ramasse son sac et ses chaussures, enfile ses vêtements trop serrés et se dirige d'un pas mal assuré vers la porte. Il est temps qu'elle s'explique avec Lars. Elle remonte le couloir jusqu'à une vaste pièce en loft. Une tasse à expresso vide gît seule sur l'îlot de cuisine en marbre.

— Lars ?

Sa voix est éraillée, sa bouche sèche et aigre. Tout est silencieux, hormis le ronronnement du réfrigérateur. Si elle avait le choix, elle ne recroiserait plus jamais ce type. Elle partirait en espérant que les souvenirs fragmentés des mains de ce vieux mec sur sa peau se volatiliseraient aussi vite que possible. Jenna sait déjà comment se comporter. *Reste sereine, comme s'il ne s'était rien passé. Ne fais pas d'histoires, ne répands pas de rumeurs au bureau. Sinon ça se retournera contre toi.* Mais, tout de même, elle aimerait agir en adulte et au moins tenter de se confronter à Lars avant de rentrer chez elle s'apitoyer sur son sort.

— Lars ? lance-t-elle à nouveau, sans obtenir de réponse.

Elle aurait bien besoin d'un café, mais ne sait pas se servir de la machine à expresso à l'allure compliquée. Elle grimpe sur un tabouret de bar. Les pieds métalliques de la chaise sont froids contre ses mollets nus. Elle croise les jambes et attend. Malgré sa dégaine de lendemain de soirée, son apparence est convenable. Au moins, elle a l'air jeune. Elle lâche ses cheveux et recommence à les démêler avec les doigts en attendant que Lars réapparaisse dans la cuisine.

Elle aimerait savoir ce qu'ils ont fait cette nuit, mais elle n'osera jamais poser une telle question. Elle sort son portable. Et si elle lui téléphonait ? Cela accélérerait les choses. Elle cherche son numéro sur la page de Fire et l'appelle. Le site de la compagnie lui fait maintenant froid dans le dos. Quand Elias lui a proposé un stage dans cette boîte qu'elle convoitait, elle était enthousiaste. Mais pourquoi n'a-t-elle pas refusé l'invitation à la soirée de la veille ? Est-ce parce que son cousin lui a dit que ça l'aiderait à mettre un pied dans la porte ? Quand les deux filles sont arrivées, Jenna a d'abord cru être différente. Elle n'était pas là pour divertir ces messieurs, juste pour faire du réseau. Mais ensuite on leur a proposé les premières lignes. Sous le fouet de la cocaïne, Jenna a réévalué la situation. Puis elle a vraiment commencé à s'amuser. Oui, maintenant elle s'en souvient.

Elle sursaute. Le téléphone de Lars vibre contre le revêtement en marbre du comptoir. Jenna raccroche. Où que soit son patron, elle ne pourra pas le joindre ainsi. Elle crie son nom encore une fois et, puisqu'elle n'obtient pas de réponse, s'empare du portable. Un appel manqué – le sien. Pas de mot de passe, peut-être pas étonnant vu l'ancienneté du téléphone. Le regard de Jenna tombe sur l'icône de la messagerie. Elle ose ou pas ? Et puis, un peu comme par vengeance, elle saute le pas et parcourt les premiers messages. Un coup d'œil méfiant à la ronde : toujours pas de Lars, elle peut continuer à scroller. Il a reçu une photo le 26/06/2019 à 18 h 06 d'un numéro inconnu. Jenna la regarde sans comprendre ce qu'elle représente. Des os ? Une couronne ? Elle ferme le message, ouvre la galerie, sursaute. C'est elle sur les premières images, nue sur le lit. Putain mais ce type ! Envie de gerber. Le champagne, les vodka-cranberry, les gin tonics et les mojitos de la veille lui remontent dans la gorge. Les images lui reviennent en flashs sporadiques. Les mains ridées et les sourcils broussailleux de Lars, la boîte de Viagra à moitié vide dans le placard. Les photos d'elle dénudée prises en cachette. Jenna repose le portable, court à l'évier et essaye de rendre le contenu de son estomac. Rien ne vient. Elle ne régurgite qu'une salive épaisse, de longues glaires claires. Vomir lui ferait du bien, mais elle n'a jamais pu s'enfoncer les doigts dans la gorge.

Il faut qu'elle se ressaisisse. Elle retourne sur le téléphone pour voir si les photos ont été envoyées quelque part. Non. Elle les supprime toutes rapidement et sent la rage et le dégoût lui brûler la poitrine.

— Connard ! lance-t-elle à la maison vide.

Peut-être que disparaître ainsi, c'est la manière de Lars de lui faire comprendre ce qu'elle représente pour lui. Rien. À ses yeux, elle n'a aucune valeur, un gros zéro qui ne mérite pas un au revoir.

— *Fuck you*, Lars Sundin, s'exclame Jenna en se dirigeant vers la porte d'entrée.

Quand elle sort de la cage d'escalier, elle se rend compte qu'elle est sur l'île de Suomenlinna. Elle ouvre Google Maps et regarde comment parvenir au quai le plus rapidement possible. Un seul itinéraire. Elle se met en route en chancelant. Ses voûtes plantaires lui font mal, et sa chaussure gauche lui écorche méchamment la cheville. Le sable crisse sous ses talons aiguilles. Et elle devra ensuite se taper les pavés du quai. Malgré le vent, il fait plutôt bon, si bien que Jenna décide de prendre ses chaussures à la main et de continuer pieds nus. Elle se retourne pour regarder derrière elle, en direction de la maison de Lars. La rue est déserte à cette heure-ci. Où a-t-il bien pu passer ? Il ne serait pas parti au bureau sans son portable. Penser à lui, à son corps près du sien, lui donne des frissons. Les photos qu'il a prises d'elle en cachette achèvent de rendre tout cela immonde et effrayant. Elle se sent poisseuse, espère que ce sentiment disparaîtra avec le temps. La haine la fait presque trembler. Pourrait-elle d'une façon ou d'une autre se venger de lui ? Si seulement ce type n'existait pas !

Titubante et nauséeuse sur le chemin qui la mène vers la côte, Jenna est loin de se douter que son vœu sera exaucé. Elle ne reverra plus jamais Lars Sundin.

Jeudi 20 juin / Hartola

Allongée dans son lit, Saana se contente d'exister. Elle n'a pas la force de faire quoi que ce soit, et ça l'énerve. Une tasse de café refroidi est posée sur la table. Sans savoir pourquoi, elle n'a pas réussi à la boire. Elle pianote sur son téléphone et va sur Twitter, juste en coup de vent, même si elle est officiellement à la diète niveau réseaux sociaux. Elle a commencé à suivre le compte de la police au printemps, par pur intérêt personnel. Son objectif secret, en plus de son travail de journaliste et de la chasse aux ragots, était de tomber sur quelque chose qui capterait son attention. Quelque chose qui la surprendrait, qui réveillerait son imagination. Mais jusqu'à maintenant elle n'a rien trouvé de tel. Au fond d'elle-même, Saana sait très bien qu'elle n'a pas encore vraiment cherché.

CommuniquésDePolice @ComPolice 20/06/2019
Carambolage en Finlande-Centrale.

« Carambolage » ? *Un peu informel, de la part de la police*, songe Saana en prenant enfin une gorgée de café. Beurk ! Il est complètement froid. Têtue, elle en boit quand même une deuxième. *Voilà en quels termes on nous informe des accidents de voiture*, se dit-elle en reposant la tasse sur la table.

La semaine écoulée lui a laissé le temps de se rendre compte qu'Hartola n'a pas vraiment beaucoup de divertissements à offrir. Bien sûr, c'était ce qu'elle cherchait – un endroit où se détendre, se reposer, réfléchir, se concentrer sur l'existence. Mais, maintenant qu'elle peut justement le faire, elle se sent pitoyable, fainéante, décevante. Elle s'allonge sur le lit étroit de la chambre d'amis de sa tante et fixe le plafond. Petit à petit, comme par accident, elle glisse dans un sommeil serein.

Tante Inkeri la réveille en la secouant fermement.

— Debout, Saana. Tu purges depuis trop longtemps ta gueule de bois et je ne sais quoi d'autre par le sommeil. Une semaine, pour être précise. Aujourd'hui, on prend les vélos, et je t'emmène faire le tour d'Hartola.

L'air fugitivement irrité de sa nièce semble l'amuser. Il est 3 heures de l'après-midi. Selon Inkeri, il est grand temps que Saana se refamiliarise avec le village. Qu'elle se remémore les grandes vacances de son enfance. Qu'elle se balade et fasse un peu d'exercice, pour une fois. N'importe qui déprime sans activité. Inkeri est catégorique : bien qu'elle refuse de l'admettre, Saana est en manque d'occupations. Elle prend donc les rênes pour l'obliger à se bouger. Ce serait idiot qu'elle reste enfermée dans sa chambre en plein été !

— On n'a qu'à d'abord s'asseoir un peu sur la balancelle du jardin, propose Inkeri.

Saana, qui commence à trouver l'idée assez bonne, suit sa tante dehors. Lorsqu'elle s'installe, Inkeri lui pose une main sur l'épaule.

— Et on pourrait boire un peu de vin d'été ?

— Oui, merci.

Saana sourit. Sa tante repart à l'intérieur. Elle sait vraiment s'y prendre. Après leur avoir versé du vin dans deux verres à pied verts, Inkeri caresse la joue de Saana.

— C'est génial que tu sois venue.

— Je suis vraiment contente d'être ici.

La main de sa tante est fraîche et apaisante sur sa joue.

— Comment tu vas ?

— Assez bien. J'étais surprise que mon contrat ne soit pas reconduit, mais c'est peut-être mieux comme ça. Je peux m'arrêter, faire le point. Les deux dernières années, je n'ai fait que cravacher. Et j'ai passé mon temps libre à… eh bien… sortir, reconnaît-elle en prenant une gorgée du vin blanc servi par sa tante.

Il est frais comme il faut, juste assez sec. Inkeri lui coule un regard en coin, curieuse.

— Tu as quelqu'un en ce moment ?

— Non. Je suis un cas désespéré, répond Saana, amusée, en portant un toast à son propre malheur.

— Eh bien, d'aucuns te diraient que rester seule demande plus de courage qu'être mal accompagnée, déclare Inkeri en leur resservant une goutte. Mais si la vie m'a appris quelque chose c'est que, quand la bonne personne entre en scène, nul besoin de réfléchir ou de s'en remettre au hasard. Tout devient étrangement clair.

Assises côte à côte, elles contemplent le jardin verdoyant.

— Peut-être que tu n'as pas encore rencontré celui qu'il te faut vraiment.

L'idée plaît à Saana, qui tape le sol du pied pour donner du mouvement à la balancelle. Les roses de la Saint-Jean fleurissent déjà. Des roses pimprenelles. Elle pourrait rester assise là à les contempler tout l'après-midi.

— Tu as déjà eu quelqu'un comme ça, avec qui c'était « étrangement clair » ? demande-t-elle sournoisement.

Inkeri parcourt du regard le jardin, puis baisse les yeux sur son verre. Enfin, à la surprise de Saana, elle répond à sa question.

— Quelques-uns. Mais ce n'est jamais allé bien loin.

En début de soirée, Saana et Inkeri, un peu ivres, pédalent le long des chemins de sable d'Hartola. Saana a pris l'ancien vélo de sa tante, vieux de plusieurs décennies, et Inkeri a enfourché son nouveau Crescent. La jeune femme a beau connaître Hartola depuis l'enfance, sa tante estime qu'elle doit y replonger ses racines. C'est le bon moment pour qu'elle pose un regard d'adulte sur ce qui l'entoure, pour qu'elle puisse se resituer.

— Tu adorais venir le voir quand tu étais petite, s'écrie Inkeri en désignant un moulin rouge érigé au loin. Et là-bas c'est le salon de Maila Talvio, l'un des endroits les plus en vue d'Hartola…

Saana observe les alentours. Les quelques fois où elle est revenue dans ce village à l'âge adulte, elle était toujours si occupée qu'elle ne regardait pas vraiment quoi que ce soit. Tout ce qu'elle faisait, c'était évacuer son stress ou sa tristesse en dormant dans la chambre d'amis à l'étage de chez sa tante. Elle pensait qu'il n'y avait rien à voir à Hartola. Et, à l'époque, elle n'avait peut-être pas tort.

— On va tourner là pour redescendre. Voyons voir si on peut aller dans la cour du manoir, il ne doit plus y avoir grand-monde à cette heure, crie Inkeri en accélérant.

Amusée par l'intrépidité de sa tante, Saana suit le rythme. En cet instant, rien d'autre ne compte que cette balade à vélo estivale sur les chemins du village. Le vieux moulin en bois, le magnifique domaine du manoir, l'odeur de l'herbe fraîchement tondue.

Elles traversent la cour où poussent de hauts sapins majestueux. Saana n'en avait jamais vu d'aussi imposants. Le jardin est manucuré : la propriété semble bien entretenue.

— C'est le manoir de Koskipää. Tu en as probablement des souvenirs d'enfance.

Saana regarde autour d'elle avec curiosité. Le paysage lui semble à la fois familier et étranger. Peut-être est-elle venue ici avec sa mère quand elle était petite ?

— Le bâtiment principal, le vert, a été construit dans les années 1820, quand la famille Tandefelt était propriétaire du terrain. Le manoir a appartenu aux von Gerdten dans les années 1850, explique Inkeri.

Saana observe la belle bâtisse, ses piliers solides, la cour entourée d'autres bâtiments de bois rouge. Les épaisses fougères, les pommiers, le logement de fonction du responsable du musée. Les battants de l'entrée peints d'un vert clair, qui pèle par endroits. Saana a toujours été fascinée par les vieilles portes.

— Dans les années 1970, un homme surnommé « le baron » a emménagé dans ce bâtiment appelé « le Vieux Koskipää », poursuit Inkeri en désignant un manoir jaune, plus près de la rivière. C'était le dernier représentant de la famille von Reichmann. « L'intérieur du bâtiment principal du manoir révèle les nobles conditions de vie de la société châtelaine du Häme de l'Est au XIXe siècle. » Ça vient du site Internet du Häme de l'Est. Je ferais une bonne guide, non ?

Saana acquiesce en signe d'encouragement. Sa tante est la meilleure des guides.

— On propose vraiment de très bonnes visites ici. Il faudrait que tu en fasses une, ça vaut le détour.

La jeune femme continue de parcourir les lieux d'un regard curieux. Les vieux manoirs et leurs majestueux jardins provoquent toujours en elle une inexplicable soif de liberté. Passer l'été dans un manoir, déambuler insouciamment dans la cour, coiffée d'un grand chapeau de paille… Ce serait génial. Elle retrouverait sans doute l'impression de splendeur qu'elle associait à Hartola dans son enfance, alors que le village s'est mis à lui faire l'effet d'un coin paumé.

Toutes deux laissent les vélos devant le manoir et se dirigent vers la rivière qui coule, indolente, en contrebas. Les saules argentés ploient au-dessus de l'eau. Des cabanons et des quais ont été construits sur la berge. Saana remarque un pont suspendu au loin. A-t-elle un jour déjà couru dessus pour rejoindre l'autre côté ? Les nénuphars et la flore aquatique ont envahi les rives. Elles décident de traverser le pont flanqué de deux piliers en pierre. Il grince et craque sous les pieds de Saana.

— Écoute, dit sa tante.

Elles s'arrêtent un instant au milieu du pont. Tout est calme. Peu à peu, des soupçons de vie commencent à poindre dans le silence. Le murmure de l'eau. Les trilles d'un merle. Un moustique qui lui bourdonne à l'oreille. La route centrale Keskustie et les quelques voitures qui y circulent. Saana s'appuie contre le garde-corps et observe le manoir qui se laisse deviner à travers les arbres. Le ciel s'est légèrement assombri. Une brume fraîche flotte à la surface de l'eau. L'air sent l'herbe coupée et le bois mouillé. C'est beau. Elles restent là sans rien dire. Les nénuphars sont en pleine floraison, un peu partout sur l'eau. Plus loin, en aval, luit une fleur blanche solitaire.

— Tu as vu, là-bas ? demande Saana en désignant la fleur qui ressort joliment dans toutes ces nuances sombres. C'est un nénuphar ?

— C'est un calla, répond doucement sa tante. Ils ne poussent pas par ici.

Saana la regarde d'un air interrogateur.

— Qu'est-ce qu'il fait là, alors ?

— Un calla apparaît de temps en temps près de la rivière.

— « Apparaît » ?

— Je suppose qu'on l'a laissé là en mémoire d'une âme perdue.

En effet, la fleur repose simplement, délicate, sur une pierre de la berge.

— C'est sûrement pour Helena, reprend Inkeri en plongeant le regard dans les profondeurs.

— Pour Helena ?

— Oui. La jeune fille qui a été retrouvée morte dans la rivière, à l'époque.

Avant que leur excursion à Hartola s'achève, Saana et sa tante décident d'aller prendre un verre au bar local.

— Quelle horrible gargote ! lâche Saana en entrant.

— C'est pour ça qu'on l'aime, répond le barman.

Saana est mortifiée ; elle pensait que seule Inkeri pouvait l'entendre.

Elles commandent des long drinks avec glaçons et s'installent au fond de la salle, sur un canapé en cuir usé.

— Rien de mieux qu'un long drink en été, dit Saana.

— C'est pile ce qu'il nous fallait, acquiesce sa tante en riant.

Elles trinquent dans un cliquetis de glaçons. Saana trace un trait sur la buée qui s'est formée à la surface du verre. Elles passent la soirée à discuter de sa déprime causée par la perte de son emploi, de sa vie professionnelle trop stressante. Du monde des médias qui lui a tout pompé : ses pensées, ses forces et sa créativité.

— J'ai parfois l'impression de ne pas vraiment savoir comment m'y prendre. Comme si la vie m'échappait. Les gens étudient, rencontrent quelqu'un, se marient, font des enfants, trouvent un bon boulot avec un bon salaire, collectionnent les points de fidélité, comparent les crédits et les assurances…

— Et toi, qu'est-ce que tu fais ?

— Rien de décisif. Je travaille tout le temps, je m'angoisse pour des détails stupides, je mange des pizzas et je rêve de pizzas, répond Saana en riant.

— On n'a pas tous besoin de vivre de la même manière, selon un schéma prédéterminé. Moi-même, j'ai vécu comme je l'entendais. L'important, c'est d'avoir l'impression de contrôler sa vie. C'est ton cas ? demande Inkeri en faisant tourner son verre.

— Hmm…

Saana se laisse plutôt dériver, comme une amibe dénuée de volonté.

— Si tu te dérobes à tes obligations, tu risques de te négliger. Tu auras l'impression de ne plus pouvoir influencer ton propre bonheur, poursuit sa tante en regardant droit devant elle. Tu ne peux pas renoncer à tes responsabilités, pas quand il s'agit de ta propre vie.

Merci bien, Inkeri. Maintenant je me sens, en plus du reste, complètement irresponsable, songe Saana.

— Et toi, tu es heureuse ? demande-t-elle à sa tante.

Elle a beaucoup réfléchi à la vie sans entraves d'Inkeri. Pas d'enfants, pas de mari, beaucoup d'art, de jardinage, de livres et de voyages.

— Bien sûr que oui. Je vis la vie que j'ai choisie. Chaque jour m'emplit de reconnaissance.

Saana la regarde d'un air incrédule. Les choses peuvent donc être aussi simples ? Il est possible de se déclarer heureux, sans arrière-pensée ?

— Mon problème, c'est que je ne sais même pas ce que j'aimerais accomplir. Il y a tellement de possibilités que je reste paralysée et que je suis incapable d'en choisir ne serait-ce qu'une seule.

Deux grands-mères du village lancent des regards curieux dans leur direction. Saana les surveille du coin de l'œil, amusée.

— Tu finiras par y arriver, j'en suis sûre, répond Inkeri en levant son verre. Portons un toast à l'été ! Et à ma chère nièce qui le passera avec moi.

Saana hoche la tête, pleine d'affection pour sa tante. Voilà au moins une chose pour laquelle elle peut être reconnaissante.

— C'était quoi cette histoire de fille morte dans la rivière, au fait ? demande Saana après un moment de silence.

— C'est une triste histoire. Tu étais toute petite à l'époque, c'était il y a vraiment longtemps.

— Qu'est-ce qui s'est passé ?

— Attends un peu, je vais nous rechercher à boire et je te raconte.

De retour à table avec deux long drinks, Inkeri reprend :

— C'était il y a trente ans environ. Helena a été retrouvée morte dans la rivière Tainionvirta, un peu en contrebas du pont suspendu.

— Que lui est-il arrivé ?

Inkeri se contente de hausser les épaules et d'avaler une gorgée de sa boisson.

— Et le calla… Quelqu'un apporte cette fleur de temps en temps. C'est un beau geste, dit Saana pensivement.

— C'est une affaire dont tous les habitants d'Hartola se souviennent…

Inkeri s'interrompt pour interpeller brusquement les deux petites vieilles qui louchent sur elles depuis le coin du bar.

— C'est ma nièce, crie-t-elle en montrant Saana du doigt.

Les petites vieilles se retournent rapidement et font comme si elles n'étaient pas là.

— Impossible d'oublier la mort subite d'une fille si jeune, poursuit-elle.

— Qu'est-ce qui s'est passé, alors ?

Saana a maintenant soif d'histoires plutôt que d'alcool.

— Je ne sais pas. La police n'a rien découvert de spécial. Pas assez de preuves d'un crime, apparemment. Helena a été retrouvée morte dans la rivière, et, selon la police, c'était soit un accident, soit un suicide. Tout ce qu'on racontait d'autre, ce n'étaient que des rumeurs qui circulaient dans le village.

— Ce qu'on racontait d'autre ? répète Saana, qui commence à se faire l'effet d'un perroquet.

— Oui. On disait qu'Helena n'avait pas pu se donner la mort parce que rien n'indiquait qu'elle était malheureuse. De l'avis général, ça avait toujours été une fille joyeuse. Et en ce qui concerne l'hypothèse d'un accident… Les gens trouvaient ça suspect.

Saana regarde sa tante, les yeux écarquillés.

— Mais rappelle-toi que les ragots sont monnaie courante dans ce genre de petites bourgades, chuchote Inkeri en faisant un signe de tête en direction des petites vieilles. Elles aussi, là-bas, toujours à piailler sur les histoires des autres puisqu'il ne se passe rien dans leur vie… Enfin, on ne peut pas leur en vouloir, c'est si calme, dans le coin. Hartola est un endroit paisible. Ou plutôt un *royaume*, comme disent les gens d'ici.

Le matin suivant, la veille de la Saint-Jean, Saana se lève beaucoup plus tôt que lors de ses précédentes matinées à Hartola. Elle ne peut pas s'empêcher de penser à la jeune fille décédée. Bien qu'encore embrumée de sommeil, elle se dirige d'un pas vif vers la cuisine et y trouve sa tante, attablée devant le journal avec une tasse de thé.

— Tu sais, je me disais que je pourrais étudier un peu l'affaire de cette fille décédée. Comme ça, pour me distraire, lance Saana en ouvrant les placards à la recherche de filtres et de café.

Inkeri lève le regard de son journal et sourit, l'air soulagée que sa nièce reprenne goût à la vie.

— Tu es abonnée à *Helsingin sanomat* ? s'étonne Saana, qui a reconnu la police d'écriture du quotidien national.

— Il faut bien s'informer de ce qui se passe dans la capitale, répond sa tante, amusée. Le café est dans ce placard-là, le deuxième en partant de la droite.

Saana, le front appuyé contre le placard au-dessus de la cafetière, regarde couler le liquide noir. L'odeur du café tout juste filtré emplit peu à peu la pièce.

— À la fin de l'été, ça fera trente ans, dit Inkeri en tournant une page.

Saana pivote vers sa tante. Elle est soudainement saisie d'un pressentiment inexplicable, comme au seuil de grandes choses. La mort de quelqu'un pourrait-elle lui faire reprendre vie ?

— C'était la fin de l'été quand on a trouvé Helena. J'avais déjà cueilli toutes les baies, je m'en souviens. Et ta mère venait tout juste de t'avoir, deux ans auparavant.

La cafetière laisse couler les dernières gouttes dans le bol. L'impression de Saana ne fait que se renforcer : quelque chose est sur le point de commencer. Quelque chose auquel se raccrocher. Au milieu de rien. La mort inexpliquée d'une jeune fille.

Moi

Le fer incandescent s'enfonce dans la chair tendre et frémissante, avec un faible sifflement, comme une allumette qui s'éteint sous un filet d'eau. Quand la chaleur a accompli son devoir, je fixe l'homme une dernière fois dans les yeux, pour tenter d'y trouver quelque chose. De l'humilité ou des regrets. Un air implorant, affolé, des excuses. Mais il a le regard trouble. On n'y lit qu'un désespoir résigné. Cet homme est-il donc si clairvoyant ? A-t-il déjà pressenti que la grâce ne le toucherait plus jamais ? Qu'il se trouve devant quelqu'un qui le fera répondre de ses actes, qui le mettra face à la mort ? Je n'en retire qu'une vague déception. Tout s'est fait si simplement. J'avais espéré de la résistance, de l'incrédulité, une tentative de fuite désespérée. Un optimisme mal placé, l'espoir de négocier, de marchander avec l'inévitable. Mais non. Ce calme abattu, comme s'il s'attendait à ce jugement... Peut-être, au fond de lui, avait-il espéré une sentence. Et voilà que la sentence est venue. J'enfonce la tête de l'homme sous l'eau d'un geste brusque, je l'observe lorsqu'il commence à se débattre. Je l'observe et je m'interroge en même temps. Comment te sens-tu ? Qu'est-ce que ça fait d'orchestrer la mort ? D'entendre un dernier souffle, de trancher une vie ? Qu'est-ce que ça fait de s'ériger en juge inexorable, en dieu ? *Les mouvements frénétiques de l'homme s'intensifient, puis cessent. Ça ne me fait rien. Ça me fait du bien. Voilà ce que ça fait.*

Jeudi 27 juin / Suomenlinna

Il vente, comme d'habitude, mais comparé aux semaines précédentes le temps est prometteur et annonce la chaleur longuement attendue. Les arbres s'agitent quand Aino se traîne dehors avec son chien. Ses cheveux malmenés par le souffle marin lui tombent devant les yeux, et elle les rabat en arrière, en habituée. Tous les matins à la même heure, elle effectue à peu près la même boucle. D'abord les pavés, puis les chemins de sable avec leurs rochers, leurs buissons, puis de nouveau les pavés. Elle laisse Kramer renifler et marquer son territoire dans le calme le plus complet. Fidèles à leur routine, ils se dirigent vers la Porte du Roi, ce rivage paisible.

Une digue y a été érigée pour protéger ses habitants du vent, des tempêtes de neige et des intrus. Aujourd'hui, l'époque des forteresses semble très lointaine. Aino tire Kramer plus près d'elle, puis ils s'arrêtent au niveau d'un passage dans le mur de pierre, une fenêtre qui fait aussi office de porte. Elle s'ouvre sur les rochers du bord de l'île, loin des sentiers qu'empruntent le plus souvent les touristes. Aino regarde à travers l'embrasure. Le souffle salé sur son visage l'apaise. Elle apprécie vraiment le petit matin, quand il n'y a pas un chat et qu'elle a l'impression que l'île n'appartient qu'à eux. Elle aime les habitudes qui évitent de réfléchir, de s'encombrer l'esprit avec des prises de décision superflues. Ils dépassent la pizzeria fermée. Un peu avant la Porte du Roi, Kramer commence à aboyer et à tirer sur sa laisse. En résistant à moitié,

Aino suit son chien vers la porte. Elle fait contrepoids ; quand il tire vers l'avant, elle tire vers l'arrière. Kramer s'étrangle à force de lutter contre son collier. Qu'est-ce qui lui prend ?

Il s'arrête devant le passage et s'agite nerveusement, tout tremblant d'excitation. Aino se rapproche, en enroulant la laisse au maximum, et remarque vite que quelque chose cloche. La jolie côte, l'herbe verdoyante, le mur de pierre, la rampe en chaînes de fer, l'escalier, l'ondoiement de la mer, le vent cinglant – au milieu de ce paysage est apparu un détail qui attire fortement Kramer et, désormais, Aino. Elle regarde vers le bas des marches en s'efforçant de maintenir près d'elle son chien frémissant qui se démène sur place. Dans l'escalier de pierre, près de l'eau, se trouve quelque chose en vrac. Quelqu'un. Comme un cadavre. Aino ne sait pas comment elle le devine. Sa position semble anormale, presque mise en scène. Faut-il qu'elle s'approche pour tenter de prendre le pouls ? Aino ne sait plus que penser. Elle s'accroupit pour gratter Kramer entre les oreilles et crie en direction de la masse informe :

— Vous allez bien ?

Elle se sent stupide. Elle sait qu'elle n'obtiendra pas de réponse. L'homme dans l'escalier est lui aussi froid comme la pierre. Kramer gémit. Aino se sent gagnée par l'incrédulité et l'horreur, le chagrin et l'effroi.

— Au secours !

Mais le vent emporte aussitôt ses paroles. À ce moment de la journée, peu de gens viennent se promener à la Porte du Roi. Aino tâtonne dans la poche de sa veste à la recherche de son portable et lance un regard incertain autour d'elle. Il est presque 7 heures du matin.

— Au secours ! crie-t-elle à nouveau.

Sa voix la trahit. Elle se sent faible, comme une petite fille tremblotante. Elle ne sait même plus se faire entendre. Les mains flageolantes, elle sort son téléphone et tape le 112. Elle attend, en retenant son souffle, que quelqu'un vienne lui retirer la responsabilité de toute cette horreur.

Jeudi 27 juin / Helsinki

Jan se sert une tasse de café au bureau. La vieille cafetière encastrée ne fait que du café amer, parfois même imbuvable. Il l'avale cependant toujours d'une traite. Les heures s'écoulent au ralenti. Il a l'impression de s'assoupir, alors qu'il est assis dans le profond canapé vert du bureau, bien réveillé. Il a l'impression désagréable d'attendre quelque chose, sans savoir quoi. Il reprend une gorgée de café, grimace et pense à sa mère. En théorie, il pourrait décéder n'importe quand dans l'exercice de ses fonctions, mais sa mère a une échéance définie : plusieurs semaines, quelques mois tout au plus. Le monde de Jan s'en trouve désaxé. Il n'arrive pas à se sentir bien, quelles que soient les circonstances. Mais il préfère être au bureau que seul chez lui. Le service de nuit a été plutôt tranquille. De toute façon, il n'aurait pas pu trouver le sommeil. Trop souvent ces derniers temps, il s'est réveillé en pleine nuit, tous les sens en alerte. Au moment le plus calme, entre chien et loup, les deux pires heures d'insomnie.

Jan est sur le point de verser le reste de son café dans l'évier quand son téléphone sonne. C'est Mertanen, son supérieur, en charge des enquêtes pour homicide, de permanence ce jour-là.

— Un homme a été retrouvé mort à Suomenlinna.

Comme toujours, Mertanen va droit à l'essentiel. Jan se sent soudain parfaitement réveillé.

— Pas franchement banal, la victime a été mise en scène. Un crime rituel, peut-être. Je veux que tu sois sur le coup dès le début. Quelques membres de la brigade criminelle sont déjà sur place, avec les techniciens, mais je vais tout faire pour que l'affaire nous revienne. Prépare-toi à prendre l'enquête en charge.

En écoutant le briefing, Jan regarde le parking par la fenêtre. C'est un jeudi complètement ordinaire. Pour certains, déjà la promesse du week-end. Pour ceux qui sont de service, ce n'est qu'un jour parmi d'autres. Jan, qui n'était capable de penser qu'à la perte prochaine de sa mère, peut désormais songer à une nouvelle affaire. De quoi arrêter de tourner à vide, sans rien d'autre que son chagrin pour l'occuper. Une affaire qui, à un stade si précoce, a déjà réveillé le taciturne Mertanen, pourtant peu susceptible de s'émouvoir. Jan prend note des informations nécessaires et verse enfin le café froid et amer dans l'évier.

Le tunnel de maintenance entre l'île de Suomenlinna et le continent est ouvert aux voitures de police et aux ambulances. Les techniciens sont déjà sur place, et un cordon de police délimite largement la Porte du Roi et ses environs. Jan s'approche de la scène de crime à pas lents. Le cliquetis des flashs du technicien se noie dans la lumière matinale de ce jour d'été. Un drone vrombit comme un gros insecte dans les hauteurs et enregistre la vue. Jan alimente son cerveau des détails de l'affaire : Suomenlinna, la Porte du Roi, un corps, un meurtre, pas de témoins, une victime pour l'instant anonyme.

Il soulève le cordon de police et pénètre prudemment dans la zone d'enquête. Très vite, il arrive devant le corps. En le voyant, les techniciens en combinaisons blanches s'interrompent. Jan les salue, et le processus reprend. Le service des homicides de la brigade criminelle a déjà commencé l'enquête, mais l'arrivée de Jan sur les lieux indique que l'affaire revient désormais à la *keskusrikospoliisi*, ou KRP, la police criminelle centrale. On observe à la dérobée cet inspecteur qui se tient immobile et regarde devant lui. Tous ces gens pourront l'aider s'il en a besoin.

Un meurtre. Jan scrute les environs. Aucun civil en vue. Suomenlinna, venteuse et déserte, semble faire la grasse matinée. Le pire de la ruée touristique estivale n'a pas encore débuté. Le regard de Jan fait lentement le tour du rocher et s'arrête sur l'île verte d'en face. Ce doit être Vallisaari. Quelqu'un lui pose une main sur l'épaule et le salue d'une voix qui ne laisse pas de place au doute.

— Comment ça va ?

— Heidi Nurmi, répond Jan avant même de se retourner.

Heidi, une détective de la brigade criminelle qu'il connaît bien, semble l'avoir précédé sur les lieux. Il fait mine de ne pas être surpris, même si Mertanen ne s'est pas donné la peine de l'avertir.

— Un corps, celui d'un homme, encore inconnu. Environ soixante ans. On n'a rien d'autre pour l'instant, déclare Heidi. Je me disais que je pourrais me charger d'interroger celle qui l'a trouvé.

Jan hoche la tête.

— Qui est-ce ?

— Une promeneuse avec son chien, qui habite ici. Son nom est là… attends, oui, Aino Nieminen. Elle est à la pizzeria là-bas. Elle attend d'être interrogée avant de rentrer chez elle. Il faudrait s'occuper d'elle avant qu'elle commence à oublier les détails, poursuit Heidi.

Elle jette un regard à Jan comme pour ajouter quelque chose, mais semble se raviser.

Jan garde le silence car il n'a aucune parole superflue en tête. Il est cependant content qu'Heidi soit sur les lieux. Leur amitié remonte à leurs études, et elle est l'une des enquêtrices les plus perspicaces qu'il connaisse.

Heidi s'éloigne de la Porte du Roi pour aller interroger la personne qui a trouvé le corps. Jan pose le regard sur le bord de l'eau, en jaugeant la distance qui le sépare du corps. Ses collègues autour de lui le saluent d'un signe de tête et le laissent travailler tranquillement. Le cordon de séparation flotte dans le vent. On le soulève de temps en temps pour passer dessous. Tout le monde sait que même la plus petite marque, la moindre chose discordante, chaque point de repère et chaque trace doivent être répertoriés. Ce ballet ne s'arrêtera que quand les environs de la Porte du Roi auront été fouillés de fond en comble. Jan se tourne vers le technicien le plus proche.

— A-t-on trouvé quelque chose qui permettrait l'identification de la victime ? Jan Leino, KRP, annonce-t-il.

Il a bien conscience que ces gens savent déjà à qui ils ont affaire, mais il sait aussi que son air assez jeune ne correspond pas à l'image qu'on a généralement d'un enquêteur spécialisé dans l'investigation de meurtres. Mais, le plus souvent, on ne peut se fier aux apparences.

— Lampi, dit l'homme à son tour en lui tendant la main. De quoi faire froid dans le dos, cette affaire. Tous les détails semblent délibérés, peaufinés. Pas de portable ni de portefeuille ni quoi que ce soit qui pourrait identifier le corps. On est déjà en train de passer en revue les avis de disparition, on verra si quelqu'un correspond.

Jan est sincèrement désolé, pour la victime mais aussi pour la femme qui l'a trouvée. Chaque fois que son équipe est appelée sur le terrain, il y a tellement de raisons d'être désolé.

Heidi tend la main d'un air encourageant à la femme aux yeux rougis.

— Bonjour. Je crois comprendre que vous avez découvert le corps ? demande-t-elle, bien qu'elle connaisse déjà la réponse.

La femme acquiesce et se penche pour gratouiller le chien, qui se tortille à ses pieds.

— C'est une bien triste affaire. Si vous voulez parler à quelqu'un, je vous donnerai les coordonnées d'un psychologue d'urgence après notre conversation. Beaucoup de gens s'en sont trouvés soulagés, continue Heidi.

La femme hoche à nouveau la tête.

— À quelle heure étiez-vous en balade ?

— Nous étions là un peu après six heures et demie, répond la femme en raccourcissant nerveusement la longueur de la laisse.

Heidi ne sait pas quelle est la race du chien. Elle ne s'est jamais intéressée aux animaux de compagnie.

— Avez-vous remarqué quoi que ce soit d'anormal ? Quelqu'un d'autre, un bateau ?

La femme a les cheveux blonds, l'air doux. Elle porte un poncho en laine et des bottes d'équitation. On dirait une peintre ou une prof. Elle secoue la tête.

— Vous habitez ici depuis longtemps ?

— Bientôt vingt ans, murmure la femme avec un pâle sourire qui réjouit Heidi.

— C'est un endroit magnifique.

Et les places y sont chères, Heidi le sait.

— Dites-moi, vous qui êtes du coin : si quelqu'un gagnait l'île en bateau, d'où le verrait-on le mieux ?

Elle lui laisse le temps de réfléchir.

— À votre place, je chercherais là-bas, répond enfin la femme en indiquant Kustaanmiekka de la main. Personne n'y habite, mais il y a beaucoup de passage sur la colline.

— Merci, ce sera tout. Vous pouvez rentrer chez vous et vous reposer, dit Heidi, tandis que la femme hoche de nouveau faiblement la tête. N'hésitez pas à nous contacter si quelque chose d'autre vous revient.

La conversation terminée, Heidi retourne sur la scène de crime. Elle rejoint rapidement Jan, qui observe le corps.

La brigade criminelle enquête sur plus de mille morts inexpliquées par an, et, ces dernières années, les cas les plus horribles et les plus complexes sont toujours passés par le bureau d'Heidi. Ce cadavre qui gît au sol n'a rien de nouveau. Elle frissonne à l'idée qu'elle ait pu s'habituer à quelque chose d'aussi terrible. Bien que la vision du corps ne soit pas en elle-même toujours écœurante, les raisons du décès font immanquablement froid dans le dos. Heidi ne se rappelle pas à partir du quantième cadavre elle a su se comporter « en se distanciant de l'objet ». Était-ce cet homme coupé en deux à la hache cinq ans plus tôt ou l'une de ces innombrables victimes tuées à la carabine avec la cervelle à l'air ? Si terribles qu'elles soient, ces rencontres intimes avec la mort ont incité Heidi à apprécier la vie encore davantage.

Elle se penche au-dessus du corps pour l'observer plus en détail. Des écorchures au cou et aux poignets. La cause définitive du décès reste encore à confirmer, mais il semblerait qu'il soit mort noyé.

— Qu'est-ce que tu en dis ? demande-t-elle à Jan sans le regarder.

— Je ne sais pas encore.

Heidi frémit. Sa veste n'est pas assez chaude. Jan continue de fixer le cadavre. Il ressemble toujours à ça au début d'une nouvelle enquête. Un air d'indifférence, comme s'il ne prêtait qu'une vague attention à ce qui l'entourait. Mais, derrière son regard impassible, son cerveau enregistre les moindres détails.

Une mort violente va d'une certaine manière contre l'ordre des choses. L'harmonie est brisée. La nature et sa tranquillité sont renversées. Jan observe la mer, puis revient au corps. Quand il arrive sur les lieux d'un crime, il essaye d'abord d'en ressentir l'atmosphère.

Il se penche au-dessus du cadavre. Rien dans ce visage figé ne dévoile à quel point la fin fut terrible. On lui a déjà fait part de la première théorie, la noyade. Ils sont sur la côte, certes, mais le pantalon et les chaussures de la victime ne sont ni mouillés ni sales. On a beau être à deux pas de la mer, son instinct lui dit qu'autre chose a été infligé à la victime. Jan demande aux techniciens d'élargir le ratissage au littoral ainsi qu'à la digue de pierre et aux cavités qu'elle cache de l'autre côté du mur.

Jan regarde son portable. Sa mère lui revient à l'esprit au même moment. Il se rend compte qu'il attend toujours ce dernier appel. L'appel après lequel tout sera réduit au silence. Penser à sa mère lui permet de prendre du recul par rapport aux événements de la matinée. Comme s'il étudiait tout cela au travers d'un brouillard. Il agite la main comme pour dissiper le rideau de brume et se reconcentre sur les rochers entourés d'algues ondoyantes, les épaisses chaînes de fer, le mouvement du ressac.

Les courants sont forts en profondeur, mais un cadavre dans l'eau est étonnamment léger. Si le meurtrier avait décidé de noyer sa victime dans la mer, celle-ci aurait flotté. Afin de camoufler le crime, il aurait fallu charger la dépouille de plus de poids, ce qui est somme toute assez facile.

« Un corps jeté à l'eau remonte à la surface. Il faut avoir du très bon lest si on s'obstine à vouloir le couler. » Jan se rappelle cette phrase d'un de ses cours. À l'époque, ces paroles semblaient sortir tout droit d'un film de mafieux ; désormais, elles lui paraissent banales.

Sans trace de tentative pour cacher le corps, on ne peut que supposer qu'il a intentionnellement été laissé à la vue de tous. Ou alors, le tueur a été pris de court. Jan se demande même si la scène n'aurait pas été découverte plus tôt que prévu. En théorie, on aurait pu amener le corps par bateau. En tout cas, l'endroit est inhabituel, voire insensé. Et la mort est récente – elle remonte à quelques heures tout au plus. Peut-être le lieu a-t-il été soigneusement choisi. Peut-être le tueur cherche-t-il à transmettre un message ou à symboliser quelque chose.

Heidi et Jan examinent la zone en silence, chacun de son côté. Deux silhouettes blêmes qui se savent au début d'une nouvelle enquête. Tout recommence. Dans leur tête, ils estiment les distances, glanent des renseignements et recherchent les endroits depuis lesquels la scène de crime serait visible.

— C'est notre jour de chance, regarde qui est là.

Heidi sort de ses réflexions et adresse un signe de tête à un homme qui approche.

Ari Joki, le meilleur médecin légiste qu'ils connaissent. « Joyeux », comme il est ironiquement surnommé depuis des années parmi les enquêteurs de la brigade criminelle. Une chance pour le KRP qu'un génie au sang-froid à toute épreuve comme Joki ait pour d'étranges raisons décidé de devenir médecin légiste et non chirurgien de pointe. L'apparition de Joki sur les lieux ne signifie en rien que l'enquête progresse, elle souligne seulement l'absence de scrupules du coupable.

— Heure et cause du décès ? demande Jan à Joki quand celui-ci arrive à hauteur du corps.

Il s'efforce d'être aussi direct que possible, car il sait que les mots bouche-trou ne font qu'agacer son collègue.

— Si on pouvait savoir ça sans examen, on n'aurait même pas besoin de vous. Je vous le dirai quand je le saurai, répond laconiquement Joki, fidèle à lui-même.

L'air satisfait de sa remarque, il se penche pensivement au-dessus de la victime.

Jan ne peut pas s'empêcher de comparer Joki à un vautour. Un charognard qui flaire les causes de décès, aussi rapide qu'efficace. Cette image est renforcée par l'apparence même de son collègue : une tête chauve et pâle perchée sur un cou long et fin. Sa pomme d'Adam proéminente remue de haut en bas quand il s'exprime.

Jan se demande ce qui a poussé la direction à envoyer Joki sur les lieux. Dans certains cas particulièrement exigeants, ce dernier se rend personnellement sur le terrain avant l'autopsie officielle et l'examen des causes de la mort, mais cela reste très rare.

— Identité ? lance Joki en soulevant de ses mains gantées de caoutchouc les doigts de la victime pour voir sous ses ongles.

— Encore inconnue. On vérifie actuellement les disparus.

— OK. Plus qu'à l'emmener sur la table d'autopsie, déclare le médecin légiste en retirant ses gants d'un geste routinier.

Jan est sûr depuis longtemps que Joki a des yeux derrière la tête.

L'inspecteur gravit l'escalier en pierre et observe en contrebas le royaume réduit au silence par la mort. D'en haut, la vue s'étend jusqu'à la mer et les îles alentour. Au pied de la Porte du Roi se trouve un quai qu'accostent régulièrement les bateaux de la compagnie JT-Line, mais Heidi a déjà eu le temps de vérifier cela. Le dernier bac de mercredi soir a quitté Suomenlinna avant minuit, et le premier départ de la journée était prévu juste après la découverte du corps, à 7 h 20. Aucun passager n'était à bord, et la zone est désormais isolée par un cordon de police jusqu'au quai. Jan regarde la Porte du Roi. Partout des signes qu'une opération exceptionnelle est en cours. La macabre découverte a rassemblé une horde de curieux. Même en fermant les yeux, Jan peut distinguer les gyrophares bleus. Les véhicules d'intervention d'urgence qui clignotent sans bruit lui rappellent d'une manière terrifiante l'imprévisibilité de la vie et sa propre finitude.

Jan cherche le numéro de Saki dans ses favoris. Dans l'équipe, Saki est en charge des importants travaux de fond et des tâches informatiques, tout ce qui s'exprime par des 1 et des 0. Il répond à la première sonnerie. L'appel au service d'intervention d'urgence a été enregistré à 6 h 47. Les allées et venues des bateaux, des éventuelles voitures et des passagers des ferrys sont déjà en train d'être passées au peigne fin. Saki obtiendra bientôt la vidéo des caméras du quai de Kauppatori, sur le continent, d'où partent la plupart des bacs pour l'île. La proximité du palais présidentiel fait du port un endroit sous intense surveillance. On a déjà commencé à étudier le flux des voyageurs des embarcations de la compagnie de transport HSL. La première tâche de Saki sera de chercher à repérer la victime sur les enregistrements, l'idée étant de reconstituer au plus près la dernière journée du défunt, minute par minute. Mais d'abord il faudra découvrir son identité.

Heidi ramène Jan en voiture. Le silence règne pendant qu'ils traversent le tunnel de maintenance pour regagner le continent.

— Ça fait longtemps, dit Heidi.

C'est toujours elle qui prend le volant quand il se trouvent ensemble sur le terrain. Jan n'a jamais aimé conduire. Il préfère s'asseoir et réfléchir. Ou faire du vélo.

Heidi roule pied au plancher, comme une folle. Elle est la seule conductrice que Jan connaisse capable, par exemple, de se changer derrière le volant d'une voiture lancée à pleine vitesse.

— Tu veux écouter quelque chose en particulier ? demande Heidi quand le passage dans le tunnel fait grésiller la radio.

En l'absence de réponse, elle cherche le vieux morceau préféré de son collègue sur Spotify, *Red Eyes* de The War on Drugs.

Il ne dit toujours pas un mot, mais le choix de la musique le fait sourire. Heidi entame une troisième fois la conversation.

— Bon, tu me racontes ou il faut que je t'interroge ?

Le tunnel sombre semble les aspirer dans son propre monde paisible. Il n'y a personne d'autre sur la route. Jan sait qu'il ne pourra pas éviter plus longtemps la question. Il est rare que quoi que ce soit échappe au sens de l'observation d'Heidi, bien qu'ils ne soient pas vraiment proches. Il prend une grande inspiration et prononce les paroles qu'Heidi a devinées.

— Ma mère a été transférée à Terhokoti, au service de soins palliatifs, déclare-t-il calmement, d'une voix plus faible qu'il ne l'aurait souhaité.

— Je suis désolée, répond sincèrement Heidi.

— Merci.

— Dis-moi si je peux t'aider. Il n'y a pas de mots pour ces choses-là, mais tu sais que je suis là si tu as besoin de parler. Ou si tu as besoin d'un câlin, ajoute-t-elle avec un sourire en coin.

Ils savent très bien tous les deux que Jan n'est pas tactile.

Quand ils sortent du tunnel, la clarté matinale les assaille. The War on Drugs crée un imposant fond sonore. Jan observe en silence le paysage urbain qui défile sous ses yeux. Le trafic est fluide dans la rue Tehtaankatu. Le radar pédagogique installé au bord de la route indique soixante-quinze kilomètres/heure, bien au-dessus de la limitation de vitesse.

— Je vais quand même te poser cette question, parce qu'il le faut bien, lâche Heidi quand elle est contrainte de s'arrêter derrière le tram 6. Qu'est-ce que tu fous au travail ? Pourquoi tu n'es pas là-bas ? Vous avez besoin de partager du temps tous les deux. Bientôt il n'y en aura plus.

Elle traverse derrière le tram dès qu'elle en a l'occasion. L'espace d'une seconde, Jan croit vivre ses derniers instants. Derrière son volant, Heidi regarde plus souvent son interlocuteur que la route. « *Qu'est-ce que tu fous au travail ? Pourquoi tu n'es pas là-bas ?* » Les paroles d'Heidi résonnent dans sa tête, mais il ne répond pas. Il n'a pas de réponse. Il fait comme si de rien n'était. Comme s'il n'y avait pas de danger sur la route, pas de mort, pas de perte à venir. Comme si ce n'était qu'une journée de travail ordinaire : la précipitation, Heidi au volant, son pied sur l'accélérateur. Et Jan à la place du mort, bien vivant.

Au bureau, Jan s'assoit à sa place en posant les pieds sur la table. Heidi vient se poster derrière lui en s'emparant d'une vieille balle de tennis au passage. Ils ont établi un portrait approximatif et préliminaire de l'auteur des faits sur la base de leurs informations sommaires. À quoi aspire le coupable par son geste ? S'agit-il d'un visionnaire ou d'un profiteur ? A-t-il l'impression d'être investi d'une mission ou ne recherche-t-il qu'un sentiment de pouvoir ? Le brillant Kaj Johansson, spécialiste de psychologie criminelle, pourrait les aider à établir un profil. Mais pour cela il lui faudrait du temps.

— Bon, lâche Heidi en lançant la balle à Jan.

Il l'attrape de justesse et repose les pieds par terre. Le but de cet échange de balle est de dire à voix haute tout ce qui leur passe par la tête. Heidi est assez douée pour l'exercice, et tous deux arrivent en général à trouver les premières pistes à suivre.

Jan lui a fait confiance dès leur première rencontre. Il ne peut pas en dire autant de tous ses collègues. Le physique d'Heidi ne révèle pas grand-chose d'elle-même. Sa beauté naturelle est tempérée par son air dur, son expression indéchiffrable. Jan a rapidement reconnu en elle les mêmes traits d'introversion que chez lui. Déjà pendant leurs études, il était bluffé par la capacité d'Heidi à lire les gens.

— Qui est la victime ? demande Jan.

Envoi de balle.

— Qui fait partie de son entourage ?

Retour de la balle.

— La Porte du Roi : la scène de crime a-t-elle une signification ?

— En général, le coupable est un proche, ajoute Heidi. Que signifie « proche » ici ? Sa femme ? Sa petite amie ?

— Pourquoi l'assassin a-t-il voulu mettre son acte en évidence ? A-t-il voulu faire payer la victime pour quelque chose ?

Heidi se tait un instant et regarde dans le vide. Puis elle reprend :

— Est-ce que ça va en rester là ? Ou y aura-t-il d'autres victimes ?

Les derniers mots restent en suspens. Elle relance la balle à Jan et attend. Il l'attrape, la fait tourner entre ses doigts. C'est une balle de tennis verdie. Jan y avait dessiné un sourire il y a des années, mais les traces de feutre se sont presque estompées. Quand la balle s'envole, elle laisse choir quelques fibres fluorescentes, presque imperceptibles. Jan ouvre la bouche, puis la referme. Les questions soulevées sont fondamentales. Pourquoi la victime a-t-elle été placée en évidence ? Qui est-elle ?

Jan se lève, repose la balle de tennis et se dirige vers le vaste mur vide à côté de son bureau. Au feutre noir, il écrit au milieu du grand tableau :

Homme X trouvé le 27/06/2019 à 6 h 45,
mort entre 5 et 6 heures ?

Sous le texte, il accroche une photo prise sur la scène de crime. Le visage de la victime. C'est déjà quelque chose. Ce n'est rien du tout.

Heidi s'assoit devant son ordinateur pour chercher des informations sur la Porte du Roi et lit sur la page de Suomenlinna :

> La Porte du Roi est l'emblème de Suomenlinna. Bâtie comme porte d'apparat de la forteresse dans les années 1753-1754, elle est située à l'endroit où l'embarcation du roi de Suède Adolf Fredrik a été amarrée lorsqu'il est venu visiter les travaux de construction en l'an 1752.

— Rien de spécial, déclare Heidi après avoir lu le texte. Mais mon intuition me dit quand même que cet endroit n'a pas été choisi au hasard.

Elle part ouvrir la fenêtre pour permettre à l'air stagnant de circuler.

Jan observe le ciel. Il fait beau, mais la période de congés n'a pas encore commencé. À tous les coups, quand débuteront les vacances, le pays entier subira une vague de froid, et tout le monde partira, déboussolé, à la recherche de chaleur en Grèce, en Turquie ou au moins en Estonie. Jan le ferait aussi s'il ne devait pas passer tout l'été à travailler. Pendant une seconde, ses pensées s'égarent de nouveau ; la majeure partie des gens sont en ce moment même à l'extérieur, en train de passer un jeudi ordinaire, certains déjà en vacances. Et eux sont assis là, à l'intérieur, à enquêter sur un meurtre violent. Les crimes font partie de leur routine. Ils creusent dans un monde constamment sombre.

Saki entre, quelques feuilles à la main.

— Ce qu'on a pour le moment : un témoin qui aurait aperçu une barque dans les eaux de Suomenlinna aux alentours de l'île de Susisaari au petit matin. Un bateau de pêche, d'après lui. Rien sur le conducteur. On a commencé à passer en revue les enregistrements vidéo du quai de la compagnie HSL à Kauppatori, mais on ne sait pas encore précisément ce qu'on doit chercher en ce qui concerne la victime ou le tueur. Pour l'instant, aucun aperçu de la victime. On cherche à prendre des captures d'écran des passants tard le soir ou tôt le matin sur les quais.

Jan hoche la tête. Son équipe et lui regardent d'un air pensif le tableau presque vide. Le remplir sera leur priorité. Un message clair leur est venu d'en haut : cette affaire passe avant tout, et Mertanen, en tant que directeur du KRP, s'attend à être tenu au courant en continu de l'avancée de l'enquête. Malheureusement, ils n'ont pour l'instant que peu d'informations. Un vrai puzzle, sans aucun indice sur les pièces. Pour le moment, ils n'ont que ce corps anonyme.

Jenna chemine mollement sur son habituel chemin de jogging, lunettes de soleil sur le nez, bien que le ciel soit couvert. Elle n'a pas vu ses amis, elle n'a envie de rien. Quand elle s'arrête pour fumer devant le manoir de Puotila, son téléphone sonne.

— Alors, Jenna, ça va ? Tu fais quoi ?

C'est Elias.

— Rien de spécial, répond Jenna en aspirant une longue bouffée.

— T'as survécu à hier, du coup ? demande-t-il en riant.

— Mmmh, grommelle-t-elle en soufflant des anneaux de fumée qui grandissent au même rythme que son irritation.

— T'as des nouvelles de Lars ?

— Comment ça ? Je ne veux plus jamais entendre parler de ce connard, lâche-t-elle avant de poursuivre son chemin.

L'appel d'Elias lui remémore immédiatement la soirée de la veille. Les photos – pas moyen de savoir avec certitude si Lars les a fait circuler ou non, bien qu'elle les ait supprimées du téléphone.

— Je me demandais juste, au cas où vous seriez encore ensemble.

Il ne cherche pas à prendre de ses nouvelles. Pourquoi le ferait-il ? Elle se rend compte maintenant que toute sa gentillesse n'était qu'une illusion.

— On n'a pas vu Lars à l'agence, alors qu'il devait venir pour une réunion.

— Ah ! dit Jenna, s'angoissant déjà à l'idée de devoir retourner au bureau lundi.

— C'est pas son genre de pas prévenir, marmonne son cousin avant de lui raccrocher au nez.

Jenna s'arrête, fixant le vide. Pourquoi Lars n'a-t-il pas donné de nouvelles ? En réalité, elle n'en a pas grand-chose à faire. Elle prend une profonde inspiration et sort son téléphone pour y regarder son selfie à la fenêtre de la chambre de Lars. *Petite idiote*, songe-t-elle. Puis elle reprend son errance.

Jenna pense à Elias. *Mon cher cousin.* Toutes les femmes de l'agence savent qu'il est fiancé et que le couple accueillera bientôt un enfant. Ça ne l'empêche pas de sortir tous les week-ends et d'enchaîner les aventures avec des femmes, dont une partie sont carrément des clientes de la boîte.

Jenna n'a jamais mentionné qu'Elias était de sa famille. Il lui a fait jurer de garder le silence pour ne pas révéler qu'il avait pistonné sa cousine pour son stage. Jenna n'est pas sûre que ce soit la seule raison. Sans doute veut-il aussi lui démontrer son emprise. Jenna n'a pas intérêt à fourrer le nez dans ses affaires, il le lui a signifié plusieurs fois.

Elle a envie de se gifler. Qu'est-ce qu'elle est en train de faire ? Comment a-t-elle pu être aussi idiote ? L'étrange disparition de Lars la rend nerveuse. Avec qui parlait-il à l'aube ? Elle frissonne. Et cette silhouette dehors qui fixait la fenêtre de Lars ? Observait-elle délibérément la maison ? A-t-elle vu Jenna aussi ? Elle fouille dans sa mémoire, sans pouvoir se la représenter clairement.

Quand Jenna rentre chez elle, elle se regarde dans son miroir sale. Elle aimerait se prouver qu'elle est parfaite, mais elle ne voit que ses failles. C'est un de ces mauvais jours où elle se sent insignifiante et laide, un condensé d'incertitudes. Elle n'osera jamais parler de Lars ni de cette stupide soirée à personne. Qu'est-ce qu'elle avait bien pu imaginer en partant en *after* chez ce type ? À quel moment a-t-elle perdu sa dernière chance de dire non ? Et qu'est-ce qu'elle s'imaginait, de toute façon ? Qu'ils discuteraient toute la nuit et deviendraient amis ? En tout cas, elle ne s'attendait pas à ce que son patron prenne des photos d'elle ivre morte. Mais elle est allée chez lui de son plein gré. Pourquoi faut-il qu'elle soit si curieuse, pourquoi ne peut-elle pas se respecter un minimum ? Pourquoi tout ce qui est banal et sans danger l'ennuie ? Et pourquoi Lars ne s'est-il pas montré à l'agence ? Soudain, Jenna ressent une sorte de soulagement. L'idée de sa disparition la réjouit. L'enfoiré. Jenna s'humecte l'index et dessine dans son reflet un sourire forcé.

Jeudi 27 juin / Hartola

Inkeri a préparé du café pour Saana, s'est fait infuser une théière, puis est allée s'affairer dans le jardin. Une odeur de café et de cassis flotte dans la cuisine. La jeune femme inspecte les placards et choisit un grand mug orné de roses, le plus grand de la maison. Saana se frotte les yeux. Elle a de la chassie dans l'œil droit.

Le temps est couvert. Elle remplit son énorme tasse de café, y ajoute un nuage de lait d'avoine et se prépare une tartine : de l'avocat, du fromage et des tomates. Elle pose son petit déjeuner sur un plateau en bois qu'elle emporte dehors.

Saana engloutit sa tartine en observant le jardin couvert de rosée. Elle se sent étrangement coupable. Est-il vraiment possible de tout simplement profiter de la vie, de passer l'été comme elle le souhaite ? Elle bouillonne déjà d'une énergie passionnée. Pour une fois, elle commence quelque chose qui lui appartient. Une activité affranchie de toute *deadline*, de toute pression. Son projet personnel rien qu'à elle : retracer l'histoire de cette jeune fille retrouvée dans la rivière.

Elle a déjà débuté ses recherches en farfouillant dans la remise. Inkeri pensait qu'il y aurait sans doute quelque chose à dénicher dans la vieille gazette d'Hartola, où la nécrologie d'Helena a été publiée. Après s'être émerveillée des trésors uniques en leur genre de sa tante – animaux empaillés, chapeaux, vestes en cuir, meubles décrépits, jolie vaisselle inutilisée –, Saana a fini par tomber sur une caisse de vieux magazines de déco, de patrons et de journaux locaux. Jackpot.

Elle termine sa tartine et reprend le vieux quotidien jauni découvert la veille. Un petit communiqué sur la mort d'Helena est imprimé au milieu d'une page.

À la mémoire d'Helena Toivio

Ne disparaissent pas ceux
Qui vivent dans nos cœurs
À travers les ombres, les songes,
Les années, en nous, silencieux, ils demeurent.

Helena Toivio, jeune habitante d'Hartola, a été retrouvée morte dans la rivière Tainionvirta le 1er septembre 1989. La rédaction présente ses condoléances à la famille Toivio.

Saana tourne et retourne l'article dans sa tête en regardant le jardin verdoyant par la fenêtre. Plus elle y réfléchit, plus elle a l'impression qu'il s'agit de l'affaire qui lui manquait. Elle travaillera comme une journaliste de *true crime* ou une autrice de polar. Elle conduira des recherches et des interviews jusqu'à pouvoir reconstituer peu à peu une image globale d'Helena et des événements qui ont entouré sa mort. Elle pourra documenter le procédé et finalement rédiger une histoire sur le sujet, même si elle ne parvient pas à tirer toute cette affaire au clair. Ou peut-être qu'elle pourrait monter un podcast de *true crime* ? « *Serial Finland : les mystères du royaume d'Hartola* » ! Saana sourit. Elle a tendance à trop s'avancer parfois. Elle se fixe des objectifs si ambitieux que son envie de se lancer en devient presque insoutenable. Il lui faudra se plier au rythme paisible du village, ce qui lui évitera aussi de se stresser.

D'abord, le plus important : que sait-on officiellement de cette affaire ? En se basant sur les séries policières et les polars, Saana sait que pour chaque enquête il y a un dossier. Puisque le cas d'Helena remonte à si longtemps, il est même possible que les documents soient publics, accessibles à tous, pour peu qu'elle s'adresse à la bonne personne. Même dans la vraie vie, tout commence par la police.

Une heure plus tard, Saana se balade déjà dans le centre d'Hartola. Après avoir pris le temps de parcourir Keskustie, la route principale, la jeune femme est déconcertée. Elle est passée devant le bureau de poste, le magasin d'alcool et le centre de santé, mais aucune trace du commissariat. Elle sort son téléphone et cherche « police d'Hartola » sur Google. Elle se sent stupide. Il n'y a pas de commissariat dans ce village ; il a fermé, c'est la police du Häme qui s'occupe désormais des affaires d'Hartola.

Peut-on envoyer un mail à la police ? se demande Saana en remarquant qu'elle arrive devant l'église qui domine le centre. Elle s'assoit sur un banc en bois et cherche la bonne adresse mail sur le site de la police du Häme. Elle doit au moins essayer. Elle rédige un bref message dans lequel elle explique qu'elle s'intéresse à Helena Toivio, retrouvée dans la rivière Tainionvirta le 01/09/1989. Après l'avoir envoyé, elle se demande si quelqu'un à la police aura le temps de répondre à une vague demande de renseignements sur une vieille affaire, juste avant les vacances d'été.

Saana observe l'église en pierre. L'idée de chercher la tombe d'Helena commence à la titiller. Ce serait génial de voir la dernière demeure de la jeune fille, et en même temps… en même temps, elle se sent coupable. Peut-elle s'approprier la mort de quelqu'un d'autre comme ça, faire de cette tragédie son projet personnel ?

Le temps s'est assombri et laisse présager qu'il pleuvra bientôt. Saana décide de passer quand même rapidement par le cimetière. Sa mère, sa grand-mère et son grand-père y reposent également, mais la jeune femme préfère les préserver dans la chaleur de ses souvenirs plutôt que dans la pierre froide. Elle ne s'est pas rendue sur leur tombe depuis plus de quinze ans et elle n'ira pas non plus aujourd'hui.

Elle prend le chemin de l'église. Le gravier crisse sous ses bottines. Devant le bâtiment, un chevalet décoloré proclame :

Que le Seigneur soit avec vous !
L'église est ouverte.

Le cimetière est désert et plongé dans un silence immobile. Saana a l'impression d'être la seule âme qui vive aux alentours. On n'organise donc rien ici pendant la journée ? Elle passe devant l'entrée de l'église et se dirige vers les tombes. Elle regarde les dates de naissance et de mort comme on consulte les nécrologies du journal du dimanche. Elle cherche des noms bizarres, lit les versets et calcule l'âge des défunts. Elle est bien obligée d'admettre qu'elle a une certaine appétence pour les choses tristes. Et quoi de plus triste qu'une mort prématurée ? Tandis qu'elle se promène entre les rangées de tombes, le chagrin la prend à la gorge. Elle pleure les enfants, les vieillards, les isolés, ceux qui ont perdu un proche. Helena. Même elle-même, la fin de sa propre vie, bien qu'elle soit encore bien vivante. Il faut qu'elle apprenne à lâcher prise.

Après encore quelques rangées, elle commence à se demander si elle ne devrait pas plutôt aller faire des courses. Peut-être qu'Helena n'est même pas là, a-t-elle le temps de penser avant que son regard se pose sur un nom familier.

Helena Annikki Toivio
15/04/1974 – 01/09/1989
Il existe une force plus grande encore
que la mort :
C'est l'amour.
L'amour perdure toujours.

Elle est là. Saana effleure la pierre froide du bout des doigts. Quel âge avait-elle ? Elle pose à nouveau la main sur la tombe, comme pour s'assurer de son existence. Helena est morte à quinze ans seulement. Comment Saana voyait-elle le monde et la vie à quinze ans ? Sans doute différemment d'aujourd'hui, à trente-deux ans. Depuis plusieurs années déjà, Saana a l'impression que, malgré les crises, la vie s'améliore constamment d'elle-même, au fil du temps.

Saana sort son portable de son sac et prend la tombe d'Helena en photo. *Que dirait la jeune fille si elle pouvait faire entendre sa voix ?* se demande-t-elle en se dirigeant vers la sortie. Les nuages sont tout aussi sombres qu'à son arrivée, mais il ne pleut pas encore. Avec un peu de chance, elle rentrera chez sa tante avant les premières gouttes.

— Bonjour ! lance une voix masculine depuis l'église. Vous avez trouvé ce que vous cherchiez ?

Saana s'arrête et se retourne pour voir qui est en train de lui parler. Dans l'embrasure de la porte se tient un homme en pantalon de costume. Un col romain ressort de l'encolure de son pull bigarré.

— Oui, merci, répond-elle en revenant vers lui par politesse.

— Et que cherchiez-vous exactement ?

— J'admirais le cadre, les vieilles tombes.

Inutile de raconter son projet à chaque habitant d'Hartola.

— Je ne pense pas vous avoir déjà rencontrée, dit l'homme d'Église en s'avançant vers elle.

— Mmm.

Pour une raison qui lui échappe, elle préférerait ne pas poursuivre cette conversation. Elle aimerait rentrer chez sa tante et écrire quelques lignes à propos de sa visite sur la tombe d'Helena.

— Vous êtes déjà entrée ? Cette église vaut le détour !

— Non, jamais.

Doit-elle lui dire franchement qu'elle n'est pas croyante ?

— Vous êtes la bienvenue, si ça vous tente, répond-il en souriant. Notre église est toujours ouverte. Quand quelque chose les tracasse, les gens d'ici savent où aller pour trouver quelqu'un qui pourra les écouter.

Il se désigne du pouce.

— Ah oui ?

Elle voudrait se dépêtrer de cette situation au plus vite, elle ne s'est jamais sentie à l'aise en compagnie des hommes d'Église. Elle fouille dans son sac, en sort rapidement son téléphone et fait mine d'avoir reçu un message.

— Il faut que j'y aille. On m'attend.

L'homme la salue de la main et rentre à pas lents. Saana part sans demander son reste. À mesure qu'elle s'éloigne de l'église, elle se rend compte que cette vieille affaire l'a réveillée, l'a en quelque sorte ramenée à la vie. La curiosité et l'enthousiasme se mêlent à sa mélancolie. Tout s'est terminé si vite pour Helena ! Des feuilles de peuplier virevoltent et bruissent dans le vent léger, les premières gouttes de pluie commencent à tomber, tachetant le sol. *On a fait taire sa voix, mais je la referai entendre*, se promet Saana en courant maintenant à toute vitesse.

Hartola

Été 1989

Hartola, situé au bord de la nationale 4, était un village paisible, où la vie se déroulait à son propre rythme. La commune disposait de quelques commerces, d'un bureau de poste, d'un commissariat de police et d'une boulangerie. On y trouvait également la station-service Kesoil, le bar de l'Union et l'institut du Häme de l'Est. C'était cependant le cimetière qui occupait la plus grande superficie du centre-ville. À Hartola, il y avait plus de place pour les morts que pour les vivants. C'était un royaume où un véritable roi avait séjourné, selon la légende, en l'an 1802. Hartola était semblable à l'atmosphère immobile d'un appartement fermé depuis longtemps. Un endroit figé, désert à première vue. Mais en y regardant de plus près on trouvait des vélos, des vendeuses de fraises et du bon pain de seigle. De vieilles maisons, des estivants et des bouches remplies d'histoires. Des regards curieux, des choses passées sous silence. Des secrets. Peu à peu, sous la lumière, Hartola déployait ses nuances. L'unique royaume de Finlande, plein d'une étrange assurance. Son air stagnant rempli de petits grains de poussière qui brillaient au soleil. Les travailleurs, les notables. Le manoir de Koskipää et son moulin rouge. La rivière Tainionvirta. La mort.

Helena s'assit dans sa chambre et caressa Neumann. C'était censé être le chien de chasse de son père, mais la jeune fille se l'était approprié, et il avait finalement obtenu la permission de dormir à l'intérieur. Neumann avait sa place à lui sur le sol de la chambre d'Helena, sous son poster de Dingo, son groupe de rock favori. Neumann n'allait plus en forêt depuis un moment. Il préférait l'attention que lui portait Helena, et son père n'avait plus le cœur de le contrarier.

La plantation de fraises des Toivio était un complexe vaste et impressionnant. Une maison rouge, une vieille étable rénovée, une pépinière et un gros hangar à machines, dans lequel étaient entreposés tous les outils et les espaces de conservation. La plantation de fraises avait été tenue par les grands-parents d'Helena. Désormais, c'étaient ses parents qui s'en occupaient. « Telle mère, tel fils », avait dit son père à l'époque. Personne n'avait ri. Ils étaient croyants, des luthériens au service de Dieu. Le rire était pour les autres, les insouciants, les pécheurs, ceux qui n'avaient pas de grandes exploitations à faire tourner. En été, les fraises les vidaient de leur énergie. Il n'y avait pas de place pour la plaisanterie à la ferme. Mais eux aussi bien sûr appréciaient la vie, à leur manière.

Chez Helena, on mangeait des fraises tous les jours. Congelées en automne et en hiver, fraîches en été.

— T'en as jamais marre, des fraises ? lui avait demandé un jour Johanna, sa meilleure amie.

— Jamais.

La chanson Muistan sua, Elaine, *« Je me souviens de toi, Elaine », tournait souvent en boucle dans la tête d'Helena cet été-là, quand elle marchait le long des routes silencieuses, dans la pénombre des forêts de sapins. L'air passait aussi à la radio qu'Helena écoutait le soir, seule dans sa chambre. Helena voulait être l'Elaine de la chanson. « Je suivrai ma route où qu'elle mène. Que le soleil brille ou que la nuit soit lugubre. » En secret, quand personne ne pouvait la voir, Helena dansait devant le miroir de sa chambre, dans sa jolie robe rouge à pois blancs, au décolleté trop plongeant. Elle avait déjà quinze ans, mais dans la tête de ses parents elle serait à jamais la petite Helena. Elle se regardait dans le miroir sous tous les angles. Elle voyait la lente croissance de son corps, ses contours qui changeaient pour épouser de nouvelles formes. Helena se savait en train de se métamorphoser et laissait échapper des soupirs d'impatience. Elle attendait que quelque chose se produise.*

Cet été, tout changerait. Elle deviendrait adulte.

Elle travaillerait au stand de fraises cet été, comme tous les ans. Cette tâche lui avait été assignée dès la naissance.

Installée devant le S-market d'Hartola, elle vendait des fraises Polka, cueillies le matin même, et y restait parfois très tard selon la vitesse à laquelle les fruits se vendaient.

La plantation de Toivio vous souhaite
un bel été !
Vous ne trouverez pas meilleur ailleurs !
Des fraises à s'en mettre plein la panse !

Helena avait fabriqué de jolis petits écriteaux pour son stand. Elle avait reçu beaucoup de compliments. Celui qui remportait tous les suffrages représentait une souriante fraise dodue qu'Helena avait peinte sur un gros morceau de contreplaqué ; il décorait le stand année après année.

— On sait que l'été a commencé quand cette bonne grosse fraise apparaît sur le chemin du supermarché, disait une vieille dame édentée du village.

Les enfants aussi appréciaient ce joyeux personnage et lui faisaient coucou depuis leur poussette quand leurs parents passaient devant le stand. Helena avait toujours été douée pour peindre et dessiner. « Helena est juste comme il faut », disaient ses proches et ses parents. « Elle est sympa, Helena », disaient les enfants des environs. « Helena est appliquée et bonne élève », disaient ses professeurs. « Helena est vertueuse et pure », disaient ses parents. Mais Helena avait d'autres aspirations qu'être gentille, agréable et bonne à l'école. C'était une jeune femme curieuse qui rêvait d'aventures.

Quand on la retrouva noyée dans la rivière le premier jour de septembre, tout se réduisit au silence. Une jeune fille si respectable, si agréable ! Personne ne comprenait comment Helena avait pu soudain mourir. Leur jeune fille aux fraises.

Avant ce terrible moment, avant les événements qui menèrent inexorablement au pire, quand tout allait encore bien, Helena était appuyée contre son comptoir de vente. Elle disposait, de temps à autre, de nouvelles cagettes de fraises sur le présentoir. Il avait fait lourd toute la journée et le ciel était couvert, mais ses fruits rouges s'étaient quand même bien vendus. Presque tous les clients du supermarché en avaient pris une cagette.

Helena aimait observer les passants et les voitures qui se garaient dans les environs. Elle préférait se trouver au milieu des gens que loin de tout dans les champs. Le stand lui offrait une fenêtre d'où elle pouvait voir tout ce qui se passait à Hartola. Qui arrivait ensemble, qui séparément. Qui faisait la tête, qui plaisantait et à propos de qui on répandait des rumeurs. Elle voyait aussi des garçons. Mais personne à Hartola ne lui avait jamais vraiment inspiré cette sensation qu'Helena imaginait être de l'attirance. « Ça » devait être une sorte d'état dans lequel on était comme privé d'oxygène, où on ne pouvait que dévorer l'autre des yeux. Non, elle n'avait jamais ressenti cela. Les garçons d'Hartola ne faisaient que bricoler leurs motos et se laissaient pousser un pitoyable duvet au-dessus de la lèvre supérieure. Ils ne lisaient pas de livres, leurs sacs plastique débordaient de bières de mauvaise qualité, qu'ils buvaient aux abords du marché, ils crachaient partout et attendaient que les filles leur tombent dans les bras.

Helena mangeait les fraises écrasées dans le fond des cagettes et regardait les gens avec curiosité. Ceux qui allaient et venaient. En vérité, au fond d'elle-même, elle savait qu'elle attendait. Elle attendait que quelque chose de spécial, rien qu'à elle, lui arrive cet été, puisque tout était en train de changer de toute façon. Au cours des dernières heures, de sombres et menaçants nuages s'étaient accumulés au-dessus du supermarché. Encore une heure ou deux et ce serait l'orage. Helena regarda les cagettes devant elle. Si tout se passait bien, elle vendrait le reste de sa marchandise avant qu'il se mette à pleuvoir. Quelque chose la fit cligner des paupières. Elle se frotta l'œil de la main droite et remarqua qu'un cil lui était resté sur l'index. Il n'y avait pas de clients à son stand. Le parking était presque vide. Soigneusement, elle plaça le cil au bout de son pouce, prit garde à ce qu'il ne s'envole pas sous les rafales de vent, ferma les yeux et souffla dessus en faisant un vœu. Qu'il se passe quelque chose de passionnant, quelque chose d'extraordinaire.

Quand, en ce menaçant jour d'été, une voiture étrangère s'arrêta devant son stand, Helena écarquilla les yeux, prise d'une curiosité dévorante.

DEUXIÈME PARTIE

Jeudi 27 juin / Helsinki

— Pas drôle, comme affaire, dit Joki avant de se taire.

Rassemblés à la morgue de Pikku Huopalahti, ils commencent à dérouler la pelote des circonstances de la mort.

— Cause du décès : noyade. Présence d'eau dans l'estomac et les poumons. Plusieurs signes témoignent d'un manque d'oxygène et de difficultés respiratoires. Les vêtements de la victime étaient quasiment secs. Il est possible que l'on ait maintenu juste sa tête sous l'eau. Cette thèse est validée par les hématomes observés sur sa nuque. Le coupable a eu recours à la force car la victime s'est débattue. Assez désagréable, comme façon de mourir. Noyade, donc, mais j'ai aussi trouvé ça à un endroit sensible, poursuit le médecin légiste en invitant Jan à le suivre d'un geste de la main.

Jan relâche sa respiration. Ça commence. À partir de maintenant, il lui sera plus facile d'occuper ses pensées avec le travail et d'oublier la question d'Heidi, d'oublier sa mère. La plupart du temps, elle fait la sieste et se repose. Que ferait-il donc à son chevet ?

Joki rejette le drap blanc qui recouvre le cadavre allongé sur la table d'autopsie.

— Regarde-moi ça.

Quelles que soient les circonstances, la voix de Joki est toujours égale, neutre et laconique.

Jan regarde l'endroit que le médecin légiste désigne du bout d'un stylo et détourne aussitôt les yeux. Écœurant.

Les testicules bleuis du défunt arborent une grande marque sanguinolente, qui fonce déjà. Réprimant son dégoût, Jan se force à la fixer à nouveau et commence à comprendre. Il plisse les yeux.

— Une brûlure. C'est un marquage au fer rouge, dit-il enfin.

— Il n'a pas vraiment eu le temps de cicatriser. On l'a brûlé quand il était encore vivant, et il a dû mourir rapidement après. La rigidité cadavérique n'avait pas encore débuté quand il a été trouvé, et compte tenu de sa raideur actuelle on peut supposer qu'il est mort entre 5 et 6 heures du matin.

— Donc la victime a été abandonnée à la Porte du Roi à environ 6 heures du matin, moins d'une heure avant qu'on la découvre. Et noyée non loin de là.

— Si tu veux mon avis, tout ça n'a rien d'ordinaire. Le coupable voulait qu'on trouve le corps. Il l'a laissé en évidence. Et ce qui rend le tout encore plus particulier, c'est cette marque.

Jan prend avec son portable une photo en gros plan de la brûlure.

— OK, marmonne-t-il. On a un cadavre et, quelque part, quelqu'un qui a voulu laisser sa carte de visite dans la chair de sa victime.

Il se retourne à nouveau vers les testicules répugnants à la peau ensanglantée. Des poils ont brûlé autour de la marque. Jan se penche encore plus près, en retenant son souffle pour que la pestilence dégagée par le cadavre ne lui parvienne pas par la bouche ou par le nez. Elle lui resterait à jamais à l'esprit.

— Tu trouves pas que cette horreur ressemble à une couronne ou quelque chose comme ça ? demande Jan à son collègue en désignant la brûlure.

— C'est de cette façon que je l'interpréterais. Une couronne a été marquée au fer rouge sur la peau de cet homme. Puis il a été noyé.

— Mmm.

— On aura bientôt les résultats sanguins, au cas où on trouverait des traces de stupéfiants. Le défunt est grand, en bonne santé pour son âge. Aucune trace de lutte, à part ces bleus dans son cou. La question à se poser est donc : comment a-t-il été surpris et maîtrisé ? Je pencherais pour un coup de Taser ou de la drogue. Bon, il se fait tard, allons déjeuner. Il y a du Stroganov au menu aujourd'hui. Je ne te raccompagne pas, poursuit Joki avant de tourner les talons et de se diriger vers la porte qui s'ouvre sur le couloir.

Jan secoue la tête, amusé. Seuls les médecins légistes peuvent penser à manger tout de suite après avoir trifouillé un cadavre. Joki est assez tordu, mais tant mieux pour lui.

— J'enverrai le rapport, déclare Joki de son ton pince-sans-rire inimitable avant de disparaître.

Jan hoche la tête et reste seul au milieu des réfrigérateurs mortuaires. Un néon grésille au plafond. Rien d'autre ne vient troubler le silence.

Il observe le tiroir dans lequel Joki vient de ranger le cadavre en attente de l'autopsie. Ses yeux lui renvoient toujours l'image de la brûlure. Une couronne marquée au fer rouge. La Porte du Roi choisie comme scène de crime. De quoi peut-il s'agir ? Une symbolique de pouvoir ? De filiation, d'héritage ? Une chose sur laquelle régnait le défunt, ou sur laquelle il voulait régner ?

Jan abandonne les cadavres derrière lui et quitte le bâtiment. À ce stade, difficile de dire pourquoi c'est une couronne qui a été estampillée sur la peau de la victime. Mais grâce à cette marque ils tiennent quelque chose, un indice susceptible de lancer l'enquête, qui promet d'être longue. La marque ne laisse pas de place au doute : quelque part les attend un assassin qui a voulu révéler son existence. Il a travaillé proprement, sans laisser de traces, mais le résultat a été exposé à la vue de tous. Jan ne veut pas encore se l'avouer, mais un crime aussi bien orchestré survient rarement seul. Dans le pire des cas, il ne s'agit là que de l'ouverture. La première brûlure d'une longue série.

Jan accorde un peu de temps à son équipe et décide de passer voir sa mère à Terhokoti. La boue noire que le bureau appelle du café lui a retourné l'estomac. Il a mal à la tête et se rend compte qu'il a faim. Quand il est plongé dans le travail, tous ses besoins primaires disparaissent. Ce n'est qu'à la fin de la journée qu'il reprend conscience de lui-même. Mais aujourd'hui, l'air frais n'apaise pas sa sensation d'être coincé. En apercevant la supérette Alepa ouverte vingt-quatre heures sur vingt-quatre, il se demande s'il a quoi que ce soit dans son frigo. Quand a-t-il mangé pour la dernière fois ? Il n'a jamais été doué pour faire des courses, pour anticiper la faim. Il ralentit au niveau de la supérette et saute de son vélo. Il faut bien qu'il s'achète quelque chose.

Jan arrive à Terhokoti une heure plus tard, après avoir mangé un sandwich triangle emballé sous vide et deux bananes. « Tu ne sais donc pas qu'il ne faut manger qu'une banane par jour ? » lui a un jour dit Heidi en plaisantant. Jan n'a aucun talent pour suivre les recommandations alimentaires.

Il regarde autour de lui. Tout est stérile, silencieux. Voilà comment se divisent ses journées désormais. D'un côté le travail avec le café, la paperasse administrative et la monotonie des crimes. De l'autre, le triste calme de Terhokoti, la conscience de la finitude. Des discussions sur l'enfance, sur les moments partagés et sur le temps qui passe peu à peu. Plus que quelques semaines, quelques jours.

Jan trouve toujours aussi difficile de rendre visite à sa mère à l'unité des soins palliatifs. Dans ce service, tous les patients sont en train de mourir. Il adresse un faux sourire aux gens qu'il croise dans les couloirs. Un vieil homme en fauteuil roulant, une jeune femme en train de lire un livre dans le patio. Pourquoi sont-ils là ? Les infirmiers apportent de l'eau sans qu'on le leur demande. Ils ajustent les oreillers, dosent les médicaments, toujours avec le sourire. Bien que ceux qu'ils accompagnent soient déjà presque partis, on veille à ce qu'entre leurs genoux se trouve un oreiller confortable, pour améliorer leur posture. À ce qu'ils aient dc l'eau fraîche dans leur verre et des fleurs dans leur vase. Chaque seconde est précieuse. On ouvre les rideaux tous les jours pour illuminer leurs derniers instants.

Qu'est-ce que ça fait d'emménager quelque part d'où on ne pourra jamais partir ? Jan ne peut s'imaginer ce qu'a dû ressentir sa mère quand on l'a transférée de l'hôpital aux soins palliatifs. Ici, on décompte les jours jusqu'à tomber à court. Personne ne sait précisément comment ni quand la vie cessera. Les séjours se comptent en semaines tout au plus, jamais en mois. Jan prend la main de sa mère. Elle semble dormir encore.

Chaque jour, quelqu'un lui rend visite. Certains apprivoisent l'arrivée de la mort en se concentrant sur les bons souvenirs. Certains se rabattent sur l'aspect pratique. De quoi maman voudrait-elle que l'on s'occupe ? Quelles dispositions veut-elle prendre ? D'autres font face aux derniers jours de leur mère en pleurant sur leur propre chagrin. Jan lâche un instant la main de sa mère et retire enfin son casque de vélo. Son cuir chevelu est légèrement en sueur à cause de l'effort. Il ne sait pas qui souffre le plus : celui qui doit partir, renonçant à vivre, ou celui qui reste, endeuillé. L'idée de ne rien pouvoir contrôler le paralyse. Sa mère ouvre les yeux et sourit en remarquant la présence de son fils. Jan sourit en retour. Au moins, le sourire, ils l'ont toujours.

— Est-ce qu'il y a encore un endroit que tu aimerais voir, quelque part où tu aimerais aller ? s'oblige-t-il à lui demander, après un instant de silence.

L'espoir anime alors les yeux de sa mère. La forêt. Elle voudrait revoir la forêt au début de l'été, lorsque partout renaît la vie.

Quand Jan rentre de Terhokoti, il découvre un dossier déposé sur son bureau. Le rapport d'autopsie de Joki, avec ses conclusions quant aux causes officielles de la mort.

— Belle histoire pour s'endormir, marmonne Jan à Saki en feuilletant l'épaisse liasse de papiers.

Selon le rapport, aucune trace de stupéfiants n'a été détectée dans le sang de la victime. « Puisque aucune marque visible de violence ou de lutte n'a été retrouvée sur le défunt, on peut supposer que le tueur a utilisé un pistolet à impulsion électrique. » Jan continue à parcourir les constatations en attendant son café trop amer. En retombant sur les photos, il s'arrête. Cela n'a jamais rien de beau, quelqu'un d'assassiné.

Vendredi 28 juin / Helsinki

— Identifié ! s'écrie Saki, lunettes sur le nez, en levant les bras devant son ordinateur. Le cadavre de la Porte du Roi est identifié ! Les informations dentaires correspondent.

Jan et Heidi sortent de leurs pensées et se tournent aussitôt vers leur collègue. Saki tape dans ses mains et pousse un cri de triomphe, comme toujours. Il a pour habitude de célébrer même les plus petites victoires au travail.

— OK, on fait le point, dit Jan.

Immédiatement, tous se regroupent autour de la même table.

Jan a derrière lui six années de travail couronnées de succès au sein du KRP. Au début, il était jeune et passionné. On ne peut plus vraiment dire qu'il est jeune, mais passionné, il l'est encore. Bien que le travail ait eu raison de son excès d'idéalisme, sa détermination à résoudre une affaire brûle encore en lui. Et même si toutes ces affaires sordides ont de quoi en décourager plus d'un, il œuvre chaque jour pour trouver des réponses et lutter contre l'injustice.

Au début, l'ascension rapide du jeune Jan n'a pas plu à tout le monde. À peine sorti de l'école et déjà promu à un poste de confiance ; mais ses résultats, les innombrables affaires rapidement résolues et sa détermination ont, année après année, fait taire les mauvaises langues. Jan pourrait même désormais s'avancer à qualifier de

« bienveillant » le comportement autrefois cynique de ses collègues plus âgés. Ce qui ne veut pas dire que les frictions ont entièrement disparu au bureau.

Jan feuillette les documents imprimés par Saki et les lit à haute voix.

— Le défunt retrouvé à la Porte du Roi est un homme du nom de Lars Ilmari Sundin. Ses collègues ont signalé sa disparition après son absence à une réunion prévue le jeudi 27. La victime est née en 1958 à Jyväskylä. Un mètre quatre-vingt-trois. Cheveux blonds. Domicilié à Suomenlinna, divorcé, pas d'enfants. Pas de casier ni de passé criminel, pas même un excès de vitesse. Possède deux voitures, toutes deux enregistrées au nom de son entreprise, et on vient de recevoir la confirmation qu'elles sont garées sur le parking de la firme. Il s'agit de Fire, une agence de pub, fondée en 2004 et encore en activité, avec quarante-cinq employés. Selon le registre de commerce, Sundin en est l'actionnaire majoritaire. On cherche encore des proches, mais je ne crois pas qu'il en ressortira grand-chose. Parents déjà décédés, pas de frères et sœurs. A été marié deux fois ; ses ex-femmes ont été contactées. L'une habite à Turku et l'autre en Suède. Voici une photo de Sundin prise dans l'année, ajoute Jan en posant devant eux un cliché en noir et blanc.

« Si possible, retraçons les agissements de Lars durant au moins les quarante-huit heures précédant sa mort. Pour l'instant, on n'a rien, donc tout nous intéresse. On commence par les ex-femmes et les employés de Fire. On n'oublie pas que Lars a été tué à l'aube, peu avant qu'on le découvre. Il avait quelques écorchures qui indiquent qu'il aurait été attaché. Peut-être l'a-t-on gardé en captivité quelque temps avant le meurtre, mais tout s'est déroulé très vite. Le corps n'était pas là depuis très longtemps.

— Suomenlinna, intervient Saki. Il n'a pas fini bien loin de chez lui. Il y a son adresse ici, poursuit-il, marmonnant à moitié pour lui-même, à moitié pour les autres.

Il a déjà repéré la maison sur les services de cartographie.

— Il n'y a pas beaucoup de monde qui possède une si grande maison à Suomenlinna. Chanceux, le type, déclare Heidi en voyant le logement que leur montre Saki.

— La chance n'a pas grand-chose à y voir, Nurmi, réplique Jan. On part tout de suite examiner son domicile. Le défunt n'avait pas de téléphone sur lui ; on passe chez lui analyser les ordinateurs et téléphones qu'on y trouvera. Les techniciens doivent se rendre immédiatement sur place. Pour l'instant, le mobile est indéterminé. Tout ce qu'on a, c'est le lieu du crime, déclare Jan en regardant son équipe.

Ce sont les enquêteurs les plus talentueux de Finlande. Ils sont habitués à se confronter aux pires affaires que les cinglés de ce monde – ainsi que leurs supérieurs – balancent sur leur chemin.

Toutes les affaires dont s'est chargé Jan ont été élucidées. Il résoudra tout. C'est la promesse silencieuse qu'il s'est faite. Il résoudra tout. Quel qu'en soit le prix. Même si le coût est souvent trop élevé – tout ce qu'il a, toute sa vie.

Le téléphone de Jan sonne. En voyant qu'il s'agit de Juha Mertanen, son supérieur immédiat, il décroche.

— Dites-moi.

— La presse nous harcèle, répond son chef.

— Évidemment. Même déclaration que d'habitude, si on pose la question : l'enquête préliminaire est en cours, mais pour le bien des investigations nous ne sommes pour l'instant pas en mesure de partager les détails de l'affaire. Nous lançons un appel à témoignages.

Mertanen grogne en signe d'acquiescement. Ils fonctionnent toujours de la même manière. La police ne parle que lorsqu'elle a quelque chose à dire, ou lorsqu'elle a besoin d'aide.

— Là, il faut garder l'identité de la victime secrète jusqu'au bout, pigé ? dit Mertanen avant de se racler la gorge. Encore une affaire de merde juste avant les vacances. Je viens de repousser mon départ. Bouclons tout ça aussi vite que possible.

Jan déteste le « pigé ? » condescendant qui suit chaque remarque de Mertanen. Il n'aurait pas tenu un seul jour à ce poste s'il n'avait pas pigé vite, s'il n'avait pas su prendre de décisions éclair. S'il n'avait pas été major de promo à la fois en école de droit et en école de police. Pendant ses études, bien avant son diplôme, il travaillait déjà à mi-temps pour le KRP – la plus dure des écoles qui soit, celle du terrain.

Il informe Mertanen qu'il ne pige que trop bien la situation.

— Fais gaffe avec cette putain d'affaire, fais vraiment gaffe, grogne son supérieur avant de raccrocher.

— « Fire – les idées s'enflamment », c'est écrit là, lâche Heidi.

Pendant que Jan était au téléphone, elle a cherché sur son portable des informations sur la boîte de Lars.

— Heidi, on va ensemble chez Sundin, reprend Jan. Ensuite, on verra ce qu'on trouve du côté de Fire. Saki, recherche les éventuels forfaits enregistrés au nom de Lars Sundin et sors-nous l'historique de ses communications au plus vite. Et tout ce que tu pourras dégoter d'autre, pendant que tu y es. Tu me diras si son téléphone s'est connecté à une antenne-relais locale.

— Fire… ironique, pour quelqu'un qui a fini le feu aux couilles, déclare laconiquement Heidi.

Ce n'est pas une plaisanterie. D'ailleurs, personne ne rit. Jan les sent tous tendus.

En voiture, Jan sent son ventre gargouiller. Il prend conscience qu'il n'a pas mangé un seul repas chaud au cours des dernières vingt-quatre heures. Le soleil étincelant, le trop-plein de café et l'absence de sommeil le font trembler. Des points noirs lui mangent la vision. Il met ses lunettes de soleil.

Ils approchent rapidement d'Eiranranta. Les promeneurs le long de la côte sud d'Helsinki témoignent de l'arrivée de la nouvelle saison. Des gens prennent le soleil sur le gazon devant le monument aux disparus en mer, portant robes d'été, T-shirts et shorts. Jan, lui, porte la même tenue toute l'année, jean et veste Barbour. « Un enfant d'automne », avait dit sa mère. Ce n'est pas faux : il se plaît beaucoup mieux sous la pluie et dans l'obscurité.

Il a depuis longtemps l'impression de vivre dans deux réalités. D'un côté les ténèbres, l'incertitude, la mort, la peur. De l'autre un jour d'été ensoleillé, la vie quotidienne, l'attente collective des grandes vacances et les boules de glace dont le prix augmente chaque année. Il ne considère pas la vie et le quotidien de la même façon que le commun des mortels. Il voit tout à travers le prisme d'un enquêteur et d'un assassin. Aux prises avec l'obscurité, il décèle ce que les gens n'osent même pas imaginer.

Heidi et Jan parviennent au domicile de Lars à Suomenlinna en quarante-cinq minutes. Les techniciens sont déjà en train de commencer leurs processus d'investigation et de répertoriage. Ils prennent des photos du logement, cherchent des traces laissées par un éventuel visiteur, ou un éventuel intrus. Jan traverse la maison sans un mot. Il furète. L'air semble figé dans cette vaste demeure qui n'a pas été aérée depuis un moment. Il regarde autour de lui. Aucune trace de lutte. Quelque chose dans la quiétude du lieu laisse à penser que, la dernière fois que la victime a quitté son foyer, c'était en des circonstances tout à fait ordinaires.

Le téléphone de Lars Sundin se trouve sur le comptoir de la cuisine, à côté d'une seule petite tasse à café dans laquelle on a manifestement bu un expresso. On met l'appareil dans un sac pour y relever les empreintes.

L'homme est sorti si hâtivement ou si étourdiment qu'il en a oublié son portable. Jan allume le téléphone à travers le sac plastique et le parcourt quelques instants, bien qu'il sache qu'on lui enverra bientôt le contenu de la carte SIM.

— Quelle horreur ! s'écrie Heidi depuis les toilettes, à l'autre bout de la maison.

Jan se hâte de la rejoindre.

— Qu'est-ce qu'il y a ?

Heidi désigne une technicienne. Cette dernière, revêtue d'une combinaison de protection, sort à l'aide de pincettes un préservatif usagé de la poubelle pour le placer dans un petit sac.

— Tu n'exagères pas un peu ? dit Jan, amusé par la réaction d'Heidi.

Elle se contente de hausser les épaules. Cela fait bien longtemps qu'elle n'entre plus en contact avec ce genre de choses.

— Lars n'a pas l'air dans le besoin, mais rien dans la maison ne laisse penser à un vol, déclare Jan en s'arrêtant un instant. Tout semble si… propre et épuré.

— Mmm. N'empêche qu'il a enfilé un préservatif il n'y a pas si longtemps.

— Oui, un coup d'un soir, sans doute. Il n'y a qu'une tasse vide dans la cuisine. La matinée n'a pas dû être très romantique.

— Donc on peut supposer que la victime n'a pas été kidnappée chez elle.

Heidi commence à feuilleter quelques-uns des *Monocle* empilés près du lit dans l'espoir d'y trouver quelque chose.

— Je suis du même avis, lâche Jan sans savoir comment poursuivre.

Son instinct lui souffle que l'homme a quitté son domicile de son propre chef. Mais où est-il allé, et pourquoi ? Pourquoi est-il sorti à l'aube pour se rendre quelque part d'où il n'est pas revenu ?

Une heure plus tard, Jan et Heidi roulent en silence vers Mestaritalo, une vieille usine du quartier chic d'Helsinki reconvertie en complexe de bureaux. La nouvelle de la mort de Sundin est parvenue aux employés de Fire. En plus des associés de direction, beaucoup d'employés attendent des informations complémentaires de la police. Les enquêteurs se dirigent vers la cage d'escalier industrielle de Mestaritalo, et Heidi cherche du regard le nom de l'entreprise sur le tableau d'affichage. Fire, 3e étage. Un énorme monte-charge cliquette dans les étages supérieurs ; ils prendront l'escalier. Une jeune femme pleine d'entrain leur ouvre la porte du bureau et les invite à la suivre.

— La mort de Lars est un gros choc pour nous tous. Les patrons nous ont dit de faire profil bas. On va faire une minute de silence lundi en son honneur, mais on a des *deadlines* à tenir. Apparemment, on peut pas perdre nos clients en plus de lui, explique-t-elle en traversant le bureau.

Dans l'open space résonne un cliquettement de claviers et de souris. « On est entre amis », déclare une chanson à la radio.

Les murs de la salle « Brooklyn » sont recouverts d'un papier peint en noir et blanc qui représente le Brooklyn Bridge avec Manhattan en arrière-plan. La table de réunion est en palettes et contreplaqué. Jan se cherche du regard une place convenable et s'assoit sur une des chaises minimalistes qui entourent la table. Heidi s'installe à côté de lui. Ils commenceront leurs interrogatoires par les partenaires de Sundin. L'objectif : qu'ils leur fournissent des éclaircissements sur le déroulement des dernières quarante-huit heures.

— Jaakko Lahti, dit un homme d'âge moyen assez corpulent.

Selon les informations données par la firme, Lahti possède 5 % de Fire. Il a l'air tapageur, grande gueule et arrogant, une première impression presque aussitôt confirmée.

— Vous savez comment ça se passe au bureau maintenant que l'actionnaire majoritaire est mort ? Je vais vous le dire, moi. On passe un sale quart d'heure. Les héritiers de Lars voudront à coup sûr liquider ses possessions.

Lahti s'interrompt un instant, puis désigne Heidi du menton.

— Vous pouvez dire à votre secrétaire d'écrire ça, grommelle-t-il.

— Elle est enquêtrice comme moi, déclare froidement Jan. Ne faites pas de suppositions, c'est notre travail. Quand avez-vous vu Lars pour la dernière fois ?

Jaakko Lahti toussote.

— Lars est parti à peu près en même temps que moi à la fermeture de Teatteri, mercredi soir. C'était déjà jeudi, d'une certaine manière. Je me suis pas incrusté à l'*after* parce que Lars se disputait avec son équipe. Je suis rentré en taxi. Il fallait aussi que je sois en état de venir à la réunion d'hier matin.

— On peut savoir le nom des membres de son équipe ? demande Heidi, les sourcils levés.

L'homme est rougeaud, et elle a l'impression de sentir des effluves de whisky dans la pièce. Il semble s'amuser de la question.

— Jenny… ou Jemina ? répond-il d'un ton hésitant, piquant l'intérêt d'Heidi. Et Elias, bien sûr, l'un des partenaires.

— Vous pouvez répéter le nom de cette femme ? Nous devrons la contacter, dit Heidi en essayant de garder une expression neutre bien que l'arrogance de Jaakko lui tape sur les nerfs.

— C'est une de nos stagiaires, demandez à Elias.

— Qu'est-ce que vous entendiez par « une dispute » ? poursuit Heidi.

— Lars et Elias se disputaient à propos de la stagiaire. Elle avait tellement bu qu'elle ne tenait plus debout.

Les enquêteurs échangent un regard, puis laissent Jaakko Lahti retourner à son travail.

— Grande gueule mais innocent, déclare Heidi.

— C'est aussi mon avis, répond Jan en invitant le suivant à entrer.

Un homme à la moustache bien taillée, de l'âge de Jan environ, lui serre la main en arrivant.

— Elias Korhonen, annonce-t-il.

— Quand avez-vous vu Lars Sundin pour la dernière fois ? demande Heidi en examinant ce personnage soigné au style minutieusement étudié, depuis ses jambes de pantalon trop courtes jusqu'aux chaussettes vivement colorées.

— Dans le carré VIP de Teatteri dans la nuit de mercredi. J'ai quitté le bar vers deux heures et demie du matin. Lars attendait un taxi.

— À quelle heure êtes-vous arrivé chez vous ? s'enquiert Jan.

— C'est quoi, cette question ? J'ai retrouvé ma copine vers 3 heures. Ma fiancée, en fait. On va avoir un enfant.

— Félicitations, dit Heidi sans détourner les yeux.

Elias semble se troubler, mais la remercie. Ils l'informent qu'ils feront confirmer son alibi.

— OK, poursuit Jan. Pensez-vous que Lars avait des ennemis ?

Elias éclate de rire.

— Bah, je peux pas donner de noms, mais tout le monde déteste les chefs de pub, non ? déclare-t-il en lissant sa moustache soignée. Et Lars n'était pas très facile à vivre.

Jan l'observe avec attention. Quelque chose dans son comportement suggère qu'il feint d'être détendu. Mais sa crispation peut aussi venir du fait que Jan soit flic, et donc une figure d'autorité. Ça ne veut pas forcément dire qu'Elias est mêlé au meurtre.

— Savez-vous qui était en compagnie de Lars ce soir-là ?

Elias fronce les sourcils et hésite un instant.

— Jenna Nygren, notre stagiaire, répond-il finalement. Elle est absente aujourd'hui, malade. Mais voici son numéro.

Jan hoche la tête, prend note du numéro et donne ensuite la permission à l'homme de quitter la pièce. Lui n'a pas évoqué la moindre dispute.

Heidi se retire pour téléphoner à Jenna Nygren, et Jan demeure assis dans la salle de réunion vide. Il reste si longtemps plongé dans ses pensées que les lumières automatiques s'éteignent. Il se lève pour qu'elles se rallument, puis se rassoit. Il relit ses notes. Le déroulement de la dernière soirée de Lars commence à s'esquisser. Il a déjà vérifié quelques faits auprès du club Teatteri et reçu leur confirmation.

LS quitte Teatteri vers 1 h 45. Dispute devant le restaurant, deux hommes, une femme. 2 h 05 : homme et femme dans un taxi. Compagnie de taxis confirme les avoir emmenés au quai Ursula. Bateau-taxi depuis le continent pour Suomenlinna, avec à bord LS et son « rencard », Jenna Nygren. Le conducteur indique que les passagers étaient ivres, descendus à Suomenlinna 2 h 50. Fille presque portée par l'homme. Système de facturation personnelle avec le bateau-taxi, LS est un client régulier bien connu. Arrivée au domicile à 3 heures du matin. Puis LS en repart à une heure inconnue. Supposition : Jenna Nygren est la dernière, en dehors du tueur, à avoir vu LS en vie.

Heidi verrouille son téléphone et ressort des toilettes dans le hall de l'agence de pub. Jenna Nygren vient de lui dire qu'elle est chez elle.

— Nous emportons l'ordinateur de travail de Lars et la liste des coordonnées des employés, déclare Heidi à la réceptionniste. Si vous pouviez me fournir ça tout de suite…

La police d'Helsinki se chargera du reste des interrogatoires. Pour l'instant, la priorité est de rencontrer Jenna Nygren.

En attendant l'ascenseur, Heidi recherche « Lars Sundin » sur Google. En faisant défiler les résultats, elle tombe sur de nombreuses mentions et interviews dans les magazines économiques *Kauppalehti*, « Les Affaires », et *Markkinointi & Mainonta*, « Commerce et Publicité », ainsi que plusieurs articles qui indiquent que Lars et l'agence Fire ont remporté le prix Effie, la distinction Vuoden Huiput, « l'apogée de l'année ». Une de leurs campagnes de publicité a également remporté un certain succès à Cannes. Le site de Fire et divers articles annoncent l'obtention du Lion de bronze. Fire semblait représenter toute la vie de Lars. À en croire ces résultats, il ne vivait que pour son travail. *Qui t'a tué et pourquoi ?* se demande Heidi en fixant sur l'écran le visage rieur en noir et blanc de Sundin pendant que l'ascenseur descend.

Une petite vingtaine de minutes plus tard, au milieu d'une cage d'escalier dans la partie est d'Helsinki, Heidi sourit à une jeune fille à l'allure hésitante, vêtue d'un pull à col roulé blanc moulant et d'un jean stretch noir. Sa poitrine semble très grosse, anormalement ronde. Quelque chose chez cette fille lui donne un air de bimbo adolescente. Peut-être son épaisse couche de fond de teint orange dont elle n'a pas assez estompé les contours : son cou est nettement plus clair que son visage. Heidi ne comprendra jamais pourquoi les belles femmes mettent tout en œuvre pour changer leur apparence, en ne faisant que l'empirer.

Jenna invite Heidi à entrer, et cette dernière la remercie d'un hochement de tête.

— On nous a dit à votre bureau que vous étiez absente pour maladie. Vous allez bien ?

Jenna acquiesce timidement. Heidi comprend immédiatement que la jeune fille n'est pas malade. Elle obtient vite de cette dernière les informations dont elle a besoin. Ses réponses sont si claires et si logiques qu'Heidi ne peut pas s'empêcher de penser que la jeune fille semble s'être préparée à adopter un comportement neutre et froid.

— Vous avez donc quitté le Teatteri au petit matin en taxi et vous êtes allée chez Lars ?

— Oui.

— À 2 heures passées ?

— C'est ça.

— Dans quel état étiez-vous ? Vous souvenez-vous de tout ?

Jenna hausse les épaules, embarrassée.

— Aimeriez-vous ajouter quelque chose, pour éviter les mauvaises surprises plus tard ? s'enquiert Heidi en regardant Jenna droit dans les yeux.

Elle ne lui demandera pas ce qu'une jeune femme comme elle faisait en compagnie de Lars Sundin la nuit. Pourquoi n'était-elle pas avec des gens de son âge ? À la place, elle se force à esquisser un sourire entendu : « Entre femmes, on se comprend », semble-t-elle vouloir dire. Elle examine Jenna sans un mot, en espérant que la jeune femme se sentira obligée de briser le silence. Mais Jenna se contente de lui rendre son regard, en posant de temps à autre les yeux sur la kitchenette derrière elle.

Pendant une fraction de seconde, elle paraît hésiter. Elle entrouvre la bouche, la referme. Comme un poisson rouge.

— Et merde, répond-elle finalement en regardant nerveusement autour d'elle.

Puis elle murmure :

— Toute cette situation était genre… dégueulasse. À Klippan, on était trois filles, moi et deux autres. Et il y avait Lars, Elias et Jaakko. Pendant la soirée, j'ai vraiment eu l'impression qu'on était là pour qu'ils s'amusent. J'avais beau l'avoir vu venir, j'ai merdé. J'ai commencé à me lâcher pour de bon. Je n'arrive pas à croire que j'ai vraiment fini chez ce vieux type… Quand je me suis réveillée la première fois, à l'aube, j'ai entendu Lars dire quelque chose au téléphone, puis il est parti. Ce connard a pris des photos de moi ivre morte.

— Ah ah !

Heidi commence à voir Jenna d'un autre œil.

— Vous souvenez-vous du prénom des autres filles ?

Jenna fronce ses sourcils poudrés.

— Alina… et Fanni, je crois. Mais je ne sais pas si c'était leur vrai nom.

— Autre chose ?

Jenna ferme un instant les yeux.

— Je suis passée aux toilettes vers 5 heures, j'ai entendu Lars parler au téléphone et j'ai cru apercevoir une silhouette dehors. Comme si quelqu'un l'attendait.

— Où ça ?

— Depuis la fenêtre, j'ai vu du mouvement en bas. Quand je suis allée dans la cuisine un peu plus tard, Lars avait disparu.

— Est-ce que vous pourriez me décrire cette personne ? Homme, femme ? Grand, petit ?

— Je ne saurais pas vous dire…, répond Jenna avec un petit rire gêné. J'étais dans un si mauvais état que je ne sais pas. Oh… attendez !

Elle montre une photo sur son portable : un selfie fait devant la fenêtre.

— J'ai pris ça, lâche-t-elle d'un ton faussement détendu.

Elle semble désormais sincèrement alarmée, mais Heidi ne s'intéresse plus à Jenna ni à ses sentiments. Elle essaye avec curiosité d'agrandir l'image pour mieux voir ce qui se trouve derrière l'épaule droite de la jeune femme au premier plan. Sur la photo, un arbre, et à son pied, quelque chose de sombre. L'image est très floue, prise à contre-jour, mais c'est déjà ça. À côté du tronc, on devine vaguement une silhouette sombre.

— Et si ce type m'avait vue ? demande Jenna. Et s'il pense que je l'ai vu, s'il veut me tuer aussi ?

— C'est peu probable, déclare Heidi, bien qu'elle n'en soit pas sûre.

Ils ne savent pour le moment rien de la personne à la poursuite de laquelle ils se sont lancés.

— Voici mon numéro, vous pouvez m'appeler à tout moment, dit-elle en tendant à Jenna sa carte de visite. Et merci.

C'est la première fois de la journée qu'elle remercie quelqu'un, et elle est parfaitement sincère.

Vendredi 28 juin / Hartola

Saana est sur Twitter. Une fois de plus.

CommuniquésDePolice @ComPolice 27/06/2019
Un homme d'âge moyen retrouvé mort à Helsinki

Saana survole d'autres titres, mais la découverte d'un corps l'intéresse toujours plus qu'autre chose. Elle ouvre le tweet. En suivant le lien, elle trouve un article plus étendu sur le sujet.

Un homme d'âge moyen retrouvé mort à Helsinki le 27 juin 2019.
Un homme d'âge moyen a été retrouvé mort à la Porte du Roi de Suomenlinna. Le défunt est un Finlandais d'environ soixante ans. Taille 183 cm, corps svelte, cheveux blonds. La police a lancé un appel à témoins. Vous pouvez nous faire parvenir vos informations par téléphone au 0800-900333 ou par mail à renseignements.krp@poliisi.fi avec en objet « Défunt de la Porte du Roi ».

Saana quitte Twitter et est sur le point d'ouvrir Instagram quand une notification de sa boîte mail se projette sur son écran.

raija.oras@poliisi.fi
Bonjour,
J'ai transmis votre requête au KRP de Mikkeli.
Cordialement,
Raija Oras

Saana lit le message à plusieurs reprises, puis se demande comment poursuivre. Que ferait son détective préféré, le Norvégien Harry Hole ? Il descendrait un whisky, et la vérité se révélerait soudain à ses yeux embrumés par l'alcool. Saana déteste le whisky et n'est pas assez avancée dans son enquête pour faire de quelconques suppositions. Rien ne pourrait surgir devant ses yeux : son inconscient n'a rien saisi de crucial.

La jeune femme se rappelle avoir lu que dans une étonnante proportion de meurtres, le coupable est souvent proche de la victime : son conjoint, un membre de sa famille… La plupart du temps, l'amour ou la jalousie sont des mobiles suffisants. Le plus important sera d'abord d'obtenir autant d'informations que possible sur la victime et ses intimes. Ensuite seulement viendra le moment des conclusions.

Selon Inkeri, les parents d'Helena habitent toujours à Hartola, où ils font tourner la plantation de fraises de Toivio. Saana envoie par SMS la requête « Toivio Hilkka Hartola » à l'annuaire et reçoit rapidement les coordonnées de la mère d'Helena. Elle est en train de rassembler son courage pour l'appeler quand son téléphone se met à sonner. C'est un numéro inconnu.

— Saana, j'écoute.

— Commissaire Salminen du KRP de Mikkeli, bonjour.

En entendant cela, Saana se trouble.

— Bonjour…, balbutie-t-elle.

— Vous nous avez envoyé une demande de renseignements sur une affaire de décès à Hartola dans les années 1980.

— Oui, je cherchais des informations. J'aimerais bien consulter ce vieux dossier, déclare Saana avec enthousiasme.

Elle n'arrive pas à croire que le KRP soit personnellement entré en contact avec elle.

— Cette affaire a bien été traitée par notre service, déclare laconiquement Salminen.

— Est-ce que je pourrais avoir accès aux documents pour les consulter chez moi ? Ce vieux cas m'intéresse parce que… enfin, c'est juste que ça m'intéresse, et j'aimerais lire le dossier, bafouille la jeune femme, qui ne sait pas trop comment s'adresser à un représentant de la brigade criminelle nationale.

— Le fait est qu'il s'agit d'informations confidentielles. L'affaire n'a pas été résolue.

— Confidentielles ? répète Saana pour être certaine d'avoir bien entendu.

Elle pensait que les affaires vieilles de plusieurs décennies étaient automatiquement classées et mises à la disposition de tous. Le représentant du KRP lui explique que les choses se compliquent dans le cas d'une affaire irrésolue. L'enquête étant en cours, les documents sont confidentiels. Rien ne peut être révélé à des parties extérieures tant que les investigations se poursuivent.

— Mais il ne doit plus y avoir personne en train d'enquêter sur cette vieille affaire, s'étonne Saana.

— Même si l'enquête n'est plus active, le dossier reste confidentiel. Les investigations ont été suspendues. Pour qu'une enquête soit réactivée des années plus tard, il faudrait de nouvelles preuves ou de solides témoignages sur des présomptions sérieuses.

L'homme s'arrête là. Saana ne sait que répondre et se tait un instant.

— Ça arrive qu'on apporte de nouvelles preuves pour des affaires aussi vieilles ?

— Premièrement, après plusieurs décennies, toute preuve potentielle risque fort d'avoir été détruite. De nouveaux indices ou de nouveaux témoins restent très rares. Bien sûr, il existe toujours des exceptions.

Saana attend la deuxième partie de l'explication de son interlocuteur, mais rien ne vient.

— Les rumeurs au sein d'une population locale ne suffiraient-elles pas à faire rouvrir l'enquête ? Si par exemple la moitié des habitants d'Hartola étaient convaincus que la jeune fille a été assassinée, est-ce que ça n'intéresserait pas la police ?

— Nous sommes au fait des rumeurs qui ont circulé sur cette affaire à l'époque, mais j'ai bien peur que de simples racontars ne suffisent pas à résoudre une enquête. Il faut au moins des preuves.

Saana, troublée, remercie l'homme de son appel, bien qu'il n'ait soulevé que plus de questions. Si la mort d'Helena n'a jamais été élucidée, pourquoi avoir suspendu l'enquête ?

Après l'appel, tout s'agence peu à peu d'une nouvelle manière dans la tête de Saana. Si l'enquête de la police n'a mené nulle part et qu'à l'époque le décès n'a pas été déclaré comme suicide ou accident, la mort d'Helena doit vraiment avoir quelque chose de suspect. Cela rend cette affaire encore plus intéressante qu'avant. Il pourrait véritablement s'agir d'un meurtre encore irrésolu.

Samedi 29 juin / Helsinki

Heidi ouvre le réfrigérateur du personnel. Il est vide. Il n'y traîne qu'une brique de lait ouverte et bien entamée. Elle la renifle et la juge encore buvable. Pendant que le café coule, elle cherche son mug des Simpson sur l'égouttoir. Parfois, quand elle a de la chance, la femme de ménage a ramassé la tasse sur son bureau pendant la nuit pour la laver. Elle est là. Propre et sèche. Heidi remercie la femme de ménage dans sa tête, remplit sa tasse de l'infâme café filtre, y ajoute un nuage de lait, puis retourne dans son bureau.

Jan la salue derrière son écran. Saki aussi est déjà là. Cette nouvelle affaire les tient tous sous son emprise. Heidi ne sait même pas si Saki est rentré chez lui pendant la nuit.

La détective a toujours mieux travaillé sous pression. Elle est douée, efficace, et ne prend jamais la grosse tête. Elle n'a jamais eu l'impression de ne bosser que pour ses patrons. Elle est au service des victimes et de leurs proches. Son objectif est de leur offrir des réponses et, par là même, la paix.

— Repassons en revue le rapport de Joki, commence Jan en jetant une lourde liasse de papiers sur la table de réunion.

Heidi feuillette le rapport d'autopsie tandis que Jan le résume à haute voix.

— Sundin est mort par noyade. Le coupable lui a fait perdre connaissance, en toute probabilité d'un coup de Taser, selon Joki. À en croire ses estimations, une heure tout au plus s'est écoulée entre le marquage au fer rouge et la mort. À part la brûlure, le coupable n'a laissé aucune autre trace de son passage. Les ongles de Lars sont propres. Rien sur la scène de crime. Un travail très soigné.

— Quoi d'autre ? demande Saki.

— On a une photo très floue d'une silhouette derrière chez Sundin. Jenna, qui a probablement été la dernière à voir la victime en vie, avait pris un selfie où l'on distingue quelque chose en arrière-plan, déclare Heidi.

— Est-ce que les deux autres filles du groupe ont été contactées ? demande Jan.

Heidi acquiesce.

— La police d'Helsinki les a entendues, indique-t-elle. Leur soirée s'est poursuivie de la même manière : d'abord en boîte à Skohan jusqu'à la fermeture, puis au McDonald's du centre commercial Forum. Leurs déplacements ont déjà été confirmés, à la fois par les employés du vestiaire de Skohan et par les caméras de surveillance de Forum. Les jeunes filles, âgées de dix-neuf ans, avaient reçu une invitation de la part d'Elias Korhonen. L'une d'elles, Alina Krohn, a laissé entendre qu'elle le fréquente depuis quelque temps, sans que la relation soit officielle. Ils se sont rencontrés sur Tinder, et les filles ne savent rien de précis sur Korhonen ni sur le déroulement du reste de la soirée. Fanni était venue en tant qu'amie d'Alina.

Voyant qu'elle a fini, Saki enchaîne :

— On a examiné les informations téléphoniques de la victime. Lars n'avait qu'un numéro à son nom. Pas d'infos sur d'autres forfaits. On a retrouvé ça parmi les messages, dit-il en montrant un MMS. Des os arrangés en couronne, on dirait.

Saki reçoit un hochement de tête approbateur de Jan.

— Un appel d'un peu plus d'une minute a été émis du même numéro, achève-t-il.

— Bien, découverte importante, commente Jan. Est-ce qu'on sait déjà quelque chose à propos de ce numéro ?

— Il est associé à une carte prépayée. L'appel a été relayé par l'antenne de Suomenlinna, puis l'appareil a été éteint. On l'a mis sous surveillance. On pourra le tracer si l'utilisateur décide de le rallumer.

— Est-ce que vous avez trouvé les informations d'achat de la carte SIM et consulté les caméras de surveillance du point de vente ? insiste Jan.

— On a envoyé le mandat pour les enregistrements de surveillance et on a déjà la confirmation que l'achat a été effectué à la supérette R-kioski de la gare centrale.

— Le tueur aura probablement envoyé quelqu'un d'autre l'acheter.

— On connaît le déroulement de la soirée de Lars dans les grandes lignes jusqu'au moment où il est sorti de chez lui vers 5 heures du matin. La question fondamentale est désormais : où a-t-il été tué ? Le légiste est presque certain qu'il a été amené mort à la Porte du Roi.

C'est Heidi qui brise le silence engendré par la question de Jan.

— Elle était plutôt jeune. Cette Jenna. Trop jeune pour quelqu'un de l'âge de Lars Sundin, si vous voulez mon avis, précise-t-elle, bien que personne ne le lui ait demandé. On soupçonne que la victime avait beaucoup d'ennemis, hommes et femmes. Selon ses collègues, les responsables de pub sont aussi adorés qu'abhorrés, mais surtout abhorrés. Difficile d'être d'un autre avis, surtout si on pense à ce Jaakko Lahti, ajoute-t-elle, ce qui lui vaut un regard réprobateur de Jan, qui reprend :

— On a un cadavre, un marquage au fer rouge et une photo d'une couronne en os, mais on n'a pas de mobile. Qu'est-ce qui a poussé quelqu'un à assassiner Lars plutôt qu'un autre ? Et quelle avance le meurtrier a-t-il sur nous ?

— Cet Elias Korhonen, commence Heidi, pensive. Il ne m'a pas fait bonne impression. Et son nom est ressorti dans le cadre d'un trafic de cocaïne.

Heidi a lu les rapports de la brigade des stups d'Helsinki avec intérêt, mais elle n'y a trouvé qu'un commentaire selon lequel un homme du nom d'Elias Korhonen était probablement un petit dealer – un consommateur récréatif, qui connaît énormément de monde sur le marché de la drogue mais qui ne fournit qu'un petit cercle de proches. Après avoir lu les documents, une seule question lui reste en tête. Si Elias n'est qu'un petit dealer, qui est son gros dealer à lui ? À en croire le rapport, Elias a d'abord été en connexion avec la mafia russo-finlandaise qui ravitaille les clients de luxe, mais dernièrement son nom semble associé à une « autre source » – un gang qui, selon les estimations internationales, fait déjà entrer une grande quantité de drogue dans le pays et se montre ces temps-ci particulièrement actif. Bien qu'infiltré depuis deux ans, il reste étonnamment opaque, surtout en ce qui concerne sa hiérarchie interne.

Heidi a beaucoup appris au cours de ses années au sein de l'équipe criminelle du KRP. L'une des leçons les plus importantes : ne jamais se fier aux apparences. Pourquoi l'enquête sur ce cartel n'avance-t-elle pas alors qu'elle a commencé il y a plusieurs années déjà ? Pourquoi les trois embuscades mentionnées dans le rapport ont-elles échoué ? La détective sait qu'elle va trop vite en besogne, mais ces impasses répétées font songer à une taupe. Soit l'un des agents infiltrés a été repéré, soit il y a un problème du côté de l'enquête elle-même. Tout est possible, surtout quand il est question de drogue.

Heidi ne voudrait pour rien au monde travailler pour les stups. Tout cet univers, des enquêtes préliminaires au travail sur le terrain, n'est qu'un bourbier instable. Pas de démarcation claire entre les différents domaines d'une investigation, un travail tout autre qu'à la criminelle.

Clients, dealers, fournisseurs, transporteurs… On ne sait parfois plus démêler le bon du mauvais.

Après cette série de brefs entretiens avec les employés de Fire, Heidi garde l'impression qu'Elias est le seul à avoir dissimulé quelque chose. Elle a toujours su repérer les menteurs. Au travail, c'est bien utile ; dans sa vie personnelle, pas vraiment. C'est à cause de cette clairvoyance hors du commun en ce qui concerne l'esprit humain que Jan s'est mis à l'appeler « Rayon X ».

— Je voudrais reparler à Korhonen, dit Heidi.

Jan acquiesce. Saki et lui poursuivent leurs recherches en ligne sur les couronnes d'os tandis qu'elle se retire dans la salle d'interrogatoire pour passer un appel.

— Allô ? répond Elias.

Heidi se présente à nouveau, et Elias lui coupe aussitôt la parole.

— J'aurais dû vous parler de ma dispute avec Lars, dit-il d'un ton qui semble sincère. Il voulait emmener Jenna chez lui. J'ai essayé de m'interposer, mais Jenna y tenait.

Heidi se demande ce que cache l'inquiétude soudaine d'Elias.

— Cette dispute était-elle en rapport avec la drogue ? Nous savons que vous en vendez de petites quantités.

Elle a réussi à le prendre par surprise, mais il se ressaisit rapidement.

— Seulement à usage récréatif. Jenna n'a rien à voir avec ça. C'est ma cousine. Je suis en quelque sorte un peu responsable d'elle.

— Lars faisait-il partie de vos clients ?

Heidi croirait presque entendre tourner les méninges d'Elias au bout du fil.

— Il ne m'achetait que de petites quantités, rien d'anormal. Mais, si Lars a vécu toute sa vie comme il l'a fait ces dernières années, il doit être mêlé à pas mal de trafics.

Heidi met vite fin à l'appel, libérant Elias. Elle aurait maintenant besoin de manger pour réfléchir et sort sa gamelle de son sac. Au menu, salade de quinoa et deux œufs durs. Un régime sain et nutritif lui donne l'impression de contrôler au moins une partie de sa vie professionnelle si chaotique. Les choses semblent se dérouler malgré elle et, bien qu'elle parvienne à résoudre ses affaires, il y en a toujours une autre en attente. Heidi dévore sa salade en un temps record et regrette de n'en avoir pas préparé plus. Enquêter sur un meurtre violent et prémédité lui creuse toujours l'appétit.

Après avoir mangé, elle se remet à réfléchir au crime. Son intuition lui souffle que les employés de Fire n'ont pas grand-chose à voir avec la mort de Lars. Ce qu'elle doit se demander désormais, c'est : que cachait cette façade de champion de la pub ? Pourquoi ce meurtre si savamment mis en scène ? Heidi y voit un mélange de châtiment et de vengeance, une soif de justice. Plus elle y réfléchit, plus lui vient le sentiment que ce Lars qui avait le goût du luxe a dû répondre de ses actes. Mais quels actes ? Il faut fouiller son passé : il est certain que la clé de l'affaire s'y cache. Quelque chose de bien plus grave qu'un simple désaccord au sein du monde publicitaire d'Helsinki, ce petit cercle obsédé par l'argent.

Dimanche 30 juin / Hartola

Saana a l'estomac noué par la nervosité. Cela fait deux jours déjà qu'elle réfléchit à la manière dont elle pourrait expliquer son projet – son envie d'en apprendre plus sur Helena.

Il lui faudra commencer par un coup de téléphone : elle ne peut pas surgir comme ça chez les gens pour leur poser des questions sur la perte tragique de leur fille trente ans plus tôt. Finalement, elle renonce à préparer son discours et appuie sur le bouton d'appel. Maintenant, elle ne peut plus faire demi-tour. La sonnerie retentit longuement, puis l'on décroche enfin. Une fragile voix de femme.

— Hilkka Toivio.

Saana se présente et explique la raison de son appel. La femme à l'autre bout de la ligne reste un moment silencieuse.

— Le décès d'Helena remonte à si longtemps qu'il me semble que mes souvenirs s'estompent de plus en plus. Je ne veux pas les perdre pour de bon, déclare tristement la femme. Passez donc me voir.

Quarante minutes plus tard, Saana entre à vélo dans la cour du domaine Toivio.

La mère d'Helena est une femme très gentille qui semble avoir vieilli dignement, sans recourir à aucun artifice. Ses cheveux sont coupés court. Pourquoi toutes les femmes de plus de cinquante ans adoptent-elles cette coupe ? Si Saana dépasse les soixante ans, elle se laissera pousser les cheveux aussi long que possible.

Saana sourit timidement à la mère d'Helena en entrant. Comme elle ne sait pas quoi dire, elle commence par la remercier pour son accueil. Hilkka l'invite à la suivre.

— Je nous ai préparé du café et j'ai décongelé une tarte.

Saana comprend vite que cette femme n'est que trop heureuse d'avoir de la visite.

— Je l'ai faite avec les fraises de l'été dernier. Il est temps de la manger. La nouvelle récolte avance à bonne allure, déclare Hilkka en proposant à Saana de s'asseoir sur le canapé.

Des tasses à café et une tarte à la fraise et à la rhubarbe les attendent sur la table basse. La jeune femme regarde le pichet de lait posé à côté et se retient de préciser qu'elle préférerait du lait d'avoine.

Par où commencer ? Elle aimerait se faire une idée générale du caractère d'Helena. Écouter des histoires auxquelles se raccrocher. Peut-être espère-t-elle aussi un indice qui lui désignerait un coupable dans le cercle familial. En définitive, elle choisit de garder le silence en espérant que la mère d'Helena ressentira le besoin de le combler.

Hilkka se met à lui raconter l'enfance d'Helena, ses petits succès à l'école. Elle entre peut-être un peu trop dans les détails, mais Saana la laisse explorer ses souvenirs. L'expression d'Hilkka le lui prouve, elle est encore fière de sa fille. Saana hoche la tête pour montrer qu'elle écoute et reprend une part de cette délicieuse tarte aux fraises, qui lui rappelle celle de sa grand-mère.

— Oui, resservez-vous donc, contente qu'elle vous plaise, dit Hilkka avant de lui indiquer à quel point les poèmes qu'écrivait Helena étaient captivants, combien Helena lisait depuis son plus jeune âge.

— Une jeune poétesse alors, déclare Saana en souriant. Vous n'auriez pas gardé certains de ses écrits ?

— Maintenant que vous le dites, je crois bien que si. Helena assistait régulièrement aux cours d'art de l'institut, et elle a même participé à un concours de poésie organisé par le journal local d'Hartola. Je dois avoir ce poème-là quelque part. Ils ont publié tous ceux qui leur ont été envoyés.

— Ce serait génial si vous le retrouviez, dit Saana en se penchant sur sa tasse de café.

La mère d'Helena se dirige résolument vers les tiroirs au bas d'une énorme bibliothèque et en sort un robuste album photo à la couverture foncée. Elle tourne les pages et sourit de temps en temps pour elle-même. Ces photos doivent faire resurgir tout un flot de souvenirs en elle. Elle s'arrête finalement sur une double page, où est accrochée une coupure de journal, et pose l'album devant Saana.

— Il est là. Le poème d'Helena a été publié en août 1989, juste avant que… Mais elle n'a jamais eu de retour sur son poème et n'a pas reçu de prix. Moi, je l'ai beaucoup félicitée, mais ça ne lui faisait ni chaud ni froid. Elle espérait sans doute qu'on la distingue, qu'on voie en elle un jeune talent prometteur, mais Hartola ne sait pas apprécier les artistes…

Saana sourit de la capacité d'Hilkka à percevoir la petitesse d'Hartola. Cette femme appartient quand même à ce village, par son sang et son âme. Elle regarde la double page conservée dans l'album. À droite se trouve un cadre stylisé, où l'on peut lire :

Concours de poésie
- écrit par Helena Toivio

La forêt scintille, si jolie
Que sa beauté nous empêche de regarder
Ce qu'il faudrait voir.
Le grondement du rapide recouvre tout
Ce qu'il faudrait entendre.

— N'est-ce pas un poème incroyable ? lance Hilkka, enthousiaste.

Saana ne sait pas quoi dire. Que le dernier poème qui est resté de la jeune fille parle du rapide où elle s'est noyée lui semble terriblement triste, voire lugubre.

— Ça donne l'impression qu'Helena en savait trop sur quelque chose, répond-elle sans lever les yeux. Vous n'avez pas une idée là-dessus ?

Hilkka semble presque froissée.

— Helena était une gentille fille. Elle n'avait rien à cacher, et si ça avait été le cas elle m'en aurait parlé.

Saana hoche la tête et comprend qu'il vaut mieux changer de sujet.

— Puisque Helena aimait écrire, elle tenait peut-être un journal intime ? demande-t-elle, le regard toujours rivé sur le poème.

— Bien sûr qu'elle en avait un. Après ce qui s'est passé, la police a tout emporté. Et on n'a jamais rien récupéré.

Saana regarde Hilkka d'un air compatissant.

— Je ne souhaiterais à personne de perdre son enfant, continue Hilkka. C'est la pire des douleurs, et elle ne s'apaise jamais. Au bout d'un moment, il m'a fallu faire un choix… Je ne sais pas vraiment comment l'expliquer, mais j'ai décidé de vivre au présent. Je ne peux plus m'accrocher au passé. Mais j'essaye d'être reconnaissante pour ces moments que j'ai eu la chance de partager avec Helena. Si je n'avais pas pu me détacher ne serait-ce que d'une petite partie de ma fille, je serais moi-même comme morte. L'existence ne mène à rien si on s'enterre entièrement dans la peine. Par la grâce de Dieu, j'ai fini par retrouver un semblant de paix.

La jeune femme l'écoute en silence. Elle ne peut s'imaginer ce que cela lui ferait de perdre sa propre fille – ni d'en avoir une, d'ailleurs. Peut-être ne peut-on se figurer une telle souffrance qu'en ayant soi-même des enfants.

— Je vais regarder si je peux encore trouver quelque chose dans les affaires d'Helena, dit Hilkka en lui tendant l'album photo.

Saana le pose sur la table basse et regarde autour d'elle. Tout est propre et bien rangé. Un peu vieillot à son goût, mais parfait pour une ferme. Des images d'angelots, du point de croix, des crucifix en bois et une grosse bible sur la commode, à côté d'une bougie. Dans la bibliothèque se trouve aussi une ribambelle de cadres photo. Saana part les observer de plus près. Des photos de mariage des parents d'Helena, d'autres du mariage de leurs propres parents et, au bout de la rangée, une photo d'Helena, apparemment pendant sa confirmation. On y voit une jeune fille qui sourit timidement à l'objectif, une rose rouge à la main. Saana prend le cliché.

— Ma jolie petite Helena…, murmure Hilkka d'une voix frêle dans son dos.

Saana acquiesce et se tourne vers elle. La femme tient une boîte à chaussures poussiéreuse. Sur le couvercle est écrit :

Chaussures et maroquinerie d'Hartola

— J'ai trouvé ça. Il y a quelques photos, là aussi.

Saana prend la boîte qu'elle lui tend. Le couvercle est un peu plus propre par endroits : Hilkka doit l'avoir frotté de la manche.

— Je peux photographier ces images avec mon portable ? demande Saana, pleine d'espoir.

— Oui, allez-y, répond Hilkka, qui semble heureuse qu'une inconnue s'intéresse à sa douleur après toutes ces années.

Saana s'assoit pour fouiller le contenu de la boîte et photographie de vieilles photos de classe. La même professeure apparaît sur plusieurs d'entre elles. Saana se demande s'il serait encore possible de la contacter.

— Où étudiait-elle ? demande-t-elle en regardant les photos.

— Au collège d'Hartola. Elle était bonne élève. Tout le monde l'appréciait.

— Et c'est sa professeure, là, sur les photos ?

Peut-être le témoignage de cette enseignante pourrait-il lui apporter quelque chose.

— Leena Lehtonen, professeure et directrice, confirme la mère d'Helena. À la retraite. Elle habite encore dans le coin, à Kaikulanmäki.

— Merci.

Elle note le nom et se lève pour partir, puis demande, bien que cette simple idée l'emplisse d'angoisse :

— Vous croyez que je pourrais aussi discuter un peu avec le père d'Helena ?

Hilkka Toivio s'immobilise un instant, puis regarde Saana droit dans les yeux.

— C'est un brave homme, mais pas très bavard.

Saana comprend aussitôt. Elle ne veut pas trop s'immiscer dans leur intimité, ni forcer qui que ce soit à lui parler.

— Merci pour le temps que vous m'avez consacré, merci pour tout, dit-elle sincèrement. Si tout cela mène quelque part, vous serez la première au courant.

— Je vous en prie. Et bonne chance. Mais si vous découvrez quelque chose qui contredit tout ce qu'on nous a raconté, tout ce à quoi nous croyons depuis des années, je ne suis pas sûre de vouloir l'apprendre. C'est plus prudent, il me semble. Helena repose en paix, et peu à peu j'ai fini par constituer ma propre version des événements. Elle est au ciel. Rien de ce que l'on pourrait découvrir d'autre n'y changerait quelque chose.

— J'hésitais à vous poser la question, mais je me lance, dit Saana en enfilant déjà ses chaussures dans l'entrée. À votre avis, que s'est-il passé ?

Elle lève la tête pour lui jeter un regard encourageant, quoique hésitant. Hilkka baisse un instant les yeux sur ses mains.

— Un accident, dit-elle à voix basse. Voilà ce que j'ai toujours cru : ce n'était qu'un tragique accident. Vous trouverez sûrement des gens qui diront qu'Helena s'est noyée. Intentionnellement. Mais je connais ma fille, tout de même. Rien chez elle ne laissait croire à des tendances pareilles. Le suicide va contre la volonté de Dieu. C'était un accident, rien d'autre.

Saana acquiesce en silence. Puis, poussée par un élan d'affection, elle serre Hilkka Toivio dans ses bras, bien qu'elle ne soit d'ordinaire pas très tactile.

Hartola

Été 1989

Quand les parents d'Helena ne la contraignaient pas à travailler aux champs ou à vendre des fraises sur le stand, elle passait beaucoup de temps à la bibliothèque. Elle lisait des légendes antiques, la vie d'écrivains et de musiciens morts trop jeunes. Elle dévorait des poèmes de Rimbaud, des romances ou des tragédies. À travers les livres, elle voyageait vers des contrées lointaines, plongeait dans la tête de différents personnages, dans leurs pensées et leurs sentiments. Elle y trouvait le brasier de l'amour, l'emportement de la passion, la fureur de la haine, la jalousie, la mélancolie, la mort, la honte, la peine, la joie, toutes les aventures les plus palpitantes. Revenir à sa propre vie lui semblait toujours une déception, que ce soit dans sa chambre ou sur les chaises trop dures de la bibliothèque d'Hartola. Mais elle avait un plan. Dès qu'elle aurait dix-huit ans, elle quitterait Hartola pour Jyväskylä, pour Helsinki, pour l'Amérique – pour le monde.

La radio jouait une lambada en fond quand Helena se regarda à nouveau dans le miroir. Elle y voyait le bouleversement d'une jeune fille « sur le point de devenir femme », comme le disaient tous les livres. Ses hanches étaient plus marquées, sa peau plus grasse. Elle avait ses règles depuis quelques années déjà. Mais le changement le plus visible était celui de sa poitrine. Deux mollusques craintifs, qui s'étaient faufilés sur elle presque par surprise – et beaucoup plus tardivement que chez la plupart de ses amies.

Dès l'apparition de ses seins, beaucoup de choses avaient changé. Helena avait remarqué qu'on la fixait, même quand elle était en chemin pour l'église le dimanche avec ses parents. Sa mère n'avait pas encore eu le temps de lui acheter de soutiens-gorge, et Helena s'était rendu compte qu'elle modifiait peu à peu sa propre posture, qu'elle se penchait en marchant pour cacher sa poitrine aux regards curieux. Pour être tranquille. Mais il n'empêche, elle attirait tous les regards, ceux des vieux comme ceux des jeunes.

La saison des fraises commençait toujours en juillet. Durant ses premiers jours au stand, Helena avait longuement réfléchi au camp d'été qui l'attendait – elle y préparerait sa confirmation. Comment faire pour laisser croire à ses parents qu'elle approfondissait sa foi, tout en fuyant toujours plus loin vers la liberté, au moins en esprit ? À en croire les rumeurs issues de l'école ou des magazines pour ados, de grandes aventures l'attendaient en colonie de vacances – son premier grand amour, sa première cuite, sa première nuit blanche, sa première cigarette. Elle se libérerait de toutes ses inhibitions, se crêperait les cheveux, se maquillerait, rigolerait comme une folle. Toutes ces expériences dont elle n'avait pas encore eu l'envie ni l'opportunité.

Quand la voiture inconnue se gara à nouveau devant le supermarché, Helena fit mine de n'avoir rien remarqué. Tout en arrangeant ses cagettes de fraises, elle observa discrètement l'homme qui sortait du véhicule. Il portait un long manteau assez singulier. Quand il disparut dans le magasin, Helena continua à réorganiser les cagettes, histoire de s'occuper les mains. Elle n'arrivait plus à retourner vagabonder dans ses fantasmes de camp d'été. Elle sursauta : l'homme se tenait devant elle.

Elle le dévisageait. Il la dévisageait. Comme s'il pouvait lire dans ses pensées. Comme s'il voyait les changements qui bouillonnaient en elle. Ses espoirs secrets, ses peurs les plus sombres, toutes ses questions sans réponses. Il soutenait son regard, il sentait sa faim, sa curiosité. Au-dessus de tout flottait la tentation de l'interdit. « Ne fais pas confiance aux inconnus », « Méfie-toi de ceux qui sourient sans raison », « Ne parle qu'avec ceux qui respectent le Seigneur », lui avait rabâché sa mère. Mais en ce jour, en cet instant fugace, cet homme inconnu, cet homme souriant, cet homme loin de Dieu avait aussitôt compris qu'Helena était prête à enfreindre toutes les règles.

Dimanche 30 juin / Helsinki

Jan et son père déjeunent au restaurant Lehtovaara. Ils partagent un repas environ une fois par mois. Jan ne sait pas de qui venait l'idée cette fois-ci. Ils ont passé la matinée auprès de sa mère, puis sont partis car elle souhaitait se reposer. Jan ne voulait pas que son père se retrouve à devoir manger seul. Ils éprouvent le même manque d'intérêt pour la nourriture. Il mâchouille un foie de veau. Son père a déjà fini son assiette et regarde par la fenêtre. Jan découpe sa nourriture avec soin et fait en sorte que chaque bouchée contienne un morceau de pomme de terre et un morceau de viande. Son père s'essuie les commissures des lèvres avec une serviette en tissu. Après un long moment, il se met à parler, laconique.

— Un gobemouche gris a fait un nid dans la cabane du jardin, dit-il, les yeux perdus dans le vague derrière son fils.

Jan hoche la tête, reconnaissant à son père d'avoir enfin brisé ce lourd silence.

— Je me demandais d'où venaient toutes ces saletés par terre jusqu'à ce que je remarque le nid. Il y a huit œufs.

— Ils vont pouvoir sortir quand ils auront éclos ? s'enquiert Jan.

— Il y a un trou sous la corniche. Je devais le recouvrir avec un grillage, mais je n'ai pas trouvé le temps.

Jan garde le silence. Son père prend son verre d'eau et boit de bruyantes gorgées. Jan change de position sur sa chaise et se demande ce qu'il pourrait bien dire.

— Maintenant ce nid est là, reprend son père en posant ses couverts sur son assiette. Je me suis dit qu'il valait mieux les laisser tranquilles.

— Oui, ils ne t'embêteront pas, répond Jan en enfournant son dernier morceau de viande.

— Et ils se débrouilleront bien tout seuls. Tu ne voudrais pas changer de métier ? lâche-t-il soudain.

Jan mâche en silence.

— Je ne comprends pas comment tu peux laisser filer ta vie comme ça, poursuit son père.

— Je sauve des vies. J'oblige des malades à répondre de leurs actes.

— Tu te mets en danger tous les jours, alors que tu pourrais facilement décrocher un boulot tranquille dans n'importe quel cabinet d'avocats…

Jan n'est pas surpris. Ce n'est pas la première fois qu'ils ont cette conversation.

— Je ne tiendrais pas un seul jour, répond-il.

Le serveur arrive, et son père lui tend sa carte bancaire sans détacher le regard de Jan.

— Tu n'as jamais essayé. En plus, tu as l'air épuisé. Tu dors assez ?

Jan regarde par la fenêtre, mutique. Il n'a pas l'intention de poursuivre cette discussion.

— C'était très bon, dit son père en replaçant la carte dans son portefeuille et le portefeuille dans la poche de sa chemise.

— Oui, très bon, renchérit Jan, malgré son agacement.

Toute sa vie, son père a essayé de le pousser dans une certaine direction. Même maintenant, alors que Jan a trente-sept ans et une bonne situation, une bonne carrière.

Bien qu'irrité, il aimerait demander à son père comment il va. Comment lui ont semblé ces dernières semaines. Mais la question ne sort pas de sa bouche.

— J'ai entendu un rossignol hier, finit-il par dire. J'étais à la réserve naturelle de Vanhankaupunginkoski. Il y a un joli petit bois là-bas, un genre de marécage juste avant le caillebotis de Lammassaari. Les eaux alentour portent très bien le chant des oiseaux.

— Tu ne t'en souviens probablement pas, mais je t'ai amené là-bas une fois, quand tu étais petit.

— J'y retournerai dès que le travail me le permettra.

Il se demande si son père l'accompagnerait dès maintenant s'il le lui proposait. Pourraient-ils s'offrir toute une journée ensemble ? Jan n'en est pas sûr. Son père a l'air fatigué – fragile, vieilli sous sa carapace.

— Oui, les jours d'été où les oiseaux font du tapage bien comme il faut sont assez rares, déclare son père en se levant pour partir.

— Au moins maman verra l'été, dit Jan.

Puis il avale sa salive. C'est la douleur qui a si brutalement vieilli son père, songe-t-il. Impossible de le nier sous les spots du restaurant. Ses tempes ont grisonné, sa peau est si pâle qu'elle semble translucide.

Son père acquiesce, puis pose brièvement une main sur l'épaule de Jan. Celui-ci s'en étonne. Même en sortant du restaurant, il sent encore la chaleur dégagée par la paume de son père. Ils ne s'étreignent jamais, ne se touchent pas vraiment. Ce n'est pas dans leurs habitudes.

Quand leur voiture quitte le quartier de Töölö pour Kallio, le moteur remplit le silence. D'une certaine façon, sa mère servait d'intermédiaire entre eux. Sans elle, ils sont presque incapables de communiquer. Son père est-il fier de lui ? Jan ne peut que le supposer, car ce dernier ne l'a jamais affirmé. Plutôt que de lui parler de ce qu'il fait bien, il se concentre sur ce qu'il pourrait améliorer – du moins selon son propre avis. *Il se fait du souci pour moi, voilà tout*, se dit Jan. *Il veut que je m'épanouisse.*

Il n'a jamais reçu l'approbation de son père pour son choix de carrière, mais il n'en a jamais eu besoin. Voilà bien longtemps que l'entêtement de cet homme a érigé un mur entre eux. En regardant son père si peu expressif derrière le volant, Jan se demande si le mur fonctionne également dans l'autre sens. Peut-être que sans s'en rendre compte, il a lui aussi bâti une sorte de barricade entre lui et les autres.

Une heure plus tard, assis à son bureau, Jan parcourt les liens que lui a envoyés Saki, toute une galerie de couronnes. Son père est retourné à l'hôpital de Terhokoti.

Les modèles de couronne défilent devant ses yeux. Pas une qui soit similaire à la marque du défunt. Jan n'est même pas sûr qu'une ressemblance permettrait d'expliquer le sens du message voulu par ce symbole. Mais il en recherche tout de même, pour l'avancement de l'enquête.

Saki cherche aussi quel genre d'outil pourrait laisser une telle marque. Probablement un fer d'élevage ou quelque chose de fait maison. Il a imprimé pour Jan une définition du marquage au fer rouge, qu'il lui tend au passage.

DU TEXTE, UNE IMAGE OU UN LOGO PEUVENT
ÊTRE GRAVÉS SUR UN FER À SOUDER.
DES PLAQUES DE GRAVURE INTERCHANGEABLES
PEUVENT ÊTRE FIXÉES SUR LE FER. LES MODÈLES
LES PLUS COURANTS SONT DES FERS CHAUFFÉS
PAR UN COURANT ÉLECTRIQUE :
200 W, 50 X 25 MM ; 300 W, 70 X 35 MM ; 400 W,
75 X 50 MM.

Jan écarte les doigts pour visualiser la taille de la marque de la victime. Il est possible que le marquage ait été réalisé avec un fer de 75 x 50 mm. Mais un outil électrique est peu probable si le meurtre a eu lieu à l'extérieur, à Suomenlinna.

Jan demande à Saki de chercher tous les fabricants qui proposent l'appareil en question. Peu de gens marquent leur bétail d'une couronne. Si quelqu'un a passé commande d'un fer personnalisé, on pourrait en retrouver la trace, à condition que cela n'ait pas été fait à l'étranger. Bien sûr, l'assassin aurait très bien pu le fabriquer lui-même. Mais si le fer avait été chauffé au feu on aurait retrouvé des traces de charbon ou autre près du corps.

— Peut-être qu'il a utilisé un petit chalumeau transportable ? propose Saki.

Jan trouve l'idée convaincante. On voit facilement comment chauffer un fer à l'aide du genre de chalumeau portatif que les chefs cuisiniers emploient pour la crème brûlée.

Heidi fait son apparition, les cheveux encore humides après sa douche. Jan est quasiment certain qu'elle ne s'est pas douchée chez elle. Quand une enquête de ce genre est en cours, rentrer chez soi n'est plus qu'un lointain concept.

Heidi lui a déjà présenté sa théorie sur l'affaire. Pourrait-il réellement s'agir d'une vengeance ? Il faut bien partir de quelque chose, même sans rien de solide. Il faut être capable d'inventer des théories, que l'on peut réfuter quand des preuves apparaissent. Heidi est sûre qu'il faut remonter la chronologie de Lars aussi loin que possible, chercher des pistes dans son passé, dans les étapes de sa vie.

— S'il s'agit bien d'un châtiment, la haine du tueur devait couver depuis un bon moment, vu le résultat final. Rien n'a été fait dans la précipitation. Il aura fallu beaucoup de réflexion, de planification pour en arriver là. À mon avis, le meurtre de la Porte du Roi est le point d'orgue d'une rancœur qui remonte à des années, affirme Heidi.

Ils se tiennent face au tableau d'investigation, toujours vide. Jan hoche la tête, plus pensif que convaincu.

— Il faut qu'on découpe la vie de Lars en petits morceaux, dit-il.

— Faisons un marché, propose Heidi en prenant une pile de papiers sur le bureau. Saki m'a sorti tout ce qu'il y a à savoir sur Sundin. Rentre chez toi, tu as besoin de repos. Mais je te connais, je sais que tu n'accepteras pas de partir les mains vides. Lis ça et dis-nous si quelque chose te saute aux yeux.

Jan accepte la liasse de documents avec un sourire en coin. On dirait bien que sa collègue ferait n'importe quoi pour le soulager un peu.

Il doit être le seul directeur d'enquête à supporter que ses subordonnés s'expriment parfois à l'impératif. Mais peu lui importe comment les autres s'adressent à lui pourvu qu'ils œuvrent pour leur but commun. La conversation est interrompue par un message que reçoit Heidi.

— On vient de nous signaler un bateau volé à Merisatamanranta, lit-elle à haute voix. Je vais interroger le propriétaire. Apparemment, sa barque a disparu justement dans la nuit de mercredi à jeudi.

— Bien, déclare Jan. Le coupable n'a pas laissé de traces jusque-là. Les techniciens n'ont rien trouvé sur la scène de crime qui permettrait de penser que le meurtre s'est produit là-bas. Notre meilleure théorie pour l'instant est que le tueur a embarqué Sundin dans un bateau et ne l'a amené à la Porte du Roi qu'au dernier moment, très probablement après sa mort.

Jan jette un coup d'œil à sa montre. Presque 4 heures. Les nuits de sommeil trop courtes, son rythme de travail effréné et l'urgence constante lui brouillent l'esprit. Il faut qu'il se change les idées. Un peu de distraction pour continuer à respirer.

Il pédale jusqu'à la gare centrale et cherche du regard le train régional M sur l'écran d'affichage, puis il se rappelle que ce train n'existe plus, remplacé par le I et le P qui circulent en deux arcs de cercle opposés. Il écrit à Kaj :

Je suis en route.

Puis, une fois installé, il ferme les yeux quelques instants.

Quand Jan sonne à la porte vingt minutes plus tard, il entend les cris joyeux des enfants derrière le battant. Kaj et Veera ont un garçon et une fille en bas âge. Verneri a déjà cinq ans et Alma en a deux. Ils lui sautent tout de suite dessus. Le contact est plus facile avec les enfants, spontané. Jan ébouriffe les cheveux de Verneri et prend Alma dans ses bras. Bien que les bêtises et les caprices du soir soient amusants, le moment préféré de Jan est celui où les petits viennent en pyjama leur souhaiter bonne nuit et leur faire un gros câlin. Jan les imagine ensuite somnolents, bordés dans leur lit, s'endormant peu à peu en écoutant le bourdonnement des conversations des adultes dans le salon. Ça doit être agréable. En tout cas, ça l'était pour lui quand il était petit.

Une fois les enfants couchés, Jan peut pleinement profiter de ses amis. Il voit bien à leur expression qu'ils se demandent comment aborder le sujet de sa mère. Ils lui expriment leur sympathie, et Jan hoche la tête. Il n'a pas envie d'y penser, pas maintenant, pas auprès d'eux. Comme d'un commun accord, ils cessent tous de parler. Jan sait qu'ils veulent lui témoigner leur soutien, et il espère qu'ils comprennent à quel point il l'apprécie, bien qu'il n'en dise rien. Passer un peu de temps loin du travail et de la maison lui fait du bien.

— Alors, et les femmes ? demande Veera d'un air taquin.

Ils ont mangé un effiloché de porc délicieux et sirotent désormais, le ventre plein, un single malt que Kaj a reçu en cadeau.

— Rien du tout, répond Jan, comme d'habitude, en finissant son verre. J'ai beaucoup de travail en ce moment, sans parler du reste. Je ne vois pas quand je pourrais consacrer du temps à qui que ce soit. Et puis il y a aussi…

Ses amis acquiescent. La maladie de sa mère.

— Quand j'ai rencontré Veera, je faisais toujours en sorte de nous dégager du temps, peu importe à quel point j'étais occupé. Même si maintenant je ne vois plus trop ce que je lui trouvais, lâche Kaj en rigolant avant de donner un petit coup de coude affectueux à Veera, qui répond en le frappant avec un coussin.

— Je me suis toujours dit que je préfère être seul que mal accompagné, répond Jan.

Et c'est bien le cas, il s'en rend compte en le formulant. Étrangement, il n'a jamais eu de mal à trouver des femmes. Ou alors, ce sont les femmes qui savent le trouver, même si dernièrement il s'est efforcé de passer inaperçu.

Veera examine Jan, comme si elle hésitait à lui livrer le fond de sa pensée.

— Il te faut autre chose, de quoi te changer les idées. Autre chose que le travail et…

Elle s'arrête là, sans savoir comment revenir au sujet de la mère de Jan en soins palliatifs. Puis elle se lève pour aller rechercher à boire dans la cuisine.

— Kaj ne t'a pas dit que j'ai une amie faite pour toi ? On a un peu perdu le contact ces dernières années, mais j'y pensais l'autre jour et je crois que vous iriez très bien ensemble.

Jan, trop concentré sur sa tentative de lancer un hochet en bois dans la boîte à jouets, ne peut pas parler en même temps. Le hochet y atterrit dans un cliquettement. Au même moment, il entend une notification : Heidi lui a envoyé un message. Jan regarde son portable, mais décide de ne pas l'ouvrir. En cas d'urgence, Heidi aurait téléphoné.

— Désolé, je n'écoutais pas, dit-il. Mais si tu essayes encore de me trouver une prétendante, je n'ai pas vraiment la tête à ça en ce moment.

Veera revient de la cuisine et tend aux deux hommes des bières fraîches.

— Cette fois, je suis sérieuse, déclare-t-elle en s'asseyant sur le canapé. Tu seras toujours trop occupé au travail. Chacune de tes affaires est trop importante. Disons que si ça ne donne rien cette fois-ci, j'admets que j'avais tort et j'abandonne pour de bon. OK ?

Jan plisse le front, feignant l'irritation. *Veera, admettre qu'elle avait tort ? J'aimerais bien voir ça.* En même temps, au fond de lui, il se dit que c'est peut-être ce dont il a besoin : quelqu'un qui le force à passer à l'action, puisqu'il n'y arrive pas de lui-même. Cela fait maintenant plus d'un an que Jan n'a pas réussi à se concentrer sur autre chose que le travail. Il sacrifie son quotidien pour traquer les fous dans les ténèbres. Drôle de vocation, et très solitaire.

Sur le trajet retour, assis dans un train tardif où règne une joyeuse agitation de milieu de soirée, Jan lit le message d'Heidi.

> Le modèle du bateau correspond à la déposition du témoin. Le coupable l'a sans doute volé à Kaivopuisto pour naviguer jusqu'à Suomenlinna. Pas de caméra à proximité du quai, j'ai lancé un avis de recherche pour le retrouver.

Voilà qui confirme l'endroit où Lars a passé ses dernières heures. Le tueur l'a donc marqué au fer rouge et noyé à bord. Jan se demande ce qu'il ferait lui-même s'il devait se débarrasser d'une barque. La brûler, peut-être ? Saki doit être en train de vérifier si les gardes-côtes n'ont rien repéré d'anormal dans les environs.

Le train marque un arrêt à Pohjois-Haaga. Jan sort de son sac de sport la liasse de papiers que lui a donnée Heidi. Il lit sur la couverture :

Vie et mœurs de Lars Sundin

Jan sourit devant la capacité de Saki à placer des petites touches d'humour à la John Irving, même dans les plus sombres des circonstances.

Dehors, il bruine. Il fait chaud dans le train. La conversation hilare d'un groupe de touristes espagnols remplit la rame presque vide. Ces jeunes autour de lui, pleins d'enthousiasme, sont en chemin pour les bars du centre-ville, tandis que Jan, assis là, retrace la vie d'un homme mort.

Né à Jyväskylä. Lycée de Jyväskylä, études d'art à l'étranger, études inachevées à l'école de commerce Hanken. Apparemment, à cette époque, il avait déjà commencé sa carrière dans le monde des agences de pub. Jan feuillette le document. Rien de vraiment spécial auquel se raccrocher. Peut-être est-ce même révélateur de quelque chose. Cet homme aurait-il des secrets qui ne sont pas inscrits noir sur blanc ?

Le train s'arrête, et Jan jette les papiers dans son sac de sport. Il suit du regard les gens qui quittent la gare centrale pour aller Dieu sait où. Il récupère son vélo et pédale jusque chez lui. Seuls ses meubles l'y attendent. Son appartement vide, silencieux.

Dimanche 30 juin / Helsinki

Heidi lèche une glace au chocolat. À côté du café Mutteri s'est rassemblé un groupe de motards en veste de cuir noir, et toutes les chaises et tables sont prises. Une douce chaleur flotte sur cette soirée dominicale, et l'enquête a un peu progressé. Ils ont enfin découvert un détail d'importance : le coupable a volé un bateau à moteur sur le quai de la ville pour gagner Suomenlinna. La torture et le meurtre ont été commis à bord, mais l'embarcation n'a pas été revue après le 28 juin. Heidi vient de rencontrer le propriétaire du bateau au Café Carousel et dispose désormais de sa description précise.

Elle a acheté une glace sur un coup de tête. Un instant bref, une tentative de se vider l'esprit et de trouver de quoi s'occuper pendant ces quelques heures de liberté. Il est presque 19 heures quand Heidi s'installe derrière le volant. Pour l'instant, elle n'a rien à faire. Elle ne s'est pas reposée depuis plus de vingt-quatre heures. Elle prend une grande bouffée d'air frais et expire presque violemment. Le cadavre de la Porte du Roi a occupé chaque minute de sa journée. Une autre affaire qui apparaîtra dans ses rêves et régnera chaque jour sur ses pensées jusqu'à ce que le mystère soit résolu.

Ce n'est pas normal, se dit Heidi en démarrant la voiture. C'est toujours la même chose au début d'un nouveau dossier. Les insomnies, la dispersion de ses idées, la surchauffe de son esprit, les rêves étranges. Au fil des années, Heidi a consulté un ostéopathe, a fait de la méditation, du yoga, des sports extrêmes, s'est baignée dans de l'eau glacée, a essayé divers régimes alimentaires. Tout pour retrouver la paix intérieure, en vain. Au début d'une nouvelle affaire : l'insomnie, l'agitation, la peur. Toujours. Et, en plus de sa propre tête, elle doit maintenant s'efforcer de garder aussi celle de Jan en ordre. Heidi pile devant un feu rouge. Jan ne lui a jamais demandé de s'inquiéter pour lui. Elle ferait mieux de songer à elle-même plutôt qu'à son collègue.

Une fois chez elle, Heidi engloutit une assiette de riz accompagnée de sauce au poulet insipide. Il fut un temps où une bonne séance de sport pouvait la détendre – du jogging, du kickboxing, de la savate ou un passage à la salle. Ses pensées s'éclaircissaient, son esprit se vidait. Mais, ces dernières années, aucune des méthodes qui fonctionnaient si bien autrefois ne peut plus lui venir en aide.

Elle est allée à la salle Kaapeli aujourd'hui. Elle fait partie d'un petit groupe mixte très soudé. Ils s'entraînent ensemble à la boxe depuis longtemps déjà. Après leur réservation arrive toujours un groupe exclusivement féminin. Kide, ancien boxeur professionnel, coach sportif à la tête du groupe d'Heidi, surnomme ces femmes qui s'entraînent tard le soir « les anges ». Il paraît qu'elles canalisent toute leur haine envers les hommes dans leurs exercices. Heidi sait que beaucoup de ses compagnons de boxe pensent qu'elle ferait mieux de se joindre à elles, mais elle préfère s'entraîner avec des mecs directs qui ne retiennent pas leurs coups.

Un message sur WhatsApp lui apprend qu'un de ses amis se trouve au bar gay Hercules, le premier du groupe à partir en vacances. Heidi se regarde dans le miroir : un jogging gris et un T-shirt décoloré, sans soutien-gorge. Elle hésite. C'est probablement sa seule soirée de libre de la semaine, et la nuit sera déjà bien trop courte. Doit-elle rester à la maison et offrir à son corps la seule chose dont il aurait besoin, du repos ? Ou sortir et alourdir sa dette de sommeil ? D'un autre côté, le seul moyen de se vider temporairement la tête des pensées liées au travail, c'est de la remplir d'autre chose. Et Heidi a une énorme envie de whisky.

Elle est dehors en dix minutes. Ses pieds semblent se mouvoir d'eux-mêmes. Elle marche à travers les tranquilles rues estivales d'Helsinki en direction d'Hercules. Le bar est rempli d'un bourdonnement de conversations, bien que l'extérieur soit calme. Le dimanche est le soir des professionnels.

Heidi salue quelques connaissances et se commande un whisky. Elle jette un œil à WhatsApp. Dernier message à 23 h 01. Ses amis sont déjà rentrés chez eux ou ont continué la soirée ailleurs. Elle n'a pas le courage de les suivre. Elle veut surtout boire. En avalant son troisième verre de la soirée, elle remarque une silhouette familière un peu plus loin, debout devant le comptoir, bien droite. Une femme blonde qui fréquente également la salle de sport. Heidi l'a vue s'y entraîner et y donner des cours. La femme regarde autour d'elle sans remarquer Heidi. Sans doute ne la reconnaîtrait-elle pas ; elles n'ont jamais échangé un mot à la gym.

Heidi termine son whisky tout en continuant à l'observer du coin de l'œil. Du genre à s'entraîner pour un « summer body ». Elle a l'air de s'être préparée avec excessivement de soin pour sortir : de longs cheveux blond platine, de faux ongles, des vêtements moulants. Vu son look, ce doit être une blogueuse fitness, ou quelque chose dans le genre. Même si Heidi ne se rappelle pas l'avoir vue où que ce soit, à part à la salle. Debout au comptoir, elle donne surtout l'impression d'une femme qui vient dans un bar gay pour échapper aux dragueurs et passer une soirée tranquille.

Un énorme groupe arrive devant le bar, bouchant la vue d'Heidi. Elle se recommande un whisky, le boit cul sec et commence à envisager de rentrer chez elle. Elle a été étrangement raisonnable ces derniers jours. Parviendra-t-elle à faire preuve d'autant de bon sens ce soir avec l'alcool ?

— Salut, lance-t-on alors à sa droite.

Surprise ! La blonde est venue lui parler.

— Bonjour, lâche Heidi sans même la regarder.

— Tu fais du kickboxing à Kaapeli, non ? demande la femme, bien qu'elle semble déjà connaître la réponse.

Heidi grommelle un assentiment, mais n'est toujours pas d'humeur à lever les yeux de son verre vide.

— Tu as une bonne technique, surtout ton crochet du droit, déclare son interlocutrice sans attendre de commentaire d'Heidi en retour. Je fais partie d'un groupe de femmes qui se concentrent sur d'autres techniques de combat. On prend de jolies filles fragiles et on en fait des championnes.

Elle pose sur Heidi un regard éloquent.

— Tu as déjà pensé à coacher ? Tu te débrouilles vraiment bien. On aurait bien besoin de quelqu'un comme toi, au moins de temps en temps.

— Mmm…

C'est tout ce qu'Heidi parvient à répondre. Elle se demande si cette femme serait du même avis si elle savait qu'elle était flic.

— Réfléchis-y, dit la blonde en souriant devant l'expression maussade d'Heidi. Quelqu'un comme toi pourrait vraiment leur insuffler une sacrée confiance.

Heidi vide son verre et enfile sa veste en cuir, qui pendait sous son tabouret. Pour elle, c'est la fin de la soirée : boire ne la détend plus, et faire la conversation ne l'intéresse pas du tout.

À nouveau, quelqu'un lui bouche la vue en s'avançant vers le bar pour commander une vodka à la réglisse. Heidi grimace dans sa tête. Abruti. Quand il s'en va, elle constate que la femme s'est installée sur un tabouret, encore plus près qu'avant.

— Je sais à quoi tu penses, mais je ne suis pas là pour ça, dit-elle, bien droite sur son siège.

On peut voir à son corps qu'elle est bien pour son âge. Tout tourne déjà autour d'Heidi, mais elle défie son cerveau enivré de deviner l'âge de cette femme. En se basant sur les petites rides autour de ses yeux, peut-être quarante-cinq ans. Rien d'autre chez elle ne laisserait penser qu'elle a dépassé la quarantaine.

Heidi se lève en s'efforçant de ne porter les yeux que sur les inconnus qui l'entourent, sans croiser les regards.

— Et à quoi je pense, selon toi ? demande-t-elle avec un sourire en coin.

— Tu penses que je ne suis là que pour me trouver un meilleur ami gay, à supposer que je n'en aie pas déjà un, répond l'inconnue, amusée, avant de vider son verre de vin blanc d'un seul coup. À en croire *Sex and the City*, les mecs gay adorent les femmes féminines et sûres d'elles. Mais je n'ai rien d'une Carrie ou d'une Samantha. T'en reprends un avec moi ? ajoute-t-elle en désignant de la tête le verre vide d'Heidi.

Celle-ci se demande si elle en sera capable, puis finit par céder à la tentation.

— Pourquoi pas…

— Qu'est-ce que tu bois ? s'enquiert sa voisine en agitant sa carte bancaire pour attirer l'attention du barman.

— Un whisky, dit Heidi, qui sent maintenant que l'alcool a peu à peu dissous tout ce qui se trouvait dans sa tête pour n'y laisser qu'une masse brumeuse et flasque. Double, merci.

— Deux doubles whiskys, sans glace, une larme d'eau dans les deux, lance la blonde avec assurance.

Le serveur acquiesce, puis elles attendent leur verre en silence. Les clients vont et viennent. Le bar commence à se remplir : ce sont les dernières heures avant la fermeture. Les gens parlent si fort que leurs voix couvrent presque entièrement la musique de fond. Quelqu'un bouscule légèrement Heidi par inadvertance en s'approchant du comptoir, et elle se rassoit sur son tabouret. La femme prend les verres que lui tend le barman et fait glisser l'un d'eux vers Heidi. Elles sont assises si près l'une de l'autre que leurs genoux se touchent presque.

— Julia. Je m'appelle Julia, dit-elle en tendant la main à Heidi.

— Heidi, répond cette dernière.

— Qu'est-ce que tu fais dans la vie, Heidi ?

Ça y est, ça commence. Un double whisky au prix d'un échange artificiel. Pourquoi n'est-elle pas rentrée chez elle ?

— Commence, toi, propose-t-elle avec un bref sourire.

Elle prend une gorgée du liquide ambré qui la brûle juste comme il faut.

— Je travaille dans la restauration. Et je donne des cours d'autodéfense, comme tu le sais. J'essaye d'insuffler de la confiance et du courage à ces femmes, raconte Julia. Je vois aussi l'autre versant des choses, là où tout commence : les bars. J'organise des soirées privées pour les VIP.

— Deux mondes très différents, déclare Heidi.

Elle ravale ses préjugés en même temps que son whisky. Julia est sympa.

— Lequel est le pire ?

— Le monde VIP, absolument, affirme Julia en plissant les yeux pour mieux réfléchir. C'est l'argent qui parle. Alors les gens ignorent ce qui devrait les alarmer.

— Tu fais beaucoup de choses pour les femmes, apparemment. Tu dois savoir ce qu'on dit sur vous à Kaapeli : que tu formes tes boxeuses à devenir des tueuses.

Elle accompagne ces paroles d'un petit sourire, mais Julia reste sérieuse, comme si elle prenait le temps de les soupeser.

— Je fais de mon mieux, lâche-t-elle enfin en souriant.

Elle a un joli sourire. Quelque chose chez Julia, dans son attitude, laisse à penser qu'elle est vraiment passionnée par sa mission. Qu'elle s'inquiète vraiment pour les autres. Un peu trop, peut-être.

— Et toi alors, ton travail ? reprend Julia, l'air sincèrement intéressée.

Heidi se demande pourquoi les conversations commencent si souvent par la profession. Elle préférerait rencontrer les gens en tant que personnes, sans succomber aux stéréotypes liés au métier qu'ils exercent.

— Disons que je suis dans la sécurité, en gros, répond-elle en souriant à son tour.

— Vraiment ? Ça mérite un toast !

Elles entrechoquent leurs lourds verres de whisky. Il y a foule au comptoir. Heidi s'interroge brièvement sur son état et remarque qu'elle passe presque un bon moment. Son cerveau fonctionne au ralenti, elle est sur le point de perdre le contrôle, elle se sent libérée.

— Tu veux savoir la vraie raison pour laquelle je suis ici ? demande Julia en élevant la voix pour couvrir le bruit ambiant, les yeux plantés dans ceux d'Heidi.

— Pas spécialement, répond celle-ci en vidant son verre. Mais tu vas sans doute me le dire quand même.

Elle se concentre sur sa propre ivresse, tente d'en profiter au maximum. Julia, silencieuse, se rapproche encore. Heidi ne peut s'empêcher de jeter un coup d'œil sur sa poitrine sous son mince chemisier de soie. Un soutien-gorge clair apparaît furtivement dans son décolleté quand elle se penche. Le regard d'Heidi fuit vers le comptoir. Elle repose son verre puis, presque par politesse, croise un instant les yeux de Julia.

— Merci pour le whisky…

Ce n'est qu'alors qu'elle remarque le sous-entendu dans ses prunelles.

Mardi 2 juillet / Hartola

Saana observe le ciel. Il est à moitié couvert, mais rien ne laisse présager de la pluie. Elle a décidé de se rendre à la rivière pour étudier l'endroit où Helena a été retrouvée. En chemin, elle pourra aussi visiter le manoir. Puis elle rejoindra le rivage à pied, elle examinera les courants, elle se demandera comment Helena a bien pu finir à l'eau.

— Je vais faire un tour, crie Saana en direction du jardin, en cherchant Inkeri du regard.

— OK, répond sa tante en relevant la tête d'un plant de carottes recouvert d'un voile.

Elle arrache les mauvaises herbes et semble totalement absorbée par son travail dans la terre.

Saana empoigne le joli vélo de grand-mère d'un geste déjà routinier. Il est en parfait état malgré son âge. Un peu comme sa tante.

En dix minutes, elle arrive au chemin Peltotie, qui permet de tourner vers la route de terre battue menant au centre d'Hartola. Le vélo émet un bruit de crécelle sur le terrain inégal. La vieille selle grince sous ses fesses à chaque ornière.

Autour d'elle, la luxuriance de la nature estivale exhale des parfums subtils. Ici et là poussent des lupins et des épilobes. Saana repère aussi quelques hirondelles. Elles volent haut, il ne devrait donc pas y avoir de risque de pluie.

Voilà à quoi devraient ressembler tous les jours d'été, se dit Saana en souriant quand le soleil perce les nuages et vient chauffer ses bras nus. Le vélo claque et tressaute, mais elle pédale quand même à bonne allure. Elle sera bientôt dans le centre d'Hartola et elle peut déjà presque apercevoir le manoir de Koskipää.

Le moulin rouge en bois se dresse sur le bord de la route ; Saana s'arrête et sort son portable de son sac, qui repose dans le panier du vélo. Pourquoi ne pas prendre une photo ? Pour une fois qu'elle est là en tant que touriste. Elle photographie le moulin avec les champs. #paysagedété #hartola #visitfinland #thisisfinland. Cela faisait longtemps qu'elle n'avait rien posté sur Instagram.

Elle tourne à gauche après le moulin en direction du manoir. Les jardins sont bien entretenus. Une pelouse verdoyante se déploie en tapis autour des parterres de fleurs et souligne fièrement les vieux bâtiments en bois qui composent le domaine. Inkeri a mentionné que l'auteur Mika Waltari avait vécu quelque temps dans l'un de ces bâtiments pour y écrire ses romans. Saana laisse le vélo en appui contre un mur et part étudier les environs.

Au même moment, un homme d'une quarantaine d'années apparaît derrière le coin d'un bâtiment, suivi par un couple d'un certain âge. L'homme marche en tête, désigne le manoir, les roses, les hauts sapins et parle sans interruption. Le couple écoute et hoche la tête à côté de lui. Ce doit être une visite guidée.

— Et voici la maison où habitait l'intendant avec son fils. Ils vivaient encore ici l'an dernier, et on pourrait dire que c'est grâce à eux que le domaine est toujours en si bon état.

Il attire leur attention sur l'un des bâtiments, puis poursuit :

— La vie ici est restée inchangée jusqu'au jour où August von Reichmann, qui habitait dans le vieux manoir, a définitivement déménagé en Allemagne.

Il désigne une belle bâtisse jaune, vantée sur le site du royaume d'Hartola comme un exemple parfait du luxe de l'époque.

— L'intendant profite maintenant de ses vieux jours en maison de retraite, dans ce même village, mais son fils a le plaisir de travailler bénévolement en tant que guide saisonnier à Koskipää.

Le vieil homme cesse un instant d'écouter le guide, le fixe quelques secondes, puis comprend.

— C'est vous ! s'écrie-t-il, apparemment ravi. Le fils de l'intendant !

— Exactement, répond ce dernier en souriant. Nous avons longtemps habité dans ce bâtiment là-bas. J'ai grandi dans ces jardins que nous sommes en train de fouler.

— Quelle genre de vie meniez-vous ici ? demande la visiteuse en se penchant pour sentir les jolies roses pimprenelles qui poussent en abondance.

— Une vie tout à fait banale, la vue depuis les fenêtres était juste plus belle qu'ailleurs. Von Reichmann n'habitait ici que l'été. Et, comme vous le savez, les étés en Finlande sont très courts. Il avait entendu dire que selon une tradition du Nord on organisait des « Vénitiennes », un bal masqué en l'honneur de la fin de l'été. Si bien que le manoir en a organisé tous les ans le dernier jour d'août, des années 1970 jusqu'à la fin des années 1980. En plus de la fin de l'été, ce festival célèbre l'eau, le vent et la lumière. Pendant ces fêtes, les jardins étaient spectaculaires…

Le guide invite le couple à poursuivre sa route.

— La réception avait toujours lieu dans la demeure de von Reichmann lui-même. Le musée du Häme de l'Est était à cette époque encore fermé au public.

Saana suit le cheminement du couple et du guide. Ils s'arrêtent un instant pour regarder la grange près d'elle.

— Excusez-moi, je n'ai pas pu m'empêcher d'entendre que vous habitiez ici autrefois…

Saana fait quelques pas en direction du guide tandis que le couple visite l'intérieur d'un petit bâtiment de ferme.

— Est-ce que des Vénitiennes ont aussi été organisées durant l'été 1989 ? demande-t-elle en fixant le guide avec une curiosité évidente.

L'homme, blond et vêtu d'un pull norvégien et d'un jean, la regarde un instant d'un air surpris.

— Il faut que je continue ma visite mais, si vous voulez savoir quelque chose, revenez un peu plus tard, répond-il d'un air collet monté.

Puis il part vers la grange où le couple l'a devancé.

Saana s'amuse du style empesé de cet homme, mais décide de laisser tomber. Elle reviendra.

Elle observe le bâtiment d'où sont sortis le guide et le couple. C'est une vieille cave. En descendant l'escalier, elle sent aussitôt une moiteur glacée sur sa peau. L'intérieur est magnifique, tout en voûtes, relié à l'extérieur par deux volées de marches. Complètement vide, en dehors d'une lanterne hors d'âge au plafond. Saana traverse la pièce et ressort par l'escalier d'en face. L'air est d'une humidité si fraîche que les marches sont un peu mouillées.

Saana s'engage sur la gauche du manoir en direction de la rive. Les jardins sont décidément splendides. Les grands arbres qui s'étirent majestueusement vers le ciel sont sûrement plus que centenaires. Plus loin en contrebas on distingue le joli pont suspendu qui se courbe au-dessus de la rivière.

Saana laisse les bâtiments derrière elle et descend la pente douce. Sur la rive opposée, un petit pavillon surplombe l'eau. On dirait un sauna. Il est entouré d'une terrasse, avec quelques marches raides qui mènent droit dans l'eau. Selon les dires d'Inkeri, Helena a été retrouvée après le pont, une centaine de mètres en aval du manoir. L'eau s'écoule lentement entre les roseaux qui poussent haut et dru, envahis çà et là par les orties. Saana piétine pour chasser les serpents – elle déteste ces animaux et ne voit pas bien où elle met les pieds. Une vipère pourrait se dissimuler dans l'herbe. Elle finit par trouver une grosse pierre où s'asseoir.

La pierre est fraîche, un peu glissante, en partie recouverte de vase. La rivière est sombre. Du fait de la profondeur de l'eau ou de la flore aquatique ? Elle ne saurait le dire. Sur les berges poussent d'autres grands arbres. Le sauna semble abandonné. Il se reflète dans l'eau, silencieux et sombre. Saana se retourne et prend quelques photos du manoir depuis la rive. Elle lance un bâton dans le courant et le regarde s'éloigner. Il n'est pas impossible que le corps d'Helena ait commencé ici sa course pour dériver en aval, silencieux comme la mort.

Bien que l'on soit en plein été, la mousse qui recouvre le toit du sauna prend des couleurs automnales, le jaune-vert du lichen. Au pied des quelques marches qui descendent dans l'eau poussent des nénuphars. Un jeune saule argenté s'élève à côté du petit bâtiment. C'est un très bel endroit, mais étrangement froid. Difficile d'imaginer qu'on puisse vraiment se jeter dans la rivière au sortir du sauna.

Saana regarde l'heure. Vingt minutes se sont écoulées depuis qu'elle a quitté le manoir. Le guide a peut-être fini sa visite. Quand elle remonte dans la cour, le couple de retraités est déjà parti et le guide, assis sur les marches, contemple le jardin.

— Alors, dit-il, que vouliez-vous me demander ?

Il a les cheveux en désordre, l'air finalement assez amical sous ses lunettes rondes.

— Vous voulez une tasse de thé ? propose-t-il en souriant. Moi-même, j'en ai bien besoin, après toute une matinée de visites.

Saana acquiesce. Elle ne refuse jamais quand on lui offre du thé ou du café. Les gens ont souvent tendance à se détendre et à trouver refuge dans une boisson chaude. Pas besoin de réfléchir à la façon de se tenir, il suffit de s'accrocher à sa tasse. Saana suit le guide dans un magnifique bâtiment ancien, au sein même du jardin. La bouilloire émet un cliquettement quand il l'allume. En attendant, Saana s'assoit sur ce qui ressemble à un vieux tabouret de fermière. Tout dans cette pièce est aussi beau qu'ancien. Elle observe le guide, qui finit par lui tendre une boîte de thé Princess.

— Qu'est-ce que vous avez pioché ? demande-t-il.

Saana met un instant à comprendre que l'homme parle de l'aphorisme qui se trouve sur chaque sachet de thé de cette marque.

— *Khalil Gibran : Nul ne peut atteindre l'aube sans passer par le chemin de la nuit*, lit-elle, un peu embarrassée.

Le guide hoche la tête et en prend un à son tour.

— *Si un homme est au bord du gouffre, des ailes lui pousseront aux épaules. Kazantzákis.*

Il verse de l'eau chaude dans les tasses.

— J'ai entendu parler d'une mort mystérieuse dans le coin, il y a longtemps, et je me suis mise à y réfléchir…, commence Saana.

Elle n'est pas vraiment sûre de ce qu'elle aimerait lui demander. Elle remue son sachet de thé dans l'eau et attend. Comme le guide ne dit rien, elle reprend :

— En 1989, une jeune fille, Helena Toivio, a été retrouvée morte un peu en aval. Vous avez entendu parler de cette affaire ?

Le guide pose sur son thé un regard différent, comme affligé.

— Hmm… Oui, j'en ai entendu parler. Comme tout le monde par ici.

— Connaissiez-vous Helena ?

L'homme hoche la tête, mais ne dit rien.

— Tout le monde la connaissait, répond-il enfin.

Il retire le sachet de sa tasse. Saana l'observe. Pourquoi a-t-il réfléchi si longuement ?

— J'ai une autre visite guidée qui commence bientôt. Vous vouliez me demander autre chose ?

Mais il ne fait pas mine de se lever. Il n'a même pas bu son thé.

— Quel type de personne était le baron qui habitait ici ? s'enquiert Saana.

— Von Reichmann ? Il était, disons, unique en son genre. Il prenait grand soin de ses fleurs et gardait même une des pièces du manoir plus fraîche que les autres, pour y favoriser l'entretien des plus belles orchidées de Finlande. Il était vétérinaire de formation et a tenu une permanence pendant quelques années. On disait au village qu'il connaissait mieux les animaux d'Hartola que les habitants. Mais la fête était toujours le moment où il rencontrait les gens.

— Vous le connaissiez ? Von Reichmann ?

— August von Reichmann est son nom complet. Je ne peux pas vraiment dire que je l'ai connu. Ce n'était que le patron de mon père. Il était assez solitaire, mais il lui arrivait quelquefois de venir jouer au ballon avec moi sur la pelouse quand j'étais petit garçon.

— Comment le joindre ? demande Saana.

— La dernière fois qu'on l'a vu à Hartola, c'était à l'automne 1989. Après quoi il a définitivement disparu du pays, dit le guide, songeur. Il doit avoir quatre-vingts ans bien tassés, s'il est encore en vie.

Le fait que le baron soit parti l'année même de la mort d'Helena n'a pas échappé à Saana. Elle écrit le nom dans son carnet.

August von Reichmann.

— Est-ce qu'il avait des amis ou des proches ici ? demande-t-elle encore. De la famille ? Une femme ?

— Von Reichmann était libre de faire tout ce qu'il voulait dans la vie. Il ne s'est jamais marié. Il avait des canards et des perruches. Si je me souviens bien, mon père a dit un jour que Reichmann avait quelques proches en vie en Allemagne, mais personne en Finlande. Il a hérité le manoir de sa mère à l'époque, qui l'avait elle-même hérité d'un membre éloigné de la famille.

Saana adopte une position plus confortable sur son tabouret.

— Helena, cette jeune fille décédée… A-t-elle participé à la fête des Vénitiennes cette année-là ? murmure-t-elle, à demi pour elle-même.

Les dates correspondent. Le bal se tenait toujours le dernier jour du mois, et la jeune fille a été retrouvée dans la rivière le premier jour de septembre, juste à côté. Le lendemain de la fête.

— Je ne sais pas si la police a fini par élucider l'affaire, répond-il à voix basse. Helena était peut-être là, c'est possible. C'était le dernier bal, il n'y en a pas eu depuis.

Il verse un petit nuage de lait dans son thé.

— Vous rappelez-vous quelque chose d'autre ? Sauriez-vous dire qui était présent à cette fête ? demande Saana en retirant son sachet de thé de sa tasse et en cherchant du regard où le poser.

— Vous pouvez le mettre là, dit le guide en lui tendant une assiette en carton sale. Comme vous n'êtes pas d'ici, vous ne le savez sans doute pas, mais les Vénitiennes étaient les fêtes les plus secrètes de la région. Seuls quelques habitants d'Hartola y étaient conviés, et personne ne savait qui avait reçu une invitation. Il était défendu de parler de cette soirée, pour préserver l'atmosphère du bal masqué. La liste des invités était un secret bien gardé.

Saana acquiesce en ravalant son irritation. Il la traite comme une petite fille qui n'est pas du coin. À quoi joue-t-il ? Peut-être une déformation professionnelle : pour obtenir des informations, il faut suivre une visite guidée.

— À votre avis, de quoi est morte Helena ? demande-t-elle en décidant de ne pas finir le reste de son thé tiède.

— Peut-être qu'elle s'est trompée en accordant sa confiance à quelqu'un.

— Oh…

Saana ne sait pas comment poursuivre, et son hôte semble s'amuser de l'étonnement que sa phrase a fait naître sur son visage. Dans sa tête, elle saute à la conclusion qui s'impose sur la nuit précédant la mort d'Helena : *elle était au bal masqué.*

— Savez-vous qui pourrait me fournir la liste des invités, à supposer qu'elle ait jamais existé ?

— Von Reichmann. Le baron était le seul à la connaître. Mais, comme je vous le disais, il ne vit plus ici depuis plusieurs décennies.

Saana regarde l'homme attentivement. Après un moment de réflexion, il semble s'adoucir un peu.

— Peut-être pourriez-vous quand même interroger mon père, il serait content d'avoir de la visite.

La jeune femme prend note de l'adresse de la maison de retraite.

— Mais il faut qu'on en reste là. Une nouvelle visite guidée commence très bientôt.

— OK, dit Saana en se levant de son tabouret de fermière. Merci pour le thé.

— Riku, lance l'homme en se levant à son tour. On ne s'est pas encore présentés. Je m'appelle Rikhard Falk. Et vous êtes ?

Il attend la réponse. Elle lui serre la main et évite délibérément de mentionner son nom de famille.

— Saana.

Le regard de l'homme est fixe, sa présence soudain envahissante. Saana ne sait pas comment réagir, confuse d'être si intensément observée. Pour se donner une raison de détourner les yeux, elle reporte son attention sur un album photo du manoir, posé sur le bureau.

— Je pourrais en avoir un exemplaire ? demande-t-elle en tendant déjà la main pour le feuilleter.

— Il coûte 13 euros, dit Riku.

Il explique que le musée du Häme de l'Est a rassemblé de vieilles photos de la vie au manoir et des environs pour la première fois en un seul volume. Au-dessus d'une photo d'un homme à l'apparence excentrique, des pots d'orchidées dans les bras, le titre annonce :

— Vous y trouverez aussi beaucoup d'anecdotes sur le baron.

Saana fouille dans ses poches, mais sans trouver assez de monnaie.

— C'est cadeau, dit le guide. Pour une jolie jeune fille.

Saana le remercie, un peu embarrassée. Est-ce qu'il vient de flirter avec elle ? Perplexe, elle sort sous le grand soleil. Sur le chemin du retour, elle liste dans sa tête les prochaines pistes à suivre. Qui était ce baron qui habitait le manoir ? Qui a participé aux Vénitiennes en 1989 ? Helena, mineure, faisait-elle partie de ces invités secrets ?

Hartola

Été 1989

Helena regardait l'homme, qui attendait une réponse. Il venait de lui demander s'il lui serait possible de livrer cinq kilos de fraises, une fois par semaine, au vieux manoir Koskipää.

— Pendant combien de temps ? s'enquit-elle, car elle n'avait pas bien compris la commande.

— Aussi longtemps qu'il y aura des fraises. Je payerai évidemment les frais de livraison séparément, ajouta-t-il en chipant un fruit charnu qu'il mit dans sa bouche sans demander la permission.

Les fraises devraient être livrées le jeudi, préférablement par Helena, car elle avait de beaux yeux très expressifs.

Le compliment la fit rougir. Elle ne savait pas où se mettre. Elle baissa la tête vers les cagettes avec un sourire timide. Puis elle se rappela sa poitrine. Discrètement, pendant que l'homme examinait à nouveau les fruits, Helena se redressa pour mettre ses seins en valeur. Mais, lorsque le regard de l'homme revint sur elle, c'étaient ses yeux qu'il fixait.

Une semaine plus tard, Helena se mit en route avec les cinq premiers kilos de fraises sur sa bicyclette. Elle pédalait plus lentement que d'habitude, pour empêcher les fruits de tressauter et de s'écraser. Elle ne voulait livrer que le meilleur au manoir.

En chemin, elle observait la dense sapinière. Les arbres étaient si serrés qu'ils ne laissaient entrer la lumière qu'avec parcimonie, même au milieu de la journée. Helena se demanda ce qu'ils cachaient. La forêt s'étendait-elle à perte de vue ou renfermait-elle une clairière magique, comme dans les contes ? À ce moment-là, un craquement lui parvint. Elle sursauta et se mit à pédaler plus vite. Elle avait toujours cru au surnaturel, aux forces propres à la forêt, bien qu'elle sût que ce n'était que pur produit de son imagination.

Un morio gisait sur la route devant elle. Pourvu que ce ne soit pas mauvais signe, *se dit Helena. Elle préféra se concentrer sur la beauté de la lumière qui filtrait entre les feuilles des arbres. Elle songeait à l'homme, si beau devant le stand de fraises, la défiant de répondre à ses questions. Personne ne lui avait jamais demandé de telles choses. Cet homme devait être aussi vieux que son père, peut-être même plus. Mais il dégageait un magnétisme mystérieux que son père n'avait sans doute jamais eu, même plus jeune.*

Helena avait toujours su qu'un aristocrate résidait au manoir. Il ne se mêlait pas aux villageois et il s'absentait pendant de longues périodes, en Allemagne, à ce qu'on disait. Il ne se montrait à Hartola qu'en été.

Elle bifurqua dans la cour du manoir, le cœur battant. Tout cela était complètement idiot, vraiment. S'amouracher d'un étranger, d'un inconnu, se faire belle rien que pour lui livrer des fraises. À l'encontre des règles strictes de sa mère, Helena s'était même maquillée.

Timidement, elle frappa à la porte du manoir, coinça une mèche de cheveux derrière son oreille et patienta. Mais personne ne vint ouvrir. Elle frappa à nouveau : rien. Après avoir attendu quelque temps, Helena en conclut qu'il n'y avait personne. Elle n'avait pas envisagé cette possibilité. Beaucoup d'autres, si.

Au même moment, elle entendit le son d'une tondeuse à gazon plus loin dans la cour. Elle fit demi-tour et partit, déçue, à la recherche de quiconque tondait la pelouse, ou de quelqu'un à qui laisser ces stupides fraises à l'intention du baron. Helena savait que ce dernier avait son propre intendant et chauffeur. C'était en fait une seule et même personne, qui habitait avec sa famille dans l'un des bâtiments de la cour. Après un petit signe d'Helena, l'ouvrier arrêta la machine et regarda la jeune fille depuis le gazon, la tête penchée. Il s'avéra que c'était l'intendant en personne.

— Le baron doit dormir encore, dit-il en ajustant ses lunettes. Des invités sont restés très tard au manoir hier soir.

Il lui désigna la grande demeure. Helena soupira, déçue. Elle aurait même pu jeter toutes les fraises au sol, les laisser pourrir et rentrer chez elle. Elle se sentait idiote et trahie.

— Très bien, je vais remettre tout ça en vente, alors, dit-elle, sa voix la trahissant à moitié.

Si monsieur veut encore de nos fraises, il n'aura qu'à venir les chercher lui-même, *songea-t-elle. L'homme la regarda longuement, puis haussa les épaules. La pétarade de la tondeuse revint vite remplir toute la cour.*

Alors qu'Helena avait rattaché la caisse bien fermement sur sa bicyclette, la porte d'entrée s'ouvrit. Le baron sortit, un canard dans les bras. Il était à moitié endormi, en boxer et dans une longue robe de chambre en soie.

En voyant Helena, il sursauta. Il posa tendrement le canard blanc par terre, et l'animal partit en se dandinant lentement vers la pelouse. Le baron observa fixement Helena un instant, et l'expression de son visage passa de la fatigue à la surprise, puis à la joie.

— Mes plus plates excuses, je ne vous attendais pas si tôt, dit-il.

Helena le regarda, déconcertée. Il se souvenait d'elle.

— Avez-vous pris votre petit déjeuner ? Si ce n'est pas le cas, joignez-vous à moi, puisque vous avez fait le trajet jusqu'ici, ajouta-t-il avec un accent charmant.

Et il adressa à Helena un sourire si convaincant qu'elle ne put s'empêcher d'y répondre.

Elle oublia immédiatement qu'elle était déçue, voire en colère, et suivit, à pas timides, le baron à demi vêtu dans la grande salle du manoir. Elle se trouvait plutôt en retard qu'en avance : il était déjà midi passé. À l'intérieur de la maison, il faisait frais et sombre. C'était comme s'il y avait eu deux mondes. Le manoir de Koskipää et ses immenses pièces si belles d'un côté, la commune d'Hartola, ses maisons sans surprise et ses routes poussiéreuses de l'autre. Tandis qu'Helena partait vers l'inconnu, un vieux conte animalier à propos d'une fosse aux lions lui revint à l'esprit. Il racontait comment les empreintes de proies crédules menaient une à une à l'intérieur de la fosse, mais qu'aucune n'en ressortait.

TROISIÈME PARTIE

Lundi 1er juillet / Helsinki

— Qu'est-ce qui t'est arrivé ? lance Jan après avoir jeté un coup d'œil à Heidi.

Ils sont en voiture, avec l'intention de retourner une fois encore à Suomenlinna.

— Rien, répond Heidi en passant directement de la première à la troisième.

Une légère odeur de vieille eau-de-vie flotte dans l'habitacle après qu'elle a ouvert la bouche.

— OK, on dirait juste que tu as picolé et baisé toute la nuit, déclare Jan avec un petit sourire.

Voilà bien longtemps que ses traits n'ont rien esquissé d'approchant. Ce commentaire aurait été complètement inapproprié si Heidi ne se permettait pas constamment de lui faire des remarques déplacées. Depuis le tout début, il règne entre eux une irrévérence affectueuse. Mais, à la grande surprise de Jan, il n'entend pas sa collègue lui renvoyer aussitôt la balle. Après une longue pause, elle grommelle :

— Non vraiment, rien de spécial. Une soirée normale qui a un peu dérapé, c'est tout.

Mais un tic presque imperceptible lui secoue le coin de l'œil, et Jan sait qu'elle ment.

À la Porte du Roi, Heidi annonce à Jan qu'elle aurait besoin d'une pizza ou d'un hamburger. Il répond que la nourriture ne figure pas parmi leurs priorités. Ils ont toujours beaucoup trop peu d'informations, se dit-il. Il y a trois cent cinquante logements et huit cents habitants à Suomenlinna, mais un seul d'entre eux a déclaré avoir vu un bateau. Rien qu'un bateau, aucune information sur le conducteur.

Jan suit Heidi qui, malgré sa gueule de bois, gravit l'escalier avec légèreté. Elle est très discrète en ce qui concerne ses passe-temps sportifs, bien qu'elle ait toujours pratiqué, entre autres, des sports de combat. Jan sait en tout cas qu'en ce moment elle boxe et va à la salle. Mais, en la voyant si vive, il se rend compte qu'en vérité il ne sait pas grand-chose de la vie de sa collègue. Chaque fois que la conversation porte là-dessus, elle a pour habitude de changer de sujet.

— C'est donc vraiment si simple ? demande Jan en plissant les yeux face au soleil.

— Quoi ? lance Heidi en sortant une boîte de snus de sa poche.

D'un geste fluide, elle glisse un sachet contre sa gencive, derrière sa lèvre supérieure.

— De tuer quelqu'un au milieu d'une métropole et de laisser son corps en évidence pour qu'on le trouve.

— Une métropole, répète Heidi en éclatant de rire. Tu viens vraiment de qualifier Helsinki de « métropole » ?

Jan ne rit pas. Il se tourne vers le large et laisse l'air marin lui aérer l'esprit.

— Si on se base sur le nombre d'homicides, ça fait longtemps qu'Helsinki en est une, répond-il malgré le rire de sa collègue.

Une grande métropole grise, une ville de mort.

Dans l'après-midi, Jan se rend au bureau principal du KRP à Vantaa pour s'entretenir avec la direction sur le plan d'action à mettre en place et les ressources dont ils disposent dans l'enquête sur le tueur au fer rouge. La procureure, Mertanen et Jan sont assis dans une petite salle de réunion, des cafés à moitié bus devant eux, quand le téléphone de Jan, posé sur la table, se met à vibrer. C'est un appel de son père.

— Désolé, il faut que je décroche, dit-il en sortant dans le couloir.

Mertanen le regarde s'éloigner du coin de l'œil.

Son père le salue, puis reste silencieux un instant. Jan l'informe qu'il a une réunion importante en cours. Est-ce que son père aurait quelque chose d'urgent à lui dire ? Non, rien de spécial. Il vient de se rendre compte qu'en finnois plusieurs oiseaux portent un nom qui révèle le son de leur chant.

— On peut tout déduire à partir du nom de l'oiseau, imagine.

— Ah bon, répond Jan.

Il ne veut pas presser son père, mais il n'a pas le temps de parler de tout et de rien. Le chargé de communication le salue dans le couloir en le dépassant d'un air pressé. Jan hoche légèrement la tête en retour.

— Le plongeon arctique, *kuikka*, et le pouillot véloce, *tiltaltti*, dit son père. Par exemple.

Jan l'écoute d'une oreille et regarde en même temps à travers la vitre de la salle de réunion, où les autres poursuivent leur conversation. Mertanen et la procureure semblent graves.

— Il y a évidemment le coucou. Mais, en finnois, son nom est bizarrement *käki*, poursuit son père.

— C'est vrai, lâche Jan.

— Pourquoi pas *kukkuu* en finnois ? Ce serait beaucoup plus clair et ça suivrait la même logique. Alors il y en aurait trois, avec le *kuikka* et le *tiltaltti*…

Il retombe dans le silence.

— Tout va bien, sinon ? lui demande Jan de but en blanc, profitant de l'interruption.

Étrangement, il a du mal à s'enquérir de la santé de son père. Celui-ci s'en est toujours bien sorti de ce côté-là – ou en tout cas, il en a toujours donné l'impression. Il a aussi toujours beaucoup travaillé, et le monde de son père, du point de vue de Jan, s'est toujours clairement fondé sur de grands projets bien définis. Jan se demande pourquoi son père n'est pas auprès de sa mère à l'hôpital.

— Tout va bien, affirme son père, trop vite.

Après un autre silence, il bafouille :

— Ils disent que la nuit dernière… a été plus difficile.

— Je vois. Je serai là dès que possible, annonce aussitôt Jan.

— D'accord, très bien, répond son père avant de raccrocher.

Jan retourne en réunion, pensif. Les derniers détails concernant l'enquête semblent se transformer en gazouillements : il peut les entendre, mais pas vraiment les comprendre. Il ne leur reste que vingt-quatre heures avant que la presse publie les premiers gros titres sur le tueur au fer rouge. Mais le temps qu'il reste à sa mère, personne ne le sait.

Heidi regarde attentivement Jan au retour de sa réunion. Il sait que sa tristesse n'échappe pas à sa collègue, mais en cet instant il ne se sent pas la force d'en parler. Il ne veut pas non plus ennuyer Heidi, qui a ses propres préoccupations. Jan est possédé par le sentiment que leur enquête est dans un cul-de-sac. Ils ont un Lars Sundin mort, une marque au fer rouge, et… Eh bien, pas grand-chose d'autre. Quelques témoignages anonymes, mais au contenu très douteux. Les fous et les gens trop seuls sont étonnamment prompts à la communication, et les faux renseignements ne font que perturber l'enquête. Les environs de la résidence de Lars ont été passés au peigne fin dans l'espoir de trouver quelque chose, n'importe quoi – mais en vain.

Jan regarde son portable, qui sonne à nouveau. L'appel provient d'un numéro inconnu. Sans doute un de ces innombrables journalistes avides d'informations. L'intervention de la presse est une source de pression supplémentaire mais n'embrouille pas spécialement les investigations, car pour l'instant il n'y a rien à embrouiller. Jan sent obscurément que quelqu'un les laisse errer sans résultat avant de leur lâcher des indices. Ils peuvent seulement espérer que les nouvelles pistes ne viendront pas sous la forme de nouveaux morts.

Mercredi 3 juillet / Hartola

Saana glisse son téléphone dans sa poche. Elle fait la queue à la caisse du supermarché S-market. Il n'y a que quelques clients devant elle, mais elle a quand même l'impression que la file n'avance pas. Elle tend le cou pour voir par-dessus l'épaule de la vieille dame qui la précède ce qui se passe. La caissière bavarde en souriant. Saana se rappelle très vite qu'elle se trouve à Hartola, à la campagne. Là où personne n'est jamais pressé. La caissière prend son temps et veut échanger des nouvelles avec ses clients. Bien que Saana ait elle-même tout son temps, elle se sent nerveuse. Son agitation naturelle empire toujours dans les files d'attente.

Cette fois-ci, elle n'a dans son panier que des pommes de terre, de la réglisse et de la glace à la vanille. Sa tante lui a promis de faire sa fameuse soupe de poisson. Le potage est déjà en train de mijoter sur le feu, mais les premières pommes de terre de l'été n'ont pas encore été récoltées. Comme dessert, il y aura des fraises et de la glace.

Saana jette un œil à la file d'à côté. La caissière aux cheveux roux ne serait-elle pas plus rapide ? Elle change de file, bien qu'elle sache que la plupart du temps il ne vaut mieux pas. Elle attache ses cheveux en queue-de-cheval et remarque, amusée, que la file qu'elle vient de quitter commence à avancer. Évidemment. Après tout, c'est ce qu'elle s'est prescrit, de la lenteur. Prendre son temps. Saana regarde les barres de chocolat et les paquets de chewing-gums disposés à côté de la caisse et se force à conserver un léger sourire.

— Est-ce qu'on met le surgelé dans un petit sachet ? demande la caissière.

— Non, merci, répond rapidement Saana.

Il lui semble inconcevable qu'en seulement quelques années tous les caissiers de Finlande aient appris cette question qui ne fait qu'augmenter l'utilisation inutile de plastique.

Saana range ses achats dans son sac en tissu, sauf le sachet de réglisse qu'elle garde à la main. Elle adore cette sucrerie. La meilleure est la réglisse bio Kuusankoski, mais elle n'est disponible que dans quelques boutiques bien spécifiques. Pour cette fois, Saana devra se contenter de la marque Panda, qu'on peut trouver partout. Quand elle était petite, pendant l'un de ses étés à Hartola, elle avait visité l'usine Panda à Vaajakoski. Elle enfourne une poignée de bonbons, doux, noirs et pâteux, qu'elle mastique avec plaisir en revenant vers son vélo. À seulement quelques pas, elle remarque un morceau de papier coincé dans le guidon. Il n'y était pas quand elle est entrée dans le magasin.

Ne te mêle pas de ce qui ne te regarde pas.
Laisse Helena reposer en paix.

— C'est quoi ce bordel ? grommelle Saana, la bouche pleine de réglisse.

Mal à l'aise, elle se dirige vers le jardin verdoyant de sa tante et laisse son vélo en appui contre le petit cabanon couleur ocre. Elle attrape le sac de courses qui pend au guidon et traverse la véranda, pensive. Le bout de papier est dans la poche de son jean. Saana se demande quel rôle peut bien jouer la menace laissée sur son vélo dans toute cette histoire. Hartola suit en silence le déroulement de ses petites recherches. Qui cela pourrait-il bien déranger ?

Quand Saana ouvre la porte d'entrée, elle est accueillie par une puissante et délicieuse odeur de soupe de poisson. Elle se rend dans la cuisine avec ses emplettes et y trouve Inkeri devant la gazinière. Elle ne peut pas s'empêcher de mentionner aussitôt le fait que les habitants du village ne semblent pas apprécier son enquête.

— Comment ça ? s'étonne sa tante.

— Je viens de recevoir un message qui me demande d'arrêter de m'intéresser à la mort d'Helena, dit Saana en déposant les pommes de terre sur une grande planche à découper.

Inkeri plisse le front mais ne semble pas surprise.

Une demi-heure plus tard, la soupe est prête, et elles passent à table. Saana se beurre une tranche de *rieska*, du pain sans levain que sa tante a préparé le matin même.

— Il y a vraiment quelque chose qui demande à être éclairci dans le sort de cette fille. Mais les habitants d'Hartola sont tout de même bien étranges. Qui pourrait s'offenser de quelques questions, et pourquoi sont-ils tous si réticents à parler ? demande Saana en croquant dans sa tartine.

Avec le beurre presque fondu, le goût est parfait.

— Je pense que personne ici n'a envie de déterrer une si vieille affaire, répond Inkeri, amusée, en coupant une tranche pour elle-même.

— Il me faudrait de l'aide. Quelqu'un qui serait au courant de tout ce qui se passe dans ce village, déclare Saana.

Elle attrape la louche et remplit son bol de soupe de poisson, salivant d'avance. Après un instant de réflexion, Inkeri s'esclaffe.

— Tu n'as qu'à aller au salon de beauté, Chez Eila, et prendre rendez-vous avec Eila elle-même, dit-elle en mâchant son pain.

Aussi loin que se rappelle Saana, sa tante a toujours parlé insouciamment la bouche pleine.

— S'il y a quelqu'un ici qui sait tout du passé, du présent et du futur d'Hartola, c'est bien Eila.

Inkeri semble toute fière de son idée, et Saana hoche la tête avec satisfaction. Elle a besoin d'entendre les habitants, de compiler des récits susceptibles de contenir de petites miettes d'information sur la vie d'Helena.

Après deux tranches de pain et deux bols de soupe, Saana remercie sa tante pour le repas et cherche les coordonnées de Chez Eila sur son portable. Elle pourrait prendre rendez-vous pour une égalisation des pointes. Pourquoi pas dès le lendemain après-midi ?

— Quoi qu'on puisse dire des petits villages, ils sont toujours remplis d'histoires. Les gens se les racontent, exagèrent, inventent… Chaque année, notre collection de contes multiplie ses versions et s'enrichit de nouvelles théories, tout simplement parce qu'il ne se passe pas grand-chose à la campagne. Je voulais te le dire tout de suite pour t'éviter une déception plus tard, déclare Inkeri en commençant à débarrasser la table. Beaucoup de gens pensent qu'il est arrivé malheur à Helena. Moi aussi. Mais, si mes souvenirs sont bons, on a fini par nous traiter d'« agitateurs ». Entre nous, on peut bien raconter tout et n'importe quoi, mais qu'une gamine de la ville vienne fouiner au point de mettre en péril la réputation du royaume, c'est bien différent.

Une certaine amertume semble transparaître sous l'amusement de sa tante.

Jeudi 4 juillet / Hartola

Le matin suivant, Saana se réveille pleine d'énergie et se lève à la première sonnerie du réveil. Elle a trois grandes missions aujourd'hui : rendre visite au père du guide à la maison de retraite, passer chez la vieille enseignante d'Helena et finalement honorer son rendez-vous Chez Eila à 16 heures. Elle n'avait plus eu autant de rendez-vous depuis des semaines. Dès 9 h 05, Saana saute sur la selle de son vélo et part en direction d'Ikipihjala, la plus grande maison de retraite d'Hartola.

L'endroit n'est pas dur à trouver. Elle entre d'un pas décidé dans ses couloirs aux airs d'hôpital, remplis de déambulateurs, de nappes en dentelle et de bouteilles de gel hydroalcoolique. Une femme brune l'accueille à la réception avec chaleur, puis se refroidit quelque peu lorsque Saana lui explique ce qui l'amène.

— Vous voulez donc rencontrer Eero Falk ? Et c'est son fils, Riku, qui vous a envoyée ici ?

Son expression laisse clairement entendre : « Pourquoi ? »

— Rappelez-moi votre nom ?

— Saana Havas, répond Saana en soutenant son regard.

— Chambre 33.

Saana remarque que la réceptionniste, « Katja » selon son badge, la dévisage maintenant avec curiosité. Un visiteur surprise doit être un événement rare dans une maison de retraite. Saana sent presque son regard lui brûler la nuque lorsqu'elle passe les portes en verre.

Le couloir, tapissé d'un linoléum rouge tomate, sent le désinfectant. Pas très assurée, Saana toque à la porte. En entendant avec quelle énergie on l'invite à entrer, elle se met à sourire. Peut-être cette visite leur profitera-t-elle à tous les deux.

Eero Falk est un vieillard voûté. En dehors de sa taille et de ses lunettes, Saana ne lui trouve a priori aucune ressemblance avec Riku Falk. Il lui fait signe de s'installer sur une chaise en bois devant la fenêtre.

En entendant l'objet de sa visite, le vieil homme s'illumine, son sourire est presque trop large pour son visage.

— Von Reichmann ? C'était un homme fascinant…

À la seule évocation du passé, ses yeux se sont embués.

Trois quarts d'heure plus tard, Saana referme la porte de la maison de retraite derrière elle. Eero Falk est très sympathique, mais après les questions préliminaires il s'est vite avéré que sa mémoire avait perdu en précision. De von Reichmann et de l'époque de Koskipää, il ne lui reste plus qu'une poignée de souvenirs épars où Saana a peiné à trouver un peu de cohérence : les Vénitiennes de Koskipää, le domaine du baron entretenu avec tant de soin, leur longue relation de travail que le vieux monsieur a osé décrire comme de l'amitié. Von Reichmann laissait déambuler paons et faisans dans le jardin, cultivait les plus belles orchidées de Finlande dans son manoir et s'habillait avec le plus grand raffinement, ce qui ne l'empêchait pas d'utiliser les toilettes du jardin.

Eero Falk n'a rien su dire de concret au sujet d'Helena. Saana a quand même obtenu quelque chose durant sa visite : une adresse à Potsdam. Et le vieil homme a ajouté :

« À l'automne 1989, von Reichmann est parti tout de suite après la fête. Comme ça, d'un coup. On n'a même pas eu le temps de se dire au revoir. Je n'ai reçu qu'une carte postale d'Allemagne, un peu plus tard. »

Sur une feuille quadrillée aux coins jaunis, il a tracé quelques mots d'une belle écriture à l'ancienne. Ce sont des coordonnées, la seule adresse en Allemagne que von Reichmann a laissée aux Falk. Peut-être aura-t-elle son importance. Si Saana parvenait à joindre von Reichmann, toute cette affaire pourrait faire un bond en avant. Elle bâille et se rend compte qu'il lui faudrait une sieste. Toute cette socialisation la vide de son énergie.

— Pardon, jeune fille ?

La vieille dame semble perplexe, et Saana met un instant à comprendre qu'elle est un peu dure d'oreille. Leena Lehtonen, pâle et fragile. L'ancienne enseignante d'Helena, directrice à la retraite. L'objectif numéro deux.

Saana reçoit rapidement l'honneur de s'asseoir sur le canapé à motifs floraux du salon. Pendant que son hôtesse se déplace à pas traînants à la recherche de vieux dossiers, Saana s'occupe en regardant autour d'elle. La maison est impeccable, presque austère. Ce qui attire l'œil est une splendide tapisserie en laine, aux nuances sombres. Le puissant tic-tac d'une horloge murale emplit la pièce. Saana fixe ses aiguilles. Lehtonen se déplace comme au ralenti, mais son invitée n'est pas pressée.

— Dans les années 1980, le terrain de l'école a été entouré d'un grillage de plusieurs mètres de haut. Certains la surnommaient le « camp de concentration », plaisante la vieille dame en revenant près du canapé. Maintenant, ce n'est plus une école, mais un centre pour l'emploi.

Saana hoche poliment la tête et s'oblige à sourire.

— À cette époque, les jeunes faisaient la fête sur la plage Aurinkoranta, au bord de la rivière. Ils allaient toujours picoler là-bas après l'école…

Son regard pétillant de malice laisse entendre que toutes ces années en compagnie d'adolescents ont préservé la jeunesse de son esprit comme de son langage.

— En hiver, ils traînaient au bar de l'Union. On était moins stricts sur l'âge à l'époque, poursuit-elle avec un sourire à l'évocation de ces vieux souvenirs. Aucun d'eux n'était enclin au tapage ou à la délinquance. Mais Helena était encore si jeune. Elle était douce et appliquée. Son amie, Johanna, était plus rebelle. Elle n'aimait pas suivre les règles, mais c'étaient toutes de gentilles filles. Je l'ai vue, ce soir-là…

Saana sursaute.

— Pardon, quand ça ? Que voulez-vous dire ? demande-t-elle en criant presque.

— Ce dernier soir. J'ai vu Helena à la station-service Kesoil. Elle était assise là comme si elle attendait quelqu'un. Elle semblait si heureuse, elle avait toute la vie devant elle. Mais on ne peut jamais savoir…, murmure la vieille femme, la voix brisée. On ne peut jamais savoir ce que la vie nous réserve.

— Vous souvenez-vous s'il y avait quelqu'un avec elle ? Et l'heure ?

— C'était avant mon sauna du samedi soir, ça, je m'en rappelle. Vers 17 heures, peut-être ? Helena était assise là, et elle semblait attendre quelque chose.

Saana sent sa curiosité se réveiller et remarque en même temps que son hôtesse commence à fatiguer : ses histoires s'égarent toujours plus loin dans le passé, et Saana n'arrive plus à focaliser la discussion sur Helena. Elle prend note de *Johanna* et *Kesoil 17 heures.* Elle peut désormais placer Helena à deux endroits durant cette dernière soirée, aux Vénitiennes et à la station-service. Qui la jeune fille était-elle partie retrouver là-bas ?

Plus tard ce même après-midi, Saana pousse la porte du salon de coiffure, qui tinte à son entrée.

— Entrez, lance une voix rauque depuis l'arrière-boutique. J'arrive tout de suite.

Quand Eila fait son apparition dans l'étroit salon de coiffure, Saana a l'impression d'être entrée dans un film d'Almodóvar, en plein milieu d'Hartola. Eila a des cheveux noirs coupés en un carré bouffant, de l'ombre à paupières bleue et des boucles d'oreilles en plastique jaune.

— Eila, dit-elle en tendant sa main ridée.

— Saana, répond la jeune femme en regardant ses ongles soigneusement vernis.

— Alors comme ça, vous êtes venue passer l'été à Hartola ? demande Eila sans vraiment attendre de réponse.

Elle invite Saana à s'asseoir dans un fauteuil de coiffure, la couvre aussitôt d'une cape de protection, puis relève son menton de l'index et lui fait une raie droite avec son peigne.

— On coupe combien ?

— Seulement les pointes sèches. Cinq centimètres ? suggère Saana.

Elle est un peu inquiète à l'idée d'abandonner ses longs cheveux, qu'elle laisse pousser depuis si longtemps, aux mains de cette coiffeuse vieille école qui ne semble pas manquer de poigne.

— Alors dites-moi, jeune fille, vous êtes venue ici pour profiter du bon air, ou est-ce que vous avez quelque chose de particulier en tête ?

Saana force un large sourire sur son visage.

— Je suis venue me détendre pendant l'été, répond-elle amicalement. Pour me reposer. Enfin… pour tout vous dire, j'ai perdu mon travail.

Peut-être l'honnêteté lui fera-t-elle marquer des points auprès d'Eila.

— Je vois, je vois, dit celle-ci en arrangeant les cheveux presque platine de Saana.

— Mais je me suis prise d'intérêt pour une vieille affaire, et ma tante Inkeri m'a dit que vous saviez tout ce qu'il y a à savoir sur Hartola.

Eila s'immobilise et regarde Saana dans le miroir.

— Inkeri ? Notre petite Inkeri ? Je serais ravie d'aider une de ses parentes. Mais je ne vois pas comment une vieille bique comme moi pourrait se rendre utile.

Son rire laisse entendre qu'elle n'en croit pas un mot.

Saana explique que sa tante lui a raconté la découverte d'une fille dans la rivière quelques décennies plus tôt, dans des circonstances restées troubles. Il ne s'agirait pas forcément d'un suicide ni d'un accident, comme on l'a laissé croire à l'époque.

Eila hoche la tête et râpe l'oreille de Saana de son peigne.

— La mort d'Helena a longtemps été la plus grande affaire du coin, en tout cas depuis les premiers jours du manoir, explique-t-elle. Vous saviez que cette histoire a même attiré une journaliste de la capitale ?

Saana secoue la tête.

— Cette femme se promenait partout en parlant à tout le monde, et elle a fini par écrire un article de deux pages sur « une mort mystérieuse dans un petit village perdu »…

— Vous auriez encore ce journal ? demande immédiatement Saana, pleine d'espoir.

— Non, quand même pas, je ne garde pas tout, même si je suis du genre à rien jeter. « La mort d'une jeune fille passée sous silence », c'était le titre, je crois.

Elle l'écrit du bout de son peigne dans les airs devant les yeux de Saana.

— D'abord, beaucoup d'habitants se sont réjouis qu'on parle de notre petit village au niveau national, jusqu'à ce qu'ils lisent l'article, poursuit la coiffeuse en humidifiant les cheveux de Saana de quelques coups de vaporisateur. Ensuite, ça a surtout énervé tout le monde.

— Vous vous souvenez du nom du journal ?

— Qu'est-ce que ça pouvait bien être… *Hymy*, ou peut-être *Seura*… Un de ces magazines people, en tout cas, dit Eila en humidifiant et peignant tour à tour.

Saana se note de retrouver cet article.

— C'est de là que sont parties les rumeurs. Ce magazine mentionnait d'autres jeunes filles au sort incertain. Une certaine Laura avait été portée disparue quelques années plus tôt. Elle avait probablement juste fugué, mais dans l'article on sous-entendait quelque chose de terrible.

— Laura ?

— Laura Malm, oui. Sa mère était ma cliente avant leur déménagement à Joutsa.

Saana répète le nom pour s'en souvenir. Comprenant qu'elle est tombée sur une mine d'or, elle demande :

— Puisque vous savez tant de choses… Quel genre de fille c'était, Helena ?

Eila lui jette un regard entendu : elle voit bien que Saana cherche à la flatter, mais n'est que trop heureuse de répondre à ses questions.

— Helena représentait l'idéal d'une fille de bonne famille. Courtoise et bien élevée. Toujours prête à rendre service.

Saana remarque son sourire chaleureux dans le miroir à l'évocation de ce souvenir. Eila rapproche d'un coup de pied le tabouret pour s'installer devant Saana et s'occuper de sa frange.

— Oui, la fille unique d'une famille stricte et bien comme il faut. Gentille, polie… sauf avant sa mort, marmonne-t-elle. Si vous voulez mon avis, quelque chose a changé chez elle cet été-là. Fermez la bouche si vous ne voulez pas manger de cheveux.

Saana obtempère et encourage Eila à poursuivre d'un hochement de tête.

— Helena était devenue plus secrète. Elle dégageait quelque chose de nouveau. Une calme assurance, presque de l'orgueil. Comme si elle savait quelque chose que les autres ignoraient.

— Quand est-ce que vous l'avez vue pour la dernière fois ? s'enquiert Saana avant de refermer la bouche pour éviter que les pointes de sa frange finissent sur sa langue.

— C'était début août. Elle est venue ici et elle a demandé « quelque chose de différent ». Un nouveau style, rien de commun, dit Eila. Je n'oublierai jamais. J'ai beaucoup pensé à elle après sa visite. Ça m'a pris un moment pour m'en rendre compte. Pour comprendre ce qui me faisait autant cogiter. Elle débordait d'une énergie qui, en général, ne se manifeste que dans un seul cas.

Après un sourire averti, elle repart derrière Saana.

— Quand on est profondément amoureux.

Saana réfléchit à la question un moment. De qui Helena pouvait-elle bien être amoureuse ?

— Vous vous rappelez autre chose ?

— Elle traînait avec une fille qui s'appelait Johanna, mais en ce qui concerne l'objet de sa flamme je ne saurais pas dire. Dans les parages, on laisse les gens faire ce qu'ils veulent, sans s'en mêler.

Saana fixe Eila dans le miroir.

— Helena n'a jamais mentionné de nom ?

Eila lui rend son regard, pensive.

— Pas à mon souvenir.

Elle se tait un moment. Seul le crissement de la vieille paire de ciseaux résonne dans la pièce.

— Helena était une petite poétesse. Pendant tout l'été, elle avait travaillé sur un projet artistique à l'institut. Elle était aussi partie en colo pour préparer sa confirmation. Tout son groupe a été fortement ébranlé à son décès. Ses camarades de confirmation ont organisé une minute de silence à l'église d'Hartola. Tout le monde était en deuil, et personne n'a compris pourquoi Helena avait voulu mettre fin à ses jours. Cette affaire avait causé des sentiments contradictoires, mais tout le monde partageait la même tristesse. L'idée qu'une fille du village finisse ainsi…, conclut Eila en mettant quelques derniers coups de ciseaux çà et là.

Ayant terminé, elle part chercher un miroir à main en plastique bleu et fait tourner le fauteuil de coiffure pour que Saana puisse inspecter le résultat sous tous les angles.

— Alors, qu'est-ce que vous en dites ? J'ai pas trop coupé ? demande-t-elle sans même regarder Saana, déjà en train de balayer les mèches de cheveux blonds par terre.

Saana admire sa coupe dans le miroir. Eila a fait du bon travail. Sa chevelure semble avoir instantanément gagné en volume sans ses pointes sèches. Malgré la quantité de cheveux par terre, ils sont encore assez longs.

— C'est très bien, merci, répond Saana en souriant à Eila. Est-ce qu'il vous vient autre chose sur cette affaire ?

Eila lui plaît bien, malgré son caractère impatient et direct.

— Entre nous, je trouve que la police ne se bougeait pas beaucoup. À mon avis, ils ne se sont pas vraiment concentrés sur cette histoire, confie Eila avant de partir derrière son petit comptoir pour entrer le montant de son travail sur une vieille caisse enregistreuse.

Saana la remercie abondamment, paye et sort, satisfaite, du salon de coiffure. Elle y a laissé ses pointes sèches en échange de plusieurs pépites d'information.

Hartola

Été 1989

— Embrasse ma bague et soyons amis, dit le baron en tendant vers Helena son auriculaire orné d'une chevalière.

En regardant cette main si soignée, Helena eut immédiatement honte des siennes, rougies par le nettoyage des fraises. Celles du baron étaient étonnamment douces, comme celle d'un homme beaucoup plus jeune, la peau pâle, les ongles bien propres. Le baron attendait toujours, amusé. Helena se dit qu'il devait s'agir d'une tradition européenne raffinée dont elle ignorait tout. Elle prit sa main avec précaution et l'embrassa. La peau du baron fleurait bon le savon coûteux.

— La valeur d'un homme se mesure à ses mains, ne l'oublie pas, ajouta le baron quand Helena eut relâché sa main. Il y a des mains d'ouvriers, des grosses paluches sèches, qui sont bien évidemment puissantes, mais d'où ne viendra jamais cette douceur qui répondrait aux espoirs secrets des femmes. Tu me crois ? Un gentilhomme doit être irréprochable.

Pendant que le baron discourait, ils parcouraient les couloirs sans fin du manoir, passant de pièce en pièce. Curieuse, Helena traversa cette fascinante demeure à sa suite jusqu'au salon – ou plutôt au parloir, comme l'appelait le baron. C'était une vaste et belle salle entièrement bleue, des murs au plafond, en passant par les épais rideaux en velours.

Un tableau dans un cadre doré représentait une jeune femme à moitié nue au bord d'une étendue d'eau sombre, peinte avec talent. Helena pencha la tête sur le côté sans pouvoir détacher le regard de cette toile. Au milieu du rapide se dressait un homme large d'épaules, vêtu de fourrures et coiffé d'une couronne à bois de cerf, comme un dieu de l'eau. Helena regarda le tableau, puis le baron. Elle ne savait pas où s'installer dans cette pièce. Le baron s'attendait-il à ce qu'elle s'asseye à table ou sur le canapé ? Il l'observait attentivement. Elle redoutait qu'il se mette à lui poser des questions sur le tableau, ou sur l'art en général. Elle aimait bien admirer des toiles, mais elle ne connaissait pas par cœur le nom de beaucoup de peintres influents. Elle ne se rappelait que Picasso et Gallen-Kallela.

— Qu'est-ce qui te vient à l'esprit, quand tu regardes ce tableau ? lui demanda-t-il, exactement comme elle le craignait, en lui faisant signe de s'installer sur l'un des canapés rococo bordeaux.

— Je ne sais pas, répondit Helena, un peu embarrassée. Je ne connais pas très bien l'histoire de l'art.

— Il n'est pas nécessaire de connaître son histoire pour l'apprécier. La beauté, les interprétations d'une œuvre, tout cela est subjectif, déclara-t-il pour l'encourager.

— Hmmm, murmura Helena en regardant à nouveau la toile depuis le canapé.

Personne ne lui avait jamais dit qu'une toile pouvait n'être que regardée. À l'école, elle était obligée de retenir les noms et les dates.

— Cette peinture me fait penser aux rapports de pouvoir entre les gens. Pourquoi cette femme a-t-elle l'air si désespérée, alors que l'homme ressemble à un dieu ou un roi ? C'est comme si elle avait peur de lui,

répondit-elle, un peu raide, sans détacher les yeux de la toile.

Le baron hocha la tête en signe d'approbation.

— Król Wody, dit-il. Cette peinture est tirée d'un conte populaire polonais, Le Roi de l'Eau.

Helena pencha la tête et regarda l'œuvre à nouveau. Malgré tous ses efforts, elle n'appréciait pas ce menaçant personnage aux bois de cerf, dont le visage était complètement caché dans la pénombre.

Le baron disparut un instant dans la cuisine et en revint avec un grand plateau argenté sur lequel se trouvaient les fraises apportées par Helena, du pain frais et du fromage bleu.

— Prends tout ce qui te fait envie, dit le baron. Je peux aussi préparer une omelette, si tu veux.

— Merci, j'ai déjà pris mon petit déjeuner, murmura Helena en attrapant sur le plateau une des fraises qu'elle avait elle-même apportées de la ferme de Toivio.

Les paroles de sa mère lui revinrent à l'esprit : « C'est poli d'accepter quand on propose. » Mais quelque chose chez le baron, dans son style et ses manières, la défiait, lui insufflait le courage de se rebeller. Helena se félicita de sa bravoure.

— Tu ne te lasses jamais des fraises ?

— Jamais, répondit Helena en riant, plus bravement encore.

Elle commençait à apprécier l'attention dont elle était l'objet – le regard appréciateur du baron, ses questions originales, le fait qu'il la traite en égale.

Ils firent le tour du salon et, comme ils s'arrêtaient devant un autre tableau, Helena sentit la main du baron lui effleurer le bas du dos. Était-il en train de tester ses limites ? La famille d'Helena n'était pas très tactile, et ce léger contact de la part d'un inconnu lui sembla étrange, presque gênant, et en même temps fascinant. Peut-être s'agissait-il aussi d'une coutume européenne, se dit Helena en laissant la main de l'homme là où elle était. Elle avait déjà transgressé les règles en se rendant seule chez un inconnu. Dehors, le jour brillait et rien n'avait changé, alors que tout s'était transformé dans le monde d'Helena. Elle et le baron discutèrent dans le salon jusque tard dans l'après-midi.

Mardi 2 juillet / Helsinki

Au matin, Jan et son père emmènent sa mère en chaise roulante dans une forêt qu'ils connaissent bien, près de leur chalet. Ils observent sa mère qui contemple les arbres et le ciel. Elle caresse l'écorce épaisse d'un vieux pin. Elle écoute les merles, les bergeronnettes grises et les pinsons, elle hume l'odeur de terre mouillée après la pluie. Jan la regarde et se demande ce que ça lui ferait de voir un écureuil pour la dernière fois. Les couleurs de sa fourrure ressortiraient-elles alors avec plus de précision ? *Cet écureuil sera-t-il le dernier animal que verra maman ?* Il a la gorge nouée. Un coucou chante quelque part. Sa mère écoute tout sans bouger et fait ses adieux silencieux à la nature.

Je me demande si elle a des dernières volontés, s'interroge Jan. Mais il n'ose pas lui poser la question. Leur temps limité qui ne cesse de s'amenuiser lui donne l'impression d'être bloqué et figé. Jan avait le vague projet, plus ou moins sérieux, de prendre de l'héroïne sur son lit de mort. Histoire de se confronter à la mort le plus euphoriquement possible. Désormais, cette idée lui semble en quelque sorte naïve. Heureusement que sa mère reçoit de la morphine pour ses douleurs. Sa dernière drogue semble cependant être cette forêt. Elle inspire l'odeur des pins comme si elle fumait le meilleur des cigares. Elle effleure les feuilles des arbres, elle écoute le concert des oiseaux. Elle tend le bras vers une grosse pierre et caresse sa surface recouverte de mousse.

— Dites donc, les deux hommes de ma vie, commence-t-elle en attirant aussitôt l'attention de Jan et de son père. Promettez-moi que vous ne me pleurerez pas trop.

— Ne t'inquiète pas pour nous, chérie. On va s'en sortir, dit son père en posant la main sur une poignée de la chaise roulante.

Ils restent un instant à se fixer tous trois. Leur regard parle à leur place, car aucun mot ne saurait exprimer ce qu'ils ressentent. Le père de Jan finit par briser le silence.

— On ferait bien de rentrer pour que tu ne prennes pas froid, dit-il en faisant lentement pivoter le fauteuil roulant.

En revenant vers la voiture, sa mère affirme être sûre que la vie ne s'arrête pas là. Elle espère renaître chaque été en tant que rose de la Saint-Jean fleurissante, ou en un chat ronronnant. Oui, voilà ce qui va se passer, lance-t-elle en souriant, les yeux brillants.

— Et alors vous me verrez à nouveau. Et moi aussi, je vous reverrai.

Ces paroles sont presque trop pour Jan. Il avale sa salive, et les larmes qu'il retient lui brûlent les yeux.

Pendant le trajet retour, le téléphone de Jan sonne. C'est la procureure. Bien que l'appel soit important, il le refuse et met l'appareil sur silencieux. Son père roule calmement et sa mère regarde par la fenêtre, fatiguée. Les paupières de Jan se ferment contre son gré. Dans son esprit défilent les étés de son enfance. Les odeurs lointaines de jours sans fin.

La commémoration de Lars Sundin aura lieu au club Teatteri. Étant arrivée en avance, Heidi se rend à la librairie Akateeminen de l'autre côté de la rue, pour patienter. Mieux vaut éviter d'être la première sur les lieux, remarquée par tous les nouveaux arrivants. Elle apparaîtra en milieu de cérémonie. En attendant, autant prendre un café chez Starbucks. Les passionnés de café qui y passent leur temps auraient probablement l'estomac retourné à la seule idée du jus de chaussette du bureau, se dit-elle, amusée. Elle préfère le café filtre de base. *Je suis très finlandaise, sur ce point-là*, songe Heidi en regardant le long menu.

— Un café filtre, s'il vous plaît. Normal.

— C'est quoi votre nom ? demande le caissier.

— Quoi ?

— Votre nom, pour que je puisse vous appeler quand le café sera prêt.

— Heidi, dit-elle en ressentant déjà la vague d'embarras qui lui tombera dessus quand ce jeune millénial sûr de lui criera son prénom.

Elle se balade parmi les livres, son café à la main, et se demande si elle a le droit de faire ça pendant son temps de travail. En tout cas, c'est agréable, pour une fois. Elle parcourt l'étagère des polars. Tant d'eux parlent de meurtres ou de disparitions. Voilà bien longtemps qu'elle n'arrive plus à entrer dans ce genre de livres parce que, pour la plupart, leur représentation des enquêtes de police est plutôt délirante. Dans les livres, on ne fonctionne pas comme dans la vraie vie. Si Heidi voulait tuer quelqu'un, elle irait juste lui mettre une balle. Mais on ne pourrait pas en tirer un thriller de plusieurs centaines de pages.

Heidi saisit un livre de poche, apparemment en tête des meilleures ventes. Encore un Suédois. Ces dernières années, les polars suédois sont plus barbares qu'avant. Elle lit le résumé, heureuse de constater qu'elle ne ressent pas le besoin d'introduire encore plus d'éléments sinistres dans sa vie. Inévitablement, elle revient à l'enquête. Pourquoi ne pas avoir tout simplement abattu la victime d'une balle ? Pourquoi se donner tant de peine ? En poussant la lourde porte de la librairie, Heidi ne peut s'empêcher de se dire que le tueur tente de faire passer un message. Mais lequel ? Elle se creuse la cervelle. Pourquoi avoir noyé la victime si c'était pour la laisser en évidence sur la terre ferme ?

Heidi gravit les marches du Teatteri. Des motifs psychédéliques décrivent des arabesques sur les murs dans un camaïeu de marron. Elle les trouve affreux. *C'est quand la dernière fois que je suis venue ici ?* Elle essaye de creuser dans ses souvenirs de soirées, sans rien trouver. Un fort parfum de lilas la percute dès l'entrée. Les portes sont flanquées de grands vases remplis de fleurs qui rendent muettement hommage à la mémoire de la victime. Heidi n'a jamais apprécié l'odeur des lilas, trop étouffante.

Elle se dirige vers le buffet et prend une flûte de champagne. Du champagne pour une cérémonie funèbre ? La salle est déjà pleine, environ soixante personnes qui patientent, toutes élégamment vêtues de noir. Elles semblent attendre des instructions. Faut-il se comporter comme à des funérailles ou comme dans une soirée chic ? Personne ne pleure. Heidi repère rapidement quelques personnalités dans la foule : acteurs, entrepreneurs, joueurs de hockey, restaurateurs. Des influenceurs, des modèles et des artistes. Beaucoup d'entre eux sont déjà connus d'Heidi, pour de tout autres raisons : coups et blessures, deals, fraudes.

Une silhouette familière debout près d'un mur la fait tiquer. Que fait Mertanen ici ? Y a-t-il une opération en cours ? Ou le supérieur d'Heidi n'est-il là qu'en qualité de civil ? Le réseau de Lars était très étendu : il semblait connaître presque tout le monde.

Heidi essaye de capter le regard de Mertanen. Celui-ci la repère mais reste sans réaction. *Il ne me reconnaît même pas ou quoi ?* Puis quelque chose vient court-circuiter ses pensées. On l'observe, elle le sent. Elle a toujours eu un sixième sens pour ces choses-là. Tout en faisant mine d'ignorer le regard brûlant qui la suit, elle se dirige vers une table pour y déposer sa coupe de champagne, à peine entamée. Elle en profite pour repérer en un éclair la personne qui ne la quitte pas des yeux. Là, à gauche de l'imposante composition de lilas près de l'entrée, pratiquement invisible mais toujours belle, malgré tout : avec effroi, Heidi reconnaît Julia.

Dans son esprit défilent des fragments de leur nuit ensemble. C'est vrai que Julia lui avait dit qu'elle organisait des soirées privées. Pourquoi ce coup d'un soir envahit-il les pensées d'Heidi en plein travail ? Ce n'est pas courant. En général, elle évacue rapidement les gens à la fois de sa vie et de son esprit, toujours avant que ce soient eux qui se débarrassent d'elle. Heureusement, au même moment, l'air de piano qui tenait lieu de musique de fond s'interrompt et la cérémonie commence. Heidi se reprend. Soulagée, elle note que Julia s'est retirée dans l'arrière-salle. Le travail la sauve à nouveau du vide de sa propre existence. Du vide de sa maison, de son esprit agité.

Les mêmes consignes sont données en une fois à toute l'assemblée.

— Merci d'éteindre vos téléphones. Lars aurait souhaité qu'on se rappelle sa vie plutôt que sa mort. Alors pas de douleur stoïque, pas de larmes, pas de cérémonie lugubre. Non. Ce soir, rendons-lui hommage en prenant du bon temps. Nous avons organisé en l'honneur de Lars une toute dernière soirée, du genre qui restera longtemps dans les mémoires.

Heidi repère l'origine de la voix à proximité du bar. Elias, de l'agence de Lars.

Un jeune homme à moustache qui se trouvait près de la porte sort un sachet blanc de sa poche et le jette sur une table. Cette énorme quantité de cocaïne provoque un murmure approbateur parmi la foule. La musique reprend, plus fort cette fois. Heidi ne reconnaît pas le morceau.

Ce soir, la mort semble représenter la meilleure des drogues. Heidi observe, frustrée, des mannequins sniffer des lignes sur une table. Elle cherche Mertanen du regard, mais ne le voit nulle part. Personne ne se cache. Tout dans cette pièce crie : nous sommes ici pour Lars, alors en son honneur, ce soir, tout est permis.

Heidi se mord la joue. Elle n'est pas là en tant que gardienne de la morale, ni même en tant que représentante de l'ordre. Sa tâche est de se fondre dans la masse obscure, d'observer les gens, d'écouter les conversations sur Sundin, de laisser les événements suivre leur cours. À ce stade, rien n'exclut la possibilité que le coupable, l'assassin qu'ils recherchent, soit présent dans la pièce.

Mercredi 3 juillet / Helsinki

Jan regarde l'épave calcinée que l'on sort des flots. Le feu l'a si bien détruite qu'il n'y reste sans doute aucune trace. *C'est la première fois que je devine ton mode opératoire*, se dit Jan. Le meurtrier a bien brûlé la barque. *Que comptes-tu faire maintenant ? C'est fini, ou tu nous réserves d'autres victimes ?*

Jan et Heidi retournent à la voiture et y restent assis un moment pour songer à la suite.

— À ton avis, commence Heidi, est-ce que la victime a été choisie au hasard ou y a-t-il une raison personnelle derrière tout ça ?

Elle fait signe à Jan d'ouvrir la boîte à gants devant lui. Il attrape la boîte de snus à l'intérieur et la tend à Heidi.

— Raison personnelle. Depuis le début, je suis convaincu que Lars était la cible de l'assassin.

— Idem, dit Heidi en plaçant un sachet de tabac sous sa lèvre avant de s'essuyer la main sur son jean. Mais pourquoi ? Qu'a donc fait Lars pour mériter ça ?

Elle démarre la voiture. Ils ont tous deux lu les antécédents de Lars. Rien de suspect.

— Il n'a peut-être rien fait de spécial. On n'a qu'à passer à l'hôpital Haartman, dit Jan lorsqu'elle part en marche arrière.

— *Yes, sir.* Qu'est-ce qui nous attend là-bas ? demande-t-elle en prenant un virage serré dans la bonne direction.

— Un toxico en overdose y a été amené il y a quelques heures, déclare Jan. Ses signes distinctifs correspondent à la silhouette du R-kioski sur les enregistrements des caméras de surveillance. C'est probablement le même gars que celui qui a acheté la carte SIM du tueur.

— Et là, il se retrouve au seuil de la mort ? demande Heidi pour s'assurer qu'elle a bien entendu. Drôle de coïncidence, non ?

— Je me suis dit la même chose. Ce toxico a probablement vu notre meurtrier. Et voilà qu'il fait maintenant une overdose. On a dû lui donner un petit coup de main.

— Le coupable ne manque pas de méthodes pour effacer ses traces et semble prêt à les utiliser toutes, déclare Heidi en prenant la direction d'Haartman.

— Cet été risque de nous sembler long, répond Jan en inclinant légèrement son siège vers l'arrière.

L'interrogatoire du toxico à Haartman s'avère plus compliqué que prévu : l'homme était déjà en mauvais état dans l'ambulance et n'a pas pu être réanimé à l'hôpital. Jan et Heidi fixent en silence le cadavre aux joues creusées qui gît sur les draps immaculés de l'hôpital. Heure du décès : 15 h 07. Tout ce qu'il a laissé derrière lui, toutes ses possessions se trouvent selon les infirmiers dans le sac plastique Lidl accroché au dossier de la chaise à côté du lit. Jan et Heidi enfilent des gants pour en examiner le contenu, mais n'y repèrent rien d'intéressant. Heidi décide ensuite de fouiller dans le pantalon de survêtement qui empeste l'urine plié sur la même chaise. À sa grande surprise, parmi les paquets de clopes et autres déchets, elle trouve aussi des tickets de caisse. L'un d'eux intéresse particulièrement Jan. Il s'agit d'un achat effectué au R-kioski. Quatre forfaits prépayés.

— Tu comprends ce que ça veut dire, lâche Heidi en dépliant le ticket chiffonné.

— Si ces forfaits ont été achetés à la demande du meurtrier, et pas pour l'usage du défunt, il pourrait y avoir quatre cibles, répond Jan.

Une faiblesse passagère lui envahit les jambes. Il aurait besoin de s'appuyer sur quelque chose.

Moi

Rendre justice n'a rien de simple, je le sais, mais quand une occasion se présente il faut la saisir. Tout est déjà planifié, tout est déjà en marche. Il n'y a pas de retour en arrière possible. Ma nouvelle victime me fixe droit dans les yeux. Encore un misérable. En plus de la peur, son visage reflète une lueur d'espoir. Il pense que tout peut encore s'arranger. Que ses actes peuvent être expiés d'une autre manière que par la mort. Il se plaint que les cordes lui font mal aux poignets, que sa position est inconfortable. Il me demande s'il ne serait pas temps de mettre un terme à ce petit jeu, avant de lâcher un rire nerveux, étranglé. Cet idiot est plus exigeant que le précédent.

Il s'imagine donc vraiment que je plaisante ?

— Ce n'est pas un jeu, dis-je.

Il écarquille les yeux et, au battement de ses paupières, je vois que cet être pathétique m'écoute enfin. Pour la première fois, ses gestes trahissent sa peur. Il commence clairement à comprendre. Il tente de jouer la carte de la justice, du respect dû à la vie humaine, du sens commun. Il me demande même si je veux de l'argent. Si c'est de ça qu'il s'agit, il n'en manque pas. Je lui scotche la bouche, et il essaye encore d'appeler à l'aide. Mais c'est inutile. Il n'y a personne. Rien que nous deux.

Le chant d'un merle s'entend au loin. Tout est très calme. Il ne peut plus paniquer qu'en silence. Mon âme s'emplit de dégoût et de mépris. Pour lui, une nouvelle étape commence. Tout ce qu'il considérait comme acquis s'effondre. Il comprend qu'il n'obtiendra rien par son argent, qu'il ne peut plus invoquer la morale. En cet instant, il n'y a que lui et moi. Il n'est plus temps de négocier. L'heure est venue pour lui de payer sa dette. Désormais, le pouvoir me revient.

Je retire le scotch de sa bouche, juste assez pour l'entendre implorer ma pitié. Mais la pitié est bien la dernière chose qu'il mérite.

Jeudi 4 juillet / Hartola

Depuis l'autoroute, la Kar de Mom, un joli café au bord de l'eau près de la station-service de la Porte du Roi, donne envie de s'y arrêter. Il respire l'ambiance locale, le pain frais et les brioches tressées à la cardamome, son épice éponyme. Une pelouse verdoyante sépare la rivière du bâtiment blanc. Une tondeuse automatique fait des allers-retours sur l'herbe en contournant un trampoline. Le long de la rive s'étire une jetée qui invite à se dégourdir les jambes. Les passants regardent l'eau mousser, inspirent profondément et regagnent leur voiture pour reprendre leur trajet.

Ce café accueille aussi des clients de la région, naturellement. Ce sont des habitués qui échangent volontiers des nouvelles de temps à autre autour d'une boisson chaude ou d'un déjeuner. Ce matin-là, le café est vide. L'agitation du week-end n'a pas encore débuté.

La serveuse regarde la salle déserte et décide de prendre une courte pause dehors pour fumer. Elle attrape son paquet de cigarettes et son briquet dans son sac, enfile un cardigan en laine, crie à l'intention de la cuisine qu'elle va fumer une clope, vérifie que ses clés sont dans la poche de son pantalon de travail et sort par la porte de derrière, qui s'ouvre sur la rivière en contrebas.

C'est une fumeuse dans l'âme et dans le sang, du genre qui aurait pour dernière volonté de jouir d'une ultime cigarette sur son lit de mort. Elle aspire la fumée dans ses poumons et prend le temps de la savourer avant de la laisser ressortir par le nez. Elle plisse les yeux pour y voir malgré le nuage qu'elle exhale et profite du paysage. Malgré l'odeur de tabac, elle peut tant bien que mal distinguer également les parfums de ce jour d'été. La pelouse fraîchement coupée, un soupçon d'essence, l'odeur de brioche qui s'échappe de la bouche de ventilation. Elle creuse les joues pour reprendre une bouffée et se demande comment traverser l'ennui d'une autre journée de travail sans beaucoup de clients. Elle regarde en direction du parking : une seule voiture. Où sont-ils tous passés ? Ce démarrage à vide pourrait déboucher sur pire encore. Les grandes chaînes affament tous les commerces locaux.

Elle finit sa cigarette et l'écrase dans le bocal de cornichons qui lui sert de cendrier, plein de ses vieux mégots. Chaque jour après avoir fumé, elle se promet de le vider, mais il reste là, débordant presque, un rappel de son addiction. D'un geste routinier, elle range son paquet dans la poche de son gilet et sort ses clés pour rentrer.

En même temps, une sorte de sensation bizarre la fait regarder de nouveau en direction du parking. La voiture. Elle était déjà garée là quand la serveuse est arrivée à 6 h 10. Mais personne n'en est sorti pour pénétrer dans le café. Ce n'est pas un parking gratuit ici. Elle décide de laisser une note sur le pare-brise pour bien faire passer le message.

L'appel hystérique d'une femme parvient aux services d'urgences à 9 h 10. Son message est clair et concis : à la Porte du Roi, dans une voiture garée sur le parking de la Kar de Mom, se trouve un cadavre.

Les services de police d'Hartola sont fermés depuis des années, et la permanence revient d'abord à Ilkka Janhunen de Lahti. En tant que policier de terrain, il constate la mort avec un ambulancier. Il n'y a plus rien à faire. L'ambulance peut partir.

En attendant l'équipe technique, Ilkka Janhunen marche de long en large sur le parking, agité. Ce genre de meurtre ne survient que rarement, mais il sait qu'il ne peut désormais plus toucher à rien. Il retourne à la voiture et regarde de nouveau à l'intérieur. Bien qu'il n'y ait rien de spectaculaire, c'est une vision effroyable. Se sachant observé, Ilkka fait de son mieux pour avoir l'air serein. Des dizaines d'habitants d'Hartola se sont rassemblés dans les environs du café, tous à cancaner, le cou tendu vers le parking. Que s'est-il passé ? Pourquoi la police est-elle là ? Quelqu'un est mort ? La nouvelle s'est déjà répandue dans tout le village. Quelque chose a été retrouvé dans une voiture, et ce quelque chose n'a pas été conduit à l'hôpital à bord d'une ambulance aux sirènes hurlantes. Et la police est encore là. Les têtes des curieux se tournent vers le parking même depuis la devanture du café. Ilkka leur fait signe de circuler puis, sous leurs regards inquisiteurs, interdit le passage à l'aide d'une rubalise.

Il a du mal à comprendre la curiosité des gens. Qui donc souhaiterait volontairement voir ce genre de choses ? La mort. Une vision angoissante, frappante. Une fois la zone délimitée, il retourne réfléchir auprès de la voiture. Les témoins et les preuves. C'est ce qu'un détective chercherait ensuite en premier. Ilkka prend une grande inspiration et observe une fois de plus l'intérieur du véhicule. Le cadavre déjà raidi est vautré sur le siège conducteur. Une vie cruellement détruite, se dit Ilkka Janhunen en examinant la Mercedes. Belle voiture : la victime devait être assez aisée. Il regarde l'heure. Les techniciens ne sont pas encore arrivés. C'est normal dans ce coin-là. On ne peut pas accélérer les temps de trajet. On arrive quand on arrive. À la place, de nouveaux curieux se massent autour de la zone. Certains ont été contraints de se garer sur le bord de la route, toutes les places disponibles dans le parking étant maintenant occupées.

— Il y a rien à voir, leur lance Ilkka. Rentrez chez vous !

Il revient à la voiture et prend quelques photos de la victime avec son portable. Tout cela lui rappelle une série policière allemande des années 1980, *Der Alte*, avec ses horribles mises en scène dans chaque épisode. Ado, il passait tous ses samedis soir scotché à l'écran. Et maintenant, voilà que la chose lui arrive en vrai. Jamais il n'avait rien vu d'aussi étrange dans le cadre de ses fonctions. Cela n'a rien d'un banal accident de la route. Heureusement, l'enquête sera bientôt transmise aux enquêteurs du KRP. Probablement. Tout ce qui lui reste à faire c'est attendre en suivant le protocole à la lettre.

Ilkka abandonne le cadavre dans la voiture et passe sous le cordon de police pour se diriger vers le café. Il est temps d'interroger la femme qui été la première sur les lieux. Il la repère rapidement à l'intérieur, appuyée à une table, les yeux rouges, encore tremblante. Après cinq cigarettes et quelques sanglots sporadiques, elle semble avoir enfin retrouvé la parole.

— C'est le directeur de la banque, bredouille-t-elle.

Ilkka hausse les sourcils avec curiosité.

— Qui ça ?

— Dans la voiture. C'est le directeur de notre banque, répète la femme en éclatant de nouveau en sanglots.

— Et son nom ? demande Ilkka, qui n'est pas d'Hartola.

— Eskola, voyons. Le cadavre là-bas dans la voiture, c'est Matti Eskola, dit la femme avant de se moucher bruyamment dans une serviette du café.

Jeudi 4 juillet / Helsinki

Jan se balade à travers le centre-ville. Tout est désert et immobile. Seuls quelques touristes s'arrêtent de temps à autre pour admirer de vieux bâtiments ou les vitrines des boutiques.

Il a mal dormi. D'abord, le tueur au fer rouge lui tournait dans la tête, puis ses étés d'enfance ont suivi. Il a fait un rêve étrange. Il ne saurait pas dire quel âge il avait, s'il était enfant ou adulte, mais l'atmosphère était chaleureuse et réconfortante, et sa mère était en bonne santé. Puis il s'est réveillé, déconcerté, très seul. Il a pris son téléphone et a parcouru un moment les photos de vacances postées par ses amis sur WhatsApp. Un joli ciel d'été lumineux au-dessus d'un lac serein. Une photo de groupe au sauna et devant un barbecue. Quand ses amis se réveilleront, revigorés par les vacances, Jan sera déjà en train de travailler depuis des heures.

Son téléphone sonne.

— Écoute ça, commence Mertanen en arrachant brusquement Jan à ses pensées éparses. Ça vient tout juste d'arriver dans le réseau interne : un corps découvert à Hartola. J'ai déjà été contacté. La police du Häme, qui est en charge des affaires d'Hartola, sollicite l'aide du KRP, vu que des marques ont été observées sur le cadavre. Un autre meurtre sadique, apparemment, car…

Mertanen s'éclaircit la gorge puis reprend d'un ton grave :

— … la victime a été noyée et marquée au fer rouge sur ses parties intimes.

Jan garde le silence un instant. Il n'existe plus rien que ce nouveau cas. Mertanen dispose de toute son attention. Jan pense immédiatement au ticket de caisse retrouvé dans la poche du toxico. *Quatre forfaits prépayés.* Ce corps découvert à Hartola serait-il la deuxième cible ?

Quelques instants plus tard, Jan parcourt le rapport de l'affaire qu'il vient de recevoir par mail. Un homme d'un certain âge, Matti Eskola, né en 1954, a été retrouvé mort sur le parking du café la Kar de Mom, près de la Porte du Roi d'Hartola. L'homme était dans sa voiture, au volant, mais il est mort par noyade. Ses poumons étaient remplis d'eau. Après examen du cadavre, une autre découverte a été faite. Avant sa mort, les testicules du défunt ont été marqués au fer rouge.

Plongé dans ses pensées, Jan gratte sa joue mal rasée. *Nous y voilà donc.* Exactement ce qu'il avait prédit, un nouveau cadavre. Jan frissonne. Cela change tout à cette enquête. Ils ont affaire à un tueur en série. Un deuxième corps laisse attendre un troisième. Pour trouver la cible suivante avant le meurtrier, il leur faudra être rapides et minutieux. Mais il leur faudra aussi quelque chose, un indice, même le plus insignifiant, n'importe quoi.

Une demi-heure plus tard, l'équipe est déjà rassemblée. Saki examine les données téléphoniques de la deuxième victime, en notant les appels reçus qui n'apparaissent qu'une seule fois. Ces numéros pourraient-ils correspondre aux forfaits prépayés achetés au R-kioski ? Après un long travail, Saki remarque que le 2 juillet à 20 h 37, Eskola a reçu un appel provenant d'un numéro masqué. La communication a duré 1 minute et 48 secondes. Saki isole les métadonnées afin de creuser davantage la potentielle source de l'appel.

— Pas de messages ? demande Jan. Sundin avait reçu une photo d'une couronne en os juste avant sa mort.

— J'ai fouillé tout le téléphone, pas de trace d'une photo, répond Saki en secouant la tête.

Jan hausse les sourcils. Le mode opératoire est le même, mais pas jusqu'au moindre détail.

— L'appel présumé du meurtrier à sa victime pourrait être celui-là, dit Saki en affichant les données sur l'écran pour les montrer à Jan et Heidi. Mais cet appel a transité par une connexion cryptée sur le dark web. Impossible de localiser l'émetteur, du moins pour le moment.

— Il est plus doué qu'on ne le pensait. Il a peut-être appris qu'on avait trouvé le toxico. C'est pour ça qu'il a changé certains détails, pour s'assurer de nous échapper. Il est capable de contrôler la situation et de modifier son scénario initial, déclare Jan.

— Donc, il n'est pas esclave de son mode opératoire, renchérit Heidi. Il n'est pas obsessionnel au point de ne pas pouvoir improviser si la situation l'exige. C'est quelqu'un d'extrêmement dangereux.

Jan est du même avis.

Dans les deux cas, le meurtrier n'a passé qu'un seul appel à sa victime, environ vingt-quatre heures avant sa mort. Jan secoue la tête, puis ajoute les numéros des cartes SIM prépayées au tableau d'investigation. Il en entoure deux. Reste les deux autres. *Le meurtrier appelle sa cible... pour lui dire quoi ?* Par quel moyen fait-il venir ses victimes sur les lieux ? S'agit-il d'un chantage ? D'un rendez-vous pris en toute innocence ?

Il leur faut un chemin de fer, une théorie sur la manière dont les choses se sont déroulées et savoir pourquoi. Quel est le mobile ? Qui est le suspect principal ? Quand la direction demandera aux enquêteurs s'ils ont une idée quant à l'identité du tueur, elle n'acceptera jamais une réponse négative. Jan doit trouver quelque chose. Au moins donner l'impression qu'ils ont une stratégie, une piste solide, n'importe quoi.

Dans son premier profilage officiel, Kaj affirme qu'il serait bon de se demander combien de « rois » se trouvent dans le groupe défini par le tueur. Saki a recherché toutes sortes de références sur le sujet. Une des possibilités est une référence à la Bible : les trois rois mages. Mais quatre forfaits prépayés ont été achetés. Dans le pire des cas, cela pourrait signifier quatre rois, comme dans les jeux de cartes. Mertanen risque d'avoir toute une foule de questions : qu'est-ce qui relie ces deux hommes ? Pourquoi eux et pas d'autres ? Qui est le suspect principal ? Quand délivrer le premier mandat d'arrêt ?

Pour l'instant, mieux vaut garder le silence sur la théorie des trois ou quatre victimes. Pour leurs supérieurs et les médias, à ce stade, il est important de ne laisser transparaître qu'un travail d'enquête agressif et efficace, et non ce jeu auquel le meurtrier pourrait s'adonner avec la police. Jan regarde discrètement l'écran de son téléphone. Pour l'instant, pas d'appel. Il soupire et essaye d'évaluer l'intensité de sa faim. La journée s'annonce longue. Il décide de commander des pizzas pour tout le monde.

Les margherita et les puttanesca disparaissent vite. Saki écrase bruyamment la pile de boîtes en carton et la pose à l'écart. La faim des enquêteurs est assouvie, mais le problème n'est pas résolu. Qui se cache donc derrière le tueur au fer rouge ?

— On n'a pas d'autre choix que de remettre tout ça en ordre en partant des victimes. Eskola, le banquier d'Hartola, a une femme et une fille. On a déjà contacté son épouse, on cherche encore sa fille, annonce Saki. Sundin, la victime d'Helsinki, n'avait pas de proches. On a déjà fouillé les profils Facebook des deux victimes. Eskola n'en a tout simplement pas, et sur celui de Lars on a surtout retrouvé beaucoup de messages obscènes envoyés à des jeunes femmes. Mais savez-vous ce que beaucoup d'habitants de la capitale ont en commun ?

Heidi et Jan restent assis en silence.

— Ils prétendent être d'Helsinki, mais sont en fait originaires d'une autre ville, déclare Saki, satisfait.

Lui-même vient de Kerava, mais il raconte à tout le monde qu'il est d'Helsinki.

— Lars Sundin est né à Jyväskylä. Matti Eskola est né à Joutsa. Il n'y a que soixante-dix kilomètres entre ces deux villes.

— Donc lui et Eskola pourraient être amis d'enfance ou camarades de classe ? s'enquiert Jan.

Saki hoche la tête et se met à comparer le parcours des deux victimes pour y repérer ne serait-ce que les plus petites similitudes.

— Bingo, s'écrie-t-il peu après. Le lycée de Jyväskylä. Ces deux hommes l'ont fréquenté, mais pas la même année. Eskola a quatre ans de plus que Sundin. Il était au lycée de 1970 à 1973, et Sundin de 1974 à 1977.

Jan et Heidi sont tout ouïe.

— On ne sait pas encore s'il y a un lien entre eux, mais en tout cas le fait qu'ils aient été torturés de la même façon est clairement un message.

Heidi cherche en ligne une photo de l'endroit où la seconde victime a été découverte, en Finlande-Centrale. Un rot lui échappe soudain dans le silence pesant, et Saki étouffe un ricanement.

— Il y a un paquet de Portes du Roi dans ce pays…, grommelle Heidi en parcourant les informations sur Hartola. Oh putain !

Elle a presque crié.

— Non seulement la Kar de Mom se trouve à la Porte du Roi, mais la municipalité d'Hartola tout entière se considère comme un royaume !

Vendredi 5 juillet / Hartola

Un morio se pose sur l'orteil de Saana qui boit son café assise sur l'escalier en bois de la maison, feuilletant de vieux magazines de décoration. Plongée dans ses pensées, elle appuie une joue contre son genou et remarque que sur ses doigts de pied son vernis à ongle bordeaux se craquelle. Cela n'a heureusement pas beaucoup d'importance à la campagne. Le soleil réchauffe merveilleusement ses jambes, et le papillon s'est installé sur son gros orteil sans intention d'en partir. Peut-être absorbe-t-il les minéraux de sa sueur.

Le portail de la clôture s'ouvre sur Inkeri, les bras chargés de branches de bouleau séchées.

— Regarde ! On peut les mettre dans le sauna pour que ça sente bon.

Elle flanque les branches sèches dans une brouette, puis remarque le papillon funèbre sur le pied de sa nièce.

— Il tombe à pic, dit-elle pensivement, les yeux plissés sous le soleil étincelant.

— Comment ça ? demande Saana en levant mollement la tête.

— Le directeur de la banque locale est décédé, dit Inkeri en se dirigeant vers l'escalier.

Saana essaye de caresser délicatement le papillon mais, comme s'il avait pressenti son geste, il prend son envol en direction d'un buisson de jasmin à l'odeur enivrante.

— Qu'est-ce qui lui est arrivé, à ce mec ? lance Saana en portant la main à ses yeux pour voir sa tante à contre-jour.

— Ce n'était pas n'importe quel « mec ». Il s'appelait Matti Eskola, et on le connaissait bien dans le coin, déclare Inkeri en parcourant le jardin comme pour chercher quoi faire ensuite. Apparemment, il vient de mourir de façon très soudaine, dans des conditions un peu suspectes.

— Qu'est-ce que tu entends par là ?

— J'ai entendu dire qu'il avait été retrouvé mort dans sa voiture.

Saana observe le morio qui tourne et tourne dans les airs, sans savoir où se poser.

Inkeri finit par s'arrêter devant elle et arrache une touffe d'herbe pour nettoyer ses bottes.

— On raconte déjà au village que la police est sur le coup, poursuit-elle avec un regard de conspirateur. Si les rumeurs tiennent la route, ce n'était pas qu'une crise cardiaque. Pour exiger une enquête, c'était forcément autre chose. Un meurtre, par exemple.

Elle se redresse, s'étire le dos, puis enfile ses gants de jardinage à motifs floraux et emporte un seau pour les mauvaises herbes. Saana suit le cheminement de sa tante dans le jardin et tend le bras vers le parterre d'herbes aromatiques pour se cueillir un brin de ciboulette.

— Qui a dit qu'il ne se passait jamais rien à Hartola ? lance-t-elle à sa tante en croquant dans la ciboulette. Ça devient dangereux, ici !

Sa propre plaisanterie lui fait honte : quelqu'un est mort. Inkeri garde le silence. Saana se demande ce que sa tante pense vraiment de la vie au village.

— Pourquoi être revenue ici à l'époque ? dit-elle en allant se placer juste devant elle.

Inkeri reste accroupie, mais lève la tête vers sa nièce.

— Quand on a beaucoup voyagé, tout se ressemble, commence-t-elle en cessant un instant son désherbage. Et ta mère était en mauvaise santé à l'époque. Je crois que je voulais revenir dans un endroit familier pour respirer un peu. Je comptais d'abord rester pour l'hiver, repartir au printemps. Mais quand le printemps est arrivé je n'ai pas pu partir.

Saana hoche la tête. Étrange comme les plus petits détails peuvent changer le cours d'une vie.

— Je n'avance pas vraiment en ce qui concerne Helena, dit-elle. Je n'obtiens pas assez de réponses.

Elle se penche à nouveau, cette fois pour cueillir une fleur de cresson orange clair.

— Si tu n'as pas de réponses, concentre-toi sur les questions, suggère sa tante, les mains débordantes de fanes de pommes de terre. J'ai planté des Sieglinde au printemps, et regarde ! Notre première récolte !

Elle sourit et lance les petits tubercules terreux dans un bac en plastique. En regardant sa tante s'affairer, Saana se sent moins coincée. Elle a toujours été douée pour regarder les gens s'activer, non sans se sentir coupable pour sa propre oisiveté.

— Et si j'allais nous chercher du poisson pour accompagner les pommes de terre ? propose-t-elle.

Elle serait ravie de retourner au supermarché. C'est l'une des choses les plus intéressantes que l'on puisse faire à Hartola, l'apogée de la journée.

Il fait gris et lourd. La soirée s'annonce orageuse. Saana appuie son vélo contre le mur du S-market, sans l'accrocher, et entre en hâte. Mieux vaut faire vite pour éviter la pluie. Sa tante a éclaté de rire quand Saana lui a demandé où trouver un bon antivol pour son vélo. Apparemment, personne n'a jamais entendu parler du moindre vol de vélo à Hartola.

Le rayon des produits laitiers est facile à trouver. Saana prend un litre de lait entier, puis s'arrête en plein milieu de l'allée. Où sont les œufs ? Elle retourne au niveau du pain et passe devant un petit groupe rassemblé devant la vitrine des viennoiseries. Deux femmes et trois hommes d'un certain âge, apparemment surexcités.

— Il est mort, juste comme ça !

— Mais pourquoi…

— Ça pourrait être le cœur ? Ou l'excès d'alcool…

Les théories vont bon train. Saana trouve des filets de perche, repère enfin les œufs, puis se dirige vers la caisse. L'argent qu'elle reçoit comme chômeuse lui permet de faire quelques petits achats, mais rien d'excessif. Heureusement, elle a quelques économies, et il n'y a pas à Hartola de restaurants hors de prix ni de cafés extravagants où faire trop de dépenses.

Au niveau de la caisse, un autre groupe échange les derniers ragots.

— Eskola est mort, vous êtes déjà au courant ? demande une femme en tapant sur l'épaule d'une autre qui fait la queue, soulevant un murmure de consternation.

— On ne parle que de ça, répond l'autre.

Son compagnon secoue la tête. La première femme continue son chemin à grandes enjambées. Saana ne devrait pas, mais elle ne peut s'empêcher d'écouter la conversation.

— Apparemment, il était dans sa voiture sur le parking du café Kar de Mom, déclare calmement l'homme, comme s'il parlait de la météo. La police a laissé entendre que ça n'avait rien de banal. On parle déjà d'un meurtre.

— Imagine ! s'écrie son épouse, choquée mais avec un enthousiasme évident.

Le petit village d'Hartola a de quoi nourrir les ragots pendant un moment.

Saana dépose ses achats sur le tapis et salue la caissière. Cette dernière ne répond que d'un signe de tête, mais semble la fixer avec curiosité. Saana se fait peut-être des idées, mais elle a l'impression que la caissière sait qui elle est. Aurait-elle pu écrire le message de menace ? Saana l'observe le plus discrètement possible.

— Tout le monde parle d'Eskola, mais moi ce qui m'intéresse c'est une affaire un peu plus ancienne, lance-t-elle comme en passant, tout en réglant ses achats par carte. Cette fille qui a été retrouvée morte dans la rivière, pendant les années 1980. Vous en avez entendu parler ?

La femme regarde Saana, la tête penchée sur le côté, puis lui demande si elle veut son ticket.

La caisse est silencieuse ; l'attroupement de jacasseurs est sorti. Saana secoue la tête, puis décide de changer d'angle d'attaque.

— Vous souvenez-vous d'Helena ?

Si la caissière a habité à Hartola toute sa vie, elle avait probablement le même âge que la jeune fille à l'époque. Sur son badge est écrit *Iiris*.

— Oui, je m'en souviens, dit-elle finalement.

Elle pose un regard noir sur Saana, qui ramasse ses articles un à un. Ses cheveux roux contrastent vivement avec son uniforme bleu.

— Qui ne s'en souviendrait pas ? À part les plus jeunes. Tout le village était endeuillé.

Elle fixe un instant le vide, puis quelqu'un se racle la gorge près du tapis, et elle se tourne vers le nouveau client et ses achats.

— Vous savez, cette affaire remonte à si longtemps que j'ai bien du mal à trouver de nouvelles informations dessus. Si jamais ça vous intéresse de m'en parler, vous pouvez m'appeler ou m'envoyer un message, dit Saana en se penchant pour tendre à la caissière une de ses vieilles cartes de visite.

SAANA HAVAS, JOURNALISTE WEB

Elle a toujours le même numéro. Personne ne sait ce que sera son titre à l'automne, quand elle s'obligera enfin à rechercher du travail.

La femme glisse la carte dans sa poche de poitrine, et l'intuition de Saana lui souffle qu'elle vient d'approcher la bonne personne. Quelqu'un qui est assis toute la journée dans cet endroit où défilent presque tous les habitants d'Hartola.

Quand Saana traverse les portes coulissantes pour quitter le supermarché, la caissière la suit du regard. Bien sûr qu'elle connaît cette vieille affaire. Elle sait tout de la mort d'Helena. Elle sait déjà que Saana est venue passer l'été à Hartola et qu'elle s'est tout à coup mise à poser beaucoup trop de questions sur le sujet. La caissière sait tout, mais n'a pas encore décidé comment réagir.

Vendredi 5 juillet / Helsinki

Saki consulte le site de la commune d'Hartola, et tous se rassemblent autour de son écran pour le lire avec lui. Hartola a été déclaré seul royaume de Finlande en 1987. Un royaume implique-t-il forcément des rois et des couronnes ? Oui, en voilà une : celle du blason d'Hartola, surplombant deux torches flamboyantes. Jan se rapproche de l'écran. Cette couronne lui est familière. Il l'a déjà vue deux fois, sous forme d'une horrible brûlure. Ils viennent de trouver le modèle de la marque au fer rouge.

Après un hochement de tête grave, il retourne au mur d'enquête, fixe les photos d'Eskola et de Sundin.

— Qu'est-ce qu'on a de nouveau ? demande-t-il sans tourner le regard vers son équipe.

— Les proches d'Eskola ont été entendus avec l'aide de la police du Häme. Selon nos informations, Eskola a une fille adulte, Johanna, mais aucune trace d'elle dans le système, déclare Heidi. Les dernières informations sur elle remontent à plus de vingt ans. On essaye de passer par le juriste des familles, mais pour le moment ça n'a pas donné de résultat non plus.

— OK. Qu'est-ce qui a bien pu la pousser à disparaître et à changer de nom ? demande-t-il à haute voix en s'affalant sur le canapé.

Maintenant que l'enquête avance, il se sent provisoirement en sécurité, comme enfermé quelque part à l'abri de tout ce qui rôde au-dehors, ces choses auxquelles il ne veut pas penser – la recherche du bonheur, la solitude, le sentiment que sa vie lui échappe, son impuissance à l'arrêter. Et toutes ces questions qu'il évite : pourquoi passe-t-il autant de temps au travail ? Comment supportera-t-il le chagrin de la perte de sa mère ? Qu'est-ce qui le rend vraiment heureux ? Et quand sera-t-il suffisamment adulte pour y consacrer du temps ?

Assis sur le canapé, Jan réfléchit à la disparition de Johanna Eskola. Son corps lui réclame à grands cris un peu de repos.

— Pour l'affaire d'Hartola, on a aussi la déclaration d'un témoin qui mentionne une Citroën Jumper blanche, mais pas de numéro d'immatriculation. Vue à côté de la voiture d'Eskola dans la soirée, poursuit Saki. Dix-sept camionnettes de ce modèle en tout sont immatriculées dans les environs d'Hartola – à Sysmä, Joutsa, Leivonmäki et Jyväskylä. On peut commencer par ça.

— Tout suggère un déplacement de l'enquête hors d'Helsinki, vers la Finlande-Centrale, déclare Jan en se massant l'arcade sourcilière. Mertanen nous l'a déjà confirmé, après la découverte du deuxième corps. Saki reste ici, Heidi et moi, on part.

Cette déclaration met fin à la réunion. Il aura quelques moments à lui avant d'entreprendre ce long voyage de travail.

— Comment ça va ? demande Kaj.

Jan ne répond pas et fait ses lacets. Par manque de temps, il a décidé d'allier travail et sport.

— Tu sais, la douleur ne partira pas si tu l'étouffes. D'une manière ou d'une autre, il faut que tu la décharges, que tu la gères.

— Mmm, marmonne Jan en farfouillant dans son sac de sport pour éviter le regard scrutateur de son ami.

Sans un mot, ils attrapent leurs haltères et commencent leurs séries. Séance dos aujourd'hui. L'objectif de Jan n'est pas d'aborder des sujets si profonds, mais de se concentrer sur l'entraînement.

Ils se connaissent depuis leur enfance à Katajanokka. Après le service militaire, Jan a fait du droit et Kaj est parti en médecine, section psychiatrie. Lorsqu'il a été confronté à son premier meurtre complexe, Jan a eu la bonne idée de demander de l'aide à Kaj, qui travaillait dans le privé. Avec seulement une poignée d'indices, Kaj a constitué un portrait psychologique étonnamment précis du coupable, ce qui a fait avancer l'enquête dans la bonne direction. Désormais, son ami travaille pour le KRP. Jan se libère un instant des poids au-dessus de lui et essuie ses premières gouttes de sueur avec la manche de son T-shirt. Ils sont seuls dans la salle de sport du personnel.

Jan a communiqué à Kaj les dernières mises à jour sur l'affaire. Deux meurtres déjà. Deux hommes morts à une Porte du Roi. L'un à Helsinki, l'autre à Hartola. La peau marquée au fer rouge. Donc intentionnel, donc prémédité. Jan résume le tout à Kaj entre deux développés couchés.

— Alors ? demande Jan quand Kaj se rassoit sur le banc, le visage rougi.

— Tu es sûr de vouloir parler du travail ? réplique Kaj avec un regard presque inquiet. Je n'ai rien de nouveau à te dire. Enfin, je ne pense pas. Cette marque pourrait faire penser à un sceau officiel, une forme d'humiliation publique. En me basant sur les faits que tu m'exposes, je dirais que le coupable veut nous communiquer quelque chose à propos de la vie ou du passé des victimes. S'il s'agit d'une vengeance, le coupable a peut-être l'impression de les mettre face à leurs actes. Mais on ne sait pas encore à quoi il fait référence, si ?

— Non, on pense que la couronne pourrait avoir un lien avec Hartola, là où habitait la deuxième victime.

— Donc en bref : on recherche quelqu'un qui voulait se venger et qui disposait d'assez de temps pour préparer ces meurtres et d'assez d'intelligence pour ne pas laisser de traces. Puisqu'il a envie de souligner son acte par une marque au fer rouge et des corps laissés en évidence, je parierais qu'il veut aussi suivre l'affaire de près. Ou du moins qu'il essaye d'apprendre où vous en êtes. Il a monté une pièce de théâtre, dont pour l'instant le scénario et la direction lui reviennent. Il veut tout contrôler. En ce moment, il décide également de la quantité d'informations dont vous disposez, non ?

Jan hoche à nouveau la tête.

— Peut-être les victimes sont-elles des « rois ». On chercherait ici à évoquer un excès de puissance, une domination trop arrogante. Peut-être que le coupable s'est retrouvé impuissant par le passé. C'est pourquoi il veut désormais tout planifier et tout dicter en usant de méthodes extrêmes. Il essaye de soumettre ses victimes de la manière la plus brutale possible. Je parierais que les victimes ne s'attendaient même pas à cette vengeance, ou en tout cas pas de la part de cette personne-là. Je veux dire, dans le cas où la répartition du pouvoir aurait été à l'origine tout l'inverse, explique Kaj.

Jan le regarde pensivement, enregistrant chacune de ses paroles dans sa mémoire.

— Homme ou femme ? demande-t-il enfin, bien qu'il sache que Kaj ne peut pas encore lui donner de réponse, pas avec si peu d'informations.

— Si le coupable était soumis au « roi » par le passé, il pourrait très bien s'agir d'une femme. Mais ce ne sont que des suppositions, tu le sais bien. Il me faudrait beaucoup plus pour bâtir un profil précis.

— Tu me déçois beaucoup, plaisante Jan en se dirigeant vers le robinet qui se trouve au fond de la salle.

Une femme. Cette idée lui a plusieurs fois traversé l'esprit. Est-ce possible ? Le tueur au fer rouge serait une femme en colère ?

Ils reprennent leur entraînement et, pendant un moment, on n'entend que leurs grognements d'effort et le claquement des poids. Puis Kaj rouvre la bouche.

— Au fait, et cette fille que voulait te présenter Veera ? Tu lui as déjà envoyé un message ?

Jan secoue la tête. Traître. Il voit bien que Kaj ne fait que répéter les paroles que sa femme a exigé qu'il prononce. Non, il ne l'a pas contactée. Il a été très occupé ces temps-ci.

— De quoi t'as peur ? demande Kaj, qui assure à son tour les développés de Jan.

Jan replace la barre sur le support et s'assoit sur le banc. Ses bras tremblent, son cœur bat trop fort. Des semaines d'insomnie commencent à lui miner la santé.

— Franchement ! Un peu de courage, poursuit Kaj devant son silence.

Jan songe à Veera, la femme de Kaj, cette énergique enseignante de primaire aux cheveux blonds, pas du tout son genre. Comment pourrait-elle avoir une idée du type de femme qui lui conviendrait ?

— J'imagine bien à quoi tu penses : comment Veera pourrait-elle savoir ce que tu attends d'une femme ? dit Kaj, amusé. Mais tu n'as pas l'air de le savoir toi-même, alors quelle différence ? Laisse-moi faire mon psy de comptoir : je crois que tu as peur d'être déçu. Ne pas tout contrôler te met mal à l'aise. Tu oses te lancer à la poursuite de psychopathes et de meurtriers, mais l'idée de donner prise à tes sentiments t'angoisse.

Avec un rire, il lui donne une tape amicale à l'arrière de la tête. Jan lève les yeux au ciel.

— Essaye quand même de l'appeler, rien que pour un rendez-vous, d'accord ? Pour me faire plaisir, poursuit Kaj sans attendre de réponse. En tant que père de famille, ça me fait mal de voir quelqu'un comme toi – libre comme l'air et qui n'en profite pas.

Jan ne trouve rien de suffisamment incisif à rétorquer et se rend compte qu'il préférerait que Kaj s'en aille. Mais, au contraire, son ami reste dans l'embrasure de la porte en secouant son smoothie post-muscu.

— Au fait, tu veux passer à la maison ce soir ? On n'a rien prévu de spécial.

Jan se demande comment refuser poliment. À vrai dire, il préférerait retourner seul chez lui, boire tranquillement une ou deux bières, manger et recharger ses batteries. Il pourrait regarder un programme sur Netflix, puis s'endormir sur le canapé sans se brosser les dents. Le tintamarre familial taché de sauce bolognaise de Kaj et Veera est agréable, mais seulement à petites doses. Enfin, tout de même, qu'ils lui proposent toujours de la compagnie pendant qu'il affronte la perspective d'un deuil est vraiment généreux de leur part.

— Je ne peux pas, l'enquête prend de la vitesse, dit Jan en s'efforçant de regarder son ami. Je ferais bien de me coucher tôt. Demain matin, Mertanen me fait passer sur le gril, puis je dois partir pour Hartola. Tu savais que cet endroit se considère comme un royaume ?

De retour chez lui, Jan jette son sac de sport sur le sol de l'entrée et va directement ouvrir son réfrigérateur. Il boit du jus d'ananas au goulot et se fourre quelques tranches de jambon dans la bouche. Il devrait cuisiner quelque chose, mais son frigo est presque vide. Jan abandonne et ouvre Wolt sur son téléphone. Döner Harju, une assiette de mouton, merci. Jan n'accorde pas d'importance au fait que le livreur lui apportera sa commande quasiment du coin de la rue.

Après avoir mangé, il s'allonge sur le canapé et se demande comment s'occuper. On est vendredi soir et il n'est que 20 heures. Il a derrière lui une longue période de travail qui a duré plus d'une semaine, et rien ne garantit qu'il aura du temps libre dans les jours, voire les semaines, à venir. Il est déjà allé à Terhokoti à l'heure du déjeuner. Mais, pour être franc, il n'a pas la force, pas la volonté de trouver de quoi se distraire. Rester concentré est plus facile au travail. Ces derniers jours, ses besoins primaires, qu'il avait quelque temps perdus de vue, sont revenus occuper ses pensées : le sommeil, la nourriture, le sport. Il considère cela en quelque sorte comme le signe que, petit à petit, il se raccroche à la vie malgré le deuil qui le guette. Il faut qu'il choisisse la vie. Sans cela, il risquerait de perdre pied sans y prendre garde.

Jan lance un morceau de The National sur Spotify et va se chercher une bière dans le frigo. C'est une American Pale Ale d'une distillerie de la capitale. Puis il attrape son téléphone. Sur un coup de tête, il retrouve le texto de Veera, sélectionne le numéro de son amie et lance l'appel. La sonnerie retentit longtemps, mais la fille ne décroche pas. Soulagé, Jan raccroche. Il a au moins essayé. Peut-être qu'il pourrait lui envoyer un petit message, rien d'important, de quoi prouver à Kaj qu'il a « pris l'initiative ». Il forme quelques amorces, mais ne cesse de les effacer. En vérité, il ne sait pas du tout quoi dire. Il écrit finalement :

> Salut, Veera croit qu'on devrait se rencontrer. Qu'est-ce que t'en penses ? Ça vaut le coup ? Jan

Il a des courbatures après son entraînement, la bière le détend, et même son ventre est plein. Il allume la télé et va sur HBO. *Game of Thrones*. Il a la dernière saison en réserve. Il commence le premier épisode. Il sera finalement soulagé de pouvoir se débarrasser de cette série. « L'hiver vient » depuis beaucoup trop longtemps. Il jette un œil à son téléphone en passant, pour voir si la fille lui a envoyé un message. Mais, même après le deuxième épisode, aucune réponse. Jan s'endort sur le canapé dans une odeur de kebab.

Vendredi 5 juillet / Hartola

Saana est en plein jogging à la tombée de la nuit quand son téléphone sonne. Elle le sent vibrer dans sa poche et s'arrête, mais Veera abandonne l'appel avant qu'elle puisse répondre. Elle reçoit un message juste après.

Comment ça va ? Il t'a déjà appelée ? V

Saana se réjouit d'avoir des nouvelles de son amie, après tout ce temps. Ça fait des semaines qu'elle ne voit personne, et les appels se sont également raréfiés quand les gens ont compris qu'elle était vraiment partie pour tout l'été. Elle répond :

Ça va. Qui doit m'appeler ?

Veera précise :

Le mec !

Saana essaye de se rappeler quel est l'homme dont Veera peut bien lui parler, mais elle n'en est pas très sûre. Peut-être un de ses collègues profs, avec qui Veera a plusieurs fois essayé de la caser sans grand résultat. Depuis qu'elle est devenue maman, elles ne se voient que très rarement, mais Veera a quand même persévéré dans ses tentatives de lui trouver un homme. Quel dommage qu'elle se plante toujours de très loin !

Saana reprend sa course, et le meurtre du directeur de banque se réintroduit de force dans ses pensées. À supposer que les rumeurs entendues dans l'après-midi soient fiables et qu'Eskola ait vraiment été assassiné. Elle décide de courir jusqu'à la rivière et au sauna abandonné. Quelque chose dans ce sombre cours d'eau et ce sinistre pont suspendu la fascine. Elle veut étudier la rivière et les bâtiments autour afin de pouvoir les décrire avec le plus de précisions possible. Dans sa tête, Hartola prend déjà la forme d'un texte.

Quand son téléphone sonne à nouveau dans la même soirée, Saana est au sauna et son portable se trouve sur le banc des vestiaires. En sortant dans son vieux peignoir de bain jaune, elle voit un numéro inconnu s'afficher sur son journal d'appels. Cela pourrait-il être lié à l'affaire d'Helena ? Saana décide d'examiner le numéro et l'envoie par SMS au service de l'annuaire. La réponse automatique arrive presque aussitôt :

Ce numéro est caché ou provient d'un forfait prépayé…

Elle libère ses cheveux de son turban et jette la serviette au-dessus de la porte pour la faire sécher. Au même moment, son téléphone vibre. Le même numéro inconnu.

Salut, Veera croit qu'on devrait se rencontrer. Qu'est-ce que t'en penses ? Ça vaut le coup ? Jan

En lisant le message, Saana sourit. L'homme que Veera lui a refilé n'a en tout cas pas l'intention de la charmer avec de longs messages alambiqués ; au contraire, il va droit au but. Saana regarde l'heure. Il est un peu plus de 20 heures, un vendredi soir. Elle se tient toute seule, la peau rougie, dans le vestiaire d'un sauna à Hartola. Elle se fait presque pitié. Heureusement qu'il ne la voit pas dans cet état. Au chômage, vivant chez sa tante, seule à la campagne à jouer à la petite vieille. Le temps d'un été, elle peut encore se croire libre mais, si tout continue ainsi à l'automne, on risquera d'y voir autre chose : du découragement, du renoncement. Tout de même, Saana est heureuse d'avoir retrouvé son énergie – et de ne plus avoir à juger sa propre valeur à l'aune d'un agenda bien rempli. Son premier réflexe est de ne pas répondre du tout, mais elle décide de laisser la nuit lui porter conseil.

Le lendemain matin, Saana feuillette *Helsingin sanomat,* la gazette d'Helsinki, en jetant de temps en temps des coups d'œil à son portable. Elle lui répond ou pas ? Elle emporte une deuxième tasse de café dans le jardin humide de rosée. Elle a encore emprunté le vieux peignoir jaune de sa tante et enfilé des bottes en caoutchouc. Y songer la fait rigoler : elle est officiellement une retraitée dans l'âme.

Elle sort son iPhone de la poche du peignoir, son dernier lien avec la civilisation et la jeunesse. Elle prend une grande inspiration, cherche le numéro de l'homme. Sur le point de l'appeler, elle se ravise au dernier moment. Il y a peu de chances qu'il décroche, et qu'est-ce qu'elle pourrait bien lui dire ? Cela fait si longtemps qu'elle n'est pas sortie avec qui que ce soit. Non, un court texto suffira. Elle écrit avec un smiley :

Je suis de nature assez sceptique.

Elle ne l'a jamais vu, donc autant être directe, dévoiler son cynisme. Elle n'a pas grand-chose à perdre. Ils ne se verront pas de sitôt de toute façon, puisqu'elle va passer tout l'été loin de tout. La réponse arrive dix minutes plus tard :

Pareil.

Saana sourit pour elle-même. C'est tout de même bien agréable d'avoir quelqu'un à l'autre bout du fil avec qui échanger des messages.

Plus tard cet après-midi-là, Saana fixe le curseur qui clignote sur une page blanche. Elle réfléchit au début de l'histoire :

En 1989, le premier jour de septembre, la jeune Helena Toivio a été retrouvée morte dans la rivière Tainionvirta.

Pour le bien de l'avancée de son récit, il faudrait qu'elle discute avec l'homme qui l'a découverte à l'époque. Saana a déjà appris son nom : Harri Valkama. Sa tante ne sait pas s'il réside toujours à Hartola, mais Saana entre quand même la vieille adresse qu'Inkeri suppose être la sienne dans Google Maps et remarque que le trajet serait l'occasion d'une agréable balade à vélo ce samedi. L'aller-retour ferait huit kilomètres quatre cents. Cette fois-ci, elle décide de lui rendre visite sans passer d'appel au préalable. Si Harri Valkama n'est pas chez lui, elle pourra réessayer plus tard.

L'endroit n'est pas difficile à trouver : une humble demeure bien entretenue, dans une rangée de maisons mitoyennes. Le nom *Valkama* est encore inscrit sur la porte. Avec une petite appréhension, Saana presse la sonnette et patiente. Un homme vient vite lui ouvrir, d'un grand geste énergique.

— Bonjour, commence Saana en affichant le sourire de rigueur. Je sais que c'est inattendu, mais auriez-vous un peu de temps pour discuter du passé avec moi ?

Il a l'air d'avoir la soixantaine, plutôt sympathique. Il pose sur elle un regard à la fois sévère et curieux.

— D'où sortez-vous donc, jeune fille ?

Quand Saana lui dit qu'elle habite chez Inkeri, l'expression de l'homme change immédiatement.

— Vous auriez dû me dire tout de suite que vous étiez la nièce d'Inkeri ! Entrez donc.

Saana ne se fait pas prier pour le suivre. Elle regarde autour d'elle. La maison est propre et bien rangée, mais son intuition lui souffle aussitôt que personne d'autre ne vit ici. Harri est un vieux garçon. Saana se demande s'il est heureux ou s'il se sent seul.

— Prenons d'abord un café. C'est comme ça, ici. On ne peut pas discuter sans café, déclare Harri Valkama en guidant Saana jusqu'à la cuisine.

Il pose sur le brûleur une bouilloire à l'ancienne, en habitué.

— Inkeri m'a parlé d'un décès survenu à Hartola il y a longtemps. Celui d'une jeune fille découverte dans la rivière. Et j'ai cru comprendre qu'à l'époque c'était vous qui l'aviez trouvée, commence Saana.

— Pourquoi vous intéresser à cette affaire-là ? lui demande Harri, perplexe, en la regardant depuis la gazinière. C'est vieux, et vraiment tragique.

Saana elle-même ne saurait pas lui expliquer précisément pourquoi la mort d'Helena la fascine à ce point.

— Quelque chose me tracasse dans cette histoire. J'ai décidé de tirer au clair ce qui lui est réellement arrivé.

— Eh bien, demandez-moi tout ce que vous voulez, mais je ne vous serai sans doute pas d'une grande aide. C'était il y a des années… Au moins trente ans. Faisons un marché : je vous aide si vous me rendez un petit service en retour.

Saana hausse les sourcils, à la fois curieuse et appréhensive.

— Ne craignez rien, lâche Harri en riant. Je me disais juste que je n'ai pas été en contact avec Inkeri depuis bien longtemps. Je ne suis même pas sûr qu'elle sache que j'habite encore ici. Je suis revenu au début de l'été. Je voudrais seulement que vous me donniez de ses nouvelles.

Amusée par tant de bienveillance, Saana a honte de son esprit mal tourné. À Hartola, tout le monde se connaît, mais Harri Valkama et Inkeri ne se connaîtraient-ils pas en quelque sorte un peu mieux ? Saana a du mal à comprendre comment ils auraient pu éviter de se croiser dans un si petit village. Cela dit, sa tante passe la majeure partie de son temps au jardin et, en hiver, s'enferme chez elle pour bouquiner sur le canapé.

— Marché conclu, lance Saana en se penchant vers lui, curieuse.

Elle ne perd pas de temps et va droit au but.

— Quand vous revoyez le moment où vous avez découvert Helena, qu'est-ce qui vous revient à l'esprit en premier ?

Harri lui tend la bouilloire, et Saana brave l'overdose de caféine.

— Je me rappelle avoir pensé que la nature m'avait trompé. C'était une si belle journée de fin d'été, et voilà qu'il en était sorti quelque chose de complètement contre-nature, répond-il.

Immobile, il fixe un instant le vide.

— Contre-nature ? répète Saana.

— La mort est naturelle, bien sûr, elle fait partie de la vie. Mais il n'empêche, c'est le premier mot qui m'est venu quand j'ai vu cette jeune fille.

— Vous voulez dire que quelque chose laissait à penser qu'elle n'était pas entrée volontairement dans l'eau ?

Saana a conscience de faire les questions et les réponses, mais tant pis.

— En plein dans mon coin de pêche, là, un cadavre. Comme ça. Et je la connaissais, cette fille. Elle vendait toujours des fraises en été sur le parking du magasin. Très gaie, très agréable, dit Harri, qui fixe désormais la fenêtre, toujours sans rien voir.

— Est-ce que vous savez si on a retrouvé un message ? demande Saana en essayant discrètement de brosser le marc de café sur sa langue. Je veux dire, si elle s'était suicidée, elle aurait sans doute laissé un dernier message, non ?

— Non, ça ne me dit rien, répond Harri en plissant le front. Elle n'a pas voulu laisser de dernier message. Ou alors, elle n'a pas pu.

Saana prend une autre gorgée de café. Il est fort, mais le goût est quand même agréable.

— Qu'est-ce qu'elle portait ?

— Une robe, une robe sombre. Noire, très fine. C'était une vision terrible. Le tissu et ses cheveux flottaient dans l'eau autour du corps. Mais elle n'avait pas de chaussures.

Ce détail surprend Saana. Dans quel genre d'accident tombe-t-on à l'eau pieds nus ?

— Est-ce que le cadavre avait quoi que ce soit d'étrange ? Quelque chose qui aurait retenu votre attention, n'importe quoi ? Du sang, des blessures, d'autres marques de violence ?

Elle continue à vider sa tasse. Cela faisait bien longtemps qu'elle n'avait pas bu du café sorti d'un percolateur. Elle ne dormira pas de la nuit.

— Sa tête semblait en quelque sorte assombrie. Ses cheveux étaient emmêlés, ils lui cachaient le visage. C'est bien possible qu'elle se soit cognée quelque part. Je n'ai pas pu l'observer en détail, j'en étais incapable. Je me souviens juste qu'elle n'avait pas de chaussures. Sur le moment, ça m'a bouleversé, je ne sais pas pourquoi. Qu'elle soit partie en ayant froid.

Saana hoche la tête.

— J'ai rempli ma part du marché. Maintenant, à votre tour ! Dites-moi un peu comment va Inkeri, demande-t-il, la tête penchée sur le côté.

Saana n'en est pas certaine, mais il lui semble bien que la lueur malicieuse dans les yeux d'Harri trahit un intérêt qui va au-delà de la seule politesse. Cet homme simple et spontané lui plaît bien. Ils continuent leur conversation en buvant leur café, et Harri lui raconte sa vie de veuf en Laponie et son retour hésitant dans la calme commune d'Hartola.

Le soir venu, Saana et sa tante se retrouvent à table. Saana remarque qu'elle s'est mise à attendre l'heure du dîner avec impatience : elle y trouve toujours de la bonne nourriture et d'intéressantes discussions.

— Quoi de neuf ? demande Inkeri en posant un plat fumant sur la table.

Saana explique qu'elle vient juste de rédiger un premier jet de sa découverte de la tombe d'Helena au cimetière.

— Et j'ai été interroger Valkama, ajoute-t-elle en raclant le fond de son assiette avec sa fourchette. C'est un homme très agréable.

La moussaka de sa tante est délicieuse, et Saana a englouti son assiette en un temps record. Elle se demande si elle peut se resservir sans se rendre malade.

— C'était tellement bon que je vais sans doute en reprendre un peu, dit-elle en s'étirant au-dessus de la table pour atteindre le plat.

— Et comment se porte Valkama ? dit Inkeri en se resservant de l'eau gazeuse.

— Bien… Mais maintenant que je le connais je me demande si ce n'était pas lui, le grand amour de ta vie, lâche Saana en lançant un regard de défi à sa tante.

— Qu'est-ce qui peut bien te faire penser ça ? réplique Inkeri en attrapant le plat de moussaka à deux mains. Je vais remettre ça dans la cuisine, pour qu'on ne dévore pas tout ce soir.

— Il était très content d'avoir de tes nouvelles, rétorque Saana avec un petit sourire.

En voyant sa tante rougir, elle jubile. Inkeri essaye de changer de sujet.

— Et si on allait prendre le sherry sur la balancelle ?

Saana sourit. Pour elle, le sherry est la boisson préférée des petites vieilles au théâtre pendant l'entracte mais, en cet instant, rien ne lui ferait plus plaisir qu'un verre au jardin avec sa tante.

Heureuse et repue, elle se met à débarrasser la table pendant qu'Inkeri fouille le placard à vaisselle à la recherche de verres convenables. Elle n'a que l'embarras du choix. Elle finit par se décider pour de jolis petits verres en cristal qu'elle remplit d'une boisson couleur poix.

À la suite de sa tante, Saana traverse la véranda, puis sort dans le jardin. Elles n'ont pas de chaussures ; l'herbe est humide et froide sous leurs pieds nus. Le soleil est déjà en train de se coucher derrière les nuages. Le jardin est plongé dans l'ombre. Dans la grisaille, il semble plus doux, immobile. Toutes deux s'assoient sur la balancelle en silence. La maison se détache majestueusement contre le ciel nocturne. Les petites cabanes de jardin contribuent à l'impression de paix. Un vrai crépuscule d'été. Elles trinquent et se sourient. Le sherry au goût de raisin sec réchauffe agréablement leur ventre plein. Saana prend un coussin dans ses bras et se laisse aller contre le dossier, le regard vers le ciel. Le café de Valkama palpite encore dans sa poitrine. Le bruit de l'autoroute porte jusqu'au jardin, une lointaine masse sonore étouffée par les arbres. Selon sa tante, on ne l'entend pas toujours : cela dépend de la direction du vent.

— Tu as vu juste, avoue enfin Inkeri après avoir dégusté une petite gorgée de sherry. On était très amoureux à l'époque, Harri et moi.

Saana se tourne vers sa tante avec curiosité.

— Qu'est-ce qui s'est passé ?

— Je ne tenais pas en place, je n'ai pas pu m'engager. Je voulais partir, je voulais voir le monde. Pendant ce temps, Harri en a trouvé une autre, avec qui fonder une famille.

Saana essaye d'analyser le ton de sa tante. Elle n'y entend aucune amertume.

— Il semblait vraiment sympathique. Il est veuf maintenant, commente Saana.

Puis elle décide d'en rester là.

Le jardin embaume le jasmin. Quand ses pieds reviennent effleurer le sol, Inkeri en profite pour redonner une petite impulsion à la balancelle. Elles ne disent plus rien. Elles se contentent d'exister. Contre le ciel se distingue parfois une multitude de petits insectes, un essaim géant dans le ciel nocturne. Heureusement, pas beaucoup de moustiques ce soir.

Hartola

Été 1989

— Il faudrait absolument que tu te fasses un chignon haut, comme ça, dit le baron.

Il détacha avec douceur la queue-de-cheval d'Helena et se mit à remonter ses cheveux plus haut sur son crâne. Ils se tenaient devant un immense miroir au cadre doré. Helena était troublée, mais n'osait pas reculer. Le baron enroula ses cheveux en un chignon digne d'une coiffure de fête, tout en louant la jolie courbe de sa nuque qui méritait de voir le jour.

— À partir de maintenant, tu garderas les cheveux relevés, tu me le promets ?

Puis il leur versa un verre de porto sucré.

C'était la livraison numéro deux. Helena avait attendu leur rencontre toute la semaine. Le baron s'était insinué dans ses pensées, au point de l'accompagner à la maison, au stand de fraises, partout où elle allait.

Il mit un vieux disque. C'était un opéra.

— Le « Chant à la Lune » de Rusalka. *Le plus bel air que je connaisse, composé par Antonin Dvořák. Son titre original est « Měsíčku na nebi hlubokém ».*

Helena n'entendait plus le baron qu'à moitié. Elle était sous le charme de cet air mystérieux, magnifique, ensorcelée par la beauté fragile de la harpe et du chant.

Quand le disque s'arrêta dans un grésillement, Helena demanda au baron de le remettre au début.

Quelques heures plus tard, Helena pouffait de rire sur le canapé en regardant le baron danser un schlager allemand dans le salon avec une partenaire imaginaire. Ses cheveux étaient encore coiffés en chignon haut. Elle avait autour du cou un vieux foulard à tressage doré, qui datait apparemment des années 1800. Helena riait tant qu'elle en avait mal au ventre. Jamais elle n'avait ri aussi librement, sauf avec Johanna. Tout lui semblait plus doux grâce au porto, même l'antique sofa rococo trop dur. Le vin lui insufflait de la joie, emportait son esprit dans les airs, vers un endroit qui n'existait pas vraiment.

— Tu en reprends ? demanda le baron.

Sans attendre, il s'empara de la carafe en cristal pour la resservir, alors qu'elle avait à peine vidé son verre.

Au même moment, une famille de canards, une mère et ses trois petits, arrivèrent en se dandinant dans le salon. À ce stade, plus rien ne surprenait Helena. Elle ne s'étonnait plus des hautes piles de magazines, du grain laissé pour les canards partout dans la maison, de la pièce des orchidées toujours fraîche, où la splendeur et le parfum des fleurs lui faisaient presque tourner la tête.

Pourquoi la vie n'est-elle pas toujours comme ça ? *se demanda Helena. Elle prit une gorgée de porto et imagina la musique porter du salon jusqu'à l'entrée, et de là au jardin, pour se mêler aux autres sons de cette étouffante journée d'été. Le bourdonnement des mouches et des taons, le crissement des sauterelles, le murmure des herbes hautes sous le vent.*

Samedi 6 juillet / Helsinki

Juha Mertanen a beau être l'un des plus hauts gradés du KRP, il lui arrive de rafraîchir ses compétences en s'impliquant dans une enquête en cours. Jan lui est reconnaissant pour son aide sans vraiment savoir quoi penser du personnage lui-même. Son supérieur a pour habitude d'exiger l'impossible et, quand ses subordonnés y parviennent envers et contre tout, il fait en sorte de récolter tous les honneurs. Jan a souvent l'impression que Mertanen le voit comme les gens voient l'équipe nationale de Finlande. Quand la Finlande remporte la Coupe du monde, tous les gens s'écrient : « On a gagné ! » Mais, quand elle prend une raclée, les supporters se désolidarisent de l'équipe et rejettent la faute sur les joueurs. Et après la défaite c'est l'entraîneur – ou plutôt, ici, le chef d'équipe – qui se retrouve en première ligne. Quand l'enquête progresse, les critiques brillent par leur absence mais, si les choses piétinent, la direction trouvera toujours quelque chose à redire.

Mertanen s'est invité avec la procureure à la réunion matinale de l'équipe de Jan. C'est samedi, mais les meurtriers n'ont aucun respect pour les heures de bureau. À ce stade, personne ne peut se permettre de prendre son week-end. Jan espère que le briefing sera vite fini pour qu'ils puissent se rendre à Hartola.

Quand Juha Mertanen entre, tout le monde se tait.

— Allez, briefez-nous, commence-t-il.

Puis il réclame un café avant que quiconque puisse ouvrir la bouche. Heidi va en chercher pour lui et la procureure.

— On n'a plus de lait, dit-elle en posant les tasses sur la table.

Ça ne dérange pas Mertanen. Il prend toujours son café noir, sans sucre. Le mug des Simpson à la main, il attend. Jan s'éclaircit la gorge.

— Une autre victime a donc été découverte jeudi à Hartola, dit-il d'une voix rauque.

La procureure dresse l'oreille.

— Aucun doute, le coupable est le même. Ce qui nous fait deux victimes, Sundin et Eskola, et un mode opératoire.

Mertanen semble presque avoir de la peine pour lui.

— Et ce n'est pas tout, poursuit Jan en choisissant soigneusement ses mots. On peut supposer que le coupable aurait quatre victimes en tête.

Mertanen reste impassible, mais pâlit.

— Le premier appel a été passé depuis un forfait prépayé dont on a pu retracer l'achat. Nous avons eu la surprise de constater que le toxico recruté par le meurtrier avait acheté non pas une, mais quatre cartes SIM à la supérette. Nous aurions pu tracer l'appel si le coupable n'avait pas changé de tactique pour sa deuxième cible, en faisant transiter la communication par un serveur crypté sur le dark web.

— Nous vous donnerons toutes les ressources nécessaires pour trouver le tueur au fer rouge, dit Mertanen en prenant une gorgée de café. Jan, c'est toi le directeur d'enquête. S'il te faut quelque chose, tu nous le demandes.

Jan regarde la procureure, qui hoche également la tête. Ils avaient déjà anticipé cela. Même selon les standards de la criminelle, le sadisme de ces deux meurtres en fait une enquête prioritaire. S'il y a d'autres victimes, l'assassin deviendra l'un des tueurs en série les plus violents de toute l'histoire de la Finlande. Jan expose les opérations prévues à Hartola et promet de tenir l'antenne d'Helsinki au courant.

Après cette courte réunion, Mertanen le prend à l'écart.

— Vous avez déjà trouvé un lien entre les victimes ?

Jan secoue la tête.

— Pour le moment, pas d'autre lien direct que la torture qu'ils ont subie. Ils sont aussi reliés de manière plus vague par leur lieu de naissance et leur âge. Ils sont tous deux nés en Finlande-Centrale dans les années 1950. Mais pas de trace d'un business commun à Helsinki, par exemple. Difficile de dire si la connexion est récente ou remonte plus loin dans le passé. C'est cette seconde possibilité que nous partons étudier à Hartola.

— Ce n'est vraiment pas grand-chose. Tenez-moi informé de tout, réplique sèchement Mertanen en lui tendant sa tasse vide. Toutes les infos, dès que vous les obtenez, je suis sérieux. Il faut éviter la panique, et la presse doit ignorer l'identité des victimes aussi longtemps que possible.

La brigade criminelle n'a qu'une seule et même méthode de communication depuis des années. Les consignes viennent toujours d'en haut. Jan n'apparaît jamais à la télé. C'est un porte-parole qui s'exprime pour toute l'équipe. On explique que les investigations sont en cours, que les choses avancent, mais que la presse ne pourra rien savoir tant que tout ne sera pas clair. On lâche quelques faits déjà parus dans les médias, on exprime sa sympathie aux proches des victimes, on encourage tout témoin potentiel à se faire connaître des services de police, on répète que la brigade criminelle déploie tous ses efforts. Le porte-parole connaît l'art de répondre aux journalistes de façon vague, sans rien révéler de concret. Pas le genre de choses que sortirait Jan si c'était à lui qu'on donnait un jour la parole.

Mertanen quitte la pièce sans saluer personne. La procureure regarde Jan avec compassion. Ils ont déjà travaillé ensemble par le passé. Décontenancé, Jan constate qu'une sincère inquiétude semble avoir percé sous la dure carapace de son supérieur. C'est nouveau. Lui, de son côté, se sent sombrer de plus belle, il est paralysé. Peut-on contrôler quoi que ce soit dans ce monde ? La perte de sa mère risque de tomber au mauvais moment. Évidemment, il n'existe pas de bon moment pour perdre quelqu'un qu'on aime, mais Jan espère tout de même qu'elle tiendra encore un peu. L'enquête ne peut attendre, et Jan se voit maintenant contraint de se rendre à Hartola, loin de l'hôpital de Terhokoti.

Jan et Heidi font le trajet dans un silence maussade. Lui regarde par la fenêtre et ne revient au présent qu'en voyant le panneau.

HARTOLA

Ils bifurquent pour quitter la nationale 4, dans un virage si violent que Jan s'appuie au tableau de bord pour ne pas basculer. Dès qu'ils entrent dans le village, le changement d'allure est frappant : après l'autoroute, ils ont l'impression de se traîner. Les voilà arrivés à destination, dans ce petit coin perdu qui se prend pour un royaume.

Dimanche 7 juillet / Hartola

Saana regarde ses messages. Rien. Elle n'a pas de nouvelles de son prétendant et elle ne lui a rien envoyé de plus. C'était plutôt agréable d'échanger des messages avec un inconnu. Elle parcourt ses photos et lui envoie celle du moulin.

Il n'y a pas grand-chose à voir ici, à la campagne. Tu n'aurais pas une bonne série à me conseiller ?

Elle regrette immédiatement son message. Ne renvoie-t-il pas l'image de quelqu'un qui n'a aucun centre d'intérêt ? Une addict à la télé, fainéante et arrogante, incapable de s'intéresser à la vie d'un sympathique petit village ? Pour éviter de se retourner la tête, Saana revient sur les photos qu'elle a prises de l'album de famille d'Helena. *Photo de sa confirmation. Noël en famille. Helena petite à son baptême. Helena et Johanna.*

Au salon de coiffure, Eila a parlé d'une Johanna, la meilleure amie d'Helena. A-t-elle aussi préparé sa confirmation au même camp d'été ? Peut-être la mère d'Helena a-t-elle d'autres photos qui pourraient se révéler utiles ? Saana a besoin d'encore plus d'informations que prévu. Elle n'a pas envie de déranger à nouveau Hilkka, mais c'est la seule capable de lui fournir en une seule fois tout ce dont elle a besoin. Elle demandera à revoir les vieilles photos, elle se renseignera sur Johanna et sur les autres amis d'Helena en colo. Et aussi sur la première fille disparue mentionnée par Eila. Cette fois-ci, Saana pourrait lui apporter quelque chose. Un joli bouquet de fleurs du jardin de sa tante, par exemple.

— Encore vous ? s'étonne Hilkka Toivio depuis le seuil.

Saana sourit et s'éponge le front avec sa manche. Elle a pédalé à si vive allure jusque chez les Toivio que la sueur lui dégouline presque des cheveux. On ne ressent jamais la chaleur à vélo ; ce n'est qu'en s'arrêtant que l'on se met à transpirer. Saana lui tend le bouquet et, un peu à contrecœur, Hilkka lui ouvre la porte.

Tandis qu'elle raccourcit les tiges des fleurs à la table de la cuisine, Saana se replonge dans les vieux albums photo.

— Johanna était l'amie de cœur d'Helena, commence Hilkka à voix basse. Nous n'avions pas parlé d'elle, la dernière fois, je crois… Toutes les deux étaient inséparables à l'époque.

— Est-ce que vous diriez que Johanna la connaissait mieux que personne ?

Hilkka garde le silence un instant.

— Oui, c'était sans doute le cas. J'aimerais pouvoir dire que c'était moi. Que j'étais celle qui connaissait le mieux ma fille. Mais ce serait mentir. Helena venait d'atteindre l'âge où l'on ne se confie plus aussi facilement à sa mère, déclare-t-elle avec un peu de mélancolie.

— Est-ce que vous auriez les coordonnées de Johanna, pour que je puisse la rencontrer ? demande Saana avec beaucoup d'espoir.

Elle commence enfin à se rafraîchir. Hilkka marque un nouveau silence, puis répond :

— Ça risque d'être compliqué. Elle a déménagé à l'étranger peu après le décès d'Helena. En Australie ou en Nouvelle-Zélande ? Je ne sais plus. Très loin, en tout cas.

— Ah bon, dit Saana, déçue.

— Ses parents voulaient l'éloigner le plus possible de sa douleur. Johanna est partie, et on ne l'a plus jamais revue à Hartola. La mort d'une meilleure amie à cet âge peut être une épreuve très difficile.

Saana est perplexe. Helena est morte dans la rivière, et sa meilleure amie a quitté le pays presque aussitôt ?

La mère d'Helena se retire un instant pour aller fouiller dans les tiroirs de la bibliothèque et en sort une autre pile de vieux albums photo qu'elle pose devant Saana.

— Voici des photos prises au camp d'été.

Elle part chercher un vase pour les fleurs. Le son de la radio porte faiblement dans le salon depuis la cuisine.

PAROISSE D'HARTOLA, 1989.
PRÉPARATION À LA CONFIRMATION.

Saana observe les photos de groupe. Un jeune homme dans la trentaine, qui doit être le moniteur du camp. Saana sourit devant les tenues trop colorées des ados. Certains pourraient désormais passer pour des hipsters à la pointe de la mode. Puis un visage familier attire son attention : un garçon à lunettes, rangée du fond, troisième en partant de la gauche. Impossible de se tromper : les épais cheveux blonds, le pull norvégien, le grand sourire… Riku Falk, le guide du manoir de Koskipää. Au premier rang, Saana reconnaît Helena. La fille aux cheveux blonds à côté d'elle doit être Johanna.

— Comment faire pour contacter les amis d'Helena ? demande Saana quand son hôtesse revient dans le salon.

— Bonne question, répond Hilkka, alors que Saana craint de commencer à s'imposer. La plupart semblent être du genre à disparaître.

— Connaissez-vous une fille du nom de Laura Malm ? J'ai entendu dire qu'elle avait disparu dans la région à la même époque…

Saana hésite à poursuivre. Toutes ces questions commencent à lui donner l'impression de mener un interrogatoire.

— Ce n'était pas une amie d'Helena, mais elle allait beaucoup à l'église. Puis elle a sombré dans l'alcool et s'est écartée de Dieu. Je crois qu'elle a fugué. Oui, c'est ce qu'on disait d'elle. Sa famille a déménagé à Joutsa, mais elle revenait souvent à Hartola, puisque c'est ici qu'elle avait préparé sa confirmation.

Saana la remercie et se lève pour partir, mais Hilkka l'arrête.

— À propos de Johanna. Je vous ai dit qu'elle n'était pas rentrée depuis des décennies, mais il se pourrait qu'on la revoie bientôt…, déclare-t-elle d'un ton hésitant en rapportant les albums photo vers la bibliothèque.

— Qu'est-ce que vous entendez par là ?

— Eh bien, je me disais que le décès soudain de son père pourrait la faire revenir à Hartola après toutes ces années, répond Hilkka avec un regard éloquent.

Saana met un instant à comprendre ce que cela signifie.

— C'est la fille de Matti Eskola ? Ce banquier qui vient de mourir ? demande-t-elle, abasourdie.

Hilkka confirme d'un signe de tête. Puis, sur le seuil de la porte, elle attrape résolument Saana par le bras.

— J'ai changé d'avis, annonce-t-elle. Si vous découvrez ce qui est vraiment arrivé à Helena, je veux le savoir. Que Dieu vous bénisse !

Quelques heures plus tard, assise dans la balancelle de sa tante, Saana va faire un tour sur les communiqués de la police. Hartola a fait son entrée sur Twitter.

CommuniquésDePolice @ComPolice 04/07/2019

Décès à Hartola. La police lance un appel à témoignages.

CommuniquésDePolice @ComPolice 04/07/2019

L'enquête sur le décès d'Hartola continue. La piste du meurtre est confirmée. La police recherche toujours des témoignages.

Matti Eskola. Mort. Sa fille, Johanna Eskola, disparue à l'autre bout du monde. L'amie de Johanna, Helena, décédée dans de mystérieuses circonstances. Comment étudier toutes ces pièces ensemble ? se demande Saana. Elle se met à rassembler mentalement tous les fragments d'information qu'elle a dénichés jusque-là.

Elle a déjà recueilli des photos, des bouts de papier, des noms et des questions gribouillées sur des post-it. C'est un bon début. Dans presque chaque série policière, dès les prémices de l'enquête, les agents de la criminelle se servent d'un tableau sur lequel ils accrochent des fils conducteurs, des situations, des détails et des suspects. L'idée l'intrigue. Saana rentre et monte dans la chambre d'amis à l'étage, son coin à elle pour l'été. Elle jette un œil autour d'elle et décide de désencombrer le mur le plus long pour son propre usage. Elle décroche les herbiers de sa tante et un vieux tableau bucolique, *Sapinière et grange*, peint par son grand-père à l'époque.

Quand le mur est dégagé, Saana réexamine ses données une par une. En plein milieu, elle accroche un morceau de papier où est écrit :

Helena Toivio, morte le 01/09/1989.

Autour, elle accroche tous les noms dont elle dispose. À la droite d'Helena :

Johanna

Plus loin :

Matti Eskola

En dessous d'Helena, quatre post-it, les endroits concernés par l'affaire :

Manoir de Koskipää, Rivière, Station-service Kesoil, Sauna abandonné.

Sous le manoir, elle rajoute un nom :

Baron von Reichmann

Elle donne même à l'autre disparue son propre post-it :

Laura

Séparé du reste, comme s'il flottait en hauteur, Saana place :

Riku Falk

Puis, sur un autre bout de papier :

Amoureux ?

Tout cela ne sert qu'à démontrer que la plupart des questions restent en suspens. Le regard de Saana revient à Helena, au centre. Que s'est-il vraiment passé à Hartola des décennies plus tôt ?

Hartola

Été 1989

La glace qu'Helena tenait à la main fondait le long de ses doigts. Elle se lécha la peau. Elle n'avait parlé à personne de ses visites au manoir. Son secret lui brûlait le ventre comme une boule de feu.

— T'as vu le mec qui nous fixe là-bas ? lui chuchota Johanna en lui envoyant un coup de coude.

Elles étaient assises ensemble avec leur glace aux abords de la place du marché. Johanna lui désignait un garçon qui, appuyé contre son vélo un peu plus loin, regardait dans leur direction.

— Quoi, lui ? Il prépare sa confirmation avec nous, non ? remarqua-t-elle en fixant le garçon sans cesser de lécher goulûment sa glace.

Il faisait si chaud qu'elle menaçait constamment de couler sur les côtés.

— Hé, cria Johanna au garçon. Qu'est-ce que tu regardes comme ça ? Allez, ouste !

Elle fit un grand geste de la main comme pour dissiper un essaim de mouches. Mais le garçon ne bougea pas d'un cil. Il restait planté là, en appui contre son vélo. Au bout d'un moment, il sortit des jumelles ornithologiques de son sac et s'en servit pour observer le ciel, la route au loin, puis ce qui l'entourait. Quand il regardait les filles, il avait presque l'impression de pouvoir les toucher. Surtout une. Il croyait sentir son odeur. Puis il porta son attention ailleurs. On avait bien le droit de regarder, ce n'était pas interdit.

Ce fut en ce samedi d'été sur la place du marché, pendant que Johanna lui parlait en riant de toutes sortes de choses tout en léchant sa glace à la fraise qui fondait peu à peu, qu'Helena comprit qu'elle était la cible de cette observation. Ce n'était pas Johanna que le garçon regardait, mais elle. Bien qu'Helena plissât les yeux et grimaçât droit dans les verres, les jumelles restaient résolument clouées au même endroit. Seules les jambes du garçon bougeaient légèrement quand il faisait passer son poids d'un pied sur l'autre. Helena se sentit gagnée par la chair de poule.

— Casse-toi, espèce de taré ! s'écria à nouveau Johanna avec un doigt d'honneur.

Mais le garçon faisait mine de ne pas entendre.

Helena ne savait pas où se mettre. Elle grimaça avec Johanna, mais en secret elle était flattée. Il les avait vues toutes les deux, mais il n'avait choisi qu'elle comme cible. Rien qu'Helena.

Lundi 8 juillet / Hartola

Saana n'avait pas d'autre intention que de faire des courses, mais à sa grande surprise voilà qu'elle se retrouve au bar, un long drink bien frais à la main, à côté de Riku qui lui a offert ce verre.

— Alors, c'était pas une bonne idée ? lui dit-il, l'air amusé devant son expression perplexe.

Ils se sont croisés à la caisse, et elle n'a pas pu trouver de bonne raison pour refuser ce verre.

— Je voulais te dire… J'aime beaucoup ce que tu fais, poursuit-il.

— Quoi ? Boire un long drink le lundi ?

— Tenter d'élucider la mort de cette fille, alors que tu ne la connais pas. Ici, les gens ne veulent pas courir de risques, ils préfèrent se taire. Si je peux t'être encore utile, n'hésite pas.

Saana regarde Riku en souriant, la tête penchée sur le côté. *Mais qu'est-ce qui m'arrive ?* Quelque chose chez cet homme – son calme, ses cheveux blonds négligemment ébouriffés – la rend insouciante, confiante. Elle essaye de se voir à travers les yeux de Riku. Un air ahuri, pas de maquillage, les cheveux gras rassemblés à la hâte en chignon flou. Une chemise en denim bleu trop grande pour elle, un legging et des tongs. Elle n'était vraiment sortie que pour aller au supermarché.

Riku se rapproche pour mieux l'entendre.

— Je suis allée voir ton père à la maison de retraite. Il est très gentil, dit-elle.

— Oui, n'est-ce pas ? L'âge ne lui pèse pas trop.

— Von Reichmann était vraiment exceptionnel, surtout pour Hartola.

Saana sort son téléphone et lui montre une vieille photo du cours de confirmation.

— C'est toi, là ?

— Dans toute ma splendeur.

— Tu te souviens si Helena avait un petit ami ? Ou si elle était amoureuse de quelqu'un ?

— Impossible à dire, répond-il en prenant une gorgée de long drink. J'étais un tuteur, pas un confirmant.

Comme sa façon de répondre l'irrite un peu, Saana décide de changer de sujet. Ils discutent de l'été et d'Helsinki. Du fait que Saana ne puisse pas comprendre pourquoi Riku n'a pas voulu vivre ailleurs.

— Vous, les habitants de la capitale, vous êtes tous les mêmes ! Vous pensez que les habitants d'un petit village rêvent tous de s'en échapper. Vous nous plaignez presque, vous voulez nous sauver, dit Riku en riant. Alors qu'en vérité c'est moi qui plains les citadins. Vivre comme ça à l'étroit, dans des logements hors de prix, à l'écart de la nature !

L'espace d'un instant, Saana ne sait pas quoi répondre. Finalement, la conversation revient à Helena.

— Beaucoup se sont demandé ce qui lui était arrivé, mais personne n'a rien découvert, déclare Riku. Tout ce que je sais, c'est qu'elle avait participé à une fête des élèves du camp de confirmation au bord de la rivière, sur la plage Aurinkoranta. Et mon père m'a dit qu'une jeune fille qui aurait bien pu être Helena s'était montrée au bal masqué vers 19 heures, beaucoup plus tard que les autres invités.

Saana écoute ces informations avec curiosité. Elle sait également qu'Helena était à la station-service à 17 heures. Elle est donc d'abord partie retrouver quelqu'un là-bas, puis elle s'est rendue à la soirée au bord de la rivière, avant d'en partir pour rejoindre la fête.

Le bar est à moitié vide. Un vieil homme fait tinter une machine à sous dans un coin, et le jingle qui se déclenche à chaque fois qu'il gagne parasite les pensées de Saana. La porte s'ouvre sur une silhouette familière : la caissière aux cheveux roux du S-market. Elle commande un café et prend le journal du soir qui traînait sur le comptoir.

Saana et Riku s'attardent encore, après un long drink et un verre de vin rouge. Saana sourit. Elle n'est pas pressée. Elle passe un bon moment. Cet homme commence à lui apparaître sous un autre jour. Large d'épaules, beau, avec quelque chose d'intemporel. En sa compagnie, pas besoin de se donner des airs.

Au bout d'un moment, Saana se rend dans les toilettes du bar. Quelqu'un la supplie depuis la cabine voisine.

— Il y a quelqu'un ? Vous pourriez me passer du papier toilette ? Il n'y en a plus ici.

Saana fourre du papier dans la main qui se tend sous la paroi. Lorsque les deux femmes arrivent en même temps au lavabo, Saana reconnaît la caissière rousse.

— Merci, lui dit cette dernière, un peu embarrassée.

— Pas de souci, répond Saana.

Cette femme lui semble moins hostile que lors de leur dernière rencontre.

— Iiris, annonce-t-elle en regardant Saana dans le miroir.

— Saana.

— Je sais.

Saana part retrouver Riku, qui lui tend un nouveau verre de vin – du rouge de mauvaise qualité, beaucoup trop cher. Il lui désigne le barman qui vient de les encaisser.

— C'est à lui que tu devrais poser plus de questions. Il travaille ici depuis plus de trente ans. En plus, on raconte qu'Helena est venue ici.

— Quand ça ? s'étonne Saana.

— Le dernier soir, répond Riku, qui semble apprécier sa curiosité.

Elle prend une gorgée de vin en l'imaginant colorer ses lèvres et ses dents de violet. *Quelle soirée fructueuse !* se dit-elle avec un intérêt renouvelé pour Riku. Ce barman pourrait-il vraiment lui apporter un témoignage supplémentaire sur les derniers agissements d'Helena ?

À 23 h 57, Saana est allongée dans son lit chez sa tante. La pièce tournoie, et ses pensées font de même. Elle ne sait pas comment les calmer. En fin de soirée, Riku s'est rapproché encore davantage. Une vague de honte la balaye quand elle se rappelle comment elle s'est penchée vers lui. Qu'est-ce qu'elle attendait ? Un baiser ? Lui n'a répondu que par une accolade, en la remerciant de lui avoir tenu compagnie avant de lui souhaiter bonne nuit. Un vrai gentleman. Saana doit bien s'avouer qu'elle était secrètement déçue.

Avant de rentrer chez elle, Saana a discuté avec le barman, qui lui a répondu avec plaisir. Les Vénitiennes entre habitués. Toujours une belle soirée. À cette époque, on fermait encore les yeux sur la présence des mineurs. Qu'est-ce que ça pouvait bien faire ? *Tant qu'ils ne dérangent pas et que tout le monde s'amuse…* Puis, comme en passant, cette information cruciale dont il se souvenait parfaitement : Helena, cette trop jeune fille, était passée au bar le dernier soir d'août, à 18 h 30. Elle était restée une heure et n'avait discuté qu'avec une seule personne. Et, à la grande surprise de Saana, elle connaissait déjà très bien la personne en question.

Hartola

Été 1989

Bien vite, Helena fut entièrement absorbée par le manoir et le baron. Sans cet homme, elle n'était qu'un corps sans âme, prisonnier de l'éternelle monotonie du stand de fraises. Les minutes s'égrenaient avec une lenteur insupportable, pour devenir des heures, et enfin des journées. Même les secondes semblaient se moquer d'elle. Helena se curait les ongles en regardant les passants avec paresse. Ses pensées s'envolaient bien loin du parking du S-market. À l'approche de 17 heures, son agitation grandissait. Allait-il se passer quelque chose ou la journée serait-elle aussi morne que les autres ?

Elle et le baron n'avaient convenu de rien. Ils n'avaient partagé que le tourbillon de ces deux après-midi. Helena se représentait le manoir comme débordant d'événements d'autant plus passionnants qu'elle ne pouvait pas y prendre part. Tel était son triste destin : ne l'apprécier qu'une fois par semaine pendant sa livraison de fraises. Elle n'avait pas reçu d'autres invitations. Tandis qu'elle réorganisait les cagettes de fraises vides sous le comptoir pour dégager plus de place, elle entendit qu'on la saluait joyeusement de loin. La voix ne laissait pas de place au doute : c'était Johanna.

Helena devina à l'expression de son amie qu'elle venait l'inviter à aller quelque part. Elle en eut le cœur serré : elles s'étaient vues si peu ces derniers temps, alors que Johanna était sa meilleure, sa seule amie. Il s'était passé dans la vie d'Helena tant de choses dont Johanna ne soupçonnait pas l'existence.

— On va se baigner ?

Elle semblait partir du principe qu'Helena accepterait. Celle-ci hocha la tête en silence, tentant de masquer sa déception. Elle connaissait déjà la suite de la journée : elles marcheraient ensemble jusqu'à la rivière, en gloussant et en parlant de choses futiles – Dingo, leur groupe de rock favori, leur modeste cuite de mai lorsqu'elles avaient bu de la bière pour la première fois. Elles discuteraient toute la soirée de la vraie vie qui ne pouvait se trouver qu'ailleurs, de la stupidité et de l'insignifiance des garçons du coin, soit trop arrogants, soit trop timides. L'amour les attendait au loin, en ville, à l'étranger.

— Mais on est condamnées à ne voyager que jusqu'à la rivière, gloussa Johanna. Ensemble contre tous !

Helena sourit chaleureusement à son amie. Oui, ainsi s'étaient écoulées les choses jusqu'à la première semaine de juillet. Puis, lentement, presque subrepticement, la vie s'était emparée d'Helena pour lui jaillir soudain au visage. Ces longs après-midi, ces discussions sur l'art, ces petites marques d'attention rien que pour elle. Un compagnon qui la faisait fleurir de façon nouvelle. Et, par-dessus tout, cette crépitante impatience, cette attente permanente.

Comme Helena n'avait pas de maillot de bain, elle se jeta à l'eau en culotte. La rivière était claire et froide. Après avoir nagé un peu, elles revinrent vers le bord et s'éclaboussèrent en hurlant. Helena sentait ses seins rebondir lorsqu'elle sautait dans l'eau. C'était une sensation nouvelle, et elle ne savait pas encore très bien comment réagir. Johanna riait. L'eau lui donnait la chair de poule. Quand Helena sortit de la rivière pour aller sécher sous le soleil de fin d'après-midi, deux personnes l'observaient. Johanna l'attendait, déjà assise sur une serviette, mais plus loin sur la rive se tenait aussi un garçon. Trop loin pour distinguer vraiment ce qu'il ne devrait pas voir. Mais Johanna put longuement contempler son amie et les changements survenus dans son corps. Elle aurait voulu dire quelque chose, mais garda le silence. Helena s'assit à côté d'elle et lui sourit. En cet instant, tout était comme avant. Elle était heureuse d'être avec son amie, heureuse que ce soient les vacances. En secret, elle se sentait quand même tendue, à part. L'idée que quelque chose d'important l'attendait cet été-là continuait à la démanger.

La confirmation d'une part, l'inconnu du manoir de l'autre. Deux plaques tectoniques, jusque-là immobiles, qui s'étaient enfin mises en mouvement. De leur collision pourrait résulter un tremblement de terre, voire une éruption. Dans tous les cas, toute sa petite vie figée en serait profondément secouée.

Elles étaient assises sur la rive, enroulées dans la grande serviette de Johanna. Helena sortit un paquet de cigarettes de son sac à dos, en prit une et en proposa à son amie. Johanna la regarda avec étonnement. Depuis quand Helena fumait-elle ? Et où avait-elle bien pu trouver des clopes, en plus ? Quand Helena essaya d'allumer la sienne, la serviette glissa. Le froid la saisit aussitôt. En gloussant, elles tiraient toutes deux la serviette pour tenter de se l'accaparer. Puis Johanna haussa les épaules et accepta la cigarette. En appui l'une contre l'autre, elles absorbaient de grosses bouffées, retenaient la fumée dans leurs joues, remplissaient l'air de rires incertains et de toussotements. Elles essayaient de souffler de la fumée par la bouche et par les narines comme dans les films. Le soleil les réchauffait encore un peu.

Elles discutèrent de la colo de confirmation à venir, qui commencerait fin juillet. Johanna trépignait d'impatience, mais pas Helena. Elle attendait encore avec ferveur la confirmation elle-même, qui se ferait au printemps, mais désormais le camp d'été et ses garçons boutonneux lui semblaient encore plus ennuyeux qu'avant. Ce n'étaient que des jeux de gamins. Helena voulait entrer directement dans l'âge adulte, avec toutes ses nuances.

— On va où, maintenant ? demanda Johanna.

Le soleil s'était déjà couché derrière les buissons. D'abord, Helena ne répondit rien. La cigarette avait entièrement brûlé, le filtre froissé et écrasé dans l'herbe. Elle sentit une étrange audace l'envahir.

— Il faut que j'y aille.

Johanna pourrait avoir la serviette rien que pour elle. Helena replaça soigneusement son paquet de cigarettes dans son sac à dos, enfila sa robe et retira sa culotte humide. Elle sécherait au guidon de son vélo. Elle secoua ensuite ses longs cheveux et les remonta sur son crâne pour les attacher en chignon.

— À plus, dit-elle en grimpant sur son vélo.

Johanna la regarda s'éloigner à vive allure, sans se retourner. « Il faut que j'y aille » ? Helena n'avait pourtant personne d'autre qu'elle. N'est-ce pas ?

Dimanche 7 juillet / Hartola

Jan et Heidi sont installés à la Kar de Mom. La veille, quand ils sont arrivés à Hartola, la police locale leur a fourni tous les détails relatifs à la scène de crime. Les caméras de surveillance du café ne filment pas le parking, et rien d'intéressant n'a été enregistré aux abords de la station-service. Tous deux viennent de consulter le rapport des interrogatoires des propriétaires de Citroën Jumper blanches. Cette camionnette semble liée à l'affaire Eskola : les deux véhicules ont été vus l'un derrière l'autre sur la route Keskustie à 10 heures du soir.

Heidi engloutit un *rieska* et regarde avec une évidente convoitise le large éventail de pains locaux. Jan n'a pas d'appétit. Son esprit est submergé. La pression du temps. Mertanen. Les morts.

— Comment va ta mère ? demande Heidi en délaissant son *rieska* pour prendre une gorgée de café.

Incapable de répondre à sa question, Jan hausse les épaules. Sa collègue pose sur lui un regard compréhensif. Jan force son esprit à se recentrer sur le travail. Ils commandent un second café à emporter et repartent vers la voiture, direction le domicile des Eskola pour interroger la veuve du défunt.

Sur le parking, Jan remarque qu'il a reçu un message de Saana. Ce n'est rien d'extraordinaire mais, étrangement, que quelqu'un lui écrive pendant son service lui fait du bien. Ils ne se connaissent pourtant pas, et Jan ne sait même pas s'il a l'intention de la rencontrer. Mieux vaut sans doute que cette femme reste un numéro dans son portable.

Heidi, au volant, fait mine de ne pas remarquer à quel point Jan est absorbé par son téléphone. À croire qu'il sort soudain avec quelqu'un, alors qu'il n'a rien évoqué de tel. Heidi décide de garder un œil sur lui ces prochains jours, ce qui sera plus facile à Hartola qu'à Helsinki.

Voilà déjà un moment que l'intuition d'Heidi lui souffle que l'enquête prend la bonne direction. Il leur manque encore quelque chose de concret. Une piste à suivre. Comme un petit morceau de fil qui dépasse d'un pull en laine et qui permet de tout défaire en tirant dessus. Heidi est certaine de pouvoir le trouver à Hartola. Elle fixe la route, songe à son collègue assis à côté d'elle. À l'évidence, sa douleur est coincée sous son épaisse carapace. Pour le moment, rien n'émerge.

Heidi entre dans la cour de la maison peinte en blanc dans un crissement de gravier. Premier arrêt de la journée, une veuve probablement en état de choc. Raija Eskola habite dans un pavillon de taille impressionnante. Heidi embrasse du regard la grande haie et les parterres de fleurs qui bordent l'allée. D'immenses massifs d'hortensias et des lilas majestueux à la tête lourde complètent le tableau.

Jan sonne à la porte. Une femme abattue leur ouvre en murmurant des excuses, enveloppée dans une robe de chambre grise qui a connu des jours meilleurs, des chaussons roses aux pieds.

— Entrez. Je vous fais du café ? demande-t-elle en espérant clairement une réponse négative.

— Ne vous embêtez pas, dit Heidi en entrant. Mais si vous en faites pour vous…

Jan lui lance un regard agacé. Leur mission n'est pas de mettre les gens devant une cafetière.

Mme Eskola hoche la tête d'un air distrait.

— Vous pouvez examiner tout ce que vous voulez. Je vais me prendre un verre en attendant et lancer le café.

Elle se dirige vers la desserte dans un coin du salon et se sert un peu de cognac.

Jan regarde autour de lui. Quelques tableaux d'art moderne sont accrochés sur les murs de la pièce épurée. Des fauteuils design sans accoudoirs, en métal noir. Ils n'ont pas l'air très confortables. Il s'installe sur le canapé blanc. Beaucoup d'objets dans la pièce lui rappellent sa maison d'enfance : des lampes Lokki, une desserte Alvar Aalto, des oiseaux en verre d'Oiva Toikka.

— Tout ce que préférait mon mari, dit la veuve en désignant la vaste collection de bouteilles sur la desserte avec un petit rire. Du whisky, du cognac, de bonnes choses pour les grandes occasions. Et voilà que j'enchaîne les verres à m'en dégoûter…

Heidi la regarde avec compassion. La perte d'un proche n'est facile pour personne.

— Vous avez un joli jardin, dit-elle.

Les grandes baies vitrées du salon s'ouvrent sur une arrière-cour verdoyante.

— Normalement, c'est ma saison préférée, avec le parfum du jasmin, déclare Mme Eskola en allant à la fenêtre.

Une fois devant la vitre, elle garde le regard rivé sur le sol.

— En ce moment, je ne sens rien du tout. Je suis tellement engourdie. Vous savez, Matti n'a jamais prêté attention à mes fleurs. Quand il me rejoignait au jardin, je le mettais toujours au travail. « Creuse un trou, amène le gravier par ici, la terre par là. Déplace ce buisson plus à l'ombre », et ainsi de suite. À force de lui donner des ordres, je ne l'ai plus souvent vu dans le jardin.

Elle revient s'asseoir face à Heidi.

— Je n'arrive pas à comprendre que Matti ne creusera plus jamais les trous que je lui demandais de creuser. Que lui-même sera bientôt dans un trou, qu'il fera partie de la terre.

Heidi hoche la tête en signe de condoléances.

— Vous étiez mariés depuis longtemps ? demande Jan pour détourner cette femme de son chagrin et l'emmener vers des questions plus pragmatiques.

— Quarante ans. Quelques années de passion, puis de l'affection, puis de la routine. Parfois, j'avais l'impression d'être là pour faire joli. Désolée de vous poser la question, mais qu'est-ce qui vous amène ici depuis Helsinki ? J'ai déjà parlé à la police locale.

Pour la première fois, son regard semble un peu plus incisif. Jan tente de clore le sujet d'emblée ; il ne veut pas lui révéler les détails de l'affaire tant que ce n'est pas absolument nécessaire.

— Votre mari a été victime d'un meurtre dans d'étranges circonstances. C'est une procédure de routine pour ce genre d'affaire.

— Connaîtriez-vous quelqu'un qui pourrait nourrir de la rancœur envers lui ? demande Heidi.

Jan est surpris de voir Mme Eskola se mettre à rire.

— Tout le monde. Pour les gens d'ici, je veux dire d'Hartola, Matti était une sorte de dette sur pattes. Le crédit immobilier des Nieminen, le rachat de crédit des Korhonen pour leur voiture… C'est chez Matti que la plupart ont fait un emprunt. Ou n'en ont pas obtenu.

— Savez-vous si votre mari avait reçu des menaces, s'il s'était retrouvé en danger ?

— Rien de ce genre, en tout cas pas à ma connaissance. On le traitait plutôt avec une méfiance tacite au village.

Elle se lève à nouveau. Jan regarde cette femme, vêtue d'une sorte de pyjama sous sa robe de chambre, se traîner vers la desserte pour se resservir un verre d'alcool. Elle a l'air de ne pas s'être lavée depuis plusieurs jours. Ses cheveux en bataille ont hâtivement été attachés en chignon, ses yeux sont gonflés par les pleurs.

— Pourriez-vous nous en dire plus sur les amis de Matti ? commence Heidi lorsqu'elle revient s'asseoir. Qui le connaissait le mieux ? Qui étaient ses amis les plus proches ?

La femme plisse les yeux pour réfléchir.

— À part moi, peu de gens. En vieillissant, Matti préférait être seul. Il connaissait presque tout le monde, mais ce n'étaient pour la plupart que de lointaines relations ou des camarades de chasse. C'est avec le pasteur que Matti discutait le plus, Antti-Juhani Fors.

Heidi hoche la tête en notant le nom.

— Matti n'était pas vraiment croyant. Mais ils se fréquentaient depuis des années, précise Mme Eskola en avalant une lampée d'alcool. Allez savoir.

Heidi retire sa veste. Le soleil qui traverse la grande fenêtre rend la pièce chaude et étouffante.

— Connaissez-vous un homme du nom de Lars Sundin ? Ou votre mari le connaissait-il ? demande-t-elle sans pouvoir cacher sa curiosité.

— C'est possible, mais personne de ce nom ne fait partie des intimes de Matti. Parfois, les hommes ne se présentaient que par leur prénom dans le groupe de chasseurs… Mais non, je ne me rappelle pas avoir entendu parler d'un Lars.

— Nous n'avons pas pu joindre votre fille, dit prudemment Heidi. Savez-vous comment nous pourrions la contacter ?

Mme Eskola hausse les épaules.

— Je n'ai pas réussi non plus. Mais, comme il s'agit d'un décès, je suppose que le juriste des familles pourra nous aider.

Heidi acquiesce et continue à observer leur hôtesse pendant que Jan fait le tour de la maison. Tout a de la valeur, mais certains détails clochent : des objets épars – des livres, des coussins – sont tombés par terre ici et là et n'ont pas été ramassés et rangés. Jan monte à l'étage et se réjouit d'y découvrir un bureau. Matti Eskola travaillait à domicile. Il y trouve un imposant fauteuil en cuir, une table en chêne robuste et une bibliothèque, qui contient surtout des ouvrages sur la politique ou la chasse. Une partie des livres ont été jetés par terre. Une tête de cerf empaillée est accrochée au mur. Il n'y a qu'une seule photo encadrée dans la pièce, clairement un portrait de famille. Un homme, une femme, une petite fille. Jan leur jette un regard triste, puis ouvre les tiroirs du bureau. Rien. Il examine la bibliothèque. Rien. Finalement, il redescend.

Heidi se lève en voyant Jan revenir. Assise dans son fauteuil, Mme Eskola scrute l'entrée. Le verre posé devant elle sur la table est déjà vide. Quand Jan et Heidi prennent congé, elle ne les raccompagne pas mais reste là, abattue.

Jan regarde défiler les arbres et les greens de golf tandis qu'Heidi roule en direction de l'hôtel Linna. Il réfléchit en silence. Quels éléments peut-on déjà exclure de l'enquête ?

Heidi passe également en revue les informations dont ils disposent. Il y en a tellement, sur plusieurs niveaux. C'est à Helsinki que l'enquête piétine le plus. Les collègues et les ex de Sundin sont exclus de la liste des suspects grâce à leur alibi. Les deux jeunes filles présentes à la soirée étaient à peine majeures et peu loquaces. Selon les techniciens, une femme a passé la nuit chez Lars. Même sans analyse ADN, il s'agissait clairement de Jenna Nygren. Cette fille est plutôt une victime qu'une coupable potentielle. Le meurtrier ne risque-t-il pas de craindre qu'elle n'ait vu quelque chose ? Ou alors, qu'il ait laissé Jenna tranquille révèle quelque chose sur lui. Pourrait-il être du côté des faibles, en quelque sorte ? Oui, il ne viserait que les puissants, les ignobles… Ce qui est certain, c'est qu'il prémédite ses crimes et cible ses victimes avec beaucoup de précision, quelle qu'en soit la raison. La vie nocturne de Sundin était pleine de rebondissements, mais aucune de ses aventures ne se distinguait des autres. Les étapes de la vie d'Eskola pourront être définies plus précisément encore grâce à son cercle d'amis et de proches.

Alors qu'ils entrent dans la cour de l'hôtel Linna, le téléphone d'Heidi sonne. Jan écoute, mais ne saisit pas les mots. Quelqu'un semble s'assurer que c'est bien la police au bout du fil. Que c'est bien Heidi.

— En effet, c'est mon collègue et moi qui venons de passer chez vous, dit-elle en actionnant son clignotant pour se garer. Vous voulez nous confier quelque chose d'autre ?

Elle lance à Jan un regard lourd de sens.

— Merci de votre appel, j'arrive tout de suite, annonce-t-elle avant de raccrocher. C'était la veuve. Apparemment, elle ne nous a pas tout dit, et elle préférerait s'adresser à une femme.

— Vas-y, lance aussitôt Jan en sortant vivement de la voiture.

À peine a-t-il refermé la portière qu'Heidi fait déjà marche arrière dans un crissement de pneus.

Heidi observe le portrait de famille sur la table en verre. Cette photo n'était pas dans le salon tout à l'heure. Une femme, un homme et leur fille. Les Eskola. Elle fixe l'enfant dont le père est déjà mort. Ce visage lui dit quelque chose. Peut-être Heidi se reconnaît-elle dans cette petite fille. Elle se rappelle un instant à quoi ressemblait la vie avant l'âge d'aller à l'école, libre de tout emploi du temps, sans aucune responsabilité. Les journées n'étaient que du coton, une suite de jeux aux frontières indéfinies que seuls les repas et l'heure du coucher venaient interrompre.

— Je vous sers un whisky ? lui demande Mme Eskola à la porte.

— Je peux prendre une goutte pour vous accompagner, répond Heidi en souriant.

Elle n'a jamais été stricte pour ce genre de choses. Parfois, briser les règles lui a permis de se trouver du bon côté de la barrière, de donner aux témoins l'impression de faire partie de leur équipe, cassant l'idée d'une confrontation.

Installée sur le canapé avec son verre, Heidi regarde Mme Eskola faire les cent pas sur le tapis. Elle a beau avoir réclamé le retour de la police, elle n'ouvre pas la bouche. Heidi décide de briser le silence.

— Quand avez-vous parlé avec votre fille pour la dernière fois ?

Mme Eskola s'immobilise et la regarde, pensive.

— Si Matti ne s'était pas mis en tête de l'envoyer à l'étranger, les choses auraient été plus simples. Elle aurait grandi ici, à Hartola, et nous aurions pu faire toutes sortes de choses ensemble, comme font les mères et leurs filles… Enfin, que font-elles, d'ailleurs ? Les boutiques ? Moi, j'ai toujours voulu l'emmener à Paris…

La police n'a pas encore réussi à joindre Johanna Eskola, mais plusieurs messages lui ont été transmis par le biais du juriste des familles. Faut-il être borné pour refuser ainsi le contact avec sa propre mère… A-t-elle fui quelque chose, a-t-elle une raison d'être en colère ?

— Il n'est pas trop tard. Peut-être que vous partirez en voyage ensemble après l'enterrement, répond Heidi pour la réconforter.

— Si vous le dites, lâche Mme Eskola en levant son verre de whisky. Après son départ, j'ai pleuré pendant des mois. Des années, à vrai dire. Mais, maintenant que Matti est parti à son tour, ça fait beaucoup à digérer. Tant de sentiments différents composaient notre vie commune. Le regret était l'un d'eux. La haine aussi, sans doute. Enfin, c'est ce que je dirais si vous n'étiez pas de la police et si mon mari ne venait pas d'être assassiné.

Heidi l'écoute avec curiosité.

— Quel sujet vouliez-vous aborder plus en détail ? demande-t-elle.

— Oui, nous ferions mieux d'en parler, bien que ce soit terrible. La raison pour laquelle je vous ai demandé de revenir…

Depuis le coin du canapé, Mme Eskola lève le regard vers une bible. Heidi redoute qu'elle se mette à prier, mais dissimule son malaise et s'efforce de n'afficher qu'un air encourageant.

— J'ai fouillé la maison, je le fais depuis hier, poursuit la veuve. Je me suis réveillée ce matin sur le sol, à l'étage. Je m'étais endormie là. Après votre départ, j'ai parcouru le reste de la bibliothèque.

— Vous cherchiez quelque chose en particulier ?

— Je ne sais pas ce que je cherchais. Peut-être que j'avais besoin d'une raison de détester mon mari, pour simplifier le processus de deuil, dit-elle en reniflant. Mais je ne pensais pas trouver quoi que ce soit. Puis j'ai découvert… ceci.

Elle pose la bible sur la table basse et l'ouvre avec lenteur. Étrangement, les pages sont évidées, et une enveloppe se trouve dans le trou au milieu. Les mains tremblantes, Mme Eskola en sort une liasse de photos.

— Puisque vous êtes policière, vous saurez sans doute me dire ce que je suis censée faire de tout cela, ajoute-t-elle en laissant tomber les images sur la table en verre déjà sale.

Lundi 8 juillet / Hartola

Jan se masse les tempes. Sa dette de sommeil devient insupportable. Dehors, la soirée est calme. Son portable se met à vibrer : c'est de nouveau un appel de Mertanen. Jan répond brièvement à ses questions. Non, ils ne connaissent pas encore le mobile du coupable. Non, ils n'ont aucune idée du moment où surviendra le troisième meurtre.

Quand il raccroche, Heidi le regarde d'un air interrogateur.

— Qu'est-ce qu'il voulait ?

Le geste de Jan suffit à exprimer sa réponse. Mertanen veut toujours tout et de préférence immédiatement. Cette affaire l'a rendu encore plus agressif. Cela faisait longtemps que son patron ne l'avait pas harcelé à ce point sur l'avancée d'une enquête. Pour l'instant, les réprimandes de Mertanen ne s'adressent qu'à Jan. Ce dernier supervise sa propre équipe avec bien moins de férocité. C'est son devoir en tant que chef : les laisser se concentrer sur leur travail pendant qu'il fait office de bouclier face aux exigences de son supérieur. Heidi et Saki ont conscience d'être sous pression, pas besoin que Jan leur rabâche des évidences.

Avec deux morceaux de scotch isolant, Jan accroche la carte d'Hartola au mur de sa chambre d'hôtel. Il trace au feutre une croix à l'endroit où Eskola a été retrouvé. Heidi se lève et se dirige vers le minibar.

— Tu prends une bière ? demande-t-elle en faisant déjà siffler la sienne en l'ouvrant.

Jan secoue la tête.

— Antti-Juhani Fors, dit-il en écrivant le nom sur un morceau de papier qu'il place sur le tableau d'enquête. Un bon ami d'Eskola. Puis on a ces vieilles photos…

Il accroche en évidence deux des photos de la liasse que Mme Eskola leur a remise. Désagréable trouvaille : des photos de jeunes corps nus, pris au flash. Des filles sans visage.

Les clichés sont anciens, et le lien entre ces images et le meurtre d'Eskola demeure incertain. Peut-être n'y en a-t-il aucun. Mme Eskola leur a assuré, nettement soulagée, qu'aucune des filles sur ces photos ne ressemble à la sienne. Mais alors, de qui s'agit-il ?

Heidi pose sa Carlsberg sur le petit bureau de la chambre d'hôtel, puis écrit sur un morceau de papier avant de le placer à côté de la carte :

Qui sont les filles ? De quelle année datent les photos ?

Jan entoure la maison des Eskola sur la carte et répète à haute voix ce qu'ils savent sur l'affaire. Huit heures se sont écoulées entre le meurtre et la découverte du corps. Cela signifie que le décès remonte aux environs de 1 heure du matin. Jan est certain que le coupable a convenu d'un rendez-vous avec les victimes. Eskola est probablement allé en voiture chercher son meurtrier dans un endroit convenu. Le coupable est monté à bord, et ils sont allés quelque part ensemble. Jan soupçonne l'assassin de n'avoir pas dissimulé son identité à ses victimes. Comment fait-il pour que ces hommes acceptent de le rencontrer ?

Jan observe les photos prises sur les lieux où les victimes ont été retrouvées. La Porte du Roi de Suomenlinna et celle d'Hartola. Une mise en scène. C'est tout ce qui lui vient à l'esprit. Les techniciens ne leur ont pas été d'une grande aide. Des traces sur le corps d'Eskola pourraient indiquer un coup de Taser. Puis sa tête a été maintenue dans un récipient rempli d'eau. Lui aussi a été noyé sur la terre ferme. Mais c'est justement cela que Jan ne comprend pas : pourquoi a-t-il fallu noyer les victimes ?

Il change d'avis et va se chercher une bière. Assis en silence, tous deux observent l'assemblage scotché au mur.

Jan retourne à la liste des propriétaires de Citroën Jumper. À l'aide de la police du Häme, ils ont passé en revue les propriétaires, mais sans trouver de lien avec la victime ni avec ses proches. L'étape suivante est la fouille des voitures, un travail qui prendra vingt-quatre à quarante-huit heures. Jan compte dans sa tête le nombre de jours qu'ils ont déjà gâchés. En regardant la carte du royaume, il se demande s'ils ne feraient pas mieux de changer d'angle. Au lieu de se concentrer sur le passé, ils feraient bien de se préparer au futur. Ils doivent tout faire pour tenter de découvrir qui pourrait bien être la prochaine victime, le troisième « roi » potentiel. Qui recevra le prochain appel du meurtrier ?

Mardi 9 juillet / Hartola

Il n'est que 7 h 13, mais Saana est étendue dans son lit, bien éveillée. Une idée la tourmente. Le barman a été très clair : c'est avec sa tante Inkeri qu'Helena a discuté au bar, cette dernière soirée. Pourquoi Inkeri ne lui en a-t-elle rien dit ?

Saana se lève et descend. La cuisine est vide. Elle appelle sa tante, mais il n'y a pas âme qui vive.

L'agitation qui l'a sortie du sommeil la pousse à passer à l'action. Elle essaye de téléphoner à Inkeri, mais personne ne décroche. Saana décide de suivre les traces d'Helena. De faire le même trajet qu'elle ce dernier soir. Elle ira d'abord à l'ancien emplacement de la station-service, puis à la plage Aurinkoranta, au bord de la rivière, là où s'est déroulée la fête de fin du camp de confirmation, puis au bar, et enfin au manoir.

À la place de Kesoil se trouve désormais le restaurant Jari-Pekka. Saana reprend immédiatement sa route vers la rivière. Là-bas, le regard plongé dans l'eau, elle tente de se représenter une soirée de jeunes en âge de préparer leur confirmation en 1989. Qu'est-ce qu'ils buvaient ? Qu'est-ce qu'ils portaient ? Avec dégoût, Saana se remémore ses premières cigarettes durant l'été, entre la cinquième et la quatrième.

Huit kilomètres séparent cet endroit du manoir de Koskipää. Un trajet considérable pour Helena à pied. La police a-t-elle retrouvé son vélo à l'époque ?

Les paysages défilent au rythme des coups de pédale de Saana. La forêt, le sentier, la sapinière sombre, le bar du centre-ville. Puis le manoir. Saana laisse son vélo en appui contre un arbre et se prépare mentalement à croiser Riku, s'il est là. Cette fois-ci, elle s'est même maquillée. Mais la cour est vide. Saana traverse le manoir en habituée pour se diriger vers la rivière. Le pont suspendu grince sous ses pas tandis qu'elle passe sur l'autre rive.

Les feuilles des saules argentés pendent presque dans l'eau. Tout est calme. Le bourdonnement des moustiques détourne quelques instants l'attention de Saana. À l'évidence, le sauna est abandonné depuis un bon moment, et une flore sauvage transforme presque le sentier en jungle. Du cerfeuil, des berces de Caucase, des orties et d'autres herbes folles forcent Saana à piétiner pour avancer. Soudain, un mouvement sinueux dans son champ de vision. Elle sursaute, mais tente de garder la tête froide. Elle porte des bottes en caoutchouc, et le serpent qui vient de détaler ressemblait plutôt à un orvet qu'à une vipère. Elle n'a aucune raison d'avoir peur.

La terrasse du sauna abandonné sent la terre mouillée et la vase de rivière.

— Il y a quelqu'un ? lance Saana en regardant à travers les fenêtres fermées.

Les vitres sont si sales que c'est à peine si on peut voir quelque chose. L'intérieur est plongé dans l'ombre. Saana fait le tour du petit bâtiment en cherchant comment y pénétrer. Elle s'arrête pour tendre l'oreille, mais sans rien entendre d'autre que le chant des oiseaux. Des merles, des pinsons, un coucou quelque part au loin. Saana scrute les alentours. Personne. Elle essaye d'ouvrir la porte, au cas où. À sa grande surprise, elle n'est pas verrouillée.

À pas feutrés, Saana pénètre dans le sauna. Elle a l'impression d'être une délinquante. Les murs sont recouverts d'un vieux papier peint à motifs de roses, avec un lit en fer et une chaise. Elle s'assoit sur le lit et observe les lieux. Une odeur de poussière et de renfermé flotte dans la pièce. Comme les ressorts lui font mal aux fesses, elle se relève. Son regard est alors attiré par une étrange couronne à bois de cerf qui pend sur le mur au-dessus du lit. Elle prend quelques photos, puis jette un œil au sauna lui-même. Les murs et les bancs foncés assombrissent la pièce. Le sol en béton s'est effrité çà et là. Cet endroit manifestement abandonné sent l'humidité. Saana retourne dans la chambre, le regard glissant sur le papier peint. Quelque chose dans cette pièce fait galoper son imagination.

Helena est-elle venue ici à l'époque ?

Dans l'après-midi, alors que son ventre habitué aux repas réguliers de sa tante se met à gargouiller – Inkeri n'a pas réapparu –, le vieil article mentionné par la coiffeuse Eila revient à l'esprit de Saana. Selon elle, il s'agissait soit de *Hymy*, soit de *Seura*.

Saana cherche sur Google « *Hymy* 1989 » et trouve comme premiers résultats une page Wikipédia qui retrace l'histoire du magazine ainsi qu'un article sur le site des archives de la télévision nationale. *Hymy* pourrait bien être la bonne source. Où trouver ces vieilles revues ? Selon Internet, la Bibliothèque nationale possède une large collection de magazines anciens classés par année.

En cherchant l'adresse de la Bibliothèque nationale, Saana est surprise de la trouver juste à côté de l'église Tuomiokirkko, dans le centre-ville d'Helsinki. Elle n'en avait jamais entendu parler. Dans son travail de journaliste *online*, ses articles se fondaient toujours tout au plus sur des rumeurs de la veille, et elle n'avait jamais le temps de faire du journalisme d'investigation. Tous les magazines de l'année 1989 doivent être conservés sur microfilms ou en version presse. Donc, pour obtenir les informations qu'elle recherche, elle sera obligée de se rendre aux archives. Saana réfléchit. Lire cet article en rapport avec Helena est une idée qui la fascine tellement qu'elle n'a en réalité pas d'autre choix. Il faut qu'elle y aille. Mais repasser chez elle en plein milieu de l'été lui donne l'impression de tricher. Elle a vidé son appartement et fait ses adieux à ses amis. Elle ne va pas revenir comme ça ! Si elle leur dit qu'elle est en ville, elle passera tout son temps à papoter et à picoler. Mieux vaut qu'elle s'y rende discrètement et rentre ensuite aussitôt à Hartola pour continuer son enquête. Si elle fait vraiment un saut à Helsinki, elle pourra aussi en profiter pour rencontrer le mec que lui a refilé Veera. Elle verra bien si quoi que ce soit pourrait naître de cette relation. Autant qu'elle le rencontre tout de suite plutôt que de gâcher tout son été à échanger des messages avec la mauvaise personne.

Saana n'est pas franchement convaincue des capacités de Veera à lui trouver un homme convenable. Comment pourrait-elle savoir ce qui lui conviendrait, alors qu'elle-même ne sait pas ce qu'elle recherche ? En plus, Veera ne l'a pas décrit physiquement, et Saana se doute que c'est mauvais signe.

Un craquement se fait entendre. Saana sursaute et se retourne vers la fenêtre pour jeter un œil dans le jardin, mais toujours aucune trace de sa tante. Saana prend sa décision. L'article du magazine fera avancer son enquête dans la bonne direction. Elle se réserve un billet pour un bus tardif. Elle ira à Helsinki. Une nuit, deux tout au plus.

Sa tante ne revient que le soir, à 19 heures passées.

— Je suis allée faire les boutiques à Jyväskylä. Tiens, dit-elle en déposant une pierre entre les mains de sa nièce.

Saana regarde le pendentif au bout de sa chaîne, puis sa tante.

— C'est un œil de tigre, explique Inkeri. Une pierre énergétique qui aide à se détendre.

Saana referme la main sur la pierre, qui lui semble très fraîche.

— On utilise l'œil de tigre pour apaiser l'âme, se débarrasser du stress et renforcer la confiance en soi. Tu peux aussi lui demander ce que tu veux, déclare Inkeri en s'amusant du scepticisme évident de sa nièce. Laisse la pierre pendre sur la chaîne et pose-lui directement une question à laquelle on peut répondre par un oui ou un non. Quand tu auras compris comment elle s'exprime, tu pourras l'interroger sur n'importe quel sujet.

Saana rit, mais lève le bel œil de tigre taillé en forme de diamant devant son visage.

— Comment dis-tu « oui » ? lance-t-elle.

Elle attend un signe. Peu à peu, comme en rassemblant ses forces, la pierre se met à osciller vivement d'avant en arrière. Saana est étonnée. Elle n'a pourtant pas bougé la main.

— C'est très clairement un oui, affirme sa tante.

Saana demande ensuite ce qui est un « non », et la pierre ne se berce que faiblement.

— Maintenant, tu es prête à lui poser des questions.

— Quelles questions ?

— Toutes celles qui te viennent à l'esprit.

Saana immobilise le pendentif. C'est à sa tante qu'elle voudrait poser une centaine de questions, mais elle ne peut pas les lui sortir comme ça.

— Arriverai-je un jour à être heureuse ? demande-t-elle finalement.

Un instant passe, puis la pierre se lance dans un grand mouvement de balancier. Elle dit oui. Inkeri sourit et Saana aussi, malgré sa sensation de malaise. Comment cette pierre peut-elle s'agiter alors qu'elle ne la fait pas bouger ?

— Helena a-t-elle été assassinée ?

Après plusieurs secondes, la pierre se remet à se balancer vivement. Saana regarde sa tante. Elle a la chair de poule.

Histoire de dire quelque chose, elle lui apprend qu'elle part pour Helsinki, mais sans arriver à lui poser la question fatidique. Pourquoi a-t-elle discuté avec Helena au bar ce dernier soir ? Même l'œil de tigre ne pourrait lui répondre à sa place.

Saana va rassembler ses affaires et son courage à l'étage. Quand elle descend, son sac sur le dos, elle croise Inkeri au pied de l'escalier, une tasse à la main, et se force enfin à lui poser sa question.

— Apparemment, tu as croisé Helena ce soir-là. Vous avez parlé de quoi ? Pourquoi tu ne m'as rien dit ?

Étrangement, Inkeri n'est pas surprise.

— J'étais sûre que tu l'apprendrais, déclare-t-elle en prenant une gorgée de thé. Oui, je l'ai rencontrée.

Saana réprime une forte envie de la secouer.

— Et alors ?

— J'étais chargée des classes d'été à l'institut à l'époque, dit Inkeri en fixant le lointain. Helena était l'une de mes élèves, et je l'appréciais beaucoup. Elle semblait assez vulnérable, mais aussi puissamment déterminée. Si jeune et déjà si réfléchie. Elle semblait se languir d'un ailleurs, du monde entier. Peut-être que je me reconnaissais un peu en elle. Ce soir-là, au bar, elle m'a fait lire un de ses poèmes. Elle voulait savoir ce que j'en pensais.

Saana réfléchit aux paroles de sa tante. Que voulait exprimer Helena par ce poème ? A-t-elle essayé de communiquer quelque chose à Inkeri sans que cette dernière saisisse l'allusion ?

— Pourquoi tu ne pouvais pas juste me le dire ? demande-t-elle sans réussir à ravaler sa colère.

— Il n'y a pas de réponses toutes prêtes dans la vie. Si je te racontais mes histoires et mon point de vue, ils déteindraient trop fortement sur ton récit. Tu ne pourrais plus faire entendre ta propre voix. Tu dois prendre le temps d'interpréter les éléments que tu as toi-même obtenus, créer ta propre vérité.

Saana est énervée, mais ne sait pas quoi répondre.

— Helena était encore une enfant, mais une enfant assez intelligente pour oser me conseiller de mettre un terme à ma relation avec un de mes collègues, le professeur d'art de l'institut. Je ne l'ai pas regretté un seul instant, poursuit Inkeri en s'affairant dans la cuisine.

Puis elle annonce qu'elle ira bientôt chauffer le sauna du soir. Saana n'a pas le temps d'aller au sauna. Elle est excédée par les mystères soudains de sa tante. Comme si elle ne lui disait qu'une partie de la vérité. Tout de même, cela ajoute un nouveau protagoniste à la carte des événements du dernier été d'Helena.

Le professeur d'art. Est-il lié à toute cette histoire ? Si oui, comment ? Saana interrogera à nouveau Inkeri quand elle sera un peu plus réceptive.

Le bus se met en mouvement, et Saana s'autorise à baisser le dossier de son siège, puisque personne n'est assis derrière elle. Ça lui fait du bien d'être seule. Saana pense à sa tante. Elle a toujours vécu seule. Leur vie commune serait impossible si sa maison n'était pas assez vaste pour leur permettre à toutes les deux de profiter d'un peu d'intimité. « Nous sommes toutes les deux des introverties », a un jour déclaré très justement Inkeri.

Je vais faire un tour à Helsinki. On pourrait se voir ?

Saana rédige ce message à l'attention de l'inconnu dans son portable et l'envoie sans se laisser le temps de le regretter.

À l'approche d'Heinola, il répond :

Demain à 18 heures à la terrasse de l'ancien Mbar ?

Saana hausse les sourcils avec surprise et un certain soulagement. Comme si cet homme ressentait lui aussi le besoin de régler les formalités d'une première rencontre.

OK. À bientôt alors :)

Elle n'a pas envie de rester à Helsinki plus longtemps que nécessaire, mais une nuit supplémentaire chez elle lui laissera plus de temps pour enquêter. Elle fouillera les archives et, si elle trouve ce vieil article, elle pourra aussi se mettre en quête de la journaliste qui l'a rédigé à l'époque.

Mardi 9 juillet / Hartola

Le soleil commence à l'éblouir, et Heidi fouille de sa main libre le support entre les sièges, puis la boîte à gants à la recherche de ses lunettes noires. Rien. Elle plisse les yeux et remarque un élément absurde et familier au centre d'Hartola : une grande quille sur le toit d'un local commercial. Elle sera bientôt à l'église.

Heidi s'arrête quasiment devant l'entrée principale. Personne en vue. Elle est en train de chercher les coordonnées d'Antti-Juhani Fors lorsqu'elle aperçoit du mouvement près d'un vieux bâtiment blanc en contrebas. Il pourrait s'agir du pasteur, le bon ami de Matti Eskola.

Assise dans le bureau de la paroisse, Heidi suit des yeux les mouvements de Fors, qui caresse la manche de son pull comme pour le débarrasser de pellicules invisibles et regarde l'heure sur son téléphone à intervalles réguliers.

— Vous attendez un appel ? lui demande-t-elle, avant de commencer son interrogatoire.

Embarrassé, il secoue la tête. Son épaisse barbe sombre grisonne sur les côtés.

— Je vous présente mes condoléances pour la perte de votre ami, poursuit Heidi d'une voix plus douce.

Elle le voit se détendre.

— Sauriez-vous dire si Matti Eskola avait des ennuis ? Puisqu'il n'est pas mort de causes naturelles, nous étudions toutes les pistes possibles.

Fors secoue de nouveau la tête.

— Matti était un homme honnête. Pas de jeux d'argent, pas de dettes, si c'est cela que vous cherchez. Bien sûr, au cours de sa vie, il a accepté et refusé beaucoup de demandes d'emprunt. Quelqu'un pourrait avoir une dent contre la banque…

Fors ne semble guère convaincu par sa propre théorie. Heidi hoche la tête.

— Quelle genre de relation entretenait Eskola avec l'église ?

— Il soutenait nos activités. Il venait parfois à la messe avec sa femme. Nous encourageons tout le monde à progresser sur son propre chemin de foi, nous ne pouvons le faire à leur place. Nous ne pouvons obliger les gens à croire, marmonne Fors. La population des communes d'Hartola et de Sysmä, et par là même toute la paroisse de Tainionvirta, est en baisse. Cela signifie la disparition des fidèles également. Malheureusement, les plus croyants sont peu à peu, comme le dit le verset, en train de redevenir poussière. C'est pourquoi le soutien du couple Eskola était très important pour nous, même dans ses plus modestes manifestations.

Heidi observe Fors. Il devait être très attirant dans sa jeunesse. Des traits ténébreux, une beauté classique et masculine. Il y a quand même quelque chose de désagréable dans sa présence, qu'Heidi ne saurait interpréter.

— Où étiez-vous dans la nuit de mercredi à jeudi, le 3 juillet ? demande-t-elle.

Sa question semble énerver Fors.

— Vous me soupçonnez ? réplique-t-il d'un ton brusque.

— Nous posons la même question à chacun des proches de la victime. Rien de personnel.

— Le 3 juillet, j'étais à l'église en début de soirée, à la sacristie. Ensuite, je suis venu directement ici. Quelle heure était-il… Sans doute 20 heures, répond-il d'une voix traînante.

— Quelqu'un pourrait-il nous le confirmer ?

Elle est déçue de voir Fors secouer la tête. Elle préférerait fermer autant de pistes que possible avec des alibis clairs. Les activités du pasteur resteront pour le moment un point d'interrogation dans leur enquête. Avant qu'Heidi puisse mettre un terme à la conversation, Fors se lève comme si leur discussion était déjà terminée. Cette tentative de contrôler la situation lui déplaît. Elle se lève à son tour mais, avant d'atteindre la porte, s'arrête et décide de changer de technique.

— Quand avez-vous vu votre ami en vie pour la dernière fois ? demande-t-elle en lui lançant un regard pénétrant.

— Ça devait être en début de semaine, déclare le pasteur d'un ton réservé.

Son comportement énerve Heidi. Fors tend déjà la main vers la poignée pour lui ouvrir la porte, mais la conversation ne sera terminée que lorsqu'elle en décidera ainsi.

— Connaissez-vous quelqu'un du nom de Lars Sundin ? s'enquiert-elle en fixant Fors droit dans les yeux.

Il lui rend son regard avec détermination. Rien ne transparaît sur son visage, pas même de la surprise. Il secoue rapidement la tête.

— Ça ne me dit rien.

— Y aurait-il eu ces dernières années à Hartola une affaire d'abus de jeunes filles à peine majeures ?

Elle attend la réponse. La main sur la poignée, Fors déclare sans hésitation, laconiquement et avec gravité :

— Non.

Heidi l'étudie intensément. Il ne cligne plus des yeux depuis un bon moment. En prononçant le mot *non*, il est passé d'une jambe sur l'autre. Soudain, Heidi est certaine que ce changement d'appui signale qu'il a perdu pied intérieurement. Que ses lobes frontaux sont en contradiction. C'est ce qui se passe quand quelqu'un ment.

Jan regarde l'heure. Ils quittent Hartola pour Helsinki. Heidi roule au-dessus des limitations de vitesse, et Jan contemple le paysage. Ce serait le bon moment pour fumer une clope, s'il fumait encore. Il ouvrirait la vitre et soufflerait de la nicotine tout le long du trajet retour.

En vérité, il aimerait téléphoner à son père, mais il ne saurait pas quoi lui dire. Finalement, il se ressaisit et passe un coup de fil à Mertanen. Officiellement, celui-ci est en pause, mais avec l'apparition du tueur au fer rouge le patron a dû renoncer à ses vacances. Ce genre de grosse affaire survient rarement, et que la direction ne soutienne pas ses subordonnés ferait mauvais genre, congés ou non. Les criminels ne prennent pas de vacances et, en conséquence, les représentants de la loi non plus.

— Quoi ? lance Mertanen, avec le grondement du trafic en arrière-plan.

— On a combien de temps ? demande Jan sans préambule.

— Avant quoi ? répond Mertanen, bien qu'il le sache très bien.

— Avant qu'on se fasse bouffer tout cru.

— Je ne peux évidemment pas vous donner de *deadline*, lâche Mertanen en ricanant. Je ne peux rien faire d'autre qu'espérer que l'enquête avancera rapidement. Je ne sais pas combien de temps encore on pourra dissimuler le sadisme de ces meurtres à la presse. Mais tu sais bien qu'on est déjà sous microscope. Bizarrement, ce sont ces affaires, celles d'une cruauté exceptionnelle, dont on se sert pour jauger l'efficacité de tout le KRP. De ce point de vue, le temps presse. Même la procureure attend déjà plus d'informations.

Jan reçoit un double appel de Joki. Il remercie Mertanen et change d'interlocuteur.

— Il faut que tu lises la partie du rapport qui concerne la noyade, déclare le médecin légiste. Et la remarque sur l'eau qui s'y trouve.

— Je suis en voiture. Dis-moi !

— De l'eau a été retrouvée dans les poumons de la victime, comme pour la précédente. J'ai pris un échantillon au cas où, et il s'est avéré que ce n'était pas de l'eau issue des canalisations. C'était de l'eau naturelle, non filtrée. Mais pas de l'eau de mer.

— OK.

— Et le corps a sans doute été porté jusqu'à la voiture pour qu'on l'y trouve, ce qui exige une certaine force. Les techniciens ont repéré des traces de pneus sur le parking, mais c'est bien normal.

L'intuition de Jan lui souffle que le jeu est en train de prendre une nouvelle tournure. Le deuxième crime a exigé plus d'audace, plus de précipitation. La marque au fer rouge est la même, la référence à la royauté est la même, mais rien ne révèle si l'assassin abat des hommes en rapport les uns avec les autres, ou des hommes qui ont commis des méfaits sans liens entre eux.

Heidi avait déjà découvert que Lars Sundin avait ses propres torts envers les jeunes filles. Et maintenant, ces photos retrouvées chez Eskola. Est-ce un mobile suffisant pour le tueur ? Qu'est-ce qui peut bien lier un chef de pub d'Helsinki et le directeur d'une petite banque d'Hartola ? Qui sera la prochaine victime ?

À hauteur d'Heinola, Jan enfile des gants et sort de leur enveloppe les photos qu'ils ont obtenues de Mme Eskola. Il les observe une à une. Elles ont été prises par un appareil photo compact. Le flash se réfracte violemment sur la peau des sujets. Des corps nus, des poitrines exposées, des jambes écartées. Dans un autre contexte, avec d'autres modèles, Jan pourrait qualifier ces photos d'érotiques, mais par leur quantité elles révèlent quelque chose d'immoral. Les filles sur ces photos semblent trop jeunes. Ce ne sont pas des clichés récents, ça se voit à leur qualité. Qui sont ces filles – ou qui est cette fille – dont les photos lascives ont été conservées par Matti Eskola en secret pendant des années ? En les observant, Jan tente de trouver un fil rouge. Quelle voie emprunter ? Jan a déjà photographié ces clichés pour les transmettre à Saki, qui devra les étudier un par un. Pourra-t-il repérer un signe distinctif, un bout de visage ? Les photos contiendraient-elles des indices sur le lieu où elles ont été prises ? Tout doit être passé au crible. Pourtant, si Jan avait le choix, il préférerait ne rien savoir. *Heureux ceux à qui les solutions alternatives les plus terribles ne viennent même pas à l'esprit*, se dit-il.

Une semaine sépare les deux crimes. Le coupable aurait-il voulu cette fois-ci leur laisser délibérément une sorte d'indice supplémentaire ? Quelque chose d'intentionnel qui leur donnerait l'impression qu'il est un peu plus en difficulté ? Après l'affaire de Suomenlinna, le tueur a probablement senti qu'il avait gagné. S'il cherche à recevoir plus d'attention de la part de la police, il pourrait être prêt à leur offrir quelques miettes. Une chose à laquelle se raccrocher.

Jan réfléchit à l'appel reçu par Eskola, à la manière toute simple dont use le tueur pour contacter ses futures victimes. Ils ont déjà effectué les mêmes trajets que le coupable, ils évoluent dans le même royaume, et il pourrait y avoir plus de victimes.

Heidi, silencieuse, regarde la route.

— J'attends que Saki m'envoie des informations sur le passé de Fors, déclare-t-elle soudain.

— OK. Bonne idée d'examiner le cercle des proches d'Eskola.

Jan allume la radio. Radio Nova diffuse du Phil Collins. L'épisode de la sitcom animée *Pasila* dans lequel Phil Collins a la gueule de bois lui revient à l'esprit, et il sourit. L'expression d'Heidi devient morose au fil de la musique.

Jan passe la soirée à Terhokoti. Et le lendemain, s'il a du temps libre, il rencontrera la vieille amie de Veera, avec qui il n'a pour l'instant échangé que quelques messages. D'avance, cette idée lui semble un peu embarrassante. Il ne veut pas que d'autres personnes viennent lui dicter son emploi du temps. Il a presque envie d'annuler le rendez-vous, mais il sait qu'il s'en sortira plus facilement s'il rencontre cette femme, pour annoncer ensuite à Veera que rien, zéro, *nada*. Il pourra alors de nouveau être tranquille.

Mercredi 10 juillet / Helsinki

Le soleil matinal de juillet embrase le ciel. La météo a annoncé de la canicule aujourd'hui, et l'appartement semble figé dans l'attente. Des moutons de poussière vacillent sur place. Saana ne se rappelle pas à quand remonte la dernière fois qu'elle s'est trouvée éveillée si tôt chez elle. Probablement en rentrant de soirée à 6 heures du matin. Mais cette fois-ci elle est allongée dans son lit, enroulée dans sa couverture, observant la cime des arbres qui pointent derrière la fenêtre. Il n'y a pas de draps dans son lit, elle n'a pas eu la force d'en mettre. Ça ne l'empêchera pas de dormir. Les branches s'étirent vers le ciel sans bouger. Pas de vent pour faire frémir les feuilles.

Saana lance le café et, en attendant, elle parcourt les gros titres du quotidien *Iltalehti*, le journal du soir. WEEK-END CANICULAIRE ! est la nouvelle principale du jour. La cafetière ronronne. Saana se sent chez elle. Elle entendait parfois le même bruit quand elle était enfant, lorsque sa mère en préparait.

Les publicités sont plus estivales. En juillet, il n'y a pas d'argent à claquer. Même le journalisme *clickbait* s'adoucit pendant la canicule. Saana sourit en se rappelant qu'un an plus tôt, à la même époque, c'était elle qui composait des titres creux à la rédaction pendant que les autres étaient en vacances. La liberté est agréable, mais s'accompagne de pauvreté. Elle se force à vivre dans l'instant, à ne pas s'inquiéter tout de suite pour le futur.

Elle se met sur la pointe des pieds pour attraper sa tasse préférée dans le placard. Il y est écrit :

I STOLE THIS FROM KIASMA[1].

Elle la remplit de café et s'affale un instant sur le canapé pour en profiter. Aujourd'hui, elle trouvera cet article qui a dès le début éveillé son intérêt. Peut-être se révélera-t-il même décisif. Elle espère au moins qu'il l'enverra dans la bonne direction. Une autre idée lui tourne dans la tête : son rendez-vous en terrasse avec cet inconnu à 18 heures. Saana n'aime pas l'idée de *devoir* rencontrer quelqu'un, mais autant y passer pour s'en débarrasser.

Elle exhume son vélo de la remise pleine à craquer et passe à l'action sans tenir compte de ses pneus dégonflés. Elle est rarement assez dynamique pour avoir le courage d'entretenir son vélo. En général, elle ne songe à l'état de ses pneus qu'en partant, quand il est déjà trop tard. L'été d'Helsinki semble dès le matin chaud et lent. La plupart des gens ont quitté le centre-ville. Les habitants de la capitale font presque un échange avec les touristes. Quand les employés de bureau partent à la campagne en juillet, les estivants débarquent de province – et du monde entier – pour prendre leur place en ville. En pédalant sur les pavés devant le parc Varsapuistikko, Saana se demande à quoi ressemble Helsinki pour les touristes. En hiver, quand elle les voit dans leurs doudounes colorées, elle a toujours pitié d'eux. Mais en été, quand les gens sont détendus et que la ville offre ce qu'elle a de meilleur, Saana arrive presque à considérer la capitale comme une bonne destination de vacances. Selon les études, la Finlande est le pays le plus heureux du monde, mais cela ne se manifeste pas sous la forme de sourires.

1. « J'ai volé ceci au Kiasma. » Le Kiasma est un musée d'art contemporain situé à Helsinki.

Saana s'arrête devant le numéro 36 de la rue Unioninkatu et observe le vieux bâtiment majestueux. Tout semble calme, mais un panneau l'encourage à entrer. Elle gravit l'escalier en pierre et tire la lourde porte ancienne. Elle franchit le seuil, passe le portique de sécurité avec incertitude et arrive dans un grand hall. Il y a bien une bibliothèque ici. Saana regarde autour d'elle avec curiosité, comme pour chercher des indices sur le comportement qu'il convient d'adopter. Un autre panneau l'invite à déposer ses affaires superflues dans des casiers à sa droite. Nourriture interdite, manteaux interdits. On conseille aux visiteurs de mettre leur téléphone sur silencieux. Fascinant. Saana laisse ses affaires dans un casier et gravit un large escalier de pierre. Les microfilms sont au deuxième étage, à gauche sur le palier. Elle pousse une porte lambrissée de plus de trois mètres de haut et longe un couloir. Elle cherche du regard l'étagère des magazines finlandais et trouve rapidement ce qu'elle cherche : les archives du magazine *Hymy*. Même de vieux magazines masculins *Jallu* des années 1958-60 sont à disposition.

Sanna regarde les petites boîtes blanches en carton où se trouvent les microfilms classés par année. Mais l'archive prend fin en 1977. Et les années suivantes ? Elles ne sont donc pas disponibles ? Saana le déplore, mais décide de consulter quand même la bande de 1977 pour le plaisir. La boîte en carton révèle une bobine blanche à placer dans le dispositif de lecture. Saana se dirige vers les vieux appareils et en trouve un de libre. À côté d'elle est installé un adorable vieil homme qui prend des notes dans un élégant petit carnet noir et photographie de temps à autre des pages de journaux du microfilm à l'aide de la caméra du dispositif. Quelle bonne idée ! Saana pourra l'imiter si elle trouve quoi que ce soit d'intéressant. À peine a-t-elle le temps de rassembler son courage pour lui demander comment faire qu'il lui propose lui-même son aide.

— Ce n'est pas bien compliqué, déclare-t-il en réglant la bobine pour Saana.

— Merci, c'est très aimable, dit cette dernière en souriant.

Ce petit geste la met de bonne humeur. Elle parcourt le journal, faisant défiler les images si rapidement qu'elle a mal à la tête. Ses yeux la brûlent, une nausée la prend. Finalement, elle est obligée de regarder ailleurs quand elle change de page. Comme c'est la mauvaise année, elle ne pourra pas trouver ce qu'elle recherche, mais c'est tout de même intéressant d'étudier des microfilms. Comme dans les films américains. Une grande université et sa vieille bibliothèque, où les étudiants résolvent des mystères en fouillant dans les archives. Mais tout ça ne fait pas avancer son enquête. Elle remet la bobine à sa place et, avant de partir, sollicite l'aide de l'employé au comptoir.

— Je cherchais les microfilms des magazines *Seura* ou *Hymy* pour l'année 1989, mais ils ne sont disponibles que jusqu'en 1977. Vous n'auriez pas aussi les numéros plus récents ?

L'homme a l'air d'être un calme archiviste d'une cinquantaine d'années. Pas pressé, sans aucune angoisse pour l'avenir. Il semble avoir arrêté son style des années plus tôt : une chemise à carreaux, un jean qui remonte au-dessus de la taille, des chaussettes de tennis et des sandales qui semblent très confortables. Rien ne suggère qu'il cherche à suivre une mode.

— Bien sûr, nous les avons. Mais il faut les commander à part, dit-il amicalement en déposant devant Saana un formulaire de commande rose. Si vous le faites maintenant, ce sera prêt cet après-midi.

Saana saisit avidement le formulaire. Toute l'organisation des archives est incroyable. Ça valait le coup de demander. En attendant, elle n'a qu'à aller déjeuner.

Une bonne heure plus tard, deux dossiers au nom de Saana patientent sur l'étagère des réservations. Ils contiennent tous les numéros d'*Hymy* et de *Seura* sortis en 1989. Saana saisit le dossier d'*Hymy* et part s'installer sur une chaise à côté d'une fenêtre. Elle inspire l'odeur du papier et du temps passé et reprend ses investigations, les mains tremblantes. Les vieux titres à sensation des années 1980 la font sourire.

HYMY, LA PLUS GRANDE REVUE DE FINLANDE, PARLE À TRAVERS LES CHOSES
Mon voisin fou m'a gâché la vie !
J'ai été patient de Mengele !
Jussi Parviainen : « Les femmes m'adorent ! »

Après avoir parcouru le numéro de septembre sans résultat, Saana saisit celui d'octobre. Et là, avec une rapidité déconcertante, elle se retrouve devant la raison de sa venue à Helsinki.

Royaume endeuillé – Une journaliste d'*Hymy* creuse le mystère d'Hartola. Une jeune fille s'est noyée dans la rivière Tainionvirta.

Rédigé par Ritva Särkkä

Qu'est-il arrivé à Helena ? La jeune fille a été retrouvée morte à Hartola le 1er septembre. On suppose qu'Helena (sur la photo) s'est suicidée. Cependant, tout ne concorde pas. Selon ses proches, la jeune fille a toujours été de nature solaire. Cette affaire cacherait-elle quelque chose ?

Saana tourne les pages. Sur la double page suivante se dresse l'église d'Hartola, qu'elle reconnaît bien. La journaliste a aussi choisi pour son article une photo du cercueil d'Helena, prise de loin lors de l'enterrement. Elle est légendée : *Les porteurs funéraires, l'expression grave. Hartola était en deuil lors de l'enterrement d'Helena.* Hymy *se demande : parmi les invités se trouvait-il un assassin qui feignait la tristesse ?*

Qu'est-il arrivé à Helena ? Qui l'a vue en dernier ? *Hymy* offre 1 000 mk pour tout témoignage !

Saana regarde les photos. Bien que l'article date, Hartola reste reconnaissable de bien des façons. Même Eila a été photographiée. L'article ne parle pas spécialement d'Helena ; la journaliste s'est plutôt intéressée aux habitants du village. Un cadre détaché du reste éveille immédiatement l'intérêt de Saana.

Vous souvenez-vous d'elles ?

Laura Malm - les communes de Joutsa et d'Hartola organisèrent en 1987 de grandes battues menées par des volontaires pour retrouver Laura Malm, portée disparue. Les recherches n'ont pas donné de résultat et se sont interrompues un an plus tard.

Suvi Kolehmainen - cette étudiante a disparu à Lappeenranta sur le trajet qui séparait un restaurant de son domicile en 1986. Malgré les recherches, elle n'a pas été retrouvée.

Saana dévore le texte mot par mot, examine chaque photo, et la chair de poule lui hérisse la peau. La disparition de Laura Malm serait-elle en lien avec la mort d'Helena ? Plus elle avance dans sa lecture, plus son cœur bat, et plus elle sombre profondément dans le passé.

Le royaume d'Hartola n'est donc pas un endroit sûr pour les jeunes filles. Mais que fait la police ? L'affaire d'Helena a été classée comme suicide. Ritva Särkkä décortique la malheureuse commune d'Hartola au fil des pages suivantes dans une interview spéciale où, pour venir en aide à la police inefficace, certains en ont appelé à une puissance supérieure avec le financement d'*Hymy*.

Des sorcières et leurs sortilèges sur les traces de l'affaire.

Les gens ont toujours eu tendance à croire aux forces qui nous dépassent. Les phénomènes surnaturels, la sorcellerie, les légendes régionales et les dieux de la nature influent tellement sur notre héritage culturel que même les personnes les plus instruites se retrouvent parfois face à la fameuse question : existe-t-il quelque chose qui nous dépasse ? Moi-même diplômée de master, jamais je n'aurais imaginé m'intéresser à la magie noire. Mais c'était sans compter Hartola. Un soir, en revenant d'une interview, j'ai été bien surprise. Sur la porte de ma chambre, située sur le campus de l'institut du Häme de l'Est qui date des années 1700, était accrochée une lettre. Il y était écrit que, si je voulais étudier cette affaire de décès à travers les forces de la magie, je pouvais contacter son auteure. En bonne journaliste pleine de curiosité, je l'ai tout

de suite appelée depuis le téléphone de l'institut.
Trois heures plus tard, deux femmes taciturnes sont arrivées dans ma chambre. Mon humble logement s'était transformé en un endroit magique, où se tenait une sorcière de la forêt - une chaman bien réelle avec tous ses outils - accompagnée d'une jeune assistante.
— La sorcière est aveugle. Je suis ses yeux et ses oreilles, m'a expliqué l'assistante. Essayons maintenant de comprendre ce qui est arrivé à la jeune fille.
Bien qu'équipée d'une vieille canne noueuse, la sorcière s'est assise en tailleur sur le sol, avec beaucoup de souplesse pour son âge. Elle a sorti quelque chose des profondeurs de sa cape, qu'elle a jeté sur le sol. J'ai regardé avec surprise un serre-tête en soie.
— Ceci est un objet qui a appartenu à la défunte, m'a indiqué la jeune assistante avant de m'annoncer que nous devions maintenant quitter un instant la pièce.
Je suis restée juste derrière la porte close en retenant mon souffle pour mieux tendre l'oreille. Dans ma chambre, on pouvait entendre des râles et des marmonnements. Le moment venu, la sorcière a frappé le sol pour nous signaler que nous pouvions revenir. À notre retour, elle était debout, en appui sur sa canne, et regardait droit dans ma

direction, sans me voir. Ses yeux étaient troubles et gris.
— Rapide, a-t-elle dit d'une voix forte et perçante. Roi.
J'ai regardé l'assistante d'un air interrogateur. Elle a croisé mon regard et répété :
— Un rapide et un roi.
— Donc rien de concret ? leur ai-je demandé.
— Les filles du rapide, a chuchoté la sorcière en portant sa vieille main noueuse à son cœur.
— J'aurais besoin de quelque chose de plus solide, pas de devinettes, ai-je déclaré.
Hartola. Une sorcière. Un rapide. Une fille retrouvée morte dans un rapide. J'ai ouvert la fenêtre pour faire sortir de la pièce l'odeur de la vieille femme. Dans mon esprit tournoyait une question : avais-je gâché mon argent ou la sorcière avait-elle vu quelque chose, une explication concrète ?
Ritva Särkkä

Sur la photo associée à l'article prise devant le vieux manoir, à côté de la sorcière pose une femme que connaît bien Saana : sa tante Inkeri.

Son cœur se disloque.

— C'est quoi ce bazar encore ? grommelle-t-elle en se concentrant pour prendre une photo aussi précise que possible.

Elle photographie également les autres pages et rapporte le dossier au comptoir. En sortant, elle téléphone à sa tante, mais sans recevoir de réponse. Encore un lien entre Inkeri et les événements. Pourquoi ne lui en a-t-elle pas parlé immédiatement ? De là à penser que sa tante a quelque chose à cacher, il n'y a qu'un pas. À quel jeu joue donc Inkeri ?

Saana remonte la pente raide devant la bibliothèque universitaire Kaisa-talo en poussant son vélo et envoie en même temps un message au numéro de l'annuaire :

Ritva Särkkä Helsinki

Elle reçoit vite une réponse :

Ritva Särkkä, rue Näyttelijäntie 10 b 22, 00400 Helsinki

À moins que l'ancienne journaliste ait brouillé ses coordonnées, la recherche s'est déroulée beaucoup plus facilement que ne l'imaginait Saana.

Sans hésiter un instant, elle appelle le numéro communiqué par l'annuaire. Quand une voix enrouée et froide lui répond, Saana se fige. Soudain, elle ne sait pas comment commencer. Après une petite hésitation, elle décide d'aller droit au but, autant que possible.

— Hartola en 1989, le décès d'une jeune fille, vous vous en souvenez ? lance-t-elle.

Puis elle attend les conséquences.

La femme rigole et répond d'une manière étonnamment incisive :

— Ça dépend. Qui le demande ?

Et elles trouvent ainsi rapidement leur mélodie commune. Saana explique qu'elle est intéressée par cette vieille affaire en tant que journaliste victime d'un remaniement du personnel. Peut-être Ritva ressentira-t-elle de la sympathie pour une jeune femme confrontée aux défis d'une carrière en free-lance et de la productivité exigée dans le monde d'aujourd'hui. Ritva écoute les confessions de Saana, grommelle un peu, puis se tait. Mais l'intuition de Saana était bonne : après une courte pause, l'ancienne journaliste l'invite chez elle à Pohjois-Haaga et lui demande d'apporter quelque chose pour le café.

À 15 heures, Saana sort du bus 40 avec ses achats et marche jusqu'à l'adresse Näyttelijäntie 10. Elle trouve rapidement le bon immeuble et le bon appartement. Pleine de curiosité, elle sonne à la porte. Le nom *Särkkä* y est inscrit, et au-dessus de la boîte aux lettres un gros autocollant indique :

PAS DE PUB, PUTAIN !

Ce sticker l'amuse. Quelqu'un tourne le verrou derrière la porte, qui s'ouvre sur le cliché d'une vieille fille : une femme aux allures de chat persan, avec des lunettes félines. Elle a aussi trois vrais chats. L'un d'eux se presse contre les jambes de Saana.

— Je peux le prendre dans mes bras ? demande-t-elle.

L'attitude du chat semble adoucir celle de Ritva. Saana caresse l'animal, qui se met immédiatement à ronronner. Elle est invitée à entrer dans l'appartement.

Ritva Särkkä se révèle être une vieille dame bavarde qui se réjouit sincèrement d'avoir de la visite. Saana sort de son sac des brioches tressées à la pistache et une bouteille de cava. Ritva fait du café. Elle doit être contente du cadeau de Saana, car elle lui propose aussitôt de répondre à toutes ses questions. Saana gratouille le chat, qui a grimpé sur ses genoux, et admire la vue sur les bâtiments des années 1950 de la rue Näyttelijäntie.

— Pensez-vous pouvoir m'aider sur cette affaire ? demande-t-elle en se servant.

— Tu as apporté de la brioche, alors je vais voir ce que je peux faire, dit Ritva, amusée, en se levant péniblement de sa chaise.

Le chat saute des genoux de Saana et va suivre sa maîtresse, probablement jusqu'à sa chambre. Saana fait de son mieux pour respirer par la bouche, car une odeur de cigarette et de pisse de chat s'est incrustée dans l'appartement. Elle voudrait ouvrir la fenêtre, mais n'ose pas.

— De quoi vous souvenez-vous à propos de ce job ? s'enquiert-elle quand la femme revient, un épais dossier entre les mains.

— Pas de grand-chose, ça fait si longtemps.

Elle s'éclaircit bruyamment la gorge, puis renifle.

— Mais je me souviens que ça n'avançait pas. Tu sais, quand on a l'impression que rien ne mène nulle part ? Après coup, je me suis demandé si on n'avait pas essayé de m'empêcher d'avancer. C'est pour ça que j'ai aussi rapporté les paroles de la sorcière, dit Ritva en prenant un chat dans ses bras.

— Comment la sorcière avait-elle obtenu l'objet qui appartenait à Helena, celui dont vous parlez dans l'article ? lance Saana en prenant une gorgée de café.

Ritva n'a pas touché au sien. Elle y réfléchit un instant.

— Elle l'avait pris dans la chambre d'Helena, répond-elle. J'ai cru comprendre qu'elle était allée là-bas.

— Et le journal a reçu des témoignages ?

Ritva regarde Saana, puis rigole.

— Cette récompense de 1 000 marks n'était qu'une ruse. En vérité, le journal n'était pas près de verser de l'argent à qui que ce soit. Si nous avions reçu un renseignement, le journal aurait tout simplement prétendu le connaître déjà, puis s'en serait servi à ses propres fins.

Saana vide sa tasse. Ritva la jauge du regard.

— Vous m'avez l'air sincère. Vous pouvez emporter ça, dit-elle en lui tendant le dossier.

Saana s'en empare aussitôt pour ne pas lui laisser le temps de changer d'avis.

— À l'époque, je voyageais toujours avec le même photographe, paix à son âme. Nous avions pris beaucoup de photos. On n'en a utilisé qu'une, une vieille photo des filles au collège, qui s'est même retrouvée en couverture du magazine. La fille disparue y était tout sourires avec sa meilleure amie. Mais ces négatifs contiennent aussi beaucoup de photos des lieux, de mes interviews et autres. Emportez-les donc.

Saana la remercie, tout sourires elle aussi.

— Quand j'ai pris ma retraite, certaines de ces vieilles affaires m'ont accompagnée. Elles font partie de moi. Celle-ci est celle qui m'a le plus touchée. Elles avaient l'air tellement gentilles, ces filles-là. Le monde est cruel, cruel à un point inconcevable, même si j'en ai vu des vertes et des pas mûres chez *Hymy*.

Saana va ranger le dossier dans son sac et revient sur le seuil de la cuisine. Ritva est encore assise à table.

— En tant que journaliste accoutumée aux crimes, je voyais le monde d'une manière différente. Un peu comme les chauffeurs de taxi qui remarquent tout ce qu'on essaye de cacher la nuit. Les silhouettes en embuscade dans les buissons, toutes ces choses qui me poussent justement à ne jamais rentrer à pied après le coucher du soleil. Ne vous promenez pas seule la nuit. Souvenez-vous-en.

Saana hoche la tête, un peu embarrassée. Elle préférerait quand même avoir un regard positif sur le monde. Après un moment d'hésitation, elle serre Ritva dans ses bras pour lui exprimer toute sa gratitude. Elle a obtenu d'elle plus qu'elle n'osait espérer. Elle redescend l'escalier d'Haaga en courant, bouillonnante de passion. Cette rencontre lui a donné l'impression qu'elle ne se débrouille finalement pas si mal.

Quelques heures plus tard, attablée à une terrasse presque pleine, Saana lance des regards furtifs aux alentours. Contrairement à ce qu'elle avait en tête, elle n'a pas eu le temps de se changer ni de se maquiller avant son *blind date*. De toute façon, c'est surfait. Elle préférerait être en train d'étudier le dossier de Ritva. Elle soupire et continue de scruter les environs. Elle ne sait pas dans quelle direction regarder ni qui chercher. Veera ne s'est pas donné la peine de lui faire une description précise de Jan.

— Est-ce que ça a vraiment de l'importance ? lui a dit Veera en riant. Pour un *blind date*, mieux vaut ne rien savoir à l'avance, non ?

Saana s'était sentie envahie par le doute. Veera est de nature si chaleureuse et aimable que Saana craignait qu'elle n'ait déniché quelque part un jeune homme isolé et que, prise de pitié pour lui, elle n'ait sacrifié une amie suffisamment lointaine à un rendez-vous minable. La chaude soirée de juillet a attiré beaucoup de monde, et le parvis de l'ancienne gare routière bourdonne de conversations animées. Saana ferme les yeux et s'imagine à l'étranger. Elle adore les soirs d'été, cette atmosphère de liberté en plein milieu de la semaine. À cette période, les Finlandais sont plus vivants.

— Salut ! lance quelqu'un derrière elle.

Elle sursaute, arrachée à ses pensées.

— Je t'ai fait peur, désolé, déclare l'homme, amusé.

Saana sourit en biais, embarrassée. Elle se tourne vers lui, pleine de curiosité.

— C'est toi, Jan, l'ami de Veera ? demande-t-elle avec timidité, presque craintive.

Il ne ressemble pas du tout à ce qu'elle avait pu s'imaginer.

— Plutôt l'ami de Kaj, mais si j'ai bien compris ils partagent tout.

Saana hoche la tête. Elle sait très bien de quoi il parle.

— Saana, dit-elle.

— Jan, répond-il avec une poignée de main vigoureuse.

Elle le regarde discrètement. Elle ne s'était pas préparée à ça. Elle n'avait pas envisagé la possibilité qu'il soit beau. Elle regrette immédiatement de ne pas avoir eu le temps de se maquiller davantage avant de venir. Il a des cheveux bruns mi-longs, une barbe et un regard perçant. C'est sans doute ça, le pire, son regard. Quand ils se sont fixés en se serrant la main, Saana s'est aussitôt sentie troublée. Comme si ses yeux transperçaient tout.

Jan lui demande quelque chose, mais Saana, happée par son visage, n'écoute pas la question. Elle est complètement déboussolée. Pourquoi Veera ne l'a-t-elle pas prévenue qu'il était si beau gosse ? La voilà toute retournée.

— Alors, qu'est-ce que tu en penses ? répète Jan, la tête penchée sur le côté.

— Je n'ai jamais fait de *blind date*, répond Saana au hasard.

— Mais peut-être que ce n'était pas une si mauvaise idée.

Saana déglutit. C'était du flirt ou un compliment en l'air ? Elle se prend aussitôt à espérer qu'il soit sincère. Maintenant qu'elle sait à quoi il ressemble, Saana voit mal comment elle pourrait l'intéresser. Ils échangent un autre regard timide. Personne ne dit rien. L'ambiance est un peu embarrassante.

— Tu veux qu'on reste en terrasse ou qu'on trouve autre chose ? demande Jan.

Saana ne sait pas ce qu'elle voudrait. Finalement, pour ne pas donner l'image d'une cruche indécise, elle répond :

— On n'a qu'à aller ailleurs.

— OK. J'ai un endroit sympa en tête, dit-il en l'invitant à le suivre.

Ils partent en direction de la baie de Töölö, passent devant la Maison de la musique d'Helsinki, et foulent l'immense et vaste Kansalaistori, la place du Citoyen, qui mène à la maison Finlandia. Ils la dépassent, arrivent devant la baie et traversent lentement le large pont de bois qui rejoint le chemin de fer. Il y flotte une sorte d'odeur de rail. L'eau scintille joliment au soleil. Les canards cancanent sous le pont. Saana ne trouve rien à dire. Ils se contentent de marcher. Jan s'arrête devant le café Linnunlaulun.

— Ça t'irait de prendre une tasse de jus de canneberge ? demande-t-il en la menant vers une table libre qui offre une vue magnifique sur la baie de Töölö.

Saana acquiesce, et Jan va commander. Elle a toujours trouvé ce café charmant, mais ne le mentionne pas.

Ils trinquent au jus de fruits, puis contemplent le paysage en se jetant des regards furtifs. Chacun attend que l'autre dise quelque chose à quoi se raccrocher.

Jan a beau être un parfait inconnu, il lui semble familier. En regardant le café, la vue et l'homme assis en face d'elle en train de boire du jus de canneberge, Saana ressent une agréable pique dans le ventre. Tout de même, les choses seraient plus simples avec de l'alcool dans sa tasse.

— Tu préférerais habiter dans une maison moche avec une belle vue, ou une belle maison avec une vue moche ? lui demande Jan avec un sourire en coin.

Six heures après leur première rencontre, ils sont toujours ensemble et sont maintenant installés autour d'une table ronde au restaurant Rytmi. Saana a eu le temps de s'habituer à l'apparence de son compagnon. Elle a pris un verre de vin blanc, et lui une bière. Ils se regardent tour à tour à la dérobée et se posent des questions bizarres. Saana sourit avec satisfaction. Cette question est complètement stupide. La réponse est évidente.

— Dans une belle maison, clame-t-elle.

Puis elle commence à craindre d'avoir donné la mauvaise réponse.

— Il n'y a pas de bonne réponse, déclare Jan en prenant une gorgée de bière. Prétendre préférer vivre dans une maison moche pourrait donner de soi-même une image plus superficielle qu'admettre vouloir vivre dans une belle maison. Mais ce n'est pas vraiment le cas.

Lui-même reconnaît ensuite qu'il préférerait la maison moche « pour bien d'autres raisons ».

Saana fait tourner son verre avec nervosité.

— Comment ça, « pour d'autres raisons » ?

Cet homme, avec son regard perçant, sa barbe, ses histoires sur tout et n'importe quoi, lui plaît beaucoup trop. Jamais elle n'avait eu de tête-à-tête avec un mec aussi intéressant. Pourquoi Jan n'est-il pas déjà pris ? Il doit avoir plein de défauts.

— En ce moment, je vis dans une belle maison, et ça ne me rend pas plus heureux que si je vivais dans une moche, explique-t-il tandis que Saana reprend une gorgée de vin. Et dans une maison moche on aurait une vue sur les belles maisons.

— Si tu avais le choix, tu te nourrirais en mangeant une pilule, ou en mangeant plein de bonnes choses mais qui demandent beaucoup d'efforts ? lance-t-elle.

Elle attend la réponse. Comment a-t-il deviné qu'elle a toujours adoré les questions bizarres et insignifiantes ? Ils cherchent à se faire rire, à déterminer ce qui les distingue, ce qui les rapproche. Ils ont passé la soirée à marcher, à plaisanter et à parler de tout et de rien. Surtout de rien.

— Dans ce cas-là, je choisirais sans hésiter la pilule, déclare Jan en riant. J'oublie de manger, de toute façon.

Saana le regarde, effarée. Elle ne peut pas comprendre comment on peut oublier de manger, quelles que soient les circonstances. Manger est l'un des plus grands plaisirs de la vie.

— On n'est pas sur la même longueur d'onde là-dessus, réplique-t-elle en rigolant. Peut-être que tu ne manges pas assez de bonnes choses. Tu devrais goûter la soupe de poisson de ma tante un de ces jours.

À ce moment-là, le téléphone de Jan sonne. Il s'excuse et s'éloigne pour répondre. Saana reste assise et l'observe avec curiosité à travers la fenêtre. Quelque chose dans ses gestes est devenu plus dur, et sa posture s'est faite plus grave. Ce doit être un appel professionnel.

— Désolé, dit Jan un instant plus tard en revenant à table.

— C'est rien, lâche Saana, le rose aux joues.

— Autant t'expliquer…

Saana redoute aussitôt la suite. Cet homme aurait-il déjà une famille ? Elle resserre les doigts sur le pied de son verre à vin.

— Mieux vaut en parler dès le début, poursuit-il. Je suis d'une certaine manière toujours pris par le travail. S'il se passe quelque chose, je dois parfois réagir immédiatement.

— Tu travailles dans quoi ? demande-t-elle, curieuse.

— Je peux pas te donner beaucoup de détails, mais je suis enquêteur.

Il regarde longuement Saana, comme dans l'attente de sa réaction.

— C'est là que tu dis « ah bon » et que tu me remercies pour la soirée avant de partir, ajoute-t-il d'un air de défi malgré son sourire. En général, les gens n'aiment pas trop se trouver à la même table qu'un représentant de la loi.

Saana cligne des yeux, puis rigole.

— OK, j'ai mieux. Je suis une journaliste web au chômage. Enfin, pardon, une journaliste *clickbait* mise à la porte.

C'est à son tour d'attendre la réponse de Jan. Il se gratte la barbe et regarde Saana en feignant de la jauger.

— C'est là que tu me remercies pour la soirée avant de partir en espérant que je ne publierai pas une critique de ce rencard quelque part sur Internet, dit-elle.

— Je crois qu'on est quittes, déclare-t-il.

Ils portent un toast à leurs professions étranges.

— La soirée est passée en un éclair, lance Jan à la fermeture de Rytmi.

Saana sourit. Elle s'est vraiment amusée et craint que son sourire idiot n'en dise trop long.

— On ferait mieux d'y aller…, souffle-t-elle.

— Oui, c'est le bon moment, avant que ça tourne au vinaigre, plaisante-t-il.

Saana sonde son expression. Est-ce qu'il voudrait déjà se débarrasser d'elle ?

— C'est vrai, avant que le sortilège se dissipe, renchérit-elle d'un ton pince-sans-rire, mais en réalité presque sérieuse.

Que pensera Jan quand il découvrira son moi profond ? Une âme perdue, paresseuse, qui ne sait pas quoi faire de sa vie.

— Le sortilège ? Tu reconnais donc que tu étais sous le charme ? s'enquiert-il, amusé.

Saana ne peut s'empêcher de sourire à nouveau, alors qu'elle aimerait avoir l'air mystérieuse et grave. Il y a clairement un truc entre eux. Dans un silence empreint de compréhension mutuelle, ils finissent leur verre et se lèvent. Saana marche d'un pas léger vers la sortie. Les autres clients affluent en titubant dans la même direction. À l'extérieur du bar flotte une odeur d'asphalte et d'été. Saana sourit de plus belle. Elle a le vertige. Un seul verre de vin suffit parfois à la faire décoller.

Lentement, ils cheminent côte à côte vers l'arrêt de bus Hakaniemi. Malgré la chaleur, Jan porte une veste. Saana a l'impression qu'ils marchent plus près l'un de l'autre qu'en début de soirée. Se fait-elle des idées ? Il y a, étonnamment, beaucoup de monde pour cette heure tardive. Jan lui apprend qu'il adore les nuits d'été, quand les gens surpris par la lumière et la chaleur traînent tard dans les rues et profitent de la vie. La ville a aussi une odeur différente en juillet.

— Moi aussi, dit Saana.

Ils continuent lentement leur route.

— Pardon de ne pas avoir pensé à te le demander plus tôt, mais… est-ce que tu as quelqu'un en ce moment ? lâche Jan en s'arrêtant en plein milieu de la route. La recommandation de Veera remonte à si longtemps, je me disais…

— Non, personne, répond Saana d'un air qu'elle espère indifférent.

Au contraire. Elle est en train de se changer en cynique de l'amour à vitesse grand V.

— Je suis libre et heureuse de l'être, clame-t-elle.

Heureuse, ce n'est pas tout à fait vrai, mais en tout cas, libre, elle l'est. Pendant ces quelques jours passés à Hartola, elle s'est sentie vivante. Peut-être même heureuse, par moments.

— Bien, dit Jan en hochant la tête.

Elle a l'impression qu'il se prépare à ajouter quelque chose. La voit-il pour ce qu'elle est ? Saana n'est pas heureuse, mais elle n'est pas malheureuse non plus. C'est une girouette, qui a attendu toute sa vie le souffle de vent suffisamment puissant qui l'orienterait dans la bonne direction. Ce n'est que dernièrement, à Hartola, qu'elle a compris qu'il est inutile d'attendre. Il faut se souffler soi-même dans la direction qui semble être la bonne.

Ils s'arrêtent aux abords de la place du marché. Jan se tient tout près de Saana. Elle sent l'odeur de son après-rasage et aimerait l'enlacer, mais ne sait pas comment s'y prendre. Contrairement à tout ce qu'elle s'imaginait, elle aimerait beaucoup le revoir. Elle aime son visage, l'intelligence dans ses yeux, sa manière d'être. Elle aime sa voix grave, son style modeste qui contraste avec sa beauté, comme s'il n'avait pas conscience d'être attirant. Ces hommes-là sont les pires.

Il dit quelque chose, et Saana le regarde à nouveau droit dans les yeux.

— J'ai envie de te prendre dans mes bras, mais je suis pas très tactile, déclare enfin Jan en riant.

Saana sourit, envahie d'une sensation à la fois horrible et merveilleuse. La déception serait préférable à ce sentiment de désir si intense, et pourtant si incertain.

Dans les bras de Jan, Saana ne peut plus du tout contrôler son sourire. Et ils s'enlacent alors avec un peu de maladresse, à tâtons, dans la nuit de mercredi à jeudi, à 2 h 15, à Hakaniemi.

À 2 h 59, Saana et Jan ne se sont toujours pas fait leurs adieux. D'innombrables bus de nuit sont passés devant eux, mais ils les ont laissés partir. Jan doit se rendre plus loin dans Kallio, Saana à Vallila. Il faut absolument qu'elle prenne le prochain.

— Tu sais, j'ai vraiment passé une bonne soirée, dit Jan, sondant son regard.

Elle acquiesce et fait signe au bus qui se rapproche de l'arrêt. Il arrive, et ses portes s'ouvrent. Saana embrasse Jan à l'improviste sur la joue et saute à l'intérieur. Accrochée à la barre, elle adresse un geste de la main à Jan, qui n'a pas bougé. Les portes se referment. Le chauffeur semble attendre. Saana lui montre brièvement son ticket sur l'écran de son téléphone, sourit bêtement et avance dans le véhicule en chancelant. Elle pense à la soirée, déconcertée, et songe aussitôt : *si je reçois un message de Jan pendant la nuit, ce sera un* signe. *Cela signifiera que lui aussi s'imagine qu'il pourrait y avoir quelque chose entre nous.*

Jeudi 11 juillet / Helsinki

Quand Saana monte dans le bus, Jan se rend compte qu'il ne veut pas rentrer chez lui. Il décide d'aller dormir quelques heures au bureau. Heidi a de nouveau essayé de le contacter vers 1 heure du matin, et en attendant son taxi Jan la rappelle. Il a l'impression d'être en permanence au service de nuit.

— Il y a du nouveau ? demande-t-il.

Heidi garde le silence un moment.

— Fors, le pasteur du village… C'est un camarade d'école de Sundin. Je n'arrive pas à me défaire de l'idée qu'il mentait quand il a affirmé qu'il ne le connaissait pas et qu'il ne savait rien des photos. Pourquoi ?

— Hmm, répond Jan.

Le taxi approche. Perdu dans ses pensées, il oublie qu'il est au téléphone.

— Il s'est passé quelque chose ? demande Heidi. Tu as l'air bizarre.

— Non, rien de spécial, lance Jan en remarquant qu'il sourit.

Assis sur la banquette arrière du taxi, Jan regarde défiler le paysage familier. Helsinki nocturne est vide mais belle. Jan a une impression bizarre. Il est soudain empli d'un immense chagrin, d'une terrible impression de manque ; mais, d'un autre côté, il déborde aussi de vie et d'une curiosité naissante. Il secoue la tête. Il envoie un cœur à sa mère. Trop de choses se produisent en même temps. Et voilà que cette femme vient s'y ajouter.

Elle l'a intrigué. Quel serait le bon moment pour lui envoyer un message ? se demande-t-il, les pas étouffés par la moquette du bureau. Jan ne veut pas l'envahir, mais il ne veut pas sembler trop distant non plus, par peur qu'elle s'imagine qu'il n'est pas intéressé. Peut-être un bref message là, tout de suite. Ensuite, quelques jours de silence, puis il pourra lui proposer un deuxième rendez-vous, d'un air naïvement insouciant.

Jan se débarrasse de ses chaussures d'un coup de pied, s'affale sur le canapé et commence à composer un message de bonne nuit à envoyer à Saana. Qu'est-ce qu'on écrit, en général ? Quelque chose pour qu'elle sache qu'il pense à elle. Qui laisse entendre qu'il la trouve géniale, sans le lui dire directement. Ça fait longtemps que Jan n'a pas autant réfléchi au contenu de ses messages. En général, il ne dit que ce qui lui passe par la tête, et les femmes lui ont toujours répondu malgré tout. Il écrit :

J'ai passé une bonne soirée. Bonne nuit.

Puis il appuie sur la flèche. Message envoyé. « C'était vraiment génial de se voir, je pense déjà à toi tout le temps. Qui es-tu ? Pourquoi n'avais-je encore jamais rencontré quelqu'un comme toi ? » Voilà ce que Jan aurait voulu lui écrire, mais il ne veut pas lui faire des avances trop enthousiastes. Peut-être ne ressent-elle pas la même chose. La sincérité et la spontanéité de cette femme ont immédiatement capté son intérêt. Sa présence chaleureuse le calme et le stimule tout à la fois. Être en sa compagnie lui semblait naturel, lui donnait l'impression de ne plus être aussi seul qu'avant dans la vie.

Saana retire ses baskets, accroche sa veste en jean sur le portemanteau et pose son sac dans l'entrée. En observant le ciel nocturne, elle se demande si elle devrait prendre un dernier verre de vin blanc. De toute façon, elle n'arrivera pas à s'endormir. Elle n'arrivera plus jamais à s'endormir.

Saana jette un œil dans le frigo. Il n'y a pas de vin. Le frigo est vide, parce qu'elle était censée passer tout l'été à Hartola. Elle prend un verre d'eau et s'assoit dans la cuisine pour regarder dehors. L'appartement lui semble lugubre, comme si elle était chez quelqu'un d'autre. Elle se démaquille, se brosse les dents et va aux toilettes. Puis elle pense de nouveau à Jan. Tout ce qu'ils se sont dit au cours de la soirée, tout ce qu'ils ont partagé se mélange dans sa tête, où l'incertitude le dispute à l'excitation. Il vaut mieux qu'elle ne s'avance pas trop. Et si elle ne recevait plus jamais de ses nouvelles ? Elle éteint les lumières et se faufile dans sa chambre en T-shirt. Elle pose son portable sur la table de chevet, s'étend sur le dos. Elle distingue le ciel nocturne bleuté et la cime des arbres par la fenêtre entrebâillée. La nuit est calme.

En tendant l'oreille, elle entend les bus de nuit et quelques mouettes. Elle ferme les yeux un instant. Soudain, son téléphone vibre. Saana s'en empare aussitôt. Son cœur bat la chamade, et ses organes internes se liquéfient. Elle peut lire, de la part de « Jan Blind Date » :

J'ai passé une bonne soirée. Bonne nuit.

Il lui a dit que son nom de famille était Leino, mais enregistrer son prénom et son nom dans son portable lui semblerait beaucoup trop formel. Saana relit le message encore et encore, la lumière de son portable braquée tout droit sur son visage – elle en bronzerait presque –, un sourire stupide aux lèvres.

Les souvenirs de la soirée et son cœur battant la chamade la tiennent éveillée toute la nuit. À quatre heures et demie, elle se lève avec agitation et va reprendre un verre d'eau dans la cuisine. Elle regarde son téléphone avec espoir, mais Jan ne lui envoie évidemment rien à 5 heures du matin. Contrairement à elle, il doit s'être endormi et ne cogite pas plus que ça sur leur rencontre. Pour faire passer le temps, elle fait défiler les images sur son portable et s'arrête pour observer la photo de sa tante plus jeune, à côté de la sorcière. Mystique Inkeri. En remontant vers les photos plus anciennes, Saana retombe sur un cliché du groupe de confirmation d'Helena. Et là, dans la lumière bleutée, elle s'en rend compte. Le moniteur du camp, le seul adulte sur la photo, est clairement l'homme d'Église d'Hartola, plus jeune de plusieurs dizaines d'années. Le pasteur Antti-Juhani Fors.

Jan se réveille encore ensommeillé sur le canapé du bureau, se fait du café et mange du porridge instantané trop liquide. Il se sent coincé. Pendant un instant, son esprit ne sait pas à quoi se raccrocher. Un goût désagréable lui reste dans la gorge. Quelques bières de trop et pas assez d'eau. Il se gratte la barbe, plongé dans ses pensées. Sa rencontre avec Saana n'était-elle qu'un rêve ? Il vérifie son téléphone. On dirait qu'il a bien reçu un message de sa part.

C'était sympa. Bonne nuit.

Le bureau est calme. Tout le monde est chez soi en train de récupérer quelques heures de sommeil. Jan comprend que lui non plus n'a pas d'autre choix que de s'accorder un moment pour respirer. Il fait comme souvent, quand rien ne fonctionne : il saute sur son vélo et pédale sans but. Après une demi-heure, il s'arrête sur la côte, le long du parc Kaivopuisto. Assis seul sur un rocher, le vent salé lui frappant le visage, il se rend compte que quelque chose a changé après sa rencontre avec Saana. Sur le fond de tristesse de son esprit ressort désormais quelque chose d'agréable. Il se lève lentement et décide de poursuivre son chemin. Il faut qu'il mange, mais après cela il pourrait pédaler jusqu'à Lauttasaari et pousser jusqu'à l'archipel Suvisaaristo. Il reçoit alors un appel. C'est Saki.

— On a réussi à joindre Johanna Eskola, la fille de la victime, annonce-t-il. J'ai demandé à la police d'Helsinki de mettre quelques enquêteurs sur le coup. Les informations obtenues de l'avocat de la famille et quelques traces laissées au fil des années ont fini par les conduire à la bonne adresse. La police d'Helsinki vient juste de me le confirmer. Elle est en chemin pour le commissariat. On peut tout de suite l'interroger en tant qu'ayant droit. Tu seras là ?

— J'arrive aussi vite que possible, dit Jan en regardant les arbres qui se tordent dans le vent.

Les feuilles d'un peuplier s'agitent si violemment qu'il en a presque mal aux oreilles.

Jan arrache deux gobelets en plastique au distributeur du bureau et laisse le réservoir y déverser de l'eau fraîche. On vient rapidement le chercher dans le hall pour l'orienter vers une petite pièce. La blonde qui patientait se lève à son entrée. Il la regarde et hoche la tête.

— Mes condoléances, déclare-t-il de but en blanc en lui tendant un verre d'eau rempli presque à ras bord.

— Merci, dit-elle en se rasseyant.

Elle ne prend pas le verre. Jan le pose devant elle.

— Je suis heureux que nous ayons réussi à vous contacter, poursuit-il. Votre changement de nom nous a un peu compliqué la tâche. Je suis l'enquêteur Jan Leino, de la criminelle. Et vous êtes, selon nos informations, Johanna Eskola…

— Vous pouvez m'appeler Julia Aleksandra, déclare la femme. Johanna Eskola est morte le jour où j'ai quitté Hartola.

Un silence s'abat sur la pièce.

QUATRIÈME PARTIE

Moi

J'ai assez d'intelligence pour comprendre l'idée de nuance. Rien n'est entièrement bon ni entièrement mauvais. Il n'y a pas de bien sans mal. La vie n'existe pas sans la mort. Rien n'est tout blanc ni tout noir. Mais à partir de maintenant, dans mon univers, il y a la justice. Les mauvaises actions appellent de mauvaises conséquences.

J'image les gens en train de s'affairer autour des corps. Je les imagine en train d'étudier les endroits où on les a découverts, d'y chercher des indices. Ils n'en trouveront pas, je n'ai aucun doute là-dessus. Je me demande s'ils seront déconcertés ou effrayés devant ma mise en scène. Aurait-il mieux valu que je me révèle déjà un peu plus ?

Sans doute que non. Je raconterai tout quand viendra le bon moment, s'il vient un jour. Mais des indices, ils pourront en trouver. La couronne. La marque ensanglantée, qui grésille maintenant sur la peau impure d'un autre roi. Hier directeur de banque respecté, aujourd'hui noyé dans les flots indolents du royaume, et demain – demain, rien. Tout continuera comme avant. Les voitures rouleront sur la nationale 4. La rivière Tainionvirta suivra son cours. Les gens mangeront, iront au travail, songeront à leur prochain repas, feront du sport, iront se coucher. Les jours, les semaines et les mois s'écouleront. D'abord la chaleur de juillet, puis la sécheresse d'août, le bruissement de la nature assoiffée, la pluie d'automne, l'engourdissement, puis le froid.

Quant à moi, je ferai toujours la même chose. Je suivrai mon plan. J'attends patiemment le bon moment pour emporter le prochain roi.

Jeudi 11 juillet / Hartola

Assise dans le bus pour Hartola, Saana lit le dossier et prend note de ses réflexions. Elle essaye de suivre un fil rouge, de bâtir des théories, mais ses pensées errent sans cesse vers Jan. Elle espère avoir vite de ses nouvelles, le revoir bientôt.

Elle ne peut pas s'empêcher de chercher en ligne d'abord le nom de Jan, puis le sien. Elle ne trouve presque rien sur lui. Les seuls résultats sont des photos de groupe de la fac de droit d'Helsinki. Elle les agrandit pour regarder Jan de plus près, mais la résolution est très mauvaise. Il aurait donc fait du droit. Saana continue en examinant ses propres profils Facebook et Instagram « avec un regard extérieur ». Quel genre d'image Jan se ferait-il d'elle s'il cherchait des informations sur Internet ? Ils ne sont pas encore amis sur Facebook. Peu de chances qu'il en fasse la demande s'il n'utilise pas les réseaux sociaux. Seule la photo de profil de Saana est publique, il n'y a donc pas de quoi s'inquiéter.

Saana commence à avoir la nausée. Regarder son téléphone dans le bus n'était pas une très bonne idée. Elle le range un moment et ferme les yeux. Des flash-back la happent. Ces nuits d'hiver sous les néons du bureau. Les maux de tête dus à sa mauvaise posture et à l'excès de café. Le sentiment de n'en faire jamais assez. Elle n'était jamais assez rapide, assez intéressante, assez efficace, assez au courant des choses, pour pouvoir rédiger l'article le plus lu de la journée, voire de la semaine. Elle se revoit peaufiner les détails de ses faits divers, se réveiller en sursaut tôt le matin pour noter ses idées de sujets ou de titres, incapable de se rendormir ensuite. Pendant les brunchs du samedi avec ses amis, elle se disait qu'elle ferait mieux d'être en train d'écrire au moins une partie des articles sur sa *to-do list* et, pendant qu'elle les rédigeait, elle se disait qu'elle ferait mieux d'être avec ses amis.

En plus des vibrations du bus, ce qui lui soulève le cœur est la manière dont elle se tenait au courant de tout, continuellement sur les *feeds* d'informations, sur Twitter. Au fond d'elle rôdait la peur constante de l'arrivée d'un nouveau stagiaire, quelqu'un de plus rapide, de plus intelligent qu'elle. En réalité, elle vivait chaque jour dans la crainte d'être démasquée. Chaque jour, elle redoutait en secret que le rédacteur en chef et le responsable éditorial ne découvrent soudain qu'en réalité elle ne savait rien faire. Le dernier statut Facebook de Saana remonte à fin avril. La nouvelle de son chômage technique a sonné le glas de ses mises à jour sur les réseaux sociaux. Après cela s'ensuit un long silence, jusqu'à sa première photo d'Hartola sur Instagram. Le moulin rouge sur fond de paysage d'été. Sans doute peut-on considérer cette photo comme marquant un nouveau départ.

Saana pose son sac dans l'entrée et hèle sa tante. Pas de réponse, mais elle entend du bruit dans la véranda.

— Tu as trouvé ce que tu cherchais à Helsinki ? demande Inkeri.

Elle revient d'une ferme voisine où elle est allée chercher des boutures à planter dans le jardin et semble y avoir passé toute la matinée.

— À quoi tu joues ? commence Saana, bien qu'aussitôt consciente de naviguer en eaux troubles. Pourquoi ne pas m'avoir dit ce que tu traficotais avec une sorcière du village ? J'ai vu une photo de toi dans l'article d'*Hymy*. C'était quoi, cette histoire de sorcellerie ?

Inkeri lui fait un gentil sourire.

— Eh bien, j'étais… comment dire… ouverte à tout. Peut-être même un peu trop. Je ne suis pas fière de cette époque-là, je t'assure, dit-elle en lui posant une main sur l'épaule comme en signe de paix. Quand j'enseignais à l'institut, j'ai rencontré une vieille dame qui pratiquait une sorte de chamanisme. Ça m'a fait perdre pied un moment. On dormait parfois au marais, et il y avait quelque chose de mystique chez cette femme, Alma. Une sorte d'inexplicable aura majestueuse. Elle allait de village en village et adressait des prédictions à qui voulait bien les entendre.

Saana hoche la tête, bien qu'elle n'apprécie pas le style de sa tante. Pourquoi ne pouvait-elle pas lui livrer toutes ces informations dès le début ? Pourquoi doit-elle lui tirer les vers du nez ?

— Tu as quelque chose à cacher ou quoi ? demande-t-elle encore, un peu irritée.

— Comment ça ? Tu m'as déjà mise sur ta liste de suspects ? plaisante Inkeri en souriant placidement. Je ne voulais pas te farcir la tête dès le début. Quand tu m'as dit que tu cherchais cet article, je me suis souvenue que j'avais moi-même rencontré cette journaliste à l'époque.

Elle enroule en chignon ses cheveux, qui commencent à grisonner.

— Mais je ne voulais pas t'embrouiller en te racontant mes histoires. J'ai peu à peu laissé tout ça derrière moi.

Saana tend à Inkeri les copies de l'article.

— Tu avais vraiment l'air perdue, déclare Saana, un peu amusée maintenant par la vieille photo.

Inkeri hausse les épaules et prend une paire de chaussettes en laine posée sur une chaise dans l'entrée.

— Je l'étais sans doute un peu. Je me cherchais beaucoup à cette époque, un peu partout, même à l'étranger. Mais tu sais ce que me disait la vieille Alma ? Que j'étais une âme tourmentée, qui ne s'apaiserait que lorsqu'elle serait en terre. J'ai d'abord cru qu'elle évoquait la mort.

Ce n'est que des années plus tard que j'ai compris qu'elle parlait de jardinage, dit-elle en riant.

— Je voudrais que tu me décrives précisément la dernière soirée d'Helena, votre discussion. De quoi avait-elle l'air ? Qu'est-ce qu'elle portait ? De quoi parlait-elle ? Comment se comportait-elle ?

Il lui semble presque irréel que sa tante ait été si proche de cet événement, qu'elle y ait pris part à l'époque, qu'elle ait même rencontré Helena.

— C'est important, lâche Saana d'un ton implorant.

— Bon, d'accord, dit Inkeri en s'étirant. Helena était belle, mais tellement jeune, au tout début de sa vie. Et tourmentée, en quelque sorte.

Saana l'encourage à poursuivre d'un hochement de tête.

— Elle portait du khôl ce soir-là, et j'ai remarqué qu'elle s'était peint les ongles en noir. Elle est venue à vélo, je l'ai vue arriver par la fenêtre du bar. Je me souviens avoir pensé qu'elle paraissait différente, plus consciente d'elle-même, d'une certaine manière. J'avais l'impression qu'elle voulait me dire quelque chose, mais on a fini par discuter de mes voyages. Helena voulait souvent que je les lui raconte. Elle rêvait sans doute de partir un jour. Ensuite, elle m'a juste donné son poème et elle a repris sa route. Je lui ai souhaité une bonne soirée.

— Rien d'autre ? demande Saana.

Inkeri réfléchit un instant, puis reprend à voix basse :

— Je crois qu'Helena me considérait comme une amie adulte. Du genre avec qui elle pouvait être plus détendue qu'avec sa mère.

Saana remarque que sa tante est un peu émue. Elle est soulagée d'observer ce genre de réaction.

— Elle était trop réservée pour me raconter quoi que ce soit de personnel. Nous discutions surtout de littérature. Parfois, tout de même, elle évoquait les garçons. Ça m'arrivait de me livrer moi-même sur le fait que les hommes intéressants n'étaient pas nombreux dans le coin, et que les seuls qu'il y avait se révélaient souvent assez louches.

Saana regarde sa tante avec curiosité. Fait-elle référence à un de ses propres amoureux ?

— Quelqu'un en particulier ?

— Je suis si vieille que j'ai eu le temps de faire pas mal d'erreurs de jugement dans ma vie, répond Inkeri en allant se laver les mains aux toilettes.

Saana pose ses cadeaux d'Helsinki sur la table, et Inkeri fait bouillir de l'eau pour le thé. Saana reprend le dossier confié par la journaliste. Elle se met à observer les négatifs à la loupe dans le contre-jour de la cuisine. La troisième série de photos est très intéressante. Elle contient des clichés d'une sorte de salon rempli de beaux objets antiques. Plusieurs photos ont été prises dans cette même pièce, et sur l'une d'elles pose un homme qui se tient très droit. Serait-ce von Reichmann ? Alors, le salon serait celui du vieux Koskipää, dans l'actuel bâtiment du café de Maila Talvio. Saana observe l'homme qui sourit pour la photo. Serait-ce possible ? Est-ce vraiment von Reichmann ? Non, quand la journaliste est arrivée à Hartola, il était déjà reparti pour l'Allemagne.

Le dernier cliché de la série est une photo d'une peinture sur un mur. Un imposant tableau dans un lourd cadre doré, une scène en rapport avec l'eau. Saana plisse les yeux pour mieux voir. Elle pourra la faire agrandir plus tard. Sur le tableau, un personnage puissamment bâti, enroulé d'une cape de fourrure et coiffé d'une couronne à bois de cerf se tient au milieu de l'eau noire d'une rivière. Sur la berge, une jolie fille revêtue d'une robe transparente tend la main, désespérée, vers la silhouette. Il y a quelque chose de fascinant dans cette peinture. Le tableau se trouvait probablement dans le salon du manoir.

Inkeri s'est assise avec une tasse de thé, l'article devant elle. Elle sourit en regardant parfois le texte, parfois les images.

— Il y a une peinture, photographiée dans le salon du manoir, apparemment, dit Saana à sa tante. Elle représente un personnage avec des bois de cerf dans une cape de fourrure, avec une jeune femme et de l'eau. Ça te dit quelque chose ?

Pleine d'espoir, elle lui montre le négatif. Inkeri plisse les yeux en le tendant vers la lumière de la cuisine.

— Hmmm…

Saana attend la suite.

— *Król Wody,* lâche Inkeri, l'air surprise. Je suis pratiquement sûre que le nom de cette toile est *Król Wody, Le Roi de l'Eau.*

Jeudi 11 juillet / Helsinki

Jan observe la femme qui lui fait face. Julia Aleksandra se compose une expression aussi indifférente que possible, sans être hostile. L'air de quelqu'un qui n'est pas sûr de pouvoir faire confiance à la police. Elle crispe la main sur son gobelet en plastique ; l'eau remonte jusqu'au bord, mais aucune goutte ne déborde.

— C'est assez rare de changer de nom en Finlande. Pourquoi ce choix ? demande Jan pour briser le silence.

Julia hausse les épaules.

— Mon père jouissait d'une réputation assez étendue dans notre petit village. Je voulais me recréer entièrement, en dehors de son cercle d'influence.

— Est-ce que quelque chose d'autre vous a fait partir, à l'époque ? poursuit Jan.

— Ma plus chère amie est morte quand j'étais jeune. C'était compliqué de m'en remettre, à la maison. Mes parents m'ont envoyée ailleurs. En tant que fille au pair en Australie, à Brisbane. Ils croyaient que le soleil me serait bénéfique. J'ai souffert au début, puis je me suis faite à l'idée et j'ai commencé à me sentir mieux. Au début, je ne comptais même pas revenir en Finlande, mais j'ai fini par m'y résoudre. En tant que Finlandaise réservée, ça m'était difficile d'être comprise ailleurs.

— Et vous habitez maintenant en Finlande, à Helsinki, à Lauttasaari. Vous travaillez au club Teatteri et vous coachez un groupe d'autodéfense. C'est bien ça ?

Julia acquiesce.

— J'ai vu beaucoup de choses dans ma vie. Désolée de vous le faire remarquer, mais vous n'avez pas vraiment l'air d'un flic.

Jan laisse les mots flotter dans l'air sans réagir. Puis il demande :

— Quels rapports entreteniez-vous avec votre père ?

Il lui laisse le temps de répondre. Julia soulève son verre d'eau.

— Un toast à sa mémoire. Mon père était un homme assez déterminé. Nous n'étions pas très proches.

Jan change de sujet.

— Nous avons obtenu des photos assez délicates. Je m'en excuse, mais nous nous devons de vérifier si vous apparaissez sur l'une d'elles.

Il voit Julia prendre une grande inspiration.

— Sauriez-vous me dire quoi que ce soit là-dessus ?

Jan jette les photos sur la table et remarque aussitôt l'hésitation de Julia. Elle se penche en avant, tend la main pour les voir plus en détail. En comprenant ce qu'elles représentent, elle sursaute un peu sans le vouloir.

— Je ne suis pas dessus. Elles viennent d'Hartola ? J'ai l'impression d'avoir déjà vu ce papier peint quelque part. Ces pauvres filles…

— En effet, dit Jan. Les coupables courent toujours.

Il la fixe sans détour. Il veut tester ses réactions. Serait-il possible de la provoquer ? Sans se montrer trop direct, il voudrait qu'elle révèle sa vraie nature, la haine qui pourrait couver sous la surface. Après un instant, elle recule sa chaise et déclare d'une voix tendue :

— Ces photos ont l'air de dater. Je ne les avais jamais vues avant.

Jan hausse les épaules.

— Désolée de ne pas pouvoir vous aider plus que ça, conclut Julia.

Puis elle vide son verre comme pour faire passer le temps.

— Sauriez-vous nous dire si quelqu'un voulait du mal à votre père ? demande Jan après cette petite pause hydratation, en regardant Julia mordiller le bord du gobelet en plastique.

— Ça fait des décennies que je ne l'avais pas revu, répond-elle. Il était sans doute assez prétentieux, surtout pour un petit village comme Hartola, mais je ne vois pas comment on aurait pu le haïr au point de le tuer.

— Très bien, merci et encore toutes nos condoléances, dit Jan pour mettre un terme à l'entretien.

Vendredi 12 juillet / Hartola

Saana se sent pleine d'énergie, prête à se mettre à l'œuvre. Elle décide de passer l'aspirateur chez sa tante. Jan s'immisce à nouveau dans son esprit. Elle n'a pas reçu de ses nouvelles après le message qu'il lui a envoyé à l'aube. Elle tend le bras pour atteindre la poussière sur les plinthes derrière le canapé tout en se demandant si elle devrait faire le premier pas elle-même. Et si elle lui envoyait un message sans conséquences ? Juste « salut », par exemple. D'un autre côté, cela pourrait se révéler une erreur. Peut-être les hommes ont-ils besoin de partir en chasse eux-mêmes. Mais, sans se rapprocher de lui, elle ne pourra pas savoir s'il est intéressé ou non.

Après avoir passé l'aspirateur, Saana enfile un legging de yoga et un top sans manches. Elle n'a pas fait de salutation au soleil depuis longtemps et, après cet exercice, elle se sent aussitôt plus souple et dynamique. Une fois sa séance terminée, elle se prépare un smoothie à la myrtille et s'installe dans un fauteuil du salon pour examiner à la loupe les négatifs que lui a donnés Ritva Särkkä. Une ambiance ancienne et majestueuse se dégage des photos, mais les voir clairement est difficile. Saana observe l'une d'elles, prise en 1989, de l'école d'Hartola, de l'église d'Hartola et de la route Keskustie. La petite municipalité sous le feu des regards. Elle n'arrive pas à se concentrer. Elle relit le message que Jan lui a envoyé dans la nuit. « J'ai passé une bonne soirée. Bonne nuit. »

Elle le connaît déjà par cœur, mais ne peut s'empêcher de le relire encore et encore.

Si Jan a envie de la revoir, il prendra probablement contact au bout de trois jours, songe-t-elle. Un laps de temps qui permet de témoigner son intérêt sans paraître désespéré. Pendant les jours intermédiaires, bouillonner d'impatience est normal. Il lui suffit de s'occuper l'esprit. Il faut absolument qu'elle consacre tout son temps à de petites choses. Comme ça, si Jan vient à lui téléphoner, elle pourra insouciamment lui raconter ce qu'elle était en train de faire. « Je me promenais en forêt », « Je préparais à manger », « J'étais en train de méditer ».

Saana ne pourrait en aucun cas lui dire qu'elle est vautrée dans le petit lit de la chambre d'amis de sa tante, à manger de la réglisse ou à s'épiler les sourcils.

Elle lit l'article de Ritva Särkkä pour la troisième fois.

— Rapide, a-t-elle dit d'une voix forte et perçante. Roi.
J'ai regardé l'assistante d'un air interrogateur. Elle a croisé mon regard et répété pour moi :
— Un rapide et un roi.
— Donc rien de concret ? leur ai-je demandé.
— Les filles du rapide, a chuchoté la sorcière en portant sa vieille main noueuse à son cœur.
— J'aurais besoin de quelque chose de plus solide, pas de devinettes, ai-je déclaré.

Hartola. Une sorcière. Un rapide. Une fille retrouvée morte dans un rapide. En légende de la photo, Ritva liste les objets que la sorcière a répandus sur le sol : *un bandeau de soie, un bracelet en plastique et une jolie croix dorée répandaient leur venin sur le tapis en plastique vert de ma chambre d'hôtel. J'ai tendu la main vers le pendentif.*

Il y était gravé : « Pour Helena, confirmation 1989. » Un cadeau pour sa confirmation. Je l'ai reposé par terre et j'ai lancé un regard interrogateur à l'assistante. J'aurais voulu poser plus de questions, mais elle m'a dit que tout était déjà terminé.

Saana regarde autour d'elle. La lumière du soleil filtre joliment par la fenêtre du salon. Elle a une sensation étrange. Elle a l'impression qu'il manque quelque chose. Elle met un moment à comprendre que cette impression résulte de l'absence d'angoisse, de sensation de vide. La vie les a remplacées.

Saana prend peur. Sans stress constant, sans crise existentielle, elle ne sait pas quoi faire. Comme test, elle essaye d'évoquer tout ce qui la rend triste ou mélancolique, tout ce qui la tourmente.

L'impression que les autres ont compris l'intrigue, mais que je n'ai moi-même pas reçu le script, le caractère renfermé des Finlandais et leur besoin de respecter les règles avec trop de rigidité, les chiens errants, les guerres, les toxines cachées dans les produits cosmétiques, les enfants réfugiés, le glutamate, les discours de haine sur le Net, le changement climatique et la honte de prendre l'avion, les eaux polluées, les ados qui ingurgitent beaucoup trop de boissons énergisantes, les nitrites dans les saucisses... Bien. Elle atteint son but un instant. Elle commence à angoisser. La vie est difficile à contrôler, et les gens vont probablement finir par détruire toute la planète. Mais, rapidement, quelque chose se fraye un passage à travers toutes ces pensées tristes et détruit sa morosité. Une bulle de savon. De la légèreté. Des couleurs. De la joie. De l'amour. Saana réfléchit à la chance qu'elle a d'avoir réussi à rencontrer quelqu'un comme Jan. Quelqu'un avec qui elle a l'impression d'être au même niveau. Un sourire stupide s'élargit à nouveau sur son visage. La vie peut aussi être comme ça. Remplie d'aventures et de promesses.

Au même moment, une notification la fait sursauter. Elle n'est plus habituée à ce bruit : elle a exceptionnellement activé le son de son portable pour être sûre de ne pas rater une tentative de contact de Jan.

Salut. Ce serait sympa de se revoir.

C'est spontané, décontracté, et ça la rend folle. Saana relit le message plusieurs fois. Elle aimerait lui répondre sur-le-champ, mais décide de patienter. Elle inspire profondément et attend. Est-ce qu'un délai de vingt minutes conviendrait ? Après seulement deux minutes, elle reçoit déjà un second message de Jan.

Ça t'irait le café Regatta aujourd'hui à 18 heures ?

Comment doit-elle le prendre ? Quand devrait-elle répondre ? Puisque Jan a brisé le rituel en lui envoyant soudain deux messages l'un après l'autre, Saana décide qu'elle peut répondre immédiatement. Puis elle met plus d'une demi-heure à composer un message convenable, insouciant et suffisamment neutre.

Je suis déjà à la campagne. Mais je pourrai probablement venir quand même.

OK, génial. À tout à l'heure.

Saana sourit devant tant de détermination et commence tout de suite à se chercher un bus. C'est complètement insensé de partir à Helsinki rien que pour un rendez-vous, mais *fuck it*. Une fois le billet acheté, Saana court à l'étage pour se changer. Elle prend conscience de son stress, de son manque d'assurance. Elle se regarde dans le miroir et se dit : *Tu es belle*. Elle a trouvé cette méthode dans un guide américain d'autosuggestion, et ça fonctionne parfois.

Saana fouille sa garde-robe et jctte sur le lit tout ce qui demande à être examiné de plus près. Rien ne l'emballe vraiment. Son départ est dans quinze minutes. Elle se regarde à nouveau dans le miroir : des cheveux blond platine avec un soupçon de lilas, un ventre un peu rebondi. Son cœur se trouve dans son ventre. Elle aime la nourriture, c'est le plus important. Finalement, elle décide de s'en tenir à son idée initiale. Un pantalon cigarette noir, un haut en denim bleu. Elle se met un peu de mascara et une touche de blush.

Saana est déjà dehors quand sa tante lui téléphone. Elle lui demande si elle doit préparer à manger pour une ou deux personnes ce soir. Saana lui annonce en souriant qu'elle rentre brièvement à Helsinki.

— Il s'est passé quelque chose pour que tu repartes aussi soudainement ? s'enquiert sa tante, avec une curiosité évidente.

— Je reviens probablement dès demain. Il ne s'est rien passé de précis. C'est juste que… Bah, j'ai des choses à éclaircir.

— Un homme ? lance sa tante en riant.

Bien que Saana nie en bloc, elles savent toutes les deux qu'elle ment.

Dans le bus, Saana prend quelques profondes inspirations. Au lieu de paniquer, elle pourrait mettre à profit le temps de trajet pour réfléchir à l'affaire d'Helena. D'abord, il y avait deux filles, Helena et Johanna. Puis elles ont toutes les deux disparu. L'une est morte et l'autre est partie. Pourquoi Johanna a-t-elle disparu d'Hartola si rapidement et sans jamais revenir ? C'est l'une des choses que Saana devra éclaircir, d'une manière ou d'une autre. Dans le meilleur des cas, elle obtiendra la réponse de Johanna en personne. Selon ses calculs, elle doit avoir plus de quarante-cinq ans maintenant. Puis il y a Laura Malm, la fille disparue dans la même région. Et cette peinture mystérieuse au manoir, *Król Wody*, le professeur d'art de l'institut du Häme de l'Est, et sa tante qui, mystérieusement, n'a pas pris la peine de tout lui raconter. Pourquoi ?

Vendredi 12 juillet / Helsinki

À Helsinki, Saana admet qu'elle sera un peu en retard. Malgré cela, elle est obligée de marcher tranquillement pour ne pas se mettre à transpirer. En s'approchant du café Regatta, elle aperçoit au loin la haute silhouette de Jan. Il regarde, l'air tranquille, en direction du stade d'aviron Töölö et, pour le dire franchement, il est très beau. L'angoisse s'empare soudain de Saana. Jan est trop… tout. Beaucoup trop bien pour quelqu'un comme elle. À cela s'ajoute sa manière de la fixer longuement, profondément, avec ses yeux perçants… Saana envisage la possibilité de faire demi-tour. Elle ralentit, elle est même sur le point de rebrousser chemin lorsque Jan la remarque.

— Je suis là ! dit-il en lui faisant signe de la main.

Face à lui, elle sent toute sa panique s'envoler. Jan ne jette pas de coups d'œil incessants à son téléphone, ne promène pas le regard ailleurs. Il sourit et la regarde droit dans les yeux.

— Salut, Saana qui arrive de la campagne.

— Salut, Jan qui a dû attendre Saana, dit-elle en riant. Désolée.

Le rire vide son esprit de toute pensée inutile, de toute attente, de toute obligation. Elle ne pense qu'au fait de pouvoir respirer le même air que Jan.

Ils se promènent quelque temps le long de la côte et tournent ensuite au niveau de Mäntyniemi, l'une des résidences officielles du président, pour remonter la falaise. Jan propose qu'ils cherchent un endroit convenable pour s'asseoir et manger des cerises. Saana remarque seulement maintenant le sachet qu'il tient à la main. Ils discutent de tout et de rien en crachant tour à tour les noyaux de cerise dans la mer.

— Tu sais faire un nœud avec la queue des cerises dans ta bouche ? demande Jan.

Saana prend cette question comme un défi.

Jan observe la mer, concentré sur sa tige, et Saana regarde discrètement les mouvements de ses lèvres. Son cœur bat plus fort quand Jan l'effleure en se penchant pour attraper une autre cerise dans le sachet.

Ils font tous deux tourner les tiges des cerises dans leur bouche en essayant de faire un nœud. Quand Saana y parvient enfin, Jan la félicite et se rapproche insensiblement. Saana aurait bien envie de retirer tous ses vêtements pour se jeter directement dans ses bras. Mais ils se contentent de se regarder. C'est une bonne variété de cerises, parfaitement sucrées bien que leur couleur ne soit pas très foncée. Saana a l'impression de voir Jan très clairement, et elle soupçonne le sentiment d'être mutuel. Peut-être est-il même capable de comprendre qu'elle n'est pas un cas particulièrement clair pour elle-même.

Lorsqu'ils ont mangé toutes les cerises, Jan lui propose de faire demi-tour. Saana craint que leur rendez-vous ne soit déjà terminé. *Je suis venue pour ça ?* se demande-t-elle, pendant qu'ils retournent au café Regatta dans une ambiance un peu trop amicale. Elle sent que Jan a quelque chose sur le cœur. Il semble parfois absorbé par ses pensées, distant. Veut-il donc déjà se débarrasser d'elle ?

— J'ai l'impression que tu es épuisé. Il t'est arrivé quelque chose ? demande-t-elle timidement quand ils sont presque à la hauteur du Regatta.

Jan reste silencieux un instant puis, à la grande surprise de Saana, il se met à parler de sa mère.

Saana en a le souffle coupé. Elle ne s'y attendait pas et ne sait pas quoi dire. Presque sur le point d'exploser de compassion, elle voudrait l'enlacer, le consoler. Mais elle sent que, malgré tout, Jan a besoin de penser à autre chose. Que c'est pour cela qu'ils se sont vus aujourd'hui.

Saana ose le prendre par la main, et ils poursuivent ainsi leur chemin en silence. Ils ne se lâchent pas, même lorsqu'ils s'arrêtent pour décider où aller ensuite.

— J'ai perdu ma mère également, confie Saana.

Jan tourne le regard vers elle avec curiosité.

— C'était il y a très longtemps. Mais on ne peut sans doute comprendre ce genre de douleur que si on a subi quelque chose de semblable.

Jan acquiesce.

— Où est-ce que tu vis à la campagne, sinon ? demande-t-il.

— J'ai déménagé pour l'été chez ma tante, à Hartola, répond Saana en rigolant.

Une expression étrange traverse fugacement le visage de Jan.

— T'inquiète pas, mon vrai chez-moi est à Vallila, poursuit-elle.

Elle ne voudrait pas que Jan la prenne pour une habitante de ce petit village perdu. Maintenant qu'elle le connaît, pas question de créer un obstacle géographique entre eux. Elle se veut accessible, voire décomplexée. En espérant que Jan lui réserve un accueil favorable.

— Et si…, commence Jan.

— Et si quoi ? demande Saana, curieuse.

— Et si on allait prendre des mojitos à Kallio ?

Saana n'arrive pas à croire que cet homme si charmant s'intéresse vraiment à elle.

Ils sirotent deux mojitos au bar Musta Kissa. Quand ils ont faim, ils vont manger un poulet au curry au Lemon Grass. Ils cheminent sans but, main dans la main dans les rues. La rue Kolmas Linja, la rue Castréninkatu, la rue Kaarlenkatu, le parc Karhupuisto, la rue Porthaninkatu, la côte Porthaninrinne, la baie Tokoinlahti. La peau de Jan est chaude et semble lui transmettre son énergie. Ça leur fait tellement de bien de se tenir par la main. Par moments, leurs paumes sont si moites qu'ils doivent relâcher leur emprise en riant. Jan annonce à Saana qu'elle peut choisir leur prochaine destination. Elle a envie de dire : « Allons à Juttutupa, le "Troquet Truc", puisque qu'il y a un truc entre nous. » Mais elle ravale la fin de sa phrase, elle n'ose pas. Ils prennent une bière au Juttutupa, puis Jan lui propose de retourner au bar Rytmi. Saana, ravie, espère que sa joie transparaît sur son visage.

Soudain, il est 2 heures du matin. Il fait encore étonnamment clair. Saana regarde Jan.

— Et si…, commence-t-il en souriant.

— Et si quoi ? demande Saana en gloussant bêtement.

— Et si on grimpait sur un toit, qu'on buvait encore un verre et qu'on regardait le lever du soleil ? propose Jan. On peut accéder au toit de mon immeuble en passant par la fenêtre du grenier. Il y a une sorte de petit endroit plat où s'asseoir. La vue est géniale.

— Tu m'as convaincue, dit Saana.

Comme il est bon d'être en vie !

Ils font un court arrêt à l'étage de Jan, pour qu'il aille chercher une bouteille de vin rouge et deux gobelets en plastique. Il prend aussi une couverture. Saana sourit dans le couloir. Elle ne sait pas où se mettre. La porte de l'appartement de Jan est entrouverte. Elle s'appuie au chambranle comme pour se cacher dans l'espace entre l'entrée et la cage d'escalier. Elle respecte la maison des inconnus comme un vampire : elle n'entre pas tant qu'on ne l'y a pas invitée. Les lumières du couloir s'éteignent automatiquement, et Saana va appuyer sur l'interrupteur, en le retrouvant grâce à sa loupiote orange. Puis elle retourne devant la porte. Un soupçon d'odeur de nourriture flotte dans l'appartement de Jan, sans doute cuisinée plus tôt. Du sac de sport posé dans l'entrée provient aussi une légère odeur de sueur.

En se lançant de timides coups d'œil, ils retournent à l'ascenseur et montent jusqu'au cinquième étage pour arriver au grenier. Là-haut, Jan prend Saana par la main. Une brise souffle sur le toit. Tout est calme. Saana s'installe sur la couverture, et Jan leur sert du vin. Ils observent le paysage nocturne en silence, en dégustant lentement leur verre. Jan saisit à nouveau Saana par la main, et elle craint que sa paume ne redevienne moite. Le contact avec Jan lui brûle la peau. La vue au-dessus des toits est magnifique. Leur silence perdure, mais reste agréable, sans rien d'embarrassant. Saana mordille le bord du gobelet jusqu'à ce qu'il se fendille et la force à avaler rapidement le reste du vin bien décanté. Seuls quelques filets ont pu lui couler sur les doigts. Le matin se lève derrière les maisons, et ils imaginent les gens normaux qui, engourdis par le sommeil, se traîneront bientôt dans la cuisine pour allumer la cafetière. Ils sont au-dessus de tout, sur le toit, dans la brume, à la jonction entre l'effervescence et la redescente, baignant dans la douceur d'être ensemble.

— À ton avis, quand est-ce qu'une pluie de printemps se change en pluie d'été ? demande Saana à Jan, qui s'amuse de sa question.

Le soleil se lève, rouge et orange. Jan regarde Saana, penche la tête et sourit. Soudain, tout semble parfait : les premiers rayons qui tombent juste au bon endroit en faisant briller leurs cheveux, en illuminant leur visage. Pendant un bref instant, Saana se voit à travers les yeux de Jan et se trouve belle, voire énigmatique.

À 6 h 18, ils sont dans l'ascenseur. Saana a l'impression que lorsqu'elle ne regarde pas Jan c'est lui qui la regarde. Devrait-elle suivre son intuition, l'attraper pour l'embrasser longuement, passionnément ? Elle aimerait bien, mais n'ose pas faire un geste. Elle se contente de rester là, vibrante de tension. Jan fait de même, et tous deux écoutent le ronronnement étouffé de l'ascenseur, jusqu'au bruit sourd de l'arrivée. Jan ouvre la grille grinçante, puis la porte. Il laisse galamment Saana sortir la première. Ils se séparent devant l'immeuble de Jan, dans le matin silencieux. Si Saana osait, elle dirait encore une fois : « Et si… »

Jan la regarde droit dans les yeux. Puis il repousse quelques mèches des cheveux de Saana pour dégager son visage. Et puis… rien. Toujours pas de baiser. Ils se séparent en retenant leur souffle.

Seule à l'arrêt de tramway, Saana commence à sentir sa nuit blanche lui peser. Elle ressent encore, presque imperceptiblement, le contact de Jan sur son visage, là où il l'a effleurée. Elle ne trouvera pas le sommeil, quelle que soit l'intensité de sa fatigue. Son ventre est noué par l'excitation, ou peut-être en partie par la faim. Elle regarde l'heure : 6 h 33. Elle pourrait faire un saut chez elle, puis prendre un bus pour Hartola. Toute son histoire, son été, ses affaires se trouvent provisoirement là-bas.

Après une demi-heure chez elle, Saana vérifie son téléphone, juste au cas où. Pas de messages. Si Jan lui écrit dès ce matin, aussi tôt que possible, ce sera de nouveau un signe prometteur. Saana prend de l'aspirine par précaution, passe aux toilettes, puis sous la douche. Ensuite, elle regarde à nouveau son téléphone : pas de messages. Elle ouvre et ferme les placards de la cuisine en quête de nourriture. Elle ne trouve que quelques galettes de riz un peu rances. Elle regarde son téléphone : pas de messages. Elle mange ses galettes en vérifiant les horaires des bus. 8 h 15 ou 9 heures pile. Elle prendra sans doute le premier. Au moment où elle achète son billet, elle reçoit un message. Son cœur s'arrête. Un message de Jan.

Direction le boulot sans une seule heure de sommeil. Ah là là… Mais c'est pas grave. On se revoit quand ?

Saana relâche lentement sa respiration. C'est un souffle profond et langoureux, à demi étouffé par la galette de riz. Un long soupir de jubilation. Revigorée par ce message, elle se lève, vérifie que toutes les lumières sont éteintes et les fenêtres fermées, puis ressort. Elle se sent folle, puissante. Elle n'a pas besoin de dormir. Elle n'a besoin de rien. Elle a un *truc* en cours.

Quand le bus arrive à Hartola trois heures et demie plus tard, Saana se réveille sur son siège, dans les vapes, et met un moment à comprendre où elle se trouve. Elle a été sauvée par le réveil de son portable : sans lui, elle aurait raté son arrêt. Quand le bus reprend sa route, Saana reste debout, comme sonnée. Elle ne sait pas quoi penser. En tout cas, il faut qu'elle mange quelque chose. Elle n'a que peu d'options et finit par se décider, le corps fatigué mais l'âme joyeuse, pour la Kar de Mom. Elle commande un déjeuner précoce, du saumon fumé à la sauce aux baies roses accompagné de petits légumes, et s'installe avec son plateau sur une table du fond. Puis elle se lance dans la composition d'un message léger et décontracté, voire amusant, qu'elle pourrait envoyer à Jan en réponse. Moins de six heures se sont écoulées depuis leur dernière rencontre. Avec un sourire stupide pour elle-même, le sourire d'une fille amoureuse, Saana tapote sur son portable, la tête pleine de Jan, en regardant de temps à autre autour d'elle pour y trouver de l'inspiration.

La sonnette retentit, et la porte du café s'ouvre sur une femme droite, pleine d'allure, que Saana n'avait encore jamais vue à Hartola. Intriguée, elle regarde la blonde bronzée se rendre au comptoir et commander une brioche qu'elle dévore sur place.

— J'en avais bien besoin, dit-elle à la serveuse.

Puis elle sort sa carte de son sac, paye et s'en va aussi vite qu'elle était arrivée. La caissière et Saana la regardent s'en aller. De dos, on ne voit d'elle que ses cheveux clairs, sa veste en denim et sa longue robe. Puis elle disparaît dans la lumière de l'été.

— En plein deuil, affirme soudain la serveuse en venant débarrasser les couverts de Saana.

Elle doit avoir remarqué la curiosité de sa cliente.

— Les Eskola vivaient en marge de la population locale. De trop gros ego pour un si petit endroit, pour ainsi dire… Mais cette femme-là a changé d'air très jeune. Apparemment, Hartola ne lui faisait pas de bien, confie-t-elle à voix basse.

Saana hausse les sourcils. Elle vient donc juste, tout à fait par hasard, d'apercevoir un souvenir vivant du passé. Johanna, la meilleure amie d'Helena.

Hartola

Été 1989

À part les fleurs en pot et deux faisans qui se dandinaient dans l'herbe, la cour était vide. Helena passa timidement devant les oiseaux et s'arrêta devant la porte du manoir. Celle-ci s'ouvrit avant qu'elle puisse y frapper.

— Est-ce que quelqu'un t'a vue venir ici ? demanda le baron en lançant des regards dans la cour.

Helena secoua la tête.

— Bien, dit-il en lui faisant signe d'entrer. Je ne voudrais pas qu'il t'arrive malheur.

— Qu'il m'arrive malheur ? répéta Helena, un peu effrayée, mais en se forçant tout de même à sourire.

— Il y a du bon et du mauvais dans la vie, et à Koskipää, on trouve un peu des deux, déclara le baron avant de remettre de la musique.

Helena hésita un instant, mais décida de rester. Le baron l'informa qu'il allait chercher une bouteille spéciale en son honneur dans la cave à vin de la cour, et Helena s'installa, un peu incertaine, seule dans le joli salon. Elle commençait à regretter d'être venue sans y avoir été invitée. Le baron semblait cependant s'en réjouir, malgré son comportement étrange. Mais que pensait-il d'elle ? La voyait-il comme une intruse ?

Comme il tardait à revenir, Helena se leva pour déambuler dans le manoir. Toutes les portes étaient ouvertes. Elle entrait dans chaque pièce en appelant à voix haute, afin de légitimer sa curiosité en faisant semblant de chercher quelque chose. Évidemment, personne ne répondait. Elle avait l'impression d'être une exploratrice en pleine expédition, emplie de respect, mais aussi de curiosité. Cet endroit était si beau. Chaque pièce l'intriguait. Qu'est-ce que ça faisait d'habiter dans une maison aussi élégante ? se demandait-elle en s'imaginant posséder toute cette demeure. Après un temps d'hésitation, elle se décida à entrer également dans les chambres. Sans cesser de héler le baron, elle entrouvrit la première porte et se glissa à l'intérieur. Elle lissa l'épais couvre-lit en soie, admira l'immense lustre qui le surplombait. Au-dessus de la tête de lit se trouvait une tête de chevreuil, accrochée au mur. Helena fixa un instant ce trophée de chasse. Les yeux noirs et vides lui rendaient son regard.

Elle allait sauter sur le lit quand elle entendit des pas derrière elle et se figea sur place, effrayée.

Samedi 13 juillet / Helsinki

Agité, Jan tourne en rond au bureau. Il pense tour à tour à Saana et à Johanna Eskola. Dans son cerveau épuisé, ses pensées s'entremêlent, mais il se force à se concentrer sur l'affaire plutôt que sur son rendez-vous de la nuit précédente.

Johanna Eskola s'est renommée Julia. Elle habite à Helsinki et a vécu plus de quinze ans à Brisbane. Elle n'a pas d'alibi solide pour la nuit du décès de son père, mais il a été confirmé qu'elle travaillait au Teatteri en début de soirée le jour du meurtre. Aurait-elle pu faire le trajet aller-retour en voiture à Hartola pour accomplir son œuvre ? Ils ont également la confirmation que le soir du meurtre de Lars Sundin, Johanna, ou Julia, était de service au Teatteri. La fille de la deuxième victime se trouvait donc dans le même établissement que la première victime lors de sa dernière soirée. Peut-il s'agir d'un hasard ? Julia affirme être rentrée chez elle après la fermeture, mais personne ne peut confirmer son alibi.

Jan songe à la réaction de cette femme devant les photos retrouvées chez son père. Son expression froide, inflexible, comme un masque. Un masque porté pour Jan. Julia ne figurait sans doute pas elle-même sur ces photos, mais s'agissait-il de ses amies ? Cela pourrait-il suffire comme mobile d'un meurtre ?

Chez lui, Jan entre dans la salle de bains et s'extirpe du jean et du T-shirt qu'il porte depuis trop longtemps.

Il prend son téléphone, s'assoit sur son lit, promène le regard autour de lui. Alors les premières larmes arrivent, incontrôlables. Avec ces pleurs, ce sont les souvenirs qui lui tombent dessus. Jan ne peut rien faire contre cette déferlante. Durant les derniers mois, il a souvent rendu visite à sa mère. D'abord à la clinique, puis à Terhokoti. Des moments agréables, malgré tout. Ils ont même osé évoquer leurs sentiments. Ils ont pu se dire beaucoup de choses importantes sur toutes ces années passées. Mais Jan a maintenant l'impression que le temps presse. Il se rince le visage à l'eau froide, se ressaisit.

Il prend un taxi pour Terhokoti. En chemin, il se rend compte qu'il donnerait tout ce qu'il possède pour que la voiture l'emmène ailleurs, n'importe où.

Samedi 13 juillet / Hartola

Saana sort de la Kar de Mom et se dirige vers le centre-ville. Elle n'est pas longue à voir la grande église et son vaste cimetière. Elle prend une grande inspiration pour trouver un peu de calme. Johanna Eskola est de retour dans son village natal : incroyable ! Saana n'ose cependant pas lui sauter dessus immédiatement, puisqu'elle vient de perdre son père. Dans le café, elle lui a paru froide et dure.

Saana observe les tombes. Des fleurs fraîches ont été déposées devant quelques croix et pierres tombales. Il y a une sorte d'équilibre dans ce rituel : les fleurs sont dédiées à la mémoire des disparus, dont on se souvient tels qu'on les préfère, sous une forme imaginaire. Comme tout est subjectif, finalement ! Peut-on jamais vraiment connaître quelqu'un ?

Saana s'est de nouveau arrêtée sur la tombe d'Helena. On a déposé un calla sur la pierre. Elle fixe longuement la fleur, puis quelqu'un s'approche en interrompant ses pensées.

— Bonjour, dit Antti-Juhani Fors.

Un insecte bourdonnant virevolte dans son champ de vision, une grosse mouche ou un taon.

— Bonjour. Je voulais justement vous parler, lance Saana. Vous étiez le pasteur du camp de confirmation d'Helena Toivio à l'époque, c'est bien ça ?

Sa propre assurance l'étonne. L'insecte lui tourne toujours autour. Elle voudrait le chasser, mais ne veut pas se mettre à gesticuler.

— C'est vrai, répond Fors.

Puis il attend la suite.

— Et les années précédentes également ?

Il s'est approché beaucoup trop près, il est presque collé à elle, comme s'il n'était pas conscient du besoin d'espace de Saana : au moins un mètre tout autour, merci.

— En effet, je suis pasteur ici depuis 1983 et j'ai animé chaque année le camp de confirmation, répond-il, laconique.

— Laura Malm. Ça vous dit quelque chose ? J'ai appris qu'une jeune fille de ce nom-là avait disparu dans la région en 1987.

— Est-ce que ça me dit quelque chose, répète Fors en réfléchissant. Non, non, rien de spécial.

Saana se rend compte que l'occasion est venue. Le taon s'est posé sur sa jambe. D'un geste rapide et résolu, elle se frappe la cuisse et écrase l'insecte. Il n'en reste qu'une tache sombre et humide sur son jean. Fors sursaute. Puis il poursuit :

— Il est fort possible que cette jeune fille ait fait partie de la paroisse, mais je ne me rappelle pas tous les noms après tant d'années.

— On ne parle pas des disparitions dans les villages ? lâche Saana. Est-ce que vous auriez un registre dans lequel je pourrais vérifier qui étaient les confirmants et les tuteurs ?

Le manque de sommeil l'a rendue plus franche. Pour une fois, elle demande directement ce qu'elle veut. Et elle ne fait que commencer.

À contrecœur, Antti-Juhani Fors lui parle du registre de l'église en disant qu'il l'aidera autant que possible, mais que sa mémoire s'est un peu affaiblie avec l'âge. Saana s'éloigne sous son regard appuyé.

Les Filles du rapide

Hartola, 1989

Les villageois ont pris l'habitude d'éviter les rapides trompeurs, qu'ils craignent, mais qu'ils admirent. Elles ont écouté les grandes promesses, elles ont prêté silencieusement serment. Oui, grâce au baptême, elles sont saintes, et le prix de la pureté est le silence. Ce sont elles qui ont souhaité devenir les Filles du rapide. Silencieuses, la tête baissée en bonnes et pieuses écolières, elles saisissent une pierre et, à l'aide d'un burin, y gravent de petits trous. Les doigts sanguinolents, elles déposent leurs cailloux sacrificiels sur la rive. Deux petites pierres fendues sur une motte humide. Une pour chaque fille, pour celles que le rapide a emportées.

Sans un mot, elles partent en pèlerinage chez la mère d'Helena. Elles lui demandent le vieux bandeau de sa fille. Il est en soie bleu foncé. Elles inspirent l'air figé de la chambre de la jeune fille, qui n'a pas été aérée, le parfum Yves Rocher trouvé dans une boîte, puis l'odeur de ses vêtements, et elles enregistrent tout dans leur esprit. Elles tirent les cheveux d'Helena de sa vieille brosse et les regardent flotter jusqu'au tapis. La lumière claire du début d'automne s'infiltre par la fenêtre cintrée de l'étage, dévoilant le chagrin qui domine la pièce. Elles caressent les coussins décoratifs, le dos des livres.

Elles découvrent une boîte sous le lit, dans laquelle reposent les journaux intimes de la jeune fille. Sans un mot, elles les feuillettent pour y chercher la raison qui a conduit Helena à la mort. Elles sortent le dernier journal avec précaution, le font passer de main en main. Chacune le porte à son nez, puis elles hochent la tête en signe de compréhension mutuelle. Ce carnet sent les secrets. Elles auront enfin un lien avec Helena. Elles se partageront les écrits de la jeune fille, qui ne regardent pas la police, ni les méchants, ni les chasseurs. Elles ont un secret qui chemine avec elles la nuit, à la table du petit déjeuner, sur le chemin de l'école, lorsqu'elles font leurs devoirs, lorsqu'elles vont se coucher. Personne ne pourrait leur enlever cela.

Elles se noircissent les yeux, se vêtent de blanc et pédalent en file indienne le long des chemins sablonneux. Elles boivent du mauvais cidre et grimacent devant les garçons, les hommes, qui tentent de voir à travers leurs vêtements fins. Elles dressent leur majeur et accélèrent l'allure. Elles ont tout essayé. Ce n'est jamais assez. Elles appellent chez eux, restent silencieuses au bout du fil et leur raccrochent ensuite bruyamment au nez. Elles crèvent les pneus des fanfarons, les éventrent au couteau et s'enfuient en riant dans la chaude nuit d'été.

Le jour, elles sont invisibles. De petits moineaux gris qui gazouillent dans le langage que leurs professeurs et leurs parents veulent entendre. Mais, le soir et le week-end, elles se rencontrent toujours au même endroit secret. Elles s'inclinent devant l'autel, rassemblent leurs forces et, ensemble, sont encore plus tristes que lorsqu'elles sont seules. Elles essayent d'apprivoiser les corneilles. Elles suivent les vols des morios, elles s'imaginent être un papillon. Elles boivent du cidre et en font offrande à la mémoire de celles qui ont quitté leur groupe. Elles sont grandes, elles sont magnifiques, elles sont mystiques, elles sont mélancoliques. Elles se souviennent de leur pouvoir et des filles que tous les autres semblent déjà avoir oubliées. De temps à autre, quand personne n'est en vue, elles se baignent, car elles sont les Filles du rapide. La rousse et la brune, et la blonde disparue.

Samedi 13 juillet / Hartola

— Tu as remarqué que quelqu'un t'a suivie jusqu'ici en voiture ? demande Inkeri en levant la tête de son plant de pommes de terre.

— Quoi ? s'étonne Saana, qui vient juste d'arriver et n'avait pas remarqué que sa tante était dans le jardin.

— On aurait dit le pasteur, déclare Inkeri en se replongeant dans son jardinage.

Saana se retourne en sursaut pour regarder la route. Peut-on entendre une voiture dans les environs ? Elle ne sait pas si sa tante plaisantait ou non. La route est déserte. Il n'y a personne nulle part.

Saana entre et s'installe un instant à table. Elle aime la cuisine de sa tante, qui part dans tous les sens et mélange le récent et l'ancien, à la française. Dans son enfance déjà, elle adorait cette pièce calme toujours emplie de bonnes odeurs. Dans un coin se dresse un antique four à pain en fonte, et une vieille table de paysan occupe presque tout l'espace. Saana se rappelle que, petite, elle allait souvent se cacher dessous. Elle étudiait les éraflures laissées dans le bois au fil des années, elle caressait la surface usée. Son deuxième meuble favori est le vieux vaisselier, qui renferme toute la vaisselle accumulée par sa tante en une vie. Saana a remarqué qu'Inkeri collectionne avec ferveur la vaisselle Arabia : de nouvelles pièces y apparaissent sans cesse. Inkeri range soigneusement dans la vitrine du vestibule tout ce qui ne rentre plus dans les placards de la cuisine. Bien que beaucoup de choses dans cette pièce aient plus de cent ans, cela n'a pas empêché Inkeri d'investir dans une nouvelle cuisinière de qualité. C'est là que naissent la plupart de ses chefs-d'œuvre, qui fondent dans la bouche.

Un jour, quand Saana s'installera définitivement quelque part, elle aussi aura une cuisine pleine de charme.

Elle part enfiler des vêtements plus décontractés dans sa chambre. Son manque de sommeil la ralentit. Sur le mur du couloir de l'étage se trouve un petit tableau qui représente un renard. Un souvenir d'enfance surgit dans son esprit : elle-même, marchant pieds nus sur le parquet. L'air chaud figé de l'étage, le renard au mur, ses petits yeux noirs au regard pénétrant. Saana s'arrête au niveau de la peinture et en effleure la surface. Elle entend presque les voix des adultes, qui montaient du rez-de-chaussée à l'époque. Une fête de famille. Elle se rappelle le goût du louhisaari, une boisson au cassis maison, qu'elle buvait à la paille sur la balancelle. Le renard est assis devant une sapinière. Sa tante lui a dit que ce tableau était un cadeau d'un vieil ami. Saana regarde la signature. Des lettres noires dans la mousse sombre forment le mot *Król*.

Au fil de l'été, les vêtements de Saana se sont accumulés dans le fauteuil de la chambre. Elle fouille la pile pour y trouver un jogging, mais en vain : ils doivent être tous au lavage. Au même moment, Saana remarque que ses affaires sur la petite table de chevet ont changé de disposition. Les négatifs et les copies d'articles ont été empilés ensemble, alors qu'elle les avait glissés entre les pages de son carnet. Déconcertée, elle retourne au rez-de-chaussée. Elle entend sa tante s'affairer dans la véranda.

Après toutes ces semaines ensemble, Saana sait reconnaître les activités de sa tante au bruit. D'abord, Inkeri laisse ses bottes en caoutchouc dans la véranda. Puis elle va aux toilettes se laver les mains au savon à la lavande et retire ses vêtements de jardinage pour enfiler une robe d'intérieur. Saana part faire bouillir de l'eau, sachant sa tante sur le point d'entrer, embaumant la cuisine des odeurs du jardin, débordante d'énergie, pour se préparer un thé.

Et c'est bien ce qui se produit. Saana regarde sa tante en souriant. Les couleurs de sa robe se sont fanées après tant d'années de fidèle service. Petite, Saana imaginait chacune de ses poches remplie de minuscules surprises. L'eau bouillonne, et Inkeri la verse toute fumante dans une grande tasse à motifs floraux, où elle jette ensuite des feuilles de raisin noir. C'est son infusion préférée.

— Alors… ? demande Inkeri en s'asseyant, sa tasse à la main. Pourquoi ai-je l'impression qu'il t'est arrivé quelque chose ?

Elle cherche du regard une confirmation à ses doutes. Saana lui tend le pot de miel avec un sourire, puis tapote nerveusement sur la table et décide enfin de passer aux aveux.

— J'ai rencontré un mec plutôt intéressant.

Sa tante sourit en retour, colorant le silence d'affection, et mélange son miel en faisant doucement tourner sa cuillère.

— J'ai changé tes draps.

Saana la remercie et se demande si Inkeri en a profité pour fureter dans les affaires qu'elle a laissées dans sa chambre et jeter un œil à son tableau d'enquête amateur.

— Je suis contente pour toi, annonce finalement Inkeri en souriant encore plus malicieusement qu'avant. Qui est donc ce mec « plutôt intéressant » ?

— Pour l'instant, je n'ose rien dire. Pas encore, répond Saana.

Elle ne veut pas briser le charme en racontant tout trop tôt.

Hartola

Été 1989

Helena se retourna vers la porte, paniquée, essayant hâtivement d'inventer un prétexte pour justifier sa présence dans la chambre du baron. Quand elle vit d'où venait le bruit, elle se mit à rire, un rire hystérique qui, exacerbé par sa peur, mit très longtemps à s'arrêter. Maman canard et ses trois petits entraient en se dandinant dans la pièce.

— Salut, mes mignons, leur chuchota Helena.

Puis elle fila. Elle ne voulait plus toucher le lit. Elle ne voulait plus examiner quoi que ce soit. Elle voulait juste partir. Elle revint en courant sur ses pas et eut tout juste le temps de regagner le salon avant le retour du baron.

— Y a-t-il quelqu'un qui fait battre ton cœur ? demanda le baron.

La soirée de juillet leur apportait déjà un peu de la fraîcheur automnale à venir. Ils étaient installés dans la véranda et buvaient du vin blanc allemand. Helena s'était peu à peu habituée au goût ainsi qu'au fait que cette boisson lui adoucissait l'esprit et la remplissait d'espoir. Assise là, sans que personne ne le sache, à boire du vin en compagnie d'un homme deux fois plus âgé qu'elle ! Mais cette idée n'avait plus rien de louche ni d'effrayant. Au contraire. Au manoir, elle se sentait vivante. Elle était plus intensément elle-même. La question franche du baron la fit rougir.

— Il y a bien quelqu'un, mais je ne sais pas s'il ressent la même chose, répondit-elle.

Elle avait déjà appris du baron qu'il ne fallait pas cacher ses sentiments. Il valait mieux les étudier, les libérer, les ouvrir au monde. Alors seulement on pouvait prendre vie avec eux. Helena se sentait devenir de plus en plus brave. Le baron leur resservit du vin. Des grillons chantaient dans les champs.

Plus tard ce même été, une lettre adressée à Helena arriva chez les Toivio.

Vous êtes invitée à la soirée des Vénitiennes
du manoir de Koskipää le 31 août 1989.
Tenue de soirée & masque vénitien exigés.

Helena se demanda comment elle pourrait bien attendre la fin août. À partir de cet instant, cette invitation ne quitta plus ses pensées. Elle imaginait le déroulement de la soirée. Comme elle se ferait belle. Comme le manoir serait magnifique. Comme tout aurait l'air fantastique. Elle, si ordinaire, serait l'une des prestigieuses et mystérieuses invitées du baron. Elle ferait partie de ce monde.

Un soir, des semaines avant la soirée fatidique, les deux amies buvaient dans la chambre de Johanna du mauvais cidre en écoutant Dingo et en faisant tourner une bouteille vide sur le sol.

— Action ou vérité ? demanda Johanna, souriante, lorsque le goulot s'arrêta vers Helena plutôt que vers elle.

— Vérité.

— T'es amoureuse ? Et, si oui, alors de qui ? demanda Johanna avec un regard de défi.

D'abord, Helena se tortilla sur place, puis elle se dit qu'elle pouvait bien en parler à Johanna. Elle hocha la tête, embarrassée mais un peu excitée aussi. Elle avait une envie folle de l'avouer.

— De qui ? répéta Johanna en se penchant vers elle.

— Ça fait deux questions. Une seule question par tour, gloussa Helena.

Elle brûlait du désir de révéler au monde l'endroit où elle avait passé l'été, mais elle se tut, car elle craignait de rompre le charme.

Elles burent encore plus de cidre en accompagnant à tue-tête les chansons qui passaient à la radio. Johanna leur avait aussi grapillé une goutte de whisky dans le bureau de son père, avouant en riant qu'elle avait ajouté de l'eau dans la bouteille à la place du centimètre dérobé.

Helena promenait un regard admiratif sur la chambre de son amie. En général, celle-ci obtenait tout ce qu'elle souhaitait. La mère de Johanna ne voulait pas que le chien entre dans la maison, alors Helena avait laissé Neumann à l'extérieur. Quand il se mit à aboyer, elles accoururent à la fenêtre, intriguées, côte à côte pour mieux voir. Helena sentait le souffle de Johanna sur son visage, embué de vin. Il n'y avait personne dans la cour. Le chien devait avoir flairé un animal, sans doute un campagnol ou un lièvre.

Johanna fixait Helena. Soudain, sans que rien le laisse présager, elle se pencha en avant et l'embrassa sur la bouche. Helena fut d'abord envahie par la confusion, puis par une puissante colère.

— Mais qu'est-ce que tu fiches ? lâcha-t-elle en reculant rapidement.

Johanna sursauta. Elle ne savait plus où se mettre.

— Je pensais que… Je me disais que… que toi aussi, enfin… que tu aimes…

Elle éclata en sanglots, et la furieuse confusion d'Helena se dilua dans la panique.

— Johanna, tu es ma meilleure amie, la meilleure, de loin, sans hésitation, mais… je ne t'aime pas comme ça, dit Helena en essayant de lui caresser l'épaule.

Mais elle retira rapidement sa main.

— Mais tu es amoureuse de qui, alors ? lâcha Johanna, hors d'haleine.

Helena n'osa pas mentir.

— Du baron, avoua-t-elle en essayant de feindre l'indifférence pour masquer la profondeur de son amour.

Pendant cet instant figé, encore innocent, elles se dévisageaient comme deux étrangères, debout dans la chambre de Johanna. Toutes deux mises à nu, espérant que l'autre comprendrait.

Mais Johanna regarda Helena d'un air moqueur, puis se mit à rire, un rire interminable sorti du plus noir d'elle-même.

Samedi 13 juillet / Hartola

Julia Aleksandra est arrivée à destination. À l'endroit d'où elle est originaire et où elle ne pensait jamais revenir. Tout s'ouvre devant elle, à la fois familier et étranger. Elle reconnaît le chemin dans la cour. La teinte du gravier n'est plus la même, mais il crisse comme avant sous ses pieds. La forêt qui se détache en arrière-plan n'a pas changé. Une douce odeur de jasmin flotte dans l'air. Le souvenir de ses étés d'enfance la submerge. Les jours qui semblaient sans fin, son vélo et la poussière de la route nationale. Les oiseaux qui chantaient dans les arbres, les doigts pleins de terre, la glace à l'eau qui fondait trop rapidement au soleil, qui collait. Les bouleaux et les hortensias ont poussé, la boîte aux lettres et la statue d'ange sont restées les mêmes. La suspension florale qui pend à l'entrée lui est inconnue.

Julia se force à avancer sans trop réfléchir. Si elle laissait place au doute, si elle ralentissait, elle ferait volte-face et renoncerait aussitôt. Si elle s'en donnait la permission, elle choisirait la fuite plutôt que la confrontation. Mais elle continue à marcher, résolue, vers sa maison d'enfance. Derrière la porte familière et les murs blancs, sa mère l'attend. Julia se souvient d'elle, mais mal – elle n'a qu'une image imprécise de ses traits, de ses cheveux bouclés, de sa façade de calme. À quoi peut-elle bien ressembler aujourd'hui, trente ans plus tard ? Comment ces années remplies de mensonges ont-elles transformé l'apparence de sa mère ?

Julia frissonne en songeant à la lâcheté de Raija, toujours en retrait. Sa mère interprétait avec persévérance un rôle de composition dans une pièce dont le scénariste et le personnage principal étaient son père, le respectable banquier Matti Eskola. L'idée de sa mort lui semble pour l'instant très apaisante, beaucoup plus que la rencontre imminente avec sa génitrice. Contrairement à elle, Julia avait en quelque sorte déjà fait ses adieux à son père, à l'époque.

Elle sonne. Une mélodie familière s'élève. Un instant passe, puis Julia entend des bruits de pas à l'intérieur. Elle emplit ses poumons d'oxygène et se force à sourire d'un air enjoué, bien qu'elle soit tendue à se rompre.

Raija Eskola ouvre la porte et la dévisage un moment sans dire un mot. Julia n'avait jamais vu sa mère aussi fragile et incertaine. Elle l'observe longuement, de la tête aux pieds. Puis le trouble sur le visage de Raija se dissipe : oui, c'est bien sa fille. La taille, se dit Julia. Ce doit être la seule chose qui n'a pas changé chez elle.

— Bonjour, lâche Julia avec un peu d'hésitation.

Elle-même ne sait pas quoi dire. Elle voulait commencer par dissimuler ses sentiments afin d'avoir une discussion sensée, aborder certaines choses comme deux adultes. Mais, en voyant les yeux brillants et écarquillés de sa mère, en distinguant le familier de l'inconnu, Julia remarque que ses larmes sont déjà en train de couler.

— Entre, ne reste pas là à pleurer, dit sa mère.

Elle n'avait sans doute pas l'intention de sembler si dure. Elle s'est toujours exprimée avec froideur, quoi qu'elle dise. Mais cette fois-ci Julia la sent troublée.

Le matin suivant, après toute une nuit de discussion et quelques heures de repos, on sonne à la porte. Une voix familière atteint Julia par-delà l'inconscience et la tire du sommeil. Son cerveau la mêle aux dernières bribes confuses de ses rêves. La salle de sport Kaapelitehdas et Hartola s'y sont déjà mélangés en une masse étrange dépourvue de logique. Un tatami bleu et des femmes sans défense.

Julia s'assoit sur son lit et se frotte les yeux. Sa maison d'enfance. Sa vieille chambre. Agencée d'une manière bien différente, mais quand même. Sa chambre. Plusieurs choses lui sont immédiatement familières : le vieux bouleau qui se voit de la fenêtre, l'ombre mouvante qu'il jette sur le parquet. En l'observant assez longtemps, on peut y discerner beaucoup de silhouettes et d'animaux en tout genre. Julia retrouve presque aussitôt le chien et le visage féminin qu'elle repérait toujours. Elle prend son téléphone et regarde l'heure : 10 h 15. Après cette longue discussion avec sa mère, elle ne s'est endormie qu'à 4 heures du matin.

Elle s'empare du sweat gris sur le dos de la chaise et l'enfile par-dessus son haut de pyjama en descendant l'escalier. En arrivant dans le salon, elle remarque que sa mère est à la porte. Un souffle d'air frais se ressent au ras du sol. Ah oui ! La sonnette. Cette longue mélodie tourmentée qui a interrompu son rêve.

— Bonjour, lance Julia.

Sa mère sursaute et se retourne d'un bond, en la fixant comme si elle avait oublié qu'elle était arrivée hier. Puis elle adresse quelques mots décidés à l'homme sur le seuil et referme la porte.

— Qui c'était ? demande Julia en attachant ses cheveux en queue-de-cheval, déçue que le café ne soit pas prêt.

— Le pasteur ne faisait que passer. Il voulait prendre de mes nouvelles, marmonne sa mère.

Puis elle se reprend et salue Julia comme il se doit, avec plus d'affection.

— Bonjour, ma fille. Tu as bien dormi ?

— Antti-Juhani Fors ? s'enquiert Julia en regardant sa mère de plus près.

Raija lui paraît tout à coup très vieille.

— Ce soi-disant saint homme…, fait-elle avec un sourire amer. Je ne voulais pas qu'il soit tout de suite au courant de ton arrivée.

Julia croit percevoir un courage nouveau chez elle. Voire de la défiance.

— La police a essayé de te contacter, ajoute sa mère en se dirigeant vers le salon pour se préparer son premier verre de la journée sur la luxueuse desserte.

— Je sais, déclare Julia en lui emboîtant le pas.

Dimanche 14 juillet / Hartola

Jan a rassemblé sa petite équipe autour d'une table à l'hôtel Linna. Heidi, Saki et lui sont de retour à Hartola. Ils avalent un fond de café trop clair en passant en revue le déroulement de la commémoration qui aura lieu le jour suivant. La veuve d'Eskola a tenu à organiser l'événement, bien que le corps de son mari soit encore sur la table d'autopsie. Le café est tout de même meilleur que celui du bureau, mais les tasses sont ridiculement petites.

— Nous devons absolument assister à la cérémonie pour voir les participants. L'assassin pourrait se trouver parmi eux. Et, si la clé de ces crimes se trouve dans le passé d'Eskola et de Sundin, il y a fort à parier que la troisième cible sera présente. Raija Eskola a publié une annonce dans le journal local en précisant que tous étaient les bienvenus. Ça ne nous facilite pas forcément la tâche, mais ça renforce la probabilité que le coupable soit sur place, dit Jan en tapotant son feutre sur le tableau. Examinez les gens qui se tiennent à l'écart, examinez le personnel de l'église. Examinez tout, car on n'a franchement rien.

— Les quatre cartes prépayées sont sous surveillance. Dès que l'une d'elles s'activera, on pourra la tracer, dit Saki.

— Il y a aussi une liste d'invités spécifiques pour la cérémonie, dit Heidi en leur distribuant la liste envoyée par Mme Eskola.

Jan la parcourt en comparant les noms à ceux des propriétaires de Citroën Jumper. Aucune similitude. Saki commence sans un mot à examiner l'historique des invités.

Jan fixe l'écran de son ordinateur sans rien voir. Ses pensées s'égaillent. Il tente d'écarter celle qui n'a cessé de lui revenir en tête toute la matinée : puisqu'ils sont à Hartola, il pourrait envoyer un message à Saana. Il sent son moral remonter à l'idée de la voir, bien que la journée qui l'attend soit loin de respirer la joie – une sale situation et un autre cadavre en perspective. Parmi les endeuillés se trouvera peut-être un assassin.

Ils n'ont sans doute que quelques jours avant de découvrir la prochaine victime, le prochain « roi ». Une seule semaine séparait la mort de Lars Sundin de celle de Matti Eskola. Et cela fait désormais une semaine et demie qu'Eskola est mort.

Dimanche 14 juillet / Hartola

Król Wody. Saana observe le tableau sur le négatif minuscule et se rappelle les paroles de sa tante à propos de cette peinture.

« À la fin des années 1980, dans un cercle artistique d'Hartola, donc très restreint, on discutait des courants artistiques et des tableaux basés sur les mythes, et qui avaient engendré de petits cultes ésotériques en Europe centrale. Pendant plusieurs étés, beaucoup se sont intéressés au mysticisme après les cours du nouveau professeur d'art de l'institut du Häme de l'Est. C'était aussi l'époque où Alma organisait des cours de chamanisme, et j'y ai perdu mon sens critique. Je me suis éprise de mon collègue. Des rumeurs prétendaient que le rapide abritait quelque chose de magique. Certains disaient même que le Roi de l'Eau y habitait. Tout le monde semblait attendre quelque chose, et la mort d'Helena a été comme le terrible et grotesque apogée de toute cette anticipation mystique. Cet été-là a laissé ses stigmates sur toute la ville. »

Saana l'écoutait avec un extrême intérêt. Tout cela semblait si particulier, presque irréel. Puis sa tante avait ajouté : « Cette peinture, je m'en souviens bien. Elle se trouvait à l'époque dans le salon du manoir de Koskipää. »

Saana va chercher son ordinateur à l'étage et google *« Król Wody »*. Peu de résultats, mais l'un d'eux est un article Wikipédia. À sa grande surprise, la peinture en question apparaît sur son écran. *L'œuvre du Polonais*

Kasimir Salzkovi, Król Wody, Le Roi de l'Eau, peut-on lire en légende. Saana dévore le texte.

> Cet article traite d'un personnage fictif. Pour les articles homonymes, voir *Le Roi de l'Eau*.
> Le Roi de l'Eau est un personnage de légende qui prend ses racines dans les pays de l'Est. Ce mythe est en lien avec les nixes : on considère qu'ils font partie de la même mythologie. Là où les nixes changent sans cesse de forme, le Roi de l'Eau est un personnage masculin sculptural, dont les signes distinctifs sont une couronne à bois de cerf et une cape de fourrure, plus précisément de fourrure de renard. Dans la tradition polonaise, on raconte que le Roi de l'Eau attire des jeunes vierges dans les flots par son odeur musquée et par le grondement d'un rapide qui gagne constamment en puissance, et qui invite à la danse. Dans la tradition russe, le Roi de l'Eau évoque les rusalka, créatures féminines. Le Vetehinen finnois et le Vesiraukka saami sont des personnages qui rappellent en partie le Roi de l'Eau, mais celui-ci est plus rare et n'apparaît que de manière occasionnelle dans quelques contes et légendes. Son origine est attribuée à la Pologne, où on l'appelle « Król Wody », « le Roi de l'Eau ».

L'article d'*Hymy* sur la sorcière revient à l'esprit de Saana, surtout les mots de la vieille femme : « rapide » et « roi ». Quelqu'un se serait-il approprié ce conte populaire en donnant vie à ce mythique Roi de l'Eau ? Saana ferme son ordinateur, regarde un instant le jardin par la fenêtre, puis reprend son téléphone pour voir si elle a reçu un message ou un appel de Jan, bien qu'elle ait déjà vérifié une demi-heure plus tôt.

La tension la ronge de l'intérieur. Elle espère un message, un appel, mais en même temps l'idée de lui parler au téléphone la rend nerveuse. Ils ne sont encore que deux inconnus l'un pour l'autre. Leur attirance mutuelle les rend maladroits. Entre eux bouillonne une énergie constante, de la fascination, de l'impatience. Tout ce qui leur reste encore à vivre.

Hartola

Été 1989

Cet été-là, alors que les choses n'en étaient qu'à leurs prémices et que l'on ignorait encore tout de la tragédie à venir, Helena passait beaucoup de temps à l'institut du Häme de l'Est. Toujours assise au même vieux pupitre, elle regardait par la fenêtre et suivait, rêveuse, le lent balancement des branches de bouleau dans le vent. Cela faisait déjà plusieurs jours que Johanna et elle ne s'étaient plus adressé la parole.

Quelqu'un toussa dans la classe, et le regard d'Helena revint à sa feuille vierge. C'était son devoir du cours d'écriture créative : elle devait rédiger un poème. Helena regarda la professeure, belle et détendue, sûre d'elle, pleine d'une assurance empreinte de douceur. En voyant Helena l'examiner, elle répondit d'un sourire en coin.

Quelqu'un frappa à la porte. Le professeur d'art se pencha dans l'embrasure pour chuchoter quelque chose à Inkeri. Helena vit la jeune femme repousser les mains de l'homme posées sur elle, mais sans brusquerie – ses gestes semblaient cacher une certaine mollesse, comme si elle avait préféré qu'il ne relâche pas son emprise. Le professeur d'art sourit malicieusement, sans se décourager face à ce rejet trop doux. Puis, sans prévenir, il se retourna et partit. Tous deux étaient les professeurs les plus intéressants de l'institut, si beaux. Helena était sûre qu'ils menaient une vie trépidante.

L'après-midi, après les cours, Helena croisa ce même homme dans la rue. Le trottoir était large, mais il ne fit pas un geste pour l'esquiver.

— Helena ! lança-t-il en lui barrant la route. Ça te dirait qu'on aille au bar de l'Union ? Si tu es gentille, je t'offre un verre.

Helena avala sa salive. Qu'est-ce qui lui prenait d'inviter une mineure au bistrot ? Pourquoi devrait-elle se montrer gentille alors qu'elle n'avait rien demandé ? Helena se regarda par les yeux de cet homme et ne vit qu'une fille incertaine et tremblante. Cette vision lui déplut. Rougissante, avec l'impression de trahir Inkeri, elle accepta malgré tout la proposition dans un murmure.

En chemin vers le centre-ville, il lui posa toutes sortes de questions sur l'écriture et sur ses projets. Deviendrait-elle une grande écrivaine ?

— Vous êtes déjà allé au vieux Koskipää ? lui demanda Helena.

Elle avait besoin que quelqu'un lui confirme ce que Johanna avait insinué, que le baron préférait les hommes.

— Oui, bien sûr, je connais bien August, c'est un grand ami de l'art. Il a très bon goût.

Helena attendit quelque chose d'autre, mais rien ne vint.

— Un verre de riesling, s'il vous plaît, demanda-t-elle.

C'était ce que préférait le baron, un gage de qualité allemande. Elle-même n'y connaissait pas grand-chose, et la manière dont son professeur la traitait en égale était bizarre. Dès que le verre arriva, elle le porta à ses lèvres et but deux longues gorgées pour masquer sa gêne. Le vin était chaud et sucré. Ce n'était pas du riesling. Helena sourit dans sa tête. Le baron l'aurait détesté.

— À ta santé, jolie Helena, dit le professeur.

Pourvu que ces paroles soient vides de sens caché. Pourvu que je reste indifférente à ce beau professeur un peu mystique. *Elle essayait de ne pas penser à la relation qu'il entretenait avec Inkeri, l'adulte la plus intéressante qu'elle ait jamais rencontrée.*

Elle aurait voulu être au-dessus de ses flatteries, mais elle ne l'était pas. La trouvait-il vraiment belle ? Helena se contentait de siroter son vin en souriant. « Souris comme si tu gardais un grand secret », c'était ce que lui avait dit le baron au cours de l'un de leurs après-midi pleins de langueur au salon. Conversation sur le charme et ses effets sur les hommes, partie III. Helena souriait comme si elle gardait un grand secret, mais elle n'osait pas plonger les yeux dans ceux du professeur. Elle regardait la vieille machine à sous derrière lui, le comptoir, les loges qui sentaient le renfermé. Puis il prononça ces mots dont elle rêvait depuis longtemps, mais qui recelaient quelque chose d'interdit.

— Tu fais plus mûre que ton âge.

La banale journée d'été ensoleillée d'Helena se troubla.

— Tu as une certaine intelligence dans le regard, poursuivit-il en souriant.

Le bistrot était presque vide. Anxieuse, Helena termina son verre. Assis en face d'elle, l'homme la dévisageait comme pour creuser un chemin en elle. Helena avait beau fixer la fenêtre poussiéreuse du bar en faisant semblant de ne rien voir, elle sentait son regard brûlant.

Quand elle rentra chez elle, le vin sucré du bar de l'Union lui avait donné la nausée. Ses entrailles se tordaient, elle aurait voulu vomir. Elle tentait de ravaler tout ce qu'elle avait bu, tout ce qu'il lui avait dit. Pourquoi lui avait-il demandé, à elle, de l'accompagner au bar ? Pourquoi lui avait-il prêté attention, alors qu'il avait déjà Inkeri, la plus belle femme d'Hartola ? Alors qu'il avait déjà tout ?

La peinture n'apparut que plusieurs jours après cet épisode. Un petit paquet adressé à Helena, emballé dans du papier kraft, l'attendait un vendredi dans la classe. Inkeri le lui tendit, le regard incisif, la voix claire.

— Quelqu'un a laissé ça pour toi.

Helena déglutit longuement et sentit une étrange agitation chez sa professeure.

— Merci, dit-elle en décidant de n'ouvrir le paquet qu'une fois chez elle.

Une fête aurait lieu sur la plage Aurinkoranta le soir même. On y attendait beaucoup de jeunes du village, dont plusieurs élèves de son groupe de confirmation, et elle ne voulait pas songer à ce cadeau emballé dans du papier kraft sous les yeux d'Inkeri ni à celui qui le lui avait offert.

C'était un vendredi ordinaire au bord de la rivière. Helena connaissait quasiment tout le monde à la fête. Elle observait le feu de camp qui dansait dans le vent. Le centre était si chaud que les flammes étaient entièrement bleues.

Tout allait bien. Johanna et elle s'étaient réconciliées. Mais Helena n'arrivait pas à oublier le rire moqueur de son amie. Leur relation n'était plus aussi naturelle qu'avant. Johanna redoutait sans doute qu'Helena raconte à tout le monde qu'elle avait essayé de l'embrasser. Ce serait complètement idiot, *se dit Helena. Peu importait à quel point elles étaient fâchées, elle serait toujours prête à protéger son amie. Mais tout de même, chaque fois qu'elle revoyait Johanna, elle se souvenait de son rire, de ses paroles : « Mais tu es aveugle ? Le baron aime les hommes. » Selon elle, tout Hartola était au courant qu'un homme venu de l'étranger avait habité chez le baron tout l'été. « C'est assez évident, en plus. »*

Une grosse boule de déception enflait en Helena. D'un autre côté, cette information la soulageait. Cela rendait sa relation avec le baron plus spéciale encore. Cela voulait dire qu'ils étaient amis, que le baron appréciait sa compagnie. Alors que son amitié avec Johanna avait perdu de sa précision.

Les yeux d'Helena se remplissaient de larmes, et elle les sécha rapidement avant qu'on le remarque. Elle pleurait sur sa confusion : l'ivresse du vin rouge, les sentiments qui la rendaient folle mais qui la faisaient se sentir vivante. Une fille dans la même classe qu'elle lui envoya un coup de coude. Vin rouge en approche. Helena s'empara de la bouteille et en reprit sans hésiter une longue et écœurante gorgée. Ils étaient assis en cercle autour du feu. Quelqu'un jouait de la guitare, tout le monde chantait. Les ombres dansaient sur les visages au rythme des flammes. Ce soir-là, elle remettrait son cerveau à zéro. Elle ne penserait pas à Johanna, ni au baron. Il était grand temps qu'elle se trouve quelque chose d'autre.

Plus tard, alors que l'heure du couvre-feu imposé par ses parents approchait, à la tombée de la nuit, dans les cris et les rires décuplés par l'ivresse, Helena sortit le paquet. Frénétiquement, enhardie par le vin rouge, elle déchira le papier. C'était un petit tableau à la peinture à l'huile. Le crâne d'un chevreuil.

L'alcool, dont elle avait abusé, troublait sa vision. Bien que sur le point de tomber à la renverse, elle essayait de se concentrer. Ses pensées s'embrumaient, son angoisse reculait. Les bourdonnements avinés des autres lui donnaient l'impression d'être chez elle. Elle avait beau suivre à l'écart, elle faisait partie d'un tout. Tandis qu'elle observait le tableau, elle se dit qu'elle pourrait s'allumer une clope. Soudain, quelqu'un lui arracha la peinture des mains et la jeta au feu. Bizarrement, Helena se mit à glousser et tomba à plat ventre. Elle fixait les flammes en riant. Elle eut le temps de lire la signature avant que le feu dévore la toile fine. Au coin était écrit en lettres blanches :

Król

Lundi 15 juillet / Hartola

Il n'y a personne à la bibliothèque. Les recherches de Saana sur le mythe de Król Wody n'ont rien donné. Son regard parcourt les chaises vides, et elle se demande si Helena elle-même venait s'y installer pour lire.

En partant, elle inspecte rapidement le tableau des petites annonces. Quelqu'un vend une tronçonneuse, quelqu'un d'autre fait la promotion d'un cours de crochet déjà passé. Un prospectus présente les cours d'été de l'institut du Häme de l'Est : entretien des abeilles, espagnol et thérapie des couleurs. Puis un morceau de papier attire l'attention de Saana.

À toi qui cherches ta place en ce monde !
Des discussions, de la respiration et un moment
de recueillement pour les 15-25 ans. L'église est ouverte
et vous attend. Que le Seigneur soit avec vous !

L'annonce de la soirée jeunesse de la paroisse est barbouillée. Sur le nom de Fors, quelqu'un a écrit au feutre noir :

Pervers !

Pervers ? Saana relit le message. Fors aurait-il fait quelque chose pour mériter une telle réputation à Hartola ? Saana le cherche en ligne, mais il n'est pas sur les réseaux sociaux. Les seuls résultats qui mentionnent le pasteur sont en rapport avec la paroisse de Tainionvirta.

Elle consulte ensuite les horaires d'ouverture de l'institut. Elle pourrait aller y faire un tour. Sa tante ne veut pas lui parler de ses anciennes relations ni de ce professeur d'art qui avait soulevé tant d'intérêt pour les mythes. Qui a introduit le conte du Roi de l'Eau au village ? Était-ce la sorcière Alma, le mystérieux habitant du manoir ou cet encore plus mystérieux professeur d'art ?

Bien vite, Saana se retrouve devant une belle bâtisse jaune d'une taille impressionnante. Les petites annexes couleur ocre sont plus jolies encore. Deux jeunes sortent par la porte principale. La pelouse verdoyante est bien entretenue, avec plusieurs chaises pour s'y installer.

Saana se dirige vers l'entrée en espérant trouver quelqu'un qui pourrait lui parler du passé de l'institut. Au même moment, son téléphone vibre dans sa poche. C'est Jan.

Je pense souvent à toi, tu sais.

Le cœur de Saana fait un bond. Elle sourit et s'arrête pour réfléchir à sa réponse. Un emoji, une photo ? Rien ne lui vient. Pour Jan, elle préfère utiliser des mots. En entrant dans le bâtiment principal de l'institut, elle envoie :

Moi aussi je pense à toi :) Comment tu vas ?

S'enquérir de sa santé, cela ne manque-t-il pas un peu de romantisme ? N'est-ce pas trop infantilisant ? Merde. Saana ne voulait pas sembler maternelle. Elle regrette son message, mais d'un autre côté elle se préoccupe sincèrement de son état.

Saana regarde avec satisfaction le nom écrit dans son carnet. Il lui a fallu plusieurs coups de fil pour éclaircir l'identité du professeur d'art des étés 1987, 1988 et 1989. Finalement, elle est tombée sur la bonne personne : l'ancienne secrétaire de l'institut était heureuse de pouvoir lui apporter son aide. Elle connaissait encore les cours comme sa poche. Elle s'est même rappelé Inkeri quand Saana lui a posé la question.

— C'étaient donc des rumeurs fondées ?

La secrétaire enthousiaste chuintait les *s* à la manière des vieilles dames de la région.

— Quelles rumeurs ? a demandé Saana avec beaucoup d'intérêt.

— Eh bien, puisque vous me parlez de ces deux-là… Ils se plaisaient beaucoup.

Saana n'a pas réussi à obtenir plus de détails. Ce qu'elle a toujours du mal à comprendre, c'est ce qui rend sa tante si peu loquace. Est-ce qu'elle lui cacherait quelque chose de terrible ? Ou peut-être qu'au fond elle est très sensible. Peut-être qu'elle préférerait oublier toute cette époque, sans y parvenir.

Saana observe le nom du professeur d'art. Serait-il arrivé quelque chose à Inkeri, quelque chose qu'elle n'a pas réussi à effacer de sa mémoire ? Un événement lié au sort d'Helena, par exemple. Voilà qui serait vraiment affreux pour sa tante. Saana rédige une question dans son carnet :

Le professeur d'art a-t-il fait quelque chose
qui aurait ensuite scellé le destin d'Helena ?

Hartola

Été 1989

Helena était de nouveau de service au stand de fraises et s'y sentait étrangement seule. Du coin de l'œil, elle vit qu'une moto sur la route Keskustie bifurquait vers le parking du magasin. Quand le conducteur ôta son casque, Helena reconnut le garçon aux jumelles. Il posa son casque sur le siège de sa moto et se tourna vers le stand. Helena fit mine de ne pas le remarquer, de ne pas le connaître, bien qu'elle l'ait déjà vu plusieurs fois. D'abord en tant que tuteur de l'école de confirmation, puis quand il la regardait avec ses jumelles. Elle savait qu'il était presque le seul de tout Hartola à être au courant des visites d'Helena au manoir. Il se dirigea vers le stand, et Helena essaya immédiatement de se trouver quelque chose à faire. Elle se mit à préparer des barquettes d'un litre, en les garnissant à la louche.

— Je peux goûter ? demanda le garçon, alors qu'il avait déjà pris une fraise et mordu dedans.

Helena ne dit rien.

— Si j'étais toi, je m'approcherais pas trop du manoir, dit-il en lui rendant la queue de la fraise.

Elle refusa de la prendre. Il n'avait qu'à la jeter par terre.

— Pourquoi ? En quoi ça te regarde ? répliqua-t-elle, irritée.

Il était mince, mais il avait une grosse tête. Ses lunettes épaisses lui cachaient les yeux.

— Juste pour ton bien, marmonna-t-il. Si t'es aussi intelligente que je l'imagine, ne t'en approche plus.

Puis il repartit en direction de sa moto. Malgré son arrogance, il semblait timide. Il n'avait même pas osé regarder Helena dans les yeux.

Mais comment osait-il la scruter avec ses jumelles, puis venir lui dire un truc pareil ? Comme s'il savait quelque chose qu'elle ignorait. Helena regrettait l'ambiance intemporelle du joli salon, mais les paroles de Johanna avaient brisé le charme, et elle avait l'impression qu'elle ne pouvait plus aller au manoir sans y avoir été conviée. Elle ne pouvait désormais rien faire d'autre qu'attendre. La prochaine livraison de fraises n'aurait lieu qu'après le camp de confirmation.

— Pourquoi pas ? lança-t-elle, enhardie. Dis-moi pourquoi !

Mais c'était trop tard. Il ne pouvait plus l'entendre.

Une fois les fraises vendues, Helena repartit lentement le long du chemin de sable et jeta un coup d'œil vers la sapinière. Il n'y avait pas de morio. Tout était très calme. Comme si la nature attendait quelque chose. Comme si la forêt, le ciel attendaient. Helena tendit l'oreille pour entendre les oiseaux, mais se souvint que vers la fin de l'été ils se taisaient peu à peu. Elle regarda l'horizon. Pas de tempête en vue. La forêt attendait autre chose.

Lundi 15 juillet / Hartola

Heidi regarde la place du mort. Le menton de Jan retombe sur sa poitrine. Il semble très vulnérable quand il dort. Après une demi-heure à lutter contre le sommeil, il a fini par succomber à la fatigue. Heidi se doute qu'il n'a pas dormi correctement depuis des mois et le laisse volontiers se reposer.

Garés sur le parking de l'église, engourdis à force d'être restés assis, ils attendent le début de la commémoration. On dirait bien que tout Hartola est venu. *Si la vie était un film, cette journée serait lugubre et terne,* se dit Heidi. Mais seuls quelques minces nuages s'étirent dans le ciel bleu. Tous deux sont habillés en civil dans des tons foncés, comme toujours. De quoi passer inaperçus. Peut-être est-il temps de réveiller son collègue.

Lorsque Heidi tourne le regard vers le bâtiment, elle la voit. Une blonde devant la porte de l'église, en combinaison noire. Heidi pourrait la reconnaître à des kilomètres. Un lointain souvenir d'une nuit commune noyée de whisky lui revient soudain à l'esprit. Elle s'éclaircit la gorge, envahie d'un mélange de désir et de honte. Un poids lui écrase la poitrine ; elle ouvre la fenêtre pour avoir un peu d'oxygène, ce qui réveille Jan.

— Qu'est-ce qu'il y a ? lance-t-il.

— Je dois t'avouer quelque chose. Je la connais, cette blonde, là-bas, dit-elle avec un signe de tête. Enfin, plus ou moins.

— Johanna Eskola ? demande Jan en suivant son regard.

— Julia. Je te parle de Julia, là…, répond Heidi en même temps que son cerveau relie les points. Et merde.

— Qu'est-ce qui te trouble autant ?

Heidi pourrait le frapper. Elle rougit sans savoir quoi dire.

Ils restent assis un instant en silence, jusqu'à ce que Jan s'esclaffe.

— Putain, Heidi, il faut vraiment que tu sautes sur tout ce qui bouge !

Elle lui envoie son coude dans les côtes, un coup maîtrisé, mais quand même douloureux. Puis elle sourit pour elle-même, secrètement heureuse d'avoir pu le faire rire après tout ce temps, même à ses dépens.

— J'ai bien compris ? Cette femme, c'est Julia Aleksandra, c'est-à-dire Johanna Eskola ? Pourquoi je n'ai pas su faire le rapprochement ? s'étonne Heidi en regardant la blonde d'un autre œil.

De plus en plus de gens vêtus de noir arrivent sur le parvis de l'église. Après avoir échangé quelques nouvelles à l'extérieur, ils se taisent et entrent sans un mot dans la maison du Seigneur, en file indienne. Heidi se lève et ajuste son tailleur. Comme d'habitude, elle ne s'est pas maquillée, mais, maintenant qu'elle a aperçu Julia, son apparence la préoccupe plus que d'habitude. Julia elle-même saura-t-elle la reconnaître dans des circonstances si étranges ?

Ses pensées la tourmentent de plus en plus à l'approche de l'église. Non, elle n'a pas fait le rapprochement, mais comment l'aurait-elle pu ? Quel effroyable hasard qu'un banal coup d'un soir soit lié à son enquête en cours ! Comment Julia – Johanna Eskola – est-elle donc liée à tout cela ? Dans l'église, Jan et Heidi l'observent s'installer en silence dans la rangée réservée aux proches et prendre Raija Eskola par le bras.

Jan examine le pasteur, qui fait signe à toute la paroisse de s'asseoir sur les bancs en bois trop durs. Antti-Juhani Fors semble en très bonne forme pour son âge. L'église est pleine à craquer, et sa fraîcheur lugubre s'est muée en une chaleur humide, pleine de parfums différents. Le pasteur est en nage, visiblement assez mal à l'aise dans sa robe épaisse en plein mois de juillet.

Après avoir achevé son discours, il se dirige calmement vers la veuve. Jan s'imagine lire sur ses lèvres : *Mes plus sincères condoléances, Raija.* Puis il va se placer devant Julia Aleksandra et l'empoigne solidement par le bras pour lui murmurer quelque chose. Jan ne voit plus son visage, mais Julia sursaute. Qu'a-t-il bien pu lui dire ? Antti-Juhani Fors revient devant l'assemblée et entonne un cantique, la mine grave. Tout le monde saisit le livret de paroles. Cantique numéro trente. *La Terre est si belle.*

— Un chant de Noël en juillet, murmure Heidi.

Jan ne réagit pas. Il examine le pasteur avec intérêt. Pourquoi a-t-il raconté à Heidi qu'il ne connaissait pas Lars Sundin ? Fors n'a pas d'alibi pour le meurtre. Selon ses dires, il était chez lui, au presbytère, mais sans témoins pour le confirmer.

Après avoir déposé leurs couronnes de fleurs sur le cercueil en versant quelques larmes, les invités ressortent sur le parvis.

Heidi remarque que la présence de la fille Eskola provoque clairement des murmures parmi les villageois. Julia n'a pas l'air d'y prêter attention. Elle se dirige vers Heidi et Jan.

— Toi ici ? demande-t-elle à Heidi.

Elle salue Jan d'un signe de tête. Il prend note du fait qu'elle n'a visiblement pas versé une seule larme.

— Je te retourne la question, dit Heidi, un peu raide.

Les deux femmes s'observent un instant, embarrassées. Julia n'est pas longue à se ressaisir.

— Mon père, lâche-t-elle en faisant un signe du menton vers l'église.

— Toutes nos condoléances, déclare Heidi.

Elle semble s'adoucir devant Julia. Jan observe les deux femmes. L'une est une fit-girl manucurée, l'autre une jolie policière bornée. Le regard que Julia pose sur sa collègue est sans équivoque : le charme discret d'Heidi a fait une nouvelle victime. Très surprenante, cette fois-ci.

— Merci, mais on tient le coup, ma mère et moi, répond Julia.

L'espace d'un instant, elle fixe Heidi d'un air étrange.

— Alors comme ça, tu es de la police ?

Puis, avec un rapide signe de la main, elle rattrape le groupe au pas de course dans ses talons et sa combinaison cintrée.

Sur le parking, Heidi déverrouille rapidement la voiture, ouvre la portière d'un grand coup et se jette derrière le volant.

— Tout va bien ? demande Jan, déconcerté.

— Tout roule, siffle-t-elle.

Jan, souriant, cherche une petite pique à lui envoyer à propos de Julia, mais y renonce soudain en voyant son expression ; quelque chose lui souffle que l'histoire d'Heidi avec cette femme est encore en suspens. On aurait dit qu'elles se retenaient de discuter franchement.

Heidi enclenche la marche arrière avant même que son collègue soit correctement installé. Pendant qu'elle sort en trombe du parking de l'église, Jan regarde le cimetière et croit y voir une silhouette familière : au beau milieu des tombes se tient leur supérieur, Mertanen en personne. Il ne leur fait donc pas du tout confiance, s'agace Jan. Puis il ferme les yeux et se masse les tempes. Non, ça ne pouvait pas être lui.

— Heidi, commence Jan, les paupières closes.

— Quoi ?

Jan ouvre les yeux. Ils se sont déjà éloignés, et il doit se tordre le cou pour apercevoir encore le cimetière.

— Quoi ? demande à nouveau Heidi, tandis que Jan fixe les tombes sans rien ajouter.

Personne. Son cerveau lui aura joué des tours. Comme Heidi attend encore sa réponse, Jan cherche quelque chose à lui dire et finit par déclarer que Fors l'intrigue. Pourquoi cet homme leur ment-il ? Quel est son lien avec l'affaire ? Heidi semble elle aussi cogiter. Ils feraient bien de s'intéresser au pasteur d'un peu plus près.

Une heure plus tard, Jan se regarde dans le petit miroir des toilettes de l'hôtel du village. Une pensée naît du vide : *j'habite à l'intérieur de ce corps*. Pendant un court instant, cette tête barbue semble être celle d'un inconnu. Il rince son visage à l'eau claire d'Hartola et fait de son mieux pour changer d'humeur, ne serait-ce qu'un instant. Comment oublier tout cela un moment ? La réponse est évidente. Il envoie un message à Saana :

On se voit à Hartola ce soir ?

La réponse arrive avec une rapidité étonnante. Ils conviennent d'un rendez-vous à 19 heures devant le moulin rouge. Selon Saana, en tant que policier, Jan devrait bien être capable de trouver l'endroit tout seul.

Jan rit de cette remarque et regarde l'heure. 17 h 38. Il a le temps de prendre une douche.

Lundi 15 juillet / Hartola

Assise dans la petite chambre impersonnelle de l'hôtel Linna, Heidi fixe le mur. L'autre côté du lit est vide, comme souvent avec elle. Elle ne colonise toujours qu'une seule moitié d'un lit double, et personne n'est là pour prendre l'autre.

Elle se laisse tomber sur le dos et regarde le plafond. Des images éparses de cette nuit brumeuse lui reviennent à l'esprit : Julia au bar, Julia nue au lit, Julia endormie tandis qu'Heidi s'esquive au matin. Puis ces nouveaux éléments glaçants : Julia et son étonnant passé à Hartola, Johanna et les photos retrouvées au domicile de son père.

Heidi prend une grande inspiration, puis la relâche en essayant de se vider l'esprit en même temps que les poumons. Comme si elle pouvait expulser toute cette nuit passée avec Julia. Ces pensées vagabondes, cette chaleur, son cœur qui bat plus que de raison quand elle est devant elle. Heidi inspire à nouveau, expire longuement. Bien que ses sentiments demeurent, elle se force à les mettre de côté. Elle a un puzzle à reconstituer, en partant de la petite intuition qui s'est soudain éveillée sur le parking de l'église : quel est le rôle de Julia dans l'affaire du tueur au fer rouge ?

Heidi connaît Julia comme l'entraîneuse de la salle Kaapelitehdas, qui enseigne aux femmes à se défendre contre les hommes. Elle travaillait au Teatteri le soir du meurtre de Lars Sundin. Elle y était également lors de sa cérémonie funéraire. Un hasard, vraiment ? Quel genre de relation entretenait-elle avec Lars ? Aurait-elle pu abattre son propre père ? Saki n'a pas trouvé de casier judiciaire à son nom – ni à l'ancien, ni au nouveau –, mais Heidi est au courant des rumeurs qui circulent dans son groupe de boxe. La plupart des élèves de Julia sont divorcées, avec interdiction pour leur mari de les approcher. Certains ont porté plainte contre leur femme pour violences.

Ce qu'on raconte serait donc vrai ? Julia organiserait des passages à tabac pour aider ses élèves ? Heidi comprend l'idée, bien qu'elle n'accepte pas qu'on se fasse justice soi-même. Elle ne peut pas s'empêcher de se demander si Julia est déjà allée plus loin dans la violence. Aurait-elle été capable de projeter deux meurtres, de passer à l'acte ?

Maintenant que l'idée est là, Heidi ne peut plus s'en défaire. Quelque chose dans cette théorie lui semble possible, voire probable. Et si Julia se vengeait de ces hommes qui ont incontestablement maltraité des femmes ? Lars Sundin et son goût pour les jeunes filles, Matti Eskola et les photos retrouvées chez lui… Heidi déglutit pour chasser la nausée qui monte. Elle ne sait pas quoi penser. D'abord, elle se demande, étrangement, comment Jan réagira à sa théorie. Que dira le directeur d'enquête en se rendant compte qu'elle a vraiment couché avec une coupable potentielle ?

Elle se redresse lentement en position assise. Quelque chose dans cette affaire l'embrouille. Elle essuie la sueur froide sur son front et prend le temps de s'élever mentalement au-dessus de tout cela. En esprit, elle sort de l'hôtel Linna par la fenêtre, flotte par-delà la route, au-dessus du terrain de golf, puis s'envole dans l'espace. Elle voit les maisons en boîtes d'allumettes, les longues routes sinueuses. Les voitures qui y circulent ne sont plus que de la taille d'une tête d'épingle. Les gens ne sont plus que de petits points à l'endroit que l'on nomme Hartola. Les cartes ne donnent pas une bonne idée de la nature. Heidi a l'impression de ne plus savoir interpréter correctement les distances. Son imagination la projette plus haut, toujours plus haut depuis les cimes du monde et, en portant le regard vers le bas, Heidi tente de se rendre compte à quel point cela est insignifiant. Finalement, tout le monde est seul.

Puis, dans son esprit depuis l'espace, Heidi se met à relier peu à peu ses idées, comme l'on déplace des grains de sable, jusqu'à constituer une solution au mystère des meurtres au fer rouge. Une première théorie.

Quand Heidi réintègre sa petite chambre d'hôtel, elle n'entend plus aussi clairement la voix de son inconscient. En revanche, elle ressent un besoin irrationnel d'avertir Julia. Sa propre folie l'étonne. Il n'y a rien entre elles, hormis ce coup d'un soir passionné. Heidi se lève en soupirant. Elle va prendre une douche, puis elle repassera tout cela en revue avant de présenter à Jan la première théorie concrète sur ces meurtres en série. Le nom de cette théorie est « Une femme en colère ».

Jan se regarde dans le miroir en s'encourageant à sourire. Saana le mérite. Quelqu'un toque à la porte. Instinctivement, il jette un coup d'œil par le judas. Heidi attend, impatiente. Lorsqu'il lui ouvre, elle entre en trombe. Jan regarde l'heure : 18 h 31. Heidi marche droit jusqu'au mur de la chambre de Jan où sont collés les éléments de l'enquête. Elle les examine comme pour s'assurer de quelque chose et se retourne ensuite vers lui.

— Je t'en prie, dit-il.

Il sent déjà à l'empressement de ses gestes qu'elle est sur le point d'annoncer quelque chose d'important.

Heidi lui présente sa théorie. Au centre, une suspecte qu'ils connaissent bien : Julia Aleksandra, aussi connue sous le nom de Johanna Eskola.

Pendant qu'elle parle, Jan sort son téléphone. Saana sera probablement bientôt au moulin, mais il doit quand même annuler ce rendez-vous.

Hartola

Été 1989

Le vert tendre d'un début d'été avait commencé à s'assombrir et les champs à jaunir lorsqu'une nouvelle étape commença pour Helena : le camp de confirmation. Les élèves se connaissaient déjà, mais la colonie tant attendue débutait enfin. Le premier soir, Johanna et elle étaient assises côte à côte, mais mentalement elles étaient à des kilomètres l'une de l'autre, chacune dans sa propre incertitude. Une bouteille de vin rouge introduite clandestinement par quelque audacieux faisait le tour du cercle, passant de main en main, de bouche en bouche. Tous les participants se balançaient, rêveurs, au rythme de la musique qui sortait du magnéto. Alors, l'un des tuteurs prit la parole, avec calme. C'était le garçon aux jumelles. Son assurance étonna Helena : elle était surprise par le contraste entre la confiance qu'il dégageait et sa nervosité sur le parking. Elle n'osait pas le regarder et fixait le sable. Sa voix était grave, intense, et il avait aussitôt accaparé l'attention de tous. Les autres s'étaient tus et l'écoutaient avec curiosité.

Il jeta de la poussière dans le feu de camp et déclara cérémonieusement ouverte la partie la plus amusante du camp de confirmation.

— Faites place à la fête, et laissons Jésus en dehors de tout ça.

Sa phrase provoqua un rire approbateur. Il afficha ensuite une expression grave et poursuivit :

— N'est-il pas incroyable de se trouver sur les terres d'Hartola ?

Ils étaient assis sur les pierres du royaume et brûlaient ses vieux arbres. Sous leurs yeux, leurs cercles de vie se réduisaient en cendres dans les flammes. En charbons ardents où ils fourrageaient avec des piques à saucisse.

— Tant d'années de croissance pour finir dévorés par le feu, y avez-vous seulement pensé ?

Tous les ados s'agitèrent sur place, un peu embarrassés. Le garçon prit une gorgée de la bouteille de vin qui passait à sa portée, puis continua son discours.

— La première mention d'Hartola remonte à l'an 1400. Ces arbres sont vieux, mais vous rendez-vous compte à quel point les rochers le sont encore plus ?

Tous regardèrent discrètement le joli terrain de camping au bord du lac Rautavesi. Le garçon déclara que des pierres sacrificielles avaient été retrouvées dans la région. Helena se demandait si c'était le vin ou son rôle de tuteur qui l'avait enhardi.

— Qu'est-ce que c'est ? lança quelqu'un avant de prendre une bruyante gorgée de vin.

— Pendant l'âge du fer, dans les environs des champs funéraires, c'est-à-dire des cimetières, se trouvaient des pierres sacrificielles. On les appelait des pierres creusées. Les gens y foraient des trous en raison de certaines de leurs croyances. Ces pierres étaient en quelque sorte liées au cycle de la nature, aux âmes, aux créatures magiques à qui l'on demandait de l'aide.

Il semblait savoir beaucoup de choses.

La bouteille tournait toujours. Helena sentait l'arrière-goût du vin rouge dans sa bouche, acide. Elle regardait l'orateur avec curiosité. Il lui apparaissait sous un tout autre jour. Elle sortit son paquet de cigarettes aplati de la poche de sa veste en jean. C'était en réalité celui de Johanna, mais après leur dispute elle avait décidé de faire comme si c'était le sien. Elle alluma sa cigarette au feu de camp, mais dut reculer devant la puissance des flammes. Le garçon parlait désormais d'une rumeur sur une jeune fille disparue.

— Ne commençons pas à nous exprimer au nom des morts, dit-il en plissant les yeux. Nous ne savons pas ce qui s'est passé. Mais sur ces terres une fille a disparu.

Il regarda un à un les jeunes assis autour du feu.

— Cette jeune fille s'était assise sur ces mêmes rochers. Elle était comme vous. Elle chantait les mêmes chants, elle observait les mêmes flammes. Et puis pouf !

Le garçon jeta encore du sable dans le feu pour concrétiser ses mots.

— Elle a disparu, et personne ne l'a jamais revue.

Helena essaya de s'entraîner à fumer. Elle ne savait pas si elle s'y prenait correctement ou non. Quelqu'un lui demanda une cigarette, et elle la lui céda de bon cœur. Fumer n'était peut-être pas son truc, en définitive. L'histoire de la fille disparue était affreuse. Pourquoi n'avait-on jamais rien découvert sur elle ? Helena aurait aimé en apprendre plus, mais elle n'osait pas poser de questions. Le garçon avait beau s'adresser à tout le monde, Helena avait l'impression que ses paroles lui étaient destinées. La fille disparue avait-elle un rapport avec les terres du manoir ? Jusque-là, elle avait évité ce regard scrutateur et perçant qui laissait des marques ardentes sur ses jambes, sa poitrine et ses yeux.

Pour être sincère, Helena s'était sentie observée tout l'été. Dès leur première rencontre. Elle avait ressenti son regard quand elle était avec les autres sur le parvis de l'église, mais ses amis n'avaient rien remarqué. Elle l'avait ressenti en mangeant de la glace au marché. Puis en tenant le stand de fraises. Elle se demandait si elle était la seule – la seule qu'il regardait. Mais ce n'était qu'aujourd'hui qu'il la rendait pensive. Adoucie par le feu de camp, le vin rouge et l'assurance de ce garçon, elle dut s'avouer qu'il l'étonnait. Jusqu'à maintenant, elle ne s'était pas préoccupée de lui, car quelque chose d'autre accaparait son attention. De plus grands espoirs. Mais désormais Helena savait que le baron ne révolutionnerait jamais son univers comme elle l'aurait souhaité. Sans doute ce garçon avait-il voulu la mettre en garde contre un cœur brisé.

Plusieurs autres filles semblaient soudain très intéressées. Ce garçon tout à fait banal était étrangement devenu l'objet de toutes les attentions. Helena lui jetait des coups d'œil à la dérobée. Bizarrement, qu'il l'observe ne lui semblait plus si désagréable.

Et ainsi, assise près du feu qui dansait devant leurs yeux, Helena tourna la tête vers lui et croisa son regard. La nuit était claire, bien que le soleil ne fût pas encore levé. Ils se fixèrent droit dans les yeux pour la première fois, et la flambée entre eux lâcha des étincelles dans la nuit bleutée de juillet.

Lundi 15 juillet / Hartola

Il est 23 heures passées, et Saana envisage d'aller se coucher quand son téléphone sonne.

— Je suis vraiment désolé de t'avoir fait faux bond tout à l'heure, commence Jan. Le travail…

— C'est pas grave, répond Saana, qui se découvre incapable de lui en vouloir.

Elle avait pédalé avec excitation jusqu'au moulin, impatiente de le revoir, et n'avait remarqué son message qu'une fois à destination. Déçue, elle avait même écrit un SMS à Riku :

Tu fais quoi aujourd'hui ?

Mais elle avait fini par l'effacer sans l'envoyer.

Saana se demande ce qui la pousse à faire si aveuglément confiance à Jan. Est-ce parce qu'il est policier ? En fin de compte, ils ne se connaissent pas du tout.

— Et si je te proposais de venir te chercher ? lance Jan d'une voix pleine de chaleur.

— Maintenant ? Tu es quand même à Hartola ? s'enquiert-elle, étonnée.

— Yep, répond Jan en s'amusant de sa surprise. Tu pourrais venir prendre un verre à l'hôtel Linna ?

L'idée d'aller dans une chambre d'hôtel avec Jan la met aussitôt en ébullition.

— Tu es où, là ? dit-elle pour gagner du temps.

Évidemment qu'elle serait partante !

— À l'hôtel. Je viens te chercher si tu me donnes ton adresse.

Saana se précipite sous la douche et se brosse les dents. Elle n'a pas le temps de faire grand-chose d'autre avant que son téléphone vibre à nouveau. Elle décroche presque à bout de souffle.

— Regarde dehors, dit Jan.

Saana ne comprend pas immédiatement ses paroles. En jetant un coup d'œil par la fenêtre, elle voit en bas un taxi mettre son clignotant et s'arrêter devant la maison de sa tante. Un homme qui ressemble à s'y méprendre à Jan en sort et lève les yeux vers la maison : il a remarqué la lumière à l'étage. Il a toujours le téléphone à l'oreille et lui fait signe de descendre.

— Quel fou ! chuchote Saana en sautillant dans l'escalier.

De nouveau avec Jan, Saana a honte de n'avoir ne serait-ce qu'envisagé Riku. Elle ne cherchait sans doute qu'à diluer son manque de confiance en elle après qu'on lui avait posé un lapin. Ces deux hommes ne sont pas comparables. À cause de leur physique, peut-être ? Jan est presque trop beau. Quant à Riku… Saana a du mal à mettre le doigt sur ce qui joue en sa faveur. Une sorte d'intelligence émotionnelle, une certaine facilité d'accès. En sa compagnie, pas besoin de se tenir droite ou de rentrer le ventre.

Quand ils arrivent à l'hôtel de Jan, il n'y a personne à l'accueil. Jan va récupérer la clé de sa chambre derrière le comptoir, puis tous deux se faufilent à l'étage.

— Le meilleur vin blanc de tout Hartola, lance Jan, amusé, en sortant une petite bouteille de Cono Sur du minibar.

Saana sourit, nerveuse. Ils trinquent.

— Au lapin, et à ce nouveau départ, déclare Jan.

Quand Saana prend une lampée de vin, elle sait déjà comment va finir la nuit. Les regards qu'ils ont échangés ne laissent pas de place au doute.

Pour repousser l'inévitable, elle lui parle d'Helena.

— Toute cette histoire est confidentielle, les documents officiels ne sont pas consultables, commence-t-elle, consciente de s'adresser à un expert. Où est-ce que je pourrais fouiller quand même ?

— Je ne connais pas l'affaire, mais tu pourrais interroger les gens – même les policiers – qui ont enquêté dessus à l'époque, propose Jan après une gorgée de vin. Ils pourraient évoquer les faits de manière officieuse, sans trop en dévoiler.

Il se penche pour attraper son téléphone dans le dos de Saana. Elle sent l'odeur de son after-shave.

— Je crois qu'un des articles mentionnait un truc sur le policier qui était chargé de l'affaire, dit Saana. Ou sinon, je trouverai peut-être quelque chose dans le dossier de la journaliste…

Ils sont très proches l'un de l'autre. Saana regarde le beau visage de Jan, ses cheveux noirs, ses yeux brillants, sa barbe bien taillée.

Tout cela n'est qu'une pièce de théâtre. Ils prétendent discuter de quelque chose, bien que le sujet soit tout autre. Saana attend que Jan l'embrasse. Enfin, il vide son verre, le pose sur la moquette et lui dépose un baiser dans le cou.

— Si tu es gentille, je pourrais peut-être t'aider à trouver de bonnes questions à poser, chuchote-t-il.

Saana est à deux doigts de s'évanouir.

— Vraiment ? répond-elle d'une voix qui n'est plus qu'un couinement.

— Sur quoi tu enquêtes plus précisément ?

Saana vide son propre verre. Le vin blanc lui brûle la gorge en lui laissant un arrière-goût acide. Elle n'en veut pas plus. Elle ne veut rien qui puisse troubler ses sens. Pas maintenant, alors qu'elle est si proche de Jan.

Elle lui sourit et avoue qu'elle joue un peu à l'agent secret, ou à la journaliste d'investigation. Bien sûr, elle n'est ni l'un ni l'autre. Elle est curieuse, elle rêve d'écrire, c'est tout…

— Ne dis pas « c'est tout », lâche Jan, les yeux plongés dans les siens.

— OK, souffle Saana.

La prochaine fois, devant lui, elle s'efforcera d'être plus sûre d'elle. Ça n'a jamais été son point fort.

— C'est l'affaire de la mort d'une jeune fille qui est survenue ici, à Hartola, en 1989…

Elle lui explique les petits secrets d'Hartola qu'elle a rassemblés pendant l'été. Jan hoche la tête, mais Saana voit bien à son regard qu'il n'écoute pas vraiment. Il pense sans doute à la même chose qu'elle. À la suite.

— Malheureusement, je ne peux pas vraiment t'aider plus que ça. Je ne peux pas mélanger le travail et la vie perso, plaisante-t-il, bien que Saana le sache en partie sérieux.

— Peut-être que je n'ai plus très envie d'être gentille, alors…, dit Saana en riant.

Sa blague la déçoit elle-même. Parler ne fonctionne plus. Mieux vaudrait continuer en silence.

Ils s'embrassent pour de bon, pour la première fois. Saana renverse Jan sur le dos et l'enfourche en souriant. Ils s'embrassent à nouveau, lentement, joueurs. Quand les mains de Jan progressent sous son haut et dégrafent son soutien-gorge, Saana en oublie presque de respirer. Jan se redresse pour l'embrasser encore dans le cou, puis commence à lui retirer son pantalon. Très vite, Saana est nue. Jan embrasse d'abord son nombril, puis descend plus bas. Elle ressent les mouvements de sa langue dans chacune de ses cellules. Elle respire, songe déjà à ce qui viendra après. Ils ont toute la nuit. Elle en a le vertige.

Au matin, Saana se réveille avec l'impression d'être observée. Elle ouvre paresseusement les paupières et se retrouve plongée dans les yeux de Jan. Leurs nez se touchent presque.

— Il faut bientôt que j'y aille, dit-il.

Saana hoche la tête, ensommeillée, un peu déçue. Ils ne pourront donc pas rester vautrés toute la matinée entre les draps de l'hôtel.

Jan replace derrière les oreilles de Saana quelques mèches de cheveux qui lui tombaient devant le visage.

— La nuit dernière était vraiment…, commence-t-il.

Puis il s'interrompt, comme s'il se rendait compte qu'il n'y avait pas de mots. En tout cas, c'est ce qu'espère Saana, car c'est ce qu'elle ressent. La nuit a été merveilleuse. Ils étaient voraces mais doux, craintifs, un peu maladroits. Il leur est vite apparu qu'ils n'auraient aucune raison de regretter quoi que ce soit le lendemain.

Jan l'embrasse, puis se lève. Il passe aux toilettes, se brosse les dents, s'habille, attrape son téléphone sur la table et se dirige vers la porte. Sur le seuil, il s'arrête et regarde longuement Saana.

— Je t'appelle dès que je peux. Je voudrais rester, mais le travail m'en empêche, dit-il, l'air sincèrement désolé.

Saana lui fait un petit signe de la main, et la porte se referme. La voilà seule, dans un lit de l'hôtel Linna. Elle ne sait pas où se mettre. Sa nuit l'a transportée, mais aussi affamée. En cet instant, elle ne rêve que d'un café et d'un bon petit déjeuner, peut-être même plus que de Jan. Chez sa tante, elle aura de quoi manger. Des œufs durs, du pain et des champignons grillés, de l'avocat, de la salade fraîche.

Comme c'est injuste que Jan doive partir si vite ! Saana commence déjà à percevoir à quoi ressemble la vie avec un enquêteur. Du sexe incroyable, certes, mais aussi de l'incertitude et beaucoup de changements de dernière minute. Mais faut-il s'en soucier ? Elle veut déjà le revoir aussi vite que possible. Il a apporté une dimension nouvelle à sa vie. L'espoir de la partager avec quelqu'un. Et leur attirance l'un pour l'autre ne gâche rien.

Plus tard, le ventre plein, Saana réfléchit aux paroles de Jan sur Helena Toivio, avant qu'ils plongent l'un dans l'autre. Le policier qui a enquêté sur l'affaire pourrait-il lui-même lui fournir des informations sur le dossier ? Il a sans doute interrogé les proches d'Helena et les invités présents à la fête. Il doit se souvenir des photos du cadavre, du lieu où elle a été trouvée, des différents éléments de l'enquête, des journaux d'interrogatoires… Effectivement, l'idée de Jan n'est pas mauvaise.

Mardi 16 juillet / Hartola

Jan n'avait jamais eu tant de mal à partir. D'habitude, il n'apprécie guère les chambres d'hôtel mais, après y avoir fait entrer Saana à l'improviste, il aurait pu y passer des jours entiers.

En songeant à la jolie femme étendue dans son lit, il ne peut contenir son sourire. Comme il aurait aimé rester auprès d'elle ! Pour la première fois depuis longtemps, il est impatient d'avoir des moments de liberté. Mais, à cette étape de l'enquête, il n'a aucune garantie d'en obtenir. Compte tenu du temps que lui prend son travail, c'est déjà un miracle qu'il ait réussi à passer toute une nuit en compagnie de Saana. Et quelle nuit ! Jan la revoit entourée d'un drap blanc, en train de rire à ses côtés, et se remet à sourire. C'est fou ce qu'elle provoque en lui, sans rien faire de spécial. Quelle sensation nouvelle, étrange, entre le bonheur et la perplexité ! Jan est finalement assez confus. Pas bon pour son travail. Il doit inspirer et expirer pour retrouver son self-control. Il doit redevenir impassible, capable d'agir vite et rationnellement. Après une dernière grande inspiration, il se dirige vers la voiture d'Heidi.

Il est encore tôt. Le chant d'un merle lui met du baume au cœur. Ils partent chercher Julia pour l'interroger, et cette fois-ci ils n'y iront pas de main morte.

— Tu es sûre d'en être capable ? demande Jan.

Heidi acquiesce. Elle ne laissera pas ses sentiments l'influencer.

— C'est parti, dit-elle à Jan.

L'hôtel a mis une salle de réunion à leur disposition. Un néon fluorescent à la lumière crue blanchit les murs, creuse les poches bleuies sous les yeux de Julia, allume quelques mèches plus claires sur ses épaules.

Elle semble vide. Présente, mais sans expression. Heidi sonde en vain son visage.

Après avoir posé un magnétophone sur la table, elle prononce une courte introduction pour le procès-verbal.

— 16 juillet, 10 heures. Interrogatoire de Julia Aleksandra, également connue sous le nom de Johanna Eskola.

Puis elle entre aussitôt dans le vif du sujet.

— Que vous a chuchoté Antti-Juhani Fors à l'église ? demande-t-elle.

Julia ne pourra rien déceler d'autre chez elle que du professionnalisme. Heidi veut garder le contrôle de la situation.

Les pupilles de Julia rétrécissent un peu, et elle change de position sur sa chaise.

— Il m'a souhaité la bienvenue, répond-elle finalement.

Heidi acquiesce. Elle sait que Julia ment, mais pourquoi ? Sa première théorie garde la priorité dans son esprit, mais quelque chose en Julia semble indiquer qu'elle a travaillé sur ses traumatismes et fait la paix avec son passé. Elle ne semble pas correspondre au portrait qu'Heidi a dressé d'elle.

Plus Heidi reste dans cette pièce avec Julia, plus son incertitude grandit. Soudain, elle n'est plus si sûre que Julia serait capable de se livrer aux actes perpétrés par le tueur au fer rouge.

Heidi se penche pour regarder Julia droit dans les yeux. Il faut qu'elle en apprenne plus sur cette femme. À coups de questions précises, elle tente de l'aiguiller sur le bon chemin.

« Pourquoi avez-vous quitté Hartola si rapidement à l'époque ? »

« Comment étaient vos rapports avec votre père ? »

« Pourquoi avez-vous coupé les ponts avec votre famille ? »

« Nous avons entendu dire que vous organisiez des agressions d'hommes. Est-ce vrai ? »

« Comprenez-vous que vous n'avez pas d'alibi pour le meurtre de Sundin ? »

« Quels rapports entreteniez-vous avec Fors ? Était-il déjà pasteur à l'époque de votre confirmation ? Était-ce un ami de la famille ? »

« Êtes-vous consciente d'être suspecte dans le cadre de deux crimes violents ? L'une des victimes est votre père. Pourquoi l'avez-vous tué ? »

Julia répond laconiquement et calmement, mais finit par fatiguer.

— Combien de temps comptez-vous encore me retenir ici ? demande-t-elle en refusant le verre d'eau que lui tend Heidi. Antti-Juhani Fors est tout sauf un saint mais, je regrette de le dire, je n'ai pas confiance en la police non plus. Il vaut mieux que je me taise.

Heidi lance un regard interrogateur vers Jan. Ils n'ont pas assez pour prouver que Julia se trouve derrière les meurtres.

Dans les yeux de Julia, Heidi croit lire : « traîtresse ».

Ils ne peuvent rien faire d'autre que laisser Julia partir. Après son départ, Jan rejoint Heidi sur le seuil de la pièce, l'air pensif.

— On n'a pas pu obtenir grand-chose d'elle, mais il est clair qu'elle ne porte pas Fors dans son cœur. Est-ce qu'elle aurait pu fuir quelque chose à l'époque, en quittant Hartola ? Pourquoi ne fait-elle pas confiance à la police ? Quelle est la vraie nature de sa relation avec Fors ? Et comment est-il lié à tout ça ? Lui non plus n'a pas d'alibi au moment des meurtres.

Heidi commence à douter de sa propre théorie. L'aurait-elle montée trop vite pour se prouver à elle-même et prouver à Jan que Julia n'a pas d'influence sur sa capacité de jugement ?

— Il nous manque encore des éléments, déclare-t-elle. Julia ne nous dit pas tout.

Heidi a besoin de réfléchir. Elle laisse Jan à l'hôtel et roule jusqu'au S-market qui se trouve au bord de la route Keskustie. Au même moment, elle remarque une camionnette garée sur le parking. C'est une Citroën Jumper. Pourrait-il s'agir de celle qu'ils recherchent depuis tout ce temps ? Impatiente, en attendant que le conducteur regagne son véhicule, elle tape le numéro de Saki.

— EXV-34, lui dit-elle.

Elle obtient rapidement une réponse, issue du service d'immatriculation : le propriétaire de la Citroën est enregistré à la maison de retraite d'Hartola. Rien qui relie le véhicule à leur affaire, à première vue. Ils ont déjà discuté avec une employée de cet établissement, sans rien trouver.

Heidi laisse le temps à Saki de ressortir la liste du personnel et des résidents. Puis elle voit une femme d'environ quarante-cinq ans, aux cheveux bruns, vêtue de noir, sortir par la porte vitrée du magasin et se diriger résolument vers la Citroën.

Heidi la suit jusqu'au parking de la maison de retraite Ikipihjala et se gare juste à côté. Puisqu'elle est là, autant vérifier qui parmi le personnel s'est récemment servi du véhicule. Au même moment, son téléphone sonne. C'est Saki.

— Demande à rencontrer Maija Fors, lui dit-il.

— Pourquoi ? réplique Heidi, qui se doute qu'il a ses raisons.

— Selon mes informations, une des résidentes est une femme de quatre-vingt-onze ans du nom de Maija Fors, mère d'Antti-Juhani Fors. Un nom que Jan m'a déjà demandé d'examiner.

Heidi entre dans le hall de la maison de retraite. Une odeur de désinfectant lui emplit les narines. La femme brune sortie du véhicule gagne un bureau derrière une vitre, et Heidi la suit.

— Police, bonjour, commence-t-elle. Avez-vous le journal de bord de la Citroën là-bas ? J'aimerais y jeter un œil.

La femme sursaute et reconnaît qu'elle a eu peur.

— Bien sûr, le voici. Mais il ne contient pas d'autre mention que moi.

Heidi saisit le carnet bleu et tourne énergiquement les pages jusqu'à la date du meurtre d'Eskola. Rien. Aucun nom. Cela signifie-t-il que la voiture n'a pas roulé ce jour-là ? Ou quelqu'un a-t-il emprunté le véhicule sans le mentionner ? En y regardant de plus près, Heidi constate que les clés de la voiture sont conservées dans le bureau, où n'importe qui pourrait entrer et les mettre dans sa poche.

— Maija Fors, dit Heidi. J'aimerais rencontrer une femme du nom de Maija Fors.

— Bien sûr. Elle doit être en train de faire la sieste, mais suivez-moi, répond la femme aux cheveux noirs. Katja, je m'appelle Katja.

Heidi saisit la main qu'elle lui tend. Sa paume est chaude, presque moite.

Quand Katja ouvre la porte de la chambre de Maija Fors, Heidi regarde autour d'elle avec curiosité. Des tableaux spirituels et des croix épurées décorent les murs. Il y a aussi un piano dans la pièce, sur lequel est posée une photo encadrée, un garçon et un homme. En s'approchant, Heidi reconnaît Antti-Juhani Fors. Une mère fière de son fils unique, semble-t-il.

Katja s'approche du lit, où l'on distingue une silhouette sous la couverture. Elle s'assoit au bord du matelas et effleure avec tendresse la vieille dame qui s'y repose. Celle-ci met un moment avant de se rendre compte qu'elle a de la visite.

Heidi affiche un sourire amical. Maija Fors se redresse sur son lit, l'air confuse, ses cheveux gris-blanc en pétard après sa sieste. Elle cherche du regard la sécurité de Katja. Ses yeux demandent : « De quoi s'agit-il ? »

— Maija a été diagnostiquée Alzheimer, à un stade avancé, explique Katja en caressant la main ridée. Elle vit majoritairement dans le passé, le présent n'atteint qu'en partie son esprit. Son fils, qui a déjà un certain âge, lui rend régulièrement visite. Pas de panique, vous pouvez vous rendormir, ajoute-t-elle à l'intention de la vieille dame.

Avec soulagement, celle-ci se rallonge. Heidi hoche la tête et comprend qu'elle n'a en réalité aucune question à poser à cette femme.

Jan va chercher de l'eau dans le hall de l'hôtel. En marchant, il pense à Heidi. Au fil des années, il s'est habitué à la forte personnalité de sa collègue, à ses blagues grossières et à son sourire décontracté. C'est pourquoi le fait de la voir si troublée et hésitante le rend vigilant. Elle est peut-être contrariée d'avoir dû décaler ses congés. Ils avaient tous déjà planifié leurs vacances d'été quand ces meurtres en série ont tout remis à zéro. Rien de surprenant concernant leur section, qui ne vit et respire que pour une affaire à la fois.

Jan se force à boire un peu d'eau et s'affale dans un fauteuil de l'hôtel. *Qui donc s'assoit dans un fauteuil de hall d'hôtel ?* se demande-t-il au moment où son téléphone sonne.

— Tu ne pouvais pas lui faire cracher des aveux, non ? siffle Mertanen entre ses dents.

Le comportement de son supérieur étonne Jan. Il a fait son rapport à Helsinki sur l'interrogatoire de Julia, sans dissimuler le fait que cela n'a mené à rien. Mais l'affaire avance, car ils ont enfin plusieurs suspects. Sans lui laisser le temps de réagir, Mertanen poursuit déjà, glacial :

— J'ai l'impression que vous vous laissez un peu tous porter par le vent. Je me disais que je pourrais vous filer un coup de main. Vous ne réfléchissez pas dans la bonne direction. Lars Sundin et Matti Eskola ont tous deux une fortune conséquente. J'ai donc lancé l'équipe des finances sur la source de leurs revenus, au cas où il y aurait un truc pas net de ce côté-là. J'attends une vraie avancée de votre part après-demain à 17 heures. Si vous n'avez rien, la tête des opérations me reviendra, gronde-t-il avant de raccrocher.

Jan n'y comprend rien. Bien sûr, Mertanen est sous pression pour boucler cette enquête, mais par le passé il lui a toujours fait confiance en le laissant travailler tranquillement. Ces jours-ci, Mertanen a constamment les nerfs à vif. Il doit subir de la pression d'en haut.

Jan ignore la portée des pouvoirs et des relations de Mertanen. Il a parfois l'impression que, pour les policiers dans son genre, il est plus important de gonfler son ego dans les salons privés de la direction que de résoudre des affaires. Jan pourrait mettre sa main à couper que l'argent n'est pas en cause dans ces meurtres. Ils n'ont pas une seule preuve contre Julia, et l'instinct de Jan lui souffle que, bien que cette femme se contrôle de manière presque inhumaine, ce n'est pas une tueuse de sang-froid. Après un instant de réflexion, une nouvelle idée lui vient. Jan va lancer une autre ligne d'enquête. Et au bout de cette ligne se trouve un saint homme du nom d'Antti-Juhani Fors.

Mardi 16 juillet / Hartola

De l'air frais filtre par la fenêtre. Il ne fait que treize degrés. Comment est-ce possible ? L'été finlandais est toujours imprévisible, mais une journée si froide… On dirait une blague. Saana exhume un pull du tas de vêtements sur la chaise.

« La météo n'est qu'une question d'attitude », avait déclaré sa tante quand Saana avait maudit la fraîcheur de l'été dès ses premiers jours à Hartola.

Puis Inkeri s'était retirée un instant pour aller fouiller quelque part et elle était revenue avec un énorme pull en laine, décoré au col et aux épaules d'un motif de collier. « Je l'avais rapporté d'Islande pour ta mère, à l'époque. »

Saana l'avait aussitôt enfilé. Depuis juin, il est à sa disposition, et il est si génial qu'elle a déjà décidé de le chaparder en retournant à Helsinki.

Saana regarde son téléphone, qui est toujours en mode silencieux. La nuit passée avec Jan lui revient à l'esprit en petits éclairs de plaisir. Il lui faudrait se trouver une occupation, histoire de se changer les idées.

Elle décide finalement de retourner dans le centre-ville et descend prendre son vélo.

En roulant, elle sent l'air frais s'engouffrer entre les mailles de son pull, ce qui ne l'empêche pas de lui tenir chaud. Saana fait crisser ses pneus sur le chemin de sable en humant les odeurs de l'été. Elle pourrait faire un tour au manoir, mais son flirt avec

Riku a tout embrouillé. D'un autre côté, il a l'air de se réjouir que le sort d'Helena préoccupe même des gens extérieurs à Hartola. *Riku a-t-il quelqu'un en ce moment ?* se demande Saana. Puis un frisson brûlant lui parcourt tout le corps. Elle se rappelle sa nuit avec Jan. Elle ne veut plus se concentrer que sur lui, tant qu'il ne disparaît pas.

Un instant plus tard, Saana observe Riku disposer des viennoiseries de la veille un peu sèches sur une assiette en plastique blanc. Elle chasse un insecte qui bourdonne au-dessus de son café au lait, et il l'évite paresseusement de quelques centimètres. Ils sont installés dans l'arrière-salle du musée que Saana commence à bien connaître, dans un des bâtiments de la cour. La pièce déborde d'objets divers, mais ce chaos particulier lui donne un certain charme. Saana a décidé de laisser parler le silence. Elle est curieuse d'entendre ce que Riku aura à dire si elle lui donne de l'espace pour libérer ses mots.

— Ceci appartenait à von Reichmann, déclare Riku comme pour meubler.

Saana regarde le mur qu'il lui indique. Un trophée de chasse poussiéreux.

— C'est une décoration très typique en Allemagne, poursuit Riku en incitant Saana à prendre une brioche.

Elle préférerait ingurgiter des calories superflues d'une tout autre manière qu'en mangeant les viennoiseries trop sèches de Riku, mais accepter ce qu'il lui sert avec un plaisir évident ne pourra que fluidifier leur interaction. Cela créera un lien entre eux qui détendra l'ambiance et favorisera une conversation sincère. Les brioches sont collantes. Saana se lèche le bout des doigts et attend. Les minutes passent en silence. Elle sort son sachet de thé et enroule le cordon autour.

Ce sont probablement les quinze minutes les plus longues de sa vie. Personne ne dit rien.

Sur le chemin du retour, Saana s'arrête au cimetière. Alors qu'elle observe la tombe d'Helena, une vieille dame passe à côté d'elle.

— Une fille si jeune et innocente, elle aussi emportée par le rapide, lâche-t-elle d'un ton plaintif.

— Excusez-moi, qu'avez-vous dit ? Qui l'a emportée ? demande Saana en essayant de croiser son regard.

Mais les yeux de la vieille femme sont troublés par la cataracte.

— Bonne journée, répond-elle en fixant le vide.

Elle n'a pas l'air de se rappeler ce qu'elle vient de dire. Elle s'en va lentement le long du chemin d'un pas chancelant. *A-t-elle murmuré « le rapide » ?* Saana la regarde un instant s'éloigner, puis se penche sur la tombe d'Helena. Quelque chose par terre a retenu son attention. À ses pieds se trouve une petite pierre creusée d'une multitude de trous.

Le pasteur apparaît de nouveau derrière elle par surprise.

— Vous êtes encore là, dit-il sans avoir l'air de s'en réjouir.

Accroupie devant la tombe d'Helena, Saana hausse les épaules. Elle ne saurait dire ce qui la met mal à l'aise chez cet homme.

— Depuis toute petite, Helena était un membre très actif dans la paroisse, déclare Fors en se balançant légèrement. Elle chantait très bien.

Il se penche pour effleurer sa pierre tombale.

— Les voies du Créateur sont impénétrables, surtout quand il nous retire si prématurément de jeunes âmes.

Son comportement étonne Saana, qui sonde son visage en quête de peine ou de mélancolie.

— Il faut que j'y aille, lance-t-elle.

Elle s'éloigne sans lui laisser le temps d'ajouter quoi que ce soit. Si sa tante a dit vrai, le pasteur l'a suivie la dernière fois jusqu'à la maison. S'il voulait savoir où Saana habitait, le voilà au courant. Mais que pourrait-il bien faire de cette information ?

Le chemin qui mène hors du cimetière est tapissé d'aiguilles de pin, jusqu'à la route. Un vieux muret de pierre délimite le terrain qui fait face à la pharmacie. Saana regarde derrière elle. Le pasteur se tient toujours devant la tombe d'Helena, mais c'est elle qu'il fixe.

Deux heures plus tard, Inkeri leur sert le café de l'après-midi au jardin. Saana rajoute une cuillerée de sucre dans le sien. Elles sont installées à l'ombre des pommiers, et sur la vieille table en pierre se trouve un pot de crème et de vieilles tasses à café. Saana apprécie cette ambiance de salon de thé qu'a su créer sa tante et sirote une tasse après l'autre.

Avec un sourire pour Inkeri, elle se ressert une part de tarte briochée à la myrtille, en essayant de faire en sorte que la garniture ne tombe pas sur la nappe, tâche apparemment impossible – les myrtilles cuites débordent, lui tachent les doigts et les commissures des lèvres. Saana se régale. Elle est si heureuse en ce moment. C'est l'été et elle est installée avec sa tante au jardin, avec cette tarte aux myrtilles parfaite. Ces derniers temps, la folie et les *deadlines* du travail ne lui ont plus provoqué de palpitations ni ne l'ont réveillée à l'aube. Et puis il y a aussi Jan, cette histoire naissante qui lui donne tant d'espoir. Est-ce cela que les gens ressentent quand ils sont vraiment vivants ? se demande-t-elle, les lèvres violettes.

Après avoir rangé la vaisselle, Saana décide d'aller faire une balade. Elle ne tient pas en place ; penser à Jan la démange dans tout le corps.

Inkeri rigole en la voyant regarder son téléphone pour la centième fois. Saana sourit à sa tante et se dirige vers la rue. Pourquoi Jan ne l'a-t-il pas déjà rappelée ? Qu'a-t-il pensé de leur nuit ensemble ? Nerveuse, Saana commence à se ronger l'ongle du pouce. Puis la sonnerie de son téléphone retentit enfin.

— Allô ? répond-elle avec insouciance, comme si elle n'avait pas pensé à Jan toute la journée, à chaque seconde.

— Bonjour, mademoiselle, dit-il.

Saana se remet à sourire bêtement. Il suffit qu'elle entende la voix de Jan pour que son esprit pétille. Elle a l'impression d'être retombée en adolescence. Ces intonations si douces plongent droit en elle et la chatouillent partout.

Ils échangent des banalités. Jan lui dit qu'il est coincé au travail et que la situation risque de perdurer. Cet appel a quand même un effet apaisant. Pendant sept minutes et demie, Saana n'est pas en manque. Ils essayent de mettre un terme à leur conversation à trois reprises, jusqu'à ce que Jan doive vraiment y aller. Ils comptent jusqu'à trois et raccrochent en même temps.

Saana range son téléphone dans sa poche et admire le paysage estival qui l'entoure. Au bord de la route poussent des fleurs des champs. Saana reconnaît du trèfle, des épilobes, des campanules, du cerfeuil sauvage et des achillées. Elle décide d'en faire un bouquet, comme sur le compte Instagram de plusieurs de ses amies. Mais celui-ci sera pour elle, pas pour les réseaux sociaux. Elle préfère le rouge aniline des épilobes et le bleu lilas des campanules, et c'est donc ce qu'elle cueille le plus. Pas besoin d'aller chez le fleuriste en été.

Encore accroupie dans le fossé, elle aperçoit une camionnette blanche au loin, qui roule beaucoup trop vite. Saana met un instant à se rendre compte que le véhicule ne déborde pas sur le bas-côté par hasard : il fonce droit sur elle. Elle a tout juste le temps de l'éviter en sautant plus profondément dans le fossé. La camionnette se replace au milieu de la route et accélère dans un nuage de poussière et de gravier. Saana la regarde s'éloigner. Qu'est-ce que c'était que ça ? Est-ce son imagination ou quelqu'un a-t-il vraiment essayé de l'écraser ?

Hartola

Été 1989

C'était une information tacite, mais tout le monde était au courant. Elle se répandait comme un feu ardent, des braises qui couvent en ne s'embrasant que lorsqu'on les attise. Elle parvint aussi à Helena. En plus du groupe existait également un cercle d'initiés, auquel on n'avait accès que sur invitation. C'était la tutrice rousse qui avait tous les pouvoirs. Pour être invité, il fallait prouver que l'on savait garder un secret.

Ce jour-là, les tuteurs étaient allés leur chercher de la bière. Leurs grands frères – ou les habitués corrompus du bar du coin – leur avaient également procuré en cachette des cigarettes, de l'eau de vie et du cidre. Helena observait les campeurs tourner autour du garçon comme des mouches. Ce brillant orateur se doublait désormais d'un trafiquant hors pair. Beaucoup tentaient d'attirer son attention à l'aide d'histoires téméraires ou de blagues obscènes, mais en vain. Au contraire, il les laissa derrière lui pour venir trouver Helena.

— Mademoiselle prendra-t-elle une bière ?

Helena ressentit une certaine satisfaction en voyant les expressions incrédules des autres, mais resta impassible pour ne pas révéler qu'elle appréciait beaucoup ce geste.

— Merci, dit-elle en attrapant la bouteille qu'il lui tendait.

En présence des autres, elle n'ajouta rien de plus.

En sirotant sa mauvaise bière trop chaude, Helena regarda le garçon retourner parmi ses courtisans. La plus belle et la plus sollicitée des tutrices buvait du cidre en se bouchant le nez, pour s'empêcher de vomir. Après un haut-le-cœur, elle secoua ses cheveux roux et jeta un regard assuré autour d'elle, les lèvres pincées. Tout chez cette fille était d'une certaine manière calculé et réfléchi. Elle faisait plus adulte que les autres. Et plus tard dans la soirée elle se retrouva au centre de l'attention.

Soudain, le pire arriva : ils se firent prendre, tous autant qu'ils étaient. Helena observa avec effroi la silhouette élancée du pasteur émerger de la pénombre. Elle se figea sur place, prête à subir un sermon – à s'entendre dire qu'ils n'étaient que des alcooliques clandestins, des fêtards, des pécheurs condamnés à l'enfer. Mais, à leur grande surprise, rien de tel ne se produisit.

Ceux qui avaient entre les mains les bouteilles qui tournaient autour du feu les cachèrent dans leur dos, et on jeta rapidement les cigarettes au feu. Seule la rousse tenait sa bouteille de cidre par le goulot et riait en renversant la tête en arrière, comme prête à tout. Helena savait déjà ce qu'on racontait à propos de cette fille. Que c'était une ivrogne. Qu'à cause de cela, elle ne ferait jamais rien de sa vie.

— Mais que vois-je ? commença le pasteur.

Tout le monde retint son souffle.

— On sait s'amuser, ici. Ce n'est rien, cela fait aussi partie de la transition vers l'âge adulte, déclara-t-il, à la confusion générale.

Puis il se dirigea vers le feu de camp et la fille aux cheveux roux.

— Mais, pour toi, il est temps d'aller se coucher, dit-il en la prenant résolument par l'épaule.

Elle essaya d'abord de se débattre mais, lorsqu'elle vit qui l'avait attrapée, un sourire d'ivrogne s'étala sur son visage. La crise était terminée.

Le pasteur et la fille quittèrent le cercle, et les autres poursuivirent leurs réjouissances, soulagés.

Helena songeait à la popularité du beau pasteur auprès des filles. Il divertissait parfois tout le groupe. On aurait dit une star de cinéma dans son polo. Était-ce bien normal qu'il traite cette jeune tutrice en adulte ? Il devait avoir près de trente ans. En suivant des yeux l'homme qui tenait par le bras l'adolescente titubante, Helena remarqua que quelqu'un d'autre avait pressenti la même chose qu'elle. Le garçon.

D'un accord tacite, ils laissèrent leurs compagnons se soûler et se faufilèrent à la suite de la fille et du pasteur. Ils dépassèrent les dortoirs, où se trouvaient les lits superposés, et les petites chambrées. Ils passèrent devant le grand pin, le mât du drapeau et le barbecue, puis arrivèrent à la lisière de la forêt. Et là, dans l'ombre, ils virent le pasteur se pencher vers la fille ivre, adossée à un tronc d'arbre. Ils le virent effleurer son cou, sa poitrine haletante.

Mercredi 17 juillet / Hartola

Jan se dirige vers la voiture quand son téléphone sonne. C'est son père, avec la nouvelle que Jan redoutait et attendait en silence depuis si longtemps.

— Maman est partie il y a quelques instants. Maman est morte, elle dort à jamais.

Son père garde longuement le silence à l'autre bout du fil. Jan ouvre la portière et s'affale sur le siège conducteur. Le temps est gris et pluvieux. *Comme de juste*, se surprend-il à penser. Il lui est impossible d'estimer à quel point la perte est lourde pour son père. Il a bien sûr eu le temps de s'y préparer. Jan aussi. Il a vu sa mère pour la dernière fois il y a quatre jours et, avant cela, presque tous les jours durant l'été. Il se sont enlacés à chaque fois, comme s'ils se faisaient déjà leurs adieux. Mais, tant qu'elle était encore en vie, ils tentaient de ne pas penser à l'inévitable, à la mort qui se profilait devant eux. Ils avaient gardé espoir jusqu'à la fin.

— Être avec quelqu'un au moment de sa mort est une expérience très particulière, déclare son père, à la grande surprise de Jan. Elle n'a pas souffert, elle n'a pas eu de spasmes. Elle s'est seulement endormie.

Jan met les clés dans le démarreur, puis se rend compte qu'il n'est pas en état de conduire.

— La nuit dernière, j'ai en quelque sorte compris que, finalement, tout est très naturel. Les gens sont là, puis ils ne le sont plus, dit son père. On se rend compte de sa propre petitesse. J'avais peur de voir un tel voyage s'achever.

Jan ne sait pas quoi dire. Les paroles de son père sont fortes. Elles appellent le silence.

— Mais je n'ai plus peur en ce qui me concerne.

Jan a convenu avec lui-même que lorsque cette affaire sera résolue il prendra des vacances. Des vacances pendant lesquelles il osera pleurer. Sa mère a longtemps été malade, et à sa grande surprise il ressent désormais une sorte de clarté, de paix. Elle est enfin libérée de la douleur, de cette interminable attente. Ils ont discuté, pleuré, réfléchi.

Un jour arrivera où Jan reviendra seul sur cette expérience. La fin lui fera aussi l'effet d'un nouveau départ. Mais pour l'instant il doit encore remettre ça à plus tard. Le tueur au fer rouge règne sur chacune de ses minutes d'éveil. L'homme de la mort, comme l'a appelé Heidi, tard dans la nuit au bureau. C'est fou, finalement, que les vivants consacrent autant de temps aux morts, se dit Jan en se grattant la barbe. Sa barbe qui est décidément tout sauf suédoise[1].

1. Allusion au cliché finlandais selon lequel les Suédois sont toujours élégants et soignés.

Hartola

Été 1989

Alors que tous les autres dormaient, ils se rencontrèrent devant la cantine. Ils avaient décidé de résoudre l'affaire de la fille disparue, Laura Malm. Pourquoi l'avait-on passée sous silence ? Ils assembleraient les pièces du puzzle, réunies par le garçon grâce à sa position de tuteur. Au feu de camp, malgré le vin et la bière qui leur montaient à la tête, ils gardaient les yeux ouverts et observaient les filles qui se comportaient bizarrement, la rousse et la brune.

Jour après jour, la jolie rousse devenait plus silencieuse et indécise. Comme si peu à peu elle perdait tous ses contours. Ses propres limites. Elle semblait ne se rapprocher que de la fille brune, celle aux yeux toujours très maquillés. Elles chuchotaient ensemble à la cantine et regardaient les autres comme pour les juger. Savaient-elles quelque chose qu'ils ignoraient ?

Le garçon et Helena scrutaient la lisière de la sombre forêt de sapins. Comment l'obscurité entre les arbres pouvait-elle être si dense ? La présence du garçon adoucissait ces lugubres ténèbres, les rendait moins menaçantes. Ils échangèrent des informations. Le garçon lui raconta que des silhouettes se déplaçaient parfois près du manoir. Que lorsqu'il avait montré à son père une photo de Laura Malm, obtenue grâce à son statut de tuteur, ce dernier avait hoché la tête en silence. Oui. Il avait vu cette fille sur les terres du manoir avant sa disparition. Mais son père non plus n'avait pas voulu en dire plus. Tout était enroulé dans la pelote du tabou, qui n'offrait aucune prise.

Helena pâlit. Elle se souvint de la couronne à bois de cerf du salon du manoir, de la peinture de l'homme sans visage, du personnage féminin soumis. Puis elle se souvint également de cet après-midi particulièrement chaud. Sans doute le meilleur jour de sa vie jusque-là.

— Il se passe quelque chose de mauvais sur les terres du manoir, déclara le garçon.

Helena fronça les sourcils. Elle ne pouvait pas accepter ces paroles. Que voulait-il dire ?

— Le baron est un homme bien, affirma-t-elle avec un peu d'amertume dans la voix. Il ne ferait pas de mal à une mouche. Tu as bien vu avec quelle douceur il s'occupe de ses fleurs, de ses roses et de ses orchidées. Et de ses animaux. Ses canards, ses faisans, ses perruches, ses tout petits canetons.

— Peut-être, mais quelque chose de très mal se déroule juste sous ses yeux, insista-t-il.

Helena hocha la tête. Elle ne savait plus que penser. Mais tous deux ce garçon et elle, ils tireraient tout cela au clair.

Un soir, Johanna les surprit ensemble. Elle ne savait pas vraiment que penser de ce qu'elle venait de voir, mais elle demanda quand même à Helena si elle avait besoin d'aide pour se débarrasser de lui. Son amie secoua la tête en souriant. Elle regarda le garçon debout à côté d'elle, et il lui rendit son regard, radieux. Tout, autour d'eux, semblait illuminé sur une centaine de mètres.

Tout avait changé. Helena ne voulait plus jamais être loin de ce garçon, maintenant qu'ils venaient de se trouver.

Mercredi 17 juillet / Hartola

Saana est en train d'éplucher une pomme, transpirante dans sa tenue de sport, quand son téléphone sonne. Sur l'écran s'affiche « Jan Blind Date ».

— Salut ! répond-elle avec appréhension.

La pomme lui semble soudain presque superflue. Elle pourrait vivre d'amour et d'eau fraîche.

— Comment ça va ? lui demande Jan de cette voix qu'elle adore, sombre et douce.

— Quelqu'un m'a presque roulé dessus hier pendant mon jogging, dit Saana en se mordant la lèvre inférieure.

Elle ne veut pas l'inquiéter inutilement.

— Les campagnards conduisent parfois comme des fous, répond-il.

Ils échangent des banalités, sans se presser. Ils discutent des trajets de jogging, et des possibilités de promenade entre les quartiers Vallila et Viikki. Du fait qu'il soit souvent plus agréable de sortir le soir pour courir plutôt que pour faire la fête. Saana laisse à penser qu'elle partage cet avis, mais elle donne une image bien trop sportive d'elle-même. Son vrai moi n'est pas une coureuse, mais une fainéante avachie.

— Oui, sinon, on ne fait que s'encroûter, déclare Jan.

Saana aime sa manière de parler d'eux comme d'une seule personne. Elle aimerait aller avec Jan à Lammassaari un jour. Apparemment, il connaît bien le coin, il va souvent faire du vélo dans le quartier de Vanhankaupunginkoski. Ils ont donc chacun été y chercher de l'apaisement. C'est agréable de se dire qu'ils entretiennent depuis longtemps une relation avec le même endroit.

Puis ils se taisent. Saana sent que Jan a aussi quelque chose d'autre à dire, quelque chose de sérieux.

— Ma mère est décédée, chuchote-t-il finalement.

Saana sent que sa voix est sur le point de flancher. Elle ressent aussitôt l'envie de se trouver près de lui.

— Toutes mes condoléances. N'hésite pas, si je peux faire quoi que ce soit…

— Quand elle est morte, j'étais à l'orée de la forêt, poursuit-il d'une voix confuse. Ce matin, juste après 8 heures. Je suis allé écouter un moment le chant des oiseaux. Un petit merle est venu sautiller juste à côté de mes pieds. 8 h 07. Il était là, au bord du chemin, à regarder autour de lui. J'ai eu l'impression qu'il me fixait sciemment. Comme s'il était venu me dire que tout irait bien.

Saana ne dit rien.

— Tu dois me prendre pour un illuminé, maintenant, lance-t-il en riant avec maladresse.

— Pas du tout.

Saana fait de son mieux pour lui transmettre toute son empathie, sa force, ses condoléances. Soudain déterminée, elle lui dit :

— Tu es où ? J'arrive.

Elle se souvient de son état après la mort de sa mère. Elle voulait être seule tout en espérant que quelqu'un vienne la prendre dans ses bras.

Saana caresse les cheveux de Jan. Cela fait quelque temps qu'ils sont assis en silence dans la voiture, Saana à la place du mort et Jan allongé sur elle depuis le siège conducteur, au-dessus du levier de vitesse. Saana ne dit rien ; elle n'a pas vraiment de mots, et les mots ne seraient d'aucun secours. Cela viendra sans doute plus tard.

Saana se demande ce que Jan compte faire ensuite. Qu'il soit encore à Hartola la surprend. Cela doit être en rapport avec la mort du directeur de la banque. Apparemment, les rumeurs de meurtre étaient vraies. Sinon, pourquoi un enquêteur d'Helsinki s'attarderait-il ici ? Saana n'ose pas lui poser la question. Soudain, Jan se défait de leur étreinte et se frotte le visage.

— Merci. Tout ça est un peu compliqué, murmure-t-il.

Il démarre la voiture.

— Je peux te déposer quelque part ? demande-t-il d'une voix déjà plus forte. Je pars rejoindre mon père à Helsinki.

Intriguée, Saana l'observe. Même triste, il est extrêmement beau. Mais il semble désormais plus dur. Son changement d'attitude s'est produit en un clin d'œil.

— Si tu veux, tu peux me conduire chez ma tante. Tu te souviens de l'adresse ? dit-elle, un peu confuse.

Elle sent que Jan s'est réfugié dans une attitude professionnelle et qu'il s'attend à ce que Saana fasse de même. Elle se laisse aller contre son siège. Soudain, elle n'a plus aucune certitude sur la suite de leur relation.

Le soir même, Jan s'arrête à vélo sur la plage Hernesaari et se masse les tempes. Il se sent bloqué par les pleurs. Son père s'est occupé de tout. Il a fait ses adieux à sa mère et l'a accompagnée dans son dernier voyage. Jan est heureux qu'elle soit partie en sa présence.

Ses yeux sont gonflés et sa tête le lance, mais il se sent plus éveillé que ces derniers temps. Ses sens ont retrouvé leur acuité. Étrange constatation. Jan a l'impression d'avoir vécu à moitié endormi jusque-là.

Il pédale de nouveau pour se défaire de son chagrin sans fond. À Hernesaari, il entend le clapotement de l'eau, les vagues qui s'écrasent sur la côte. Le vent frais lui fouette le visage. Dans l'air flotte une odeur d'algue et de sel. Plus loin se dessine Pihlajasaari. L'agitation qui a gagné Jan perdure, même après cette longue sortie à vélo. Tout est trop ou pas assez.

Il regarde son téléphone. Rien. Puis il reprend son parcours. Il passe de Hernesaari à Ruoholahti, s'engage sur la piste cyclable Baana et finit à Töölönlahti. Lorsqu'il traverse le pont près du café Linnunlaulu, le crissement d'un train qui passe menace de lui remplir toute la tête. À Kallio, il distingue les rires joyeux des enfants, la musique qui s'échappe par les fenêtres ouvertes des voitures. Son odorat lui apporte ce qu'il ignorait depuis longtemps : l'essence, l'ail qui blanchit dans une maison voisine, la fumée de cigarette qui s'élève d'une terrasse, la crème solaire, l'été. L'odeur de l'été, qu'il n'avait plus voulu sentir depuis l'enfance.

À l'âge adulte, ce n'est plus possible de détailler d'où vient l'odeur. Ou est-ce plutôt une sensation ? L'imagination d'une odeur. Jan s'achète une glace à l'eau à la supérette K-kauppa. Ce souvenir d'enfance s'associe à sa mère. Jan marche en léchant la glace par couleur. D'abord le rouge, puis le jaune, plus doux. Le froid lui attaque les dents et lui brûle la gorge.

Plus tard, en allant voir son père, Jan sent la rampe glacée du métro sous sa main, la surface en plastique des escalators de la gare centrale, usée et effritée, la chaleur du soleil sur son visage quand il remonte à la surface. L'asphalte chaud devant la station est chargé des odeurs de tout ce qui le souille : de la bouffe de fast-food tombée par terre, des chewing-gums, de la glace, du vomi de la nuit dernière, de la pisse. À côté des plants de fleurs, des jeunes trafiquent de la drogue sans même s'en cacher. Jan voudrait les aider, tous autant qu'ils sont, mais chacun d'entre eux lui semble menaçant. Des yeux brillants, un comportement imprévisible.

Il recentre ses pensées sur le travail, analyse les meurtres au rythme de ses pas. Lorsqu'il se déplace, son cerveau lui ouvre des horizons qu'il ne peut atteindre en restant assis. Dans son esprit tournent des images en rapport avec l'enquête. Le cadavre de Lars, la liste des propriétaires de voitures, les soupçons d'un troisième meurtre, le pasteur d'Hartola, Julia. Il arrive à faire sortir sa mère de son esprit, mais Saana revient lui embrouiller les pensées. Elle est d'une certaine manière très différente de lui, ce qui rend tout terrifiant, fragile. Jan remarque qu'il est de nouveau en train de sourire rien qu'en s'efforçant de ne pas penser à elle. Il s'effraye soudain d'avoir osé être si faible devant elle, presque impuissant, empli de chagrin.

Jeudi 18 juillet / Hartola

Julia sort récupérer le journal dans la boîte aux lettres. De retour dans la cuisine, elle remplit un grand verre d'eau et y presse le jus d'un demi-citron. Tout en buvant, elle lit les nouvelles du matin presque sans rien voir.

Le journal format papier lui semble sorti d'un autre âge. Elle a déjà parcouru une partie de ces informations sur Internet hier. Mais elle apprécie le supplément. Il y a un article intéressant sur la fausse mémoire. Sur le fait que l'on puisse implanter des souvenirs qui n'ont jamais vraiment existé dans l'esprit de quelqu'un. Le cerveau s'alimente lui-même dans le mauvais sens.

Sa propre tête peut être trompeuse, se dit Julia. Elle décide de téléphoner au travail et de les informer qu'elle sera absente quelques jours encore. En même temps, elle aimerait tirer au clair quelques informations sur la personne qui tourne dans sa tête.

Appuyée au plan de travail de la cuisine, Julia discute avec Diva en gribouillant au crayon sur une enveloppe ouverte. Julia a un réseau, des collègues qu'elle surnomme elle-même « les perroquets ». Les oiseaux qui travaillent dans les bars lui gazouillent des informations connues de tous, mais que, pour une raison ou une autre, on ne prononce jamais à voix haute. Les perroquets de Julia ont des yeux partout. Ce qui l'intéresse, c'est un homme qu'elle a vu aux funérailles de Lars Sundin. Un homme qui avait éveillé de forts sentiments en elle. Un lointain sentiment de familiarité, une certaine assurance. Un homme lié au passé.

— Dis-moi, *darling*, qu'est-ce qui te fait détester les hommes à ce point ? demande Diva.

Elle cherche à gagner du temps avec cette question : lorsque Julia l'a interrogée sur l'homme de l'enterrement, elle a gardé le silence.

La remarque de son amie fait sourire Julia. Qui déteste qui ?

— Le monde n'est-il pas rempli de haine ? demande-t-elle. Il y a ceux qui détestent et ceux qui sont détestés. Mais peu se placent du côté des plus faibles.

Diva ronronne de satisfaction. Julia est forte. Julia est du côté des faibles. Elle aime Julia. Elle prend une grande inspiration et chuchote :

— Ça fait plusieurs années qu'un petit cercle très fermé influence la vie nocturne d'Helsinki. Selon les rumeurs, cet homme en fait également partie. Mais il a le bras long. Personne ne parle. C'est comme s'il n'existait même pas.

Julia acquiesce, mais ne dit rien. Elle avait pressenti quelque chose de ce genre. Elle raccroche et regarde par la fenêtre de la cuisine. Son intuition l'avait mise en garde dès le début. Cet homme est resté le même. Julia bâille et pose le crayon sur la table. Pendant tout le temps de l'appel, elle a dessiné, mais elle ne voit que maintenant ce qu'elle a tracé. Sans s'en rendre compte, elle a gribouillé une couronne sur le papier. La couronne d'un roi.

Julia enfile ses affaires de sport et sort avant de perdre son courage. *Peut-être tout mon passé n'est-il qu'une illusion*, se dit-elle. Mais son agitation ne la laisse pas tranquille, même en plein jogging. Elle court le long de la route Koskipääntie et observe les paysages qui ne lui sont que trop familiers. Après une séance d'environ quarante-cinq minutes, elle entre, toujours en tenue de sport, dans le café Kotikahvila, au bord de la route Keskustie. Elle commande un café et une brioche au beurre qu'elle emporte à une table inoccupée. Une fois assise, elle retire sa casquette.

À part la serveuse, le café est désert, mais Julia est consciente qu'elle l'observe intensément, avec curiosité. *Oui, c'est moi, la fille des Eskola. Vous n'avez qu'à regarder*, se dit Julia en avalant d'une seule bouchée les trois quarts de sa brioche.

Julia se penche sur son café au lait et sent sa chaleur lui monter au visage. *Papa.* Julia ne se rappelle pas à quand remonte la dernière fois qu'elle a utilisé ce mot pour désigner Matti. Dans sa jeunesse, elle ne le prononçait que pour lui demander de l'argent ou pour parvenir à ses fins. *Papa.* Julia a soudain un nœud dans la gorge. Une goutte salée coule sur sa joue. Ce n'est pas une larme, rien que de la sueur. Elle l'essuie avec une serviette. Elle se sent un instant seule et se surprend à penser à Heidi. Elle est donc de la police. Leur discussion à l'église était embarrassante, et l'interrogatoire était une triste expérience. Cependant, bien qu'elles n'aient rien eu à se dire, Heidi l'intrigue. Beaucoup plus que quiconque depuis longtemps. Peut-être que, finalement, l'équation ne fonctionne pas. Deux femmes fortes ensemble. Ça ne donnerait rien. Mais quelque chose dans la beauté naturelle d'Heidi l'apaise. Elle était taciturne, difficile à cerner, aucune évidence. Elle lui est restée en tête, évidemment.

Et, après leur nuit ensemble, Heidi avait disparu avant que Julia ouvre les yeux. En général, c'est elle qui disparaît.

Julia a un peu mal à la tête. Elle avale une aspirine avec son café. Quand elle ressort et traverse la rue, elle sursaute. Sur le parking se trouve une voiture noire, seule. Quelqu'un y est assis et semble avoir les yeux rivés sur elle. Julia porte une casquette et un vieux coupe-vent qu'elle a déniché dans le placard de sa mère. La reconnaître n'est pas évident. Elle a quand même une impression désagréable. Elle détourne aussitôt le regard, mais sans pouvoir réprimer l'idée qu'il doit s'agir de la personne qu'elle redoutait. La seule qui sache tout ce qu'elle sait.

Julia change à nouveau de trottoir et décide d'entrer chez Alko. Il faut qu'elle aille quelque part où elle ne sera pas seule, avec des gens autour. Dans la boutique, elle s'approche de la fenêtre. La voiture noire n'a pas bougé. Elle est assez loin pour que Julia ne puisse pas distinguer le siège conducteur.

Elle se comporte comme une cliente et attrape la bouteille la plus proche. C'est du Baileys, mais elle fait quand même mine d'étudier l'étiquette.

Quand la voiture quitte enfin le parking de l'église, Julia se remet à réfléchir. À l'évidence, on l'observe. Elle n'aurait jamais dû revenir à Hartola. Elle repose la bouteille à sa place et quitte rapidement Alko, en choisissant un trajet qui empêchera la voiture de rouler près d'elle.

En arrivant au bout du chemin de sable qui mène chez sa mère, Julia jette un dernier coup d'œil autour d'elle. Personne. Elle décide de courir à toute allure sur les derniers cent mètres. Elle commence à avoir un point de côté. Elle ressent chacune de ses enjambées dans tout son corps. Son téléphone se met à vibrer dans sa petite ceinture de course. Julia rentre en coup de vent et verrouille la porte derrière elle. Une fois dans l'entrée, elle s'essuie le front avec la manche de son haut. Un message s'affiche sur son écran.

Il est temps de discuter. AJF

Antti-Juhani Fors.

En lisant ces mots, Julia comprend que rien n'est dû au hasard. La partie a commencé, et elle devra déplacer ses pions avec prudence.

Elle relit le message et sent la haine monter. Elle est du même avis. *On n'a qu'à discuter*. Il est temps de tout mettre à plat. Cette rencontre n'aura rien d'agréable en ce qui la concerne, mais elle sera encore plus inconfortable pour Fors. Ses mains tremblent. La haine commence à bouillonner dans son corps. L'impatience l'envahit. Cette fois-ci, c'est elle qui dictera le cours des événements.

Julia se masse le sein gauche au niveau du cœur. Il lui semble que, sous la pression, tous ses sentiments se sont amoncelés à cet endroit. Elle a tourné en rond tout l'après-midi, trop agitée pour s'asseoir. Elle s'arrête désormais dans la cuisine de sa mère et fixe la casserole d'œufs qui bout sur le feu. Les œufs : source de protéines numéro un.

Elle prend une assiette dans le placard et cherche le sel du regard, puis sort les œufs et les passe sous l'eau froide.

Julia va voir sa mère dans le salon. Elle est en train de siroter un gin tonic. Julia ne boit que de l'eau pétillante. Elle veut garder ses sens en alerte. Elle sait que son retour à Hartola a tout embrouillé. Puisque son père n'existe plus, c'est elle que l'on menace.

Julia regarde par la fenêtre du salon. Elle y voit la lisière familière de la forêt, les mêmes buissons ornementaux, le même ciel. Combien de fois s'est-elle allongée sur le canapé pour contempler l'extérieur ? Julia se rappelle les samedis matin, très tôt, quand elle se traînait ensommeillée dans le salon pour regarder des dessins animés. Au petit déjeuner, elle mangeait des Weetabix avec du lait. Elle peut presque sentir leur goût pâteux. Son regard revient à sa mère. Comme elle lui paraît loin, bien que seuls quelques mètres et une vieille table basse les séparent ! Sa mère se met de nouveau à radoter sur les photos.

— À quoi Matti pouvait-il bien penser ? Des filles si jeunes… Ce sont tes amies là-dessus ? C'est pour ça que tu es partie ? Un péché si profond, si immonde… J'en ai le cœur noirci.

Elle vide son verre, les yeux écarquillés. Sa mère a déduit que ces photos remontaient à l'époque où Julia était elle-même adolescente, à l'époque où le baron régnait sur le manoir et y organisait ses soirées. Et Helena, cette idiote d'Helena y était allée et était tombée amoureuse. Le simple fait d'y penser énerve Julia. Elle frappe un œuf sur le bord de la table pour l'écaler.

— Papa n'était pas le seul.

Sa mère lève les yeux. À l'évidence, cette idée la prend au dépourvu. L'idée que le mal serait partagé, qu'il y aurait plus de péchés encore.

— Je les connais ? demande-t-elle.

Son visage crie à Julia qu'elle ne veut pas vraiment le savoir.

Des centaines de questions sans réponses, des dizaines d'années à jouer la comédie. Combien de choses ont-elles été tues pendant tout ce temps ? Tout va bien, nous sommes heureux. Merde. Ce n'était qu'une façade, jusque dans les plus petits détails.

— Mais on t'a fait partir, dit sa mère, la voix tremblante. Je ne l'avais pas compris à l'époque, mais maintenant j'ai saisi que c'était sans doute mieux comme ça…

Julia sent sa gorge se nouer.

Dans la salle de bains, elle place dans son sac à main l'arme qu'elle s'est procurée. Elle est illégale, et l'objectif est surtout de protéger son âme. Puis elle retourne dans le salon. Toujours assise sur le canapé, sa mère s'est servi un nouveau verre. Si faible, si craintive, se dit Julia. Pourvu qu'elle trouve bientôt ce qu'elle veut faire du reste de sa vie. Maintenant qu'elle est enfin libre. Julia lui lance un au revoir en disant qu'elle a une course à faire.

— Qu'est-ce que tu peux bien avoir à faire ici ? lui lance sa mère.

Mais elle a bu tellement de gin qu'elle ne doit plus vraiment s'étonner de grand-chose.

— À plus, crie Julia à nouveau.

Elle se rappelle avoir fait la même chose il y a des décennies, dans des circonstances bien différentes. Elle était jeune et confuse, en miettes. Elle venait juste de perdre son amie. Elle avait d'une certaine manière perdu son père aussi. Si bien qu'on l'avait forcée à partir, à se taire. À contrecœur, elle avait obéi.

Mais, cette fois-ci, Julia Aleksandra choisit de procéder différemment. Elle fait ce qu'elle aurait dû faire il y a bien longtemps. Elle n'évite plus rien, elle n'a pas peur. L'influence de son père ne l'étouffe plus, mais ne la protège plus non plus. Elle est seule, elle est de retour. Il est temps qu'elle sorte de l'ombre et dise tout ce qu'elle a tu. À son tour de se lever, de soumettre ceux qui soumettaient autrefois les autres. Julia répond dans son esprit à l'invitation d'Antti-Juhani Fors. *On n'a qu'à se voir, connard, mais cette rencontre sera bien pire que tu ne le crois.*

Jeudi 18 juillet / Hartola

Les paroles de la sorcière dans le vieil article d'*Hymy* tournent en boucle dans la tête de Saana. Et si le rapide n'avait jamais désigné le lieu où Helena s'était noyée, mais la personne derrière tout cela ? « Emportée par le rapide », a dit la grand-mère au cimetière. « Rapide » pourrait-il être un nom de famille ? Quand Saana écrit le mot sur Google, c'est une traduction que le moteur de recherche lui propose comme premier résultat. Des frissons lui parcourent le dos : *rapide*, soit *fors* en suédois. Bien sûr. Elle attrape son portable et sort de chez sa tante.

À vélo, elle arrive vite devant la haute église en pierre face aux néons de la pharmacie. Elle regrette en partie de s'être mis en tête d'y retourner. Elle préférerait aller prendre un long drink au Vanha Mestari. Mais Helena l'a aspirée vers le passé et, d'une façon étrange, Saana s'est mise à sentir la présence de la jeune fille, toute proche, à entendre sa voix.

Elle ralentit en dérapant sur le gravier du parvis de l'église. Quelque chose chez Antti-Juhani Fors la poussait à l'éviter, mais désormais elle lui posera enfin toutes ses questions sans détour. Helena lui semblait-elle suicidaire ? Était-elle amoureuse de quelqu'un ? Comment Fors a-t-il pu oublier Laura Malm ?

En marchant vers l'église, Saana envoie à Jan une photo du cimetière d'Hartola sur WhatsApp. Il lui envoie en retour un gif d'un cœur qui bat. Saana répond :

Niais !

Jan lui renvoie aussitôt encore plus de cœurs et un petit chien étouffé d'amour. Saana glousse un instant toute seule, le téléphone à la main, puis rassemble son courage pour sa rencontre avec Fors. Il lui faudra faire preuve d'une fermeté sans détour avec cet homme qui trouve refuge dans sa sainteté.

Le parking du cimetière est vide. Tout est très silencieux. Saana a une sensation étrange. Elle a l'impression d'être seule avec les morts dans le cimetière du royaume d'Hartola.

Elle entrouvre la lourde porte de l'église. Puisqu'elle n'est pas verrouillée, Fors doit être là. Les yeux de Saana s'habituent peu à peu à la pénombre. Elle se dirige directement vers la nef et cherche le pasteur du regard. Un bruit sourd se fait entendre quelque part. Saana distingue alors quelque chose d'étonnant au fond de la pièce. Quelque chose d'horrible. Comme si quelqu'un gisait sur l'autel.

Hartola

Été 1989

— Croyance, espoir, amour. On raconte que chaque année, quelques élues parmi les filles ont droit à un baptême particulier. Ça les purifie, chuchota la tutrice en incitant Helena à se pencher plus près.

Elles étaient dans les toilettes des filles. Helena buvait ces murmures jusqu'à la dernière goutte, électrisée.

— Qui a donc déjà reçu ce genre de baptême ? demanda-t-elle.

Un silence tendu s'étira dans les toilettes obscures et lugubres.

— Iiris, Laura et Katja, dit la tutrice. Et, cette année, personne encore.

Le garçon lui avait dit que cette fille placide et gentille, qui participait au camp depuis cinq ans déjà, connaissait des secrets. Mais elle ne révélerait jamais quoi que ce soit à un garçon. C'est pourquoi il avait mis Helena sur le coup.

La fille n'avait rien de remarquable, comme du papier peint, ce qui lui permettait sans doute d'en apprendre plus que les autres. Et ce placide papier peint chuchotait désormais à Helena les secrets que les autres n'entendaient pas.

Les choses se déroulaient en silence et au nom du sacré. D'abord, il fallait chercher celles dont la vie avait le plus de failles. Des parents absents, des déceptions passées, une enfance colorée par les stupéfiants. Puis on bâtissait la confiance, on faisait des promesses, on insufflait la foi. On offrait la possibilité de devenir unique. Personne ne savait ce qui se passait vraiment durant ce baptême sur lequel régnait une atmosphère étrange, un silence de mort. Une menace voilée de sainteté.

Impossible de dire ce qui arriverait si quelqu'un ouvrait la bouche.

Helena ne détachait pas le regard de la fille, engloutissant toutes ces informations.

On racontait que Laura avait brisé son vœu de silence, et qu'après le camp personne n'avait plus jamais entendu parler d'elle.

Mais Laura appartenait au passé. Après cet été-là, Hartola avait accueilli un automne pluvieux. Personne ne posait plus de questions dès que la première neige recouvrait la terre. En 1987, il avait neigé exceptionnellement tard, en décembre seulement.

Puis le printemps était revenu. Au fil de cette saison, un nouveau groupe de jeunes s'était formé et avait participé au camp de confirmation. À l'été d'après, ce fut au tour du groupe d'Helena. Eux, qui s'asseyaient tous les soirs autour du feu de camp et s'abreuvaient de vin, de psaumes, d'amour et de tout ce qu'il y a d'inconnu. Eux, qui attendaient de vivre des aventures et chantaient la nuit : « All night, all day, angels watching over me, my Lord[1] ».

— Quelqu'un t'a approchée ? demanda le garçon à Helena, quand ils furent de nouveau tous les deux.

Ils étaient appuyés contre la façade, à l'ombre, entre les dortoirs des filles et des garçons.

— Moi ? Pourquoi ? demanda Helena, étonnée.

— Parce que tu es tellement belle, chuchota-t-il.

1. « Nuit et jour, les anges veillent sur moi, mon Seigneur. »

Son assurance initiale semblait se dissiper peu à peu.

— Ils vont sans doute essayer de t'appâter et te proposer de devenir tutrice, puisque tu es si belle.

Helena rougit, sans savoir quoi dire. Puis ils s'embrassèrent.

Le baiser fut interrompu par des exclamations au loin. Tous deux se séparèrent à contrecœur et filèrent voir ce qui se passait.

— Venez, on va chiper les caleçons du pasteur pour les mettre en haut du mât, s'esclaffèrent trois ados.

Le garçon ne voulait pas prendre part à cette plaisanterie. Il était tuteur. Mais Helena se joignit au groupe et se faufila dans la chambre d'Antti-Juhani Fors, au sein d'un chalet séparé dans lequel dormaient tous les surveillants.

Dans la chambre, pendant que les autres cherchaient quelque chose d'humiliant à hisser sur le mât, Helena remarqua un petit objet sur la table de nuit. Un élastique à cheveux familier. Celui de la jolie fille aux boucles rousses, avec ses petites taches de rousseur.

Jeudi 18 juillet / Hartola

Jan est si pressé et fatigué qu'il n'a pas encore eu le temps d'informer Saana de son retour à Hartola.

Il sent qu'Heidi a remarqué son sourire devant les messages de Saana. Et aussi la tristesse qui pèse sur tout son corps. Pendant une seconde, Jan s'imagine dans les bras de Saana. Inspirer son odeur, étouffer son chagrin, se sentir vivant. Il ne peut cependant rien organiser avec elle, car des obstacles s'opposeront sans doute à leur rencontre. Son équipe et lui seront de service pour les prochaines quarante-huit heures au moins.

Si belle est la terre, si haut sont les cieux. Jan remarque qu'il est à bout. Ses pensées sont parfois remplies d'amour et de bulles de savon, parfois d'un chagrin inexprimable. *Si belle est la terre, si haut sont les cieux. Le chant des oiseaux retentit sur la colline fleurie et les flots sombres, les flots si sombres...* Jan entend dans son esprit le morceau que souhaitait sa mère pour ses funérailles. Sa douleur l'étouffe.

Heidi arrête la voiture en une secousse dans la cour de l'hôtel Linna. Dans le silence le plus complet, ils reprennent des chambres.

— Une demi-heure et on se retrouve en bas, dit Jan.

Heidi hoche la tête. Ils sont obligés de se reposer, au moins quelques instants.

Quand Jan ouvre la porte de sa chambre, son téléphone sonne. C'est Saana. Il se prépare à entendre sa voix chaleureuse, mais à sa grande surprise elle est hystérique.

— Il y a un mort dans l'église d'Hartola, hurle-t-elle à moitié, clairement au bord des larmes.

— Tu peux répéter ? lance Jan, incrédule.

— Il y a un cadavre ici, répète Saana d'une voix métallique, artificielle.

Elle a déjà contacté le numéro d'urgence, mais elle ne savait pas vraiment ensuite à qui téléphoner.

Jan lui ordonne de ne toucher à rien.

— Tu es certaine qu'il est mort ? demande-t-il à nouveau.

— Aussi mort qu'on puisse l'être, déclare Saana d'une voix étouffée. J'ai cherché le pouls, j'ai rien trouvé, puis j'ai paniqué et j'ai pas pu retourner plus près.

Jan prévient Heidi et s'assure qu'une alerte a bien été reçue pour l'église. Au milieu de tout, entre efficacité et détermination, Jan se rend compte qu'il est ravi. Pas de ce nouveau cadavre, mais du fait que ce soit à lui que Saana ait téléphoné.

Jan et Heidi arrivent à l'église en sept minutes, avant l'ambulance. Saana est devant la porte, tremblante. Jan pèse le pour et le contre – osera-t-il ? – puis se dirige vers elle et la serre dans ses bras. Il sent aussitôt le regard curieux d'Heidi dans son dos.

— Tout va bien, dit-il, bien que ce soit faux.

Ils étaient sur la bonne piste, mais trop tard.

— C'est Antti-Juhani Fors, annonce Saana.

Jan hoche la tête.

— Tu es capable d'y retourner ?

Saana acquiesce à son tour et entre dans l'église, en tenant Jan par la main. Au bout de la salle, un corps gît sur l'autel, le visage tourné vers le sol.

Jan ne sait pas s'ils auraient pu envisager le pasteur comme prochaine victime. Il commençait à croire que Fors était le tueur, mais ce schéma s'est renversé. Une nouvelle victime. Le cadavre a été laissé dans l'église d'Hartola pour qu'ils le trouvent : un troisième « roi ». Jan n'est pas croyant ; à ses yeux, l'autel et le crucifix ne sont que des éléments parmi d'autres. Mais dans cet homme tué sur l'autel il y a quand même quelque chose de profané. On dirait Jésus sur la croix. Et tout laisse à penser qu'ils trouveront une marque familière sur son corps. Une couronne ensanglantée, une brûlure fumante à même la peau. Le roi marqué, renié, devant sa paroisse vide.

CINQUIÈME PARTIE

Les Filles du rapide

L'obscurité recouvrit les oiseaux mutiques et les chauves-souris qui tournoyaient dans le noir. Comme des campanules à feuilles rondes, elles penchaient la tête et tendaient l'oreille. Comme des fougères, elles allaient se cacher pour la nuit. Elles examinaient le deuil du royaume, glanaient des rumeurs, les classaient en diverses catégories et les pressaient dans les recoins de leur cerveau comme des plantes dans un herbier.

« Cette jeune fille était triste, désespérée. » « C'était un accident. » En chuchotant sans bruit, elles créaient également leur propre mycélium de rumeurs. « Ce décès n'a pas pu être un accident. » « Le mal règne sur la rivière. » « On ne donnerait pas le bon Dieu sans confession à ce beau pasteur. » Après ces murmures, elles retenaient leur souffle. Elles soupesaient chacun de leurs mots, car on leur avait dit que c'étaient leurs paroles à elles qui causaient tout ce mal. Elles répandaient des bruits, puis s'en détachaient afin de ne pas entraîner leur propre destruction.

Elles cheminaient, l'air grave, dans la salle silencieuse de l'église, caressaient du bout des doigts les rebords des bancs de bois frais. Comment Dieu pouvait-il autoriser un tel sacrilège ? La culpabilité les rongeait, et leur dos se courbait sous le poids de ce fardeau. Était-ce vrai ? Leur propre désir aurait tout éveillé, donné au cours des choses un sens contre-nature, causé tout ce mal ? Leur soif d'aventure avait-elle mis en route des forces obscures ?

Elles avaient fait battre les ailes d'un morio et croasser les corneilles. Elles avaient fait gronder l'eau plus fort qu'avant. Ce pouvoir rejetait sur elles une couverture silencieuse. Étouffées, elles ne voyaient plus, n'entendaient plus, et pire : la peur emportait tous les mots.

Silencieuses, elles erraient dans l'église, scellaient leurs lèvres, s'installaient sur les bancs trop durs pour se recueillir. Elles s'agrippaient aux rebords jusqu'à ce que leurs jointures blanchissent.

Elles étaient les Filles du rapide et n'émettaient plus un son.

Jeudi 18 juillet / Hartola

L'ambulance arrive, et les premiers secours attestent le décès. La situation est on ne peut plus claire. Le repère d'Hartola, l'église de pierre, vient de devenir une scène de crime.

On délimite la zone. On demande aux curieux de quitter les lieux. Il n'y a guère que quelques promeneurs occasionnels dans le cimetière. La police locale guide les personnes âgées à l'écart. Saana a suivi les premiers secours à l'extérieur. Jan la regarde s'éloigner : elle fixe le cimetière sans rien voir. Une fois encore, il est désolé qu'un civil inaccoutumé à la mort et à la violence ait dû se confronter à un spectacle qu'on ne rencontre d'ordinaire que dans un cauchemar ou un film. Et, comme il s'agit de Saana, la tristesse de Jan est encore plus profonde.

En attendant l'ambulance et la police locale, Jan a installé Saana dans la pièce du fond, la sacristie, comme Heidi le lui a appris, et il lui a posé les questions de rigueur. Qu'a-t-elle remarqué en entrant ? A-t-elle vu, entendu, ou même senti quelque chose de spécial ? Jan réfléchit aux réponses de Saana. Elle a entendu un bruit sourd provenir du chœur. Elle n'a rien remarqué d'autre. Cela pourrait signifier que le tueur était encore dans le bâtiment avec elle. Cette idée est horrible.

Une fois Saana partie, et alors qu'ils attendent l'arrivée de l'équipe technique, Jan regarde son portable et se rappelle qu'elle lui a envoyé un message. Cela pourrait lui fournir l'horaire précis de ses déplacements. Juste au cas où, il ouvre la photo de l'église que lui a envoyée Saana et l'agrandit entre ses doigts. Et là, loin derrière elle, près du bâtiment, se distingue une silhouette. Jan envoie immédiatement la photo à Saki pour examen et se rend compte qu'il lui a transféré le message de Saana avec. Bon, de toute façon, ce n'était plus qu'une question de temps avant qu'il doive aborder le sujet : sa relation avec le témoin, celle qui a découvert le cadavre, n'est pas vraiment neutre.

— Heidi, commence Jan en cherchant les mots justes. Je…

— On dirait bien que tu es amoureux de cette femme, coupe Heidi en désignant la porte d'entrée que vient de franchir Saana.

Bouche bée, Jan ne trouve rien à dire. Il avait oublié un instant à quel point ses enquêteurs sont clairvoyants.

— Maintenant que tu es sorti du placard, je peux te dire que je suis contente pour toi, lance Heidi, amusée. J'avais du mal à suivre l'effet que te faisaient ses messages. Parfois ils te rendaient triste, parfois ils te faisaient sourire bêtement.

Elle lui serre l'épaule.

— La vie continue, c'est bien.

Cette remarque le fait sourire. Ils ont toujours eu une relation très franche, peut-être parce qu'elle n'a jamais été parasitée par le romantisme. Ce sont des âmes sœurs platoniques, en quelque sorte. Parfois, Heidi est plus forte que lui. Jan ressent une bouffée d'affection envers sa collègue. Puis il reprend son sérieux.

— On rigole, on rigole, mais revenons-en aux faits. Saana m'a envoyé une photo en arrivant à l'église, et on aperçoit une silhouette derrière elle. Là, tu vois ? dit Jan en montrant la photo agrandie. Et il faudrait savoir pourquoi elle était venue rencontrer la victime.

— Comment ça ? demande Heidi, intriguée.

— Antti-Juhani Fors est lié à l'affaire qu'elle est en train d'étudier. Elle a passé l'été à enquêter sur le décès d'une jeune fille, survenu ici il y a plus de trente ans.

Heidi y réfléchit un instant, puis hausse les sourcils.

— Merde alors, une nouvelle chérie pas dégueulasse qui joue les détectives privés ? Achète-lui un pull et tu auras ta propre Sarah Linden, comme dans *The Killing*, dit-elle d'un ton taquin.

Cette fois, Jan s'agace un peu – Heidi va trop loin.

— Sans cette coïncidence, j'aurais laissé les amateurs tranquilles, déclare-t-il d'un ton plus frais. Mais cet endroit est minuscule. C'est bien normal de supposer que beaucoup de choses sont liées.

Heidi acquiesce et retrouve son sérieux. Jan décide de lui rendre la monnaie de sa pièce.

— Bon, et toi, alors ?

— Quoi, moi ? réplique Heidi en souriant.

— Eh bien, les femmes, l'amour…, plaisante-t-il. D'autres suspectes sur ta liste ?

— Tu me donnes tellement de travail que je n'ai plus le temps pour ça, s'esclaffe-t-elle.

Son rire résonne dans le couloir, mais il a quelque chose de forcé, presque sinistre. Heidi lui semble soudain atone et froide, et Jan s'en inquiète un instant.

Ils saluent rapidement le premier technicien, puis sortent discrètement par-derrière pour prendre un peu l'air. Ils ont besoin de réfléchir. Pendant que toute l'église est cataloguée sous forme de photos et d'échantillons, Jan et Heidi pourront passer en revue les potentiels chemins de fuite du meurtrier. Si, en entrant par la porte principale, Saana a entendu un bruit à l'arrière, tout laisse supposer qu'il s'est sauvé par la petite porte de la sacristie.

En marchant, Jan se rend compte qu'il est extrêmement inquiet. Le meurtrier a tellement d'avance sur eux ! Ils mettent pourtant à profit presque chaque minute de la journée, mais impossible de rattraper leur retard. Première question : pourquoi le décès du pasteur d'Hartola les a-t-il pris par surprise ? Seconde question : quel est le lien entre les trois victimes ? La porte de derrière s'ouvre sur le cimetière. Elle est entourée par des buissons denses qui masquent le parking et la route principale. Quiconque a franchi cette porte était certain de ne pas être vu.

— Ça s'accélère, on y était presque, déclare Jan en examinant le terrain autour de la sortie.

Pas de traces de pas dans le sable, rien qui ressorte par terre ou dans les buissons.

— Hmmm, murmure Heidi.

Puis elle déclare qu'elle va demander aux techniciens de relever les empreintes sur la porte de derrière. La victime semble elle aussi morte noyée et elle est également marquée au fer rouge. Si Saana a vraiment entendu le tueur en arrivant dans l'église, il a dû être pris de court.

— Une telle audace de la part du coupable indique peut-être que la mise en scène touche à sa fin, murmure Jan.

Ils retournent à l'hôtel. Jan doit faire un rapport sur-le-champ à la direction. Mertanen n'est pas content. Jan se sent déjà coupable. Mais ils ont vraiment fait de leur mieux. Ils fournissent à chaque fois un effort presque surhumain.

Heidi toque à la porte. Lorsque Jan lui ouvre, une fois de plus elle va droit devant le mur d'enquête. Ils le fixent en silence comme pour y déceler ce qui leur échappe encore.

— La noyade, dit Heidi. Sundin, Eskola et Fors sont tous mort noyés.

Jan hoche la tête. Noyés sur la terre ferme. Joki n'a pas encore envoyé sa confirmation, mais officieusement la cause du décès est déjà claire.

— En noyant ses victimes sur la terre ferme, le coupable cherche forcément à faire passer un message. Ce n'est vraiment pas la façon la plus simple de tuer quelqu'un. Si le tueur les punit, tout cela pourrait-il être lié à une noyade survenue par le passé ? demande Heidi.

Jan acquiesce. C'est une bonne idée, presque trop évidente. Pourquoi n'y ont-ils pas pensé plus tôt ? L'espace d'un instant, Jan se fait l'effet du stéréotype du policier stupide.

— On a eu une année si rude et intense, pas étonnant de ne pas pouvoir garder le rythme tout le temps, déclare Heidi.

Jan sait qu'elle a raison.

— Tu as déjà regardé *Miss Marple* ? demande-t-il.

Heidi hoche la tête, un peu amusée.

— Alors tu vois comment sont les policiers dans cette série. Ils jouent leur rôle de flics, ils sont tout le temps en train d'examiner quelque chose, alors qu'en réalité ils n'ont pas la moindre idée de ce qui s'est passé, dit Jan. C'est ce que je ressens, là.

— Arrête, lance Heidi en riant.

Puis elle prend les rênes de l'enquête. Elle appelle Saki et lui demande de fouiller immédiatement dans les affaires de mort par noyade. Jan lit la réponse de Saki dans l'expression d'Heidi. « Mais où et jusqu'à quelle époque ? » Comment pourraient-ils bien retrouver la trace du tueur au fer rouge dans cette terre promise de la noyade ? Rien qu'à Järvi-Suomi, la région des lacs, d'innombrables noyades sont survenues ces dernières années. Et rien n'indique que la mort en question se soit passée en Finlande.

— Commence par Hartola, on élargira ensuite si ça ne donne rien, dit Heidi.

Puis elle le remercie, raccroche et jette un regard entendu à Jan.

— Est-ce qu'il ne faudrait pas encore discuter avec ta copine ? Pour l'interroger sur son enquête et jeter un œil à ses documents ?

Jan la dévisage, surpris. *Bornée, mais elle apprend vite,* se dit-il.

— Mais d'abord il faut que je te demande un truc, poursuit Heidi en le regardant droit dans les yeux. Pourquoi t'as pas déjà inventé un prétexte pour la larguer après quelques rencards, comme d'habitude ?

Cette question le heurte, mais il connaît déjà la réponse. Avec une étrange fébrilité, il lâche :

— Parce que, cette fois, c'est différent.

Moi

Tout s'accélère, je le sais bien. Je ne réussirai plus bien longtemps à camoufler chacune de mes traces. Le troisième a failli échouer. C'est quand même une chance qu'ils en sachent si peu. J'ai réussi à tout scénariser avec tant de minutie que cela me laisse agir en toute tranquillité. Je ferais cependant mieux de ne pas me bercer d'illusions. Le rapport de force finira par s'inverser. On me poursuivra. Mais le moment où cet équilibre basculera, c'est moi qui en déciderai.

Si tout se passe comme prévu, j'aurai le temps de m'occuper du dernier avant que l'on remonte jusqu'à moi. L'espace d'une seconde, j'imagine le moment où tout cela sera rendu public. Quand derrière ces meurtres ne se trouvera plus un coupable anonyme, mais moi, en chair et en os. Et puis… et puis rien. Justice sera faite. Je n'ai jamais songé aux conséquences, pas un seul instant, car les actes eux-mêmes sont au-dessus de tout. Comme il est bon de rendre la monnaie de leur pièce à ceux qui se prenaient pour des dieux à l'époque ! Comme il est bon de les voir souffrir, implorer mon pardon, croire qu'ils l'obtiendront ! Et puis : ce bref instant où tout prend fin. Je me suis emparé du pouvoir. J'ai mis un terme à trois vies. Il ne reste plus que le quatrième roi.

Vendredi 19 juillet / Hartola

Jan est rentré auprès de son père à Helsinki pour régler les dernières formalités concernant les funérailles. La perte qu'il a subie pousse Heidi à téléphoner à sa mère plus régulièrement ces derniers temps. Bien qu'elles ne se voient pas souvent, elles sont en très bons termes. Heidi se demande parfois comment sa mère s'y est prise dans son éducation pour qu'elle soit aussi coriace.

La mort de Fors est un coup dur. Ils n'ont pas réussi à assembler les pièces du puzzle à temps. Ils doivent maintenant suivre toutes les pistes possibles.

Quand Saana apparaît dans le hall de l'hôtel Linna, elle est accueillie par Heidi.

— Merci d'être venue, déclare celle-ci en observant Saana.

Elle est naturellement belle, l'air détendue. Ses cheveux retenus par un élastique sont un peu défaits à cause du vélo, et elle n'est pas maquillée. Un joli visage hâlé, de grands yeux.

— Nous sommes en train d'enquêter sur deux meurtres survenus à Hartola. Je ne peux pas vous révéler plus de détails, mais je suis actuellement en charge des investigations. Nous essayons de ratisser large.

Saana hoche la tête et, sans poser plus de questions, tend à Heidi son carnet noir et un dossier qui déborde de feuilles volantes.

— Voilà tout ce que j'ai pu assembler pendant mon séjour ici. Je ne sais pas si ça va vous servir. Il ne s'agit que d'une seule affaire. Ça me fait bizarre d'en discuter avec la police, puisque ce n'était que mon petit projet personnel. Mais j'ai donc rassemblé des informations sur une affaire non résolue qui est survenue ici en 1989. Une adolescente, Helena Toivio, a été retrouvée morte dans la rivière Tainionvirta, à proximité du manoir de Koskipää, et on ne sait toujours pas ce qui lui est arrivé. Je pensais écrire un livre dessus, ou peut-être en faire un podcast… Je ne sais toujours pas.

— Merci, répond Heidi en prenant les papiers. Est-que vous avez encore quelque chose en cours ?

Elle a envie de sourire, bien que la situation soit sérieuse. Incroyable que le Jan qu'elle connaît, le plus froid des hommes, ait soudainement fondu devant une femme si agréable. Quand elle se rappelle les précédentes conquêtes de son collègue, Heidi ne peut s'empêcher de s'étonner.

— Si vous me demandez ce qui reste en suspens ou ce que je comptais faire ensuite, ce qui m'intéresserait, ce serait de consulter les documents d'enquête officiels sur l'affaire, répond Saana. J'avais l'intention de retrouver le policier en charge des investigations à l'époque pour m'entretenir avec lui, mais je n'ai pas encore commencé à chercher ses coordonnées.

— Pourquoi étiez-vous à l'église hier ? En quoi Fors était-il lié à cette affaire ?

— C'était le pasteur d'Helena, qui se préparait à sa confirmation juste avant son décès. Je voulais lui demander ce qu'il se rappelait sur elle. J'avais le sentiment qu'il cachait quelque chose.

— OK. Vous pouvez continuer vos recherches si vous voulez, mais toutes ces informations resteront chez nous pour le moment. Je vais prendre le temps de les parcourir, au cas où, déclare Heidi.

Avec toutes ces séries policières qui tournent sur Netflix et les autres plates-formes, n'importe quel civil s'imagine pouvoir élucider des crimes, se dit-elle. Le travail d'enquêteur n'est pourtant pas si simple.

Saana regarde autour d'elle dans le hall sombre de l'hôtel Linna et attend manifestement les prochaines consignes d'Heidi.

— Merci, ça ira pour l'instant. Vous pourrez bien sûr récupérer votre matériel quand je l'aurai consulté, mais ça pourrait prendre un moment, conclut Heidi en la raccompagnant vers la sortie.

Elle aurait bien aimé s'entretenir plus longtemps avec elle, mais ce moment-là n'est pas encore venu. Dans son rôle de professionnelle, elle doit rester détachée. Ce sera à Jan de décider s'il veut un jour franchir la limite et présenter Saana à sa collègue sur leur temps libre. Alors seulement, Heidi pourra faire plus ample connaissance avec elle et l'exhorter à prendre soin de Jan.

En se basant sur cette brève entrevue, Heidi est heureuse pour lui. Si Jan le lui demandait, elle serait prête à lui donner sa bénédiction. Mais cela n'est évidemment pas près d'arriver.

Heidi jette le dossier de Saana sur le lit et va à la fenêtre. Elle sait ce qu'elle doit faire, mais cette idée l'angoisse.

Ils ont déjà parcouru les informations disponibles sur Antti-Juhani Fors. Selon la liste de ses communications relevée par Saki, Fors a contacté Julia Aleksandra pour exiger une rencontre. Heidi regarde le dossier de Saana et songe à ses options, mais elle n'en a qu'une. C'est son devoir de rencontrer à nouveau Julia dans l'espoir d'exhumer un élément qui leur permettra enfin de trancher : est-elle coupable ou innocente ?

Vendredi 19 juillet / Helsinki

Jan et son père sont assis par terre dans le plus grand des silences. Ils viennent de convenir qu'à l'enterrement de sa mère on chanterait les morceaux qu'elle a elle-même choisis. La mélodie de Kari Rydman est triste mais très jolie. « Si belle est la terre, si haut sont les cieux. Le chant des oiseaux retentit sur la colline fleurie et les flots sombres, les flots si sombres. »

Jan pense à toutes les victimes et à leurs proches. Comme il lui serait terrible d'effectuer ce travail de deuil sans savoir ce qui s'est passé ! Il doit œuvrer chaque jour pour garder confiance en la nature humaine. Le départ d'une personne âgée est plus simple à accepter. La mère de Jan va terriblement lui manquer, mais il a conscience que la mort attend tout le monde. Personne ne peut prédire son arrivée, pas même les plus jeunes. Lorsque ces pensées le mènent à leur fatale conclusion – *cette journée pourrait être ma dernière* –, Jan ressent en même temps de la gratitude et du chagrin. Il est à la fois angoissant et apaisant de se dire que la vie n'est en réalité qu'une succession de petits événements jusqu'à ce que tout prenne fin. Il n'y a pas grand-chose à faire, il faut juste vivre bravement.

Brave, Jan l'a été au travail, mais il a négligé son temps libre. Alors que c'est justement le moment où il faudrait profiter de la vie.

Le silence de l'appartement de la rue Vyökatu est horrible. Ils ont décidé de se confronter à leur peine. Jan soupçonne que trier les affaires de sa mère permet à son père d'être encore près d'elle, mais aussi de passer du temps avec Jan. Qu'ils ne soient pas seuls est une bonne chose.

Dans son enfance, sa mère lui manquait parfois. Elle pouvait avoir de longues journées de travail et ne pas rentrer avant que Jan s'endorme. Quand il lui faisait part de son manque, sa mère lui conseillait de se dire que son absence signifiait sans doute qu'elle était en train de sauver des vies.

C'était une très bonne idée en théorie, mais complètement impossible à mettre en pratique. Comme si Jan n'avait pas le droit que sa mère lui manque, comme s'il était horriblement égoïste de souhaiter qu'elle revienne à la maison, alors que des gens risquaient de mourir si elle n'était pas au travail. Souvent, quand elle était en consultation à l'hôpital, Jan passait du temps avec sa grand-mère. Les choses se sont toujours faites ainsi, du plus loin qu'il s'en souvienne. Il ne saurait pas dire à quel point il se rappelle cette époque. Toute son enfance se mélange en une brume uniforme et douce.

Son père s'efforce de jeter toutes les affaires de sa mère dans des sacs-poubelle, presque sans les regarder. Jan essaye de l'en empêcher et vide les sacs au même rythme que son père les remplit.

— Il faut que tu… Il faut qu'on fasse attention. Qu'on vérifie qu'on ne jette pas quelque chose d'important par erreur.

Son père le laisse vider les sacs et part en remplir d'autres.

Jan reste jusque tard le soir dans la maison de son enfance. Quand il rentre enfin chez lui, il est presque 1 heure du matin. Il s'affale sur son canapé, et Saana surgit soudain dans son esprit. Il a une dure journée derrière lui mais ne se sent pas complètement cassé pour autant. Malgré cette avalanche, la peine est aussi libératrice. Fini l'attente, fini la peur que tout se termine. Fini de se demander s'il pourra faire en sorte que les derniers instants de sa mère soient parfaits.

Samedi 20 juillet / Helsinki

Mertanen a réservé une table à l'hôtel Seurahuone. Il est déjà installé quand Jan arrive sur les lieux avec trois minutes de retard. Mertanen ne lève qu'à peine la main, comme s'il appelait un serveur. Jan remarque son geste et se dirige vers lui d'un pas décidé.

Après être allé se servir au buffet, Mertanen engage la conversation.

— Alors, on se rapproche ? demande-t-il en s'essuyant la bouche avec une serviette en papier.

— Nous ne négligeons aucune piste, comme vous le savez, répond Jan en posant ses couverts sur l'assiette. Les origines de l'affaire pourraient être plus anciennes qu'on ne l'imaginait.

Mertanen jette sa serviette froissée dans son assiette sale.

— Celui qui massacre ces types se fout de notre gueule, crache-t-il entre ses dents.

Jan recule sa chaise, comme pour se défendre. Il n'avait encore jamais vu Mertanen si énervé.

— On se rapproche, confirme-t-il. En ce qui concerne Fors, on y était presque. Nous faisons tout ce qui est en notre pouvoir pour arriver les premiers à la prochaine victime.

Mertanen reste impassible, mais un tic agite sa paupière gauche. Jan se demande depuis combien de temps il est en poste au KRP. Comment est-il devenu chef ? Difficile de l'imaginer en début de carrière, en tant qu'humble et serviable gardien de la paix.

— Il faut coincer le coupable au plus vite. Je ne veux plus aucun meurtre, pigé ?

Fidèle à lui-même, Mertanen fait peser la responsabilité des actes du meurtrier sur les épaules de Jan.

— Vous avez des pistes quant à l'identité de la prochaine victime présumée, au moins ? On va nous le demander. Est-ce que toute la Finlande est en danger ?

— Ma réponse est non, dit Jan après une longue réflexion. Toute la Finlande n'est pas en danger. Les victimes ont un lien entre elles, le meurtrier ne les choisit pas au hasard. La prochaine cible a été désignée depuis longtemps. Nous supposons qu'il n'en reste qu'une.

— Vous faites du bon travail, je le sais, déclare Mertanen après un instant de silence. Vous disposez toujours de toutes les ressources dont vous pourriez avoir besoin.

Il se lève et tapote maladroitement l'épaule de Jan.

— Plus de place au doute. Franchissez l'obstacle. Faites tout ce que vous pouvez pour qu'on balance ce cinglé au trou.

Puis il s'en va. Jan prend un cure-dent et se retourne pour le regarder traverser la salle du Seurahuone, passer dans le hall et sortir dans la rue. *Crétin*, se dit-il, bien que cela ne change rien. Mertanen reste son supérieur. En mordillant son cure-dent, Jan observe le lustre gigantesque au plafond et les lourds rideaux de la salle. Il n'y a pas beaucoup de clients. L'heure d'affluence du petit déjeuner est déjà passée.

La sonnerie de son téléphone interrompt ses pensées.

— On a peut-être quelque chose, commence Saki sans lui laisser le temps de le saluer.

— Dis-moi, l'encourage Jan.

Il a appris à reconnaître à la voix de Saki quand il a vraiment trouvé quelque chose d'important.

— Les appels à témoins, commence Saki. On a reçu hier plus de ressources pour l'enquête, et j'ai chargé quelques gars d'écouter les messages laissés sur la ligne. On vient juste d'y trouver quelque chose. Attends. Voilà.

Il y a cinq jours, un appel disait : « L'époque des rois est terminée. Personne ne peut régner à jamais sans devoir répondre de ses actes. »

Jan pousse un grognement. Fait chier. Un message a moisi cinq jours sur la ligne, alors qu'ils auraient dû l'obtenir sur-le-champ.

— On sait d'où il vient ? demande-t-il, en partant du principe que Saki dispose déjà des informations nécessaires.

— On a pu le tracer. Le numéro n'était pas masqué, et en plus l'appel était stupidement long.

Voilà pourquoi Saki est si enthousiaste.

— L'appel provient d'un forfait enregistré à Hartola.

— Et la voix ? demande Jan.

Cette information sera décisive, si l'interlocuteur est le meurtrier qu'ils recherchent. À qui appartient-elle ? Est-ce un homme ou une femme ?

— À sa voix, c'est très clairement une femme, répond Saki.

Samedi 20 juillet / Hartola

Saana donne une impulsion à la balancelle en essayant d'apaiser ses pensées. Ses yeux sont secs et la démangent mais, si elle les fermait, la vue du cadavre lui envahirait immédiatement l'esprit. Cette image a corrodé sa rétine. Elle entend un bruit sourd dans sa tête. La porte de derrière de l'église ? Elle était à deux doigts de tomber elle-même sur le meurtrier. Quelque chose d'autre tourne dans son subconscient. Quelque chose d'évident, qu'elle ne parvient cependant pas à saisir.

Le journal du jour acheté par sa tante est plié à côté d'elle. Elle ne l'a pas encore ouvert, malgré sa curiosité : l'idée de se goinfrer de meurtres lui donne envie de vomir. Pourquoi accorde-t-on tant d'attention à un meurtrier ? N'est-ce pas justement ce qu'il recherche en ôtant des vies ? Par ces meurtres, le coupable essaye-t-il de leur signaler quelque chose ?

D'abord le meurtre de Matti Eskola, et maintenant la mort d'Antti-Juhani Fors. Saana a cru comprendre que ces deux victimes avaient été marquées au fer rouge. La cause précise de la mort n'a pas été mentionnée dans les journaux. On pouvait seulement y lire que, d'après le rapport du médecin légiste, ces décès résultaient d'un crime. Les détails de la mort d'Eskola s'étaient déjà répandus au village : « On l'a retrouvé mort dans sa voiture. Sa peau était marquée au fer rouge. » Et maintenant le décès du pasteur, dont Saana elle-même a été témoin. Pour le moment, difficile de comprendre pourquoi les hommes d'Hartola se font liquider un à un.

Saana immobilise la balancelle pour changer de position. Ces deux noms sont ressortis dans le cadre de sa propre investigation. Et en plus, son esprit est embrouillé par un homme qui, de toute évidence, enquête sur les meurtres en question. Saana recommence à se balancer. Sa rencontre avec Heidi Nurmi s'est bien passée, bien qu'elle se soit sentie un peu mal à l'aise. Comme si l'enquêtrice l'avait jaugée pendant toute leur conversation. Saana se demande si Heidi et Jan sont amis en plus d'être collègues de travail.

Elle ouvre enfin le journal.

> Vague de meurtres en Finlande : y a-t-il un lien entre toutes ces affaires ?
> La police garde le silence sur l'enquête.

Saana lit le titre avec curiosité. Deux meurtres à Hartola et un à Helsinki. Y a-t-il d'autres victimes ? Elle lit le texte pour en apprendre plus, mais l'article ne révèle pas de détails. On y explique cependant que la première victime, un homme, a été retrouvé mort à Suomenlinna. Après un moment de réflexion, Saana comprend qu'il s'agit de la personne dont la police a annoncé la découverte sur Twitter, quelques semaines plus tôt.

Saana n'arrive même pas à imaginer comment Jan échafaude sa réflexion. Un nombre de victimes qui ne fait qu'augmenter. Une menace constante. Qui sera le prochain ? Du point de vue de Jan, il y a toujours un prochain. Est-il seulement possible d'effectuer un tel travail sans perdre la raison ? Saana le classe en pensée dans le dossier « Métiers respectables ». On y trouve tous ceux qui sont trop sous-estimés, alors qu'on devrait au contraire leur témoigner le plus grand respect. Les infirmiers, les aides-soignants, les puériculteurs, les professeurs, les policiers, les pompiers, et désormais les enquêteurs également. Les enquêteurs vont droit vers ce que les autres tentent de fuir.

Hartola

Été 1989

La tutrice rousse et la brune ne participaient qu'à une partie des programmes de la journée au camp. Elles étaient tour à tour absentes, sans explication. Helena se demandait si quelqu'un s'en était rendu compte. Elle observait la rousse qui, après s'être promenée sans but un moment, vint finalement s'asseoir à côté de la brune.

Helena écrivit un message qu'elle fit passer au garçon dans le chalet des tuteurs.

Iiris et Katja cachent quelque chose. H.

Il fallait les approcher, il fallait vite leur poser des questions, car la colonie touchait à sa fin.

Le feu de camp faiblissait. Peut-être tout se passerait-il pendant la dernière nuit, cette ultime chance de profiter des liens tissés par ce séjour. Les plus courageux oseraient peut-être même déclarer leurs sentiments. Au matin, tout disparaîtrait déjà : la proximité du groupe se dissiperait, ils redeviendraient de simples connaissances, sans que plus rien ne les lie. La bulle du camp aurait éclaté et, si quelques-uns la retrouvaient ensuite en tant que tuteurs, la plupart resteraient en dehors. Certains se sentiraient plus vieux après le camp, certains plus adultes, d'autres plus mauvais. La majorité d'entre eux ne ressentirait aucune différence. Mais Helena savait déjà que son monde avait légèrement changé. Elle avait rencontré un garçon.

Helena et lui avaient déjà conclu un accord. Ils se reverraient dès le jour suivant, et encore le jour d'après. Ils se retrouveraient pour élucider ensemble le mystère des filles disparues. Où était passée Laura Malm ? Qu'avaient fait la rousse et la brune pendant le camp ? Helena se rendrait au manoir pour y retrouver le garçon et, guidée par lui, elle enquêterait en secret sur le domaine.

— Je te montrerai tout, chuchota-t-il.

Il la serra plus près de lui en souriant, si près qu'elle pouvait voir son pouls palpiter dans son cou et sentir son déodorant.

Après la fin du camp, ils iraient ensemble au bâtiment sur l'autre rive. Celui qui était à une petite distance du manoir. Le chalet où le garçon avait aperçu des lumières intermittentes au cœur de la nuit. Personne ne lui avait jamais spirituellement parlé autant que lui. Ils étaient en concurrence par leurs connaissances. Ils camouflaient leur timidité, leur honte et leur peur. Toute cette nouveauté dans leur corps et dans leur esprit. Mais, en même temps, la force de leur lien les surprenait. Était-ce donc ce que l'on ressentait en trouvant quelqu'un qui éprouvait les mêmes peurs, les mêmes incertitudes ? Quelqu'un qui vous regardait avec admiration, qui caressait pile l'endroit qui vous complexait le plus ? Quelqu'un qui voyait et acceptait tout ? Quelqu'un qui vous laissait être vous-même ?

Samedi 20 juillet / Helsinki

L'appel de la femme a été passé sur un vieux téléphone public de la gare routière d'Hartola, gérée par la compagnie de transport Matkahuolto. Saki a consacré plusieurs heures à traquer quelqu'un capable de leur fournir des informations sur toutes les caméras de la zone. L'appel pourrait très bien avoir été filmé. Jan se demande que faire. Si seulement ce message ne datait pas tant !

— Tu crois que l'appel était intentionnellement long ? demande Heidi en interrompant le cours de ses pensées.

— Bonne question.

Heidi tient probablement quelque chose. Le coupable cherchait-il à se révéler ? Ils ont écouté la bande plusieurs fois. Cette voix féminine ne leur est pas familière : ce n'est pas Julia. Le soulagement de sa collègue n'a pas échappé à Jan.

Ils n'ont pas réussi à joindre Julia, qui semble avoir disparu, comme aspirée sous terre. Fuit-elle la police ou quelque chose d'autre ? Mme Eskola leur a expliqué que sa fille était rentrée à Helsinki, mais Julia n'a pas pu être contactée chez elle. Jan hésite. Doivent-ils la considérer comme leur suspecte principale ou s'inquiéter pour sa sécurité ?

Avant que Saki se plonge dans le matériel vidéo du Matkahuolto, il sort d'autres données : les informations téléphoniques d'Antti-Juhani Fors. Ils savent déjà que Julia Aleksandra a reçu un message de sa part, mais qui d'autre a téléphoné au pasteur ? Sans surprise, Fors a discuté avec un interlocuteur inconnu le jour du meurtre, juste avant sa mort.

Tandis qu'Heidi continue de parcourir le rapport technique de l'église d'Hartola, Jan se retire pour passer un appel.

Kaj décroche après quelques sonneries. Jan lui décrit la dévastation que le tueur au fer rouge laisse derrière lui et les modestes indices dont dispose actuellement la police. Jan est absolument certain qu'il y aura une quatrième victime, s'ils ne prennent pas le meurtrier de vitesse. Mais son identité demeure un mystère.

— Sans doute trouve-t-il sa légitimité dans un sentiment de puissance, dit Kaj. Il prend le contrôle d'une situation qu'il ne maîtrisait pas à l'époque. Il veut démontrer son pouvoir, d'où sa cruauté.

— Alors, commence Saki.

Jan et Heidi tendent tous deux l'oreille. Saki a plusieurs manières différentes de prononcer le mot *alors*. Le ton qu'ils viennent d'entendre présage de bonnes nouvelles.

Saki affiche sur l'écran un arrêt sur image : sur le seuil du Matkahuolto se trouve une femme aux cheveux roux, avec des lunettes de soleil.

— Et maintenant…, dit-il en changeant de fenêtre.

Sur la page des employés du S-market d'Hartola, une femme rousse regarde l'objectif. La même que sur les caméras de surveillance.

Trois heures plus tard, cette femme est assise, mutique, devant eux. L'arrestation s'est déroulée comme dans un cours de l'école de police. La patrouille est allée la chercher directement à son poste de caissière et l'a conduite à Helsinki. Elle a une expression sereine, sans une once de surprise.

— Pourquoi avez-vous répondu à l'appel à témoins ? lui demande Jan en se penchant en avant.

Ils partagent désormais le même faisceau lumineux. Le néon bourdonne au plafond.

— Vous en avez mis, du temps. J'ai téléphoné pour dire la vérité, répond-elle très bas. Les rois ont enfin reçu leur châtiment. Leur règne est enfin terminé.

— Les rois ? De quels rois parlez-vous ?

C'est au tour d'Heidi d'établir un contact avec elle, plus agressif.

— Les maîtres secrets du royaume d'Hartola. C'est d'eux qu'il s'agit. Ces arrogants qui pensaient avoir tous les droits à l'époque.

— Quels droits ? insiste Heidi.

La femme se contente de hausser les épaules en fixant Jan, les yeux vides.

Jan reprend provisoirement les rênes.

— Faites-vous référence à une vieille affaire ?

— En effet.

Elle ne s'adresse plus qu'à lui.

— Faites-vous référence à la jeune fille retrouvée morte dans la rivière il y a trente ans ? demande gravement Heidi.

La colère de la femme s'accroît sous leurs yeux.

— À l'époque, ils se prenaient pour des dieux, sans que personne ne les atteigne. Et voilà que quelqu'un a décidé de se venger. Trois d'entre eux ont déjà reçu leur châtiment.

Elle parle comme on énonce une évidence.

— Trois d'entre eux, répète Jan. Vous voulez dire qu'il y en a d'autres ?

Elle le regarde sans répondre.

— Qui sont-ils ? crie-t-il à moitié.

Mais elle garde le silence. Jan résiste à l'envie de la secouer. Pourquoi se faire remarquer en appelant le numéro de la police si c'est pour se taire ? Finalement, elle répond dans un murmure, en le regardant dans les yeux :

— Ceux qui salissent la noblesse par leurs magouilles méritent de souffrir. Les rois voulaient garder leur identité secrète ? Que leur volonté soit faite.

— Qui est le quatrième roi ? répète Jan. La vie de quelqu'un est en jeu, vous comprenez ?

Aucune réponse.

— On peut vous garder ici très longtemps. Vous n'avez sans doute pas envie de souffrir ici par leur faute.

Il attend de voir s'il a pu trouver la bonne approche.

— Je ne suis pas pressée, réplique la femme sans détourner le regard, en levant le menton. J'ai déjà eu ma part de souffrances. Je n'ai plus rien à perdre. Je souhaite de tout mon cœur la mort du dernier roi. Quand il aura disparu, il ne restera plus que les ruines du royaume sur la rive…

Puis son murmure s'éteint, et elle replonge dans son propre monde.

Jan ne peut s'empêcher d'être étonné. Cette femme semble pourtant si banale. Iiris Lepistö, quarante-sept ans, née en 1972, pas de famille. Caissière au S-market d'Hartola. Elle a les cheveux roux et des taches de rousseur d'une beauté exceptionnelle, mais quelque chose la rend inquiétante, renfermée.

Le silence qui emplit la pièce s'interrompt quand Heidi donne un violent coup de pied sur la chaise de la femme. Ce geste soudain fait sursauter Jan, mais il ne cherche pas à la retenir. Heidi et lui changent souvent de rôle pour brouiller les pistes en interrogatoire.

— Il est temps de cesser ce petit jeu !

Ce n'est pas une mise en scène : Jan perçoit dans sa voix une réelle impatience. À leur grande surprise, ce coup de pied semble amuser la rousse, qui laisse échapper un rire presque maniaque.

— Trois rois… Ces trois-là, j'aurais pu les nommer même dans mes rêves. Mais, pour le quatrième, je ne saurais pas dire. Je crois bien que personne ne connaît son identité.

L'enquête sombre toujours plus profondément dans le passé du royaume, Jan en a douloureusement conscience. Il parcourt le dossier de l'affaire d'Helena Toivio en se massant les tempes. L'enquête a démarré début septembre 1989, mais s'est interrompue à la fin de l'hiver 1990. Depuis, la police semble l'avoir oubliée. Le rapport mentionne que malgré les preuves manquantes, ou justement en raison de leur absence, on peut seulement supposer qu'il s'agissait d'un suicide ou d'un accident. Il n'empêche, l'enquête est toujours en suspens, car le dossier n'est pas clos. Quelqu'un se serait-il opposé à la théorie du suicide ? se demande Jan en feuilletant les documents avec plus d'intérêt.

Helena Toivio a été retrouvée morte dans la rivière Tainionvirta le 1er septembre 1989. Cause du décès officielle : noyade. Conjecture : s'est cogné la tête avant ou après sa chute dans l'eau. Une marque sur les fesses, un bleu. L'autopsie a révélé des traces d'alcool.

Jan parcourt le texte, regarde les photos. Tout laisse à penser qu'on a voulu rejeter l'affaire dans les archives sans enquête approfondie. Jan cherche l'auteur du dossier. Qui était le responsable de l'investigation ? À sa grande surprise, le rapport est anonyme.

Après l'interrogatoire de la femme, tout semble effroyablement simple. La noyade d'Helena Toivio. Une affaire poussiéreuse qui remonte à la surface. Le décès oublié d'une jeune fille, redécouvert par Saana.

Ils ont obtenu tout son matériel d'enquête. Des notes manuscrites, des fiches sur les différents protagonistes, des constructions d'intrigues. Des copies de vieux articles, l'interview d'une journaliste, sa rencontre avec la mère d'Helena, des informations éparses sur le passé du manoir de Koskipää par le biais d'un guide de la région.

Suivre le cheminement d'une autre pensée que la sienne est pour Jan très étrange. Les remarques de Saana pourraient être les siennes. Elles sont faites avec tant de précision et d'analyse. Il agrandit les images sur son portable, glane des mots ici et là, puis s'arrête sur *Laura Malm, disparue.* L'enquête de Saana porte pourtant sur Helena. Il rédige un message à Saki, juste au cas où.

Lance une recherche : Laura Malm. Disparue dans les années 1980, née au début des années 1970.

En attendant la réponse de son collègue, Jan reconstitue son propre puzzle en se basant sur ces nouvelles informations. Après avoir pris connaissance des documents de Saana, il ne sait plus ce qui est au centre de cette affaire.

Il y place les trois hommes décédés. Lars Sundin, Matti Eskola, et Antti-Juhani Fors. Deux d'entre eux sont nés la même année, le troisième a fréquenté le même lycée. Mais il doit y avoir autre chose. Jan place sur le tableau les lieux des événements, les différents intervenants, les questions encore en suspens. Puis il retourne aux bribes d'informations rassemblées par Saana.

Des clichés des journaux intimes d'Helena, l'image d'un jeune homme entouré d'orchidées, des souvenirs de confirmation, des vues de la cour du manoir, des poêles en faïence, différents angles de l'intérieur du bâtiment qui fait désormais office de musée. Jan s'arrête sur la photo que Saana a prise d'une maisonnette abandonnée. Quelque chose retient son attention. Après un instant de réflexion, il sort de son sac les photos qu'il n'a pas encore accrochées sur le tableau d'enquête : celles trouvées chez Eskola. Jan regarde les photos prises par Saana et les compare aux vieux clichés de jeunes filles. Oui, le papier peint en arrière-plan est bien le même. Qu'est-ce que cela signifie ? En légende, Saana a écrit :

Sauna au bord de la rivière.

Jan lui téléphone immédiatement, puis envoie à Saki l'adresse que lui fournit Saana. L'équipe technique se rendra sur place dès le matin suivant. Jan regarde l'heure. 18 h 30. Lui et Heidi auront le temps d'y aller dès aujourd'hui.

L'eau est sereine sous le pont suspendu que traversent Jan et Heidi pour atteindre le petit bâtiment sur la rive opposée. Le ciel se reflète joliment à la surface où bourdonnent des essaims d'insectes.

— Écoute ce calme, dit Heidi en s'arrêtant au milieu du pont.

Jan s'arrête également. Personne d'autre en vue. Ils sont seuls dans cette fraîche mais belle soirée d'été. Jan se demande ce que préférerait faire Heidi : s'ils avaient le choix, ils n'iraient pas explorer un sauna abandonné. Jan remarque avec plaisir que, pour une fois, lui-même a une option alternative en tête. Il aimerait être avec Saana, n'importe où.

Il examine un instant Heidi, belle et bien charpentée. Elle devrait facilement trouver preneuse, mais est pourtant seule depuis des années. Jan doit reconnaître que lui-même était dans le même cas il y a peu. Heidi est-elle heureuse ? Peut-être Jan se fait-il des idées, mais il a l'impression qu'elle lui témoigne plus d'affection depuis qu'elle a rencontré Saana. Comme si Saana avait influencé l'opinion qu'Heidi avait de lui. Il écrase un moustique qui bourdonnait autour de sa mâchoire et envoie d'une pichenette sa frêle dépouille nourrir les poissons.

Pas un bruit autour du sauna. Jan fait signe à Heidi d'attendre sous le porche et tourne la poignée. La porte n'est pas verrouillée. Il recule et laisse Heidi passer la première.

— Le terrain de ce sauna appartenait au manoir qui se trouve là-bas de l'autre côté de la rivière. Il n'a été cédé à la commune qu'à des fins de conservation lorsque l'endroit s'est changé en musée, explique Heidi.

Ils entrent avec précaution. Heidi considère l'épaisse couche de poussière qui recouvre la salle commune.

— Ça a l'air abandonné.

Jan repère quelques traces de pas par terre, puis comprend avec un temps de retard que ce sont sans doute celles de Saana. Avant son passage, personne n'était entré ici depuis des décennies.

Ils pénètrent dans le sauna lui-même, puis reviennent dans la salle commune.

— Les techniciens passeront l'endroit au peigne fin, dit Jan. Ils prendront des échantillons sur le lit, sur le sol, un peu partout. Peut-être qu'ils trouveront des cheveux ou autres dans la poussière, qui permettront de rattacher quelqu'un à cet endroit, mort ou vif. Ils doivent encore confirmer l'identité des filles sur les photos.

Jan s'arrête dans l'entrée. Un trophée de chasse le fixe depuis le mur délabré et jauni par le temps. Un chevreuil. Partout, les couleurs se sont fanées.

En rentrant dans sa chambre d'hôtel où il commence à se sentir presque comme chez lui, Jan poursuit sa réflexion. Si ces trois hommes étaient « rois », ils devaient donc avoir des sujets. Qui sont ces filles sur les photos et quel est leur rôle dans tout cela ? Est-ce l'une des victimes qui cherche à se venger ?

Jan fait suivre la consigne à Saki : lorsque les techniciens auront fait leur travail, les potentiels échantillons trouvés dans le sauna abandonné devront être croisés avec ceux des jeunes filles disparues et ceux des victimes du tueur au fer rouge. Après avoir reçu la confirmation de Saki, Jan se dit qu'il devrait peut-être interroger Saana. Avant d'avoir pu creuser l'idée, il est interrompu dans ses réflexions par un coup à la porte. Heidi entre, l'air perplexe.

— Ce n'est pas Iiris Lepistö la coupable. On vient de me dire qu'elle a un alibi. Elle était en poste au S-market.

Ses collègues confirment. Elle n'aurait absolument pas pu se rendre de Suomenlinna à Hartola pour prendre son poste à la première heure.

Jan ouvre la bouche, mais Heidi l'interrompt :

— Impossible également qu'elle se soit absentée pour tuer quelqu'un selon un rituel complexe en plein milieu de sa journée de travail. C'est forcément quelqu'un d'autre.

Dimanche 21 juillet / Hartola

Saana attend impatiemment sa prochaine rencontre avec Jan. Elle a beaucoup de questions à lui poser. Serviable, elle a bien volontiers fourni son matériel de recherche à la police, mais elle ne l'a pas récupéré et n'a pas reçu d'explication précise. Si bien qu'une idée la travaille : serait-ce possible que tout soit lié ? Le sort d'Helena et les meurtres sur lesquels Jan enquête ?

Elle n'a pas dormi de la nuit tant les événements de ces derniers jours l'obsèdent. Une enquêtrice lui a posé des questions sur le passé d'Hartola ! À elle ! Elle l'a interrogée sur ses théories et ses opinions quant à la mort d'Helena, en se basant sur des informations qu'elle avait obtenues elle-même ! Saana n'a pas su répondre à beaucoup de ses questions. Qui parmi les amies et les proches d'Helena, morte noyée, aurait pu vouloir la venger ? À l'époque, une ombre planait-elle sur la vie des jeunes filles d'Hartola ? La dernière question est celle qui tracasse le plus Saana. Von Reichmann a-t-il causé la mort d'Helena ? Et s'il avait usé de son influence, de son charme, pour la conduire jusqu'au point de non-retour ?

De toute cette galerie de personnages, c'est lui qui hante le plus Saana. Le mystérieux tableau au mur du manoir, les années où une folie d'ésotérisme s'était emparée d'Hartola, à en croire sa tante. August von Reichmann, le baron. On sait si peu de choses sur lui. N'est-ce pas étrange ? Après toute une nuit à veiller, Saana s'est soudain aperçue, à l'aube, qu'Helena devait connaître le baron. L'adolescente est morte sur les terres de son manoir, peut-être même au cours de la fête qu'il avait organisée. Où a-t-il déménagé depuis la Finlande ? Pourquoi est-il parti si rapidement après la mort de la jeune fille ?

Après avoir compris l'importance du baron pendant la nuit, Saana s'est mis en tête une idée encore plus folle. Il faut qu'elle le trouve, qu'elle le voie de ses propres yeux. S'il est encore en vie, elle pourra lui poser directement toutes ses questions. Et, même s'il est déjà mort, elle aimerait voir sa dernière demeure.

Saana essaye de joindre Jan. En vain. Elle finit par lui laisser un message. Il doit être occupé.

Le souvenir de leur nuit d'hôtel commence peu à peu à s'estomper dans son esprit. Elle aurait besoin d'une confirmation, de preuves qu'elle a tout intérêt à miser sur son histoire avec Jan. Sans compter qu'elle a soif de réponses : son aventure de journaliste d'investigation a pris une tournure angoissante, et voilà qu'elle se retrouve au centre d'une véritable enquête pour meurtre. Saana ne peut pas arrêter maintenant. Elle n'a pas d'autre choix que de partir à la recherche du baron. Un voyage lui permettra d'échapper un moment à l'influence d'Hartola, devenu lugubre. Peut-être se rapprochera-t-elle de la solution. Et prendre un peu de distance avec Jan pourrait lui faire du bien. Si cette histoire devait ne pas aboutir, autant le savoir, au lieu de tourner en rond dans son coin. Elle inspire profondément et relâche lentement son souffle.

Alors que Saana venait de se convaincre d'être une femme forte et indépendante, Jan lui téléphone. Saana se sent fondre en entendant sa voix. Mais elle ne lui demande pas s'ils auront bientôt le temps de se revoir. À la place, elle lui explique qu'elle s'est mis en tête d'aller faire un tour à Berlin. Elle a passé toute la matinée à préparer son voyage. Un vol Norwegian bon marché, un logement Airbnb à Friedrichshain et les horaires de train pour Potsdam. Une nuit seulement.

— Bonne idée, répond Jan. Hartola n'a pas l'air d'être un endroit très sûr en ce moment.

Son côté protecteur ne déplaît pas à Saana. Mais il plaisante, elle n'a pas vraiment de raison de s'inquiéter, n'est-ce pas ? Jan se contente de répondre qu'il ne peut pas lui révéler les détails de l'enquête. Aurait-il appris quelque chose sur les événements survenus dans la commune, dont il ne peut informer les civils ?

— Ce voyage est en partie lié à mon investigation, annonce Saana. Je voudrais retrouver August von Reichmann, qui habitait autrefois au manoir de Koskipää. L'homme que l'on surnommait « le baron ». Il a quitté la Finlande l'année de la mort d'Helena. Je n'ai trouvé nulle part d'explication à son départ.

— Intéressant, dit Jan. Tu sais où chercher ?

— Il avait un homme de confiance à l'époque, un intendant qui s'occupait de tout au manoir. Von Reichmann lui a envoyé une carte il y a des années. Il y était écrit qu'il résidait dans une maison de retraite à Potsdam. J'ai même l'adresse. De nos jours, plus personne ne peut disparaître sans laisser de trace, non ?

Elle n'en est pas si certaine.

— Je pourrais lancer quelques recherches sur les sites internationaux, si tu veux, lui propose Jan.

Saana le devine sincère.

— Merci, mais j'ai déjà téléphoné ce matin à la maison de retraite pour vérifier. Il y réside bien un vieux monsieur du nom d'August von Reichmann.

Jan se tait un instant comme s'il cherchait quoi dire. Puis il se contente de répondre avec douceur, de sa voix grave et sombre :

— Bon voyage.

Hartola

Été 1989
Le dernier soir

La soirée qu'Helena avait attendue tout l'été arriva enfin. Les Vénitiennes. Le baron n'était plus la source de son impatience : elle et le garçon avaient une mission.

Après la fête de confirmation, Helena avait joué son rôle de sainte-nitouche devant ses proches, tous si froids et réservés. Chez elle, on n'avait servi que de la bière maison, pas du champagne comme chez Johanna. Il n'empêche, cette célébration marquait le début de sa nouvelle vie.

Helena regarda l'heure. Elle retrouverait le garçon à la station-service Kesoil à 17 heures, avant le rassemblement du groupe de confirmation. Ils ne voulaient pas attendre la nuit. Elle avait dit à ses parents qu'elle dormirait chez Johanna. Non, elles ne veilleraient pas trop tard. Elles regarderaient un film, puis iraient se coucher.

Helena se vernit les ongles en noir et fourra dans son sac une robe qui était tout l'inverse de la sainteté. Compliquée et audacieuse, elle ne correspondait en rien à l'Helena que connaissait sa mère. C'était celle d'une femme forte, celle qu'elle, Helena, comptait bien être aujourd'hui.

À Kesoil, le garçon fit glisser un petit paquet vers Helena sur la table collante de la station-service. Il s'y trouvait un fin bracelet doré. Sans hésiter, Helena laissa le garçon lui accrocher le bijou au poignet, souriante, éprise.

Tous ceux qui avaient participé au camp étaient arrivés à Aurinkoranta. L'ambiance fut d'abord un peu tendue : après ces quelques semaines, le camp semblait appartenir à une autre réalité. Quelques-uns comparèrent leurs cadeaux et les sommes d'argent qu'ils avaient reçues. La plupart s'intéressaient surtout aux cigarettes et à l'alcool. Les tuteurs avaient tenu leurs promesses et apporté de la bière et du vin rouge. Il y avait de tout. Installés nerveusement autour du feu de camp, les adolescents se sentaient adultes. Ils avaient laissé quelque chose derrière eux, et bien davantage se profilait désormais à l'horizon. Toute leur vie.

Helena tripotait sans s'en rendre compte le nouveau bijou à son poignet. Il était froid contre sa peau. Elle attrapa sa bière et en but une gorgée. Le goût du malt lui était presque désagréable.

— Je peux en avoir un peu ? demanda quelqu'un près d'elle, à contre-jour.

Helena leva les yeux et reconnut Johanna.

— Évidemment, mais c'est toujours aussi dégueulasse, dit Helena en riant.

Pour la toute première fois de la soirée, elle parvint à se détendre un peu. Johanna prit la bouteille avec une certaine hésitation.

— Merci.

Peut-être que partager cette Lahden Sininen leur permettrait enfin de se réconcilier. Helena riait, buvait, mais en secret elle patientait. Son masque vénitien dormait au fond du sac. Le soir n'était pas encore arrivé. De plus grandes choses l'attendaient encore, imprévisibles, adultes, fascinantes. Elle partirait en plein milieu de la fête pour assister aux Vénitiennes. Le garçon n'y participerait pas, mais ils se verraient au manoir. C'était cela qu'elle choisissait : lui et l'inconnu.

Quelques heures plus tard, Helena s'en alla discrètement et se dirigea vers la lisière de la forêt. L'obscurité d'août avait déjà englouti le camp. Sans allumer sa lampe de poche, elle pédala à vive allure dans la pénombre. Pour l'instant, tout se déroulait comme elle l'avait prévu. Le passage muet de l'enfance à l'âge adulte. Mais quelqu'un dans le groupe la suivait d'un œil attentif et remarqua tout de même son départ.

Quand Helena fut à bonne distance, Johanna se mit à courir. Elle restait dans l'ombre et se déplaçait si silencieusement derrière elle qu'Helena n'entendait rien.

Étourdie par la bière, Helena gara son vélo et entra dans le bar. Elle chercha Inkeri du regard et se réjouit en la voyant sourire depuis une table du fond.

— J'aimerais te donner ça, dit Helena en lui tendant un morceau de papier froissé.

Elle avait décidé de commencer à éparpiller des informations, à disséminer des doutes.

— Je t'aime bien, mais je t'ai vue avec ce professeur…

Le joli visage d'Inkeri se plissa de confusion, ce qui ne lui déplut pas.

— Cet homme n'est pas digne de toi. Il y a quelque chose de louche chez lui.

Helena sentait la certitude lui couler dans les veines. Quand Inkeri, troublée, se mit à lire le poème qu'elle venait de lui tendre, Helena était déjà partie.

Quand elle arriva au manoir, les festivités avaient déjà commencé. Une musique sourde filtrait dans la cour, portant jusqu'au moulin. Tout semblait calme. Helena avait laissé son vélo un peu plus loin, à l'ombre de la forêt, puis avait enfilé sa robe. Ses parents ne devaient jamais savoir qu'elle n'était pas chez Johanna.

En se rapprochant, Helena reconnut une silhouette familière au coin d'un bâtiment de la cour. Timidement, elle alla trouver le garçon qui la prit par la main. Il était plus audacieux que d'habitude. Il l'attira contre lui, et ils s'embrassèrent, avec en fond un air qui invitait à la danse. Cette soirée serait parfaite, se dit Helena en oscillant sur place avec lui au rythme de la musique.

Dimanche 21 juillet / Hartola

Heidi a passé la matinée chez Fors. Un humble appartement et quelques meubles, rien de personnel. L'homme vivait en ascète.

Elle considère toutes les informations qu'ils ont jusque-là, ses propres théories et les dernières nouvelles issues de Jan. Que la nouvelle copine de son supérieur ait rassemblé des informations sur une vieille affaire qui se révèle maintenant essentielle pour leur enquête l'amuse énormément. Jan, l'enquêteur froid et borné, s'est permis de mélanger travail et vie privée.

Saana semble être entrée dans la vie de Jan comme sur mesure. Heidi aurait aussi bien pu l'inventer. Cela faisait tellement longtemps qu'elle espérait du changement dans la vie de son collègue. Quelque chose qui fissurerait sa carapace pour laisser filtrer un peu de lumière. Mais, maintenant que Saana est là, Heidi s'en étonne. Elle voudrait se moquer d'elle-même, mais elle ne peut pas ; elle a conscience d'être jalouse. Jan, son collègue, son homme de confiance, son frère, a désormais trouvé quelqu'un d'autre à qui s'ouvrir. Changera-t-il de comportement envers Heidi ? Cette apparition introduira-t-elle une distance nouvelle entre eux ? Heidi secoue la tête comme pour se vider physiquement l'esprit. Ce ne sont que les pensées pitoyables d'une femme solitaire. Évidemment qu'elle est heureuse pour lui. Elle a bien vu le regard qu'il pose sur cette fille.

Elle ne comprend pas comment fait le tueur pour rester ainsi insaisissable. Pourquoi ne laisse-t-il aucune trace ? Plusieurs hypothèses se présentent à Heidi. Soit le meurtrier est un flic qui sait se couvrir, soit il s'agit de quelqu'un de très discret. Tellement discret qu'il serait impossible de le soupçonner.

Jan lui a donné un travail clair. Il lui a écrit :

Étudie les documents de Saana et essaye d'apporter des réponses à ses questions. Rendez-vous à 18 h 15 dans ma chambre pour passer tout ça en revue.

Ça la fait un peu chier. Elle, enquêtrice de la criminelle, se basant sur des infos rassemblées par une Sarah Linden civile, la nouvelle amoureuse de Jan qui s'improvise détective privée ?

Les questions de Saana sont les suivantes : qui était le policier chargé de l'affaire à l'époque ? Et la police dispose-t-elle d'un dossier sur Laura Malm ? Il faut avouer que ce sont des interrogations très pertinentes. *Fuck*, se dit Heidi. Cette femme a fait un très bon travail d'analyse.

Heidi parcourt les documents et s'arrête sur une photo à laquelle Saana a ajouté quelques notes.

Institut du Häme de l'Est, 1985-1989, professeur « Lasse ».
Tableau peint sous le nom d'artiste « Król ».

Évidemment, se dit Heidi. Sur la photo pose Lars Sundin en plus jeune. Voilà ce qui le lie à Hartola.

Heidi feuillette ensuite le vieil article d'*Hymy* et son histoire tortueuse sur la mort mystique d'une jeune demoiselle. L'article en lui-même n'apprend rien à Heidi, mais l'une des photos attire son attention. En légende, la journaliste mentionne que le policier en charge de l'affaire est peu loquace. Qui était-ce donc ? La photo est floue – le policier, assis dans sa Saab de service, regarde au loin – mais elle a le mérite d'exister. Ce cliché datant de 1989 chamboule tout à coup les pensées d'Heidi.

Serait-ce possible, se dit-elle en plissant les yeux pour l'observer de plus près. Elle photographie l'image avec son portable et repose le dossier sur la table, en égalisant la pile. Elle ne sait plus quoi penser. Son cœur s'emballe dans sa poitrine. Lui. Entre tous, lui. Elle regarde l'heure. Cinq heures moins le quart. Elle doit retrouver Jan dans sa chambre dans une heure et demie. Les minutes traînent. Elle n'a plus la patience d'attendre et part au pas de course le retrouver.

En entendant ce qu'elle a découvert, Jan reste muet. Il veut d'abord voir la photo. Vérifier.

Il regarde le cliché. Oui. Sur l'image de l'article apparaît très clairement leur chef, le dirigeant du KRP, Juha Mertanen. La photo n'est pas très nette, prise de loin, mais elle ne laisse cependant aucune place au doute. Après cette découverte, Jan prend le temps de la réflexion. Que leur apporte cette information ? Que faut-il écarter, que faut-il reconsidérer ? Ayant fait le tour, il guide Heidi sans rien dire hors de sa chambre, dans le couloir de l'hôtel.

— Allons respirer un peu d'air frais.

Heidi hoche la tête. Bon instinct. Quand la piste mène à l'un des leurs, la première étape est de s'assurer que l'on n'est pas sur écoute. Puis on se demande à qui l'on peut faire confiance. On se tait, si la situation semble inextricable. Heidi et Jan connaissent quelques affaires limites qui ont été passées sous silence. Mais il s'agit ici d'un cas à part. Leur chef vient d'apparaître dans une enquête pour meurtre.

En rentrant de sa balade, Jan téléphone à Saki.

— Antti-Juhani Fors connaît Sundin et Eskola au moins depuis leurs études. Mais on a aussi trouvé d'autres traces de Sundin à Hartola. Selon les documents de Saana, il était professeur à l'institut du Häme de l'Est, sous un nom d'artiste. Et, selon de toutes nouvelles informations, Mertanen aurait travaillé dans les années 1980 au sein de la police d'Hartola. Il faudrait voir si on peut retrouver quelque chose d'officiel sur lui à cette époque-là, dans les années 1980-90, n'importe quoi. C'est très important.

Saki promet de faire des recherches et de revenir vers lui aussi vite que possible.

— Je préférerais que tu m'apportes les infos en personne, lâche Jan.

Saki est sur le point de lui demander des explications, mais le ton de Jan répond déjà à ses questions. « C'est délicat, mieux vaut qu'on se voie. »

Six heures plus tard, après avoir fouillé en quête d'informations et roulé jusqu'à Hartola, Saki frappe à la porte de la chambre 25 de l'hôtel Linna, qui s'ouvre immédiatement.

Heidi le salue d'un signe de tête et s'écarte pour le laisser entrer. Saki jette une liasse de papiers sur la table. En haut de la pile se trouve la copie d'une photo. Une de celles retrouvées chez Eskola. Il a entouré la tache de naissance dans le cou de la fille, qui se repère sur un autre cliché, en dessous duquel est écrit :

Laura Malm.

— Comment cette fille a-t-elle pu disparaître ? demande Heidi en brisant le silence.

— Selon nos informations, ses parents l'ont recherchée activement, sans rien trouver, dit Saki. Une fugue, selon la police. À en croire l'interrogatoire de sa mère, elle avait quitté son domicile assez énervée. Les recherches ont été menées par la police d'Hartola, à en croire le dossier.

— Qui était le chargé d'enquête ? demande Heidi en regardant Saki d'un air significatif.

Celui-ci feuillette les documents pour arriver à la fin du rapport, mais aucun nom ne ressort.

— Un policier d'Hartola, sans doute. Mais bizarrement, ce rapport est anonyme.

Jan et Heidi échangent un regard. Les pièces commencent à se mettre en place. Mertanen a effacé son nom pour ne pas être associé à l'affaire.

Saki leur tend une liste des élèves du lycée de Jyväskylä. Un nom familier est de nouveau entouré.

— Putain, grommelle Jan en le voyant.

Un frisson désagréable le parcourt. Le quatrième nom, le lien potentiel : leur supérieur, Juha Mertanen. Il a étudié dans la même école que les autres. Saki a également trouvé un rapport de police issu des archives de l'année 1989, fourni par la police de Lahti. Une bagarre survenue à la station-service Kesoil. Auteur du rapport : Juha Mertanen. Complément d'informations : département de police d'Hartola, agent Juha Mertanen, 1983-1989.

Jan et Heidi absorbent ces nouvelles informations sans un mot. Heidi entend presque cliqueter les méninges de Jan. La rousse était certaine qu'il restait un quatrième « roi ». Deux questions se hissent au-dessus des autres. Qui est le meurtrier qui les abat les uns après les autres ? Et encore pire : leur supérieur est-il le coupable ou la prochaine cible ?

Lundi 22 juillet / Berlin

Dès que le voyant de la ceinture de sécurité s'éteint, les gens se mettent à s'agiter et à encombrer l'allée centrale. Conformément aux recommandations, Saana reste assise à sa place. Elle regarde par la fenêtre les employés de l'aéroport jeter les sacs qui sortent de l'appareil dans des chariots. Quand presque tous les autres voyageurs ont disparu, elle se lève. À quoi bon se presser ? Ils devront tous attendre les mêmes bagages.

Saana aimerait oublier Jan un instant. « Bon voyage », lui a-t-il dit sans grand intérêt, comme s'il s'excusait par avance de ce qui va leur arriver – leur histoire restera à croupir sur place faute de temps libre, avant d'avoir pu mener où que ce soit. Peut-être traite-t-il ainsi toutes les femmes. Il les ravit par sa franchise mais, après avoir obtenu ce qu'il désirait, il se retire en invoquant sa charge de travail. Saana se demande si elle l'a bien cerné. Si Jan se révélait être un enfoiré, elle ne pourrait plus jamais se considérer comme une experte en relations humaines. Le lien entre eux avait semblé si fort.

Le soir venu, Saana cherche le bar Wohnzimmer dans le quartier Prenzlauer Berg. Elle se remplit le cœur de l'atmosphère décontractée de Berlin en se demandant pourquoi elle n'a pas pensé à venir passer l'été ici plutôt qu'à Hartola. L'Allemagne est tellement moins chère que la Finlande. Quelle idée de choisir Hartola alors que le monde entier s'offrait à elle ! Mais en réalité, au moment de faire un choix, le monde lui était justement fermé. C'était à peine si elle pouvait mettre un pied devant l'autre.

Saana commande un deuxième verre de riesling et sort son ordinateur. Elle a envie d'écrire. L'idée s'est formée dans son esprit pendant le vol. Plus elle s'éloigne d'Hartola, mieux elle perçoit la voix du royaume. La voix d'Helena.

Après deux verres de riesling et une page remplie, Saana décide de chercher son itinéraire précis en ligne. Elle se rendra à son logement, passera une bonne nuit de sommeil, puis prendra le train le lendemain matin en direction de Potsdam. Google lui apprend comment se rendre de la gare à la maison de retraite. Sa destination est marquée par une épingle rouge.

St. Franziskus Seniorenpflegeheim, Potsdam, Germany.

Le lendemain matin, Saana relit dans le train les questions auxquelles elle espère obtenir des réponses de la part du vieil homme.

Pourquoi avez-vous quitté la Finlande ?
Vous souvenez-vous de la liste des invités de la dernière soirée des Vénitiennes ?
Avez-vous des photos de la soirée ?
Que s'est-il réellement passé sur les terres du manoir ?

Pourvu que le baron puisse l'aider. Elle lève le regard de son carnet et observe les gens assis dans le train. Le wagon est presque vide. Une mère et sa fille sont assises plus loin. Un souvenir lui revient : quand elle était petite, sa mère l'emmenait à Jyväskylä en train, avec des sandwichs emballés dans du papier d'alu. À mi-chemin, elle avait le droit de manger le sien. Le fromage et le pain humide lui bouchaient la gorge. Saana n'aimait pas du tout cette sensation, mais sa mère, si.

Arrivée à Potsdam, Saana suit la carte. Bien que les indications soient claires, elle se trompe parfois de sens.

La journée est chaude. Berlin subit sa plus forte vague de chaleur de l'année, et la canicule a suivi Saana à Potsdam. Mais, avec l'été changeant de la Finlande en tête, elle ne va pas s'en plaindre, songe-t-elle en marchant sur l'asphalte sifflant.

Elle finit par trouver la maison de retraite, entourée d'arbres verdoyants, exactement comme sur la prévisualisation de Google. Elle entre timidement.

L'aide-soignante, amicale, hausse les sourcils et essaye de déchiffrer le discours de Saana.

— Herr Reichmann ? *Ja*[1], il est dans la chambre 6. Est-ce qu'il vous attend ? Très bien, d'accord.

Elle ne parle presque que pour elle-même, car Saana ne comprend que quelques mots par-ci par-là. Elle a apporté une plaque de chocolat Fazer Sininen, mais la chaleur l'a ramollie.

En entrant dans la chambre de von Reichmann, elle lui tend quand même son cadeau. L'homme sourit, l'air intrigué, mais aussi sincèrement confus.

— Bonjour, lui dit Saana.

— *Hallo*[2], répond-il.

— Je viens d'Hartola. Vous avez habité là-bas, vous aussi, déclare Saana en se surprenant à parler plus lentement et simplement.

Le vieil homme regarde l'aide-soignante, désemparé.

— Parlez-vous allemand ? demande l'aide-soignante à Saana en l'encourageant à poursuivre d'un sourire. Monsieur von Reichmann ne parle pas finnois.

— Finlande ? Toi ? demande Saana, impuissante.

Mais l'homme ne semble pas comprendre.

1. « Oui » en allemand.
2. « Bonjour. »

— Je viens de Finlande, d'Hartola. Tu as habité à Hartola, bafouille Saana.

— Hartola ? Comment ça ? s'étonne l'homme.

Il semble angoissé. Saana n'avait pas imaginé que cette entrevue débuterait aussi difficilement. À aucun moment elle n'avait envisagé qu'il ne parlerait pas finnois.

— *Fehler*, dit von Reichmann.

Saana ne sait pas ce qu'il entend par là. Elle a emporté avec elle le livre du musée sur lequel se trouve une photo du baron plus jeune, avec ses orchidées. Elle lui montre l'image, mais le vieil homme ne semble pas comprendre ce qu'elle représente. Il se contente de secouer la tête et de répéter :

— *Fehler.*

Sa mémoire s'est gravement altérée, se dit Saana en pestant contre tous ses cours d'allemand, pendant lesquels elle ne faisait que dessiner dans son carnet sans rien écouter. *Fehler*. Est-ce un nom ? Elle finit par penser à lui demander des photos.

— *Foto ?*

L'homme semble comprendre et titube vers une vieille bibliothèque. Là, un peu plus souriant, il sort un épais album marron et l'invite d'un geste amical à s'asseoir près de lui. Ils parcourent les photos, et Saana sourit poliment à chacune d'elles, sans comprendre un mot de ses explications. La vérité met un moment à éclater. Le jeune homme sur les clichés n'est absolument pas le von Reichmann qu'elle recherche.

Hartola

Été 1989
Le dernier soir

Le garçon et Helena se fixaient droit dans les yeux et souriaient bêtement. Il fut le premier à reprendre son sérieux. Ils avaient une mission. Ils étaient à la recherche de quelque chose qui mettrait au jour tout le mal qui hantait le domaine.

Il avait dit à Helena que le baron n'avait pas utilisé le sauna au bord de la rivière depuis des années, mais que son père avait quand même vu la lumière s'y allumer. Cette fête avait quelque chose de sinistre. Quelqu'un usait des bâtiments du manoir à ses propres fins.

La musique qui provenait du manoir s'interrompit brièvement, et ils se relâchèrent. Le garçon irait en premier, Helena ensuite. Se séparer leur permettrait d'en voir davantage. Helena avait même une invitation officielle, serrée dans sa main.

— Tu es belle, chuchota-t-il.

Helena rougit, mais la pénombre le cacha au garçon. Elle enfila son masque.

— Tu es bien sûre d'en être capable ? demanda-t-il.

Helena hocha rapidement la tête pour ne pas se laisser le temps de regretter sa décision. Ils avaient convenu de tout à l'avance. Ils suivraient les événements et photographieraient tout en secret. Le garçon avait un appareil photo.

Quand Helena arriva devant le manoir, elle s'arrêta un instant pour admirer les lumières tendues au-dessus de la cour. Il ne s'écoula qu'un instant avant que le maître de cérémonie se précipite pour lui souhaiter la bienvenue. Helena tendit la joue en se demandant combien de baisers le baron comptait lui donner. Un, deux, ou trois à la suite. Elle se sentait très maladroite. Von Reichmann la saisit par le bras et lui fit traverser une foule de gens tirés à quatre épingles pour l'emmener jusqu'au salon, qui faisait office de piste de danse. Il lui fit une profonde référence.

— M'accorderiez-vous cette danse ? demanda-t-il.

Helena s'inclina à son tour.

— Une vie fabuleuse t'attend, lui chuchota-t-il à l'oreille dans le tournoiement de la valse.

Il arrêta la jeune fille droit devant le buffet et lui versa un verre de vin. Elle but une gorgée timide, puis ils se remirent à danser.

Ici ou là-bas ? Helena jouait secrètement à comparer les deux existences qui s'offraient à elle. Valait-il mieux se trouver clandestinement à la fête la plus fascinante d'Hartola, ou assise autour d'un feu de camp avec des enfants, à tuer des moustiques ? La réponse s'imposait d'elle-même. Helena préférait être ici. À tournoyer au beau milieu de l'animation mystérieuse des adultes. Elle s'arrêta pour reprendre une gorgée de vin et sentit l'alcool lui embrumer l'esprit. C'était drôle, comme si le mal qui guettait dans les coins sombres n'existait pas.

À la fin de la danse, von Reichmann lui fit faire le tour des invités.

— Puis-je vous présenter cette jeune beauté qui laissera son empreinte en ce monde ?

Les silhouettes anonymes sous leur masque levèrent sans un mot leur verre à sa santé. Elle ne voyait que les regards scrutateurs, les bouches animées. Elle s'attendait à découvrir des costumes splendides, mais pour l'instant elle n'avait vu que quelques femmes vraiment sur leur trente-et-un, sans rien d'extraordinaire. Elles devaient toutes avoir l'âge de sa mère. Où étaient les autres jeunes filles ? La soirée s'était-elle construite comme elle et le garçon l'avaient imaginé ? Des invités secrets, des rituels passés sous silence.

Le baron se retira pour s'occuper des tâches qui incombaient au maître de cérémonie, et Helena regarda timidement autour d'elle. Elle se comporterait comme les autres avant elle. Laura Malm, par exemple. Elle attendrait qu'on l'invite.

Iiris était venue la trouver la nuit dernière. Helena était en train de fumer avec deux autres filles quand la tutrice lui avait demandé de la suivre à l'écart. Helena avait d'abord cru que la raison de cette entrevue était la cigarette. Mais Iiris lui avait seulement fait part de son offre. Helena deviendrait la nouvelle tutrice, l'élue. Si elle acceptait, elle aurait accès à des endroits interdits aux enfants. Des fêtes inoubliables, du vin à volonté, uniquement pour les privilégiés. Helena aimerait-elle y participer ? Elle avait été choisie exprès.

Helena avait été sur le point de lui dire qu'elle avait déjà une invitation. Une invitation qui ne la rendait pas redevable envers qui que ce soit. Puis elle avait compris que ce serait trop en révéler. Alors elle n'avait rien dit. Elle s'était contentée d'écouter. Elle voulait savoir comment tout débutait, comment fonctionnait le piège.

— Tu as été choisie, avait chuchoté Iiris en l'attrapant par les épaules pour la regarder dans les yeux. Tu veux savoir pourquoi ?

Helena avait haussé les épaules sans répondre. C'est ce qu'ils avaient convenu. Helena ferait office d'appât, et le garçon s'occuperait du reste.

Iiris se pencha près d'elle et lui chuchota sans attendre :

— Tu as été choisie parce que tu es spéciale.

Mardi 23 juillet / Berlin

Saana vient de faire ses adieux au mauvais August von Reichmann et s'est enfermée dans les toilettes de la maison de retraite pour chercher la traduction de *fehler*. La réponse lui parvient vite : « erreur ».

Ce n'est donc pas le bon von Reichmann qui habite dans cette maison de retraite. Mais qui a fait l'erreur ? Quelqu'un dans le passé ou Saana elle-même ? L'adresse est exactement identique à celle de la carte postale. Saana ne peut que se rendre à l'évidence : elle fait une très mauvaise détective privée. Complètement nulle. Tout ce chemin pour voir la mauvaise personne ! Au lieu de trouver des réponses, elle n'a que plus de questions. Qui a envoyé les cartes postales d'August von Reichmann ? Pourquoi cette adresse ? Où se trouve le vrai baron ?

Dans le train, Saana se met à sourire, fixant les paysages qui défilent à vive allure sans rien voir. Finalement, les choses sont assez claires. C'est une intrigue classique, récurrente dans les polars. La carte était falsifiée. Quelqu'un voulait que l'homme de confiance de von Reichmann s'imagine qu'elle venait du baron. Mais qu'est-il arrivé au baron ? Où est-il ? Et qui a envoyé cette fausse carte au père de Riku ?

Saana examine les possibilités restantes. Von Reichmann est en vie, mais ailleurs. A-t-il voulu disparaître et, si oui, pourquoi ? Ou alors, il est mort. Cette théorie perdure dans l'esprit de Saana tout au long de l'étouffant trajet de Potsdam à Berlin. Et si von Reichmann était vraiment mort ? Qu'est-ce que cela changerait ? Est-il rentré en Allemagne ou est-ce seulement ce que l'on a donné à croire ? Cela rendrait l'affaire encore plus compliquée. Saana a l'impression qu'elle commence à se rendre folle elle-même avec toutes ses théories.

Après être arrivée à son Airbnb près de Boxhagener Platz à Friedrichshain, Saana envoie un message à Jan.

J'ai dû rentrer les mains vides de Potsdam. Ce n'était pas le bon von Reichmann. Comment vérifier si quelqu'un est mort en Allemagne ? Comment ça va pour toi ? Bisous

Saana craint de s'être trop avancée avec « bisous », mais le message est déjà parti. Elle aimerait aussi lui envoyer un énorme point d'interrogation : la photo du livre, von Reichmann au milieu de ses orchidées dans le jardin du manoir. Qu'est-il réellement arrivé au baron ?

Aller à Berlin était une idée bizarre mais utile. Jan lui manque, même si elle n'ose pas le lui avouer. Elle sait qu'il est extrêmement occupé et elle a l'impression que cette histoire pourrait facilement lui faire du mal. Ils ne se connaissent pas assez pour être en mesure d'exiger quoi que ce soit de l'autre. Pas même de la compagnie. Quel genre d'homme est-il au juste ? se demande Saana. Capable à la fois de la faire monter au septième ciel et de la précipiter dans un puits d'incertitudes.

Pendant qu'elle est en train de se demander si elle préfère un restaurant ou un kebab, Jan lui répond enfin.

Tu connais son numéro de sécu ou sa date de naissance ? On pourrait peut-être obtenir l'info de nos collègues allemands s'il est mort. Quand est-ce que tu reviens ? Tu me manques. J

Saana comprend que la pêche aux infos ne sera pas facile. Elle n'a vu la date de naissance du baron nulle part. Après un instant de réflexion, elle lui envoie délibérément l'horaire précis de son arrivée.

Mon avion se pose à 18 h 40. Je devrais pouvoir prendre le bus de 20 heures. Je serai à l'arrêt Omnibus d'Hartola à 22 h 25. Tu viens me chercher ? :)

Jan confirme :

Rdv sur le bord de la route.

Saana se met à sourire. Ils n'auront probablement que quelques minutes de libres avant que Jan doive retourner au travail, mais elle en savourera chaque seconde. Cela faisait longtemps que quelqu'un ne lui avait pas autant manqué.

Presque par inadvertance, elle passe tout le trajet retour obsédée par deux hommes : Jan et von Reichmann. Le baron est-il un homme bon au mauvais ? Faisait-il partie du complot ou a-t-on causé sa perte ? Mue par son intuition, Saana développe peu à peu une nouvelle théorie. Et si la bienveillance de cet homme avait été exploitée à l'époque ? Et si le baron avait, sans le savoir, offert un cadre à quelque chose qui ne pouvait exister que dans l'ombre ?

En voyant Jan qui l'attend au dépose-minute de la nationale 4, Saana s'illumine. Quand elle sort du bus, Jan la prend dans ses bras, et ils s'embrassent sans tenir compte des gens qui passent. Ce n'est pas aussi romantique que dans les films : leur baiser est humide, maladroit et un peu hésitant, mais leur attirance mutuelle est plus forte que jamais. Lorsqu'ils reprennent leur respiration, Jan l'attire plus près pour la regarder dans les yeux en souriant, sans rien dire. Saana sourit en retour. C'est comme ça que ça marche ? Devant ce beau policier qui la dévisage intensément, tous ses doutes sont balayés. Il n'y a que Saana et Jan. Jan et Saana.

— J'ai vérifié plus en détail les informations sur von Reichmann, dit Jan.

Ils sont ensemble à l'hôtel, Saana tout contre lui. Ça lui fait du bien. Ils ont encore du temps, mais Jan craint déjà que Saana ne commence bientôt à se sentir frustrée. Les choses se passent toujours ainsi. Les femmes qu'il fréquente finissent toujours par se lasser du fait qu'il soit constamment happé par son travail. C'est pourquoi il a choisi sa ligne de conduite. Pas d'attaches, rien que des histoires provisoires qui se terminent avant que quiconque puisse en souffrir. C'est mieux ainsi.

Jan regarde les beaux yeux de Saana et ses cheveux presque platine, avec un soupçon de lilas. Devant elle, les choses ne lui semblent plus si claires.

— Selon la police allemande, August von Reichmann n'a pas été déclaré mort dans son pays natal, dit-il.

Saana l'écoute avec attention.

— On a retrouvé la trace de son départ pour la Finlande, mais pas de son retour…

Le nez dans les cheveux de Saana, il inspire profondément. Ils auront au moins cette nuit pour oublier les morts un instant et se concentrer l'un sur l'autre.

Mardi 23 juillet / Hartola

Jan, Heidi et Saki se retrouvent près du sauna. De l'autre côté de la rivière se dresse le manoir. Les flots sont noirs. Il n'y a personne en vue. Ils s'arrêtent sur le pont pour discuter. Jan regarde ses équipiers. Ils sont trois enquêteurs dans le royaume perdu d'Hartola. Pourvu que tout cela finisse bientôt, qu'ils en soient capables, qu'ils puissent résoudre l'affaire la plus éprouvante qui leur ait été donnée de vivre.

Ils descendent sur le rivage et s'assoient sur le sable. Heidi liste les disparus à voix haute.

— Helena Toivio, morte, Laura Malm, disparue, August von Reichmann, disparu, Julia Aleksandra, disparue, Lars Sundin, mort, Matti Eskola, mort, Antti-Juhani Fors, mort. Et…

Elle se tait. Ils ne savent pas encore ce qui suivra. Pour l'instant, ils n'ont que leurs suspicions.

— Vu nos informations, je pense que Mertanen est la prochaine victime, déclare Jan. Qui est d'accord ?

Après un instant, ses deux collègues lèvent la main.

— Mertanen fait potentiellement partie d'un groupe qui, à l'époque, s'est livré à certaines choses pour lesquelles Eskola, Fors et Sundin ont déjà payé. Mais la grande question est : Mertanen est-il déjà au courant ? Et surtout, qu'est-ce qu'on fait ?

La femme rousse a déjà été relaxée faute de preuves concrètes, et Julia Aleksandra a disparu. Qui traque donc le quatrième roi ?

— Quand tout ça sera rendu public, on pourra probablement obtenir pour Mertanen la protection complète du KRP. Dans le pire des cas, on pourra pousser le meurtrier à reculer. Rester discrets et mettre Mertanen sous filature avant que la direction ait vent de l'affaire est à notre avantage.

Tout le monde se regarde. Sont-ils donc d'accord pour se servir de Mertanen comme appât ?

Ils reviennent sans un mot vers la voiture. Les pensées de Jan s'envolent déjà ailleurs. Malgré toutes leurs incertitudes et la tournure désagréable que prend l'affaire, il a maintenant l'intention de dédier sa soirée et sa nuit à Saana.

Seuls des moustiques et de petits moucherons virevoltent dans l'air sombre. La rivière Tainionvirta poursuit son flot éternel à travers le royaume d'Hartola.

Mercredi 24 juillet / Hartola

Saana pédale sous le soleil matinal. Elle a rapporté de Berlin des produits Lavera et une bouteille de riesling pour sa tante mais, après avoir déposé ses affaires chez Inkeri, elle se dit qu'elle pourrait aussi aller leur acheter quelque chose pour accompagner le café. Quelque chose qui pourrait apaiser le manque de Jan qui la ronge déjà. Ils ont eu toute la nuit pour profiter l'un de l'autre, mais désormais une nouvelle pause de plusieurs jours les attend.

Saana hésite sur le choix des viennoiseries. Un roulé à la cannelle ? Un beignet à la confiture ? En songeant à sa nuit avec Jan, elle rougit. Elle a l'impression de sentir le sexe à des centaines de mètres. Elle s'attache fermement les cheveux en queue-de-cheval et évite de regarder les gens dans les yeux, si bien qu'elle manque de bousculer quelqu'un qui sort soudain de derrière les étagères.

— Pardon, grommelle Saana.

C'est une femme aux cheveux noirs. Elle est sûre de l'avoir déjà vue. Elle met un instant avant de faire le lien avec la maison de retraite, où elle était allée rendre visite au père de Riku.

— Pas de souci, répond la femme en s'éloignant aussi vite qu'elle était venue.

Saana essaye de se rappeler son nom, sans y parvenir. Au stand des viennoiseries, elle tombe, à sa grande surprise, sur Harri Valkama, occupé à remplir un sac en papier de tartes caréliennes. Il s'interrompt en la remarquant.

— Bonjour, dit-il.

— Salut, répond joyeusement Saana.

Sa rencontre avec Jan a fait resurgir sa foi en l'amour. En observant discrètement Harri Valkama, elle se demande s'il a une femme dans sa vie. Il a un certain charme, sensible et doux. Saana voudrait même l'interroger sur ce qui s'est vraiment passé entre lui et sa tante Inkeri, mais elle n'ose pas.

Puis une idée lui vient : et si elle faisait un peu avancer les choses pour sa tante ? Saana la sait très douée pour se débarrasser du superflu dans la vie – aussi bien des mauvaises herbes que des hommes, à en croire les indices rassemblés pendant l'été. La jolie Inkeri s'est enracinée dans son jardin. Il lui faudrait quelque chose, quelqu'un, pour l'éveiller de nouveau à la vie. N'avait-elle pas réagi d'une façon assez particulière en entendant qu'Harri se trouvait toujours à Hartola ? Ah, les timides, se dit Saana en souriant intérieurement devant Harri Valkama qui pèse son sac en papier.

— Et si vous veniez dîner un soir chez Inkeri ? propose Saana d'un ton faussement insouciant, en attrapant deux beignets à la confiture.

Une lueur s'allume dans le regard d'Harri.

— Chez Inkeri ?

Saana hoche la tête en souriant. Elle apprécie cet homme et elle a décidé de taquiner sa tante. Elle a hâte de voir sa réaction à l'entrée d'Harri. Il y a quelque chose de si doux chez lui : on dirait un ours en peluche. Saana soupçonne sa tante de ne pas être indifférente à son charme. Pourquoi Inkeri ne pouvait-elle pas l'inviter elle-même ?

Harri Valkama a l'air surpris, ce qui ne l'empêche pas d'accepter avec plaisir.

— Mais Inkeri est au courant ? demande-t-il, incrédule.

Sa clairvoyance surprend Saana.

— Évidemment, affirme-t-elle en s'efforçant d'avoir l'air aussi décontractée que possible.

— Tu es sûre ? Que c'est l'idée d'Inkeri ? lance Harri, qui paraît en douter encore.

Saana se contente de hocher la tête. Elle a toujours été mauvaise menteuse, et Harri Valkama semble voir clair dans son jeu. Mais doit-elle s'en soucier ? Devant son sourire lumineux, Saana sait qu'elle a fait le bon choix. Elle a menti pour la bonne cause, à la bonne personne. Dans ces conditions, mentir ne saurait être qu'une bonne chose. N'est-ce pas ?

— On n'avait pas encore convenu d'une date, mais aujourd'hui ça vous dirait ? À 18 heures, précise-t-elle sans oser le regarder en face.

Quand Saana sort du S-market, son regard s'arrête sur la rousse qui la fixe depuis la porte de derrière du supermarché. Bien qu'elle se soit rendu compte que Saana l'avait remarquée, elle ne détourne pas les yeux, adossée au mur dans son uniforme bleu et jaune.

Saana dépose son sac dans le panier de son vélo et se penche pour déverrouiller son antivol. Elle s'est mise à attacher son vélo malgré les moqueries de sa tante. Le monde n'est pas une cabane à oiseaux comme elle se l'imagine. Saana s'est déjà fait piquer trois vélos. Difficile de croire qu'Hartola soit encore à l'abri de l'avidité des gens.

Saana tente d'évacuer ses pensées sombres. Ces derniers temps, l'obscurité du monde lui colle à la peau. Elle regarde son téléphone dans l'espoir que Jan lui ait envoyé quelque chose, mais c'est d'un numéro inconnu qu'elle a reçu un message. Une intuition la pousse à relever les yeux vers la rousse, mais elle a disparu.

> Si tu veux apprendre quelque chose d'important sur Helena, viens ce soir à la rivière. Rdv au pont suspendu à 19 heures. Ne sois pas en retard. N'en parle à personne. Viens seule.

Saana lit le message encore et encore. Qui est-elle censée rencontrer ? Osera-t-elle y aller seule ? Elle n'y comprend rien. Le service de l'annuaire ne reconnaît pas ce numéro.

Avant de se mettre en route, troublée, elle répond :

OK, on se voit là-bas.

Sa tante, toute barbouillée de terre, vient la trouver tandis qu'elle range son vélo dans la remise.

— Salut, dit joyeusement Saana en l'enlaçant longuement.

— Alors, ce voyage ?

— Ça s'est bien passé, merci. Berlin est une ville géniale. Au fait, j'ai croisé Harri Valkama au supermarché. Je l'ai invité ici ce soir.

L'expression chaleureuse de sa tante se fige.

— Mais pourquoi ?

Au moins, elle n'est pas en colère. Au contraire, elle a l'air terrifiée.

— Tu as donc invité Harri à venir dîner ici, avec moi, sans me concerter…, reprend-elle comme pour s'assurer qu'elle a bien entendu.

En guise de réponse, Saana lui donne un coup taquin dans les côtes.

— Aujourd'hui ? insiste Inkeri, qui semble ne pas savoir où se mettre.

— Et pourquoi pas ? lui crie Saana en s'engouffrant dans l'escalier en riant.

Pendant l'été, elle a tiré ses propres conclusions sur l'affaire : sa tante a connu au moins deux hommes. L'un était le professeur d'art, Lasse, un salopard. L'autre était le gentil Harri Valkama, exactement ce qu'il lui fallait, mais au mauvais moment. Saana espère que sa tante a désormais atteint l'âge où l'on apprécie la gentillesse.

Après avoir accueilli Harri et lui avoir expliqué qu'elle a un rendez-vous imprévu, Saana s'en va. L'ambiance était un peu coincée, mais elle leur a servi un verre de riesling avant de disparaître. Quand Inkeri lui révélera le tour que leur a joué Saana, ils pourront s'en amuser après le choc initial. De quoi briser la glace. Tout se déroulera bien plus naturellement si Saana n'est pas dans leurs pattes.

Le soleil tape pendant tout le trajet jusqu'au manoir mais, malgré la chaleur, une fraîcheur humide s'exhale de la rivière. Saana s'appuie au pont qui se courbe au-dessus de l'eau et sort son téléphone de sa poche pour vérifier l'heure. 18 h 57. Elle regarde autour d'elle sans rien voir. Puis un bruit lui parvient, comme une branche qui craque. Elle se tourne vers l'autre côté du pont. Habillée en blanc, la rousse l'observe, immobile.

Saana lui fait un signe timide de la main, mais étrangement elle n'a pas peur. Elle suit la femme qui avance avec légèreté sur la rive, comme en flottant à moitié. Finalement, elle s'arrête. Saana observe les alentours. Elles sont dans la forêt, au milieu de nulle part. Juste devant elles se trouve une roue de vélo recouverte de mousse.

— Ceci appartenait à Helena à l'époque, dit la rousse très bas, presque dans un murmure.

Saana retient son souffle. Elles restent un instant sans mot dire. Puis la femme reprend :

— Il m'a fallu des années, presque une décennie, pour m'en remettre. J'allais très mal, j'avais besoin de repos.

Saana hoche la tête, sans savoir quoi dire.

— Parfois, je viens à la rivière. J'y apporte un calla. À la mémoire d'Helena, déclare la rousse, le regard perdu au loin.

Saana se souvient que tout avait commencé par cette mystérieuse fleur.

— Je suis désolée, pour tout, lâche-t-ellc.

— On verra s'il pleut cette nuit, dit la femme en levant les yeux vers le ciel.

Saana lève la tête à son tour, mais ne discerne aucun signe de pluie. Elle se contente de hocher du chef et d'attendre plus d'informations.

— Ils avaient tout le pouvoir. Et des photos. Nous n'étions pas assez fortes pour nous soulever contre plus puissants que nous. Jamais je n'ai eu aussi peur. Ils faisaient tourner toute la région. Ils étaient responsables des crédits de nos parents, ils connaissaient notre directeur… Ils justifiaient tout par le mysticisme. Mais Helena a osé tout révéler.

Elle se tourne vers la rivière et désigne la forêt.

— Ce vélo a été retrouvé abandonné dans une sapinière, à moitié enterré, à moins d'un demi-kilomètre du manoir. Helena s'y trouvait le dernier soir. C'est moi qui l'y ai invitée.

— Que s'est-il passé ? demande Saana.

Elle n'arrive pas à dissimuler le vacillement de sa voix. La peur a fini par monter. Cette Iiris est-elle la meurtrière ?

— C'est difficile à expliquer. Ils procédaient avec tant d'habileté. Nous étions sélectionnées une à une, invitées à faire partie d'un tout. Nous étions tutrices au camp de confirmation et, pour la plupart d'entre nous, les choses ne se passaient pas très bien à la maison. Toute cette attention nous subjuguait. Enfin, quelqu'un nous remarquait. Au début, tout allait très bien. Ce n'est que lorsque d'autres hommes sont arrivés que ça a mal tourné. Alors, on m'a donné pour mission d'attirer plus de filles. Ils me faisaient chanter avec des photos.

Saana croit pouvoir deviner tout ce qu'elle ne dit pas.

— Quand Helena est morte, nous avons uni nos forces. Ensemble, nous avons récupéré notre voix. Nous étions toujours les Filles du rapide, mais plus comme avant. Nous ne leur obéissions plus.

Saana regarde cette femme, adulte, et qui semble pourtant si fragile. Le soulagement l'envahit. Iiris n'a pas l'air d'une tueuse.

— Laura et Helena n'existent plus, mais Katja et moi, nous ne laisserons pas leur mémoire disparaître.

Et désormais, les rois payent pour leurs actes, dit-elle en souriant.

Un frisson parcourt Saana. Les rois. Les Filles du rapide. Ce terme lui est familier. Elle l'a lu dans l'article écrit par Särkkä. La sorcière avait parlé des Filles du rapide.

— Est-ce que je pourrais également interroger Katja ? demande Saana, bien qu'elle ait peur de franchir les limites.

— Elle habite encore à Hartola, mais je ne crois pas qu'elle veuille parler. Tu peux toujours lui demander, bien sûr. Elle travaille à la maison de retraite.

Iiris pose sur elle un regard pensif.

— J'ai l'impression que tu t'intéresses vraiment à l'histoire d'Helena. C'est pourquoi je voulais te révéler quelques détails dont personne d'autre n'a jamais entendu parler. Mais après ça je me tairai.

Saana hausse les sourcils. Katja. La femme aux cheveux noirs, derrière le comptoir de la maison de retraite et au supermarché ce matin.

— C'était notre plus grand secret à toutes, dit Iiris en tendant à Saana un petit journal intime. Nous voulions quelque chose qui nous relie à Helena. Quel lien serait plus fort qu'un secret dont seules Helena et nous avions connaissance ? Après cet événement, nous ne faisions plus confiance à personne, encore moins à la police quand nous nous sommes aperçues qu'un policier comptait parmi eux.

Saana regarde le petit carnet que lui tend Iiris, le cœur battant. Pourrait-il s'agir du journal intime d'Helena ? Elle le prend avec un profond respect, sans oser encore le parcourir. Les pages ont jauni. Son enquête vient de faire un grand bond en avant. À l'aide de ce journal, elle pourra entendre la voix d'Helena.

Après avoir vivement pédalé de la rivière à chez elle, puis traversé, embarrassée, le salon où Harri Valkama et Inkeri passent encore une agréable soirée, Saana se jette sur son lit et ose enfin ouvrir le journal. Elle sait qu'après avoir libéré la voix enfermée entre ces pages elle aura une responsabilité envers Helena jusqu'à la fin de l'histoire, jusqu'à la vérité.

Dans le carnet sont glissées quelques photos et une vieille coupure d'article, une demi-page de la gazette d'Hartola. Sur une des photos, Helena est au stand de fraises. Sur une autre, elle sourit auprès d'une fille aux cheveux blonds. Sur une troisième, elles font du cheval. Helena et Johanna.

La coupure de journal est une publicité pour la ferme des Toivio, avec la même photo d'Helena au stand de fraises. L'annonce parle du retour des fraises Polka. Saana sourit en voyant à quel point Helena semble heureuse. À cette époque, tout allait encore bien.

Saana retourne la coupure de journal et remarque un article entouré de rouge.

> Avis de disparition : Laura Malm. Sa famille demande un signalement de toute information au numéro 9185624129.

Pourquoi cette annonce est-elle entourée ? Helena s'était-elle mise à étudier l'affaire Laura Malm ?

Saana saisit le journal intime et le feuillette avec soin, presque sans respirer. Elle parcourt les poèmes d'Helena, ses remarques diverses sur les garçons de la région et sur le groupe de rock Dingo. Comme point culminant de la fin du collège, Helena mentionne avoir essayé la cigarette et avoir pris sa première bière, une Karjala que Johanna s'était procurée. Elles en ont bu deux chacune, selon le journal, en réprimant leur envie de vomir. L'écriture est jolie et sans fautes. Saana est tout de même soulagée qu'Helena se révèle moins parfaite que ce qu'on lui avait raconté.

Saana fait une pause et tend l'oreille. Une conversation assourdie monte du salon. Heureuse que sa tante n'ait pas décidé de jeter Harri dehors, elle se replonge dans la fin du journal. L'année 1989. Le dernier été d'Helena.

19/06/1989
Il s'est passé quelque chose que je ne veux pas raconter, pas même dans ce journal. Je n'en serais pas capable. J'ai l'impression que pour la toute première fois de ma vie il se passe quelque chose d'intéressant. Les choses ne sont plus seulement de simples choses. Tout a une signification. Il donne un sens à tout. Quand je suis intéressante, soudain (enfin), tout ce qui m'entoure me semble intéressant.

22/06/1989
J'ai l'impression que moi aussi je pourrais avoir une vie excitante, si seulement j'osais. Si j'étais plus courageuse.

27/06/1989
Je l'ai revu aujourd'hui et on a discuté. De tout. Je n'aurais jamais pu imaginer que quelqu'un comme lui s'intéresserait à moi. Il ne m'est jamais rien arrivé d'aussi excitant !

03/07/1989
Pourquoi je sais si peu de choses ? Sur l'art, sur la poésie, sur l'amour, sur la vie…

Puis : plus rien. Le silence. Quelques pages vides comme pour signifier qu'un événement particulier s'est produit, mais que celui-ci n'appartient qu'à elle. Ensuite, après une pause de plusieurs jours, une courte note :

14/07/1989
Putain, putain, putain. J'aimerais tout raconter à quelqu'un, mais j'ose pas, je ne peux pas. Pas même à maman ni à Inkeri. Johanna est insupportable.

Une semaine plus tard, les petites notes reprennent.

20/07/1989
Je remercie le Seigneur pour cette nouvelle vie si excitante et je retire tous les jurons et les gros mots que j'ai pu

prononcer dans ma vie. All night, all day, angels watching over me, my Lord[1].

23/07/1989
Personne ne sait ce qui est arrivé à Laura Malm. Mais combien de personnes cachent quelque chose ? Pourquoi personne n'en parle ? On a décidé de résoudre cette affaire.

28/07/1989
Le Roi de l'Eau
La forêt scintille, si jolie
Que sa beauté nous empêche de regarder
Ce qu'il faudrait voir.
Le grondement du rapide recouvre tout
Ce qu'il faudrait entendre.

Saana retient son souffle. L'angoisse l'envahit lorsqu'elle songe à sa tante en train de passer une si bonne soirée en bas. À sa relation aux événements. À ce poème qu'Helena lui avait apporté.

Il y a tant de mots dans ces pages, tant de frénésie, d'incertitude et d'attente. Si jeune… Saana sent la mélancolie lui brûler les yeux. Des larmes coulent sur ses joues. Toutes ces expériences qui ne sont maintenant plus que de l'histoire ancienne.

Saana se lève pour s'étirer un instant et regarde le jardin par le petit vasistas de la chambre d'amis. C'est l'endroit qu'elle préfère chez sa tante. Comme il est réconfortant de se dire que sous le plafond mansardé, à l'étage, se trouve une petite pièce rien que pour elle ! Elle revient au journal. Après juillet, les entrées se font plus rares. Leur ton a changé. Elles sont joyeuses, indignées, incertaines, lasses, pleines d'espoir, d'entrain ou de jubilation. Helena avait clairement le béguin pour quelqu'un, et apparemment, après cette déception en juillet, elle a reçu une réponse à ses sentiments. Est-elle

1. Cf. p. 418.

désormais amoureuse de quelqu'un d'autre ? Y a-t-il un lien avec les rois ? Le journal ne révèle pas avec qui elle a commencé à mener son enquête. La dernière note n'a été rédigée que peu avant sa mort.

31/08/1989
Soirée importante & R comme Romance.

Un cœur, une croix et un masque de chat sont dessinés à côté du texte. La soirée des Vénitiennes au manoir de Koskipää. La dernière soirée d'Helena.

Jeudi 25 juillet / Hartola

Jan change de position et, dans ses bras, Saana s'arrache à ses pensées. Il pleut dehors. Jan lui a promis d'être disponible quelques heures, mais il n'a pas l'air d'avoir la force de faire quoi que ce soit. Il vient d'ouvrir Netflix. La pression qui le tourmente, en plus de son chagrin, met Saana un peu sur ses gardes. Sa tristesse à elle est déjà ancienne et ne remonte que rarement à la surface. Elle aimerait dire à Jan qu'elle comprend. Qu'elle le voit dans son ensemble, jusqu'aux sentiments qu'il tente de lui cacher, et que ce n'est pas grave. Mais il semble vouloir garder une certaine distance.

Sans se l'avouer encore, Saana se demande parfois si Jan n'est pas un peu trop pour elle, si elle est capable de gérer leur relation. Mais pour le moment, elle se penche vers lui d'un air de défi. Leurs goûts Netflix… Ils n'en ont pas encore discuté.

— Qui commence ? demande Jan, tandis que Saana rigole.

Aujourd'hui, elle ne surinterprétera pas la mélancolie de Jan ni ne se demandera comment lui venir en aide. Ils se concentreront sur leur soirée Netflix & Chill[1].

— On commence par notre top 3, dit Saana, déjà prête à énoncer son classement.

Son soulagement initial est énorme. Ils ont tous les deux vu et aimé *The Killing*. Saana ne liste que la moitié

1. « Netflix & Détente. »

des films et des séries qu'elle a vus : personne de normal n'aurait pu regarder autant de programmes qu'elle au cours de ces deux dernières années. Jan n'a visionné presque que des séries policières.

— Comment peux-tu te plonger sur ton temps libre dans un monde si semblable à celui de ton travail ? s'étonne Saana.

Jan hausse les épaules. Il n'y a pas d'explication.

Finalement, ils regardent l'un des favoris de Saana, *Intouchables*, et s'endorment ensemble dans le lit étroit de l'hôtel Linna.

Dans son rêve, Saana est à moitié paralysée, mais ne peut pas s'arrêter de rire. Elle se réveille en sursaut au beau milieu de la nuit. Elle est si proche du visage de Jan qu'elle sent la chaleur de sa respiration. Elle voudrait se rendormir, mais son souffle la gêne. Elle essaye d'expirer en même temps que lui.

Ses beaux traits à l'allure sereine semblent presque irréels en pleine nuit. Est-ce possible ? Pourrait-il être l'homme de sa vie ? se demande Saana en faisant de son mieux pour synchroniser leurs respirations. Elle y parvient un instant, ce qui leur évite d'inspirer l'air qui sort des poumons de l'autre, mais ça ne dure pas longtemps. Ils ne respirent pas au même rythme.

Saana ne se réveille qu'en entendant la porte se refermer derrière Jan. Elle va aux toilettes et se regarde dans le miroir en passant. Jan a réussi à la faire se sentir belle à chaque instant. Ses longs cheveux blonds, son corps dans un T-shirt d'homme trop grand. Que des bons côtés, aucune imperfection. Saana sourit à son reflet.

Ils ne se verront sans doute pratiquement plus de la saison, car Jan va rentrer à Helsinki pour le travail. Saana se demande si le KRP connaît déjà le coupable. Qui a tué le directeur de la banque ? Comment démêler toute cette affaire ? Jan reviendra-t-il ou non à Hartola pour la résoudre ?

Saana décide d'aller prendre son petit déjeuner chez sa tante. Elle marche lentement le long de la route Keskustie et, en dépassant l'église, ressent un frisson désagréable en se souvenant de Fors.

Sans qu'elle sache pourquoi, son esprit s'échappe vers l'automne à venir, vers ses projets en suspens. Son été à Hartola l'a lavée de son burn-out, de sa dépression, de son angoisse. Mentalement, elle a déjà plus d'heures dans une journée.

Elle songe à son poste à la rédaction. Elle n'a même pas rangé son bureau en partant. Le remaniement a été difficile pour beaucoup. Mais ses collègues, la communauté dont elle faisait partie, lui manquent. Sans parler du salaire. Elle pense à la belle maison de sa tante, à son jardin verdoyant. Le mois d'août laissera place à l'automne, puis à l'hiver. Hartola se fanera, et la neige viendra recouvrir le jardin. Les estivants partiront.

Le retour à la vie quotidienne est inévitable. Mais toutes les portes restent ouvertes. Saana commence à peine à se lancer dans l'écriture. Il faudrait qu'elle établisse un contact avec Johanna Eskola, qu'elle lui demande ce qui est arrivé à Helena. Afin d'entendre aussi la voix de sa meilleure amie.

Hartola

1er septembre 1989

Johanna se réveilla avec un mal de tête. Elle se retournait dans son lit et essayait de se rendormir, mais le sommeil ne venait plus. Elle se sentait mal, comme en lambeaux. Helena surgit soudain dans son esprit. Les retrouvailles avec les élèves du camp de confirmation et le début de la soirée avaient été très amusants. Elles avaient bu de la bière tiède, écœurante. Tout semblait redevenu comme avant. Puis Helena était partie. Pourquoi avait-elle filé au manoir ? Pourquoi ne pouvait-elle pas rester, être comme les autres ? se demanda Johanna en se massant les yeux. Elle se rendit compte qu'elle ne s'était pas démaquillée. Son mascara lui collait les cils.

Elle se leva et téléphona chez Helena. Elle voulait lui parler immédiatement de tout ce qui s'était passé pendant la nuit. Personne ne décrocha. Après avoir attendu un moment, Johanna composa à nouveau le numéro de la plantation de fraises des Toivio. Toujours aucune réponse. Elle se traîna dans la cuisine et essaya de faire bonne figure devant sa mère – gueule de bois ? Quelle gueule de bois ? Celle-ci avait préparé le petit déjeuner.

— Il est où, papa ? demanda Johanna en commençant lentement à se faire une tartine.

— Il est encore en voyage, répondit Raija dans le dos de sa fille en dosant le café moulu. Comment s'est passée ta soirée ?

Johanna regarda par la fenêtre de la cuisine en plissant les yeux.

— Bien, répondit-elle en avalant un morceau de pain.

Il lui parut trop gros, trop lourd dans sa gorge. Elles avaient toujours discuté ainsi. Mère et fille. À coups de mensonges et de faux-semblants. Pendant toute leur vie.

Elle se souvint qu'elle avait suivi Helena jusqu'aux abords du manoir en fête.

Au même moment, le téléphone sonna dans l'entrée. Johanna se figea. Elle regarda sa mère, qui se dépêcha d'aller répondre. Allait-elle tout apprendre sur les événements de la nuit ? Johanna serait-elle punie pour avoir bu en cachette et titubé jusqu'à la maison ? Elle ne se souvenait pas complètement de son retour. Elle avait très bien pu faire quelque chose de stupide.

Quand sa mère revint, elle était blanche comme un linge.

— Je viens juste d'apprendre une chose terrible, commença-t-elle en se dirigeant vers Johanna.

Étrange, on aurait dit qu'elle venait l'enlacer.

— Dans la rivière Tainionvirta, près du manoir de Koskipää, on a retrouvé… Je viens d'apprendre… Ton amie Helena a été retrouvée morte.

Sa mère la prit dans ses bras et fondit en larmes. La gueule de bois de Johanna vola en éclats.

— Je ne te crois… pas, bredouilla-t-elle entre deux sanglots.

Elle aurait voulu se défaire de son étreinte, mais elle en avait tellement besoin.

— Je ne te crois pas ! cria-t-elle.

Mais tout chez sa mère indiquait qu'elle était sérieuse. Elle la serrait si fort qu'elle lui faisait presque mal. Johanna gémit. Rien ne lui avait jamais semblé si étouffant, si terrible. Helena n'avait pas pu mourir. Son Helena…

Toute la journée, Johanna resta enfermée dans sa chambre à attendre. Elle se demandait comment la nouvelle de la mort d'Helena parviendrait au reste du village. Elle était cassée par la peine, épuisée, inconsolable, désemparée. Au milieu de tout cela surnageait une idée floue. Les détails de la nuit, le fait qu'Helena était restée introuvable.

Elle avait suivi son amie jusqu'au manoir. Elle se souvint de sa rage quand elle avait compris qu'Helena ne lui avait pas dit qu'elle avait reçu une invitation. Comme elle lui semblait soudain lointaine, son ex-meilleure amie, dans le jardin crépusculaire du manoir tout illuminé !

Sa mère et elle n'abordaient jamais de sujets concrets. Sa mère préférait vivre dans les coulisses, et Johanna ne voulait pas l'en empêcher. Mais son père n'était pas fait du même bois. Ils avaient toujours été francs l'un avec l'autre. Johanna disait à son père ce qu'elle attendait de lui, et la plupart du temps ils passaient des marchés. Johanna obtenait tout ce qu'elle désirait, mais en échange son père exigeait qu'elle se débrouille bien à l'école, que ses notes soient excellentes et qu'elle garde le silence sur tout ce qu'elle savait.

Johanna se demanda quelle valeur cette nouvelle information pourrait avoir aux yeux de Matti Eskola. Cette fois, ils passeraient un marché sur quelque chose de bien différent que des Barbie ou des cours d'équitation dispendieux. Cette fois-ci, l'objet du marché serait toute la vie de son père.

Johanna regardait tourner l'horloge d'un œil noir. Assise dans sa chambre, mutique, elle attendait son retour. Il rentrerait dans la soirée, c'était ce que sa mère lui avait dit ce matin. C'était également écrit sur le calendrier de son bureau : « Voyage d'affaires 30/08-01/09, retour au soir ».

Lorsque la porte d'entrée s'ouvrit enfin, Johanna se leva et descendit au rez-de-chaussée. Depuis l'escalier, elle regarda sa mère saluer son père d'un froid baiser sur la joue. Elle prit sa valise et lui demanda s'il avait déjà mangé. Il acquiesça et partit s'enfermer dans son bureau. Johanna patienta un quart d'heure sur les marches, puis l'y rejoignit après un coup prudent à la porte.

— Mon petit cœur, qu'est-ce qu'il y a ? demanda-t-il.

Johanna lui retourna un regard sans expression. Son père était assis dans son fauteuil en cuir, et un verre de whisky était posé sur la table devant lui. Sa dose du soir habituelle.

— Helena est morte, dit Johanna d'une voix qui la trahit à nouveau.

Ces mots semblaient irréels. La mort d'Helena était en lien direct avec son cœur, sa gorge constamment nouée. Son père ne sembla même pas surpris. Il pâlit et lui fit signe de venir dans ses bras, mais Johanna secoua la tête.

— Il faut qu'on parle, ajouta-t-elle en levant son regard rougi sur lui.

Il fut aussitôt sur ses gardes.

— T'étais où hier ? demanda Johanna.

Elle lui laissa le temps de réfléchir.

— À Helsinki, au siège de la banque. Tu sais bien que j'étais en voyage d'affaires, dit-il en reprenant son verre.

— Mais je t'ai vu.

La froideur dans sa voix faisait écho au regard furieux de son père. Leur relation ne s'en relèverait pas.

— J'ai tout vu, chuchota Johanna.

Puis elle explosa de nouveau en sanglots. La bouche de son père n'était plus qu'un trait. Elle ne l'avait jamais vu aussi pâle.

Après un instant, il vida son verre de whisky. Puis ils se mirent à discuter des options envisageables. L'expression de son père était effrayante, mais Johanna n'avait plus peur de rien. La haine et le dégoût surpassaient tout le reste, lui donnaient de la force. Ils n'étaient plus père et fille. Ils étaient deux négociateurs hostiles, bien que l'une soit une enfant innocente et l'autre un adulte tout sauf innocent.

Son père mentait. Il était aux Vénitiennes au manoir de Koskipää. Helena aussi y était, et maintenant elle était morte. Son père avait-il quelque chose à y voir ? Qu'en dirait sa mère ? Johanna regrettait de n'avoir pas pris d'appareil photo. C'était sa parole contre celle de son père. Personne ne serait du côté de Johanna. Tant d'habitants d'Hartola avaient un prêt à rembourser. Tant de gens qui dépendaient de son père pour leur maison, pour leur vie.

Malgré le masque qu'il portait, Johanna l'avait reconnu de loin. En le voyant tripoter une jeune fille ivre aux cheveux noirs, l'une des tutrices du camp de confirmation, Johanna avait cru vomir. Elle était partie à l'écart s'adosser à un mur, respirer un peu. Puis elle avait décidé de se mettre en quête d'Helena. Elle l'avait cherchée dans le jardin, sous les jolis lampions, dans le salon du manoir, à l'étage, mais elle était revenue bredouille. Puis elle était ressortie pour partir, mais du mouvement avait attiré son attention dans l'ombre. Des gens traversaient le pont suspendu. Parmi eux se trouvait encore son père. Et qu'avait-elle fait ? Elle s'était détournée, elle s'était enfuie.

Et elle ne pouvait plus se sortir cette idée de la tête. Que se serait-il passé si elle n'était pas partie, si elle était allée sur le pont, si elle avait crié ? Crié jusqu'à dissiper l'obscurité ? Helena serait-elle encore en vie ?

Vendredi 26 juillet / Hartola

Il pleut de nouveau à verse. Saana est allongée dans sa chambre, les yeux rivés sur le plafond. Elle n'a trouvé les coordonnées de Johanna Eskola nulle part. Elle n'est pas non plus sur les réseaux sociaux. Saana osera-t-elle se rapprocher de la mère de Johanna, Raija Eskola, pour lui demander comment contacter sa fille ? Cette femme qui vient de perdre son mari lui ferait-elle confiance au point de lui transmettre ces informations ? Pas sûr. Les habitants d'Hartola semblent peu ouverts aux enquêtes venues de l'extérieur. Saana en est arrivée à la conclusion qu'elle-même ne peut faire confiance à personne.

Elle se lève. Elle a envie de quelque chose de bon. En descendant, elle se rappelle qu'elle est seule dans cette grande maison. Sa tante est chez Harri Valkama à boire du café trop fort. Saana entre dans la cuisine et se met à fouiller les placards. Sa tante doit bien avoir des sucreries cachées quelque part.

Comme seul résultat de ses longues recherches, elle ne trouve qu'un paquet ouvert de biscuits mous. Saana emporte son butin sur le canapé du salon et parcourt les photos de son téléphone. Elle observe celles de son mur d'enquête sur le dernier été d'Helena. L'adolescente comptait-elle révéler les abus que subissaient les filles aux mains de ces hommes ? Avait-elle découvert ce qui était arrivé à Laura Malm ? Et pourquoi Johanna avait-elle disparu à l'époque ? Avait-elle pressenti qu'elle était en danger ? Savait-elle qui avait causé la mort d'Helena ?

Qui d'autre était au courant ? Qui pourrait bien vouloir les venger toutes ?

Saana songe aux innombrables séries policières qu'elle a regardées. Quelle leçon en tirer ? En général, on y laisse deviner un coupable, mais le véritable meurtrier s'avère toujours être quelqu'un d'autre. Quelqu'un qui n'avait jusque-là qu'un rôle secondaire, mais qui voyait tout. Qui savait tout, mais ne disait rien.

Saana mange le dernier biscuit et se découvre assoiffée.

Elle part se chercher un verre d'eau. L'un de ses films préférés est *Usual Suspects*. L'intrigue démontre brillamment comment détourner l'attention des gens sur des éléments choisis. Saana réfléchit au calla au bord de la rivière, au silence lugubre d'Hartola. Aux sacrifices et aux soumissions. La cuisine est silencieuse. Et là, en attendant que refroidisse l'eau tiède du robinet, elle comprend soudain qui correspond parfaitement au profil du tueur au fer rouge.

Vendredi 26 juillet / Helsinki

— Mertanen doit avoir reçu l'appel, annonce Saki. Le premier.

— Et ? demande Jan, attentif.

— Ce n'est qu'une supposition. Je viens juste de tracer le forfait, et je crains qu'on soit en retard.

Plongé dans ses pensées, Jan tapote le couvercle de son gobelet en carton. Il pèse le pour et le contre. Pour résoudre tant d'affaires, il lui a fallu apprendre à s'adapter rapidement. Que Mertanen surgisse en tant qu'élément de l'enquête est à glacer le sang. Plus rien n'est évident. Au lieu de leur révéler son rôle dans l'affaire, Mertanen s'est efforcé de le camoufler. Maintenant que la vérité a éclaté, Jan ne doute pas un seul instant de la capacité de son supérieur à inventer n'importe quoi pour sacrifier n'importe qui sur l'autel du coupable.

Ils le suivront en secret pour le protéger, mais ne se révéleront que lorsque Mertanen lui-même exposera la menace au grand jour. Le danger est bien réel. Il faut le prendre au sérieux. Jan doit encore décider de la manière d'agencer les pièces obscures de cet angoissant puzzle. Il convient de faire les choses dans l'ordre. D'abord, arrêter le meurtrier. Alors seulement Mertanen devra répondre de ses actes. C'est pourquoi Jan ne peut envisager une autre option que de se servir de Mertanen comme appât.

Jan doit aussi réfléchir aux informations à donner aux hautes instances. S'il partageait dès maintenant ce qu'il sait avec le ministère, tout pourrait se disloquer. Il ne peut pas savoir qui se trouve dans le camp de Mertanen. En laissant fuiter des informations au hasard, il risquerait d'offrir à Mertanen la possibilité d'embrouiller toute l'enquête pour sauver sa peau. L'intuition de Jan lui souffle que Mertanen l'a en réalité déjà fait. Il faut que son supérieur puisse tranquillement s'imaginer jusqu'au bout qu'on ignore tout de son rôle dans les événements, ce qui lui permettrait d'en informer lui-même la direction au moment choisi. Il se présenterait sans doute comme victime potentielle nécessitant urgemment d'être placée sous la protection prioritaire du KRP. Les vraies raisons pour lesquelles le tueur l'a dans sa ligne de mire ressortiraient bien plus tard.

Non, ce n'est qu'après l'arrestation que Jan dévoilera ce qu'il sait. Procéder de la sorte présente un risque : si la direction refuse de prendre au sérieux les accusations contre Mertanen et de lancer une enquête interne, rien ne pourra plus sauver Jan.

Il doit discuter avec son équipe.

— Suivez-moi, on sort du bâtiment un moment.

Heidi conduit ses collègues sur l'île Seurasaari. Il y a du vent sur le pont. Ils s'arrêtent un instant et regardent les canards et les mouettes se disputer les mêmes miettes de pain.

— Je n'aurais jamais cru me trouver dans une telle situation, dit Jan. Je doute de tout, même de moi-même.

Heidi regarde son collègue. Le doute est une maladie de travail. Ils déambulent en faisant semblant d'être comme les autres, en balade sur l'île pour admirer ses rochers marins, ses vieilles dépendances. Scandalisés par l'agressivité des mouettes et des oies, en empathie avec les canards, avec tout ce qui est petit. Les joncs se plient dans le vent. Sans le dire, tous trois préféreraient être ailleurs.

Sur un rocher calme, Jan ouvre enfin la bouche. Saki et Heidi sont prêts à entendre pourquoi ils ont été traînés presque en pleine nature, loin de leur bureau construit dans les années 1960.

— Nous sommes sortis car il est crucial de garder secret ce que j'ai à vous dire, commence Jan.

Saki fait passer son poids d'une jambe à l'autre, ouvre la bouche, puis se ravise.

— La situation est délicate. Nous devons nous attendre à ce que la victime soit bientôt prise pour cible, mais vous savez ce que cela signifie. Il faudra la suivre en permanence.

— Mertanen a-t-il informé en interne qu'il était menacé ? demande Saki.

Il s'étonne de voir Jan secouer la tête.

— Mais qui est-ce ? Qui pourchasse ces hommes ? demande Heidi.

Personne n'a la réponse.

— En mettant Mertanen sous surveillance constante, on verra vite qui se pointe chez lui, dit Jan en jetant une pierre très loin dans l'eau.

Le soir, il reçoit un appel de son père. Jan entend à sa voix qu'il a sans doute pris quelques verres. Son timbre est doux et vigoureux, plus enjoué qu'il ne l'a été depuis longtemps. Apparemment, il a passé la soirée au sauna avec des amis. Jan est soulagé de l'apprendre.

— Et toi, alors ? Quand est-ce que tu nous organises une rencontre ? demande ensuite son père.

— Avec qui ? s'étonne Jan, confus.

— Heidi m'a dit que tu avais une nouvelle connaissance…

— Heidi t'a dit ça ?

— Moi aussi, je peux mener l'enquête, quand je veux, répond son père en rigolant. Je l'aime bien, Heidi. C'est un peu le fils que je n'ai jamais eu.

Jan se force à rire.

— Alors, quand est-ce qu'on va déjeuner à Lehtovaara, pour que je puisse rencontrer cette femme ?

— À Lehtovaara ? Tous les trois ? demande Jan, incrédule.

Jamais encore son père ne s'était si activement intéressé à sa vie personnelle. Jan se demande si la maladie et la mort de sa mère ne l'ont pas adouci un peu.

— Tous les trois, confirme ce dernier.

En y réfléchissant bien, Jan remarque qu'il est lui-même en train de s'extraire de sa coquille.

— Je vais y réfléchir, marmonne-t-il avant de raccrocher.

Vendredi 26 juillet / Helsinki

Mertanen se sent comme un gerris. Depuis longtemps, il reste à la surface, en filant avec légèreté dans la bonne direction. Mais ces derniers jours il a l'impression qu'un poisson se prépare à le gober depuis les profondeurs. Il a discrètement nettoyé son profil et délégué d'autres travaux compromettants à ses hommes de confiance. Il a tout fait pour s'assurer qu'on ne découvre rien d'accablant. Cela a eu un coût – du temps, de l'argent et sans doute des âmes humaines – mais c'était nécessaire.

Il a également suivi l'enquête de Jan en faisant de son mieux pour détruire les preuves au passage. Le temps presse. Après la mort de Fors, Mertanen s'est mis à flairer le piège et à sentir le danger rôder. Il serait prêt à payer n'importe quoi pour avoir le meurtrier entre les mains avant la conclusion de l'affaire. Même Jan, son meilleur enquêteur, n'a pas pu trouver l'identité de la personne qui a déjà tué trois hommes. *Si ce n'est pas la gamine folle d'Eskola, qui ça peut bien être, merde ?* Mertanen a fait tout ce qu'il pouvait, mais il a beau se débattre il n'est qu'un putain de gerris, en proie au danger qui guette sous la surface.

Mertanen se ressert un verre de Glenfiddich et réfléchit à la suite. Lui qui pensait avoir atteint une position où il n'aurait plus à s'inquiéter de rien… Le sort de Lars les a tous pris de court. Ils n'ont pas été souvent en contact, mais ils n'ont jamais oublié ce qui les liait. Eskola est déjà parti, ce raté de gros lard. Mertanen en attendait plus de

Fors, mais après la mort du pasteur il a immédiatement compris qu'il serait le prochain.

Il se remémore une soirée d'été tout à fait banale au Teatteri. Lars Sundin lui avait confié qu'il avait besoin de l'aide de la police.

— Appelle la police, alors, avait lâché Mertanen.

Mais Lars avait soutenu qu'il s'agissait d'une affaire *particulière*. Il lui avait parlé de ses soupçons : quelqu'un était en train de lui faire du chantage. Il lui avait montré la photo qu'il venait juste de recevoir, sur laquelle se trouvait un sale morceau du passé. Malgré ce message, Mertanen l'avait trouvé parano et lui avait dit de ne plus mentionner le sujet.

Au fil des années, ils ont reçu quelques lettres, toujours signées d'un poétique « les Filles du rapide ». À chaque fois, Mertanen les a brûlées. Il s'est renseigné sur ce qu'étaient devenues ces filles, désormais adultes. Après avoir appris que l'une d'entre elles travaillait dans une maison de retraite et que l'autre avait passé de longues années en internement, Mertanen avait compris que ces courriers ne représentaient aucun danger. Ces faiblardes hystériques essayaient tout simplement de briser l'équilibre de la peur qui s'était créé entre eux à l'époque. Leur parole contre la sienne – et mille témoignages geignards n'auraient pas pesé plus lourd que celui de Mertanen. Il ne s'attendait donc en aucun cas à la découverte de Suomenlinna. Malheureusement, il n'a pris ces menaces au sérieux que bien trop tard. Il n'a pas fait circuler ses propres informations, il n'a pas dirigé ses enquêteurs vers la prochaine victime, car cela aurait aussi balisé le chemin de l'enquête jusqu'à lui. Il a ralenti les investigations en dissimulant son propre rôle dans l'affaire, et maintenant tout se retourne contre lui. Maintenant, il ne reste plus que lui comme cible. Le dernier des quatre.

Il a évidemment déjà reçu le message fatal. Mais il reste incapable de découvrir qui est à ses trousses, alors qu'il a discrètement fait passer le mot à tout son réseau.

Même sur le dark web, en promettant une prime. La tête du tueur au fer rouge est mise à prix – une somme à six chiffres. Mais personne n'est revenu vers lui. À croire que ce meurtrier n'existe pas. Ses meilleurs enquêteurs ont toujours un temps de retard. Cette idée le glace un instant. Jan arrivera-t-il trop tard pour lui aussi ? Fors a été retrouvé mort. Il n'y avait plus rien à faire. Puis le téléphone de Mertanen a sonné.

Mertanen reprend un whisky au salon. Il s'est cru plus malin que les autres. Mais quelque chose dans les méthodes du tueur l'a fait hésiter. Il repense à la voix au bout du fil. Elle ne lui était pas familière, mais pas besoin d'être directeur du KRP pour savoir qu'on peut modifier sa voix n'importe comment. Le désir de vengeance pousse les gens à travailler dur. La vengeance est une motivation vieille comme le monde. Quiconque cultive ce genre de haine devient impossible à arrêter. C'est pourquoi Mertanen a cessé de sous-estimer le meurtrier.

Qui cela peut-il bien être ? Qui d'autre, à part ces femmes folles, aurait pu savoir ? Pendant un moment, Mertanen s'est demandé si le tueur n'était pas l'un d'eux quatre. Mais, maintenant que la liste des suspects s'amenuise, il ne sait plus quoi penser. Il doute même de lui-même. Il sait tout ce qu'il y a à savoir sur l'enquête. Il sait que le meurtrier s'est conformé à un schéma : un appel, puis une exécution longue et douloureuse. Mertanen a reçu l'appel. Le meurtrier lui a communiqué le lieu et l'heure de la rencontre. Un endroit calme pour discuter. Selon lui, les aveux apporteront la paix à son âme immonde.

Mertanen réfléchit. De quelles solutions alternatives dispose-t-il ? En pratique, plus rien ne le relie aux victimes, mais quelques aléas suffiraient à jeter une ombre durable sur sa vie tranquille de haut fonctionnaire. L'un d'eux est Jan. Il doit sans doute déjà appréhender l'affaire dans son ensemble. Avec l'aide de ses contacts, Mertanen pourrait se cacher un temps, s'il le voulait. Il prend une gorgée de single malt. Tandis que le whisky lui brûle la gorge, un plan lui apparaît très clairement. La fuite n'est pas une option. Deux forces sont en présence : la sienne et celle de l'ennemi. Dans les deux cas, une menace. Mais s'il arrivait à surprendre le meurtrier, s'il apprenait ensuite tout ce que Jan sait déjà, il pourrait encore empêcher cette affaire de s'ébruiter.

Mertanen regarde l'heure. Encore un peu de patience. Il ouvre la boîte qui contient son arme de poing, posée sur la table de mah-jong, et la charge en vidant son verre de whisky. Il sait qu'il ne peut échapper à ce qui le guette. Même si le KRP le plaçait sous surveillance. Sécurité zéro. Il se sentirait vulnérable même gardé par une horde d'ours. C'est pourquoi il n'a rien dit à la direction. Il a quand même remarqué la voiture. Quelqu'un monte déjà la garde. Serait-ce un membre de l'équipe de Jan ?

Pour échapper à tout cela, il n'a qu'une seule possibilité. Abattre le tueur lui-même, avant de se faire abattre. Alors seulement il retrouvera la paix. Il cessera d'être un gerris et redeviendra un requin blanc.

Mertanen regarde l'heure, fixe un instant le vide, puis se lève et éteint les lumières de l'étage. Il part à la fenêtre regarder l'avant-cour. Il lui semble distinguer quelqu'un dans la voiture stationnée en bas de chez lui. Doucement, il s'écarte de la vitre et descend au rez-de-chaussée. Il y attendra avec impatience que passent les dernières heures, puis il prendra son arme et sortira chasser dans la nuit de juillet.

Samedi 27 juillet / Hartola

Quand Saana se réveille au matin, l'idée du coupable idéal est toujours figée dans son esprit. Doit-elle en parler à quelqu'un ? Elle pourrait faire part de ses soupçons à Jan, juste au cas où.

Perdue dans ses pensées, Saana sort s'asseoir à côté de sa tante sur la balancelle. Inkeri n'est rentrée que tard dans la nuit. Saana sourit et taquine sa tante sans interruption.

— Alooors ?

Elles prennent le petit déjeuner dehors, dans un silence amical qui se brise quand le téléphone de Saana vibre dans la poche de sa robe de chambre. Curieuse, sa tante lève la tête de son journal. C'est un message de Riku.

> Ça te dirait de venir déjeuner au manoir ? Soupe de céleri et tartines du jour au menu. Comme dessert, tu pourras me raconter comment avance ta petite enquête.

Saana sourit devant cette invitation et jette un coup d'œil à sa tante. Celle-ci s'est replongée dans son journal. Saana se regarde rapidement dans la caméra frontale de son téléphone. Tout son visage lui semble gonflé, ses cernes sont énormes sous le soleil matinal. Pourquoi réagit-elle comme ça au message de Riku, elle qui est en train de tomber éperdument amoureuse de Jan ? Mais le monde de Jan est si dur, si sombre.

À l'heure du déjeuner, Saana part à vélo le long de la route humide. Il a plu toute la nuit. Une odeur fraîche s'attarde dans l'air, et des gouttes scintillent dans l'herbe et sur les feuilles des arbres. En pédalant, Saana songe à Helena et aux hommes assassinés. La résolution de ce premier cas lui a déjà fait porter un regard différent sur le monde. Comment Jan arrive-t-il encore à trouver du bon chez les gens ? Saana s'est mise à douter de tout. Même Inkeri a gardé pour elle des informations liées à Helena et, si elle n'était pas sûre à cent pour cent du grand cœur de sa tante, Saana aurait bien pu la mettre sur la liste des suspects.

Elle n'arrête pas de songer à *Usual Suspects* et à la révélation que ce film lui a inspirée. C'est une grave accusation, et Saana a presque honte d'y songer, d'essayer de résoudre l'affaire de meurtres qui a fait couler le plus d'encre cet été, même dans sa tête. Elle n'a aucun moyen de prouver quoi que ce soit. Mais si sa théorie était la bonne ? Peut-être Riku pourra-t-il l'aider à y réfléchir, en fin de compte.

Saana freine au niveau du moulin et s'engage dans la cour. Elle laisse son vélo en appui contre un bâtiment et poursuit sa route à pied. Les semelles de ses baskets se mouillent rapidement dans l'herbe humide.

Le jardin semble désert. Apparemment, il n'y a pas de visite aujourd'hui ; le musée est fermé. Saana fait le tour de la cour à la recherche de Riku, mais revient bredouille vers son vélo. *Il n'est pas là ?* En regardant son téléphone pour vérifier l'heure à laquelle ils devaient se retrouver, elle voit qu'elle a reçu un message de Jan. Elle sourit, puis se mord la lèvre. Elle a l'impression de le trahir en rencontrant Riku. Et c'est bien de cela qu'il s'agit. Sous les dehors polis de son intérêt pour l'histoire d'Helena, Riku pourrait avoir autre chose en tête. Envisage-t-il ce déjeuner comme un rendez-vous ?

Peut-être que ce tête-à-tête est une mauvaise idée. Saana commence à regretter d'être venue et décide de repartir. Elle répond à Jan qu'elle est en train de faire des recherches au manoir de Koskipää, pour ne pas avoir l'impression de lui cacher quoi que ce soit. Elle en profite pour lui envoyer une question : le coupable pourrait-il être une femme du nom de Katja, qui travaille à la maison de retraite Ikipihjala ? Elle est sur le point de réenfourcher son vélo lorsqu'elle remarque du mouvement derrière la fenêtre du bâtiment de la cour. Riku apparaît en souriant dans l'embrasure de la porte.

— Content que tu aies pu venir ! J'étais sur le point de faire griller les tartines, lance-t-il en rigolant tout en passant négligemment la main dans ses cheveux.

— Salut, répond Saana en reposant, déçue, son vélo contre le mur.

— Comment avance ton enquête ? demande Riku en remplissant l'assiette de Saana d'une soupe à l'odeur délicieuse.

La journée s'annonce chaude, et ils se sont assis sur les marches, à l'extérieur.

— Très bien, répond-elle en soufflant sur la cuillère de soupe fumante. Je commence à me dire que les meurtres de ces dernières semaines sont sans doute en lien avec l'affaire d'Helena. Je pense aussi que j'ai trouvé qui pourrait se cacher derrière ces meurtres.

— Un toast à ces théories, dit Riku en levant son verre d'eau.

Saana se découvre soudain nerveuse. C'est la première fois qu'elle va évoquer son hypothèse à voix haute.

— Je pense qu'Helena étudiait la disparition de Laura Malm et que quatre hommes l'ont tuée. Le pasteur, le directeur de la banque, le professeur d'art et un policier.

Riku prend un air pensif.

— Tu veux dire que quelqu'un vengerait la mort d'Helena ?

Saana hoche la tête et prend une nouvelle cuillerée de soupe. Elle est crémeuse juste comme il faut.

— Les Filles du rapide, ou du moins l'une d'entre elles, dit Saana d'un ton énigmatique. Tu te souviens du camp de confirmation pendant le dernier été d'Helena ? Il y avait une fille aux cheveux noirs du nom de Katja. L'amie d'Iiris, la rousse.

Riku plisse le front.

— Maintenant que tu le dis, oui. C'était une des tutrices. Il planait une drôle d'ambiance sur ce camp. Beaucoup pensaient que quelque chose de bizarre se passait entre le pasteur et les tutrices, mais personne n'osait briser le silence.

Il pose son bol de soupe vide dans l'herbe.

— Ces filles ont créé un groupe autour de leur propre angoisse, *les Filles du rapide.* Eh bien, il s'avère que cette Katja habite toujours à Hartola et travaille dans la maison de retraite de ton père.

— Intéressant.

Riku reste un instant plongé dans ses pensées.

— Et tu penses donc que Katja est la meurtrière. Que comptes-tu faire de cette théorie ?

Saana hausse les épaules, confuse. Elle n'est pas encore sûre, exactement. Elle ne saurait pas comment le prouver. En réalité, elle espère que Jan prendra le relais s'il voit que Saana est sur la bonne piste. Alors qu'elle finit sa soupe, les mains de Riku se mettent à trembler violemment, et son visage vire au gris. Saana le regarde, apeurée.

— Qu'est-ce que… ?

— Tout va bien, dit-il précipitamment. Enfin, non. Mais ça fait partie des symptômes de ma maladie.

— Ta maladie ?

— On m'a diagnostiqué la maladie de Charcot.

Saana n'a pas les mots.

— Je suis désolée…

Riku hausse les épaules.

— Je suis sous traitement depuis cinq ans et en assez bonne forme malgré ça. Ça fait de moi une exception, puisque je ne suis pas encore en fauteuil roulant. Mais j'y viendrai bientôt. Et un jour mes muscles s'atrophieront tellement que je ne pourrai plus respirer.

Saana se tord les mains, embarrassée. Que faut-il dire dans une telle situation ? Elle voudrait le réconforter, sans savoir comment.

— Est-ce que c'est… ?

— Incurable ? Oui.

Saana ne sait pas où se mettre. Elle n'a jamais trouvé les mots justes dans les discussions de ce genre. C'est sans doute à cause de sa maladie qu'il n'a pas flirté plus que ça avec elle.

— Ça te choque ? demande finalement Riku.

Saana acquiesce et se rend compte aussitôt à quel point ce qu'elle a traversé est ridicule en comparaison. Le chômage, l'incertitude quant au sens à donner à sa vie… Complètement insignifiant.

— Il n'y a pas de visites aujourd'hui. Ça te dirait de refaire tranquillement le tour du jardin ? propose Riku.

Saana n'ose pas refuser. En réalité, elle sait déjà tout ce qu'elle veut savoir sur l'histoire du manoir. Mais elle apprécie cette confiance entre eux. Elle pourrait prendre des photos du bâtiment, en publier une partie sur Instagram. À travers ces images, les lecteurs pourraient imaginer à quoi ressemblait le manoir autrefois. Riku se lance dans ses descriptions pendant qu'ils font lentement le tour de la cour.

— Les lanternes de fête étaient ici, et la piste de danse était dans le salon là-bas. Pendant cette visite guidée, tu peux me poser toutes les questions que tu veux, dit-il en ouvrant les bras. Je te promets d'y répondre.

— Est-ce que tu sais plus en détail ce qui est arrivé à cette Laura Malm à l'époque ? demande immédiatement Saana. Le magazine *Hymy* mentionnait la disparition d'une fille de ce nom-là dans la région, et je crois qu'Helena essayait de comprendre ce qui lui était arrivé.

Riku se frotte les yeux.

— Elle était tutrice au camp de confirmation deux ans avant Helena. Puis elle a disparu, poursuit Saana.

— Mmm. Elle a sans doute été portée disparue à la suite d'une fugue, mais cette affaire n'a pas été résolue. Elle s'est juste évanouie sans laisser de traces, marmonne Riku.

Il fixe un instant le vide, perdu dans ses pensées.

— Mais, quelques jours après sa disparition, j'ai trouvé des chaussures là-bas, près du sauna. J'ai appris que c'étaient celles de Laura. Après ça, je ne savais plus vraiment à qui faire confiance. Surtout que l'un des hommes était policier.

— On a découvert quelque chose ? demande Saana sans réussir à cacher sa curiosité.

— Pas vraiment. À l'époque, la disparition de Laura Malm préoccupait tout le monde. Il n'y avait pas encore de réseaux sociaux, mais cette histoire s'est répandue comme un ragot autour d'un feu de camp. Les rumeurs allaient bon train, mais la police n'y voyait que la fugue d'une ado.

Saana ne sait pas quoi penser. Laura n'était pas d'Hartola mais d'un village voisin.

— Mais, pour nous tous, ça semblait un peu étrange. En général, si on s'enfuit quelque part, on donne malgré tout des nouvelles. Mais après cela plus personne n'a jamais entendu parler de Laura Malm.

Saana hoche la tête. Ils continuent leur balade en dépassant le manoir.

— J'ai quand même une théorie. Laura Malm était l'une de leurs victimes, poursuit Riku. Elle a fini par se rebeller contre eux. Mais son courage n'a pas été récompensé, au contraire.

Saana regarde Riku avec intérêt. Cette idée semble effroyablement logique.

Riku se dirige vers la rivière et fait signe à Saana de le suivre. Quand il s'arrête sur le pont suspendu, il contemple l'eau en contrebas d'un air lugubre.

— Après Laura Malm, ils ont apparemment pris peur un moment. Mais finalement ils ont aussi emporté Helena. Quatre hommes, quatre rois, quatre meurtriers.

Saana regarde Riku, inquiète. Que sait-il vraiment de cette histoire ?

— Avant qu'on aille plus loin, tu dois d'abord décider de ce que tu feras de toutes ces informations, déclare Riku d'une voix plus dure en relevant la tête pour la regarder droit dans les yeux. Je ne suis pas sûr de vouloir que tout ça termine dans un livre.

Le silence emplit le pont.

Saana fixe Riku, bouche ouverte, puis acquiesce. Elle ne se doutait pas qu'il en savait autant. Évidemment, pour l'instant, elle gardera ces informations pour elle. Ils poursuivent leur route vers le sauna.

— Viens, dit Riku en entrebâillant la porte du petit bâtiment.

Ils s'installent sur le vieux lit en fer. Elle se tait, attendant qu'il continue. Quand Riku reprend son histoire, Saana se rend compte que sa théorie était totalement fausse.

Samedi 27 juillet / Helsinki

Assise dans la voiture, Heidi regarde droit devant elle. Ces derniers jours, elle a passé beaucoup de temps au volant. Elle pense à Julia, bien qu'elle n'en ait pas envie. Tout ça, c'est la faute de Jan et de son sourire idiot. À côté du bonheur de son collègue, la vie d'Heidi semble dépourvue d'amour. Accepter sa solitude était plus facile lorsqu'elle pouvait se comparer à Jan et constater qu'il était encore plus seul qu'elle. Heidi fixe sans sourciller la maison de Mertanen en essayant de faire taire ses pensées, mais Julia ne cesse de lui revenir à l'esprit.

Comme il est curieux que dans sa jeunesse Julia ait dû endurer la mort de sa meilleure amie et voir de loin les maîtres du village – dont son père – faire taire les soupçons ! Qui aurait cru que le big boss d'Heidi était l'homme qui avait détruit la confiance de Julia en la police ?

Et maintenant, voilà Heidi qui passe ses journées de travail à jouer les gardes du corps pour Mertanen. Elle jette un œil vers les zones éclairées par les lampadaires qui longent la maison. Les zones d'ombre entre elles. Voilà déjà plusieurs heures que Mertanen est chez lui. Une lumière est allumée à l'étage. Heidi ne voit de mouvement nulle part. Elle a garé la voiture de façon à avoir une vue directe sur la porte d'entrée. Elle ne sait pas si elle s'attend à ce que Mertanen sorte ou à ce que le meurtrier entre. À intervalles réguliers, elle fait le tour de la maison et garde un œil sur les environs. En longeant la zone pavillonnaire aisée mais sans âme, Heidi comprend pourquoi Julia a décidé de disparaître : elle a fui Mertanen. Après la mort des trois hommes, Mertanen était le seul au courant qu'elle en savait beaucoup trop.

Si j'étais toi, moi aussi, j'aurais disparu, chuchote Heidi à Julia, seule dans sa voiture, en se redressant sur son siège pour ne pas s'ankyloser.

Samedi 27 juillet / Hartola

— Ces types ont enfin répondu de leurs actes, dit Riku en fixant Saana sans la voir.

Le cœur de la jeune femme lui remonte dans la gorge. En comprenant soudain qu'elle est face à un meurtrier, elle se lève avec effroi.

— Je leur ai bien évidemment posé des questions à tous sur Laura, poursuit Riku. Seul Antti-Juhani Fors a accepté de me révéler où se trouvait sa dernière demeure. Une pierre tombale anonyme ici même, sur les terres du manoir. Il l'a avoué pour que sa dépouille puisse enfin trouver la paix. Et l'âme ? je lui ai demandé. Mais il semblait aveugle à sa propre foi.

Saana déglutit. La voix de Riku s'est faite plus distante. L'atmosphère dans cette pièce est glaciale. Saana jette un regard furtif vers la porte. Seuls cinq mètres la séparent de la sortie. Riku s'allonge sur le lit.

— Ça m'a surpris quand tu es venue me raconter que tu avais l'intention d'enquêter sur cette vieille histoire. J'étais de ton côté depuis le début. Je m'attendais à ce que tu finisses par tout découvrir, mais tu es arrivée un peu trop en avance.

Saana déglutit à nouveau. A-t-elle bien entendu ? Les choses se sont enchaînées de façon si imprévisible. Le doux Riku se révélant soudain possédé par la haine. Discrètement, Saana attrape son téléphone dans la poche de sa robe, de la main droite. Riku est allongé dans le lit à sa gauche, tandis qu'elle est encore debout.

— Ils ont exécuté le baron aussi. Tu imagines ? dit Riku en fixant le plafond poussiéreux. Ils l'ont abattu sans sourciller et ils ont embauché des agents pour donner l'impression qu'il était toujours en vie. Les ordres donnés à mon père, les messages des fournisseurs et finalement l'annonce : *Je déménage en Allemagne. Adieu Finlande, tu auras toujours une place dans mon cœur.* Mon père a même reçu une carte postale du baron.

Il siffle ces derniers mots plus violemment qu'avant.

Saana n'en revient pas de s'être trompée à ce point. Comment a-t-elle pu succomber à l'idée de la culpabilité d'une des Filles du rapide ? L'effroi la gagne quand elle prend toute la mesure de sa naïveté. Comment a-t-elle pu faire confiance à Riku, juste comme ça ? Il a caché son jeu avec tant d'habileté. Saana arrive à déverrouiller son iPhone par empreinte digitale et tente de retrouver de mémoire la façon la plus rapide pour téléphoner à Jan. Son numéro devrait être en haut de son journal d'appels. Elle songe fébrilement à ce qu'elle pourrait encore demander à Riku pour gagner du temps. Elle tente d'avoir l'air compréhensive, mais la peur la paralyse.

Hartola

Été 1989
Le dernier soir

Von Reichmann avait suivi les hommes jusqu'à la rivière. Quelle sombre histoire se déroulait donc sur ses terres ? Il pressentait depuis un moment déjà que tout ne tournait pas rond au manoir.

En traversant le pont suspendu, il distingua des silhouettes qui s'affairaient sur la rive opposée, au bord de l'eau. Les hommes s'interrompirent un instant et dirigèrent leurs torches vers le pont pour voir le nouvel arrivant. Le baron continua d'avancer. Il regarda autour de lui. Ils étaient entre eux. La musique de la fête se faisait encore entendre, mais soudain le baron se sentit très loin des réjouissances. Trop loin.

En s'approchant encore, il constata que dans l'eau, juste aux pieds des hommes, flottait quelque chose. Un grand baluchon sombre. Une silhouette dans l'eau noire. Le cœur du baron se figea entre deux battements. Il crut reconnaître la robe qui tournoyait encore entre ses bras quelques instants plus tôt, remplie d'un corps palpitant de vie.

— Vous ici ? cria-t-il depuis le pont aux hommes qui se trouvaient sur la rive, en essayant de camoufler la peur dans sa voix.

Mais il avait toujours été mauvais acteur. Sa théâtralité, ses gestes amicaux – tout lui venait droit du cœur. Et désormais, voilà que l'indécision et la peur faisaient irruption au beau milieu de la fête.

— Le sauna ne fonctionne pas, déclara-t-il en désignant le bâtiment sur la rive.

Son souffle se bloqua dans sa gorge. Que contenait ce baluchon ? Ça ne bougeait pas. Était-ce… ? Comme pressentant la suite, von Reichmann prit une grande gorgée de vin – il avait encore son verre à la main – et regarda les hommes un par un, en attendant leur décision.

— J'ai appelé la police, annonça-t-il au cas où, bien qu'il s'agisse d'un mensonge.

— Inutile, elle est déjà là, dit quelqu'un dans la pénombre.

Alors seulement von Reichmann mesura toute l'ampleur du désastre. L'étau qui s'était resserré sur le petit village. Sa peur se mêla à la fumée des mégots qu'ils venaient d'écraser, à la brume humide qui s'élevait de la rivière.

Von Reichmann avait choisi le mauvais moment pour fouler ses propres terres, pour s'interroger sur l'origine des bruits qui venaient du sauna. Trop tard pour la jeune fille qui gisait par terre. Pour lui, trop tôt. Cette soirée d'août qui s'éteignait doucement représentait ses derniers moments.

Jamais il n'aurait cru que tout se terminerait ainsi. Il se retourna et repartit en courant le long du pont en direction de la fête. Le coup vint encore plus rapidement que prévu. Jedem das Seine[1], *eut-il le temps de penser sans même savoir ce qu'il méritait. En tombant, il sentit une dernière fois le parfum du lédon des marais, fit ses adieux en pensée à ses orchidées et à ses canards, le regard tourné vers le manoir.*

1. « À chacun ce qu'il mérite. »

Samedi 27 juillet / Hartola

— Il suffit de creuser sous le sauna, dit Riku en se rasseyant d'un coup de reins. Par là.

Saana a compris que la seule chose qu'elle puisse faire est de garder son calme. Son téléphone dans sa poche est déjà en train de passer l'appel, mais elle ne sait pas si Jan a décroché ou non. Quand le moment viendra, elle sortira en courant.

Riku pose sur Saana un regard fatigué, découragé.

— Sais-tu pourquoi j'ai enfin pu faire tout cela ? C'est ma maladie qui a tout changé. Je sais qu'il me reste moins de deux ans à vivre, ajoute-t-il avec un sourire. Cette nouvelle a tout résolu. J'ai tout de suite su ce que je voulais accomplir avant ma mort. Et maintenant, il n'en reste plus qu'un. Le dernier roi. Puis je pourrai enfin me reposer.

Saana décide de tenter de fuir. C'est maintenant ou jamais. Elle fait un premier pas vers la porte, mais à son grand effroi ses jambes ne lui obéissent plus. Elle s'écroule sur le vieux plancher, à moins de trois mètres de la porte. La soupe. Qu'est-ce que Riku a mis dans la soupe ? Elle plisse les yeux sans rien voir. Son corps n'a plus de force, son esprit est embrumé. Elle sent que Riku se rapproche et sort son téléphone de sa poche. Saana crie de toutes ses forces en espérant que Jan l'entend. Ses pensées se décousent. Riku sera-t-il prêt à la tuer pour mener son projet à bien ? Elle ne sait pas si elle ressent de l'incrédulité, de la haine ou du chagrin. Puis son impuissance l'emporte.

Samedi 27 juillet / Helsinki

Saki a demandé à voir Jan et lui montre son ordinateur.

— J'ai étudié le nom que nous a donné Saana, Katja Niemi…

Jan marmonne quelque chose d'inintelligible, la bouche pleine de falafel.

— … et j'ai trouvé quelque chose qu'on n'avait pas pensé à vérifier.

Voilà qui retient aussitôt son attention.

— Une camionnette blanche enregistrée au nom de la maison de retraite Ikipihjala. Cette employée s'en sert régulièrement. Elle est même de l'âge d'Helena, un an plus âgée. Apparemment, elle était tutrice lors de sa confirmation.

— OK.

— Mais en fait, ce n'est pas elle qui nous intéresse, poursuit Saki. Un homme du nom d'Eero Falk réside dans cette maison de retraite. Il a longtemps été l'intendant du manoir de Koskipää. C'est le père d'une personne nommée Rikhard Falk. Ce dernier travaille encore au manoir. On s'est trompés sur Fors, mais là j'ai creusé un peu plus profond. Selon les caméras de surveillance, tout porte à croire que le jeune Falk a emprunté le véhicule à plusieurs reprises sans s'inscrire dans le registre. Il faudrait qu'on obtienne son échantillon ADN.

Jan hoche la tête, puis remarque que Saana l'appelle.

— Salut, dit Jan en se demandant s'il devrait s'éloigner de Saki.

Mais il comprend très vite que quelque chose cloche. L'appareil semble être dans sa poche. Jan écoute, confus. Il entend quelqu'un, une voix d'homme. Est-ce son imagination ou vient-il de mentionner les rois ? Que se passe-t-il donc ?

Jan commence à avoir une drôle d'impression. Comme si Saana était au milieu d'un truc louche.

Jan ne sait pas si l'appel a été passé par accident ou non. Au cas où, il écrit un mot à Saki sur le sommet de la pile de papiers sur son bureau.

Trace le téléphone de Saana Havas, tout de suite !

Saki hoche la tête, l'air inquiet. Jan se demande s'il ne se précipite pas un peu, mais cet appel est vraiment préoccupant. Son intuition lui souffle que la situation n'est pas claire. Qui est cet homme avec Saana ?

L'appel a duré suffisamment longtemps pour qu'ils puissent le tracer. Saki lui fait signe : la position du téléphone clignote sur l'écran. Le terrain de Koskipää, à Hartola, à environ trois cents mètres du manoir. Jan écarquille les yeux. Le manoir de Koskipää, Rikhard Falk. La peur le frappe. L'adrénaline dissipe d'un coup ses doutes. Saana est en danger. Au même moment, Jan entend un appel à l'aide provenir du téléphone, impossible de s'y tromper. Puis la communication se coupe.

Saki est au volant. Sur le siège passager, Jan a l'estomac retourné par l'angoisse et la faim. Un petit déjeuner léger, trop de café, une portion de falafel abandonnée. Jan fixe le point sur la carte qui indique la position du téléphone de Saana. Saki a beau rouler en trombe sur la nationale 4, ils sont beaucoup trop loin. Même en dépassant largement les limitations de vitesse, ils n'arriveront pas en moins d'une heure.

Un doute croissant ronge le cerveau de Jan, un mauvais pressentiment qu'il ne saurait expliquer. Saana aurait-elle découvert quelque chose que les autres n'auraient pas remarqué ? Pourquoi ne lui en aurait-elle pas parlé ? Il essaye de la rappeler, mais tombe sur le répondeur. *Le numéro que vous demandez n'est pas disponible*... Jan lâche son téléphone et regarde les champs uniformes. La radio de la police ne tarde pas à grésiller : la voiture 324 se trouve non loin du manoir. Une première patrouille sera sur les lieux dans quelques minutes. Jan n'a rien d'autre, alors il faudra bien que ça fasse l'affaire.

Il demande à joindre directement la voiture de patrouille en question. La réponse ne tarde pas. Jan leur explique de quoi il retourne.

— La situation est extrêmement dangereuse. L'homme que nous recherchons est soupçonné du meurtre de trois personnes. Un mandat d'arrêt vient d'être délivré à son encontre. De plus, une civile se trouve sur place. Sa vie pourrait être en danger.

Jan prend une grande inspiration, puis poursuit :

— Fouillez le bord de la rivière à proximité du manoir. Vérifiez d'abord le sauna, ils s'y trouvent sans doute. Quoi qu'il se passe, n'hésitez pas à agir. Le KRP veut Rikhard Falk, mort ou vif. Les renforts sont en route. Protégez la civile. Je répète : protégez la civile.

— Bien reçu, répond la voiture de patrouille.

Jan ne peut que retenir son souffle, angoissé. Cinq minutes plus tard à peine, une nouvelle information lui parvient.

— Sauna en vue, tout semble calme. Mais il y a de la fumée. Nous approchons... Nous entrons. Aucune trace du suspect, à vous.

Samedi 27 juillet / Hartola

Saana est allongée par terre. Elle sent encore ses membres, mais elle a beau faire des efforts, impossible de bouger les jambes ni même les doigts. Elle observe les alentours par l'interstice de ses paupières lourdes. Tout est sombre et brumeux autour d'elle. Elle ne comprend pas ce qu'elle fait là.

Une idée s'impose petit à petit. *Ferme les yeux, si tu le peux, et profite du silence. Ferme les yeux et ne les ouvre plus.* Mais, alors qu'elle est sur le point de céder à la tentation du repos, elle comprend que ce n'est qu'un leurre. Hors de question d'abandonner.

Elle essaye encore de bouger, force désespérément son cerveau à envoyer des ordres à ses membres. Ses mains lui désobéissent, complètement paralysées. Malgré ses efforts, il ne se passe rien. Le désespoir monte en une vague incrédule. Comment a-t-elle pu être si bête ? Elle ne sait pas ce qui l'effraye le plus : Riku, ou se retrouver seule.

— Dors un peu, on finira bien par te trouver, dit Riku en partant vers la sortie.

Tout tourne dans les yeux de Saana. Elle voit Riku au milieu de la brume, puis la porte close. Une lointaine odeur d'essence vient lui brûler les narines. Et ce brouillard qui s'épaissit devant ses yeux… Est-ce une manifestation de sa peur ou de la fumée ? Elle pense à Jan. Ses paupières se ferment. Avant de sombrer dans l'inconscience elle se dit que, pour la première et la dernière fois de sa vie, elle aura aimé quelqu'un assez fort pour songer à lui avant sa mort.

Hartola

Été 1989
Le dernier soir

Le garçon entendait la musique et le bourdonnement sourd des conversations qui portaient depuis le manoir, mais tout cela ne l'intéressait pas. Il ne songeait qu'à leur moment à deux dans le sauna au bord de l'eau. Ils avaient convenu avec Helena de s'y retrouver.

En s'éloignant du bâtiment illuminé, il marcha un moment presque à l'aveugle avant que ses yeux s'habituent à la pénombre.

Pendant la soirée, il avait reconnu certains des invités : le directeur de la banque, le professeur d'art, le pasteur. Mais, s'il se basait sur les histoires que les tutrices avaient racontées à Helena, peut-être y en avait-il encore plus. Riku pensa à Laura, qu'il avait entraperçue deux ans auparavant au manoir, dans la pénombre du soir. Qui avait-elle retrouvé au manoir ? Qu'était-elle devenue ensuite ?

Riku traversa nerveusement le pont et chercha Helena du regard. Il avait l'intention de lui poser ce soir la question qui lui tenait à cœur depuis longtemps. Accepterait-elle d'être sa petite amie ? Pourraient-ils être officiellement en couple ? Il sentait ses joues brûler à cette idée. Rien n'était plus agréable que de la prendre dans ses bras.

En arrivant au sauna, il vit que la porte n'était pas fermée.

— Tu es là ? cria-t-il.

Il jeta un œil à l'intérieur. La pièce était vide. Que faisait donc Helena ? Pendant la soirée, les autres filles s'étaient rapprochées d'elle. Et, comme convenu, Helena avait accepté l'invitation. Soudain, Riku se demanda s'ils n'avaient pas été trop confiants. Ils n'avaient rien dit de leur projet à un adulte. Et s'il arrivait quelque chose à Helena ? Il entendit des pas dehors. Apeuré, il s'accroupit derrière la fenêtre pour jeter un regard à l'extérieur.

Des lumières vacillantes apparurent dans son champ de vision. Quatre torches qui éclairaient les arbres épars sur la rive d'en face. Peu à peu, les silhouettes arrivèrent au pont suspendu, sans un mot. Riku n'entendait que la musique assourdie qui portait sur l'eau depuis le manoir. À l'approche des quatre hommes, Riku remarqua avec effroi que l'un d'eux portait quelque chose.

Il regarda l'heure. Helena était déjà très en retard. Que se passerait-il si elle arrivait maintenant, si elle croisait leur chemin ? Le vent faisait danser les torches du cortège quand il s'arrêta au bord de la rivière après le pont. Riku se leva pour mieux voir. Les flammes cessèrent de vaciller, la lumière forcit. Le ballot posé par terre faisait penser à une personne. À une fille. On aurait dit qu'Helena gisait à leurs pieds.

L'envie de vomir monta dans la gorge de Riku. Que pouvait-il faire ? Appeler à l'aide ? Au même moment, des cornes apparurent sur la rive. L'effroi l'envahit. En voyant les visages à la lumière des flammes, il comprit l'horrible ampleur du désastre. Ils étaient tous là. Même le flic. Depuis la fenêtre, il les regarda avec angoisse déposer le corps d'Helena à l'eau. Malgré la peur qui le paralysait, il leva son appareil photo, puis appuya sur le déclencheur. Il ne pouvait pas se servir du flash, qui le trahirait. La lumière était trop mauvaise.

Il remplit cependant toute sa pellicule dans l'ombre. Puis l'impuissance le gagna. Son monde s'était brisé. La haine s'enracina en lui, sans qu'il ne puisse plus jamais s'en défaire.

Samedi 27 juillet / Helsinki

Heidi décroche immédiatement quand Jan l'appelle.

— Qu'est-ce qui s'est passé ? s'écrie-t-elle, un soupçon d'angoisse dans la voix.

— Ils ont trouvé Saana là-bas.

Heidi tente déjà de deviner son sort au ton de la voix de Jan.

— Quelqu'un a essayé de brûler le sauna, mais heureusement les autres n'ont pas tardé. Ils ont pu faire sortir Saana à temps.

Jan se tait un instant.

— Droguée, mais elle va bien, achève-t-il d'une voix qui se brise presque.

Heidi se remet à respirer dans un soupir de soulagement. Jan se ressaisit déjà, reprenant un ton détaché, professionnel, comme chaque fois que son travail l'exige.

— On a prélevé des échantillons de la rivière Tainionvirta. Je soupçonne Falk d'avoir noyé ces hommes dans l'eau même où Helena avait perdu la vie à l'époque. Il doit savoir qu'il ne lui reste plus beaucoup de temps. Ce qui veut dire qu'il pourrait frapper de façon désespérée, sans plus se conformer à ses plans. Rappelle-toi que, quoi qu'il arrive, nous avons déjà un mandat d'arrêt. Toutes les preuves nécessaires sont à notre disposition. On le veut mort ou vif.

Heidi confirme.

— Assure-toi que Mertanen est bien chez lui, poursuit Jan. Plus besoin de lui dissimuler quoi que ce soit. Entre et ne le quitte pas des yeux. J'envoie aussi une patrouille devant sa maison.

Puis Jan raccroche. Lui-même repartira pour Helsinki immédiatement. Ils ont de bonnes raisons de supposer que Falk est lui-même en route pour la capitale, s'il n'est pas déjà sur place.

Heidi prend une profonde inspiration pour chasser sa nervosité. La situation arrive à un point critique. Que pourra-t-elle bien raconter à Mertanen pour qu'il la laisse entrer ?

Au même moment, la lumière de l'étage s'éteint.

Heidi enfile sa veste par-dessus son gilet pare-balles et ajuste son arme afin d'être certaine de pouvoir dégainer en une seconde. Elle ferme la portière sans bruit, verrouille la voiture et file dans la pénombre vers la maison. Elle avance jusqu'à la porte d'entrée en rasant le mur, puis sonne. Un dernier coup d'œil dans la cour : vide. Falk n'est pas là. Heidi avance jusqu'au halo formé par la lumière devant la porte et attend que Mertanen vienne lui ouvrir.

— Ouvrez, patron, c'est important, crie-t-elle en espérant qu'il sera raisonnable.

Elle entend cliqueter la chaîne de sécurité et plaque un sourire sur son visage, tout en rapprochant la main de son arme.

— Remballe la marchandise, ça ne m'intéresse pas, ironise Mertanen en ouvrant la porte.

Heidi se force à rire de sa plaisanterie.

— Qu'est-ce que tu veux ? demande-t-il.

Heidi s'apprête à répondre quand un coup à la tête l'en empêche, si soudain qu'elle n'a pas le temps de réagir. Surprise, elle s'effondre. Déjà inconsciente, elle ne sent pas son patron la traîner dans la maison.

Parti d'Hartola, Jan arrive deux heures et huit minutes plus tard. Saana a été emmenée à Jyväskylä pour un examen. Les infirmiers ont déjà réussi à lui faire reprendre connaissance en chemin.

Jan se gare à côté de la voiture d'Heidi et observe les environs de la maison. Une voiture de patrouille l'attend plus loin. Il s'en approche à pied. Heidi est à l'intérieur, et les autres guettent l'arrivée de Falk : la situation semble sous contrôle. Mais Jan n'est pas certain que le meurtrier viendra droit chez Mertanen. Jusqu'à présent, il a toujours attiré ses victimes hors de leur domicile.

Jan toque à la vitre de la voiture de patrouille. La vitre descend, révélant deux policiers qu'il connaît bien.

— Ça va, ici ? Tout est OK ? lâche-t-il.

Il sait qu'il peut leur faire confiance. Ils se sont mis d'accord pour ne pas rédiger de rapport sur leur mission tant que la situation ne sera pas résolue.

— Tout est OK. On a vu la voiture de Nurmi en arrivant. Elle doit être à l'intérieur. Aucun signe de mouvement dans la maison. Rien d'anormal à l'extérieur non plus ces deux dernières heures. Quelques promeneurs avec leurs chiens, c'est tout.

— D'accord, merci, dit Jan en regagnant son véhicule.

Il tente d'appeler Heidi, sans succès. Il lui envoie un message :

Tout va bien ?

Puis il s'installe derrière le volant en attendant la réponse. Il ne bougera pas de là tant que les choses ne seront pas résolues. S'il pouvait choisir, il arrêterait Falk personnellement.

Jan envoie un cœur à Saana et continue d'attendre. Quelque chose le tracasse. Ses pensées tournent à plein régime, analysant la situation sous tous les angles. Il ne peut se défaire de l'impression que quelque chose lui a échappé. Falk aura bientôt eu dix heures pour venir chercher Mertanen depuis Hartola. Cette idée le dérange. Selon ses calculs, tout aurait déjà dû commencer depuis longtemps.

Jan fixe la maison de Mertanen. Rien d'anormal. La sonnerie de son téléphone le sort de ses pensées. Il a reçu deux cœurs de Saana. Il vérifie l'heure : 23 h 17. Il se lève et s'avance à pas décidés vers l'entrée, en s'arrêtant à la voiture de patrouille pour faire un bref rapport à ses collègues. Ce calme qui dure depuis trop longtemps l'inquiète. Après avoir vérifié que tout est normal autour de la maison, il sonne à la porte. Personne ne vient ouvrir. Après un moment d'hésitation, Jan entrouvre la boîte aux lettres pour jeter un œil à l'intérieur. Il sursaute : dans l'entrée gît une silhouette immobile. Ses yeux mettent un moment à l'identifier. Heidi. Heidi, effondrée dans l'entrée de chez Mertanen.

— On y va ! hurle Jan, furieux, sans attendre la confirmation de ses collègues.

Des flashs colorés traversent l'obscurité sous ses paupières, au même rythme que la douleur qui pulse dans son crâne. Heidi ouvre les yeux en sentant quelqu'un lui agripper l'épaule. On la secoue. Elle tourne péniblement la tête et reconnaît Jan. Que s'est-il passé ?

Elle se redresse, consciente que Jan la soutient. Il a l'air inquiet. À mesure qu'elle émerge, la situation lui revient. Où est Mertanen ? Et Falk ? Jan doit s'étonner que son instinct ait flanché, mais il se tait. Leur travail n'a rien de mathématique, et Heidi n'a même pas vraiment commis d'erreur. Elle n'a baissé la garde qu'une seconde. Mais cette seconde aura suffi à Mertanen pour disparaître. Eux qui comptaient se servir de lui comme appât n'avaient pas prévu qu'il chercherait lui-même à prendre le contrôle de la situation. Heidi réprime une nausée soudaine, et Jan va lui chercher de l'eau.

— Je pars à la poursuite de Mertanen, dit-il.

Ayant vidé son verre, Heidi réalise ce qui se joue. La migraine qui lui fend le crâne l'empêche de bouger. Fors est mort. Eskola est mort. Sundin est mort. Tous liés par le même passé. Les rois de l'ombre décimés un à un par la vengeance d'un homme. Et désormais, il ne reste plus que Mertanen. Saura-t-il tuer Falk ? S'il y parvient, les carrières d'Heidi et de Jan seront en danger. Heidi se lève en gémissant. Peut-être que le meurtrier réussira sa mission, qu'il tuera Mertanen.

C'est fou, se dit Heidi. La voilà qui espère en secret qu'en laissant Mertanen filer elle aura rendu service au monde. Que les choses tourneront mal pour lui. Que sa propre erreur de jugement se transformera en un coup de pouce aux âmes perdues des jeunes filles sacrifiées.

Moi

Je pense à l'église qui contrôlait toute la commune. Sa haute silhouette jetait son ombre sur tous ceux qui passaient dans le centre-ville. Selon la volonté de la paroisse, tous finissaient inhumés dans son immense cimetière. Au beau milieu d'un petit village bien comme il faut, le pasteur piégeait les jeunes filles innocentes.

Au printemps, il faisait son inspection. Il confirmait toutes les jeunes filles nées la même année. Il évaluait leur ossature, leur caractère. Il étudiait leur histoire familiale pour y déceler des failles. Après le camp de confirmation, ces élues recevaient une invitation pour devenir tutrices. Tout commençait discrètement, par de petites marques d'attention. Si discrètes que les jeunes filles elles-mêmes ne les identifiaient pas comme telles. Le pasteur leur proposait une oreille attentive, du soutien. Ces conversations lui permettaient de flatter ses cibles, de les embobiner. Il soulignait que la confirmation était un noble rite de passage. Un voyage vers de plus hautes considérations. Une traversée vers le rivage des adultes. Et, le moment venu, il livrait le fruit de son travail au reste de la confrérie.

Ces filles étaient comme du bétail. D'abord goinfrées d'attentions, de présence et d'amour. Puis engraissées encore à coups de flatteries et d'encouragements. Alors seulement, lorsqu'elles étaient prêtes, quand leur vanité, leur soif d'aventure et leur besoin d'attention avaient été suffisamment alimentés, on les sacrifiait aux désirs de la chair, et les désobéissantes étaient abattues sans remords.

Je ressens la haine palpiter dans chacune de mes cellules. Punir ces actes maléfiques est la dernière chose que mon corps torturé par la maladie est encore capable d'accomplir.

Je regarde l'heure. Mertanen devrait déjà être là. Un véhicule apparaît. Je me dissimule dans la pénombre, laissant un mannequin à ma place derrière le volant.

Un instant s'écoule, puis le premier tir retentit. Je regarde depuis ma cachette Mertanen s'approcher en voiture en me tirant dessus.

Je le laisse faire. Je me délecte de son incertitude. Puis je me dirige à pas de loup vers ma dernière victime. Mon arme me semble à la fois lourde et fragile. Je pensais que Mertanen chercherait à discuter, mais les coups de feu ont parlé pour lui. Je ne me conformerai plus à mon scénario complexe. Je n'écouterai même plus les explications de ma victime. Tout est dit, tout est déjà accompli. Désormais, je tuerai de manière élémentaire, par balle. J'abattrai le dernier de ces rois ignobles et je regarderai la vie quitter son corps.

Samedi 27 juillet / Helsinki

Après avoir vidé son premier chargeur, Mertanen attend. Il respire profondément, lourdement, en rage. Il préfère attendre pour s'assurer qu'il n'y a plus aucune trace de vie dans la voiture.

Quel meurtrier naïf et stupide ! Comme si l'on pouvait le faire chanter, l'agresser, le marquer au fer rouge, lui ôter la vie ! Quelle mouche a bien pu piquer les autres pour qu'ils acceptent un truc pareil ? se demande Mertanen.

Il scrute l'intérieur du véhicule. Rien ne bouge. Il regarde autour de lui : rien à gauche, rien à droite, rien derrière. Devant lui, seule la voiture garée à la lisière de la plage, avec la mer en arrière-plan. Pas âme qui vive. Ou peut-être une seule : l'âme noire du meurtrier qui s'enfonce en enfer, là où Mertanen vient de l'expédier. Il avance sur l'asphalte presque sans un bruit, excepté le crissement imperceptible de ses chaussures de cuir. Plus que quelques mètres avant d'arriver à la hauteur de la vitre du conducteur. Il se dresse soudain pour mettre en joue le corps du tueur.

Mertanen pâlit en voyant la silhouette assise à la place du conducteur. Ce n'est qu'une poupée.

Il a à peine le temps d'entendre des pas derrière lui avant de s'effondrer de tout son poids sur l'asphalte. Une balle lui a traversé la tête. Une seconde salve lui transperce tout le corps. Une balle dans la poitrine, une dans le cœur, une dans les testicules, une dans l'épaule, une dans le genou, une dans l'œil. Le sang s'échappe de ses veines encore palpitantes pour s'écouler hors de son corps.

Moi

Je jubile en voyant cet homme imbu de lui-même comprendre son erreur. Puis j'appuie tranquillement sur la détente. Je ne sais pas si le résultat est aussi satisfaisant que je me l'étais imaginé. Mais il me fallait mettre fin à cette histoire pour retrouver un semblant de paix. Haine pour haine. J'emporte une dernière vie, puis j'abandonnerai aussi la mienne.

ÉPILOGUE

Samedi 10 août / Helsinki

Heidi entame la deuxième semaine de ses vacances forcées, prescrites par Jan. En pratique, son deuxième week-end de libre également. Les jours lui semblent interminables. Elle n'a pas la moindre idée de la façon d'occuper son temps.

Pour aujourd'hui, elle a décidé de régler le problème par l'alcool. Assise avec des amis au Hercules, elle est déjà ivre. Au moins, la tête pleine de whisky, elle arrive un peu à se relâcher, à vivre dans l'instant. Les toxines dissolvent ses pensées inutiles qui tournent en boucle. Ce n'est qu'ainsi ou pendant un entraînement intense qu'Heidi se sent libérée de tout, et surtout d'elle-même.

Elle est en train de commander un autre verre quand la porte s'ouvre. Ces cheveux blonds, ce maintien. Heidi reconnaît immédiatement la nouvelle venue. Instinctivement, elle regarde autour d'elle pour chercher une issue, mais elle comprend qu'elle n'aurait plus le temps de fuir, même si elle le voulait. Cet endroit est si petit. Ses amis la regardent avec étonnement, en se demandant ce qui lui arrive.

Une étrange vague de honte balaye Heidi. Elle est personnellement responsable du fait que Julia a été soupçonnée de meurtre. Elles ne se sont pas revues après l'affaire. La balle est maintenant dans le camp de Julia. Va-t-elle rester ou partir ? Elle pourrait changer d'endroit, quitter Hercules, s'éloigner le plus possible d'Heidi. Ou alors, elle pourrait feindre de ne pas l'avoir remarquée, et Heidi serait contrainte de partir elle-même, discrètement. Elle devrait abandonner ce bar à Julia. Elle savait que cette rencontre se produirait tôt ou tard. Helsinki n'est pas une ville très grande, et sa communauté lesbienne est plus petite encore. En plus, elles s'entraînent dans la même salle. Heidi observe Julia sans en avoir l'air. Elle est belle. Pourquoi ne la fusille-t-elle pas du regard ? Heidi fait tourner son verre de whisky vide entre ses mains, puis se décide. Elle n'est pas une lâche. Elle préfère faire face à Julia que l'éviter éternellement.

Après une profonde inspiration, elle se lève de son tabouret et se dirige à contrecœur vers elle. Julia regarde son téléphone. Peut-être n'a-t-elle même pas remarqué Heidi, en définitive.

— Salut, Julia.

Heidi attend que Julia lève les yeux de son portable. Celle-ci semble surprise de la voir. Puis elle attend. Heidi imagine que son expression signifie : « Comment oses-tu te présenter devant moi ? »

— Tu voulais me dire un truc ? demande enfin Julia en baissant de nouveau les yeux vers son écran.

— Je veux te demander pardon. J'ai fait une erreur de jugement.

Heidi est si sincèrement désolée qu'elle sent ses forces la quitter dès l'instant où elle avoue son erreur.

Dans un premier temps, Julia ne dit rien. Heidi ne sait pas où se mettre. Elle regarde la table où se trouvent ses amis. Elle aimerait y retourner.

— Tu as fait une erreur, répète finalement Julia en lui jetant un regard de défi. Et tu le reconnais ?

Heidi hoche humblement la tête et attend docilement son châtiment. Elle se soumettra, même si Julia lui ordonne de ne plus jamais venir à la salle de sport Kaapeli ou au Hercules. Au moins, l'affaire sera réglée. Heidi n'aura qu'à aller boire son whisky ailleurs.

— Je suis flattée que tu reconnaisses tes torts à voix haute. Peu de gens en sont capables, dit Julia en rempochant son portable. Mais tu ne faisais que ton travail.

Ces paroles déconcertent Heidi, qui ne s'attendait pas à être comprise.

— Je peux t'offrir quelque chose ? lance-t-elle aussitôt.

Ce n'était pas du tout ce qui était prévu. Elle qui voulait éviter de s'humilier trop longtemps devant Julia, voilà qu'elle vient de lui proposer un verre, presque par inadvertance.

Julia semble hésiter. Heidi y voit un signe d'inconfort.

— Un whisky de réconciliation et je te laisse tranquille, promet-elle.

Julia hoche la tête, un peu moins crispée.

Maintenant qu'elle lui a présenté ses excuses, Heidi peut à nouveau la regarder en face. Julia a rebattu les cartes – en commençant par cet élan de compréhension auquel Heidi ne s'attendait pas du tout. Après leur nuit passionnée, Heidi a disparu sans rien dire. C'était déjà une erreur. Par la suite, elle s'est laissé prendre au dépourvu par les secrets de Julia, son implication dans l'affaire, les soupçons qui pesaient sur elle. Julia a disparu pendant des semaines ; Heidi sait maintenant qu'elle s'était mise en sécurité. Elle qui se préparait à essuyer le mépris de cette femme a au contraire rencontré un éclat nouveau dans son regard : de l'amitié, transparaissant malgré sa dureté, ses bravades et ses sentiments réprimés, portée par la curiosité et l'empathie. Une femme tout à fait ordinaire, en définitive. Comme si elles étaient dans le même camp, malgré tout. À cette idée, Heidi se trouble.

— On est tellement bornées toutes les deux que ce bar n'est sans doute pas assez grand pour nous deux, dit-elle en riant. Je comprendrais que tu ne veuilles plus me voir après tout ce qui s'est passé.

Julia lui sourit et lève son verre.

Lorsqu'elles trinquent, leur malaise s'envole. Oui, elles sont bornées, sur leurs gardes, mais entre elles fleurit autre chose que de la méfiance. Une sorte de compréhension tacite.

Quand Julia plonge les yeux dans ceux d'Heidi, celle-ci à l'impression d'être mise à nu. Le regard pénétrant de Julia semble lui dire qu'elle ne s'étonnera de rien, qu'elle acceptera tout ce que pourrait cacher sa carapace. Heidi ne sait pas où se mettre.

Elles ne trouvent rien à dire, alors elles trinquent à nouveau. Le choc de leurs verres retentit dans le bar. Single malt, double, au goût fumé. Heidi avale une gorgée qui la brûle de l'intérieur, mais elle sait déjà que l'alcool n'est plus qu'une excuse pour passer du temps avec Julia. Elle n'a plus envie de partir. Elle ne voudrait être ailleurs pour rien au monde. Elle se raccroche à son verre, essaye de ne pas le vider trop vite pour rester auprès de cette femme le plus longtemps possible.

Lundi 19 août / Lisbonne

Installée sur un *rooftop*, Saana frissonne en lisant les gros titres sur son portable.

DERNIER REBONDISSEMENT DANS L'AFFAIRE DU TUEUR AU FER ROUGE : LE COUPABLE EST MORT
La police vient de confirmer que Rikhard Falk, accusé de quatre meurtres et d'une tentative d'assassinat, a été retrouvé noyé dans la rivière Tainionvirta. Selon les informations de la police, il était le seul responsable des actes du « tueur au fer rouge » survenus à Helsinki et à Hartola au cours de l'été 2019.

Saana interrompt sa lecture. Tout cela aurait pu très mal finir pour elle. C'est appeler Jan qui l'a sauvée. Elle lui doit tout : sa vie et son bonheur.

Elle pense à Riku. Elle pourrait le haïr, mais elle n'éprouve que de la pitié pour lui en songeant à toute la peine qu'il ressentait. Il a dû garder tant de choses pour lui. Saana aurait presque envie de lui donner raison en songeant aux actes des quatre « rois », mais c'est justement cela le pire. Comme si le mal légitimait le mal. Ce dilemme moral en arrière-plan l'angoisse.

Riku a choisi la rivière pour partir. Cet endroit où il avait perdu son amour à l'époque. Cet endroit dont l'eau a noyé ses victimes. Saana sourit en entendant des pas derrière elle. Jan la prend dans ses bras.

— Bonjour, dit-il.

En lien avec l'enquête, deux meurtres qui demeuraient jusqu'ici des zones d'ombre ont pu être élucidés. En examinant l'histoire des quatre victimes, la police a exhumé sur les terres du manoir de Koskipää – à Hartola, en Finlande-Centrale – les ossements de deux défunts. Les analyses ADN révèlent qu'il s'agit de Laura Malm et August von Reichmann, deux disparus dont le sort demeurait inexpliqué. La police...

Saana n'en peut plus de cette affaire. En rentrant, elle rassemblera ses notes et écrira toute l'histoire telle qu'elle la comprend, comme elle s'est déroulée à l'époque. Mais, pour l'heure, il est temps de faire le vide, de profiter de la vie, du moment présent. Il y a tant à apprécier. Elle est vivante. Jan et elle ont pris un vol pour Lisbonne dès la clôture de l'enquête. Le soleil et le vin lui font tout oublier pour l'instant. Il n'existe qu'eux deux, Saana et Jan, dans cette ville inconnue.

Depuis le *rooftop*, elle laisse courir son regard sur les ruelles étroites d'Alfama. À la cime des arbres roucoulent des pigeons. Ils auront deux semaines pour se détendre. Ce n'est qu'après cela que la routine reviendra, avec toutes ses incertitudes. Chercher du travail, commencer à écrire, et... Saana regarde du coin de l'œil Jan assis à côté d'elle. Si elle osait, elle aborderait le sujet de leur vie commune. Pourraient-ils vivre ensemble quelque chose qui en vaille la peine ? Voilà ce que souhaite Saana : écrire l'histoire d'Helena et commencer sa propre histoire avec Jan. Mais les choses n'en sont qu'à leur début. Ils ne se connaissent pas encore de fond en comble. Saana tend la main pour tirailler les cheveux ébouriffés de Jan, qui rigole.

Ce que préfère Saana, ce ne sont pas les sites touristiques ni les beaux paysages, mais ces moments où ils vont acheter du vin dans une petite cave et des pastels de nata à la boulangerie, avant d'emprunter l'escalier étroit et dur du vieil immeuble jusqu'à leur Airbnb au quatrième étage.

Jan leur verse du vin, et ils sortent par la petite fenêtre qui mène à la terrasse. Ils rapprochent leurs chaises autant que possible et contemplent le panorama. Depuis le toit, ils voient les vieilles maisons du Bairro Alto, la tour de l'église, la cime des arbres, le ciel où tournoient les colombes. L'horizon s'embrase en un crépuscule propre à l'Europe du Sud. Comme la lumière est douce pendant ces dernières heures, lorsqu'elle baisse insensiblement jusqu'à l'obscurité totale ! Ils boivent, jettent leurs miettes de viennoiseries aux pigeons et s'étonnent d'entendre des cigales à une telle hauteur.

— Nous sommes des gens des toits, déclare Jan en souriant.

Saana hoche la tête. Ce « nous » est prometteur. C'est agréable d'être ensemble loin des autres. Elle va chercher plus de *vinho verde* dans le frigo.

— Parfois je me dis : « On est vraiment en vie, là, maintenant ? » lance-t-elle en remplissant leurs verres.

— Bien sûr, répond Jan en se frottant les yeux. Et pense à la façon dont on la gâche parfois, comme avec la télé ou les réseaux sociaux. Les gens sont à peine capables d'utiliser leur temps de manière sensée.

Ils sirotent leur vin.

— C'est quoi le pire truc qui te fait perdre ton temps ? demande Saana en faisant tourner le bouchon de liège entre ses mains.

— Le travail, souffle Jan en fermant les yeux.

— Mais tu l'aimes, ton travail. Et tu es le meilleur dans ton domaine. Dis quelque chose d'autre.

— Sans doute Netflix, alors.

— Moi, c'est de me percer les points noirs et d'observer ma peau dans le miroir grossissant, lâche-t-elle en souriant. J'ai pas un truc dans l'œil, d'ailleurs ?

— Fais voir. Lequel ? demande Jan.

Puis il l'embrasse.

— Dans le gauche, dit Saana quand ils se séparent.
— Non, il n'y a rien. On reprend un verre ?
— Oui, on n'a qu'à rentrer.

Quelques heures plus tard, ils se brossent les dents ensemble, debout dans la salle de bains. Saana regarde Jan dans le miroir.

— Je crois qu'il n'existe en fait qu'un seul grand amour dans la vie. Tant que c'est la bonne personne, tout ira bien, même s'il y a parfois des hauts et des bas. Il faut être compatibles pour une vraie romance.

— Difficile à dire, déclare Jan, la bouche pleine de mousse de dentifrice.

— Comment ça ?

— Je ne sais pas si je crois au grand amour avec la bonne personne. Je n'ai jamais ressenti ça, avoue-t-il en commençant à se rincer la bouche.

— Moi non plus.

— Avant toi, poursuit Jan en relevant la tête.

— Quoi ? s'étonne Saana.

— Avant toi, je n'y croyais pas. Mais maintenant, je ne sais plus trop.

Mardi 20 août / Lisbonne

Amusé, Jan regarde Saana arranger les lanières de ses nouvelles sandales en cuir en grimaçant. Elle a beau prétendre qu'elles ne lui font pas mal, elle boite depuis déjà plusieurs pâtés de maisons.

Saana lui est à la fois familière et étrangère. Ce voyage est en même temps parfait et oppressant. En ce moment, la vie de Jan est si chaotique. Aurait-il mieux valu qu'il rencontre Saana plus tard ? Mais la vie ne fonctionne pas ainsi. On ne peut pas mettre en place les conditions idéales et ensuite seulement rencontrer quelqu'un. Les choses entrent en collision sans qu'on puisse s'y préparer.

Saana retire ses sandales et les examine dans l'espoir de trouver comment relâcher la sangle. Ce n'est absolument pas le bon moment pour que Jan lui avoue son amour. Mais il en a déjà envie. « Je suis en train de tomber amoureux de toi » : en finnois, c'est très formel. Autant lui dire : « Je t'aime. » C'est ce qu'il voudrait faire. Mais ce serait aller trop loin, trop vite. Il soupçonne Saana d'avoir deviné ses sentiments : elle doit bien se rendre compte qu'il perd complètement la tête en sa compagnie. Quelle merveilleuse sensation ! Jan ne peut pas s'empêcher de sourire quand il la regarde. Il l'a aimée dès le premier instant, en la voyant assise à cette terrasse ensoleillée. Un sentiment si fort, sans précédent. Il en vient à se demander pourquoi il se tait encore. Pourquoi il a si peur de dévoiler son jeu. Il s'imagine prudent, mais peut-être ne fait-il que céder à l'angoisse. Il ne s'était jamais senti aussi proche de personne. Jamais encore il n'avait offert à quiconque la possibilité de toucher ses sentiments, son âme. Confesser son amour, c'est courir aussitôt le risque de tout perdre. Mais, pendant ces vacances, il a l'intention de tout avouer.

Je t'aime. Je suis là. Voilà ce que je ressens, je suis désarmé. Fais de moi ce que tu veux.

Un appel interrompt le flot de ses réflexions. Son portable vibre contre sa jambe. Sa première pensée est pour le travail. Il est arrivé quelque chose. Une nouvelle affaire. Tandis que Saana vacille sur un pied, occupée à remettre sa sandale, Jan sort son téléphone de sa poche et répond à voix basse.

— Jan Leino.

Et il sent ses traits se durcir.

Hartola

Été 1989
Le dernier soir

Un sourire amoureux se dessinait sur le visage d'Helena. Elle laissait ses pieds tourner sur les pédales, et son vélo s'envolait presque sur le chemin de sable. La sapinière était plongée dans le silence. « Laisse-toi aller, chuchotait-elle. Laisse tes sentiments affluer. » Elle croyait entendre les arbres majestueux lui murmurer ces paroles.

Helena l'avait cherché du regard, et il l'avait regardée en retour. Ils étaient d'accord, ils savaient qu'ils s'étaient liés l'un à l'autre. Encore un instant autour du feu de camp crépitant, à chanter et faire mine d'être des jeunes ordinaires. Mais plus tard ils se retrouveraient tous les deux, ils élucideraient ensemble l'affaire de la fille disparue et s'avoueraient enfin leur amour.

Une bise de début d'automne naissait dans l'air. Comme si l'hiver passait leur rappeler son existence, les menacer de sa froideur. En sortant de la sapinière, Helena laissa aussi la fraîcheur humide des arbres et de l'humus derrière elle. Elle sentait à nouveau sur sa peau la chaleur familière qui montait des champs, la sécheresse d'août. Helena freina dans le virage. Au loin dansaient déjà les torches de la fête. Plus que quelques mètres avant l'étreinte. Tout le reste semblait secondaire.

Elle ne voulait voir que lui. Oserait-elle se jeter dans les bras de Riku, ou contiendrait-elle son bouillonnement intérieur ? Elle sourit. Dans sa tête, elle se voyait déjà saisir la main qu'il lui tendait. Inutile de se précipiter. Ils auraient toute la vie pour apprendre à se connaître.

Mot de l'autrice

Vous tenez entre vos mains mon premier polar. Merci beaucoup !

L'écriture de ce livre fut un voyage édifiant. Le processus a commencé quand j'ai osé parler de mon rêve à voix haute. Merci à tous ceux (vous vous reconnaîtrez) qui ont eu la force de m'écouter. Le plus grand merci revient à mon cher mari, Oliver.

Il y a plusieurs années j'ai dit à une très bonne amie que, si j'écrivais un livre un jour, ce serait elle qui concevrait la couverture. Et cela s'est réalisé ! Merci pour cette superbe couverture et pour notre amitié, Elisa Konttinen. Je suis également extrêmement reconnaissante envers Tiia Tuovinen, Piia Peltonen, Jenni Kanerval et Paula Nistoka pour leur soutien et leurs encouragements. Merci à la résidence Jänisjarvi : papa, Erha, Ulla, Heini. Merci, maman. Je suis heureuse d'avoir grandi dans une maison où on a toujours beaucoup lu. À mes chers enfants et à mes neveux et nièces, j'aimerais dire de croire en vos rêves !

M'ont beaucoup aidée au fil du chemin ou mémorablement encouragée juste au bon moment : Jyri Malinen, Petri Launiainen, Kati Launiainen, Markku Tuukkanen, Pauli Waroma, Niina Backman, Tapu Haro, Vera et Nicklas Borodulin, Matti Vahtera, Karolina Huuhtanen, Riku Talvitie, Antti Rastivo, Pilvi Rissanen, Katja Kuittinen, Eesu Lehtola en plus de mes précédents et actuels collègues, mes proches, mes amis et mes connaissances

– tant de personnes que mon cœur étouffe ! Parfois, une petite phrase bien placée a suffi à me redonner du cœur à l'ouvrage. Merci !

Merci également à mon passe-temps favori @kirja-viinikerho, le club Vin & Lecture, et hourra pour ses merveilleux membres, qui depuis 2011 se rassemblent une fois par mois dans mon salon pour discuter littérature.

Et enfin, merci à Otava. Pas besoin d'être espion pour se rendre compte qu'Otava est une agence remplie de gens incroyables. Un merci tout particulier à Antti et à Silka – c'était un honneur de pouvoir travailler avec vous. Je vous suis si reconnaissante pour tout que je ne trouve pas les mots.

Ce livre a commencé quand j'ai entendu parler d'une passionnante histoire et que j'ai entrepris le voyage jusqu'à Hartola pour examiner les lieux. Ce royaume au rythme lent a immédiatement alimenté mon imagination. Une partie des lieux décrits dans ce récit existe vraiment, d'autres sont inventés pour l'histoire. Tous les événements et les personnages sont fictifs, toute ressemblance au réel est involontaire. Merci cependant à Saki pour m'avoir prêté son nom.

Maintenant que presque tout est dit, je revois dans ma tête le manoir jaune et les saules argentés qui se penchent sur l'eau sombre. Merci au musée du Häme de l'Est, qui m'a tant inspirée, et aux flots éternels de la rivière Tainionvirta.

Elina Backman
@elinabackman-crime

Édité par HarperCollins France.
Composition et mise en pages
Nord Compo à Villeneuve-d'Ascq

Imprimé en mai 2025
par Grafica Veneta S.p.A. (Padova)

Dépôt légal : juin 2025.

MIXTE
Papier | Pour une gestion forestière responsable
FSC® C021883
FSC
www.fsc.org

Imprimé en Italie.